复旦中文学科建设丛书
明代文学卷

抉精要以会通

陈广宏 郑利华 编选

商务印书馆
The Commercial Press
创于1897

图书在版编目(CIP)数据

抉精要以会通/陈广宏,郑利华编选.—北京:
商务印书馆,2017
(复旦中文学科建设丛书·明代文学卷)
ISBN 978-7-100-15488-8

Ⅰ.①抉… Ⅱ.①陈… ②郑… Ⅲ.①中国文学-古典文学研究-明代-文集 Ⅳ.①I206.48-53

中国版本图书馆 CIP 数据核字(2017)第 273955 号

权利保留,侵权必究。

抉精要以会通

复旦中文学科建设丛书·明代文学卷

陈广宏 郑利华 编选

商 务 印 书 馆 出 版
(北京王府井大街36号 邮政编码100710)
商 务 印 书 馆 发 行
苏州市越洋印刷有限公司印刷
ISBN 978-7-100-15488-8

2018年5月第1版   开本 710×1000 1/16
2018年5月第1次印刷   印张 23.5
定价:65.00元

前　言

复旦大学中文学科的开始，追溯起来，应当至1917年国文科的建立，迄今一百年；而中国语言文学系作为系科，则成立于1925年。1950年代之后，汇聚学界各路精英，复旦中文成为中国语言文学教学和研究的重镇，始终处于海内外中文学科的最前列。1980年代以来，复旦中文陆续形成了中国语言文学研究所(1981年)、古籍整理研究所(1983年)、出土文献与古文字研究中心(2005年)、中华古籍保护研究院(2014年)等新的教学研究建制，学科体制更形多元、完整，教研力量更为充实、提升。

百年以来，复旦中文潜心教学，名师辈出，桃李芬芳；追求真知，研究精粹，引领学术。复旦中文的前辈大师们在诸多学科领域及方向上，做出过开创性的贡献，他们在学问博通的基础上，勇于开辟及突进，推展了知识的领域，转移一时之风气，而又以海纳百川的气度，相互之间尊重包容，"横看成岭侧成峰"，造成复旦中文阔大的学术格局和崇高的学术境界。一代代复旦中文的后学们，承续前贤的精神，持续努力，成绩斐然，始终追求站位学术前沿，希望承而能创，以光大学术为究竟目标。

值此复旦中文百年之际，我们编纂本丛书，意在疏理并展现复旦中文传统之中具有领先性及特色，而又承传有序的学科领域及学术方向。其中的文字，有些已进入学术史，堪称经典；有些则印记了积极努力的探索，或许还有后续生长的空间。

回顾既往，更多是为了将来。我们愿以此为基石，勉力前行。

陈引驰
2017年10月12日

出 版 说 明

本书系为庆祝"复旦大学中文学科百年"所策划的丛书《复旦中文学科建设丛书》之一种。该丛书是一套反映复旦中文百年学术传统、源流，旨在突出复旦中文学科特色、学术贡献的学术论文编选集。由于所收文章时间跨度大，所涉学科门类众多，作者语言表述、行文习惯亦各不相同，因此本馆在编辑过程中，除进行基本的文字和体例校订外，原则上不作改动，以保持文稿原貌。部分文章则经作者本人修订后收入。特此说明。

编辑部
2017 年 11 月

目　录

明代的文人集团	郭绍虞	001
明代的文学与哲学	章培恒	062
从明人对杜甫的评价看明代诗学的风尚	刘明今	077
明代青阳腔剧本的新发现	赵景深	090
明代演剧状况的考察	赵景深　李　平　江巨荣	104
百回本《西游记》是否吴承恩所作	章培恒	129
关于《金瓶梅》词话本的几个问题	黄　霖	149
从《金瓶梅词话》与《水浒》版本的关系看其成书时间	谈蓓芳	174
李梦阳与晚明文学新思潮	章培恒	186
何景明批评论述评	朱东润	201
阳明心学与文学复古运动	马美信	209
试论冯梦龙的小说理论	陆树仑	220
汤显祖的诗文理论	邬国平	232
试谈公安派的性灵说	吴兆路	242
论江盈科参与创立公安派的过程及其地位	黄仁生	254
竟陵诗论	郭绍虞	265
苏轼诗文与晚明士人的精神归向及文学旨趣	郑利华	275

述钱牧斋之文学批评	朱东润	300
《列朝诗集》闰集"香奁"撰集考	陈广宏	315
彭士望的诗集、诗论与诗作	周兴陆	342
我怎样写作《张居正大传》的	朱东润	355

编后记 ……………………………………………… 368

明代的文人集团

郭绍虞

一

先从标榜风气说起。

明代文人集团的发达,从那一方面可以看出来呢?这,即从明代文人标榜风气的发展,已可看出其端倪。大抵既有文人集团,则"七子""四杰"之称自会随之以兴;而一方面有了这称"七子""四杰"的名号,也自会促进集团的发展。所以用此测量文学风气与集团组织之盛衰,即是比较正确而便捷的尺度。标榜之风,固然古已有之,然而于明为烈。明代文人只须稍有一些表现,就可加以品题,或且树立门户。

其以地域称者,则有:

  吴中四杰 高启、杨基、张羽、徐贲(见《明史·文苑·高启传》)

  会稽二肃 唐肃、谢肃(见同上《王行传》)

  闽中十才子 林鸿、郑定、王褒、唐泰、高棅、王恭、陈亮、王偁、周玄、黄玄(见《明史·文苑·林鸿传》)

  东南五才子 王洪、解缙、王偁、王璲、王达(见《静志居诗话》)

  台州三学 张毂(古学)、方孝孺(正学)、王叔英(静学)(见《全浙诗话》)

  娄东三凤 张泰、陆釴、陆容(见《明史·张泰传》)

抉精要以会通

苕溪五隐　刘麟、孙一元、龙霓、吴琉、施侃（见《静志居诗话》。案：《金陵诗征》有陆昆无施侃）

广陵十先生　储瓘、王轼、景旸、赵鹤、朱应登、蒋山卿、曾铣、朱曰藩、宗臣、桑乔（见同上）

江北四子　景旸、蒋山卿、赵鹤、朱应登（见《明诗综三十三》）

吴中四才子　徐桢卿、祝允明、唐寅、文徵明（见《明史·徐桢卿传》）

金陵三俊　顾璘、陈沂、王韦（见同上《顾璘传》）

江东三才　顾璘、刘麟、徐桢卿（见《静志居诗话》）

浙江四子　鄞张琦、海盐张宁、余姚魏瀚、嘉善姚绶（见《全浙诗话》）

楚中三才　童承叙、张治、廖道南（见《静志居诗话》）

锡山四友　施渐、王懋明、姚咨、华察（见《静志居诗话》）

练川三老　唐时升、娄坚、程嘉燧（见《明史·文苑·唐时升传》）

嘉定四先生　程嘉燧、李流芳、娄坚、唐时升（见同上）

明州四杰　朱应龙、沈明臣、叶太叔、卢沄（见《静志居诗话》）

云间二韩　莫云卿（廷韩）、顾斗英（仲韩）（见《笔精》）

苕溪四子　茅维、臧懋循、吴稼䅲、吴梦旸（见《列朝诗集》）

吴下三高　朱鹭、王在公、赵宧光（见《静志居诗话》）

娄东二张　张溥、张采（见《明史·文苑·张溥传》）

南州四子　刘斯陛、李奇、邓履中、余正垣（见徐巨源：《南州四子传》）

贵池二妙　刘城、吴应箕（见《静志居诗话》）

山阴二朗　朱士稚（朗诣）、张宗观（朗屋）（见同上）

北田五子　何绛、陶璜、梁梿、陈恭尹、何衡（见《广东诗粹》）

东湖三子　赵浍、吴易、史玄（见《明诗纪事》辛签）

太仓十子　周肇、王揆、许旭、黄与坚、王撰、王昊、王忭、王曜升、顾湄、王摅（见《梅村文集》）

范围缩得小一些，则以社所称之，如：

北郭十友　亦称北郭十才子　高启、张羽、徐贲、王行、高逊志、宋克、唐肃、余尧臣、吕敏、陈则(见《明史·文苑·王行传》)

南园五先生　孙蕡、王佐、黄哲、李德、赵介(见同上《孙蕡传》)

碧山十老　秦旭、陆勉、高直、陈履、黄禄、杨理、李庶、陈懋、施廉、潘绪(见张恺碧《山吟社记》)

东庄十友　吴爟、文徵明、吴奕、蔡羽、钱同庆、陈淳、汤珍、王守、王宠、张灵(见《静志居诗话》)

南园后五先生　梁有誉、欧大任、黎民表、吴旦、李时行(见《南园后五先生集》)

几社六子　夏允彝、杜麟征、周立勋、徐孚远、彭宾、陈子龙(见杜登春《社事始末》)

其以时代称者,则有:

景泰十才子　刘溥、汤胤绩、苏平、苏正、沈愚、晏铎、王淮、邹亮、蒋忠、王贞庆(见《明史·文苑·刘溥传》)

嘉靖八才子　王慎中、唐顺之、赵时春、熊过、任瀚、陈束、李开先、吕高(见同上《陈束传》)

以官职称者,则有:

中朝四学士　詹同、吴沈、乐韶凤、宋濂(见《明诗纪事》甲签)

两司马　王世贞、汪道昆(见《明史·文苑·王世贞传》)

东海三司马　范钦、张时彻、屠大山(见《甬上耆旧集》)

三翰林　杨廷麟、倪元璐、黄道周(见《西江诗话》)

以师门关系称者,则有:

二玄　周玄、黄玄——皆林鸿弟子(见《明史·文苑·林鸿传》)

杨门六学士　张含、杨士云、王廷表、胡廷禄、李元阳、唐锜(见姚莹《识小录》)

杨门七子　上述六学士外加吴懋,皆杨慎在滇时从游之士(见同上)

以家庭关系称者,则有:

  武原双丁 丁麒与弟麟(见《明诗综》)

  嘉禾二王 王镛与弟钧(见同上)

  三李 李文彬、弟文昭、子伯震(见《明诗纪事》甲签)

  山阴二王 王谊与弟择(见同上乙签)

  吴兴二唐 唐率与弟广(见同上)

  二苏 苏平与弟正(见《两浙名贤录》)

  双璧 沈玮与弟琛(见《全浙诗话》)

  皇甫四杰 皇甫冲与弟涍、汸、濂(见《明史·文苑·皇甫涍传》)

  三张 张凤翼与弟燕翼、献翼(见同上)

  公安三袁 袁宗道与弟宏道、中道(见《明史·文苑·袁宏道传》)

  四公子 方以智、陈贞慧、侯方域、冒襄(见《清先正事略》)

此外,或泛加品题,如:

  四杰 李梦阳、何景明、边贡、徐祯卿(见《明史·文苑·何景明传》)

  七才子 上四人外,加康海、王九思、王廷相(见同上《李梦阳传》)

  十才子 上四人外,加康海、王九思、朱应登、顾璘、陈沂、郑善夫(见同上)

  十才子 高瀫、傅汝舟等皆从郑善夫游者(见《静志居诗话》)

  四大家 顾璘、陈沂、王韦、朱应登(见《明史·文苑·顾璘传》)

  五子 李攀龙、王世贞、谢榛、宗臣、梁有誉(见同上《李攀龙传》)

  七子 上五人外,加徐中行、吴国伦(见同上)

或齐名并称,如:

  三杨 杨士奇、杨荣、杨溥(见《明史·杨溥传》)

  二王 王直、王英(见同上《王直传》)

  二峰 林贵兆(白峰)、叶敬之(海峰)(见《三台诗话》)

  王唐 王慎中、唐顺之(见《明史·文苑·王慎中传》)

  三甫 余曰德(德甫)、张佳胤(肖甫)、张九一(助甫)(王世贞诗谓吾党

有三甫)

　　四甫　　上三人外,加魏裳(顺甫)(见《四库总目提要》一七八)

　　归胡　　归子慕、胡友信(见《明史·文苑·归有光传》)

　　钟谭　　钟惺、谭元春(见同上《袁宏道传》)

　　唐刘毛蔡　　唐之淳、刘绩、毛铉、蔡庸(见《全浙诗话》)

　　刘王郑李　　刘绩、王谊、郑嘉、李勖(见同上)

　　平居陈郭　　平显、居广、陈谟、郭文(见《静志居诗话》)

　　李何王李　　李梦阳、何景明、王世贞、李攀龙(见《明史·文苑·李攀龙传》)

　　章罗陈艾　　章世纯、罗万藻、陈际泰、艾南英。亦称江西四家(见同上《艾南英传》)

这些都是文人标榜之例。至如讲学家之"何黄"(何廷仁、黄弘纲)、"钱王"(钱德洪、王畿),书画家之"二宋"(宋克、宋广)、"三宋"(上二人外,加宋隧)等,还不计在内。明代文人标榜之风之盛,也于此可见了。其尤甚者如李梦阳有《九子诗》,皆诗文之友,李开先亦有《九子诗》,自称是诗文而兼经济。至如王世贞于其集中标举生平交游,有前五子、后五子、广五子、续五子、末五子,递推递衍,以及于四十子,而复于王锡爵与其弟世懋称为二友,则更见其标榜之私。唐人虽亦颇有此种风气,如胡震亨《唐音癸签》所举,也不在少数,但是若与明代相比,则远不如。所以即就这一种风气而言,已可看出明代文人集团之发达。

二

明代文人集团何以会这般发达呢?

这自有其原因。我们可以从当时集团的性质,分别说明他的原因。

其一,是基于明代文人的生活态度。我在《中国文学批评史》下册讲到明代风气的时候,就曾这样说过:"明代学风也是偏于文艺的,可是又不像元代这般颓废和放纵。这好似由西晋名士的狂放行为,转变而为东晋名士的风流态度。"真的,明代文人,大都风流自赏,重在文艺切磋而不重在学术研究。易言之,即大都是"清客相"而不是"学者相"。这是明清两代学风绝不相同的一点。因此,借了以文会友的题目,而集团生活却只是文酒之宴,声伎之好;品书评画,此唱彼酬,成为一时风气。而此种风气,实在还是受了残元的影响。顾德辉之玉山雅集,其园池亭榭之盛,图史之富,暨饩馆声伎,固然冠绝一时(见《明史·文苑·陶宗仪传》)。即徐一夔之聚桂文会,一时名士以文卷赴者五百余人,也可谓极一时之盛(见朱彝尊《曝书亭集·徐一夔传》)。他如曹睿之倡景德诗会,缪思恭之倡南湖诗会,亦均留唱和之集(见陈田《明诗纪事》甲签十一)。而方朴、郭完诸人之壶山文会,尤盛于闽中(见《明诗纪事》甲签十五)。所以结社风气,在残元已很为流行。《明史·张简传》称:"当元季浙东西士大夫以文墨相尚,每岁必联诗社,聘一二文章巨公主之,四方名士毕至,宴赏穷日夜,诗胜者辄有厚赠。"可知此风已甚普遍,不过是属临时性质,并无固定的社员而已。至于当时杨维桢之生活态度,如《明史》所载:"徙居松江之上,海内荐绅大夫与东南才俊之士,造门纳履无虚日。酒酣以往,笔墨横飞。或戴华阳巾,披羽衣,坐船屋上吹铁笛,作梅花弄;或呼侍儿歌白雪之辞,自倚凤琶和之。宾客皆蹁跹起舞,以为神仙中人。"(二八五卷《文苑传》)这更是明代文人的标准典型。所以风气所播,即在明初已有不少的文人集团。何况,再有许多达官贵人,也喜欢附庸风雅,于退休里居之余,以高年硕德为文坛祭酒,怡老崇雅,兼而有之,似乎也是人生一种乐趣。于是九老十老耆英之会也相继以起。所以由明人的生活态度言,是文人集团发达的一个原因。

其二,明代文人的治学态度与学术风气也不能无关系。我在《文学批评史》下册中又说:"正因明代学风偏于文艺的缘故,于是'空疏不学'四字,又成为一般人加于明代文人的评语。由于空疏不学,于是人无定见,易为时风众势所左右。任何领袖主持文坛,都足以号召群众,使为其羽翼;待到风会迁移,而攻谪交加,又往往集矢于此一二领袖。所以一部明代文学史殆全是文人分门立户标榜攻击的历史。"为此关系,所以出奴入主,门户各立,主张互异,又形成了明代文坛空前的热闹。盖他们只在文艺上讨生活，于是也只能在文学批评上立坛坫。范景文《葛震甫诗序》云："往者代生数人，相继以起，其议如波；今则各立门庭，同时并角，其议如讼。拟古造新，人途非一；尊吴右楚，我法坚持。彼此纷嚣，莫辨谁是。"（《范文忠公文集》六）这真是当时整个文坛的缩影。到此地步，文坛变成了党团，只有异同，没有是非。全祖望《环堵集》序谓："其盟主几若齐秦之欲自帝于东西。署置同事，名曰首勋；摈排异己，谓之屏放。狂惑至此，播为乱气。"（《鲒埼亭集》外编二十五）在此种情形之下，不是如徐渭这般不参加集团以示消极反抗，也只有另立门户以表示积极反抗了。所以就明人的学术空气言，又是促成文人集团发达的一个原因。夏允彝《岳起堂稿》序谓："唐宋之时，文章之贵贱操之在上，其权在贤公卿；其起也以多延奖，其合也或赘文以献，挟笔舌权而随其后，殆有如战国纵横士之为者。至国朝而操之在下，其权在能自立；其起也以同声相引重，其成也以悬书示人而人莫之能非。故前之贵于时也以骤，而今之贵于时也必久而后行。"（《陈忠裕公全集》卷首）这话，也有相当理由。正因其权在下，而"今之贵于时也必久而后行"，所以文人也不得不另想一捷径。而结社标榜，却正是当时适合环境需要的捷径。

再有，那就是结社的实用性与政治性的关系了。结社动机，假使真出于丽泽商兑，研究古学，那么，文酒风流，还不会有很多的流弊，同时，也不会起别的作用。无奈当时的集团，有的在结合之始，只为制举业的关系，那么其动机只在仕进，就不能说有很高的理想了。《明史·袁宏道传》称："宏道年十六，为诸生，即结社城南，为之长。"不曾说明这是那种性质的社；但在《公安县志》中却称其"总角，工为时艺……年方十五六，即结文社于城南，自为社长，社友三十以下者皆师之，奉其约束不敢犯。"那么，这即是攻研时艺的集团了。当时像这类的文社，实在也不在少数，只因时起时灭，所以不为人所注意。除了一些社稿的序，见于文集中以外，其余大都是不可考的。不过这些专研时艺的文社虽不尽可考，但其量则不会很少。正因专研时艺的文社之多，所以有些与书铺有关的"坊社"，请了一班制艺名家，主持选政，揣摩风气，也会盛极一时。这些为了仕进而组织的集团，不免预先存着推挽汲引之心，由推挽汲引而结党营私，由结党营私而把持排挤，都是很自然的归束。不必说什么，即在复社也不能免此弊，何况如阮大铖这辈小人所组织的"中江社"和"群社"呢。所以当时正人有集团，即小人也有集团；恬退者有集团，躁进者也有集团。至于，有了结合以后，受到时代的激荡，不免发些正义感的呼声，于是就由学术性的团体转变而为政治性的团体。在起初，不过随便加些批评指谪，发些正义感的呼声罢了。但是正义感的呼声，总不免为有些人所忌，于是加以诬蔑，加以名目，送他一顶帽子，好为一网打尽之举。却不知名目一加，声势更盛，于是政治性的倾向反更为明显，黄宗羲《明儒学案》之序"东林学案"云："东林讲学者不过数人耳；其为讲院亦不过一郡之内耳。昔绪山二溪，鼓动流俗，江浙南畿，所在设教，可谓之标榜矣；东林无是也。京师首善之会，主之为南皋少墟，与东林无与；乃言国本者谓之东林，争科场者谓之东林，攻逆阉者谓之东林，以至言夺情奸相讨贼，凡一议之正，一人之不随俗者，无不谓之东林。若是乎东林标榜，遍于域中，延于数世。东林何不幸而有是也，东林何幸而有是也？然则东林岂真有名目哉？亦小人者加之名目而已矣！"东林如是，号为"小东林"的复社也未尝不是如是。方其初，本不成为一伟大的集团，有作用的集团，只因统治者本身起了腐蚀，引起一般人的指摘，而再意图诬蔑，加以名目，于是声势转盛，清议也发生了力量。凡是稍有正义感的都聚到一边；凡是为清议所指目的，几乎不敢同他接近或合作，这已使统治者感到很大的威胁了。不要说"秀才造反，三年不成"，文人集团到此，自会起巨大的作用。所以由结社的实用性言，热中躁进者需要有集团；由结社的政治性言，砥节厉行者也需要有集团。这更是文人集团发达的一个原因。

三

文人集团的性能既已说明，于是可再一言明代文人集团风气之演练。

我们推溯到文人集团之缘起，已可看出文人集团可能具有这几种性能。第一种是学术性。曾子谓:"君子以文会友,以友辅仁。"(《论语·颜渊》)可说已认识到集团组织的需要。这种集团只以取友为目的,相互作学问上的砥砺;因为不如是则离群索居,很容易陷于孤陋寡闻的。明代文人的集团组合,差不多大体都是以此为目的。至于标榜以盗取声名,推挽以攘夺禄位,乃至诋排以角立门户,那都是一种副作用。所有万历以前的文人集团,都不外这一个目标。不过,中间再有个分别:洪武以后,景泰以前,只是兴趣的结合,不管是窗下切磋用以攻文也好,或是林下逍遥用以娱老也好,总之既无党同伐异之见,更不论及国事。这是第一期,而以后各期中仍沿续着这种情形。天顺以后,万历以前,派别渐滋,门户亦立,于是始成为主张的结合。固然,因个性的关系,大同之中不能无小异,但是,各人总有共同的信条,也有共同的作风,不能算是无目的的组合了。所不同于以后一期的,只是不带政治性而已。这是第二期。——然而在第三期中也依旧可以看出这种风气的持续。本来,在明太祖高压政策之下,生员是不许干政的。《松下杂钞》卷下称洪武二年诏天下立学,遂命礼部传谕,其中有一条谓:"天下利病,诸人皆许直言,惟生员不许。今后生员本身切己事情,许家人报告。其事不干己,辄便出入衙门,以行止有亏革退。若纠众扛帮,骂詈官长,为首者问遣,余尽革为民。"(《涵芬楼秘笈本》)以这样的政治压力,再加了明人的生活态度,当然只成为有闲阶级的集团,只成为消遣性质的脱离现社会的集团。这不但是文人的集团是如此,即当时讲学家的集团也未尝不是如此。待到政治本身日见腐蚀,于是讲学家不得不发言了,于是文人也不得不发言了。这在以前,如后汉之党锢,差不多也有这种情形,《后汉书·党锢传序》说:

及汉祖杖剑,武夫勃兴,宪令宽赊,文礼简阔,绪余四豪之烈,人怀凌上之心,轻死重气,怨惠必仇,令行私庭,权移匹庶;任侠之方,成其俗矣。

自武帝以后,崇尚儒学,怀经协术,所在雾会,至有石渠分争之论,党同伐异之说;守文之徒,盛于时矣。

至王莽专伪,终于篡国,忠义之流,耻见缨绋,遂乃荣华丘壑,甘足枯槁,虽中兴在运,汉德重开,而保身怀方,弥相慕袭;去就之节,重于时矣。

> 逮桓灵之间，主荒政谬，国命委于阉寺，士子羞与为伍，故匹夫抗愤，处士横议；遂乃激扬名声，互相题拂，品核公卿，裁量执政：婞直之风，于斯行矣。

他所分的四个时期：第一期，任侠之方成其俗，虽是有组织，却不是文人。第二期，守文之徒盛于时，虽是文人的党同伐异，然而不能说有组织。第三期，去就之节重于时，虽知道对于政治的不满，然而只是消极的反抗，属猖性的而不属狂性的，是个人的行动而不是集团的表现。直到第四期，婞直之风于斯行，刚才可说有集团的组织而且也表现了集团的力量。所不同的，只是没有集团结社之名而已。所以每逢到"主荒政谬"，自然会引起"匹夫抗愤，处士横议"的，自然会"品核公卿，裁量执政"的。而在此种情形之下，则"激扬名声，互相题拂"，也属当然的情形。当时所谓"三君""八俊""八顾""八及""八厨"之称，也即因此而起。所以学术性的文人集团固可以标榜，政治性的文人集团也一样会标榜的。明代到了天启、崇祯之间，受到阉党的刺激，始于上述两种风气之外，讽议朝政，裁量人物，也就与当时实际政治不能脱离关系了。这是第三期。——同时也是明代文人集团行动最值得注意的一期。

四

现在，先讲洪武至景泰间——第一期——的社事。

第一期的结社，大都沿袭元季风气，文采风流，照映一世。举其著者，吴中则有北郭社，粤中则有南园社，闽中则有十子社。此外，则是老年文人的结合，大都仿白居易之香山社，文彦博之耆英社，以怡老为目的，而兴之所至，也不妨从事于吟咏。兹依次述之于后。

【1】 北郭社

北郭社以高启为中心。高启，字季迪，长洲人。《明史》二八五卷《文苑》有传。启送唐处敬序云："余世居吴之北郭，同里之士，有文行而相交善者，曰王君止仲一人而已。十余年，徐君幼文自毗陵，高君士敏自河南，唐君处敬自会稽，余君唐卿自永嘉,张君来仪自浔阳,各以故来居吴,而卜第适皆与余邻,于是北郭之人物遂盛矣。余以无事,朝夕诸君间,或辩理诘义以资其学,或赓歌酬诗以通其志,或鼓琴瑟以宣湮滞之怀,或陈几筵以合宴乐之好,虽遭丧乱之方殷,处殷约之既久,而优游怡愉,莫不自有所得也。"(《凫藻集》二)在这里,已把北郭社的轮廓勾勒出来了。不过,所谓北郭十友,似有几种不同的说法。《明史·王行传》以高启、张羽(来仪)、徐贲(幼文)、王行(止仲)、高逊志(士敏)、唐肃(处敬)、宋克(仲温)、余尧臣(唐卿)、吕敏(志学)、陈则(文度)为十友,而陈田《明诗纪事》则以"余尧臣与杨基、张羽、徐贲、王行、王彝(常宗)、宋克、吕敏、陈则、释道衍(斯道)为高季迪北郭十友"(甲签八)陈衍《石遗室诗话》则又以"高启、杨基(孟载)、张羽、徐贲、余尧臣、王行、宋克、吕敏、陈则、释道衍为北郭十子"(卷十八)。盖陈田之说,本高启《大全集》三有《春日怀十友诗》而言,而陈衍之说则又略本朱彝尊《曝书亭集》六三《徐贲传》而去了王彝。诸家所载不同,大抵可得三种解释:(1)结社原不止十人,至标举十子或十友云者,乃系社中之魁,举其著者以概其余,所以时代稍后便传说不同。(2)结社虽不止十人,但以其数在十人左右,故举成数言之;后人不知,泥于十数,遂欲强指其名,转成凿说。(3)十人之中本多流寓,据高启送唐处敬序,知各人聚散不常,固不妨先后社集虽符十数,而人则不同,此亦属可能之事。以上三种解释,都颇近理。至或以为他们只是友谊结合,并未结社,则似不然。我的学生冯宝琳女士据张大复《梅花草堂集》谓:"陈文度(则)少与高启、徐贲、张羽、杨基相唱和,尝赋紫菊,同社亟称之,呼陈紫菊。"以为既称同社,则当时北郭诸子,确有诗社组织,此亦确论。大约此社成立,当在洪武以前。据高启送唐处敬序谓:"虽遭丧乱之方殷,处隐约之既久,而优游怡愉,莫不自有所得。"与张羽《续怀友诗序》所谓:"故得流连诗酒间,若不知有风尘之警者。"可知他们结社之初,尚在元季群雄割据,扰攘不定之时。洪武二年,高启、王彝即以修《元史》被召;三年,高启放还,而唐肃又以荐召修礼乐书;四年,唐肃卒;五六年间或复修社事,所以有些记载已无唐肃之名。七年,高启、王彝均坐魏观事被诛,而社事遂亦以终结。

【2】 南园社

南园诗社以孙蕡为中心。孙蕡字仲衍,广东顺德人,有《西庵集》。《明史》二八五卷《文苑》有传。孙氏之外,王佐亦极重要。佐字彦举,家世本河东,元末侍父宦南雄,遂占籍南海。孙蕡与佐结社南园,开抗风轩以延一时名士;孙氏曾有《南园歌寄王河东彦举》云:"昔在越江曲,南园抗风轩,群英结诗社,尽是词林仙。……沧洲之盟谁最雄,王郎独有谪仙风。狂歌放浪玉壶缺,剧饮淋漓宫锦红。"于此诗中,犹可想见当时的豪情逸兴。孙王之外,尚有赵介字伯贞,黄哲字庸之,李德字仲修,均番禺人,今称南园五先生,《明史》均附《孙蕡传》。五先生外,据孙蕡《西庵集·琪琳夜宿与彦举联句序》谓:"畴昔年十八九时,一时闻人相与友善,若洛阳李长史仲修,郁林黄别驾楚金,东平黄通守庸之,武夷王征士希贡,维扬黄长史希文,古冈蔡广文养晦,番禺赵进士安中,及其弟通判澄、征士讷,北平蒲架阁子文,三山黄进士原善,共结诗社南园之曲。"知南园社固不限此五人。所以标举五先生者,不过以此五人为翘楚耳。这是此文重要的一点。再,此文列举诸人,独不及赵介,故陈田《明诗纪事》谓"其入社较晚,故仲衍、琪琳、联句序,偶不及之"(甲签九),这亦很有理由。再有,洪武元年,孙蕡已三十五岁,而此序谓"畴昔年十八九时",则知南园社成立之初,亦在元末,不过继续维持,直至明初,待赵介加入,遂有五先生之号。不仅如此,五人之中孙、王、黄、李皆仕宦,而赵则隐居不出,又所谓《临清集》者亦不传,明嘉靖时谈恺刻《五先生诗》,仅得孙、王、黄、李四家,以汪广洋尝为广东行省参政,因合而刻之以足五人之数(见《四库总目》一九二)。这也足启人赵氏未入社之疑。稍后赵遹重订《广中五先生诗选》二卷,崇祯间葛征奇巡检广东,又重刻《南园五先生集》,此五先生集始得传世(见《四库总目提要》一八九)。

【3】 凤台诗社

屈大均《广东新语》云:"明兴,东莞有凤台、南园二诗社,其诗颇得源流之正。"今凤台社事已不可考。

【4】 闽中十子社

闽中十子社以林鸿为中心。鸿字子羽,福清人。《明史》二八六卷《文苑》有传。《明史》称其论诗大指，谓："汉魏骨气虽雄而菁华不足，晋祖玄虚，宋尚条畅，齐梁以下，但务春华少秋实，惟唐作者可谓大成。然贞观尚习故陋，神龙渐变常调，开元、天宝间声律大备，学者当以是为楷式。"这是十子社的作风与主张。实则此种作风与主张，崇安蓝仁、蓝智兄弟已为之先。仁有《蓝山集》，智有《蓝涧集》。诗皆规摹唐调。《四库总目提要》谓："闽中诗派，明一代皆祖十子，而不知仁兄弟为之开先，遂没其创始之功，非公论也。"（卷一六九《蓝山集提要》）鸿有《鸣盛集》四卷。李东阳《怀麓堂诗话》已称其"极力摹拟，不但字面句法，并其题目亦效之，开卷骤视，宛若旧本"。朱彝尊《静志居诗话》亦称其"循行矩步，无鹰扬虎视之姿"。鸿诗已为人讥议，其末流更不免为世口实。社中人物：林鸿外有陈亮字景明，王恭字安中，高棅字彦恢，均长乐人；郑定字孟宣，周玄字微之，均闽县人；王褒字中美，唐泰字亨仲，均侯官人。黄玄字玄之，将乐人；王偁字孟扬，永福人。《明史》均附《林鸿传》。这即是所谓闽中十才子。据《明史》称："浦源字长源，无锡人，慕鸿名，逾岭访之，造其门，二玄请诵所作，曰，吾家诗也。鸿延之入社。"则是社中固不止十人。《明史》又称："同时赵迪、林敏、陈仲宏、郑关、林伯璟、张友谦，亦以能诗名，皆鸿之弟子。"若以二玄之例推之，想或亦皆入社。明万历间，袁表、马荧同编《闽中十子诗》三十卷（见《四库总目提要》一八九）。

【5】 鉴湖诗社

徐象梅《两浙名贤录》谓："朱纯字克粹，山阴人，博雅有儒行，以明经教授乡里，能诗，风格高古，与罗顾、张昌相结鉴湖吟社。"（卷二《儒硕》）陈田《明诗纪事》乙签十四作鉴湖诗社。社事可考者仅此。

【6】 景泰十子社

景泰十才子，本是品目之语，不指结社。但《明史·文苑·刘溥传》谓："刘溥字原博，长洲人。其诗初学西昆，后更奇纵，与汤胤勣、苏平、苏正、沈愚、王淮、晏铎、邹亮、蒋忠、王贞庆，号景泰十才子。溥为主盟。"既称主盟，则似十子之名，不仅系月旦之评。但仍可发生疑窦者，即十才子中如苏平兄弟、沈愚、王淮、蒋忠、王贞庆诸人，均布衣不仕，里籍不一，似乎无从结合。主盟云者亦只是为首之意，不必定有结盟形式。现在于此问题，只能存疑。又钱谦益《列朝诗集》称徐震（德重）名列景泰十子，当误。

其属怡老性质者，则有九老会等。这些会比较不重要，亦不详加考证。

【7】　九老会甲

此为林原缙诸人之结会。原缙字居恒，太平人。《三台诗录》云："林居恒诗酒优游，不乐仕进，与邱慎余、何东阁等九人，会里之花山，修白香山故事，称花山九老，有唱和诗。"

【8】　九老会乙

此为陈亮诸人所组之九老会，实闽中十子社之别支。《明史》称："陈亮白以故元儒生，累诏不出，作《陈抟传》以见志，结草屋沧洲中，与三山耆彦为九老会，终其身不仕。"今九老会中人物不尽可考，惟据黄日纪《全闽诗偈》，称："景明作草屋沧洲中，与名士王恭、高棅日相过从，以诗酒为乐。时往三山中为九老会，以此终。"则九老会之可考者，仅王、高二人。考王恭与修《永乐大典》时，年已六十余，而高棅卒于明永乐二十一年，享年七十四，均跻高年。二人与亮同里，又同在十子之列，晚年往还之密，自可推知。

【9】　九老会丙

此为以潘瑜为中心之九老会。潘瑜，《明史》无传。朱彝尊《明诗综》云："潘瑜字叔瑜，一字大美，别号越南，会稽人。建文初，为河南道监察御史，靖难后，不复出，年八十余卒，有《石轩集》。"（卷十六）这是他的生平。又朱氏《静志居诗话》云："侍御（潘瑜）潜迹江湖，缔交耆旧，宣德中在乌墩为九老之会。时赵巘伯高年九十一，吴焕汝文年九十，赵岐伯通年八十九，孙孟吉兆桢，唐其谅年八十五，水宗达朝宗年八十二，叔瑜与壶敏中行，钱郁耀宇年皆八十余。"陶元藻《全浙诗话》云："按此九老中七为浙产。焕、巘、岐、孟吉、敏俱吴兴人，郁居临安，瑜会稽人，其谅凤阳人，宗达吴江人。"（卷三十九）

【10】　耆德会

案周婴《卮林》卷四"耆英条"云："正统间，杭州亦有之。大理正郎子贞，八十一；封吏部员外郎孔希德，八十；礼部郎中蒋廷晖，七十八；处士项伯臧，九十三；孙适、郭文敏，皆七十三；又有稽勋郎中邓林、布政使姚肇，以寓公与会，而年不及。见《宛委余编》。"此所言当即指耆德会，余读下条。

【11】 会文社

光绪《杭州府志》谓："硕德重望，乡邦典型，酒社诗坛，太平盛事。杭士大夫之里居者，十数为群，选胜为乐，咏景赋诗，优游自如。在正统时有耆德会，有会文社，天顺时有恩荣会，有朋寿会，弘治有归田乐会，人物皆一时之选，乡里至今为美谈。"（卷一七三）

五

天顺以后，这两种风气依旧继续维持着。而老年人的结社似乎更见风行。现在先就这方面的结社言之：

【12】 恩荣会

【13】 朋寿会

均见（11）会文社条。

【14】 碧山吟社 甲

碧山吟社倡于秦旭。旭字景旸，无锡人，不仕。以子夔贵，封江西布政使（据《明诗纪事》丙签十一。徐永言《无锡县志》二十二作中宪大夫、武昌知府）。有《修敬先生集》。张恺所撰《碧山吟社记》，即附载集中。成化十八年，景旸结庐惠山之麓，集邑诸高隐觞咏其中。社友十人：秦旭字景旸号修敬，陆勉字懋成号竹石，高直字惟清号梅庵，陈履字天泽号逊庵，黄禄字公禄号杏轩，杨理字叔理号听玉，李庶字舜明号衕庵，陈懋字行之号玉溪，施廉字彦清号北野，潘绪字继芳号玉林。即所谓碧山十老。十老之外，据邵宝《碧山吟社图记》，称："秋林陈翁进之归自工部，冰壑盛公时望归自都台，中斋秦公廷韶（即景旸子夔）归自江藩，亦时时一至，不在恒数。"（见《修敬集》附录及《寄畅园法帖》）则是此社限于十老,他人都只是临时参加而已。

【15】 苕溪社

同治《湖州府志》谓:"成化间,湖有苕溪社,诸公则教授汪翁善,侍讲陈秉中,封主事吴昂,知县汪善,巡检沈观,诗人邱吉、唐广、吴玲、沈祥、陈銮,医官李昂,医士王杰,画工毕文,布衣范濬、吴璹、史珣,每岁一月一会,皆赋诗一章。"(卷九十四)关于苕溪社的事实,可考者止此。此社是否娱老,或专事吟咏,虽未易确定,但以乐天乡社即为苕溪社之后身,而致政诸公之所组织,故亦视同林下之社。社中人物,《全浙诗话》谓:"乌程四人,曰汪翁善,曰陈秉中,曰吴昂,曰汪善;归安二人,曰邵吉、唐广。"(卷三十九)余府里不详。

【16】 乐天乡社

乐天乡社即苕溪社之后身,只因主持者易人,所以另易名称。社中如吴玲、沈祥、范濬等,均苕溪社中人。《湖州府志》复云:"后有乐天乡社,乃致政诸公如主事沈政,知县陆震,知县俞叙,县丞史纪,教谕王銮,复同义官尹政、范渊、俞敞、王玭、游刚、宣宁、游观,布政张海、范濬、沈祥、马海、包敏、吴玲、陈敬中、张康、孙敞、范生辈。不数年诸公代谢,惟存张、马、范、孙诸人为耆英。"(卷九十四)

【17】 续耆英会

陶元藻《全浙诗话》谓:"明时吴兴社会极盛。成化中,乌程吴璹创续耆英会,与者二十四人,见《岘山志》。"

【18】 高年诗会甬上诗社甲

全祖望《句余土音序》谓:"甬上明之诗社,一举于洪兵部,再举于屠尚书,三举于张东沙,四举于杨泖阳,五举于先宫詹林泉之集。"(《鲒埼亭集》外编二五)此高年诗会,即全氏所谓"一举于洪兵部"者。李邺嗣《甬上耆旧诗》卷五序云:"自洪建以来,郑李诸先生始作,斯文复归雅驯;循至成弘之际,海内久治平,气淳俗厚,文风益高。于时名荐绅若兵部洪公常、给事卢公瑀、太仆金公湜六七人,俱解组归田,因得从高士宋弘之恢、张景心憬、先栎轩讳端诸先生相结为高年诗会,每值风日佳时,辄剪蔬供蔌,欢共为乐,逍遥散诞,里人望之若仙。"案陈田《明诗纪事》谓社中凡十八人,除上举洪常、卢瑀、金湜、宋恢、张憬、李端六人外,列举严端、宗佑、周祜、章珍、倪光、邹间、王政、周颂、余宾、周恺、陈渭十一人,仅十七人(见乙签六)。据《全浙诗话》三十一引《宁波府志》,谓:"李端与金太仆湜、倪处士光、魏学博俨缔为诗社。"则知陈氏所遗,或为魏俨。

【19】 清乐会

嘉庆《瑞安县志》谓:"任道逊字克诚,永乐中以奇童荐,历仕太常卿,弘治初致仕。……居别墅,与同邑通判吴祚、寺副蔡鼎结清乐会,唱和吟咏。"

【20】 槜李耆英会

朱彝尊《静志居诗话》谓:"项忠字荩臣,嘉兴人……官刑部、兵部尚书,卒谥襄毅,有《藏史居集》。襄毅以功业显,诗文罕传。其里居日,结槜李耆英之会,月一集于僧房道院中。同会者:云南布政司参议金礼敬之,四川按察司金事梅江文渊,福建按察司金事戴祐元吉,漳州知府姜谅用真,武冈知州任方公矩,砀山知县包甦汝和,通判汤彦和(案《嘉兴府志》五十二,彦和名箎),教授陈蒙福,主之者公也。会始于弘治戊午春,所赋诗文,文渊汇为一集,府学教授新淦萧子鹏序之(案《嘉兴府志》,萧子鹏亦会中人),比于香山洛社云。"(卷七)考《明史·项忠传》称:"忠致仕家居二十六年,至弘治十五年乃卒,年八十二。"(卷一七八)而是会始于弘治戊午,戊午为弘治十一年,则是会先后亦仅五年而已。

【21】 归田乐会

见前(11)会文社条。

【22】 碧山吟社乙

《明诗纪事》引《碧山吟社志》云:"弘正间社会既辍之后,司徒凤山秦公归自留都,邀二泉邵公、心泉吕公、惠岩顾公、松阁顾公、藕塘秦公、石村陈山人,结诗会山中,亦以碧山名社,然止就诸公之别墅,如二泉精舍、风谷行寓、惠岩小筑次第举会,盖亦慕修敬之风,而一寄意焉。"(丁签六)案凤山名金,字国声,时碧山吟社旧址已易主,故举会并无定址。

【23】 湖南崇雅社《全浙诗话》三十九雅误作程

湖州社集继苕溪社与乐天乡社之后,则有湖南崇雅社。《湖州府志》云:"湖南崇雅社:刘南坦麟,安仁人,按察使致仕;龙西溪霓,南京人,佥事致仕;孙太白一元,陕西人;陆玉厓昆,归安人,御史致仕;吴甘泉琉,长兴人,处士。"(卷九十四)则此五人当即是所谓"苕溪五隐"。但《静志居诗话》又谓:"尚书(刘麟)流寓长兴之南坦,自号坦上翁,与孙山人一元、龙佥事霓及苕中名士吴琉、施侃等结诗酒社,号苕溪五隐。"(卷九)则又有施侃而无陆昆。而陈田《明诗纪事》又谓:"坦上翁尝与太白山人孙太初、龙霓、吴充、陆昆、施侃结社于苕溪,号苕溪五隐。"则又似所谓苕溪五隐,乃指刘麟之友。此数说不同。案徐象梅《两浙名贤录》卷四十四《吴琉传》又五十四《孙一元传》,所举五隐与《湖州府志》同。其后朱倓《明人诗钞》、朱绪曾《金陵诗征》皆宗之,当以此说为可信。

【24】 甬上诗社乙

李邺嗣《甬上耆旧诗》卷六序谓:"吾乡自兵部洪公,金太仆先生,宋、倪诸高士首为耆旧之集,倡雅此邦;其后训导魏先生称,太保屠襄惠公滽、太子少保杨康简公守随继起,亦尝与金倪诸先辈,诗律往还。及老成渐亡,惟魏先生独称耆宿,二公因推为祭酒,与副使张公员、按察副使黄公隆、参政镏公洪诸贤,重相燕集,唱酬历二十年,邦人重之。"则是此社即是卢、洪、金诸人结社之后身。全祖望所谓"再举于屠尚书"者即指此。又考《甬上耆旧诗·杨康简公守随传》称:"刘瑾伏诛,复公原官,台省交章论荐,公竟不复出。惟与里中诸高年结耆会,幅巾绦履,日徜徉山水间。"则此社之成立,当在正德初年。

【25】 小瀛洲社

小瀛洲社亦称小瀛洲十老社,为海盐朱朴与同邑耆旧之所组织。朱倓《明人诗钞·朱朴传》称:"嘉靖壬寅,同邑临江守钱琦、光泽令徐泰、福建右布政吴昂、龙岩令陈瀛、南昌守钟梁咸致政家居,与卫帅刘锐、天宁寺僧石林、隐士陈鉴及朴,集襄阳守徐咸之小瀛洲,称小瀛洲十老社,朴为之长。"(正集八)而盛枫《嘉禾征献录》亦谓:"徐咸晚岁筑园郊外,名曰余春,叠石为小东山,结小瀛洲十老社,会聚诸名流觞咏其间;同邑陈询绘其图,咸自为之记。"(卷二十五)诚为一时盛事。案《四库总目·西村诗集提要》称朱朴"当正德、嘉靖间,与文徵明、孙一元相唱酬。……以不为王世贞等所奖誉,故名不甚著;然当太仓、历下坛坫争雄之日,士大夫奔走不遑……朴独闭户苦吟,不假借嘘枯吹生之力,其人品已高,其诗品苕苕物表,固亦理之自然矣。"(卷一七二)而《槜李诗系》亦称:"元素(朱朴)性耽诗,自少至老未曾一日废,兼善绘事,兴作辄作云林小幅。"则朱朴之风度可想。徐咸记中称:"惟我西村(朱朴)清醇温粹,齿德俱尊,"亦不尽属溢美之辞。《槜李诗系》又称:"元素与钱东畲(琦)、徐丰厓(泰)、吴南溪(昂)、陈勾溪(鉴)、徐东滨(咸)、陈古厓(瀛)、刘海村(锐)、钟西皋(梁)、释石林为瀛洲十老之会,推元素为首。后更得董罗石(沄)、许云村(相卿)、沈紫硖、钟彦村(案彦村疑即彦材之误。彦材即钟梁,梁有西皋集,西皋与彦材即一人,似不应分举。)及僧秋江、雪江。"则是此社续有增加,已不止十老之数。

【26】　碧山吟社丙

碧山吟社正式的修复。是在秦旭卒后六十余年,其曾孙瀚,始复其旧。瀚字叔度,有《从川集》。徐阶《重复碧山吟社记》云:"碧山吟社在惠山之麓,其始作于封武昌太守修敬秦翁。翁殁,而据于邑豪某。后六十年,翁曾孙从川先生始克复之,葺其堂若榭,以与乡缙绅顾宪副洞阳(可久)、王签宪仲山(锡爵)、华学士鸿山(察)、王侍御石沙(璜),赋诗其中,而不敢有加焉。重修敬之旧也。"(《从川集》附录)案钱宪字国章,无锡人,正德甲戌进士,官常山知县。《明诗纪事》戊签十二录其《秦从川邀入吟社》诗,则钱氏亦碧山吟社中人,又《盛明百家诗》称:"甫登凤嗜诗学,尝结会碧山吟社。"案强仕字甫登,无锡人,嘉靖辛卯举人,则强氏亦吟社中人。

【27】　岘山逸老会

岘山逸老会或称岘山社,或称逸老社。称岘山者,志其地,并志其始;称逸老者,明其结社之性质,并志其终。大抵湖州自刘麟组湖南崇雅社后,社事乃渐盛,倡之者皆名公巨卿之退休林下者,而无名寒士就无法参加了。所以此会初名岘山,迨逸老堂成乃改称逸老,据刘麟《逸老堂碑记》谓:"第一会癸卯(嘉靖二十二年)秋社,唐一庵(枢)初作会于岘山,期而入者:蒋石庵(瑶)、吴我斋(廉)、施南村(佑)、陈栋塘(良谟)、韦南荅(商臣)、吴石歧(龙)凡六人。甲辰(二十三年)春社,会于郡城西俞氏园亭,主者陈栋塘,继入者王怡山(椿)、刘南坦(麟)、顾箬溪(应祥)、李半溪(丙)、朱云峰(云凤),不期而会者孙郭南(济),凡十有二人。是岁秋社,会于郡城西包氏园亭,主者朱云峰、韦南荅,不期而会者张临溪,凡十有三人。乙巳(二十四年)春社,顾箬溪会于岘山,自是以为常;主者箬溪暨麟,继入者孙郭南,亦十有三人。是岁秋社,主者蒋石庵、施南村,不期而会者潘天泉,凡十有二人。丙午(二十五年)春社,主者王怡山、孙郭南,不期而会者张临溪,凡十有二人。是岁秋社,主者吴我斋、李半溪,继入者蔡夷轩(杞),凡九人。丁未(二十六年)春社,即今会也,主者蔡夷轩、唐一庵,继入者张石川(寰)、吴苕源(麟),不期而会者董浔阳以在告侍其师一庵至,蔡白石侍其翁夷轩至,凡十有三人。是日实逸老堂为会之始。嘉靖二十六年三月。"(《湖州府志》九四,杂缀二)可知此会组织重在逸老怡乐,而非诗文切磋之社。故顾应祥《岘山十五老图记》只言:"仿古乡约之制,以尽规劝之道。"又案据顾《记》及《静志居诗话》卷十一所载十五人,有朱怀干字子正号双桥,而无王椿字寿夫号怡山,朱云凤字瑞卿号雪峰,应据《岘山志》吴石歧所刻《雅社集》补入。徐象梅《两浙名贤录》言"蒋粹卿(瑶)年七十二引年归,居家谢迹公府,惟约同好十五人结社于岘山逸老堂"(三十六,清正),当即据顾《记》而言。又有邀请而不允入社者有赵金,字淮献,乌程人,见《静志居诗话》十一。

【28】 九老会丁

《四库总目提要》:"《天山草堂存稿》八卷,明何维柏撰。维柏字乔仲,南海人。……朱彝尊《明诗综》谓其乞休诗云:'乐事尚饶新岁月,胜游不改旧云山',乃侍其父与乡人为九老会时所作。今考乞休诗,为万历丙子得旨归老之作。而和其父与九老韵七律二首则作于嘉靖戊申,乃劾严嵩后削籍归里时作。彝尊征引偶误,殆亦未见此集欤?"(卷一七七)考戊申为嘉靖二十七年,维柏坐劾严嵩,廷杖除名,在嘉靖二十四年。屈大均《广东新语》(九)"九老雅集"条谓"何端恪公维柏家居时,有馈佳味者,即白其父延里中九老宴集。九老者,达斋唐明府年九十二,沃泉邓宪副八十六,荔湾周太守八十三,狮山周明府八十二,端恪之父通议公七十七,豫斋曾金宪与虚谷江明府皆七十二,北崖辛通府与惠斋张贰府皆七十一。端恪诗:'五仙旧在三城里,八老今同一里间。春月蔬盘真率会,风流长得似香山。'时嘉靖甲寅岁也。"甲寅为嘉靖三十三年。知此会持续亦相当长久。

【29】 耆老会

周婴《卮林》卷四"耆英"条谓"隆庆己巳,莆田有耆老会。太守郑弼,年七十八;少参雍澜,七十七;太守陈叙,七十六;运使林汝永,七十五;主事柯维骐,七十四;太守林允宗,七十二;尚书康大和,年七十一。大和赋诗云:'故里重开耆老会,七人五百二十三。'后尚书林云同年六十九,亦与会。"

【30】 怡老会

万历以后,此种怡老会社比较衰歇,这也正表映着明季经济状况的不景气。中间惟万历乙酉(十三年)仁和张瀚致仕以后,约里中士大夫高年者举行的怡老会,樽罍既行,间以咏歌,(见沈友儒《怡老会诗集后序》)尚属一时盛举。其社约谓:"意兴所到,率意成诗,成不成工不工,各自得也。"(《武林掌故丛编》)可知其性质不同纯粹诗社。又谓:"坐间谈山川景物之胜,农圃树艺之宜,食饮起居之节,中理快心之事,若官府政治、市井鄙琐,自不溷及。"又可知其避免政治关系。张瀚序其事云:"余归休数年,始与同乡诸缙绅修怡老会,会几二十人,一时称盛,集余嘉树里第。已而订为四会,选胜湖山,迭为主宾。"故主人诗皆分春会夏会,以时季为题。会中人物为:韦泉潘翠汝昭、原泉褚相朝弼、桂峰沈蕃价甫、新庵林凤文瑞、介亭顾楫良济、玉泉王体坤惟厚、初阳孙本立甫、元洲张瀚子文、敬亭陈善思敬、上湖郁鉴汝明、春城朱玑儒珍、麟洲张洵子明、蒙山饶瑞卿应之、南泉沈友儒子真、青阳吴枭宪甫、少崖许岳子峻。又案怡老会诗集中有金钟、张溥、钱文升诸人诗,不在上举诸人之内,盖上举诸人皆有画像,此三人则未及补写耳。

【31】 逸老续社耆英文会、耆英胜会附

逸老续社为万历三十年兵部侍郎许孚远所组织，集会者四十余人。姚一元（惟贞）长兴人，施峻（民表）、陆隅（无方）、孟嘉宾（萍野）、恽蒙（子正）、茅坤（顺甫）、孙铨（揆卿）、沈应登（叔良）、陆纶（理之）、钱镇（守中）、陈应和（文祥）、沈桐（时秀）、吴仕铨（公择）、陈履贤（子秀）、沈子木（汝楠）、林云龙（岩泉）、顾而行（孟先）、陈曼年（庚老）、顾诺（石林）、邹思明（汝诚）、顾尔志（仲先）、吴梦旸（允兆）均归安人，张永明（钟城）、沈塾（子居）、董份（用均）、沈节甫（以安）、王汝源（以仁）、凌迪知（稚哲）、唐知礼（敬夫）、孙梧（秋孺）、闵弘庆（原道）、卢舜治（恭甫）、韩绍（光祖）、姚舜牧（虞祖）、沈元杜（华嵩）、蔡化龙（敦临）均乌程人，徐献忠（伯臣）华亭人，许孚远（孟中）德清人，宋旭（初阳）崇德人，李乐（彦和）桐乡人。及许孚远卒，社事寻废，于是复置社田，完全成为养老的组织了。陈幼学《逸老堂社田记》云："逸老堂创于嘉靖丁未，刘司空为监主，司空殁而社时举时废。万历壬寅，许司马孚远集七邑冠盖四十余人；明年，司马捐馆，社寻废。太守问故，曰社无田，苦于合醵而莫适为主也。乃置负郭田若干亩，立籍于宝生禅院，岁征租供春秋两社会稽出纳，士大夫以齿而狎主之。"则完全成为乡社之制了。《全浙诗话》称当时"会者或不尽以诗，即作诗亦不计工拙，不可概称诗社也。"诗社到此，真已变质。万历《嘉善县志》，称"万历丙申（二十四年），有耆英胜会，在其前更有耆英文会，据其记载，谓"约里中斑白知礼让者"，谓"命子弟讲礼读法，歌诗抚琴；习奢恶俭者弗与焉"，谓"市廛皆结彩列绮筵张新乐"，谓"社师率童子歌南山之章"（见《浙江通志》二八〇卷引），则完全是养老性质了。以性质不同，故不论述。

【32】 八老人社

嘉定唐时升有《记八老人社诗》。序云："南翔里有八老人，为社长者年九十四，少者年八十一，居止不一二里，耄耋相望，杯酒谈笑，日相娱乐，诚太平盛事。"

六

于是,再言另一种比较纯粹的诗社。

【33】 瀛洲雅会甲

黄佐《翰林记》卷二十:"弘治中,南京吏部尚书倪岳、吏部侍郎杨守阯、户部侍郎郑纪、礼部侍郎董越、祭酒刘震、学士马廷用,皆发身翰林者,相与醼饮,倡为瀛洲雅会,会必序齿。"

【34】 东庄会

《明诗综》三十八卷录邢参诗,谓"参字丽文,吴人,有处士集"。诗话(即《静志居诗话》)并谓:"丽文狷者,除夜有海估以百金乞墓文,峻拒之,抱膝拥衣,饥以待旦。其介如是。明初高侍郎季迪有北郭十友,丽文亦有东庄十友:吴爟次明、文徵明徵仲、吴弈嗣业、蔡羽九逵、钱同爱孔周、陈淳道复、汤珍子重、王守履约、王宠履仁、张灵孟晋。故其诗云:'昔贤重北郭,吾辈重东庄。胥会诚难得,同盟讵敢忘。'"东庄会可考者仅此。

【35】 瀛洲雅会乙

黄佐《翰林记》:"正德二年七月吏部尚书王华、侍郎黄珣、礼部尚书刘忠、侍郎马廷用、户部尚书杨廷和、祭酒王敕、司业罗钦顺、学士石瑶、太常少卿罗玘复继之(指《瀛洲雅集》),皆倡和成卷,以梓行于时。"

【36】 浮峰诗社

王守仁有《寄浮峰诗社诗》:"晚凉庭院坐新秋,微月初生亦满楼。千里故人谁命驾,百年多病有孤舟。风霜草木惊时态,砧杵关河动远愁。饮水曲肱吾自乐,茆堂今在越溪头。"案此为王氏正德年间诗。考先生年谱,弘治五年先生归余姚,结诗社龙泉山寺,不知即此否。

【37】 同声社

《全浙诗话》三十九卷云:"明时吴兴社会极盛。……正德中,邵康山南创同声社,与者四十九人,见湖录。"

【38】 鳌峰诗社

谢章铤《课余续录》云:"明人重声气,喜结文社,季世儿、复二社,且与国运相终始,若闽之鳌峰诗社,则始于郑少谷(善夫)、高石门(瀔)、傅丁戊(汝舟)。"(卷二)案《明诗综》三十八卷录高瀔、傅汝舟二人诗,称"瀔字宗吕,候官人,《有霞居子集》","汝舟字木虚,一名丹,号丁戊山人,一曰磊老,候官人,有前丘生行已外篇"。诗话谓:"少谷居鳌峰北,从之游者九人,乡党目为十才子。少谷诗所云'一时贤士俱倾盖,满地萍踪笑举杯'是也。九人者:高二十二宗吕居首,傅二木虚次之,余有林九、王七、施二,其名不得而详矣。"又谓:"前丘生诗刻意学少谷子,故多崛奇语句。……弟汝楫字木㭊,亦有诗名,时号二傅。或是鳌峰九人之一乎?"此从游九人,当即为鳌峰社中人。

【39】 越山诗社甲

屈大均《广东新语》谓:"越山诗社,始自王光禄渐逵,伦祭酒以训。"(卷九)案王渐逵字用仪,号鸿山,番禺人,正德丁丑进士,授刑部主事,有《青萝集》二十卷。伦以训字彦式,南海人,正德丁丑第二人及第,授编修,历官国子祭酒,有《白山集》十卷。社事始末不可考。

【40】 海岱诗社

王士禛《古夫于亭杂录》云:"吾乡六郡,青州冠盖最盛。世宗时林下诸老为海岱诗社,倡和尤盛。其人则冯闾山(裕)、黄海亭(卿)、石来山(存礼)、刘山泉(澄甫)、范泉(渊甫)、杨浞谷(应奎)、陈东渚(经),而即墨蓝北山(田)亦以侨居与焉,倡和诗凡十二卷,无刊本。余近访得抄本,诗各体皆入格,非浪作者。"案:是书名《海岱会集》。此社由北方文人所结合,故切实做诗,不事标榜,性质稍与南中不同。《四库总目提要》云:"嘉靖乙未、丙申间(十四、十五年),经以吏部侍郎丁忧里居,田除名间住,渊甫未仕,存礼等五人并致仕,乃结诗社于北郭禅林,后编辑所作成帙,冠以社约。……八人皆不以诗名,而其诗皆清雅可观,无三杨台阁之习,亦无七子摹拟之弊。……观其社约中有不许将会内诗词传播,违者有罚一条,盖山间林下自适性情,不复以文坛名誉为事,故不随风气为转移,而八人皆闲散之身,自吟咏外别无余事,故互相推敲,自少疵颣,其斐然可诵,良亦有由矣。"(卷一八九)

【41】 青溪社甲

钱谦益《列朝诗集》谓:"嘉靖中,顾华玉(璘)以涮辖家居,倡诗学于青溪之上:羽伯(陈凤)及谢应午(少南)、许仲贻(榖)、金子有(大车)、金子坤(大舆)以少俊从游,相与讲艺谈诗,金陵之文学自是蔚然可观。"(丙集)这似乎已有青溪结社之实。又案《金陵琐事》称:"羽伯陈公评青溪社四子诗云:'高汝州近思雄壮奇拔,马国学承道博雅典则,金文学子坤清新秀朗,金孝廉子有则兼总诸长,词义双美。'夫金氏昆玉尚有诗集,若高、马二公,人且不知姓名也,况于诗乎?"则是不仅有结社之实,也且确有青溪社之名。不过被后来隆万间的青溪社所掩,所以世人就较少论及了。又案钱谦益《金陵社集》诗序云:"弘正之间,顾华玉(璘)、王钦佩(韦)以文章立坛,陈大声(铎)、徐子仁(霖)以词曲擅场,江山妍淑,士女清华,才俊歘集,风流弘长。嘉靖中年,朱子价(曰藩)、何元朗(良俊)为寓公,金在衡(銮)、盛仲交(时泰)为地主,皇甫子循(汸)、黄淳父(姬水)之流为旅人,相与授简分题,征歌选胜。秦淮一曲,烟水竞其风华;桃叶诸姬,梅柳滋其妍翠,此金陵之初盛也。"则又分初期的青溪社为两个时期,两个社集。

【42】 西湖八社

嘉靖壬戌(四十一年),闽人祝时泰游于杭州,与其友结西湖八社之会。盖以会之地八,随地立名,曰紫阳诗社、湖心诗社、玉岑诗社、飞来诗社、月岩诗社、南屏诗社、紫云诗社、洞霄诗社,总称为西湖八社。此于诗社之中,兼游赏之趣,又是诗社中之别开生面的。其社约谓:"凡诗命题,即山景物,不取远拈。"大率多流连风景之作。此八社由祝时泰等七人分主之。时泰主紫阳社,刘子伯主湖心社,方九叙主玉峰社,童汉臣主飞来社及紫云社,高应冕主月岩社,沈仕主南屏社,王寅主洞霄社(均见《武林掌故丛编·西湖八社诗帖》)。此外社友,据《分省人物考》谓:"张文宿遭谗落职,就西湖筑一小楼,湖中置一舫,与郡中沈青门

(仕)方十洲(九叙)辈结为诗社。"《列朝诗集》谓："用晦(李元昭)世袭千户,弃不就;与童侍御南衡(汉臣)方职方十洲辈结社西湖,其诗皆明农习隐之言。"又茅坤所撰明诗人李珠山(奎)先生墓志铭谓："寻响所谓诗社游者,方太守公九叙、童侍御公汉臣、马纳言公三才、朱宁州公孙炎、陈太守公师、沈太仆公淮、沈郁林公诏、高光州公应冕、赵溧阳公应元、沈山人仕、刘山人子伯及千户侯施经辈相与后先投社,翱翔湖山之间。最后予亦罢官归,闲过西湖诸社游,抑且并邀予,详见大雅堂碑中,诸社游数推予为祭酒,而予所最莫逆者公。"则是张文宿、李元昭、马三才、朱孙炎、陈师、沈淮、沈诏、赵应元、施经、李奎、茅坤,亦皆为社中人,而茅坤且数为祭酒,疑湖上诗社除上述八社之外,或更有诗酒流连之集。故李奎《龙珠山房诗集》所举,更有孤山吟社、湖南吟社等目,或亦如八社之例,是随地命名的。

【43】 玉河社

李奎《龙珠山房集》,有刘子伯、高应奎序。刘、高即西湖八社之主持者,故李氏之参加西湖社可无疑问。高氏序谓："李山人旧出游塞上十年,塞上诸名家如谢四溟、李沧溟皆交欢山人,争下之。"则李氏先曾参加七子社,归乡以后始参加西湖社的。考《龙珠山房集》卷下有马怀玉席上留别玉河社友诗云:"乌啼宫树晓将行,握手长歌对月明。故国战余归去疾,天涯客久别离轻。秦淮冰雪三冬路,燕越云山两地情。独抱一竿江上去,相逢何日话平生。"则此玉河社或即是高应奎序所谓塞上诸名家所结的社。《龙珠山房集》中有玉河桥见白燕诗,社名之起或者以此。集中又有长安冬夜同谢茂秦、吴子充、周一之、马怀玉、施引之、包庸之、顾季狂集罗山甫馆诗,疑这些人即是玉河社中人。

【44】 湖南吟社

李奎《湖上篇》有《夏日冉山王明府双桥凌太守招集湖南吟社得鱼字》诗,又有《集朱九疑湖南吟社》二首,九疑即西湖社中之朱宁州公孙炎,疑此亦西湖社集之一。又考张瀚奚《囊蠹余补遗》亦有《夏日集湖南吟社》一首,则湖南吟社亦有怡老会中人物。

【45】 孤山吟社 甲

李奎《湖上篇》又有孤山吟社四首,有"高人招结社,小隐向湖心"及"坐爱前峰好,闲来更一跻"等句,疑此亦西湖社集之一。又案张瀚奘《囊蠹余附录》卷下载张杞《结社孤屿登和靖初墓率尔志怀》诗,似此亦是孤山吟社。但杞字汝砚,号绎山,隆庆庚午举人,年辈稍后,或是别一社集。

【46】 甬上诗社 丙

此即全祖望所谓甬上诗社三举于张东沙者。陈豪楚《两浙结社考》云:"兵部尚书张东沙时彻结社事无考。李杲堂《甬上耆旧诗》卷八《张东沙传》仅称'家有别墅在东皋曰茂屿草堂,在西皋曰武陵庄,时引上客共觞咏其间'云。"(《浙江图书馆馆刊》四卷一期)

【47】 南园诗社 乙

岭南自孙蕡、赵介诸人结社南园,号称五先生,此后粤中社集亦相继不绝,而以欧大任等南园续社为最著。欧大任(桢伯)、梁有誉(公实)、黎民表(维敬)、吴旦(而待)、李时行(少阶),即世所称南园后五先生。此五人诗大都受黄佐影响,欧、梁、黎、吴皆佐弟子,故《静志居诗话》亦谓"岭南学派,文裕(黄佐谥)实为领袖"(卷十一)。《广东新语》述欧桢伯语云:"当世宗皇帝时,泰泉先生(佐)崛出南海,其持汉家三尺以号令魏晋六朝,而指挥开元大历,变椎结为章甫,辟荒剃秽于炎徼,功不在陆贾、终军下也。"(卷十三)其论诗宗旨,与七子差近,故欧梁至长安,王李争相推重,而梁氏即列名七子。但梁氏在七子社中已先成家,故不染其叫嚣习气。南园诗社的作风,毕竟与七子不同。社中人物,除此五先生外,据朱孟震《玉笥诗谈》称:"欧桢伯少与梁比部公实、黎秘书维敬、梁廷评彦国结社山中。"而《南园后五先生诗·欧大任传》又称:"弱冠即名噪诸生间,与梁有誉、黎民表、梁绍震相友善。"案梁柱臣字彦国,广州顺德人,嘉靖丙午举人,官刑部员外;梁绍震字原东,亦顺德人,隆庆丁卯举人,官平乐同知。似二梁亦社中人。

【48】 越山诗社 乙

越山诗社亦作粤山诗社。欧大任《虞部集·梁比部传》称:"公实谢病归,扁门吟哦,罕通宾客,修复粤山旧社,招邀故人,相与发愤千古之事。"则似南园社为欧大任少时所组织,而越山社则为梁有誉与李王结七子社后,南归始再修复粤山旧社,人物虽同,动机或异。梁氏著《雅约序》云:"夫文艺之于行业,犹华榱之丹雘,静姝之绮縠。先民代作,并皆隽杰。修翱未易径凌,逸足讵能骤践?然运精至则木雕自运,凝神极则鸣蝉若掇。诚能博览锐思,时修岁积,或无恶欤?倪情致有所属,而制述无恒裁。烟煤无知,恣其点染;管札不言,任其挥霍。强欲角逐艺苑,何异执枯条以夸于邓林,吹苇籥以鸣于洞野也。"(《明诗纪事》己签二引)这是他们的结社宗旨,真所谓"相与发愤千古之事"。《四库总目·清泉精舍小志提要》谓"兹编乃其(黎民表)家居唱和之诗。卷首自序称友人结社于粤山之麓,讲德论义,必以诗教为首。旦夕酬酢,可讽咏者至千余篇,年祀浸远,散佚逾甚;暇日拾箧中得古近体若干首哀而录之云"(卷一九二)。则是此编或即是粤山诗社的社集。又《明诗纪事》戊签九谓:"陈绍文字公载,南海人,与梁公实、欧桢伯、黎瑶石、吴而待诸人结诗社。"则陈绍文当亦是社中人,似亦不限于南园后五先生。

【49】 青溪社 乙

钱谦益序《金陵社集诗》云:"万历初年,陈宁乡芹解组石城,卜居笛步,置驿邀宾,复修青溪之社,于是在衡仲交以旧老而莅盟,幼于百谷以胜流而至止。"实则此青溪社之起,由于费懋谦、朱孟震诸人之倡导。朱彝尊《静志居诗话》云:"虞山钱氏序《金陵社集》,考之未得其详。青溪社集倡自隆庆辛未(五年)而非万历初年也。朱秉器(孟震)《停云小志》云:'青溪自后湖分流与秦淮合,当桃叶淮清之间,有邀笛步者,晋王徽之邀桓伊吹笛处也。陈明府芹即其地为阁焉,俯瞰溪流,颇有幽致。岁辛未,费参军懋谦约余为诗会其上,于是地主则明府,次则唐太学资贤、姚典府澍、胡民部世祥、华广文复初、钟参军倬、黄参军乔栋、周山人才甫、盛贡士时泰、任参军梦榛。先后游而未入会者,则张太学献翼、金山人鸾、黄山人孔昭、梅文学鼎祚、莫山人公远、王山人寅、黄进士云龙、夏山人曰瑚、纪亳州振东、陈将军经翰、汪山人显节、汪文学道贯道会、沈太史懋学、邵太学应魁、周文学时复。癸酉(万历元年)复为续会,则吴文学子玉、魏广文学礼、莫贡士是龙、邵太学应魁、张文学文柱,每月为集,遇景命题,即席分韵,同心投分,乐志忘形,间事校评,期臻雅道。前会录诗若干刻之,命曰《青溪社稿》,许石城先生序其首;续会录诗若干,吴瑞毂序之……后方民部沆,叶山人之芳入焉。'"此文纪述源流甚详,考朱孟震《玉笥诗谈》,所载亦均青溪社事,社中人物与当时倡和之作,大率在是,兹不备述。

【50】 甬上诗社丁

此又全祖望所谓"甬上诗社四举于杨沔阳"者。李邺嗣《甬上耆旧诗》卷十三知沔阳州杨公茂清传谓:"公性澹于进取,遂力请老归,家居……与戴南江诸老为耆会,日相唱酬。"茂清字志澄号芝山。

【51】 孤山吟社乙

此为张杞诸人在孤山所结之吟社,见前45孤山吟社甲条。

【52】 淮南社

社创于陆弼,弼字无从,江都人,有《正始堂集》。李维桢《陆无从集序》云:"己酉(万历三十七年)以急难侨寓广陵,始奉无从杖履。……无从独曲节下余,恨相见晚,招余入淮南社相唱酬。"(《大泌山房集》十三)案《列朝诗集》称无从推尊王弇州,几欲铸金顶礼,但弇州未以列入四十子中,又无从晚年作风亦稍转变,亦不能谓是七子社之旁支。

【53】 龙光社

《静志居诗话》谓:"南昌郭外有龙光寺,万历乙卯(四十三年)二月豫章诗人结社于斯。宗子与者十人:知白之外,则宜春王孙谋𧃏文翰,瑞昌王孙谋雅彦叔,石城王孙谋玮郁仪,谋圭禹锡,谋鞾诚文,谋堡藩甫,谋垦辟疆,建安王孙谋谷更生,谋堲禹卿,谋𧃏缉其诗曰《龙光社草》。"(卷一)案知白名多煃,宁惠王第四子,其《秋日社集诗》云:"躐步出郭门,凉秋明朝日。"则是春日社集之外,亦如他社之兼有秋日新集。

【54】 八咏楼社

此为斯一绪主持之结社。一绪字惟武,东阳人,有《怀白山房稿》。《金华诗录》云："万历戊午（四十六年）惟武与徐伯阳、龚季良（士骧）、陈大孚、章无逸、吴赐如（之器）诸人为八咏楼社，惟武实为盟长。"

【55】 饮和社

李维桢《饮和社诗跋》云："青阳盖有九子山云。唐李供奉易之曰九华，名胜益著。余三游吴越，从舟车中望其群峭摩空，秀色可餐，意必有才俊士钟山灵而兴者，庶几一遇之而不得。……今年罗少府来治吾邑，贻余以《饮和社诗》一编，则青阳诸君作也。其人为吴生□（原残缺，疑系"五"字），为熊生三，为王生一，而诗若出一手，上下陶韦王孟间。……余欲更易九华为九子，以彰人杰地灵之应，愧非吾家供奉，足以取重取信也。为序其诗传之，或更目曰《青阳九子诗》何如？"（《大泌山房集》一三一）今其人已不可考。

【56】 萍社甲

李维桢《萍社草题辞》云："萍社草者，福唐谢寓中、林昂与其犹子凡夫三人作也。……三人家福唐而为社金陵，盖汗漫之游，倏然而聚，非专用乡曲私昵，故以萍名其社云。"（《大泌山房集》一二九）今其人亦不可考。

【57】 楠山社

李维桢《楠山社草引》云："潘伯游太初部郢，与诸词人谈诗，选地得郡人吕姚州吉甫之楠木山房为社，而奉游太公为主，盖太公善诗云。姚州与其里曾任父文学长卿、刘文学兆隆、吕文学伯明、沔费宪使国聘、金陵僧腥鹤、新安潘文学景升，后先入社，然不能时聚，诗筒往还而已。辑之为《楠山社草》。"（《大泌山房集》一三一）案游朴字太初，福宁州人，万历甲戌进士，累官湖广布政使，有《藏山集》。又李氏《题大吕元英册》云："伯明为茂才时，辄与父叔及四方文士为诗社，社中人逊不如。"（《大泌山房集》一三〇）此所谓诗社，当即指楠山社。

【58】 林泉雅集甬上诗社戊

是为甬上诗社之戊。全祖望《鲒埼亭集》三十八有《林泉雅会图石本跋》，谓："是会创于先宫詹公（天叙）。其同事者，周尚书（应宾）、吴光禄（礼嘉）、林金事（祖述）、陈宫允（之龙）、丁中丞（继嗣）、周观察（应治）、黄比部、屠辰州、赵比部(体仁)十人。辰州为社长,然未有图也。宫詹下世,宫允、辰州及黄比部俱相继逝,于是又参以徐、陆二廷尉(徐名时进,陆未详)、万都督(邦孚)、陆别驾、周侍御,复为十人,始为图,有墨本,又有石本。其后光禄下世,又参以施都督,然石本中尚无施公,以其未入社也。"案天叙字伯典,鄞县人,万历丙戌进士,官侍读学士,天启初,追赠礼部右侍郎,有铁庵集。是会成立,当在万历、天启之间。又按《甬上耆旧诗》二十六纪林泉雅集诸公共十一人,即吴礼嘉、周应宾、周应治、丁继嗣、林祖述、全天叙、万邦孚、徐时进、陈之龙、朱勋、赵体仁十一人。与全氏所记稍有出入,中有朱勋,为全氏文中所未及。

【59】 浮邱诗社

屈大均《广东新语》谓:"浮邱诗社始自郭光禄棐、王光禄学曾。"案郭棐字笃周,王学曾字唯吾,社事始末不详。

【60】 金陵社

金陵社为万历末年曹学佺等所举之社会。钱谦益《列朝诗集小传》云:"闽人曹学佺能始,回翔棘寺,游宴冶城,宾朋过从,名胜延揽,缙绅则臧晋叔(懋循)、陈德远(邦瞻)为眉目,布衣则吴非熊(兆)、吴允兆(梦旸)、柳陈父(应芳)、盛太古(鸣世)为领袖。……此金陵之极盛也。余采诗旧京,得《金陵社集诗》一编,盖曹氏门客所撰集也。"(丁上)这是社中比较著名的人物。此外可考知者有游及远、姚旅、吴文历、黄世康、沈野诸人。《兰陔诗话》云:"游元封(及远)为益藩上客,与同里姚园客(旅)、吴元翰(文历)、黄元干(世康)皆预金陵诗社。"又《列朝诗集》云:"沈野字从先,吴人。曹能始见其诗,激赏之,延致石仓园,题其所居之室曰吴客轩。"

【61】 阆风楼诗社

此当是曹学佺在闽所组织之诗社。朱彝尊《静志居诗话》云:"磐生(陈衎)与徐兴公(𤊹)同入曹能始阆风楼诗社,而赋才懦钝,光焰郁而不舒。"(卷十九)考谢章铤《课余续录》卷二谓:"明人重声气,喜结文社,季世尢、复二社且与国运相终始,若闽之鳌峰诗社,则始于郑少谷、高石门、傅丁戊,继之者徐幔亭、兴公兄弟（燧与爋）、曹能始、谢在杭（肇淛）也。”又《明诗纪事》庚签十七论邓原岳诗，称其“音节俊爽，长于七律，与谢在杭、徐惟和（燧）辈结社，在杭推为嘉隆后诗人之冠”。此二文所言结社事，当即指阆风楼诗社。

【62】 读史社

此为谭昌言所组织之诗社。昌言字圣俞，嘉兴人。万历甲午乡试第一，辛丑进士。《静志居诗话》云：“谭公在留都，结诗社读史社，诗爱孟襄阳，第不多作。”（卷十六）

【63】 七子社五子社附

至嘉靖之季，王世贞、李攀龙诸人七子社之组织，始使文坛牵入到门户党争的旋涡之中。在以前，洪熙、宣德、正统之间，三杨台阁体风行一时，稍后李东阳已起而矫其弊，于是作风一变，当时已有茶陵派之称。待到弘治、正德之间，李梦阳起而高唱复古，以为文必秦汉，诗必盛唐，于是作风与主张都大异往昔。何景明、徐祯卿辅之，互相遥应，遂有所谓七才子之目。然而只是相互标榜，尚不见有结社的记载。至王、李等后七子起，绍述何、李，于是旗帜益鲜明，主张益坚定，声势益浩大，而流弊也因以明显。于是反之者则有公安派，同样在反对途径，但又兼取而修正之者则有竟陵派。这些派别，虽不必复有结社之实，然而此仆彼起，其声势之足以震撼一时，远超过以前结社的情形，盖至是已不复重在怡老遣性，而是文学批评的派别的集团之争。所以七子社的集团，方其始虽也与普通的结社一样，但因主张坚定，也就产生与其他结社不一样的结果。

方王、李未盛之先，京师已有诗社，由高岱、李先芳等主持之。岱字伯宗，钟祥人；先芳字伯承，濮州人。待到王、李释褐，于是高、李等招之入社。当时参加入社者，为吴维岳、李先芳、高岱、王世贞、李攀龙、袁福征六人。这可以算是七子社之前驱。

王、李入社以后，头角渐露，羽翼渐广，而使他们所以能享盛名者，又因延揽谢榛入社的缘故。当时谢榛以援卢柟出狱事，名震京师，公卿争与交欢，所以谢榛遂以布衣入社。谢榛入社以后，第一绝大的贡献，即在决定学诗的宗主。谢榛《诗家直说》有一节记其事实云。

> 一日,因谈初唐盛唐十二家诗集,及李杜二家孰可专为楷范……或云沈宋,或云李杜,或云王孟。余默然久之,曰:历观十四家所作,咸可为法。当选其论集中之最传者,录成一帙,熟读之以夺神气,歌咏之以求声调,玩味之以衷精华,得此三要,则造乎浑沦,不必塑谪仙而画少陵也。夫万物一我也,千古一心也,易驳而为纯,去浊而归清,使李杜诸公复起,将以予为可教也,诸君笑而然之。

因此,造成他们兼并古人的作风,同时也扶植了王、李的声望和地位。可是,王、李之声望既高,于是第一步,摈吴维岳、高岱、李先芳诸人,而进宗臣、梁有誉于社,合谢榛而称为五子。未几,徐中行、吴国伦亦入社,乃改称七子之社。在这种意气不可一世,企图独霸的情形下面,于是对于谢榛以布衣而执牛耳,也渐渐感到不满了。而茂秦意气又极为凌厉,对于李氏作品亦时多指摘,于是遂由反目而绝交,摈之不与五子七子之列。社事自经此两度风波,于是王、李始成为主盟,阿谀日盛,意气益高,而下劣诗魔遂亦潜伏而不自知。易世以后,王、李转成攻击之的了。钱谦益《列朝诗集》之述李攀龙云:"于鳞高自夸许,诗自天宝以下,文自西京以下,誓不污我豪素也。官郎署五六年,倡五子七子之社;吴郡王元美以名家胜流,羽翼而鼓吹之,其声益大噪。及其自秦中挂冠,构白雪楼于鲍山、华不注之间,杜门高枕,声望茂著,操海内文章之柄垂二十年。"(丁上)又述王世贞云:"元美弱冠登朝,与济南李于鳞修复西京大历以上之诗文以号令一世。于鳞既殁,元美著作日益繁富,而其地望之高,游道之广,声力气义,足以翕张贤豪,吹嘘才俊,于是天下咸奔走其门,若玉帛职贡之会,莫敢后至。操文章之柄,登坛设坫,近古未有。"(同上)可见二人在当时声势之盛。然二人皆狂妄负气,大言不惭,不免英雄欺人。《四库总目提要》之论元美,谓"其早年自命太高,求名太急,虚矫恃气,持论遂至一偏",自是笃论。加以性既褊狭,不免党同伐异,以好恶为高下,于是所论又多不公。直到元美晚年,阅世日深,读书渐细,虚气消歇,浮华解驳,始悔少作之非,然而已成硬性,亦不易转变了。

【64】 南屏社

此非西湖八社中之南屏诗社,而为卓明卿诸人所组织之社。明卿字澂甫,仁和人,官光禄寺珍羞署正,有《卓光禄集》。集中有《南屏社序》。序谓"夫暂溷城市,则鄙吝之心萌;一入山林,则清旷之趣惬。矧良时易失,嘉会难常"云云,则是此社也同西湖八社一样,选胜吟诗,二者相兼。此序作于万历丙戌,为万历十四年。序中又称:"推司马以会盟,进下走于地主。"又奉汪伯玉司马书云:"南屏之役,不佞奉盂,明公执耳。"故卓氏诗有"千秋骚雅堪谁主,司马登坛属上公"之句,而汪氏诗亦言:"地主杯行光禄酒,天人乐奏妙高台。"据集中附录诸作,知参与是集者,除汪、卓二人外,尚有王世贞、邬佐卿、汪礼约、曹昌先、王穉登、毛文蔚、汪道贯、汪道会、屠隆、宋邦承、李自奇、徐桂、杨承鲲、潘之恒、华仲亨,凡十七人。

【65】 白榆社

七子社声势正盛之际,举国风靡,于是当时零星小社,如陆弼之淮南社,也可谓是受七子社的影响,不过以其晚年稍有转变,所以不以附于七子社之后。其足为七子羽翼者,大率为汪道昆所主持之社。汪氏与王世贞本有两司马之称,所以此数社真是七子社之旁支。

李维桢《鸾啸轩诗序》云:"友人潘景升弱冠善举子业,厌之,为古诗,有《蒹葭馆草》。已而里中汪司马先生解组归,首执贽问奇,因与其诸弟若四方词人游新安者为社,有《白榆社草》。"(《大泌山房集》二十二)则是此社是汪氏归里以后,由潘景升诸人所组织。吴之器《婺书》云:"元瑞才高气雄,其诗鸿邕璟丽,稍假以年,将与日而化。元瑞之重以弇州,弇州殁,入白榆社。白榆者,汪司马社也。"则是王世贞以后,即由汪氏主持文柄。钱谦益《列朝诗集》丁下《论俞安期诗》,谓"尝以长律一百五十韵投赠王元美,元美为之倾倒。已而访汪伯玉于新安,访吴明卿于下雉,皆与结社",当亦是指白榆社而言。

【66】 丰干社

《四库总目提要》一七八卷:"方建元诗集,明方于鲁撰。……于鲁初以制墨名,后与汪道昆唱和,遂投入丰干社中,然世终称其墨也。"案提要语本朱彝尊《静志居诗话》,今丰干社事无考。

七

天启以后,怡老之会社不复举行,除纯粹诗社外,颇多专研时文之社。此风气创自万历间,而明末尤盛。即当时好作政治活动之结社,亦多自时文社蜕变的。这二者是启、祯间的新风气。

现在,先述纯粹的诗社。

【67】 白门社

此为黄居中弟子们所组织之诗社。居中字立父,一字明立,晋江人。万历乙酉举人,除上海教谕,历南国子监丞,迁黄平知州,不赴,有《千顷斋集》。李维桢《黄明立集叙》云:"今国子先生晋陵黄明立者,教谕上海,擢助教,迁监丞,三仕不离皋比席,然皆德选,非常除左官比。……明立门下多名士,项日留京诸郎数十人为白门社。"(《大泌山房集》十)陈田《明诗纪事》庚签十四下亦有黄氏《闰冬社集永庆寺因登谢公墩诗》。

【68】 北山诗社

此为许樵诸人所结之诗社。樵字岩长,莆田布衣。郑王臣《兰陔诗话》云:"岩长与同里吴元翰、张隆父、林希万、黄汉表、卢元礼、高彦升、陈肩之、林彦式诸君结北山诗社。"《明诗纪事》庚签三十上有许樵《社期阻雨有怀远游诸丈诗》。

【69】 海门社

此为阮自华等组织之社。自华字坚之,万历戊戌进士,历官庆阳邵武知府,有《雾灵集》。钱谦益《列朝诗集》小传称其为人跌宕疏放,晚为郡守,不视吏事,宾客满堂,分笺赋诗,有风流太守之号。《怀宁县志·文苑传》:"大铖从祖阮自华,始迁怀宁,与吴应钟、刘钟岳等结海门社。"

【70】 鸳社

鸳社之集,起于谭贞默。贞默字梁生,号扫庵,昌言子。崇祯戊辰进士。沈季友《槜李诗系》云:"当万、天间,风雅衰落,经生有不知四声者;贞默创立鸳社,集里中诸名士,岁时征咏,共相切劘。"(卷二十)惜此社鲜知名士,故不久即烟消云散,为世所忘。朱彝尊《静志居诗话》云:"鸳社之集,谭梁生借会嘉(李肇亨)和之,先后赋诗者三十三人,事未百年,而闾阎故老已莫能举姓氏。"又云"鹿柴先生(王廷宰)占籍嘉兴,注名鸳水诗社。案《明诗综》七十一录项真《社集分赋得竹林诗》,谭贞和《社集分赋得金谷诗》,考真字不损,秀水儒学生,贞和字闾仲,昌言次子,疑此二人亦鸳水诗社中人。

【71】 竹西续社

此为梁于涘诸人所组织。于涘字饮光,一字湛至,江都人,崇祯癸未进士。《扬州府志》谓:"于涘少有诗名,与郑元勋(超宗)、郑为虹(天玉)等结竹西续社。元勋影园开黄牡丹,远近征诗,以番禺黎遂球诗第一,于涘次之。"案梁、郑亦名列复社,是否此竹西社并入复社,无明文记载,不可考。此社在江都,一时寓贤大率入社。即黎遂球黄牡丹诗,据其题为"扬州同诸公社集郑超宗影园即席咏黄牡丹",则知系一时社集之作,非关征诗。杨廷撰《一经堂诗话》谓:"士修薄游广陵,时南海欧桢伯主竹西坛坫,士修奉之为师。"案士修姓葛名幼元,南通州人。又《明诗纪事》辛签八下"李待问字存我,松江华亭人,崇祯癸未进士,有广陵同郑超宗诸子郊外宴集诗",知欧大任、葛幼元、李待问诸人均皆入社。梁于涘有《竹西亭诗》,竹西之名当取义于此。

【72】 南园诗社丙

南园诗社自两度修举以后,至明季,又由陈子壮诸人修复之。子壮字集生,南海人。万历四十七年以进士第三人授翰林编修,天启四年,典浙江乡试,以忤魏忠贤削籍。崇祯以后,以故官起用,嗣后历事福王、唐王等,事败被戮。结社之举,盖在天启削籍以后。屈大均《广东新语》谓:"诃林净社始自陈宗伯子壮,而宗伯复修南园旧社,与广州名流十有二人倡和。"佚名氏《陈文忠公行状》云:"公既归,辟云涂别墅于城北白云山中,寄情诗酒,复修南园旧社,一时诸名流,区启图名怀瑞,曾息庵名道唯,高见庵名赍明,黄石佣名圣年,黎洞石名邦珹,谢雪航名长文,苏裕宗名兴裔,梁纪石名佑达(一作佑遽),区叔永名怀年,黎美周名遂球,及公季弟名子升,共十二人,称南园后劲。"此文附《胜朝粤东遗民录》中。但《胜朝粤东遗民录》于《欧主遇传》,又称:"崇祯己卯(十二年),主遇与陈子壮、子升兄弟及从兄必元,区怀瑞、怀年兄弟,黎遂球,黎邦瑊,黄圣年,黄季恒,徐棻,僧通岸等十二人修复南园旧社,期不常会,会日有歌伎侑酒。后吴越江楚闽中诸名流亦来入社,遂极时彦之盛。"(卷二)二文所纪人名,稍有出入,当系传闻之误。

【73】 山茨社

此为杨麓诸人所结之社。麓字㔉云,南通州人,诸生,有《竹柳堂西林社自怡》等集。杨廷撰《一经堂诗话》谓:"㔉云与里中范十山、孙皆山、胡麟分结社山茨。其诗钩棘索隐,沾染钟、谭习气。"又案《明诗纪事》庚签三十上"汤有光字慈明,南通州人,有《慈明集》。慈明入范异羽山茨社,近体时有警动之作。"案范凤翼字异羽,亦南通州人。又辛签二十九"凌潞庚字季元,南通州人,诸生,有《郑圃草》",并引《山茨社诗品》云:"《郑圃草》如市中贾客,无物不有,不必皆希世之珍。"大约此社皆南通人。

【74】 雪社

张瀚《奚囊蠹余·附录》下录张峥诗,有"余缔雪社于湖上,汪然明建白苏祠成,同社合赋,兼邀然明入社"诗。案峥字幼青,仁和诸生,崇祯庚午恩贡,癸酉顺天副榜。

【75】 陶社

《海昌艺文志》四谓:"余懋学字士雅,号敏公,由廪生副榜官当涂县丞。归构不亩园,吟咏其中,与郭濬、葛征奇等结社,号陶社。"案葛征奇字无奇,号公龛,崇祯戊辰进士,有《芜园诗集》六卷,《四库存目提要》称其颇有闲适之致。

【76】 星社

周亮工《书影》谓:"庚午(崇祯三年)秋吴众香开星社于高座寺,时社惟予与余姚黄太冲,桐城吴子远,年皆十九(案周亮工万历四十年生,黄宗羲万历三十八年生,似非同年)。若抚(林云凤字若抚,长洲人)赋诗赠予辈曰:'白社初开士景从,同年同调更难逢。谁家得种三株树,老我如登群玉峰。书寄西池非匹鸟,席分东溪在全龙。慈恩他日题名处,十九人中肯见容。'"星社社事可知者仅此。

【77】 萍社 乙

萍社为钱光绣诸人所组织。"《海昌艺文志》二十三引《黛云馆赘语》云:《萍社诗选》一册,系刊本。乐府古今体诗并诗余计八卷。前有王遂东(思任)、陈木叔(函辉)两先生序,刊于崇祯丁丑(十年)。诗以体分,人以齿序。萍社为明宁国太守钱岂尘先生寓居于硖,其长君蛰庵执牛耳者。其凡例有云:尚拟举一大社,以花朝重阳为期,一日专课帖括,一日兼试诗古文词,一日校习骑射,亦足见其情兴之豪已。"案是社凡十九人,海宁则周璇、郭濬、查继佐、吴惟修、郜鼎,嘉兴则李明岳、王翃、王庭、郑雪舫,秀水则陆钿、蒋之翘,崇德则周九戢,郑则钱肃乐、钱光绣、张嘉昺,沁水则张道濬,蒲田则刘复,吴中则浮屠大鴈、浮屠林璧(见《甬上续耆旧诗》卷五十二)。

【78】 澹鸣社

【79】 彝社

【80】 遥通社

【81】 介社

【82】 广敬社

【83】 澄社

【84】 经社

全祖望《钱蛰庵征君述》:"公讳光绣,字圣月,晚号蛰庵。先生少负异才,随侍其父侨居硖石,因尽交浙西诸名士,已而随侍游吴中、宛中、南中,尽交江左诸名士。是时社会方殷,四方豪杰俱游江浙间,因尽交天下诸名士,先生年甫及冠也,而宿老俱重之。硖中则有澹鸣社、萍社、彝社,吴中有遥通社,杭之湖上有公社,海昌有观社,禾中有广敬社,语溪有澄社,龙山有经社,先生皆预焉。"(《鲒埼亭集》外编十一)案这些社的性质很难考知,萍社知为诗社,观社知为文社。此外以未能确定,姑附于萍社之后。

八

上述各社，都是能举其名的社。此外，还有许多仅知其结诗社而不能举其名，现在亦依次叙述之。

【85】 俞永诸人之结社

俞永初名允，字嘉言，松江华亭人。洪武甲戌进士，有《春曹诗稿》。松江府志："嘉言少好学，与袁海叟、陶京仪、陆达夫、陈主客伯仲，结诗社，呼为小友。"案此社或在元季。

【86】 凌云翰诸人之结社

云翰字彦翀，钱唐人，《明诗综》十四录其《清江文会诗为崔驿丞赋》："清江之水如练澄，盍簪此地皆良朋。一钱尚怀会稽守，二松好效蓝田丞。忘机鸥鸟偶到座，入馔鲈鱼还可罾。兰亭陈迹在图画，新诗莫惜传溪藤。"

【87】 江敬弘诸人之结社

江敬弘字斐然，休宁人，有《斐然集》。程敏政《新安文献志》："斐然师赵东山，博学能诗，洪武初以吏谪濠梁，时会稽唐肃，钱塘董矗，吴中王端，临川元瑄，甬东王胄，天台梁楚材、刘昭文，皆谪居濠上，相与结诗社，后免归。"

【88】 聂大年诸人之结社

聂大年字寿卿，临川人，宣德末用荐为仁和训导，迁常州教谕，景泰初征入翰林，有《东轩沦斋二集》。案《东轩集补遗》有《社集湖楼》一首云："往时秋未半，裙屐集高楼。挈钵催诗句，折花传酒筹。主人扶大雅，余子足风流。不觉夕阳暮，刺舟清夜游。"（《武林往哲遗著》本）

【89】 王弼诸人之结社

弼字存敬，黄岩人，成化乙未进士，官兴化知府，有《南郭集》。钱谦益《列朝诗集》丙："存敬早有诗名，为郎时与杨君谦结社。"

【90】 魏时敏诸人之结社

时敏字竹溪,蒲田人。黄仲昭《未轩集》:"其在无锡及家居,皆倡一时名胜为诗社。年八十余,犹未尝一日废吟事也。"

【91】 汤琮诸人之结社

汤琮字礐庵,金齿卫人。袁文典《滇南诗略》:"礐庵正统间与同郡陶宁、张志举、程广、曹遇结诗社。"

【92】 刘储秀诸人之结社

刘储秀字士奇,咸宁人,正德甲戌进士,官户部、兵部尚书。《明诗纪事》戊签六:"尚书为部郎时,与僚属薛君采(蕙)、胡承之(侍)、张孟独(治道)倡和为诗社,都下号西翰林。"

【93】 陆光宙诸人之结社

《静志居诗话》卷十四:"陆光宙字与尝,平湖人,隐居郊园,与宋旭初旸、璩之璞君瑕辈一十八人结文酒之社。晚梦一道士持陶靖节小像索题,谛视之即已也。题云:'在晋为渊明,躬耕辞百斗。昔以节自持,今惟义自守。千载复归来,春风吹五柳。曾识白莲人,远公是吾友。'盖十八人中有白莲道人如本也。"

【94】 叶春及诸人之结社

春及字化甫,归善人,嘉靖壬子举人,官户部郎中,有《䌹斋集》。《明诗综》四十八录其《访詹咫亭先生巢云书院兼呈社中诸友二首》。

【95】 魏学礼诸人之结社

宋孟震《玉笥诗谈》下:"魏学礼字季朗,长洲人,以贡入太学,初与刘侍郎子威(凤)游,结社相倡和,有《比玉集》。"案魏氏加入青溪社在其后。《静志居诗话》称"子威局守唐无古诗一语,叹为知言,其诗襞积纂组,节节俱断",与青溪社作风亦不同。

【96】 邵景尧诸人之结社

邵景尧字熙臣,象山人,万历戊戌第二人及第,授编修,迁左谕德,有《邵太史集》。倪勋《彭姥诗搜》:"谕德少有才名,与甬上杨守勤等结社赋诗,号浙东十四子。"案守勤字昆阜,疑此与甬上诗社有关。

【97】 朱大启诸人之结社

大启字君舆,别字广源,为朱彝尊之伯祖。《静志居诗话》云:"先伯祖晚爱结方外社,与秋潭、萍踪、雪峤诸法侣游,更唱迭和,故《曼寄轩集》禅诵之言居多。"

【98】 安绍芳诸人之结社

安绍芳字茂卿,无锡人;国子监生,有《西林集》二十卷。案《西林集》未见,《明诗纪事》庚签二十七录其《月夜社中诸子饮余水阁,因诵唐人淮水东边旧时月,夜深还过女墙来,遂用为韵,得时字诗》。诗云:"六代兴亡地,千秋绝妙词。与君重对酒,怀古有余思。恨逐寒潮尽,欢留夜月迟。不须商女唱,已是断肠时。"则此社似在金陵。

【99】 朱统铿诸人之结社

朱统铿字梦得,中尉谋㙔子;崇祯甲戌进士,官行人。有《滕王阁留别同社诗》云:"春风吹雁过南天,又促孤踪远入燕。高阁喜从名士饮,轻装仍附贾人船。江花伴我程千里,云树添君赋几篇。只有诗情元不隔,相思能到彩毫边。"

【100】 朱珵圻诸人之结社

《列朝诗集》:"恬烷子辅国将军珵圻,与珵埦,珵增,珵㙔四人结社,日课以诗,藩国于是称多才矣。"案珵圻字京甫,有《怡真亭稿》;珵埦字纯甫,有《玉田集》;珵埦号玉溪,珵㙔号龙州。

【101】 姚宗昌诸人之结社

宗昌字临初,长洲县学生,有《鸣蛰草》。《明诗综》七十六录其《兰皋社集诗》。

【102】 路泽农诸人之结社

泽农字安卿,曲周人。《明诗综》八十六录其《立冬日洞庭山社集看菊诗》。

类此诸例,恐亦不在少数,可惜明人诗文集比较难得,参考不便,假使能遍读明人诗文集,一定可有更多的材料。

九

自万历以后专门研究八股文的文会始逐渐盛行。有不能举其名的，如

【103】　袁宏道诸人之结社

见《明史·文苑·袁宏道传》及《公安县志》。

【104】　郝惟顺、李维桢诸人之结社

见李维桢《大泌山房集》二十六《奇正篇序》。

【105】　陈瑚诸人之结社

见王鎏《掣舟园稿》。称："先生年十五，与同志陆桴亭（世仪）、盛寒溪（敬）、江药园（士韶）结文会。年二十五，始与三人约为圣贤之学。"

此外，比较早一些的则有：

【106】　邑社甲

陆世仪《复社纪略》卷一谓："粤稽三吴文社最盛者，莫如顾文康公之邑社，社友十一人，如方奉常魏恭简辈后皆为名臣。"案顾文康公名鼎臣，字九和，昆山人，弘治十八年与魏恭简（校）同年成进士。

【107】　南社甲

【108】　北社

《复社纪略》一谓："嗣后归熙甫有光为南北二社，一时文学之士霞布云蒸。"

在万历间则有：

【109】　知社

《复社纪略》一："陈晋卿（允升）、许公旦（承周）、顾茂善改为知社，而其后顾实甫（绍芳）、王幼文（炳璿）继之，后先增美。

【110】　颍上社

见李维桢《大泌山房集》一三三卷《颍上社草后语》。社凡六人，知名者有潘之恒字景升，歙人。

【111】 芝云社

见同上《芝云社稿序》。社在杭州,潘之恒游杭时,亦入其社。

【112】 淡成社

见《大泌山房集》二十六《谈成社草序》。

【113】 江阴四子社

见同上《江阴四子社稿序》。

【114】 十六子社

松江旧有十六子社,董其昌、唐文献等入社,此在几社前,见《静志居诗话》。

【115】 正心会

赵南星《正心会示门人稿后序》云:"经义,发明吾儒之道者也,今所言者,非吾儒之道而释氏之道也。……诸生不以余为迂拙,就予会文……是故名其会曰正心,盖窃取孟子距杨墨之意。

【116】 汝南明业社

见罗万藻《此观堂集》卷四《汝南明业社序》。

【117】 持社

见同上持社序。

【118】 平远社

见艾南英《天佣子全集》卷三《平远堂社艺序》。

【119】 因社

【120】 广因社

见同上《国门广因社序》。

【121】 瀛社

见同上卷四《瀛社初刻序》。

【122】 素盟社

见倪元璐《倪文贞公文集》卷十六《题素盟社刻》。

【123】 聚星社

见鹿善继《认真草》卷六寄社中友。文谓:"聚星一社颇为人口脍炙,即生所藉诸友以重者,宁直雕龙绣虎之辞章、黄甲青云之名位?唯是言有坛宇,行有坊表,往常所与诸友反复而谈者,期无相负。"

【124】 辅仁社

见鹿善继《三归草》卷一《辅仁社草初集二集序》。

【125】 丹白社

见同上《丹白社草序》。

【126】 观社

【127】 晓社

【128】 旦社

沈起孟《查东山继佐年谱》:"崇祯己卯(十二年)海昌诸君子稍稍有异同。在邑则范文白、朱近修选观社,龙山则徐邈思、沈闻大亦有晓社之选。先生自吴门归,欲平意见,乃合诸公之文而归于一,名旦社,而两社之刻遂止。"

【129】 昌古社

黄宗羲《南雷余集·两异人传》:"诸士奇,字平人,姚之诸生也。崇祯间与里人为昌古社,效云间几社之文。"案诸士奇即明亡后遁迹日本之朱之瑜。

尤其特别的,则为随社。

【130】 随社

艾南英《天佣子集》卷二《随社序》云:"麻城王屺生自黄州入南昌,上广信,至临川,梓其征涂所录,名曰随社,而以弁言见属。"此只是沿途结交选文,而亦称为社,那真离结社的形式更远了。

十

诗社与文社有根本不同的一点,即是诗社是超现实的,而文社则是现实的。

陆世仪《复社纪略》云："令甲以科目取人，而制义始重。士既重于其事，咸思厚自濯磨，以求副功令，因共尊师取友，多者数十人，少者数人，谓之文社，即此以文会友，以友辅仁之遗则也。好修之士以是为学问之地，驰骛之徒亦以是为功名之门，所从来旧矣。"这正说明了文社的性质与特征。所以在诗社发达的时候，大家躲在象牙之塔，不问世事，只有如西湖八社及怡老会等以谈俗务为禁，因此也决不会引起政治问题。至于文社一发达了，很自然地会牵涉到政治运动，因为入社动机，本以是为功名之门。至于明代社事，所以由诗社而转变到文社，也自有其政治上或经济上的原因。明季政治，一天天的向黑暗道上走去，日趋于腐蚀，所以稍有天良，稍有远见的诗人，也就不能安于象牙之塔，不得不与现实政治相搏斗了。明太祖洪武二年诏天下立学，当时即颁订戒条，命礼部传谕。其中有一条，即是不许生员干政。——"天下利病，诸人皆许直言，惟生员不许。"（见《涵芬楼秘笈本·松下杂钞》卷下）所以明代的秀才们也是最驯良的。可是驯良也得有个限度，待到政治腐蚀得不堪设想，只要有一二分正义感的人自然也会看着忿激。所以明代竭力想压制生员干政，而结果因于政治自身的腐化，反激成了秀才的造反。由经济言，在这种"万税"的政治之下，经济也只有日趋于崩溃，再要想如以前之流连诗酒，逍遥林下，也为事实上所不可能。所以到后来，逸老会的组织要置社田了。而这种风气，在万历以后也就不大听到了。经济条件也不得不使结社风气，由诗社转变到文社。在此种条件之下，即文社也很难保持他以文会友的本色，而不得不加速度地转变到热辣辣的政争与党争。

文人本多意志薄弱之流，所以在当时，为有正义感而奋起的人固然不少，而只顾一己利益，迎合阉党的也未尝没有。因此，君子有社，小人亦有社。只因君子之社，是堂堂之阵，正正之旗，是正义的呼声，故其政治行动为一般人所周知。而小人之社，则为鬼为蜮，结党营私，常有不可告人之隐，所以他们的组合，虽也想与敌党对抗，但是一切行动，总觉暧昧一些，所以这些集团，由表面看来，反同纯粹文人的结社一样，看不出他们政治上的意见与行动。

现在，先就阮大铖所主持的几个集团言之：

【131】 中江社

朱偰《明季桐城中江社考》云："中江社之首领，为桐城阮大铖。明季社党之争，都置国事于不顾，内忧外患，熟视无睹。大铖始与东林党为难，而北都以亡；终与复社为难，而南都以亡。中江社之设，殆与东林党暗争以后，又与小东林党之复社暗争者也。此社记载寥寥，殆以阮大铖为明季奸臣，清初贰臣，入其社者，人皆讳之。"（《中央研究院历史语言研究所集刊》一本二分）只就"人皆讳之"一点而言，就可知当时社党之争，是非黑白之所在。固然，复社方面也不是没有贰臣如钱谦益之流，也不是没有小人如潘映娄之流，不过就大体言之，千秋论定，总觉复社是站在正义的立场，这是无可否认的。执政者尽管如何滥用权势，摧残正类，然而清议自在，公道不灭，只可取胜于一时，不可取信于后世。假使执政者在迷梦既醒之余，当亦自悔其失策。然而此迷梦不到无可挽回的时候，总是不易醒的。人间的悲剧所以不绝于历史上者以此。

中江社的人物，据桐城人钱秉镫少子挩禄所撰《先公田间府君年谱》云："壬申（崇祯五年）邑人举中江大社，六皖知名士皆在。"则可知中江社虽带些地方性，但也极一时之盛。社中首事为潘映娄字次鲁号复斋，方启曾字圣羽号侨伻。潘为阉党汝桢子，方则大铖门人；此二人初亦列名复社，后遂加入大铖之社。此外，则钱秉镡、钱秉镫兄弟亦入其社。秉镡字幼安，秉镫字幼光号田间，更名澄之，字饮光。饮光后以方以智之劝戒，始脱离中江社而入复社（见《田间年谱》）。但于《留都防乱公揭》则未曾列名。

朱偰谓："中江社有明文可考者，仅阮大铖及上列四人；所谓六皖名士及六皖以外之人必尚多。《咏怀堂戊寅诗卷》下，为同社豹叔钱文蔚校，诗中称豹叔者亦多，其为中江社，抑为群社，不可知矣。阮之门人入社者，方启曾外必亦有之。如《咏怀堂辛巳诗》为门人齐惟藩价人、钱二若次倩校，《辛巳诗序》为夏口门人张福乾撰。其时南海邝露亦为其门人，《咏怀堂诗》首四卷为其所校，且有序，而大铖亦有《邝公露从岭南相访感赋》一首，中有句云："乐是陬隅谣，避此蟋蛄地。万里就芦中,吟觞籍相媚。"则邝露殆亦中江社中人乎?"

【132】 群社

中江社是阮氏在皖时所组织,此时阮氏殆想借诗社之名,以掩盖自己的前愆,以掩护自己的劣迹。群社则是阮氏在南都时所组织。此时阮氏颇想作政治活动,羽翼既丰,门庭若市,所以引起了复社诸人之注意。阮大铖《咏怀堂诗》有群社初集共用群字一首。群社之事迹更不可考,大约为时甚暂,自《留都防乱公揭》发表以后,阮既自知敛迹,群社遂亦无形涣散了。

十一

复社,是明季许多文社的大结合,所以在论述复社以前,先须把这些小集团叙述清楚,然后可知其并合之迹。

复社的中心组织是应社,而应社本身已经吸收了若干小集团。论到复社最初的结合,是燕台社;而复社最近所受的影响,则是拂水山房社。

【133】 燕台社

燕台社亦称燕台十子社,是张溥赴京时所组织。杜登春《社事始末》云:"是时娄东张天如先生溥、金沙周介生先生钟,并以明经贡入国学,而先君子登辛酉贤书,夏彝仲先生允彝亦以戊午乡荐偕游燕市,获缔兰交,目击丑类猖狂,正绪衰息,慨然结纳,计立坛坫,于是先君子与都门王敬哉先生崇简,倡燕台十子之盟,稍稍至二十余人。□□(案据《明诗综》七十六当作宛平)米吉士先生寿都,闽中陈昌箕先生肇曾,吴门杨维斗先生廷枢,徐勿斋先生汧,江右罗文止先生万藻,艾千子先生南英,章大力先生世纯,朱子逊先生健,朱子美先生徽,娄东张受先先生采,即天如之弟(案此误),吾松宋尚木先生存楠,后改名征璧者,皆与焉。"则是燕台社组织之动机,已是对于污浊政治之反抗。此后的牵涉政治问题,无宁谓为当然的了。

【134】 拂水山房社甲

【135】 拂水山房社乙

抉精要以会通

拂水山房社为应社之前驱。陆树楠《三百年来苏省结社运动史考》，朱倓《明季南应社考》，均以应社为受拂水社的影响。案拂水社事初由瞿汝说主持。其子式耜谓："岁甲申（万历十二年）补博士弟子员，时吴下相沿为沓拖腐滥之文；府君与执友邵君濂、顾君云鸿、瞿君纯仁，结社拂水，创为一家言，以清言名理相矜尚。"（《瞿忠宣公集》十）而李延昰《南吴旧话录》则谓："范文若字更生，万历丙午（三十四年）举于乡，美姿容，以风流自命，与常熟许士柔、孙朝肃，华亭冯明玠，昆山王焕如五人为拂水山房社。"（卷二十四）二书所纪社事主持者与年代均不同。窃以为瞿氏所组织之社重在时文，而范氏所组织或兼重诗。二者性质不同，但不知究竟有没有先后连续的关系。现在，瞿汝说主持之社，可考的材料较多。范文若所主持的，已不尽可考了。

瞿汝说字星卿，号达观；顾云鸿字朗仲，学者私谥为孝毅先生（《明诗纪事》庚签十九称为昆山人）；瞿纯仁字元初：均见杨振藻《常熟县志》。《县志》并谓："纯仁大父依京，钱宗伯谦益表其墓，所称瞿太公者也。太公布衣节侠，奇纯仁才，构精舍数楹，直拂水岩下，资以薪水膏火，俾纯仁读书。取友如瞿汝说、顾云鸿、钱谦益、邵濂辈皆乐与纯仁游处；拂水文社遂甲吴下。"（卷二十《文苑》）则似社中尚有钱谦益。实则钱氏并未加入其社。钱氏《初学集·瞿元初墓志铭》云："君讳纯仁，字曰元初。祖曰南庄翁，布衣节侠，奇君之才，以为能大其门，买田筑室，庀薪水膏火以资士之与君游处者。君所居北山面湖，有竹树水石之胜，而其所取友曰瞿汝说星卿、邵濂茂齐、顾云鸿朗仲，皆一时能士秀民……故拂水之文社遂秀出于吴下。"（卷五十五）《县志》所言即据此文，而忽羼入钱氏之名，所以有此误会。钱氏复谓："君等之擅场者，独以时文耳；呜呼，今之时文有不与肉骨同腐朽者乎？君等之名，其将与草亡木卒澌尽而已乎？"可知瞿汝说所主持之社确重时文；只惜范文若所主持的拂水社，性质如何，不可考耳。

【136】 匡社

匡社亦为时文之结社。陆世仪《复社纪略》云："先是贵池吴次尾应箕，与吴门徐君和鸣时，合七郡十三子之文为匡社，行世已久。"（卷一）后来匡社合于应社,应社再合于复社。

【137】 南社乙

江北之南社,为万应隆诸人所组织。洪亮吉《泾县志》云:"万应隆字道吉……与贵池吴应箕、宣城沈寿民、芜湖沈士柱等,倡文会名南社。"(卷十八)赵知希《泾川诗话》云:"余曾祖维生公(司直)当明季时,与同邑万道吉、宣城沈眉生(寿民)及家雪度(初浣)等倡为南社,复合于吴为应社,又谓之复社。"(卷上)社中人物除上举各人外,尚有邵璜字其星、王徵字慎五、徐贞一字傚子、梅朗中字朗三、沈寿国字治先,均见沈寿民《万道吉稿序》(《姑山遗集》四)。又万应泰《吴麻沈合传》云:"麻三衡字孟璿,宣城诸生。社事盛,予辈攀援之,令狎主齐盟,未或不沾沾自喜,然亦不甚逐逐也。"(《三峰传稿》)则麻氏似为社中人。万氏入清,尝一应会试,未终场而出;此后虽不仕,然亦不复敢结社以广声气了。其七十初度一律有云:"晚知此道能亡国,何敢今时尚署门。"则对以前种种且有悔意了。

【138】 应社

【139】 广应社

应社之起,本只注重时文。朱彝尊《静志居诗话》云:"诗流结社,自宋元以来代有之。迨明庆历间,白门再会称极盛矣。至于文社始天启甲子(四年),合吴郡金门樵李,仅十有一人:张溥天如、张采受先、杨廷枢维斗、杨彝子常、顾梦麟麟士、朱隗云子、王启荣惠常、周铨简臣、周钟介生、吴昌时来之、钱旃彦林,分主五经文字之选。而效奔走以襄厥事者,嘉兴府学生孙淳孟朴也。是曰应社。"(卷二十一)案张溥《五经征文序》云:"五经之选义各有托,子常、麟士主《诗》,维斗、来之、彦林主《书》,简臣、介生主《春秋》,受先、惠常主《礼》,溥与云子则主《易》。"(《七录斋》集一)是应社初起亦重在操持选政。后来声誉日隆,吴昌时与钱旃谋推大之,讫于四海,于是有"广应社。"(见《七录斋》集卷一《广应社序》及《再序》。)而万应隆等也来参加了。大抵应社之广,以得南社之力为多。故计东《上吴伟业书》亦云:"大江以南主应社者张受先、西铭、介生、维斗,大江以北主应社者万道吉、刘伯宗、沈眉生。"社中人物,自广应社后,始网罗各方才杰,除上举各人外，长洲有徐九一（汧），丹阳有荆石兄（艮），吴江有吴茂申（有涯），松江有夏彝仲（允彝）、陈卧子（子龙），江西有罗文止（万藻）、黎友岩（元宽），福建有陈道掌（元纶）、蒋八公（德璟）（均见《复社纪略》），所以《静志居诗话》又说："声气之孚，先自应社始也。"

此外重要的社集则为几社与登楼社，而几社也是由小集团蜕变而来的。

【140】 昙花五子社

【141】 小昙花社

杜登《春社事始末》云："先是，吾松文会有昙花五子，先王父与张侗初先生鼐、李素我先生凌云、莫涵甫先生天洪，暨我伯祖十远公讳林者，同砚席，齐名一时，为松人所矜式。"这是所谓昙花五子之社。杜氏又云："涵甫子寅赓先生俨皋，与先君子（杜麟征）有小昙花之约。陈无声先生所闻，即卧子之父；唐尹季先生允谐、章少章先生暗、吴澹人先生桢、朱宗远先生灏、唐名必先生昌世、唐我修先生昌龄、俞彦直先生竑、焦彦宏先生维藩、王默公先生元，皆出侗初宗伯之门。并以课业称祭酒。"这又是所谓小昙花社的情形。

【142】 几社

几社为夏允彝诸人所组织。应社之广，夏氏与陈子龙本亦列名其中，而夏与张溥又一同参加燕台社，所以几社与复社之关系最密。但是几社虽参加复社，而作风与复社不同，所以又常保持其独特的性质。假使说复社是政治性的，则几社是文艺性的；假使说复社是文艺性的，则几社又可说是学术性的。杜登春《社事始末》云："丁戊之际（天启七年崇祯元年），杨维斗以太学生上言魏忠贤配享文庙一事，几堕不测。戊辰会试，惟受先（张采）、勿斋（徐汧）两先生得隽，先君子（杜麟征）仅中副车，与诸下第南还，相订分任社事，昌明泾阳之学，振起东林之绪，以上副崇祯帝崇文重道、去邪崇正之至意。于是天如、介生有复社国表之刻；复者，与复绝学之意也。先君子与彝仲有几社六子会义之刻；几者，绝学有再兴之几而得知几其神之义也。两社对峙，皆起于巳己之岁（崇祯二年）。余以是年生，生之时作汤饼，两郡毕贺，社事之有大会，自贺余生始也。娄东、金沙两公之意主于广大,欲我之声教不讫于四裔不止;先君子与会稽先生之意,主于简严,惟恐汉宋祸苗,以我身亲之,故不欲并称复社,自立一名,尽取友会文之实事,几字之义于是寓焉。"这是几、复二社不同的地方。所以国表之刻,则尽合海内名流,而几社会义,则只限于夏允彝(彝仲)、杜麟征(仁趾)、周立勋(勒卣)、彭宾(燕又)、徐孚远(暗公)、陈子龙(卧子)六人。他们切实治学,既不预闻朝政,而又无虚矫习气,不欲树立门户。所以《社事始末》又说:"六子自三六九会艺,诗酒唱酬之外,一切境外交游,澹若忘者;至于朝政得失,门户是非,谓非草茅书生所当与闻,而以中原坛坫,悉付之娄门、金沙两君子,吾辈偷闲息影于东海一隅,读书讲义,图尺寸进取已尔。"这是应社初起时的态度。不仅如此,后来再转变方向,研究古学,但是依旧保持以前严肃的态度,绝不旁骛及于政事。王沄春《藻堂宴集序》谓:"崇祯四年,夏陈诸人始肆力为古文辞。"而五年所选刻的,就有《几社六子诗》与《几社壬申文选》,不限于举业了。陈子龙《壬申文选凡例》谓:

> 文史骚赋,异轨分镳;临邛龙门,未兼两制。自兹以后,备体为难;典则之篇,尤穷时日。何得藉口壮夫,呵为小道? 文当规摹两汉,诗必宗趣开元;吾辈所怀,以兹为正。至于齐梁之赡篇、中晚之新构,偶有间出,无妨斐然。若晚宋之庸沓、近日之俚秽,大雅不道,吾知勉夫!

> 文人浮薄,古今所疑。轻毁前贤,非轧侪辈;吾党深绝,实鲜其人。寥寥余子之言,卿当第一之语,虽以一时所快,终非雅士所宜。若乃子玄纂向秀之书,延清攘希夷之句,事同盗侠,匪独轻浮。巧者勿矜,拙当自勉。

(《陈忠裕全集》三十)

即此已可看出他们态度之严肃。但是时事日亟,国事日非,使这辈严肃治学的人也不得不转变其态度。大抵愈是治学严肃的人,其处事也比较认真。所以他们不仅广声气,反比复社要更进一步,参加实际的工作。东林党魁顾宪成本已这样说过:"官辇毂,念头不在君父上;官封疆,念头不在百姓上;至于山间林下,三三两两,相与讲求性命,切磨德义,念头不在世道上:即有他美,君子不齿也。"（见《明儒学案》五八卷）所以几社中人，即由讲求学问，一变而为讲求事功。夏允彝序《陈李唱和集》，谓"二人（陈子龙、李雯）皆慨然以天下为务，好言王伯大略。"而他自己也尝谓："坐论节概，好同恶异，不知救时之策，后世论成败者将与小人分谤。"（见侯元涵《夏允彝传》）黄节《徐孚远传》，论到社事，谓"方明之季，社事最盛于江右，文采风流往往而见，或亦主持清议，以臧否为事；而松江几社独讲大略。时寇祸亟，社中颇求健儿侠客，联络部署，为勤王之备。主其事者，夏允彝、陈子龙、何刚与孚远也。"（《国粹学报》三十三期）崇祯十一年，徐孚远与陈子龙、宋存楠辑《皇明经世文编》五百四卷，亦可见他们用心所在。至弘光元年，清豫王兵至南京，六月行薙发令，夏、陈、徐诸人遂起兵，虽事终不成，然而气节之盛，就为他社所不及。这也由于他们作风一向严肃的缘故。

以这样严肃的态度结社，社务当然日臻发达，由六人而至百人，由尘封坊间的几社会义，至三省贾人以重赀请翻刻，所以杜登春《社事始末》说："复社之大局虽少衰，而吾松几社之文则日以振。"可惜他们的发展，不重在广通声气，规定非师生不同社。在当时已有人不满，指为朋党之渐，谓苟出而仕宦，必覆人家国（见李延昰《南吴旧话录》）。《社事始末》中论及他们选刻社集的情形，亦谓："非游于周、徐、陈、夏之门不得与也。"这固然促成了他们发展的因素，同时也成为促成他分化的因素。于是先有求社、景风社的分裂。

【143】 求社

【144】 景风社

《社事始末》云："求社、景风两路分驰，似有不能归一之势。……于是谈公叙、张子固、唐欧冶兄弟、钱荀一，有《求社会义》之刻，以王玠、石名世二公评选之。李原焕、赵人孩、张子美、汤公瑾，有《几社景风初集》之刻，仍托暗公名评选。……骎骎乎有求社与几社并立之势也。"然而分化的情形还不止于此。

【145】 雅似堂社

《社事始末》云："壬午（崇祯十五年）之冬，周宿来先生茂源与陶子冰修惷、蒋子驭闳雯阶、蔡子山铭岘、吴子日千骐、计子子山安后改名南阳，集西郊诸子为一会,有雅似堂之刻,此景风之分枝也。"

【146】 赠言社

《社事始末》云:"彭燕又先生率其徒顾子震雉镛,即改名大申字见山者,举赠言社,亦有初集之刻,似乎求社之分枝,而实几社之别派。"

【147】 昭能社

《社事始末》云:"何我抑率其徒有昭能社之刻。"

【148】 野腴楼社

《社事始末》云:"盛邻汝先生率其徒为《野腴楼小题》之刻。"

【149】 东华社

《社事始末》云:"王玠石先生率其徒韩子友一范、闵子山纤崚,有《小题东华集》之刻。"

【150】 西南得朋会

《社事始末》云:"癸未(崇祯十六年)之春,余与夏子存古完淳,有西南得朋之会,为几社诸公后起之局。"

在此种社局分蜕的情况之下,几社精神大非昔比,甚至投降满清者也大有人在。即因有许多人只知在时艺中讨生活,根本不了解中国文化的固有精神,所以只图进取,而不知夏、陈诸公所提倡的王霸大略与气节了。这种分化情形一直至清初犹未已,不过从另一方面看来,慷慨就义、视死如归的还是以几、复二社的人为多。

由登楼社言之,也是由几个小集团蜕变而成。

【151】 小筑社

小筑社为读书社之前身。朱倓《明季杭州读书社考》云:"小筑社之名起于严氏之小筑山居。嘉庆《余杭县志·严武顺传》云:'兄弟自相师友,力追正始,择都人士,订业小筑山居,武林社事之盛,实自此始。'据此,则小筑同社之人必多,惜不可考矣。惟严氏兄弟三人必为小筑社之创始者无疑。"(《北京大学国学季刊》二卷二号)今案严调御字印持,武顺字切公,敕字无敕,一时有三严之目(《明诗综》七十七录严敕《吾家三兄弟》一首)。三严交游,据朱倓《读书社考》有闻子将(启祥)、杨兆开、邹孟阳诸人,或即社中人物(惟钱谦益《初学集》六十有《邹孟阳墓志铭》,不言其结社)。朱氏又据严武顺有《己酉仲春访杨兆开、闻子将二兄于云居晚眺诗》,己酉为万历三十七年,因推知小筑社起于万历之季,或当不误。武顺有月会约,疑即小筑社之规章。约云:"迭为宾主,莫如兄弟;人共四姓,会作三班。三邹三会,三严三会,三闻并谶西共三会。相间而举,相续不断。"据是,则不仅闻子将、邹孟阳在小筑社,即闻子将弟兄子有(启桢)、子与,邹孟阳弟兄孝直、叔夏,也都入社了。谶西疑即杨兆开之号。又据月会约有《李流芳疏》云:"诸君里闬之集,来往无时;而余萍海之踪,交臂可惜。与为别后无益之思,何如只今相对之乐。乾馌以愆,虽非所任;伊蒲之供,我亦能设。是用暂假名山之灵,权为一日之主。"是李氏亦参加入社。以是类推,则与武顺相知最契之西安方孟旋、虞山王季和或亦入社。又严武顺启云:"况渡侄礼始三加,是五六人中忽又添一冠者。"知严渡也曾入社的。

【152】 读书社

朱彝尊《静志居诗话》云:"杭州先有读书社,倡自闻孝廉子将、张文学天生(元)、冯公子千秋(延年)、余杭三严。后乃入于复社,而登楼社又继之。文必六朝,诗必三唐,彬彬盛矣。"(卷二十一)黄宗羲《郑玄子先生述》云:"崇祯间,武林有读书社,以文章气节相期许,如张秀初(岐然)之力学,江道暗(浩)之洁净,虞大赤(宗玫)、仲匾(宗瑶)之孝友,冯俨公(惊)之深沉,郑玄子(铉)之卓荦,而前此小筑社之闻子将、严印持亦合并其间(《南雷文案》四)。则读书社之人物,犹约略可考。大抵读书社受东林影响,故尚气节。丁奇遇《读书社约》云:"社曷不以文名而以读书命,子舆氏所称文会,正读书也。今人止以操觚为会,是犹猎社田而忘简赋,食社饭而忘粢盛,本之不治,其能兴乎?"故其约:一定读书之志,二严读书之功,三征读书之言,四治读书之心。而其大端曰养节气、审心地。这是读书社的一种特征。可是,因为又受公安影响,加以武林胜地,环境移人,所以虽主复古,而自有韵致。萧士玮《读书社文序》谓:"予至武林,闻子将出读书社诸君子文与予视之,脱口落墨,不堕毫楮,独留一种天然秀逸之韵,倏忽往来,扑人眉端,如山岚水波,风烟出人。"(《春浮园集》上)这也是读书社的一种特征。有此二种关系,所以读书社中人,虽合于复社而并不激烈。黄宗羲讥其"徒为释氏之所网罗"(见《南雷文定后集》三《陈夔献墓志铭》),亦属事实。厉鹗《东城杂记》称:"东里有报国院,在庆春门城隅,旧为香林廨院,天启初重建。仁和钱宫赞谦之《受益碑记》云:'余与闻子将、严印持诸公,结社其中,即读书社旧地也。复社名流数丁阳九,标榜太盛,婴马阮之怒,几罹党祸,而数君子蝉蜕自全,龙潜不见,多以山水禅喜为托,比之申屠蟠、郭林宗,有足多者焉。'这自是读书社诸人的态度,然而不免有趋于消极之嫌了。社中人物,详见朱倓《明季杭州读书社考》及陈豪楚《两浙结社考》。至读书社之并入复社,当以严渡之力为多。计东《上太仓吴祭酒书》云:"迨戊辰(崇祯元年)西铭先生(张溥)至京师,与严子岸(渡)定交最欢。子岸归,始大合两浙同社于吴门。"

【153】 登楼社

朱倓明《季杭州读书社考》谓:"综合杭州社事观之,小筑社盖起于万历三十七年左右。钱谦益谓'万历中,子将以一书生,握文章之柄',其明证也。至天启末,始改为读书社。崇祯二年,一方加入复社,一方仍保持其独立态度;崇祯十年,闻启祥、严调御卒,社事似为严渡主持。崇祯十五年,复社大会于苏州之虎丘,杭州登楼社诸子皆与其会,而以严渡为首(见杜登春《社事始末》)。则读书社之改为登楼社,殆在崇祯十年至十五年之间。登楼社亦一方加入复社,一方保持其独立态度,此当时社事皆然。如几社等对外则称复社,对内仍称几社。杭州读书社与登楼社亦同此例耳。"则以登楼社为创于严渡。惟全祖望《陆丽京先生事略》则称:"讲山先生陆圻字丽京,杭之钱塘人也。知吉水县运昌子,兄弟五人而先生为长。与其弟大行培并有盛名。……大行举庚辰进士(崇祯十三年),当是时,先生兄弟与其友为登楼社,世称为西陵体。"(《鲒埼亭集》二十六)则是登楼社创于陆圻兄弟。而《浙江通志》又称"张右民于书无所不读,然耻为章句儒,天崇间与龙门诸子创为登楼文社。"则又似为张右民所创。案杜登春《社事始末》所举武林登楼诸子有:"严子岸先生灏(案当作渡)、严子间先生津、严子餐先生沆、吴锦雯先生百朋、陆丽京先生圻、陆鲲庭先生培、陈元倩先生朱明、吴岱观先生山涛。"独无张右民名,亦不可解。

此外,合于复社的,都是一些不甚可考的小社。

【154】 端社

【155】 邑社乙

【156】 超社

【157】 庄社

【158】 质社

陆世仪《复社纪略》一:"是时江北匡社、中州端社、松江几社、莱阳邑社、浙东超社、浙西庄社、黄山质社,与江南应社,各分坛坫,天如乃合诸社为一。"

【159】 闻社

【160】 则社

【161】 席社

【162】 云簪社

【163】 羽朋社

【164】 匡社乙

【165】 大社

《静志居诗话》:"于时云间有几社,浙西有闻社,江北有南社,江西有则社,又有历亭席社,昆阳云簪社,而吴门别有羽朋社、匡社,武林有读书社,山左有大社,金会于吴,统合于复社。"又称:"赵士喆,字伯浚,掖人,贡生;倡山左大社以应复社。"

十二

并合于复社的许多文人集团既已说明,于是可以一讲复社之始末。

【166】 复社甲

【167】 复社乙

【168】 国门广业社

由复社本身言，实在也曾经过一度蜕变。最初的复社为吴翙诸人所发起。《静志居诗话》云："崇祯之初，嘉鱼熊开元宰吴江，进诸生而讲艺。于时孟朴（孙淳）里居，结吴翙扶九、吴允夏去盈、沈应瑞圣符等肇举复社。"（二十一）又云："扶九居吴江之荻塘，藉祖父之贺，会文结客，与孙孟朴最厚，倡为复社。既而思合天下英才之文甄综之，孟朴请行，出白金二十镒、家谷二百斛以资孟朴。阅岁群彦胥来，大会于吴郡，举凡应社、匡社、几社、闻社、南社、则社、席社，尽合于复社。"（同上）则是复社最初组织之时为吴翙诸人。待到张溥举应社以合之而声势始壮。应社之起在先，复社之起在后。计东上吴伟业书云："始庚午之冬，因鱼山熊先生（开元）自崇明宰吾邑，最喜社事，孙孟朴乃与我妇翁（吴翙）尝怀刺谒杨先生（维斗），再往不得见，呵之曰：'我社中未尝见此人。'我社者，应社也。盖应社之兴久矣。时天下但知应社耳。"考庚午为崇祯三年，应社五经文字之选，孟朴即效奔走之役，而此时已在举行尹山大会之后，维斗不应不识，而呵之为"我社中未尝见此人"，是必吴孙诸人与应社中人发生意见，故有此情形，而吴孙等之另立组织，亦必因彼此感情之不相投（见《江苏研究》一卷三期陆树楠《三百年来苏省结社运动史考》）。陆世仪《复社纪略》谓："吴江令楚人熊鱼山开元，以文章经术为治，知人下士。慕天如名，迎至邑馆，巨室吴氏、沈氏诸弟子，俱从之游学。"当必张溥从京归来之后，以应社主盟资格，而又与吴、沈诸人之关系调剂其间，始合而为一，于是人遂只知复社为张氏所创了。实则复社之兴，必藉吴氏之赀力与张氏之组织力，而孙氏复奔走其间，始得有第一次的尹山大会。而复社的基础，始得奠定。这样的复社，已不是地方性的复社，而是全国性的复社了。所以《静志居诗话》谓："复社始于戊辰，成于己巳。"戊辰是崇祯元年，己巳则是崇祯二年，举行所谓尹山大会之后。大会之时，天如为之立规条定课程曰："自世教衰，士子不通经术，但剽耳绘目，几幸弋获于有司。登明堂不能致君，长郡邑不知泽民，人材日下，吏治日偷，皆由于此。溥不度德，不量力，期与四方多士共兴复古学，将使异日者务为有用，因名曰复社。"又《申盟词》曰："毋从匪彝，毋读非圣书，毋违老成人，毋矜已长，毋形彼短，毋巧言乱政，毋干进辱身；嗣今以往，犯者小用谏，大者摈。"（均见《复社纪略》卷一）

这真是一大规模的党团了。天如又于各郡邑中,推择一人为长,司纠弹要约,往来传置。声气之广,组织之密,亦为前所未有。

此后第二次在崇祯三年有金陵大会,第三次在崇祯六年有虎丘大会。《复社纪略》云:"癸酉春,溥约社长为虎丘大会,先期传单四出。至日,山左江右、晋楚闽浙,以舟车至者数千余人,大雄宝殿不能容,生公台千人石,鳞次布席皆满,往来丝织,游于市者,争以复社命名刻之碑额,观者甚众,无不诧叹,以为三百年来从未一有者也。"(卷二)真可算是一时盛举了。此后,崇祯十四年,张溥暴卒,复社遂失一领袖。虽于翌年壬午又大集于虎丘,由维扬郑元勋、松江李雯为之主盟,然而此后也就没有大举的集合了。直至弘光初年,南都新立,有秀水姚瀚北岩者,英年乐于取友,尽收质库所有私钱,载酒征歌,大会复社同人于秦淮河上,几二千人,聚其文为《国门广业》(见吴翌《凤镫窗丛录》一)。黄宗羲因称之为国门广业社(见陈定生《墓志铭》)。但是这也只能称是一时豪举,却并无甚大的意义。

复社组织既如此庞大,声气既如此广通,于是读书会文之社,一变而为势利之场,也自不能免的。《复社纪略》云:

> 复社声气遍天下,俱以两张为宗,四方称谓不敢以字。天如曰西张,居近西也;于受先曰南张,居近南也。及门弟子则曰南张先生、西张先生,后则曰两张夫子。溥亦以阙里自拟;于是好事者指社长赵白、王家颖、张谊、蔡伸为四配,门人吕云孚、周肇、吴伟业、孙以敬、金达盛、许焕、周群、许国杰、穆云桂、胡国鼎为十哲,溥之昆弟十人张潄、张源、张王治、张樽、张涟、张泳、张哲先、张潍、张涛、张应京为十常侍。又有依托门下效奔走展时币者,若黄,若曹,若陈,若赵,若陶,则名五狗。而溥奖进弟子亦不遗余力,每岁科两试,有公荐,有转荐,有独荐。……所以为弟子者争欲入社,为父兄者亦莫不乐其子弟入社。迨至附丽者多,应求者广,才俦有文倜傥非常之士虽入网罗,而嗜名噪进逐臭慕膻之徒亦多窜于其中矣。(卷二)

社集至此,已不免变质。杜登春《社事始末》云:"娄东(张溥)、金沙(周钟)之声教,日盛一日,几于门左千人,门右千人,为同心者所忧,异己者所嫉矣。"迨至为异己者所嫉，于是社务纠纷，遂因此不已。第一件是陆文声事。《明史·文苑传》称："里人陆文声者，输赀为监生，求入社不许，采又尝以事抶之。文声诣阙言风俗之弊，皆原于士子溥、采为主盟，倡复社，乱天下。温体仁方柄国事，下所司。迁延久之，提学御史倪元珙、兵备参议冯元飏、太仓知州周仲连，言复社无可罪，三人皆贬斥，严旨穷究不已。"第二件是周之夔事。《明史》又云："闽人周之夔者，尝为苏州推官，坐事罢去，疑溥为之，恨甚。闻文声讦溥，遂伏阙言溥等把持计典，已罢职实其所为，因及复社恣横状。章下，巡抚张国维等言，之夔去官无预溥事，亦被旨谯让。至十四年，溥已卒而事犹未竟。"他如温育仁之著《绿牡丹传奇》，以轻薄态度讥诋复社，甚或托名徐怀丹作十大罪檄文，以声讨态度排斥复社，可知当时另一辈人，对于复社是如何的忌嫉了。

由于忌嫉复社，于是给他带顶帽子，加以"小东林"之号。关于这，一般人都替他开脱，甚至如容肇祖的《述复社》一文也以为"不必混为一谈"。实则加以名目者固然别有用心，而替他开脱也大可不必。本来，东林之称也是小人者所加的名目，既有一股正义感，就何忌何惮，何必再顾到别人所加的名目？《社事始末》说："慨自熹宗之朝，阉人焰炽，君子道消，朝列诸贤，悉罹惨酷，老成故旧，放弃人间。时有锡山马素修先生世奇者，新举孝廉，有心世道，痛东林旧学久闭讲堂，奋志选文，寄是非邪正于《澹宁居》一集。"这正说明了复社选文，也自有其宗旨。东林寄是非邪正于讲学，复社寄是非邪正于选文，也正是异途同归。复社一方面是操文章之柄，一方面即执清议之权。所以燕台社的组织为"目击丑类猖狂，正绪衰息"；而复社的组织也正为了"昌明泾阳之学，振起东林之绪"（均见《社事始末》）。小人道长，实在也因为丑类猖狂得太不像样了，所以不得不一伸正义。《复社纪略》称张溥、张采驱逐魏忠贤余党顾秉谦的檄文，脍炙人口；又称二张令门人制檄文驱逐吴郡司理周之夔的事实，都是与东林同一立场的。到后来《留都防乱公揭》事情起，而一时最痛快的伸张正义之幕，遂大白于天下。《留都防乱公揭》之起因，即由于东林被难诸公之遗孤，听说阮大铖欲对他不利，于是大会同难兄弟于桃叶渡（见冒襄《同人集·往昔行跋》）。此后草《留都防乱公揭》的是吴应箕，而列名首唱的是顾杲，杲即顾宪成之孙,本是东林子弟。所以称复社为小东林,在复社本身,不必引为嫌忌。

东林人士,讲身心性命之学,本置死生于度外;复社多文人,虽不能以此相期,然而明室既亡,守土死义孤忠殉义的毕竟也不少,这还是东林之余风遗韵。由这一点言,称复社为小东林,也正是复社之荣。只可惜如周钟之流不免降闯,钱谦益、吴伟业之流不免降清,文章气节,扫地以尽,还当不起"小东林"之称。但是比了阮大铖这般降清以后,为清室卖力的丑态,已经相差不可以道里计了。盖棺论定,忠佞贤奸,是非黑白,应当大白于天下,然而清初有些人还迎合统治阶级的心理,以为明代之亡,亡于东林、复社门户朋党之争。我真不懂,到底是这些污浊的奄党摧残了正士,还是这些无拳无勇的名士倾覆了明室?

复社诸人的结果,也可谓惨极了。张采曾被奸人用大锥乱刺,周镳曾被马士英诬陷下狱赐死,周铨为惩治上虞土豪陈某被诬陷谪官;到最后,陈贞慧入狱,吴应箕亡命,侯朝宗也出走,而马、阮再起用周之夔于废籍,特命巡按苏松,预备造成一次的大屠杀。正义不张,到处只见凶恶的魔手,在逞他作恶的威力。我们且引方其义党祸一诗,作复社的结束:

  北都既陷贼,南都新立帝。
  宵人忽柄用,朝野皆短气。
  螭魅登庙廷,欲尽杀善类。
  忤者立齑粉,媚者动高位。
  麒麟逢俎醢,豺虎遂得势。
  手翻钦定案,半壁肆罗织。
  萧逆反被诬,赵鼎亦受詈。
  直以门户故,忠邪竟倒置。
  可怜士君子,狼狈窜无地。
  我家为世仇,甘心何足异。
  冤死不必悲,所悲在国事。
  先帝儿难保,我辈合当毙。
  仰首视白日,吞声一洒泪。(《明诗综》八十)

十三

那么，复社诸人有没有他的缺点呢？有的，书生之意气，文人之浪漫，这都是以前旧文人所很难避免的。没有受过团体生活的训练，则意气用事，虽在讲学家也犹且不免。并不出身于劳苦群众，而再忽略了讲学家的严肃生活，则浮薄之举也不能免。《明史·黄尊素传》称："东林盈朝，自以乡里分朋党；江西章允儒、陈良训与(魏)大中有隙，而大中欲驳尚书南师仲恤典，秦人亦多不悦。"(卷二四五)而《魏大中传》亦称："大中尝驳苏松巡抚王象恒恤典，山东人居言路者咸怒；及驳浙江巡抚刘一焜，江西人亦大怒。"(卷二四四)这在讲学家犹且不免感情用事，何况文人。鹿善继《寄社中友书》云："讲学论道之朋，作攘臂裂眦之状，坏自己之行止，借他人之口实。"(《认真草》六)书生之逞意气，有时反比平常人为烈。所以几社之一再分裂，复社之排斥艾南英，而陈子龙甚至以手拟其颊，乃至如黄宗羲诸人之以阮大铖为谈资(见《吾悔集》一《陈定生墓志铭》)，这都是过甚之举。尤其使阮难堪的，是召了阮大铖家中所蓄的歌者，而诸人赏曲，且骂且称善(见陈维崧《冒辟疆寿序》)。这些，在现代人看来，都觉得轶出了党争之常轨，而在当时则时代所限，竟不曾检点及此。至于当时私人生活的放浪，又无庸讳言。吴昌时则赃私狼籍，以事见法，稍高一些的，也以狎妓为风流，唱曲为本务，所以像黄道周这样以礼饬躬，拘谨自守，当时便以为难能了。有此二因，所以复社本身也有些不健全，不免归于失败。

至于此后，清初的文人结社，并未稍衰。但是性质与以前不同：或则不敢正视现实，避免政治问题了；或则为了民族复兴，变成秘密结社了。因为性质不同，将另为一文述之。

又在于明代，尚有其他的结社，如讲学家的团体，也往往订有会约，这与文人集团颇有连带的关系，不过也因性质不同，不能在此文论述。

原载《文艺复兴：中国文学研究号(上)》，1948年

明代的文学与哲学

章培恒

以肯定人的个性与欲望为基本内容的晚明文学新潮流,它的实质和意义已在今天的古典文学研究者中获得日益增多的人们的承认。不过,从一方面说,这潮流并不是从晚明突然开始的,它的酝酿期至少可以上溯到元末明初;尽管由于朱元璋在统一全国以后所采取的一系列政策(包括打击苏州等工商业发达的地区、在思想界维护并加强传统的力量、对知识者的高压,等等),中国的文化发展在明代前期曾经出现过逆转,到明代中期才沿着元末明初所开辟的道路继续前进。另一方面,晚明文学的新潮流及其前身在明代的意识形态领域中并不是孤立的现象,例如,它们跟哲学思想就是紧密联系着的。就这两个方面进行探讨,也许对进一步认识明代文学的演变不无益处。

一

在元末明初的文学作品里,对自我的肯定,或者说对束缚个性的反拨,达到了一个前所未有的高度。当时最有成就的诗人是杨维桢和高启,现来看一看他们诗歌里的有关内容。

在《大人词》中,杨维桢这样描绘他的自我形象:

> 有大人,曰铁牛。绛人甲子不能记,曾识庖牺兽尾而蓬头。……衣不

异,粮不休,男女欲不绝,黄白术不修。其身备万物,成春秋。……天子不能子,王公不能侍,下顾二子真蜉游。(《铁崖古乐府》卷三)

这里的"大人"就是指他自己。"绛人"句是反用《左传》襄王十年所记绛县老人自述其出生以来已经历过"四百有四十五甲子"的典故,意谓"大人"所经历过的甲子已多得无法计算。庖牺即伏羲氏,相传是人类的始祖(参见《闻一多全集》第一册《伏羲考》)。因此,这位"大人"不仅从有人类的时候起就已存在,而且,世间的万物,春秋的更代,都是他所造成的,他实际上是宇宙的创造者,从而也就更是人类的创造者;他不说"曾造庖牺兽尾而蓬头",还算是客气的。这当然是一个至高无上的人物,"天子不能子,王公不能侍",乃是必然的结果;至于"二子"——佛、道二家——就更不在话下了。

与此相呼应的是他的《道人歌》:

道人飞来朗风岑,玄都上下三青禽。……还仙服食终恍惚,天上仙骸成积林。手持女娲百炼笛,笛中吹破天地心。天地心,何高深!八千岁,无知音。(《铁崖古乐府》卷三)

诗中的"道人"也是指他自己。他把自己说成是能够"吹破天地心"、也即识得宇宙的奥秘的人,而这奥秘是八千年来从没有人能理解的;所以,八千年来的任何一个人都没能达到他的水平,都不配作他的"知音"。换言之,他是有史以来的最伟大的人!

应该承认,在直到当时为止的中国文学中,从来没有一个作家曾经把自己的形象描绘得如此高大。在他以前最豪迈、最狂放不羁的诗人是李白,但李白写到自己时,也不过说:"会稽愚妇轻买臣,余亦辞家西入秦。仰天大笑出门去,我辈岂是蓬蒿人?"(《南陵别儿童入京》)他为自己能像朱买臣一样地做皇帝的臣子而志得意满,却从未要求保持"天子不能子"的尊严。他在《忆旧游寄谯郡元参军》中虽也说过"黄金白璧买歌笑,一醉累月轻王侯",但那是由于喝醉酒而忘掉了尊卑之别,言外之意其实也就是:在正常的情况下,他是并不"轻王侯"的;所以,此诗接着就为汉东太守对自己的优遇而深感满意和自豪:"银鞍金络到平地,汉东太守来相迎。……袖长管催欲轻举,汉东太守醉起舞,手持锦袍覆我身,我醉横眠枕其股。"王公不能侔"的气概在李白诗中也是找不到的。这绝不意味着杨维桢比李白伟大,而只能说明随着时代的不同,诗歌的内容必然也应该向前发展。

当然,杨维桢在描绘他的自我形象时,似乎给人一种超现实的感觉。《道人歌》中的"道人飞来朗风岑,玄都上下三青禽",还可说仅仅是一种用来表现其风度超卓的夸张手法,而并非把自己写成神人;因为以下的"还仙服食终恍惚"两句就很明显地否定了神仙的存在。但《大人词》把自己形容为造物主,那不太虚妄了吗?既然这形象本身就是荒谬可笑的,那么,所谓"天子不能子,王公不能侔"也就不过是徒为大言,毫无感人的力量了,反而不如李白的"安能摧眉折腰事权贵,使我不得开心颜"(《梦游天姥吟留别》)更能使人感动。但实际并非如此。在杨维桢以前,宋代的哲学家陆九渊早就写过一首《大人词》(见《象山先生全集》卷二十五)。杨维桢沿用陆九渊的旧题,乃是为了显示这两首诗之间的联系。作为主观唯心主义者,陆九渊倡言"四方上下曰宇,古往来今曰宙。宇宙便是吾心,吾心即是宇宙"(《象山先生全集》卷二十二《杂说》)。在他看来,"四方上下""往古来今"都只是"吾心"的体现,也即"吾心"的派生物;或者说,它们都只存在于我的心里。陆九渊正是依据这种思想,塑造了一个"朝饮渤澥水,暮宿昆仑颠"的"大人"形象;因为渤澥和昆仑原都在他的心里,他自然可以在无论什么时候,要饮便饮,要宿便宿。杨维桢诗中的"大人"形象,其实正是陆九渊诗中的"大人"形象的发展。把陆九渊的哲学思想符合逻辑地向前推演,就必然得出这样的结论:上古的庖牺也好,天地万物也好,春夏秋冬也好,乃至天子王公也好,也都是"吾心"所造(即使"吾心"持有者的我只是一个普通人,情况也仍然一样)。既然如此,杨维桢自不妨在其诗中作上述的描绘了。所以,杨维桢的《大人词》,乃是用陆九渊的哲学思想来歌颂作为普通人的自我的伟大与尊严,而非徒为大言,虚妄不实。

与杨维桢一样,高启显然也受过主观唯心主义哲学的影响。这从他的《青丘子歌》中可以看到:

> 青丘子,臞而清,本是五云阁下之仙卿;何年降谪在世间,向人不道姓与名。蹑屩厌远游,荷锄懒躬耕。有剑任羞涩,有书任纵横。不肯折腰为五斗米,不肯掉舌下七十城。但好觅诗句,自吟自酬赓。……斫元气,搜元精,造化万物难隐情;冥茫八极游心兵,坐令无象作有声。……(《高太史大全集》卷十一)

"青丘子"是他的自号。"斫元气"以下几句是写他自己在诗歌创作中的心灵活动。在这里,心君临于宇宙之上:元气元精、造化万物、冥茫八极乃至无象的东西,全都为其心灵所烛照乃至伐取①,无从逃遁;而其心的如此巨大的、无限的认识能力和能动作用,既不受客观条件的制约,也没有主观条件的限制。这在实际上乃是"宇宙便是吾心,吾心即是宇宙"的另一种说法。与此同时,这个君临宇宙的心的持有者——诗人的自我——也就成了宇宙的主宰。

当然,他是在创作诗歌的时候达到这样的境界的。然而,从"蹑屩厌远游"等句看来,他本来是把写诗作为其生活中最主要的事业的;因而,体会到自己是宇宙的主宰的这种愉快,也就是其生活中的最主要的追求。明乎此,也就可以理解他为什么要对那些被传统的价值观念确定为贵重的东西不予重视甚或不屑一顾(如同"蹑屩"诸句所表现的),而专心致志地去写诗了。也许可以说,在他以前的中国诗人从没有对诗歌创作采取这样的态度的。②他之所以如此,就因为写诗对他来说具有太重大的意义。

但是,实际的社会生活绝不容许他只写诗而不做别的事情。一旦与社会现实相接触,他就不但不能成为宇宙的主宰,反而成为被压迫者了。这使他感到十分痛苦,因为他生怕自我的泯灭。

> 驽马放田野,志本在丰草。偶遇执策人,驱上千里道。顾非乘黄姿,岂足辱君早?负重力不任,哀鸣望穹昊。奈何相逢者,犹羡羁络好!(《高太

---

① "斫元气"的"斫",是斫取的意思。
② 唐代的李贺、贾岛等虽然也很专心地写诗,但都不是由于厌倦生活中的其他方面而自动地把诗作为自己的主要事业的,至多是由于在生活中已断绝了进取之路,才转而一心一意地写诗。

史大全集》卷三《寓感二十首》之十三）

> 野性不受畜，逍遥恋江渚。冥飞昔未高，偶为弋者取。幸来君园中，华沼得游处。虽蒙惠养意，饱饲贷庖煮。终焉怀惭惊，不复少容与。（同上卷三《池上雁》）

驽马加羁络，野雁畜园囿，都拟人地表现了自我的丧失。这对高启来说，绝非漫然着笔，而是有着切肤之痛的。他曾被朱元璋召到南京——当时的首都——去修《元史》，其后朱元璋又任命他为侍郎，对他的待遇颇为优厚。但是，在他的《喜家人至京》（同上卷九）中，历述了他在京中的优厚待遇后，接着写道：

> 海鸟那知享钟鼓？野马终惧遭笼鞿！江湖浩荡故山远，归梦每逐鸿南飞。

尽管在一般人看来，他的处境是值得羡慕的，但正如海鸟不知享受钟鼓之乐一样，他并不能体会到富贵的愉悦，却生怕因此而丧失了自由，失去了自我。《喜家人至京》中那匹"终惧遭笼鞿"的"野马"，显然就是《寓感》之十三中的"驽马"；"那知享钟鼓"的"海鸟"，则是"偶为弋者取"的"池上雁"的化身。

在我所读过的唐、宋人的诗歌中，没有发现过与高启相类似的苦闷（实际情况到底如何，亟希识者指教）。而且，即使是像李白那样放荡不羁的诗人，也曾以欢快而自豪的心情描绘其在朝廷中所受到的优遇："凤凰初下紫泥诏，谒帝称觞登御筵。揄扬九重万乘主，谑浪赤墀青琐贤。朝天数换飞龙马，敕赐珊瑚白玉鞭。"（《玉壶吟》）他的这种兴高采烈，恰与高启的苦闷成为鲜明的对照。——在这里需要说明的是：尽管高启原先生活在张士诚统治的地区，但并未站在张士诚一边反对朱元璋。他在《召修元史，将赴京师，别内》中说："我志愿裨国，有遂幸在斯。""国"即指朱明王朝。可见他并非不愿对明王朝有所贡献。换言之，他的苦闷并不是由于其在政治上与明王朝的对立，而是由于其不愿受羁络的生活态度与现实处境的矛盾。

但是，李白又何尝是一个愿受羁络的人？而他在待诏翰林时，"晨趋紫禁中,夕待金门诏"(《翰林读书言怀,呈集贤诸学士》),这又何尝是一种自由的生活?那么,为什么他对这种生活不但不觉苦闷,反而感到愉快呢?我想,那是因为他有强烈的建功立业的愿望,即使在朝中遭到排挤、被打发出京以后,还在高唱着"东山高卧时起来,欲济苍生未应晚"(《梁园吟》)。而在待诏翰林时的那种受拘束的生活,正是实现其建功立业愿望的必要途径,所以他就不以为苦,反以为乐了。至于高启,虽然不无"我志愿裨国"的心情,但从《青丘子歌》中可以看出,他以写诗当作自己的主要事业,而写诗又仅仅是为了自己获得作为宇宙主宰的愉快。比起包括李白在内的唐、宋作家来,他的社会责任感——群体意识削弱了,个体意识增强了。这就使他对于朝廷中的那种束缚个性自由的生活深感痛苦,以致难于忍受。

总之,无论杨维桢还是高启,都依据主观唯心主义观点,在不同程度上认为宇宙就在自己心里,从而在不同程度上把自己当作宇宙的主宰。高启之生怕自我的迷失和杨维桢的高唱"天子不能子,王公不能侪",其实都是尊重自我的结果。——顺便提一下:在中国文学史上,魏晋南北朝也是比较尊重自我的,也有作家感受到那种与高启相似的苦闷;但当时却并无"宇宙便是吾心,吾心即是宇宙"这样的哲学观点,作家们所普遍感到的,是个体的渺小与脆弱以及人生短促的悲哀,因而也就不存在杨维桢、高启那样的气势。——杨维桢固不必说,就是高启的"奈何相逢者,犹羡羁络好",不也是咄咄逼人的对传统价值观念的责难,对为数众多的、持有这种观念的人们的轻蔑么?

需要说明的是:杨维桢、高启的这种对于心的强调,实际上反映了当时的一种潮流。宋濂《答章秀才论诗书》(《宋文宪公全集》卷三十七)说:"近来学者,类多自高,操觚未能成章,辄阔视前古为无物。且扬言曰:曹刘、李杜、苏黄诸作虽佳,不必师;吾即师,师吾心耳。""师心"之词,最早见于《文心雕龙》:"并师心独见,锋颖精密,盖论之英也。"(《论说》)"嵇康师心以遣论……"(《才略》)但那不过是说他们的论文独出机杼,不为古人所束缚,并不是说他们从不曾向古人学习。而宋濂所举的"学者"之言,则是说根本不应向古人学习,只应该以"吾心"

为师。这其实也就是陆九渊所说的:"人心至灵,此理至明,人皆有是心,心皆具是理。"(《杂说》)"此心此理,我固有之,所谓'万物皆备于我'。昔之圣贤,先得我心之所同然者耳。"(《与侄孙濬书》)圣贤所有的,也就是我心里所有的,所以连圣贤都不必师,又何况李、杜、苏、黄诸人!而这种理论的根柢,则仍然是"吾心即是宇宙"。换言之,这种具有尊重自我的倾向的"师吾心"的观点,同样是跟主观唯心主义哲学联系在一起的。而从宋濂的这段话来看,这种观点在当时"学者"中相当普遍,也可说已经成为一种潮流。

从宋代开始,诗转化为文学中最保守的领域之一,凡能比较真实地表现人的思想感情而又跟传统的道德观念有些抵触的内容,都乔迁到了词、曲(包括剧曲和散曲)和小说之中。因此,在元末明初的诗歌中,能出现以杨维桢、高启为代表的这样的潮流,也就意味着整个文学在向一个新的方向行进——当然是跟原地踏步相比较而言的行进,极其缓慢的移动。如果我们稍稍看一眼当时的小说、戏曲,这个印象也就会更强烈:不仅《水浒》中的鲁智深、李逵、武松都是以自我为中心的人物,也不仅《幽闺记》中的王瑞兰敢于为了维护自我的权利而斥骂其父亲为"意似虺蛇,性似蝎蝥",就是被认为宣扬封建道德的高则诚的《琵琶记》,它所极力描绘、并寄予满腔同情的蔡伯喈的痛苦,也何尝不是自我的意志受到压抑的痛苦![1]

二

朱元璋统一全国以后,元末明初文学中的上述新气象很快消失了。这固然应该归之于朱元璋的一系列政策,但在根底里,则是由于中国各地区的经济、文化发展的不平衡。确切地说,文学中的这些新的成分仅仅存在于少数工商业发达的地区,主要是现今的江、浙地区;而朱元璋的政策则植根于广大落后地区中

---

[1] 参见我和骆玉明、谈蓓芳合写的《中国文学的路》,将由上海文艺出版社出版。

的落后意识,文学中的新成分在这样强大的力量面前简直不堪一击。① 代之而起的,在诗文方面是台阁体的统治,在剧曲方面是朱有燉的称霸,通俗小说则干脆销声匿迹。

经过长时期的消沉以后,到明代中叶文学才开始复苏。作为其代表的,在北方是李梦阳等人,在南方则有唐寅等;其后以徐祯卿为中介,南北双方终于合流了。

李梦阳的贡献主要在文学理论,唐寅在文学上的贡献则主要在诗歌创作。

关于李梦阳,我已在拙作《李梦阳与晚期文学新思潮》一文中作过论述②,稍后陈建华同志又在其《晚明文学的先驱——李梦阳》中就某些问题作了进一步论证③,此不赘陈。至于唐寅,他的诗歌一方面继承了杨维桢、高启的尊重自我的特点,另一方面又进一步发展了肯定欲望的思想,而且这二者又往往是结合在一起的。

他在《烟波钓叟歌》中写道:"自言生长江湖中,八十余年泛萍梗。不知朝市有公侯,只识烟波好风景。芦花荡里醉眠时,就解蓑衣作衾枕。撑开老眼恣猖狂,仰视青天大如饼。问渠姓名何与谁,笑而不答心已知:玄真之孙好高士,不尚功名惟尚志。绿蓑青笠胜朱衣,斜风细雨何思归?笔床茶灶兼食具,墨筒诗稿行相随。我曹亦是豪吟客,萍水相逢话荆识。飘飘敞袖青幅巾,清谈卷雾天香生。两舟并泊太湖口,我吟诗兮君酌酒。酒杯到我君亦吟,诗酒赓酬不停手。……"(《六如居士全集》卷一)"我曹"句以前是对烟波钓叟的赞扬,以下则写自己与钓叟的交往和豪情。在这里,诗人显然把钓叟引为同调。因此,诗中所歌咏的钓叟的生活态度,其实也就是诗人所肯定甚或躬行的。"仰视青天大如饼",这固然是一种幻觉,但诗人特地加以描绘,却具有象征的

---

① 参见我和骆玉明、谈蓓芳合写的《中国文学的路》,将由上海文艺出版社出版。
② 原载日本《古田教授退官纪念中国语学文学论集》,1985年东方书店发行,转载于《安徽师范大学学报》1986年第3期。
③ 载《学术月刊》1986年第8期。

意义——睥睨一切，连青天都不放在眼里。它跟杨维桢的自命为宇宙的主宰，可谓声气相应（唐寅对杨维桢是有好感的，他写的《咏梅次杨廉夫韵》就是一个证据）。"不尚功名惟尚志"，则是把个人的志趣放在第一位，也正是以自我为中心。

那么，唐寅所"尚"的"志"是什么呢？

> 但愿老死花酒间，不愿鞠躬车马前。（《六如居士全集》卷一《桃花庵歌》）

> 此生甘分老吴阊，万卷图书一草堂。龙虎榜中题姓氏，笙歌队里卖文章。跏趺说法蒲团软，鞋袜寻芳杏酪香。只此便为吾事了，孔明何必起南阳？（同上卷二《漫兴》其二）

> 美景良辰倘遭遇，又有赏心并乐事，不烧高烛对芳樽，也是虚生在人世。（同上卷一《一年歌》）

他所"尚"的"志"，就是享乐。在他看来，一个人如不能尽情地享受生活中的快乐，那就是白活了一世。因此，向达官贵人卑躬屈节——"鞠躬车马前"——固为他所不屑，就是像诸葛亮那样地建功立业，名垂后世，他也认为大可不必。

自然，唐寅由于早年被牵进科场案，受到了处分，在仕途上本已没有多大希望。所以，有人也许会把他的"孔明何必起南阳"等诗句理解为狐狸吃不到葡萄就说葡萄酸。那么，我们再看一看他的《漫兴》其四：

> 伥伥暗数少时年，陈迹关心自可怜。杜曲梨花杯上雪，灞陵芳草梦中烟。前程两袖黄金泪，公案三生白骨禅。老后思量应不悔，衲衣乞食院门前。

当时的这一科场案，乃是莫须有的罪名。它的形成，本是统治集团的内部倾轧；唐寅之被牵入，则是因为他的疏狂。诗中的"杜曲"两句，就是回忆其在京中应试时的这段生活。然而，这种疏狂的生活态度虽然断送了他的前程，以致落到了"衲衣乞食院门前"的悲惨处境，但他却一点都不懊悔。这难道不正是"不尚功名惟尚志"的精神的具体体现吗？为了按照自己的意愿生活，什么后果都甘心承担,这也是晚明文学新思潮的一个重要内容。《牡丹亭》里的杜丽娘就曾饱含激情地唱道:"似这般花花草草由人恋,生生死死随人愿,便酸酸楚楚无人怨。"在这方面,唐寅的思想是跟晚明文学新思潮相通的。

因此,唐寅与高启虽然都尊重自我,但高启比较注重自我在精神方面的满足,唐寅则同时强调自我在物质方面的享受,从而更具有市民色彩。这也为他的诗歌带来了新的内容和特点:对饮食之奉、声色之乐、市廛之盛等世俗生活的热情赞美和具体、细腻的描绘,市民化的知识人的行为和心态的较坦率的表白,由此导致的新的、尽管具有缺陷的情趣和美。例如:

> ……提壶挈榼归去来,南湖又报荷花开。锦云乡中漾舟去,美人鬓压琵琶钗。银筝皓齿声断续,翠纱汗衫红映肉。金刀剖破水晶瓜,冰山影里人如玉。(《六如居士全集》卷一《江南四季歌》)

> 新春踪迹转飘蓬,多在莺花野寺中。昨日醉连今日醉,试灯风接落灯风。苦拈险韵邀僧和,暖簇薰笼与妓烘。寄问社中诸契友,心情可与我相同?(同上卷二《春日写怀》)

前者是从市民眼里看出来的生活的美满和幸福。按照传统的观点,它们当然是鄙俗的,但作者却把它们写得亲切而富有生气,赋予它们一种诱人的力量。也许可以说,这是市民的享乐生活在我国古代诗歌中最早的具有艺术魅力的再现。后者则是多少有些脱离了常轨的知识人的自我写照:他的生命空虚而又充实,心情落寞而又自豪;他不愿或不能再按老谱生活下去,试着去追求另一种生活,于是,他感到一些喜欢,也感到一些凄凉。而无论前者或后者,都提供了新的艺术形象。

因此,从客观上来看,唐寅的诗歌创作与李梦阳的文学理论是密切配合的:李梦阳要求诗歌具有真情——在某种程度上摆脱"存天理,去人欲"的戒律束缚的真情[①],而唐寅的诗歌也正做到了这一点。这样的理论和实践,显然就是晚明文学新思潮的先声。换言之,以李梦阳等人的理论和唐寅等人的创作为代表的

---

① 参见拙作《李梦阳与晚明文学新思潮》。

明代中期的这一股文学潮流,终于战胜了文坛上多年来的死气沉沉的局面,文学又朝着历史所指示的前进方向发展了。

不过,这股文学潮流同样是跟哲学思想联系在一起的。其中心是对人性的重新思考。

唐寅在《焚香默坐歌》中说:"头插花枝手把杯,听罢歌童看舞女。食色性也古人言,今人乃以之为耻!"(《六如居士全集》卷一)实际上,唐寅诗歌之能如此理直气壮地表现出追求享乐的倾向,李梦阳能对《西厢记》和民间的情歌大胆加以赞誉①,在根底上都是这种"食色性也"的观念。它不仅是反理学的,跟先秦儒家思想也存在明显的矛盾。

"食色性也"之语虽然见于《孟子》,但那是书中引用的告子的话,而且孟子是明显反对这种看法的。

告子在人性方面的理论是:"生之谓性";"食色性也。仁,内也,非外也;义,外也,非内也。"所谓"生之谓性",是说有生命的东西均有共性——动物性(古人只把动物看作有生命的东西)。所以孟子反驳说:"然则犬之性犹牛之性,牛之性犹人之性欤?"至于"食色性也",则是"生之谓性"的进一步引申。"性"既是动物的共性,那么,作为动物本能的对食物和性生活的要求也就构成了人性的基本内容。也正因人性的基本内容是满足自己的食、色的要求,所以人性在根本上是"为我"的。这就是告子所说的"仁内义外"。"仁"是指跟"我"的利益密切相关的思想感情,"内"是指人心所固有的;"义"是指跟"我"的利益无关、但却被社会所要求的思想感情,"外"是指并非人心所固有、而为外界所赋予的。这从告子所举的例子可以清楚看出。他说:"吾弟则爱之,秦人之弟则不爱",这就是"内",也就是"仁";对于比自己年长、但并非自己尊长的人加以尊重,那不过是使这些年长的人高兴,对"我"自己并无好处,这就是"外",也就是"义"(以上皆见《孟子·告子》)。由此可见,告子的人性论是一个严密的体系,一环紧扣一环;在上述的三点

---

① 参见拙作《李梦阳与晚明文学新思潮》。

中,只要承认了其中的一点,也就不得不同时承认其他两点。至于孟子,从《告子》篇来看,他除了反对"生之谓性"和对"仁内义外"作了明确的驳斥外,并认为"仁、义、礼、智、信"都是人性所固有的,"非由外铄我也"(孟子还把"仁"解释为"恻隐之心",与告子所释完全相反),足征其对"食色性也"亦持否定态度。

也正因此,唐寅之标举"食色性也",就意味着他接受了告子的人性论。不仅他的追求享乐的倾向源自此种理论,就是他的强调自我也当与这种人性论有关。

无独有偶,李梦阳在这方面也跟唐寅相似。他说:

> 孟子论好勇好货好色……是言也非浅儒之所识也。空同子曰:此道不明于天下,而人遂不复知理欲同行而异情之义。(《空同子·论学》)

> 理欲同行而异情。故正则仁,否则姑息;正则义,否则苛刻;正则礼,否则拳踢;正则智,否则诈饰。(同上)

他的所谓"理欲同行而异情",是作为对"存天理,去人欲"的批判而提出来的,所以这里的"理""欲"是用的宋代理学家的概念:"欲"导致恶,"理"导致善,也即孟子所说的"仁、义、礼、智、信"之类。那么,他是怎样从孟子论好勇好货好色的议论中得出这个结论的呢?孟子的这段议论见于《梁惠王》下,意谓"好勇"、"好货"、"好色"都可导致伟大的事业,因此这些"好"的本身并不应该否定。如其论"好货"说:"昔者公刘好货……故居者有积仓,行者有裹粮也。然后可以爰方启行。"换言之,公刘的"好货"为周奠定了王业的基础;这当然是值得赞美的善行。但孟子在其他地方又对"好货"等作过批判,如《孟子·告子》下说:"今之事君者,皆曰'我能为君辟土地,充府库';今之所谓良臣,古之所谓民贼也。"当时国君之要"充府库",当然也是为了"好货",但却成了任用"民贼"以贼害民众的恶行。所以,把孟子在《梁惠王》下中对"好勇好货好色"的评价跟他的另一些论述联系起来,就不得不承认:好货好色等既能成为善,也能成为恶。由此也就可以理解:李梦阳提出的"理欲同行而异情",是指"理""欲"均运行于"好勇好货好色"之类的思想感情之中("同行"),但却导致了完全不同的情况("异情"),有的如公刘似的给人民带来好处,有的则如战国时国君似的贼害民众。而这也就意味着:无论人们行善还是作恶,都是从"好勇好货好色"之类的思想感情出发的。这样,好勇好货好色就成了人类共同的思想感情,也即共同的人性(《空同子·化理》还说:"天地间惟声色,人安能不溺之?"把声色之好——"好色"是其中的一部分——作为人所共同的东西,足为此点的旁证),从而与告子"食色性也"的观点基本一致。

李梦阳既把"好勇好货好色"之类作为共同的人性,而从这样的人性中既可形成善行,又可形成恶行,那么,这又跟告子的"性犹湍水也,决诸东方则东流,决诸西方则西流;人性之无分于善不善也,犹水之无分于东西也"(《孟子·告子》上)的主张相一致了,所以,他不同意孟子的性善说。《空同子·论学》:"宋人言理,不烂然欤?童稚能读焉。渠尚知性行有不必合邪!"在他看来,人的性、行都存在着跟宋儒所谓的"理"不合的东西,而宋儒的"理"本是孟子所谓"善"的另一种说法,从而性善之说也就不可能是李梦阳所信奉的了。——需要说明的是:对李梦阳等人来说,否定性善说不过是不承认以儒家的所谓"善"或理学家的所谓"理"作为人性的唯一标准。这样,李梦阳在人性论方面,虽在表面上尊崇孟子,实际上却站到了他的对立面去了。

由此可见,无论是李梦阳的文学思想抑或唐寅的诗歌创作,都是跟他们对人性的认识联系在一起的。正是基于这样的认识,唐寅才能坦率地描写自己的心情和生活,李梦阳才能要求诗歌表现真情——作为人性的体现的真情,包括在某种程度上突破传统的道德观念束缚的思想感情。

三

如同不少论文所已指出的:明代后期所形成的新的文学潮流,其在创作方面的代表人物汤显祖、袁宏道、冯梦龙、凌濛初等在思想上都跟李贽相通(甚至《金瓶梅词话》的作者也不例外),而且许多人都对李贽十分推崇,甚至尊之为师。所以,就文学思想说,晚明文学的新潮流实以李贽为代表;袁宏道的性灵说则是李贽文学观的继承。

李贽的文学理论,最重要的自是《童心说》。他把"童心"解释为"绝假纯真,最初一念之本心",认为只有"出于童心"的,才有可能成为"天下之至文";如果"失却童心",便非"真人",写出来的文章就一无足取,"欲求一句有德之言,卒不可得"。那么,"童心"怎么会失去的呢?"盖方其始也,有闻见从耳目而入而以为主于其内,而童心失。其长也,有道理从闻见而入而以为主于其内,而童心失。……夫道理闻见,皆自多读书识义理而来也"。因此,他又进一步把"六经、《语》、《孟》"作为"道学之口实,假人之渊薮"(以上皆见《焚书》卷三《童心说》)。

他的这种理论的积极意义在于:第一,引导作家摆脱以六经、《语》、《孟》为代表的传统观念的束缚。第二,由于把"童心"跟"从外入"的"闻见道理"相对立,也就有可能增强作家对外界的习惯势力等的斗争精神。第三,在"童心"的名义下,引入肯定欲望和尊重个性的内容。因为"绝假纯真,最初一念之本心"虽然似乎是一种抽象的说法,但在李贽自己却是有所指的。例如,他在《答耿中丞》中说:"……于是有德礼以格其心,有政刑以絷其四体,而人始大失所矣。"(《焚书》卷一)"德礼""政刑"既然是使人"大失所"的东西,当然也就是人的"本心"所反对的东西;所以,反对"德礼""政刑"的束缚而要求尊重人的自由,也就是合于"童心"的了。又如,他在《答邓明府》中,把"好货""好色""勤学""进取"等作为人所"共好而共习,共知而共言"的"迩言"(《焚书》卷一);在《明灯道古录》中,他还说"非迩言"即"非民之中,非民情之所欲"(《李氏文集》卷十九)。那么,"好货""好色"等当然也是人的"本心"了。所以,只要把《童心说》跟李贽的其他著作联系起来,"童心"的含义是相当清楚的。而且,由于当时有相当一部分人是在自发地追求这些的,对他们来说,即使不看李贽的其他著作,从他们自己的体会中也能知道"最初一念之本心"是什么了。

《童心说》所要求于文学的以上三点,正是晚明文学新潮流的基本内容。无论是《金瓶梅词话》和"三言""两拍"中属于这时期的小说,抑或是汤显祖的剧本和袁宏道等人的诗文,都在不同程度上具有这样的特色。所以,李贽其实是代表了隶属于这一潮流的优秀作家的共同心声。

但是，在这里还有一个问题：为什么出自"绝假纯真，最初一念之本心"的，就有可能成为"天下之至文"，否则就不行呢？原来，王守仁曾经说过："知是心之本体，心自然会知。见父自然知孝，见兄自然知弟，见孺子入井自然知恻隐，此便是良知，不假外求。"（《传习录》上）心既然是如此灵明之物，那么，出自"绝假纯真"的"本心"的，自然是"有德之言"了。所以，李贽的"童心说"实是以王守仁的"心自然会知"的学说作为支柱的，尽管从根本上来说，李贽的哲学思想乃是对王守仁"良知"说的批判改造。

如果把李贽的童心说作为晚明文学新潮流在思想上的最充分的体现，我们就可以认为：晚明文学新潮流是跟王守仁的哲学思想联系在一起的。如果对晚明文学新潮流的其他代表进行考察，也可以得出这样的结论。限于篇幅，这里仅举一例：汤显祖《牡丹亭记题词》所说的"情不知所起，一往而深；生者可以死，死可以生。生而不可与死，死而不可复生者，皆非情之至也"，实是其创作《牡丹亭》的指导思想，其进步意义已为研究者所公认。但"情"何以有如此巨大的力量呢？汤显祖的老师、王守仁的四传弟子罗汝芳指出，"万物皆是吾身，则嗜欲岂出天机外耶？"（《明儒学案》卷三十四）嗜欲既体现"天机"，情当然也是"天机"的体现。罗汝芳本极强调"天机"，所以汤显祖也说："天机者，马之所以千里，而人之所以深深。机深则安，机浅则危，性命之光，相为延息。"（《汤显祖诗文集》卷四十四《寄王弘阳同卿》）然则至情，就是深邃的"天机"，自可生死人而肉白骨了。

综上所述，晚明文学新潮流乃是由元末明初和明代中期文学发展而来，其演进之迹是很明显的。另一方面，无论元末明初，还是明代中、后期的文学，都是跟一定的哲学思想联系着的。没有哲学思想的发展，也就没有文学的发展；当然，哲学本身也不是可以孤立发展的。因此，晚明文学新潮流又是整个意识形态演变的结果。

原载《复旦学报（社会科学版）》1989年第1期

从明人对杜甫的评价看明代诗学的风尚

刘明今

一代有一代的文学,也必有一代的文学批评。对于像杜甫这样一个在文学史上享有崇高声誉的大家,各个时代的人们均将按照其各自不同的文学观点、审美标准对之进行评价。由于杜诗博大精深,其浩瀚广阔的思想内容,绚丽多姿的艺术形式,几乎是"无体不备,无体不工",在中国诗歌发展的长河中,承上启下,集诗家之大成,这就为后人研究、评价提供了广阔的天地。仁者见仁,智者见智,各种观点、各种流派几乎均可从杜集中觅得可以印证自己主张的诗作;同样,如果执着于一定之见去观赏杜诗,也必然会对其中的某些诗篇、某些创作倾向产生不满。于是千百年来对杜诗的研究与评论一直是异常地热闹,治杜的专著不下二三百种,而诸家诗文评论涉及杜诗者更是不计其数。虽然对杜诗总体上都是肯定的、颂扬的,但批评的意见亦时有所睹;且同样是称赏,其角度与观点也可大相径庭。因此从历代对杜诗的评价中,往往可鲜明地看出各时期人们的批评观点与文学风尚。

一、明人对宋人评杜的批评

明代诗学上承元季的遗风,有明显的尊唐抑宋的倾向,在对杜诗的评价上,其角度、标准均与宋人有很大的差异。

抉精要以会通

  杜甫生前,他的诗歌并未得到社会上应有的重视,死后,韩愈、白居易、元稹始对之作出高度的评价。然而就整个中、晚唐而言,杜诗是备受冷漠的。今存唐人选唐诗十种,除晚唐韦庄的《又玄集》选了杜诗七首外,其他九种均将杜诗斥之选目之外。杜诗普遍地受到尊奉,是入宋以后的事。宋人评价杜诗约可分为三类:其一是从总体上加以赞美。如王禹偁称:"子美集开诗世界。"(《小畜集》卷九,《日长简仲咸》)王安石称:"吾观少陵诗,为与元气侔。"(《临川先生文集》卷九,《杜甫画像》)苏轼称:"杜子美诗,格力天纵,奄有汉魏晋宋以来风流。"(《东坡集》卷二十三,《书唐氏六家书后一首》)这类见解大体上继承了唐代元、白的评价,认为杜诗集汉魏以来诸家之长,而为诸家所不及。其二是从封建教化的观点出发,强调杜甫的忠君与"思无邪"。如苏轼称:"古今诗人众矣,而杜子美为首,岂非以其流落饥寒,终身不用,而一饭未尝忘君也欤。"(《东坡集》卷二十四,《王定国诗集叙》)张戒称:"子美诗读之使人凛然兴起,肃然生敬,《诗序》所谓'经夫妇、成孝敬、厚人伦、美教化、移风俗'者也。"又说:"鄙哉微之之论也,铺陈排比,曷足以为李杜之优劣!"(《岁寒堂诗话》)更有甚者则是理学家重道轻文的观点。程颐说:"且如今言诗无如杜甫,如云'穿花蛱蝶深深见,点水蜻蜓款款飞',如此闲言语,道出做甚!"(《河南程氏遗书》卷十八)其三是以黄庭坚为代表的江西派,他着重从杜诗的形式技巧中寻求规律,学杜诗自谓能去皮得骨,他以奇崛为工,专学杜诗的奇字、硬语、险韵、拗律。此外还有"诗史"之说。此说最早的记载见于晚唐孟棨的《本事诗》,云:"杜逢禄山之难,流离陇蜀,毕陈于诗,推见至隐,殆无遗事,故当时号为诗史。"然普遍地用"诗史"来标志杜诗的特点则始于宋代,如欧阳修的《新唐书》、胡宗愈的《成都新刻草堂先生诗碑序》、陈岩肖的《庚溪诗话》,言及杜诗均以"诗史"相赞。这反映了宋人重视以诗歌激扬时事、铺陈史实的观点。

  总之,宋人对杜甫的评价是很高的,不论是把杜诗喻作诗中之圣,还是诗中之经、诗中之祖、诗中之史,都带有某种程度的神圣不可犯的偶像性。起而打破这一偶像的是明人。明人诗论中影响最大最深者为格调说,格调说重视对作家作品的艺术风格作总体上的远观与把握，杜甫与李白的格调不同，王、孟、高、岑也各有各的格调。以格调论诗，明人仍然普遍地推崇杜甫，但也不妨不推崇杜甫。谢榛在《四溟诗话》中记载道："予客京时，李于鳞、王元美、徐子与、梁公实、宗子相诸君招余结社赋诗。一日，因谈初唐、盛唐十二家诗集，并李、杜二家，孰可为楷范？或云沈宋，或云李杜，或云王孟。予默然久之，曰：'历观十四家之作，咸可为法。当选其诸集中之最佳者，录成一帙，熟读之以夺神气，歌咏之以求声调，玩味之以裒精华。得此三要，则造乎浑沦，不必塑谪仙而画少陵也。夫万物一我也，千古一心也，易驳为纯，去浊而独清，使李杜诸公复起，孰以予为可教也。'诸君笑而然之。"谢榛的这一见解被众人高兴地接受，这说明杜甫在明人心目中并不是唯一的必须尊奉效法的对象。因为从杜诗崇高的思想价值而言，宋人拈出忠君爱国、思无邪，则令人无从置一辞；但若从艺术风格的角度来评论，则杜甫是一家，李白是一家，王、孟、高、岑也各是一家，尽可平等地有所轩轾，加以取舍，于是明人与宋人对杜甫评价的种种分歧便由此产生。

　　明初，首先对宋人评杜作出反省并批评的是宋濂。宋濂为《杜诗举隅》作序说："杜子美诗实取法三百篇，有类国风者，有类雅颂者，虽长篇短韵，变化不齐，体段之分明，脉络之关属，诚有不可紊者。注者无虑数百家，奈何不尔之思。务穿凿者，谓一字皆有所出，引经史巧为附会，楦酿而丛脞；骋新奇者，称其一饭不忘君，发为言词，无非忠君爱国之意。至于率尔咏怀之作，亦必迁就而为之说，说者虽多，不出于彼，则入于此，子美之诗不白于世者五百年矣。"（《宋学士文集》卷五，《杜诗举隅序》）继宋濂之后，批评宋人本于理学偏见过分强调杜甫的忠君爱国者，明代不乏其人，如孙绪论及李杜优劣称："右杜者则曰李诗不出妇人杯酒，杜诗句句忧国爱君。此晚宋人语，当时想亦偶有所见，人遂以为的论。假令村中学究，句句说忠君爱国，便可夸谪仙，句句说神仙蓬莱，便可跨少陵耶？可发一笑。"（《沙溪集》卷十二，《无用闲谈》）李维桢说："宋人于杜极推尊，往往得其肉遗其骨，得其气遗其韵。盖时代所限，风会所囿，而理窟禅宗之说又束缚之。"（《大泌山房集》卷二十一，《雷起部诗选序》）陆时雍说："宋人抑太白而尊少陵,谓是道学作用,如此将置风人于何地?"(《诗镜总论》)孙绪、李维桢、陆时雍时处明代中后期,在李梦阳、何景明文学复古运动兴起之后,批判理学家以理学为诗、以理学解诗已成为诗学评论的普遍现象,孙绪等对宋人的批评是无足怪的,值得注意的是宋濂。宋濂是元末古文家、道学家吴莱、柳贯的学生,浸淫于程朱理学是很深的,入明之后仕翰林学士承旨,为开国文臣之首,明初理学的提倡与他有密切的关系。他论诗一贯的主张是以仁义道德为本,反对一味留连于风花烟鸟。像他这样在文学观点上倾向于传统儒教的人,也对宋人评杜的偏颇表示不满,反对穿凿丛脞的以史证诗之说,反对一味曲解附会的忠君爱国之说,并强调指出杜诗取法于三百篇的风、雅、颂,其特点是"体段之分明,脉络之关属,诚有不可紊者"。这些见解除了表明宋濂本人的文学思想具有多重的复杂因素外,更反映了元末明初开始的重视以音声、体格及风雅比兴之义来评论诗歌的新的风尚。

二、明代前期宗盛唐而不宗杜

自严羽在《沧浪诗话》中提出"以汉魏晋盛唐为师,不作开元天宝以下人物",元、明两代作诗、论诗,普遍地尊奉盛唐。元末杨士宏批评唐人选唐诗及宋王安石、洪迈诸家选本"大抵多略于盛唐而详于晚唐"(《唐音·自序》)。于是选《唐音》专重盛唐诸家。明初高棅继之选《唐诗品汇》,"辨尽诸家,剖析毫芒"。他把唐诗分为九格,"大略以初唐为正始,盛唐为正宗、大家、名家、羽翼,中唐为接武,晚唐为正变、余响"(《唐诗品汇·凡例》)。其推崇盛唐之意十分明显。那么他心目中的盛唐之音与杜诗的关系如何呢?这从他选目的分类上可见。他将诗分为五古、七古、五绝、七绝、五律、七律及五言排律七类,在七类中李白均为正宗,杜甫有五类是大家,二类是羽翼。其中五言律诗,孟浩然、王维、高适、岑参均为正宗,杜甫独为大家;七言律诗中李澄、祖咏、崔署、万楚、张谓、王昌龄仅各选一首,亦为正宗,而杜甫选了三十七首,仍为大家。这是一个令人难以理解的品目，唯一的解释就是李澄等就诗人而言虽为小家，但所选的一首却可奉为楷模，而杜甫的诗选得虽多，却非正宗，不能代表盛唐之音。在《唐诗品汇》各体的小序中，高棅评道："杜公律法变化尤高……余之所选者非旧选所常取，余于欲离欲近而取之矣。""排律之盛，少陵极矣……其出入始终，排比声律，发敛抑扬，疾徐纵横，无所施而不可也。""少陵七言律法独异诸家，而篇什亦盛。"高棅对杜甫的评价不可谓不高，所选篇目也不算少，但他称杜诗"律法变化"、"无施不可"、"独异诸家"，很明显地把杜甫和其他盛唐诸家区分开来。这和严羽所说"众唐人是一样，少陵是一样"，其意正同。杜诗的风格和高棅所标举的盛唐之音是有一定的距离的。高棅把杜甫置于大家一栏，这一栏中，除杜甫外再无他人列入，显然"大家"一栏是专为地位特殊，风格独异的杜甫所设的了。在高棅的心目中正宗、名家二栏才是盛唐之音的主要代表，其风格特点从他对李白等被列为正宗者的赞语中可以概见。如他称赞陈子昂说："其音响冲和，词旨幽邃，浑浑然有平大之意。"称赞李白等说："李翰林气象雄逸，孟襄阳兴致清远，王右丞词意雅秀，岑嘉州造语奇峻，高常侍骨格浑厚。"又谓七律"盛唐作者虽不多，而声调最远，品格最高……如贾至、王维、岑参早朝倡和之作，当时各极其妙，王之众作尤胜诸人。"看来他所标举的盛唐之音大致是飘逸、清远、秀雅、闲旷一类的风格，而杜诗"发敛抑扬，疾徐纵横"，便被他看作是独异诸家的变体了。

高棅为"闽中十子"之一，闽中一派作诗大都是宗奉盛唐的。《四库全书总目提要》称："明初闽中善诗者有长乐陈亮、高廷礼（棅），闽县王恭、唐泰、郑定、王褒、周元，永福王偁，侯官黄元，而（林）鸿为之冠，号十才子。其论诗惟主唐音，所作以格调胜，是为晋安诗派之祖。李东阳《怀麓堂诗话》曰：'林子羽《鸣盛集》专学唐，袁凯《在野集》专学杜'。"于此可见当时普遍地认为学唐与学杜是不一样的。闽中十子学唐，其诗风淡雅、清远，与杜诗的风格确实很不一样。此外，以孙蕡、黄哲为首的"南园五子"作诗学李白、李贺，也不师杜。明初诗人中以学杜称者主要是袁凯一家，然袁凯在当时并不为人们推重。当时袁凯仅以秀逸工丽的白燕诗著称,直至弘、正之际,何景明始以尊杜的观点,标而出之。

明初诗坛上成就最高,也最为人们所称赏者是高启,高启论诗,主张在风格上"兼师众长,随事摹拟"(《凫藻集》卷二,《独庵集序》)。吴宽评他的诗歌说:"若季迪生值元季,非不知有子美者,独其胸中萧散闲远,得山林江湖之趣,发之于言,虽雄不敢当乎子美,高不敢望乎魏晋,能变其格调,以仿佛乎韦、柳、王、岑于数百载之上,以成皇明一代之音,亦诗人之豪者哉!"从吴宽的评论可见高启的诗也是不类杜甫的,而是"仿佛乎韦、柳、王、岑"。吴宽并认为这样的风格正是"皇明一代之音"的代表。吴宽是成化、弘治时期的诗人,他论唐人诗歌的风格说:"论诗者必曰唐人、唐人云,抑唐人何以能此?由其蓄于胸中有高趣,故写之笔下往往出于自然,无雕琢之病,如韦、柳又其首称也。"(《匏翁家藏稿》卷四十三,《完庵诗集序》)吴宽推称韦、柳淡雅、闲旷一类的风格,和高棅的观点是相一致的。

从高棅到吴宽,前后近一百年,正是明代前期台阁体盛行之时,高棅和吴宽均不是台阁体的作家,然而他们的诗论和台阁体的创作倾向却是互有影响的。台阁体的作家如"三杨"等,正是以高棅所推崇的贾至、王维、岑参的早朝倡和之诗作为创作的鹄的,以一种和平雅正的格调来宣扬帝德、鼓吹盛世,他们倡导的是以"清新富丽"为特征的"唐人风致"(见《倪文僖公集》卷二十二,《松冈先生文集序》)。

稍后于吴宽的是李东阳,李东阳立朝数十年,领袖文坛,一时诗人奉以为宗,称茶陵诗派。他不满于台阁体的靡弱单调,思有以振之。他比较能全面地评价杜甫,他说:"汉魏以前诗格简古,世间一切细事长语皆著不得,其势必久而渐穷,赖杜诗一出,乃稍为开扩,庶几可尽天下之情事。"(《怀麓堂诗话》)他能从诗歌题材的角度,认识到杜诗反映广阔社会面的特点,并加以肯定,这对打破台阁体把诗歌的题材局限在庙堂和山林的小范围内,是有积极意义的。并且他还说:"长篇中须有节奏,有操、有纵、有正、有变,若平铺稳布,虽多无益。唐诗类有委曲可喜之处,惟杜子美顿挫起伏,变化不测,可骇可愕,盖其音响与格律正相称,回视诸作,皆在下风。然学者不先得唐调,未可遽为杜学。"他对杜甫顿挫起伏、变化不测的风格作了高度的赞美,然而仍然把杜诗和唐调明确地区分开来,认为学诗者必须先学唐调,以之为基础,然后再学杜甫,以求其变化。于此可见他和高棅的观点仍有一脉相承之处。李东阳是明代弘、正之际文学转变前期的人物,他关于杜甫的评价以及对诗歌比兴之义的重视(见下文),均可看作是明代中期文学风尚的先兆。

三、李梦阳、何景明对杜甫的师奉与批评

明代诗人中宗杜而产生一定影响的是李梦阳与何景明。李、何是明代中期文学复古运动的领袖,他们有鉴于当时思想界、文学界的空虚贫弱,高倡第一义的汉魏之风,力求以高古雄奇的格调打破台阁体咩缓冗沓、陈陈相因的局面。他们身居下位,官不过郎署之职,比较地敢于面对当时危机隐伏的社会现实,在诗歌中时时流露出忧世嫉俗的孤愤心情。就这点而言,他们和杜诗的精神是相通的。这是他们倡导师杜的内在契机,然而就当时人们对杜甫的普遍认识而言,主要地还是欣赏并师法其壮阔雄浑的艺术风格。王维桢说:"本朝作者空同圣矣,即大复犹却数舍。若倒插顿挫之法,自少陵后,善用之者,空同一人而已。"(《与张太谷书》,见《明诗纪事》戊签所引)

李、何高倡"文必秦汉,诗必盛唐"的口号,其实就诗而言,他们古体学汉魏,近体才学盛唐,而近体中的律诗则是学杜。由于李、何的提倡,一时为诗者"宪章子美,翕然成风"(《四溟诗话》卷一)。陈束评论弘治、正德之际诗风的变化说:"成化以来,海内和豫,搢绅之声,喜为流易,时则李、谢为之宗。及乎弘治,文教大起,学士辈出,力振古风,尽削凡调,一变而为杜诗。"(陈束《苏门集序》,见王士祯《二家诗选》)杨慎评道:"至李、何二子一出,变而学杜,壮乎伟矣。"(《升庵诗话》卷七)不可否认,李、何兴起的文学复古运动,提倡杜诗的壮阔风格,对于矫正明代前期一味以雅正秀美为尚的诗风是有一定的积极作用的。

抉精要以会通

李梦阳与何景明一方面师法杜甫,一方面又批评杜甫,他们学习杜甫近体诗的律法,及其沉郁顿挫的风格,同时又批评杜甫的古体缺乏比兴,远于风而近于雅。

何景明作《明月篇序》论及杜诗,说:"仆始读杜子七言歌诗,爱其陈事切实,布辞沉著,心窃效之,以为长篇圣于子美矣。既而读汉魏以来歌诗……乃知子美辞固沉著,而调失流转,虽成一家之语,实则诗歌之变体也。夫诗本性情之发者也,其切而易见者莫如夫妇之间,是以三百篇首乎雎鸠,六义首乎风。而汉魏作者,义关君臣朋友,辞必托诸夫妇,以宣郁而达情焉,其旨远矣。由是观之,子美之诗,博涉世故,出于夫妇者常少,致兼雅颂,而风人之义或缺。"(《何大复先生集》卷十四)何景明批评杜甫的长篇"调失流转",究其原因则为"出于夫妇者常少","而风人之义或缺"。他的这一批评颇引起后人的惊诧与非议,胡应麟、王世贞均对之表示不满,陈沆更针对此说专取杜诗中有比兴寄托之义者加以笺解(见陈沆《诗比兴笺》卷三)。然而就当时而言,持何景明这样观点者并不乏人。其友张含称此说"盖名言也"(《升庵全集》卷十三,《草烛引》诗后跋语),王廷相说:"唐杜子美,词人之雄也,元稹称其薄风雅、吞曹刘、掩颜谢,兼昔人之所独专。今其集具在,虽称大家,要自成格尔,乃若风雅、曹刘、颜谢之调有无哉!固知元氏子溢言矣。"(《空同集序》)郑善夫说:"诗之妙处正在不必说到尽,不必写到真,而其欲说欲写者自宛然可想,虽可想而又不可道,斯得风人之旨。杜公往往要到其真处尽处,所以失之。"(《焦氏笔乘》引)陆时雍说:"少陵苦于摹情,工于体物,得之古赋居多;太白长于感兴,远于寄衷,本于十五国风为近。"(《诗镜总论》)

何景明、王廷相等从比兴、风调的角度来批评杜甫,反映了当时论诗普遍地重视风、重视比兴的观点。时代略早于他们的李东阳说:"诗有三义,赋止居一,而比兴居其二。所谓比兴者,皆托物寓情而为之者也……此诗之所以贵情思而轻事实也。"(《怀麓堂诗话》)与他们同时的康海说:"夫因情命思、缘感而生者诗之实也,比物陈兴、不期而会者诗之道也。"(《对山集》卷十四,《太微山人张孟独诗序》)认为情感是诗之本,比兴则是作诗的主要方法。李梦阳更说:"夫诗比兴杂错,假物而神变者也。难言不测之妙,感物突发,流动情思,故其气柔厚,其声悠扬,其言切而不迫,故歌之心畅而闻之动人也。"(《空同集》卷五十一,《缶音序》)李梦阳认为比兴能感物突发,使情思流动,自然而成歌,故要达到声调流转的效果,便必须重视比兴的手法。这和何景明批评杜甫的立论是一致的。同时,因为比兴手法大量存在于民间歌谣之中,故李梦阳进一步又说:"孔子曰礼失而求诸野,予观江海山泽之民,顾往往知诗,不作秀才语。"这样,李梦阳就由重视比兴,进而称赞不作秀才语的民间小诗。当时七子中,康海、王九思是著名的曲家,李梦阳、何景明都有重视并赞扬民间歌谣的记载。本于此,何景明从比兴之义出发,批评杜甫的古诗缺乏风人之义,就不难理解了。

何景明对杜甫的这一批评,追本寻源,和李东阳关于诗文之分的观点也是相关的。李东阳论诗说:"盖其所以有异于文者,以其有声律讽咏,能使人反复讽咏,以畅达情思,感发志气,取类于鸟兽草木之微,而有益于名教政事之大。"(《怀麓堂集》卷五,《沧州诗集序》)他认为诗文的主要差别即在于诗歌有声律格调,可资讽咏,并且是用比兴的手法婉转地表达作者的情思。因此,他是反对以文为诗的,他说:"诗与文不同体,昔人谓杜子美以诗为文,韩退之以文为诗,固未然;然其所得所就,亦各有偏长独到之处。"(《怀麓堂诗话》)言下之意,对杜甫诗作中一些直陈时事的作品,也是有些微词的。至少认为不是正宗的盛唐之音,而只是"偏长独到"之作。

正是出于对诗文之别的认识,稍后于李、何的郑善夫也批评杜甫说:"长篇沉着顿挫,指事陈情,有根节骨格,此杜老独擅之能,唐人皆出其下,然正不以此为贵,但可为难而已。宋人学之,往往以文为诗,雅道大坏,由杜老启之也。"(见《焦氏笔乘》)他肯定杜诗"指事陈情",为唐人之冠,但指出诗不以此为贵,效之,会产生以文为诗的弊端。杨慎则又进一步批评宋人的"诗史"之说:"宋人以杜子美能以韵语纪时事,谓之'诗史'。鄙哉宋人之见,不足以论诗也。……杜诗之含蓄蕴藉者,盖亦多矣,宋人不能学之。至于直陈时事,类于讪评,乃其下乘末脚,而宋人拾以为己宝,又撰出'诗史'二字以误后人。"(《升庵诗话》卷十一)

就杨慎此说,王世贞、胡应麟均提出不同意见。王世贞认为"夫诗固有赋,以述情切事为快,不仅含蓄也。"(《艺苑卮言》卷四)胡应麟则辩说"诗史"二字所出,"本钟嵘直举胸臆",并非傍史为诗之意。(见《少室山房笔丛》卷十九,《艺林学山》)杨慎对"诗史说"的批评,排斥"赋"这一"敷陈其事而直言之"的艺术手法在诗歌中的运用,否定诗歌以韵语纪事,显然是片面的。他所举杜诗"千家今有百家存","哀哀寡妇诛求尽",是夔州诗《白帝》中的两句,虽是铺排直陈,但感情强烈,蕴藉甚深,又何尝没有丰富的言外之意。杨慎接着又说:"三百篇皆约情合性而归之道德也,然未尝有道德字也,未尝有道德性情句也。二南者,修身齐家其旨也,然其言琴瑟钟鼓,荇菜芣苢,夭桃秾李,雀角鼠牙,何尝有修身齐家字耶?"杨慎此说与何景明对杜甫的批评也是一致的,他们都认为"义关君臣朋友,辞必托诸夫妇"。他们要批判宋人的"史诗说",但却首肯了宋人的"穿凿附会说",杜甫没有"每饭不忘君",二南中的"琴瑟钟鼓","夭桃秾李"又何尝指什么修身齐家!以文为诗固然不妥,但绝对地反对诗歌直陈时事,处处讲求以美人香草来比喻君臣之义,又何尝不是同样地走入了魔道!

四、李、何之后对师杜态度的变化

李、何的文学复古运动掀起了一个规模不小的师杜风潮。王世贞评道:"国朝习杜者凡数家,华容孙宜得杜肉,东郡谢榛得杜貌,华州王维桢得杜一支,闽州郑善夫得杜骨,然就其所得,亦近似耳。唯梦阳具体而微。"(《艺苑卮言》卷六)郑、王、谢等都是正德、嘉靖时期的人,他们在李、何的影响下学杜,然而都没有学得好。因此,这一师杜的风潮规模虽然不小,时间却很短暂。嘉靖十年,李开先等"八才子"崛起时,诗风就发生了变化。陈束批评这一师杜风潮说:"子美有振古之才,故杂陈汉晋之词,而出入正变。……今无其才而习其变,则其声粗粝而畔规;不得其神而举其词,则其声阐缓而无当。彼我异规,岂不更相笑也。"(陈束《苏门集序》,见王士禛《二家诗选》)他批评当时的人们无杜甫之才,而要学杜诗之"变",其结果是背弃了规矩,丧失了神采,仅剩下粗糙的外壳。

一场规模颇大的学杜风潮很快地便夭折了。虽然李、何文学复古的旗帜仍为"后七子"、李维桢、胡应麟等所继承,但在师杜的态度上却发生了微妙的变化。后来的明人,论及明代中期文学的发展,包括李贽、汤显祖、袁宏道在内,都肯定李、何起于草昧,振作文风的功绩;但对于李梦阳及其学步者的粗豪、肤廓、模拟的风格均普遍地表示不满。究其原因,主要有二:其一是格调说的影响。杜甫之所以成就为杜甫是时代使然的,是诗人"艰难苦恨"的一生使然的。"凡欢愉、幽愁、离合、今昔之感,一一触类而起,因遇得题,因题达情,因情敷句,皆因甫有其胸襟以为基。"(叶燮《原诗》卷一)格调说论诗不讲究知人论世,而是提倡通过熟读涵咏的方法对诗歌的艺术风格作总体上的把握。虽然格调说并不排斥情、志,李梦阳的文学批评一再提到情、志的重要;然而长期以来,在高棅、李东阳的格调说的影响下,评诗者一味讲格调,作诗者也一味从格调着手去追摹古作,其流弊必然是得其形而遗其神,招致肤廓模拟之讥。其二,明代正德前后,社会、政治、思想、文化都发生了一个重大的变化。明初永乐、宣德年间,经济繁荣,政治也比较清明,这为台阁体的盛行,提供了一定的社会基础。但至英宗正统朝后,明皇朝便逐渐走向衰落。孝宗时期,恢宏图治,勉强有所起色,然好景不长,正德之后便每况愈下。这样的变化,表面上看来和唐代天宝以后的中衰似乎颇为相似,然而就骨子里看,人们的精神深处是很不一样的。孙绪评论当时的世风说:"天顺、成化间人多负气,有所激不顾生死为之,而刚劲简率,衣食居处得饱暖即止。至于今习侈用奢,无丰俭之节。卑幼携优窃妓,不避长老;士女治容妖服,不避强暴。显宦攘夺刻削,日费万金,不畏国法,不畏清议。金吾逻卒,富拟王侯;中贵厮养,权侔台阁,地亩日广,赋役日增,户口日众,财费日竭,恒产日贫,地利日减,民性日弱,风俗日漓,吏治日偷,人才日虚,文教日痿,未知何所纪极也。"(《沙溪集》卷十二,《无用闲谈》)这是一个人欲横流,在某种程度上一切传统的观念都被颠倒了的时代。顺应这时代的潮流,小说、戏曲、民歌等得到广泛的流行,那么正统的诗歌当怎样发展呢?李梦阳、何景明崛起于这一大变动的初期,以高古的格调相号召,一时人们翕然景从。但随即人们(主要是中、下层士绅)就感到这类高古的格调,包括杜甫的壮阔雄浑的风格,与他们心灵深处的情绪是不那么合拍的。王守仁、王慎中、李开先等起先都曾追步李、何,学为古文辞,但后来都分别转而它学了。在李、何以后著名的诗人中,李攀龙是以学杜出名的。王世贞标榜他:"古惟子美,今或于鳞。"(《艺苑卮言》卷一)但事实上他学杜学得最糟,只窃得一些阔大的词语。因为诗中多用"万里"、"风尘"等字,被人讥称"李风尘"。在"后七子"中,王世贞对杜甫的评价是比较高的,李、杜相较,他说:"吾不能不伏膺少陵。"然而尽管如此,他自己所倡导的诗风仍与杜甫有很大的差异,"晚年定论,服膺摩诘,又极称香山、眉山"(李维桢《大泌山房集》卷一三一,《黄友上诗跋》)。其实,不必说后人,就是李梦阳本人,晚年也已对自己早期所倡导的复古运动,包括师杜,进行深刻反省,发出"真诗乃在民间"的叹息。因为明代是中国整个一千多年封建社会的末世,人们面临着的是整个封建制度在政治、思想、文化等多方面的解体,而不是一场战争的破坏,几个昏君的罪恶。人们心灵深处的苦闷、彷徨,和佛老思想广泛的传播相结合,越来越多的人失去了建功立业的志向。表现在文学上,他们不再那么地关心治国平天下了,如前期台阁体作家那样讴歌盛世,他们不屑为;而要如杜甫那样"穷年忧黎元"呢?他们又缺乏热情。他们关心的是个人情思的吟咏,日常风物的品味,在闲淡幽远的艺术境界中寄托自己的情趣。杜甫对他们来说是崇高的,然而又是遥远的,并不那么可亲近。他们一再批评李梦阳粗豪的诗风,虽然认为这是李梦阳学杜没有学好的缘故,但因噎废食,就此连杜甫也不学了。

王慎中选诗,"概以品唐诗者品杜,而一有不合,尽从抹杀"(王嗣奭《管天笔记》编外)。他又回到了明代前期诗人们的观点,宗盛唐而不宗杜。当时李梦阳与何景明同样学杜,但因为何景明风格比较清丽,与杜远,遂受到人们的偏爱,薛蕙称:"俊逸终怜何大复,粗豪不解李空同。"胡应麟称:"献吉、仲默各有秋兴八章,李专主子美,何兼取盛唐,故李以骨力胜,何以神韵超。学何不至,不失雕龙,学李不成,终类画虎。"他认为盛唐的特点是神韵,杜甫的特点是骨力。骨力虽是高格，但学其皮毛，不免失于粗豪。因此，李、何的追随者"往往为杜陵变体所误，气骨虽佳，而韵调殊乖"（《少室山房类稿》卷一○五）。

嘉靖初期"八才子"之一的李开先，其学杜的态度最足以反映这一变化。他论诗说："本木强之人，乃仿李（白）之赏花酣酒；生太平之世，乃效杜之忧乱愁穷；其亦非本色，非真情甚矣。李不能为七律，生平只得七首，杜虽多，以亢调硬句为之，固超越古今，然实自为一家耳。……唐人当以王维为首。"（《李开先集》卷之三，魏守忠跋语转叙）他认为不能强效古人之某一种风格，当根据自己的性情，根据社会治乱的特点来创作。他没有直接指责李、何提倡学杜，但至少是针对当时徒为粗豪的流弊而言的。李开先的这一观点颇带有后来性灵说的倾向，他仍然推崇盛唐，但并不把某一体、某一格看作是固定不变的效摹对象，而是提出"诗贵意兴活泼，拘拘谫谫，意兴扫地矣"（《李开先集》卷之三，《中麓山人咏雪诗后序》）。打破了格调说偏重于从风格评论杜甫的局限。

嗣后王世懋继之，提倡作诗"神情到处，随分自佳"，"其声可歌，其趣在有意无意之间，使人莫可捉着"，"予谓学于鳞不如学老杜，学老杜尚不如学盛唐。何者？老杜结构自为一家言，盛唐散漫无宗，人各自以意象声响得之"（《艺圃撷余》）。按照这一观点，"人各自以意象声响得之"，则学盛唐诸家可，学老杜又为何不可？事实上，王世懋也并非决不师杜，只是他师杜的角度与李、何大不一样。

总之，嘉靖以后的诗人中学杜者是不多的。

经过前七子的一番复古师杜的浪潮之后，人们的认识又回复到明初那样，把王维、李颀的诗风作为盛唐之音的代表，加以师奉。表面上看来，文学风尚似乎是周而复始地转了一圈，然而内里深处，人们的思想却是经历了一番渴望、追求、不安，以至归于消沉、淡泊，心灵的苦闷更深了。当然，这指的主要是正统派的诗歌，袁宏道等公安派的作家，提倡"独抒性灵，不拘格套"，其诗风是不能以唐音或杜诗相囿的。

原载《文学遗产》1987 年第 6 期

明代青阳腔剧本的新发现

赵景深

一

明代的传奇曾用海盐腔、弋阳腔、余姚腔、青阳腔……唱过，不止昆山腔一种。昆山腔保存得比较完整，弋阳腔保留在河北省高阳县的较多，余姚腔可能变而为绍兴大班里的掉腔，海盐腔至今还不曾找到明显的线索，青阳腔更是大家所搞不清楚的。1954年忽然在山西万泉县百帝村发现了青阳腔的四个全本和两个零出，这应该说是中国戏曲史上值得高兴的一件大事，也应该说是中国戏曲史上的一个新发现，使我们对于青阳腔有了更多的认识。

在明朝人的记载里，我们常看到对于各种腔调的叙述。徐文长的《南词叙录》云：

> 今唱家称弋阳腔，则出于江西，两京（北京、南京）、湖南、闽、广用之；称余姚腔者，出于会稽，常、润（镇江）、池（贵池）、太（太平）、扬、徐用之；称海盐腔者，嘉、湖、温、台用之。惟昆山腔止行于吴中，流丽悠远，出乎三腔之上。

也就因为昆山腔"流丽悠远，出乎三腔之上"，它战胜了各种腔调，独霸剧坛，各种腔调流传不广，有的几乎绝迹，我们对于这些腔调的研究，就时常要感到材料不够了。沈宠绥的《度曲须知》所说的腔调更多：

> 词既南，凡腔调与字面俱南：字则宗洪武而兼祖中州；腔则有海盐、义乌、弋阳、青阳、四平、乐平、太平之殊。

沈宠绥提到海盐腔和弋阳腔以及义乌腔（可能影响到现今的婺剧），却不曾提到余姚腔。据徐文长说，余姚腔兼在池、太流行。沈宠绥另外提有青阳、太平等腔。《南词叙录》有嘉靖三十八年的自序。大约嘉靖三十八年左右，余姚腔还不曾分化；沈宠绥年辈较晚，嘉靖三十八年以后，他所看到的已是余姚腔分化为青阳、太平、四平、乐平诸腔了。汤显祖的《宜黄县戏神清源祖师庙记》云：

> 此道有南北：南则昆山之次为海盐，吴、浙音也，其体局静好，以拍为之节；江以西则弋阳，其节以鼓，其调喧。至嘉靖而弋阳之调绝，变以乐平，为徽青阳。我宜黄谭大司马纶闻而恶之，自喜得治兵于浙，以浙人归范其子弟，能为海盐声。（汤若士《玉茗堂》文卷七）

我认为汤显祖所说的"北"就是指的弋阳腔，而不是元杂剧。倘若把他这段话分析成图表，应该是这样：

南——昆山腔、海盐腔、宜黄腔（体局静好，以拍为之节）

北——弋阳腔、乐平腔、青阳腔（其节以鼓，其调喧）

汤显祖自己的《牡丹亭》就是用宜黄腔来唱的，当与昆山腔相差不远（他在《玉茗堂尺牍》中有"与宜伶罗章二"）。这里还可以看出余姚腔和青阳腔都是弋阳腔的系统。它的特点就是"其节以鼓，其调喧"。

青阳腔在万历元年（1573）特别盛行。日本内阁文库藏有三种青阳调的选本：

1. 新刻京板青阳时调词林一枝
2. 鼎雕昆池新调乐府八能奏锦
3. 鼎锲徽池雅调南北官腔乐府点板曲响大明春

前两种是万历元年刊本，后一种是万历刊本。另外还有一种名叫"新选南北乐府时调青昆"。从"昆池新调"和"时调青昆"看来，可知道两种选本兼收昆山腔和青阳腔（即池州腔），也可看出万历元年青阳腔已经可以与昆山腔分庭抗礼，各占一席地位。我国在抗战前也曾影印"精选天下时尚南北徽池雅调",更可看出池州腔已经成为"天下时尚"了。

在《词林一枝》《八能奏锦》《大明春》《徽池雅调》这些书里所看到的青阳腔剧本还都只是些零出,从来还不曾看到过全本。今天我们能够看到四个全本,又怎能不高兴呢!

二

弋阳腔系统的剧本与昆山腔系统的剧本除情节相似外,词句几乎是完全不同的。昆山腔所用的剧本基本上与现今流行的"六十种曲"之类没有什么两样,只是说白,特别是丑和净的说白,改成苏白,并且增添了很多语句,唱词时常删减几支。它保留了知识分子的那一分典雅。但弋阳腔的剧本可能是艺人们自己改写的,显出淳厚朴素,特别带有山野间的花草香气。我们所熟知的"芦林"就是一个好例。昆山腔完全根据《跃鲤记》,把那不能保卫妻子、愚孝软弱的姜诗用生来扮演;弋阳腔重新改写,却在姜诗的脸上涂起白粉,不客气地让他做一个付。王君九编《集成曲谱》,选用了昆山腔的"芦林";但他后来选论《与众曲谱》时,却不能不遵照人民的爱好,还是选用了弋阳腔的剧本,那就是有名的"步出郊西"。

山西万泉县百帝村发现青阳腔剧本的经过,容我摘引万泉县人民文化馆畅明生1954年9月5日给我的来信吧:

> 我县范村、百帝村前多年有一种叫"清戏"(前给信墨遗萍误写为腔戏)。范村现在会唱的人还很多,可惜本子已失。这次虽然在百帝村找了四本戏(有《三元计》《黄金印》《涌泉》《陈可忠》),但多残破不全,现在交给墨遗萍了。百帝村在七十年前演过,一般年青人却摸不着头脑,只有少数几位老年人听说过。后来在孙凤科先生家的字纸篓里找出来了。该村根本无人会唱了。在范村共有三条巷:东头唱"蒲剧",西头唱"清戏",南巷唱

"杂戏"。村里流传着:"真清戏,假乱弹(蒲剧),啰啰戏儿胡叫唤。"(据说西安有一种啰啰腔)清戏无弦索,只有板、点锣、铜器、唢呐……等,调子特别多。它比我县徐村的杂戏调子复杂得多,所用的打击乐器也比杂戏要细致些。

墨遗萍是山西太原蒲剧学社的负责人,著有蒲剧多种,对于戏曲史也极喜研究。这四个全本:《三元计》写的是商辂和秦雪梅的故事;《黄金印》就是《金印记》,写的是苏秦六国封相的故事;《涌泉记》就是《跃鲤记》,写的是二十四孝中姜诗得鲤的故事;只有《陈可忠》名目较为陌生,明末还看见传本,那就是郑汝耿所改编的《剔目记》,但这个《剔目记》却又不是叙郑元和唱莲花落的那个《剔目记》。

根据傅芸子《白川集》中的"内阁文库读曲续记",我们知道"词林一枝"选有《三元记》一出和《金印记》二出。他谈《三元记》云:

> 此乃商辂《三元记》,疑即出于明初戏文商辂《三元记》(见徐渭《南词叙录·本朝》内)。盖《词林一枝》《摘锦奇音》等所选之"雪梅吊孝""雪梅观画有感"等出,均为青阳调或滚调之曲文,此外如万历刊本《时调青昆》卷一下栏亦收"雪梅观画"一出,明季刊本《歌林拾翠》二集亦然,出名"雪梅观画",均系青阳调。惟《万锦清音》月集所收之"雪梅观画"列之弋阳调内,与上述各书曲文,词句颇有出入,此岂即最初之戏文乎?

《八能奏锦》选有《三元记》二出、《金印记》八出以及《跃鲤记》一出。《大明春》选有《三元记》二出和《金印记》三出;另有《卖钗记》一出,其实也是《金印记》,只因选的是"周氏当钗见诮",所以才有这个别称。我国影印的《徽池雅调》里也有《三元记》一出。这四种选本虽也选有《三元记》《金印记》和《跃鲤记》,少的只有一二出,多的也只有八出,究竟所选不多,不能窥见全豹。山西万泉县百帝村所发现的却是四个全本,这就是可贵的地方。

由于这四个抄本破烂不堪,原来是全本,现在也有一些残缺了。虽然是道咸年间的钞本,却可信为明代留传下来的戏曲。据徐文长的《南词叙录》所记,本朝曲目有《陈可中剔目记》《商辂三元记》《姜诗得鲤》以及《王十朋荆钗记》;

《金印记》虽然没有,但在宋元旧篇曲目中也有《苏秦衣锦还乡》。我们推测的朝代早一些,就可以说是嘉靖三十八年左右留传下来的。

《三元记》的本子很破烂,头尾都不全,封面上有"道光十五年正月吉旦"和"百帝村北撰"的字样,已是一百二十年前的抄本了。《黄金印》麻纸皮已陈旧,上面有"咸丰十一年立"和"同治元年,后巷选"以及"暮襄记,孙存成记"等字样,后附"徐母骂曹"一小回,"荆钗行程"一回,且批明是第十二回。《涌泉》写的是后汉初年姜诗和诗妻庞氏(庞盛之女,贤孝)、诗子安安送米以及赤眉奕冲被诗孝感故事,有"百帝村北社孙菉桂撰"和"咸丰丙辰年立"等字样。所谓撰,当是依明代抄本改编的意思,不会是创作。这两种也都是一百年前的抄本。孙菉桂和孙存成当是孙凤科的祖辈。《陈可忠》一名"包公私访江南",布皮上有"同治八年正月穀旦"和"同治九年四月"字样,这也是八十六七年前的抄本了。

据说还有《白玉兔》是李三娘、刘知远的故事,又有《二郎山》是杨继业被困二郎山的故事。

三

在曲调方面,抄录者可能有一些遗漏。从这四个抄本里,可以发现下列这些曲调:甘州歌、不是路、月儿引(高?)(均仙吕调过曲)、驻云飞(一作主云飞)、红绣鞋(均中吕宫过曲)、红纳(衲)袄、金钱花、一江风(均南吕宫过曲)点江(绛)唇(黄钟宫引子)、画眉序(黄钟宫过曲)、下山虎、亿(忆)多娇(均越调过曲)、山坡羊(商调过曲)、风舞(入)松(双调引子)、锁南枝(双调过曲)、江头金桂(仙吕入双调过曲)醉玉楼(不知宫调)、尾声、合口、合尾声、干(乾)板儿、混江龙(北仙吕宫):一共是二十二种。还有称作"清扬腔"的,那大约就是"青阳腔"了。有人说:恐系汉郊祀歌的青阳调,史记有"春歌青阳"。我以为那未免说得太远。

在演出方面,墨遗萍1954年6月1日给我的信上说:

读了这四本腔戏后,我有一点感觉:(1)写重唱处(书一又字)很多。

(2)写合唱处很多。(3)不称'折',不称'出',而称'回'。(4)有曲牌而不用管与弦。……这对戏曲起自民间之说,更获有力的证明。

墨遗萍所说的四个特点,正是弋阳腔系统戏曲的特点,特别是第一点和第四点。第一点的重唱,我想就是帮腔,我们在川戏所看到的最多,那是由场面帮唱的。第四点不用管与弦,而用"板点锣、铜器、唢呐"等,也是这些戏曲的特征。墨遗萍同意我的推断。他在同年9月17日给我的来信说:

> 关于腔戏,亦称"青戏",曲牌中又有青阳腔。你认为系安徽池州传来,颇为可信。畅明生同志由村人唱时谱了个《混江龙》,很类乎高腔,故我认为弋阳腔有一定的脉络关系。

在流变方面,也可以说几句。就是说,安徽池州的戏怎么会到山西万泉去的呢?我想,由安徽经由山东到达山西应该是可能的。即如山西的儡(读如爪)戏,在邻省山东就很流行。山西的戏可以传到山东,当然山东的戏也可以交流到山西。现今山东还有青阳腔(下面还要稍详地提到),当然,那是由邻省安徽传过去的。再说,山西票号里的人常跑得很远,戏班也有跟随而去的可能。墨遗萍曾在清代山西的戏台庙碑和石刻上,找到一些皖伶到山西的痕迹:(1)河津县小梁村戏台有:"光绪二年江南四喜班在此一乐也。"(2)夏县曹张村戏台有"江南安徽鸿升班光绪十四年七月十二日在此一乐。"(3)猗氏县嵋阳戏台有"江南安徽鸿升班,光绪廿四年七月初二日在此唱了三天,一乐也。"可惜这些记载都是清代的,不过,也证明了安徽的戏是常到山西去演出的,四喜班恐怕还唱的是有曲牌的戏。李调元的曲话也说:

> 弋腔始自弋阳,即今高腔。……楚蜀之间,谓之清戏,向无曲谱,只沿土俗,以一人唱而众和之。

如称为腔戏,腔字当是青阳二字急读的合音,由青字的声母和阳字的韵母所合成的。如称为清戏,那就是青阳腔的简称。

在情节方面,《三元记》、《涌泉》和《黄金印》,大家都很熟悉,不必多说。但是,《陈可忠》却是一部大家所不熟悉的戏。明祁彪佳《曲品》在《杂调四十种》

中,有郑汝耿的《剔目记》,并且说:

> 此龙图公案中一事耳。包公按曹大本,反被禁于水牢,此段可以裂眦。

故事情节大概是这样:土豪曹大本因为要想谋占读书人陈可忠的妻子周氏,就叫大盗雷虎危诬陷陈可忠为同党。县官李扬德上下受贿,要将陈可忠处死,把他打在死囚牢内。关帝托梦给李扬德,要他改判代州充军,否则就要降灾。李扬德只好照办。曹大本就命媒婆谎报周氏,说是她的丈夫已死;又谎言陈可忠借银三十两未还,本利要六十两,且命众奴把周氏的子女玉绢、金绣抢走。周氏追踪而来,就被劫留。陈可忠被解上路,经一荒寺,包公也在此过宿,陈可忠就向他诉冤,包公扮作相士私访,看见玉绢、金绣被打,周氏被踢晕去,就带了周氏的子女逃走,被众奴所获,下在水牢。周氏把包公救了出来,包公向她说明自己的身份。剧本到此完结。大约后来是:含冤大白,夫妇团圆,曹大本伏法,李扬德革职。只是不曾抄写下去。抄写人是"同治八年孙迪刚"。回目是:第一、二回缺。3. 理词,4. 行贿,5. 探监,6. 讲亲,7. 起解,8. 无回目,应为"相面",9. 遭危,10. 赶脚。脚夫对曹大本也极愤恨,骂他"霸占民田该何罪,搂罗民妻罪不轻"。搂罗一词也许是方言,大约含有"强抢"的意思,这戏明朝嘉靖万历年间在松江也很盛行。范濂《云间据目钞》卷二云:

> 倭乱后,每年乡镇二三月间迎神赛会。地方恶少喜事之人,先期聚众,般演杂剧故事,如曹大本收租、小秦王跳涧之类,皆野史所载,俚鄙可笑者。

所谓"曹大本收租"大约就是"陈可忠"的故事了。

四

这四本青阳腔的剧本文词都比较通俗的,继承了宋之南戏的优良传统。徐文长在《南词叙录》说:"句句是本色语,无今人时文气。""夫曲,本取于感发人心,歌之使奴童妇女皆喻,乃为得体。"这几句评论宋元南戏的话移赠给明代的青阳腔剧本,也是一样适当的。它的词句比弋阳腔更为通俗。试比较最为我们熟悉的"芦林"首两曲为例。第一曲云：

《驻云飞》：步出郊西，芦林惊起雁鹅(鸿)飞，一个儿飞起(将去)，一个儿正(落)在芦林里(内)。因为(我为取)芦柴我(无我字)到这里。拾起(我拾取)这一枝，观见(兼取)那两枝，远望(观)一行人，好像(似)奴夫主(婿)，怀抱芦柴到这里(要与姜郎辩是非)，要与姜郎辩是非。

凡括弧内的字都是弋阳腔的词句与青阳腔不同的地方。第二曲不同处较多，我就并列在下面：

母病埃(挨)迟，问卜求神到这里。转过山坡寨，直入在芦林里。移步桥西，猛然抬头，见一妇人怀抱芦柴不言语，声声哭断长吁气。好像不孝三娘庞氏妻，整衣莫管闲事(是)非。(百帝村抄本青阳腔涌泉"芦林拣柴")

母病求医，问卜求神到这里。慌忙过了柳溪区，步入在芦林内。远观一妇人，看他手抱芦柴，听他哭哭啼啼，长吁短叹，短叹长吁气，好一似不孝三娘庞氏妻。我且整冠前行作不知，整冠前行作不知。(王君九《与众曲谱》卷八弋阳腔"芦林")

"慌忙过了柳溪区"是改作"转过山坡寨"了，所有的"内"字都改作"里"字了，"雁鸿"也改作"雁鹅"了。

我再比较明富春堂刊本《新刻出像音注姜诗跃鲤记》第二十折和青阳腔抄本的《涌泉》在下面：

《甘州歌》：忧心悄悄，只为步难移，鞋弓袜小。玉莎瑶草叶，带露凝珠绕。我把罗裙鏖起休污了。担着担着，临江不怀劳，奴心愿婆病好，一家都得乐陶陶，心头急，行步小，已不能够到江皋。

《衮遍》：提桶望江潮，怒气如山倒。促起绛罗裙，脱下鞋儿了。将进趄趄，心中惊跳。向前汲待沂流滑跌倒。浪打桶儿漂，裙儿都湿了。要水奉阿姑，没水如何好。魄散魂飞，手荒(慌)脚掉，抽身起解下裙儿轻轻绞。

《陶金令》：婆婆病倒，口渴心焦燥，姜郎去了，请医求药疗。裙儿湿了，衣衫都浇。没水归家，只恐老姑焦燥。……(昆山腔所用剧本)

《甘州歌》:忧心焦燥,行一步鞋弓袜小。罗裙斜扎起,□桶江□□,心急金莲小。一点孝心天可表,奴心愿婆病好,浑身冰冻似水浇(浇)。

提桶往江搅,浪又如山倒。(又又)提起香罗裙,紧扣鞋儿小。向前来取水,险些儿滑跌倒。抽身起,恨怎消,罗裙脱下轻轻吊,将罗裙且搭用柳树梢。

《江头金桂》:都只为婆婆有病,口渴味又酸,想饮江水,是奴家前来取水。我丈夫(又)的求药苗(疗),因此上前来取水。到此处风狂浪大,水桶儿飘去,裙儿湿了。可怜间(见)行船丢有一只搞(篙),是奴家取水会水,又恐我婆婆心焦燥,这场打骂非轻小。(青阳腔)

昆山腔所用的剧本有些地方太文雅,我都用黑点点了出来。为了文雅难懂,以致"求药疗"改成青阳腔,竟成为"求药苗"了。

由于这些剧本大部分是艺人自己编写的,因此也有些不押韵的地方。例如《陈可忠》第七回《山坡羊》云:

苦哀哀肝肠裂碎,苦哀哀头弹珠泪。望家乡迢迢路远,生差(嗟),无有一条逃生路;悲伤,何日得到代州城;伤情,若得回家两世人。(起解,陈可忠唱)

这一支曲子一共只有九短句,却转了三次韵。碎、泪为韵,接着押路字,最后又以城、情、人为韵。这种情形,是任何昆山腔所用的剧本中没有的。又如《三元记》第十二回"机房教子"云:

(雪上清扬唱)家缘就(旧)有,被先人费尽了许多计谋。创业方知守业难。……一心要学孟轲母,只怕画虎不成反类狗。孩儿能守必须勤。(又)……(外净上清扬唱)老公婆年纪衰老,贤媳妇青春节操。我孩儿学不得曾参行孝,到做了颜回丧早。是何人打的我孙儿高叫?安儿,问是何人打轱儿。

这两支清扬(即青阳)腔很奇怪,全都押韵,偏偏末句不押韵:有、谋为韵,难字不押韵;母(读作某)、狗为韵,勤字不押韵;老、操、孝、早、叫为韵,儿字不押韵。儿字或可疑为说白的误书，难字和勤字无论如何该是唱句里的。由这两个例，就可以知道青阳腔剧本有些地方是不大讲究押韵的。

为了解青阳腔剧本的全貌，我想抄录《荆钗记》第十二回"行程"全回来做一个例子。下面是可与"南北新调"对照的部分：

（亲母上唱清扬腔）叹当年贫苦未遇时，岂知道一旦分离。（我想我那先君在世，门容车马，户纳簪缨。不想我那先君去世。家业渐渐消灭，别无一有。真是人居两地，天各一方。）十朋孩儿求功名。（似别人生下孩儿。读书做官，荣先耀祖，改换门闾。不似老身生下十朋，一去求名，竟不思归。）媳妇又去投江死。（白）（李成！）（成）（亲母！）（母）（此去若到那京城之地。见了你那不幸的姐夫。宁可报喜。莫可报忧了。成舅呵，）千万莫说那投江事。（成）（说了怕怎么？）（母）你若说起投江，（岂不知你那姐夫，与你那姐姐，他乃是恩爱的夫妻，听说此言，必定把肝肠裂碎，血泪儿交流。成舅呵，）怕只怕唬煞我那娇儿。嘱咐你言词须牢记，切莫说（又）与他知。（成唱）亲母不必双泪垂，容李成一言诉起。我姐夫中状元，佥判只在饶州地。他乃是读书人，知礼义，岂肯停妻再娶妻？劝亲母，休忧虑，免伤悲。（又）（母唱）教我如何不忧虑，不伤悲！（自从你那姐姐死后，老身无三男四女，你叫我指望着谁来，依靠着何人？）怎奈我年华高迈无所依，孩儿在京城，媳妇不知在那里。行一步闷痴痴了儿，闪的我只在途路里行。好恓惶，（李唱）途路程。（母）追思昔日离了家，（成）（千山万水受波查。）（母）（此去若到京城地，）（成）（亲母，负屈含冤诉与他。）（母唱）追思昔日离了家，（成白）（亲母，想当初我爹爹命我，搬我亲母之时，就在此路相等。）（母）（哎咳是了么？成舅，恐当初令尊命你搬取老身之时，那时命媳妇孩儿在前，老身在后，）母女三人步步儿前行。（成）（亲母，你看这田园地土，依然都在，只是不见我那受苦的姐姐嗏。）（母）（这才是物在人亡，一旦无常，）怎不教人情惨伤。（哎咳罢了，玉莲我那娇儿，你若是失节改嫁，遗臭万年；你立志不从，投水儿身死，你的芳名就耿耿了儿。）这才是丢下你爹，撇下你娘。浣纱

> 抉精要以会通

> 女抱石投江,千年万载流传后世。(一山又过一山林,)(成)(鞋弓袜小步难行。)(母)(中途路上逢雪雨,)(成)(亲母,看看来至接官亭。)(母唱)官亭路上逢雪雨,似这等凄凉实可伤。(成)(亲母,此间就是我姐姐投水之地。)(母)(成舅何不早说,老身来时,无有带上纸马银钱,祭奠于他。就此捏土焚香祷告。)(成)(亲母讲的那里之话!你乃堂上婆婆,他乃厨下媳妇,怎敢受你一礼?)(母)自古道在世为人,死后为神,礼当拜他一拜。成舅,打开雪雨。(成)(哈哈,亲母请来。)(母唱下山虎)深深下拜,拜祷江岸神。(河伯水神,水母娘娘,老身今日祷告,非为别的而来,为只为钱氏玉莲,不遵母命,投水而身死。他的灵魂在你帐下所管。)只望你有灵有圣,有感有应,叫你那招魂的童儿,引路的仙官,送发他灵魂儿去。(哎,罢了。玉莲我那娇儿,往常在家,我这里叫你一声,你那里应我一声。似今日叫之无声,视之无形,是怎的了儿!)叫的娘咽喉哽哽,(又)我的儿哪见你的形踪。(老身此去若到那京城之地,说与你那不幸的丈夫,交他请上几位儿高僧高道,超度于你。我的儿,)休恋长江,跟着老娘。(合)我这里趱行趱行数程,长亭共短亭。(成)山程共水程,(母)望不见京城,闷煞老身。(成)思起家乡,愁煞李成。关河雪冷(又),似叶儿飘零。走的我浑身上冷,战战兢兢。(白笑哭)(哈哈,哎!)(母)(成舅为何又哭又笑?)(成叫板)(非是我又哭又笑,)哭姐姐死的苦,笑姐姐(又)死的好。(哎咳,我那受苦的姐姐,怎奈你在阴司,我在阳间,再也不能与你相逢,与你团圆,若要相逢,若要团圆,除非南柯一梦间,猛然想起老爹娘,(又)(往常在家,你那里叫我一声,我这里应你一声。到今日大雪纷纷,小雪片片,你那里倚门悬望,不见儿归。叫了一声李成,)我儿你在那里?(母唱)哎咳十朋狗才,(你看成舅乃是义子,他倒有思亲之心,你在那……)(误字已改正)

以上已占全回的十分之八,都是《新选天下时尚南北新调》上卷下层末篇"十朋母官亭遇雪"所有的部分,与今本《荆钗记》第二十八出"哭鞋"完全不同。凡是括弧里的句子都是说白,没有括弧的是唱句。从"叹当年贫苦未遇时",到"切莫说与他知"用的是《风入松》曲牌。从李成唱"亲母不必双泪垂"起,直到"途路程"止仍旧用的"前腔"(即《风入松》)。紧接着就是四句七言诗,由母子俩轮流各唱一句,这七言四句就是"滚唱"。下面母唱"追思昔日离了家",直到"千年万载流传后世"用的是《下山虎》曲牌。紧接着又是四句七言诗,那就是第二个"滚唱"。下面从"官亭路上逢雪雨"直到"我儿你在那里?"连用了三个前腔(即《下山虎》)。我们拿青阳腔抄本与《南北新调》对照,可以发现二者颇多相似之处,即使《新选天下时尚南北新调》不是青阳腔,而为另一"新调",也一定是弋阳腔的系统。更重要的是,从这个例子可以看出民间戏曲的感情是更加奔放的。还有,"滚白"的使用法在此也可以仿佛一二。它惟恐观众不懂,一件事必须说好几遍,好像经文加注疏一样。例如,唱两句"叹当年贫苦未遇时,岂知道一旦分离,"就要解释八短句;再唱一句"十朋孩儿求功名,"又要解释七短句。以下由此类推。这些就都是"滚白。"青阳腔的另一特点是使用"滚调",既有"滚唱",又有"滚白"。上举"滚唱"二例,使用在《风入松》和《下山虎》唱完以后,也有使用在当中的,也算常见,但使用在一曲的开头的却较罕见。现在再继续抄录"行程"最后的十分之二,这是《南北新调》所没有的,我们是用民间流传的抄本将"十朋母官亭遇雪"补全了;从这一点可以看出这四本抄本是明代遗留下来的古剧:

(红楼暖阁,贯串百家,枉读诗书。)看将起来,你就越发成成不的人了,狗才!闪的娘只在这雪路里行。(合)我这里趱行趱行数程,长亭共短亭。(成)山程共水程,(母)望不见京门闪煞老身。(成)思起家乡愁煞李成。(母白)(成舅转上,受我一礼。)(成)(此礼为何?)(母)(请来。老身上京找子,礼之当然;成舅上京,所为何来,所为这何来!)是老身多多的感谢着你。(成)(一来尊父命,二来况又是门亲。理当相逢。亲母乃是妇人家,自幼不曾出闺门。在家不算贫,路途贫煞人;怎奈你鞋又弓,袜又小,山高水又长了。亲母呵)怕只怕高山峻岭。(母)(我若是个男子,走遍天涯,游遍海角。说甚么乃妇人家,自幼不曾出闺门。在家不算贫,路途贫煞人;说甚么鞋又弓,袜又小,山高水又长了成舅呵)那怕他高山峻岭。(合)我这里趱行趱行数程,长亭共短亭。(成)山程共水程。(母)望不见京城闷煞老身。(成)思起家乡,愁煞李成。(尾声合唱)今朝吃尽途中苦,万里关山何处休!(同下)

所谓"滚白"和"滚唱"都是很快的意思,大有连珠而下的意味。从前大鼓书场中的"快书"恐怕就有多少类似的地方。王骥德《曲律》"论板眼"中有云:

> 今至弋阳、太平之滚唱,而谓之流水板,此又拍板之一大厄也。

清刘廷玑《在园杂志》卷三也说:

> 旧弋阳腔乃一人歌唱……较之昆腔则多带白,作曲以口滚唱为佳。

可见滚唱是唱得很急,像流水一样。我们看上引一节,虽不曾听见歌唱,自己暗念一遍,也能感到像流水一样的快。

五

我曾说过,青阳腔是从安徽池州到山东到山西的。直到今天,山东也还有青阳腔的遗迹。山东有一种大弦子戏,我在纪根垠处见到"赏军钓鱼"、"华容道"、"古城会"以及"单刀赴会"这四出戏。它们所用的曲调约如下列:

赏军钓鱼:大青扬、普四(不是)路、大青羊、青阳

华容道:大青阳、说普娥、青阳、山坡羊、桂子(枝)香

古城会:赖花梅(懒画眉)、朱(驻)云飞、大留曲、筵尔乐(雁儿落)、普拉娥、抱龙台、娃娃、高调辇变说腔变娃娃、普娥。

单刀赴会:青阳、点绛(唇)、唢呐、青羊、青羊死板、二板青阳、越调子。

以上这些曲调,有很多是特别的,像说普娥、大留曲、抱龙台、普娥、娃娃、高调辇、说腔、唢呐、越调子都不知道是什么曲牌的讹写,也许竟是青阳腔所特有的曲调。其他所谓青扬、青羊当都是青阳的别写。那末,青阳腔是有所谓"大青阳""青阳""青阳死板""二板青阳"这些分别的。"单刀赴会"又称为"柳子戏",大约就是所谓"东柳西梆"当中的柳子戏了。我抄录在弋阳腔中也极有名的"赏军钓鱼"的片断在下面:

敬：[大青扬]我在此张仙庄甚安乐，有多少公卿不胜我。休弥里哚这里无实无祸，他那里叩柴门起风波，酒醒来把事儿与他解和。我要是解了呵和衣儿去睡卧，羞杀了王怀公侯，听鸡鸣早离朝阁。辞君王一时错，为君者无有差错，惹不出那样灾祸，刀劈了天还大，恰边事待过如何！

"仁贵唱：[普四路大青羊]我这里问着他，他那里端然正坐，并无有回话。（敬）张仙庄有一个胡老儿，无是无非落到渔樵，并无有宾朋闲来到，有什么言语说于我（重一句）晓。（薛）征东人儿薛东辽，特意前来访故交。问渔公知不知来晓不晓（重一句）。（敬）我这里忙登岸，上前来问一个真情实略。贵弟到来所为何，你把那袖里言语来说破。（薛）可怜你张仙庄上苦安乐，今相逢好一似梦里南柯。（敬）张仙庄上常想你，你在朝里念我不念我？恶狠狠抖起虎狼威，今相见好比就真心得脱，无是无非常安常乐。"

最近我又发现福建戏里也多少与青阳腔发生过关系。即如《徽池雅调》，刊刻者就是闽建书林熊稔寰。其中有一出"古城记张飞祭马"我亲自看到了演出，与刊本很少差别，这莆仙戏很值得我们注意。所谓"青歌"当是"青阳腔"的意思。此外，闽剧"渔船花烛"有"清言词头"。那就说明闽剧是青阳腔的后辈，它是以青阳作为词头的，也就是"青阳词头"的别写。川戏有一部分有"昆头子"，就说明是昆山腔的晚辈；正如昆山腔自己，要用词牌来做引子或头子一样。莆仙戏里"张果老种瓜"也有"青歌"，当也是青阳腔。

今天各种戏曲可能有一些是保存着古代的戏曲某些方面的遗留物的。我们研究戏曲史，不应该放过这些活的戏曲史资料。正如我所探讨的明代青阳腔一样，它在山西、山东、福建省还有它的线索可寻。我愿以这篇小文作为沟通中国古今戏曲探讨的开始，写出来请大家指正，希望因此引起大家的兴趣，共同来开垦这一块中国戏曲史的处女地。

原载《复旦学报》1956年第1期

明代演剧状况的考察

赵景深　李　平　江巨荣

在中国戏剧史上,明代是继元杂剧之后又一个繁盛的阶段。北曲杂剧的声誉,在人们的印象中记忆犹新,复兴的南戏,却又广采声腔,挟席卷天下之雄风,驰骋剧坛。两百多年中,剧本的繁多、声腔的流变、音律的辨正、演唱的改进、乐器的协调、脸谱的成型以及演出过程中文人对艺术有价值的指导……无不使戏剧演出日趋蓬勃与完善。诚然,从剧本看来,每因作者的纷纭,不免杂有迂腐说教、才子佳人的陈词滥套,但舞台上也不缺乏人们喜闻乐见的优秀作品。应当承认:这段时期,戏剧演出风行于社会的各个阶层,从广大民间到士大夫的府邸,乃至皇室宫廷,对观赏演剧的癖好,真可说是举国上下,如醉如狂。戏剧在那段时期的文化生活中,占有明显的重要位置,即使是风雨飘摇的晚明,面临着那样深重的民族危难的情况,而一边却还是管弦不辍,歌舞犹酣。这种现象,在后人看来,或许是难以理解的吧!而且,在频繁的演剧活动中,包含大量民间艺人的演出,无论从弋阳、余姚、昆山、海盐腔的流变还是《陶庵梦忆》一类文字记载,都可以证明明代演剧的普及与兴旺。祁彪佳日记历述了他个人看过的戏剧一百余种,民间戏剧尚不在内。仅崇祯八年五月十七至二十八日,就在杭州先后看《双串》《梅花》《空函》《宵光》《南柯》等六部;十二年正月二十三至二十八日又在绍兴看《摩尼珠》《红叶》等五部,几无日间断。这仅是晚明一个爱好戏剧的士大夫个人接触演剧的记录,如果把眼界扩展到广阔的民间舞台,我们必然能意识到当时的演出盛况远比目前戏剧史上记载的要丰富得多。我们深感：从文学的角度对明代的剧作进行评价，固属重要；而就演剧的活动开展研究，也不可少。日本学者岩城秀夫教授在五十年代就曾致力于明代戏剧的专门研究，他在专著《中国戏曲演剧研究》一书中，搜集了丰富的资料，做了极有价值的探索，提出了不少新颖的见解与值得思考的问题，也为我们研究明代的演剧提供了许多启发。明代的演剧，涉及的范围至广，我们手头虽也有一些材料，但嫌零碎、单薄，不够系统，因此研究工作只能一步步来，本文着重说明的是明代演剧在社会各阶层普及的情况，由之看出那一时期演剧的兴盛。

一、十五世纪前期演剧"中断""停滞"说的质疑

明代对演剧的兴趣，不仅普及于当时社会的各个阶层，同时也贯串于两百多年中各个不同阶段。过去，一般认为：从建文到正统五十年间，由于禁令的限制，演剧活动濒于"停滞"与"中断"，必待成化、弘治（十五世纪后半期）始见复苏。这个论断，值得商榷。洪武到永乐间，确曾多次颁布律令榜文，但所禁演的主要是扮演帝王后妃一类的"驾头杂剧"，比如洪武二十二年三月二十五日榜文规定：

  ……倡优演剧，除神仙、义夫节妇、孝子顺孙、劝人为善及欢乐太平不禁外，如有亵渎帝王圣贤，法司拿究。

             ［清］董含：《三冈识略》引《遁园赘语》

从洪武三十年刊《御制大明律》中也看到这一律令的重申，注明"凡乐人搬做杂剧戏文，不许装扮历代帝王后妃、忠臣烈士、先圣先贤"，违者"杖一百"。但是，到永乐九年（1411年），却又追加一道更严厉的命令：

  今后人民倡优装扮杂剧……但有亵渎帝王圣贤之词曲驾头杂剧，非律所该载者，敢有收藏、传诵、印卖，一时拿送法司究治。……出榜后，限他五日，都要干净，将赴官烧毁了。敢有收藏的，全家杀了！

这里，有两个问题是值得玩味的。

第一，律令上讲得很清楚，所禁的主要是"驾头杂剧"或涉及此项内容的其他戏剧。所谓"驾头杂剧"，根据吴自牧《梦粱录》与沈括《梦溪笔谈》对"驾头"的诠释，是指剧中有角色扮演帝王形象登场，无非是觉得以"优伶之贱"饰扮帝王后妃一类，颇失宫廷尊严。而元代名妓如珠帘秀、顺时秀、南春宴、天然秀等，都曾演出"驾头杂剧"，因此要禁。不过，禁令也明确规定只限这些，于其他内容扮演并不涉及。因此，它不可能造成演剧的"停滞"或"中断"。

第二，这些律令不断出现的本身，就说明了当时戏剧舞台活动的频繁。洪武二十二年（1389），已经接近十四世纪的尾声，而命令竟不生效，必至永乐九年（1411）还得重新颁布；那么，永乐九年之前，"驾头杂剧"必然在舞台上仍很风行；否则，这道律令不是无的放矢了么？

倘若我们把禁令作为演剧"停滞"或"中断"的主要原因，那么，我们就有必要对颁布禁令最严厉的永乐年间进行重点的考察。因为宣德年间虽然也曾雷厉风行地指令行在礼部尚书胡濙发布禁止官员狎亵歌妓宿娼，却并非禁止演剧。然而，这律令看来只对士大夫与文人的戏剧创作起了限制的影响，对民间戏剧的演出与发展产生了多大的制约力量，却是很难说的。因为终明之世，在士大夫与文人笔下数以百计的传奇杂剧中，敢写帝王登场的确实寥寥可数；但十五世纪的前半期，在民间戏剧的舞台上，却是历史剧在目连戏的基础上大量生发的阶段，诸如《封神传》《三国传》《西游记》《岳飞传》……等，都是这段时期的产物。这类戏剧中要遵照禁令避开"驾头"，不演帝王后妃、忠臣烈士，几乎是不可能的。《封神传》取材武王伐纣故事，《三国传》少不了"关圣帝君"。通都大邑的演出固当略避耳目，乡镇地区的舞台上却尽可我自为之。

就永乐年间而言，"停滞"与"中断"之说，似乎也是可疑的。魏良辅《南词引正》中云：

> 腔有数种，纷纭不类。各方风气所限，有昆山、海盐、余姚、杭州、弋阳。自徽州、江西、福建俱作弋阳腔；永乐间，云、贵二省皆作之，会唱者颇入耳。

据此，永乐年间，弋阳腔不仅还活跃在民间广阔的舞台上，而且远传云、贵，在那里蓬勃发展。所谓腔，不过是戏剧演唱部分的外在形式，从"作"的含义推测，不类单纯的咏歌，宜为舞台的扮演。流沙同志在《弋阳戏曲源流初探》中又提到明永乐年间，目连戏流入湖南，在当地发展为辰河戏，与刘回春、青霓两同志在《谈辰河戏》文中的论断较近，这是永乐年间演剧活动并未"停滞"或"中断"的又一佐证。

从宫廷方面看，永乐前后，也是明代以杂剧创作与表演艺术研究著称的两驾亲王创作的旺盛时期。例如周宪王朱有燉，所作杂剧多达三十一种，部分是宣德年间撰著的，他的杂剧中有《得驺虞》一种。《明史》卷一百十六记载永乐二年，朱有燉之父周定王朱橚入朝向朱棣"献驺虞，帝悦，宴赐甚厚"。那么，这部杂剧该是永乐间的作品了。即以宣德年间诸作而言，也都属于十五世纪前半期，由之可以推测当时杂剧的上演，仍很时行。朱有燉的杂剧，到十五世纪末在舞台上还一直是活跃的，李梦阳《汴中元宵》绝句云："中山孺子倚新妆，赵女燕姬总擅场。齐唱宪王新乐府，金梁桥外月如霜"，意思是很清楚的。作为皇室的一个成员，朱有燉的作品是不致违背本阶级的根本利益的，这从他的作品多以神仙度世、妓女风月、牡丹庆寿为主要内容可资证明，上演自然是不违碍的。至于宁献王朱权，他的《太和正音谱》，总结了元明间戏曲演唱的经验，针对当时演唱的实际问题，例如《善歌之士》章结尾部分谈到：

> 凡唱最要稳当，不可做作，如咂唇摇头，弹指顿足之态，高低轻重，添减太过之音，皆是市井狂悖之徒，轻薄淫荡之声，闻者能乱人之耳目，切忌不可。优伶以之唱，若游云之飞太空，上下无碍，悠悠扬扬，出其自然，使人听之，可以顿释烦闷，和悦性情，通畅血气，此皆天生正音，是以能合人之性情，得者以之，故曰：一声唱到融神处，毛骨萧然六月寒。

《太和正音谱》虽是洪武三十一年（1398）成书的，但若不是为后世戏剧演出的需要，也就无"正音"之必要。它从侧面说明十四世纪末年对演剧依然是重视的；因之，十五世纪前半期的"停滞"与"中断"也就更难置信。

抉精要以会通

在文字记载中，显得关系更直接、更重要的，是明代剧作家汤舜民《笔花集》中的《新建构栏教坊求赞》套数。从套数中在〔耍孩儿〕〔七煞〕〔六煞〕〔三煞〕中，十分具体地描绘了新建构栏教坊规模的宏大，气势的雄伟，试举〔六煞〕〔三煞〕为例：

【六煞】 上设着透风月玲珑八向窗，下布着摘星辰嵯峨百尺梯，俯雕栏目穷天堑三千里，障风檐细漪漪帘牙高展又鸳翅，飞云栋碜可可檐角高舒恶兽尾。多形势，碧窗畔荡悠悠暮云朝雨，朱帘外滴溜溜北斗南箕。

【三煞】 豁达似练霞观金碧妆，气概似紫云楼珠翠围，光明似辟寒台水晶宫里秋无迹，虚敞似广寒上界清虚府，廓落似兜率西方极乐园。多率丽，潇洒似蓬莱岛琳宫绀宇，风流似昆仑山紫府瑶池。

而在尾声部分，作者还加上了"这构栏领莺花独镇乾坤内，便一万座梁园也到不得！"的极口称赞之词。〔二煞〕部分，列举了当时正在扮演与导演的末泥、引戏、副末、付净、装孤、装旦、捷讯、要採（供过人）等八种角色，其中要採一色，不仅是明代舞台上才出现的，于戏剧中也极少见。〔五煞〕中把这所新建构栏教坊地点在南京一项，说得极为清楚：

【五煞】 门对着李太白写新诗凤凰千尺台，地绕着张丽华洗残妆胭脂一脉水，敞南轩看不尽白云掩映钟山翠。三尺台包藏着屯莺聚燕闲人窟，十字街控带着踞虎盘龙旧帝□，柳影浓花阴密，过道儿紧拦着朱雀，招牌儿斜拂着乌衣。（缺字疑为"畿"字）

关于汤舜民，目前掌握的材料不多，《太和正音谱》于《群英乐府格势篇》是把他列入"国朝"十六名家之内的。据无名氏《录鬼簿续篇》记载，他是象山县人，初为象山县吏，以不得志落魄江湖，但却被朱棣看中而走运了。《续篇》说朱棣在燕邸时对他就"宠遇甚厚"，即位后又让他到南京做官，"恩赉常及"，与剧作家贾仲名、杨景贤同是朱棣的御用文人。据此，汤舜民在朱棣为燕王时，该是一直在藩邸追随的，永乐建号之后，才到南京做官。这首《新建构栏教坊求赞》该是在南京官任期间的创作。如果这个推断能够成立的话，对十五世纪前期的演剧活动当是极为珍贵的资料。试想：在永乐年间，还在兴建规模如此宏伟的构栏，看得到众多角色的扮演，能够对那段时期的演剧得出"中断"或"停滞"的结论吗？从朱棣本人的情况来看，也值得慎重研究。这个人，在自己周围聚集了一批文学侍从，而且恰巧又都是撰写杂剧套数的高手，《续录鬼簿》叙贾仲名"所作传奇乐府极多"，"每有宴会应制之作，无不称赏"，可见他们是以擅长词曲戏剧而蒙受赏识的。朱棣本人既然也是一个笃好者，又怎么会贸然禁绝自元以来风行社会的演剧呢？一种风习戛然中止，也是不可思议的；况且当时距元代的灭亡，不过数十年，杂剧的余霞犹现，两驾亲王亦复孜孜于斯，而在朱棣本人敕令解缙、姚广孝、刘季篪等编纂的《永乐大典》中，也没有对三十三种宋元南戏进行排斥。因此，与其说这以后的五十年演剧停滞，不如说是与嘉靖、万历的隆盛对照确系寒伧，较为妥当。

除永乐之外，属于十五世纪前半期的宣德年间，同样值得注意。比如为演出提供剧本的民间书会，沿宋元之风习依然见存。朱有燉的杂剧《刘盼春守志香囊怨》，就是宣德七年（壬子，1432年）做的，其第一折末白中有"这《玉盒记》正可我心，又是新近书会老先生做的，十分好关目"，可供参证。而宣宗命黄福看戏（引文见后）的事情，说明连宫廷中演戏活动也不曾辍止。

二、明代宫廷的演剧活动与帝王对戏剧兴衰作用的商榷

明代对演剧活动的癖好，同样地扩展到禁卫森严的宫廷。即使宫廷的演剧在当时的社会不同地位的阶级阶层中，属于最薄弱的一环，而且并非全部帝王对它都有同样的兴趣，我们仍然可以透过不很详尽的资料，看到演剧活动在宫廷的时行。尽管在正史可能出于封建礼教的传统观念，有意识地回避涉及这个问题，而稗官野史却绝无禁忌。从一些不完整的记载看来，明代诸帝王中，对演剧表示憎恶，恐怕是极个别的。比如朱元璋，虽然在洪武二十二年命官吏张布了禁演"驾头杂剧"一类的榜文，但却恰巧是他，首先为后代子孙树了个爱好演

剧的榜样。陆采《冶城客论》中称述他"好南曲",以致教坊色长刘杲、教坊奉銮史忠不得不奉旨用北方的乐器筝、琶,试行伴奏演唱南曲,创制一种"弦索官腔"的新声进奉;徐渭《南词叙录》也提到朱元璋欣赏高则诚的《琵琶记》,"日令优人进演"。而且,每逢亲王之国,"必以词曲一千七百本赐之"(李开先《张小山令后序》)。看来朱元璋对戏剧的爱好,对朱权、朱有燉等宗室的艺术笃好,多少起过一些积极的影响。又如宣宗朱瞻基,常常被戏剧史家误解为打击戏剧活动,造成剧坛萧条的反对派,其实并不尽然。他虽然曾经在宣德四年谕令礼部尚书胡濙出榜禁约官员挟妓饮酒,荒政败俗,但朱瞻基的禁令,并非针对戏剧演出而发。他仅仅是接受了都御史顾佐的意见,制止对官员酗酒宿娼。刘宗周《人谱类记》卷下记述过这样一件事:

> 黄忠宣公(黄福)在宣庙时,一日(上)命观戏,曰:"臣性不好戏。"命围棋,曰:"臣不会著棋。"问何以不会?曰:"臣幼时,父师严,只教读书,不学无益之事,所以不会。"

以"严厉自持"著称的朱瞻基尚且鼓励臣下看戏,其他可知。大抵如英宗、宪宗、孝宗、武宗、神宗、光宗、熹宗乃至思宗等历代宫廷,无不有一些演剧的记录,特别是熹宗朱由校,不仅在宫中盛陈水傀儡、打稻、过锦诸戏,甚至亲自扮演赵匡胤,与内侍高永寿等合串《雪夜访普》。这是陈悰《天启宫词》"驻跸回龙六角亭,海棠花下有歌声。葵黄云子猩红辫,天子更装踏雪行"所证实的。

明太监刘若愚在《明宫史·钟鼓司》条也提到熹宗对戏剧演出的沉溺,于戏文扮演方面,最好武戏,于懋勤殿升座,多点岳武穆戏文,而水傀儡的演出中,内臣们也就多弄英国公三败黎王、孔明七擒七纵、三宝太监下西洋、八仙过海、孙行者大闹龙宫一类大锣大鼓的闹剧,投合他的胃口。再如神宗朱翊钧,虽然有教坊供奉演剧,内廷又设有扮演金元以来院本的钟鼓司,却仍然不够满足,他又专门设置了玉熙宫,御用剧团配备"近侍三百余员,习宫戏外戏"(见沈德符《野获篇补遗》及刘若愚《明宫史》),又为太后"设四斋近侍二百余员,以习宫戏外戏。凡慈圣老娘娘升座,则不时承应外边新编戏文,如《华岳赐环记》"(《明宫史·钟鼓司》）。

仅举上述数例，不难看出：明代的帝王们，对戏剧演出与观赏，大多是十分热中的。甚至到南明年代，山河残破，朝不保夕的紧要关头，朱元璋的子孙们还没有从舞台扮演的天地清醒地回到现实世界中来。这当然不是戏剧本身的过错，但用以说明明代宫廷对演剧的沉溺，却还是比较切实的。

明代的帝王，对演剧既有如此强烈的爱好，宫廷扮演的规模，必致相当的宏大。试想：几百年前，拥有像玉熙宫、四斋这样三百来人的专业剧团，舞台上排出的阵容，该是多么浩荡；然而，任何一部戏剧，并不需要如此众多的演员，庞大的机构。这就可从帝王后妃们善于挑剔的胃口，求得解释。洪武初年，宫廷一应扮演，都是由南北教坊承应的，这在《明史》六十一卷《乐志》可以找出依据，当时进膳、迎膳与按月律演奏的乐歌，统由教坊负责，戏剧扮演的内容，限于形式单一的杂剧。即使朱元璋对南曲产生了突然的兴趣，而在听演《琵琶记》之后，仍然提出了纳入北乐弦索伴奏的要求，那时即使作为创新，也还是不难办到的。然而，成化、弘治之后，南戏崛兴，舞榭歌台，南风为炽；而曾主剧坛数百年牛耳的北音，乃至衰微虽然说不上退出剧坛，却也不能不与南戏变换位置。而南戏更蓬勃为余姚、为海盐、为弋阳、为昆山，也就是祝允明在《猥谈》中哀叹的"声音大乱"，"变易喉舌，趁逐抑扬"。艺术的形式，既然出现百花竞艳的纷繁局面，宫廷的帝王，也就产生了"菜谱更新"的念头。于是，朱翊钧下令内廷兼习外戏，要做到"弋阳、海盐、昆山诸家，一应俱有"（见沈德符《野获编补遗·禁中演戏》条）。我们看刘若愚《明宫史·钟鼓司》条，那里记述得多么明白！从杂剧院本、科诨傀儡、南戏杂扮无不毕备，帝王们只要根据兴趣的挑选吩咐一声，舞台上就可以出现不同品种、不同风格的演出，终明之世，历久不衰。要随时承应各种各样的戏剧表演，自然少不了设置规模宏大、包罗万象的剧团。而另一方面，即使是一个剧种的扮演，由于帝王后妃讲究排场，同样需要支付巨大的人力和财力，我们且看《明宫史》中傀儡戏演出的描述：

……其制用轻木雕成海外四夷蛮王及仙圣、将军、士卒之像，男女不

> 一,约高二尺余,……每人之下,平底安一榫卯,用长三寸许竹板承之,用长丈余、阔数尺、进深三尺余方木池一个,锡镶不漏,添水七分满,下用凳支起,又用纱围屏隔之,经手动机之人,皆在围屏之内,自屏下游移动转。水内用活鱼、虾、蟹、螺、蛙、鳝、萍、藻之类浮水上。……将节次人物,各以竹片托浮水上,游斗玩耍,鼓乐喧哄。另有一人,执锣在旁宣白题目,替傀儡登答,赞导喝采。……其人物器具,御用监也;水池鱼虾,内官监也;围屏帐幔,司设监也;大锣大鼓,兵仗局也。

完全可以想见,这样一次演出,从剧务筹备而言,工作是何等繁重!从经济耗费核算,与民间简陋的娱乐,诚不啻天渊之别。《明宫史》中又提到"过锦之戏","约有百回,每回十余人不拘,浓淡相间,雅俗并陈,全在结局有趣","又如杂剧故事之类,各有引旗一对,锣鼓送上,所扮者备极世间骗局丑态,并闺阃拙妇痴男,及市井商匠刁赖词讼,杂耍把戏等项",这样庞大热闹的场面,仅为承应帝王后妃片刻的欢娱,这是我们不能不愤怒的。

这样看来,明代宫廷的舞台,既秉承杂剧院本之遗风,复聚南戏英华在一起,帝王们也该心满意足了吧?然而并不尽然,统治阶级的欲求,原是填不满的深壑,他们还要从宫外征用州府地方民乐。洪武年间,朱元璋曾命太监召唤女乐承应,被监察御史周观政拦截在奉天门;连晚明那个被史学家们诩为"圣明有道"的崇祯皇帝朱由检,也摆脱不了对声色的追求。无名氏《烬宫遗录》记述:

> 苏州织造局进女乐,上颇惑焉。田贵妃上疏谏曰:"当今中外多事,非皇上燕乐之秋。"批答云:"久不见卿,学问大进。但先朝已有,非自朕始,卿何虑焉。"

"先朝已有"一句话,就把田贵妃的谏章顶回去了。但这个"先朝已有"却充分说明整个明代宫廷,从来就没有满足于法度所规定的娱乐。这个问题,下面还要涉及。

明代的宫廷演剧活动比较繁盛,固然和帝王的好尚有一定的关系,作用的估计仍须适当。有这样一种看法,认为明代从宫廷到社会演剧的风行,主要是帝王提倡的结果,而且是帝王出身平民,保持着平民时代的习尚的结果。也有人认为:爱好是有遗传性的,明王朝的创始人朱元璋,原是贫困农家出身,对戏剧有所笃好;这种习性也就遗传给了他的后代子孙,所以明代从宫廷到社会都爱好演剧。这种诠释,未必恰当。按照辩证唯物主义的观点,血统对人的思想感情、性格气质是不起决定作用的,决定这一切的,是人的社会经济地位。官僚地主家庭出身的曹雪芹,由于家道的中落而沦于贫困的生活,他就能从接近人民、了解人民进而背叛原来的阶级,鄙弃世家子弟所热中的科举功名;反之,出身贫苦家庭的人,倘若脱离原来的经济地位,侧身剥削阶级的生活圈子,长期过着不劳而获的剥削生活,他的思想感情、性格气质,必然要起质的变化,蜕化为本阶级的叛徒而成为另一个阶级的新宠。中国历史上,这样的例子并不罕见。朱元璋本人恰巧就是其中的一个。他虽然确实有过一段艰难的经历,但在登上皇帝的宝座之后,辉煌的宫殿与高耸的宫墙,把他和穷苦的百姓隔绝开来,锦衣玉食与山珍海味,一天天地冲淡了过去的经历与人民的形象,既得的利益与皇帝的威严,不断地促使他改性移情,洪武二十二年禁演"驾头杂剧"的榜文,不是非常清晰地说明了朱元璋立场的变化吗?朱元璋自己都不能固守其庶民的立场,他的那些从小生长宫闱,在绮罗丛里长大的后代子孙,又怎么可能保持庶民的烙印呢?正如毛泽东同志所指出的:"在阶级社会中,每一个人都在一定的阶级地位中生活,各种思想无不打上阶级的烙印。"因此,包括朱元璋本人在内,明代的帝王对演剧的爱好,与那一时代的人民有质的不同。中国历史上,不少帝王是热中于观赏演剧的,例如北齐的萧宝卷、后唐的李存勖、宋徽宗赵佶……乃至近代的乾隆皇帝与慈禧太后。倘若强调戏剧是市民文艺,我们总不能承认这些帝王的脉管中流动的也是市民的血液吧?艺术的起源、创造是一个问题,但艺术欣赏却是另一个问题。同一件艺术品,不同阶级的人,原是可以从各自不同的角度表示欣赏的,这里并没有一个机械的规律。另一方面,戏剧仅仅是一个总的概念,而戏剧的扮演内容之间却有极为明显的区别;同一部戏剧,宫廷的脚本与民间艺人的演出本,内容与处理上往往就有很大的不同,各个阶级都要按照本阶级的观点和利益运用它。我们不能把历代帝王看作头脑单纯的老百姓,他们是地主阶级政治经济利益的集中代表,他们大多是很有头脑的政治家,他们对戏剧的好尚总是以地主阶级的利益为皈依的。在这方面,朱元璋并不例外,他的子孙同样也不例外。在他看来,演剧的目的,首先必须服务于巩固封建地主阶级的统治,因此他要禁止扮演历代帝王、后妃圣贤,但是却绝不禁演"义夫节妇、孝子顺孙、劝人为善及欢乐太平"的戏剧,而且提倡演这类戏剧。宫廷中日日扮演《琵琶记》的用意,正是煞费苦心的结果。因为《琵琶记》这部作品,原是精华与糟粕并存,在明初颇具影响的。朱元璋原想叫高则诚出来做官,罗致而不得的情况下,也不忘记利用《琵琶记》为封建道德传教。所以他再三击节赞叹说:

> 《五经》《四书》如五谷,家家不可缺;高明《琵琶记》如珍羞百味,富贵家岂可缺耶!(明黄溥言《闲中古今录》)

这就是说,《琵琶记》对"全忠全孝"的歌颂,启发了朱元璋借戏剧以固江山的愿望,这正是他比前代帝王精明之处。他的后代明英宗朱祁镇对这点说得更为透彻。天顺年间,南戏传到了北方的京师,被锦衣卫抓住以败坏风俗的罪名上报,陆采《都公谈纂》卷下记载了这件事情:

> ……英宗亲逮问之。优具陈劝化风俗状;上令解缚,面令演之。一优前云:"国正天心顺,官清民自安"云云。上大悦曰:"此格言也,奈何罪之?"遂籍群优于教坊。

由此看来,宫廷的演剧,必有大量粉饰太平的说教;而倡导的目的,看来也是非常明确的。帝王们尚好演剧的另一个重要原因,是为了满足享乐的欲望,填补精神的空虚。穷奢极侈的宫廷生活,造就的是一代又一代的寄生虫;物质的豪华,掩盖不了灵魂的浅薄。这样,他们就必然要千方百计地从外界寻找感官刺激,来消磨无所用心的岁月。他们的好尚,并不是出于对艺术的感情和尊重,而是用作茶余酒后娱目赏心的排遣,有的帝王甚至还带有狎侮玩弄的丑恶目的。清吴长元《宸垣识略》卷十六"识余"条:

> 正德中,乐长臧贤甚被宠遇,曾给一品服色。相传教坊司门曾改方向,形家相之曰:"此当出玉带数条。"闻者笑之。未几,上(明世宗)有所幸伶儿,入内不便,诏尽宫之。使入为钟鼓司,后皆赐玉。

因此,在对戏剧虚伪尊重的帷幕的后面,掩藏着的是不堪入目的卑劣用心。这就再一次证实了:帝王,决不是艺术家!

三、士大夫对演剧的嗜好与备置家乐的实质

明代士大夫对演剧醉心的程度,似乎只有魏晋文人对药酒的沉溺,可与比拟。官场中的燕集,文士间的应酬,无不借演剧助兴。从张岱《陶庵梦忆》"兖州阅武"条可以看到:即便在严肃的阅兵仪式中,人们也要塞进一点与场合气氛极不协调的清唱与扮演。沈宠绥《度曲须知》提及,明代初年,士大夫的好尚还在北曲杂剧,但自《琵琶》《拜月》风行,名人才子,竞作传奇;特别是嘉靖、隆庆间出现了魏良辅、梁辰鱼等笃志改革的戏曲家,使原来还比较质朴的昆山腔演变为流丽悠远的新声之后,士大夫们便借创作和演出以炫弄自己的才学,同时也用之娱目怡情。词山曲海的奇观,燕舞莺歌的隆盛,就是这个条件下的产物。虽然道学家们屡屡责难,并敦促个别皇帝向臣下们提出了婉曲的批评,然而要把演剧从士大夫的生活中排除出去,那是谈何容易的事!既然连皇帝的宫廷也不曾杜绝演剧的娱乐,士大夫又何妨在这方面发展自己的兴趣?只是不必到教坊中寻欢作乐、招摇过市就行了。

在士大夫的行列中,嗜好演剧的出发点是不尽相同的,大多数是出于享乐,张牧《笠泽随笔》记云:"万历以前,士大夫宴集,多用海盐戏文娱宾客。"其实也是娱乐自己。但也有少部分士大夫发乎对艺术的一点热忱,《红拂记》的作者张凤翼就属这一类型的人,据称他居家不仕,"自晨至夕,口呜呜不已"。又与其子合串《琵琶记》,"父为仲郎,子赵氏,观者填门,夷然不屑意也"(明徐复祚《花当阁丛谈》卷四三)。有些却二者兼具。以张岱为例,情况就比较复杂,说他是艺

术气质使然吧?他却又放荡不羁,颇多玩世不恭之行。《绍兴府志·张岱传》说他"畜梨园数部,日聚诸名士度曲征歌,诙谐杂进"。他在自作墓志铭中毫不隐讳的供认自己

> 好精舍,好美婢,好娈童,好美食,好骏马,好华灯,好烟火,好梨园,好鼓吹,兼以茶淫橘虐,书蠹诗魔。(见《琅嬛文集》卷五)

从这段文字来看,张岱也不过是地主阶级中的浪荡子弟,他对戏剧的喜爱,也不过像他对骏马、饮食、烟火、色情的沉溺,充当生活中的一种享受而已。且看他在崇祯二年八月十六夜间所做的事吧。

> ……余道镇江往兖,移舟过金山寺,已二鼓矣。经龙王堂,入大殿,……余呼小仆携戏具,盛张灯火大殿中,唱韩蕲王金山及长江大战诸剧,锣鼓喧填,一寺人皆起看。……剧完,将曙,解缆过江。

这项记载见《陶庵梦忆》"金山夜戏"条。另一次,他和兄弟在天启三年(公元1623年)"携南院王岑,老串杨四、徐孟雅、园社河南张大来辈"往观陶堰严助庙的庙会,碰上村民从越中聘得梨园搬演戏剧,张岱即指令王岑扮李三娘,杨四扮火工窦老,徐孟雅扮洪一嫂,家乐马小乡(十二岁)扮咬脐郎,串《磨房》《撇池》《送子》《出猎》四出,蓄意压倒梨园,造成"戏场气夺,锣不得响,灯不得亮"的局面。很清楚,张岱在这里所表现的行动,决不是什么艺术家的风度,而不过是纨袴子弟式的声色自娱与争奇好胜。

但是,也就是同一个张岱,在另一些场合上,却又分明是一个热中此道的严肃的艺术家。这里不妨举同书《过剑门》为例,在他家学戏的俳僮,无不盛赞他对学艺与表演要求的严格,以致许多著名的戏剧演员都是在他的指导关怀下成长起来的,他的功绩就未可埋没。如果我们对张岱身上矛盾的气质比较为难;那么,与张岱同时的祁彪佳,总称得上正统的、典型的士大夫吧?祁彪佳以身殉国的民族气节,素来是为人们所钦重的,他对生活的态度也很严肃。但就像他这类的士大夫,对戏剧也怀有浓厚的兴趣。他搜集了八百多部元明戏剧作品,自己也谱撰了《全节记》和一些散曲,他把注意力越过文人的剧作,投向生气勃

勃的民间舞台（但他对民间戏剧仍然未能摆脱地主阶级的偏见，从态度上说，却又比较重视）。我们应当重视他所撰著的《远山堂明曲品明剧品》。那里不仅著录了元明七百种戏剧作品的名称、作者，还作了虽则简略、却很严肃的评价。他的日记更满载着观剧的活动，展示了晚明阶段以浙东为中心的流行戏剧。不难看出：这个人在他有限的一生中，对戏剧的研究和演出投掷了多少宝贵的精力与时间！而且，通过他的日记，我们看到了与他往来密切的朱佩南、林自名、吴俭育、祁止祥、钱德舆、蒋安然等一大批士大夫，交往活动无不以戏剧欣赏为主题。如：

崇祯五年五月十一日记："赴周嘉定招，观双红剧。……同席为吴俭育、禹梅若、贾道乾、刘推贤。"十二日："探吴玄素病，便赴刘日都席观宫花剧。"十八日："赴阮旭青、凌若柯席，观拜月剧。"二十日："邀冯弓间、徐悌之、施季如、潘蔡初、姜端公、陆生甫观半班杂剧。"……

士大夫们因观剧而产生的频繁接触，给我们以这样的印象，即他们实际上形成了一个个中国式的沙龙，不断对戏剧进行揣摩与探讨。这在嘉靖之后已经成为惯例，例如李开先与王九思、康海的切磋，吴江派对音律的研究，往往都在这种沙龙宴集形式下进行。

明代的士大夫们对当时戏剧的演出活动，是作过不少有益的贡献的，他们对职业艺人的演出，曾经给予过热情的关怀和指导。例如伟大的剧作家汤显祖，辞官后回到江西，成了千余艺人的顾问。他和艺人罗章二的通信中，就曾就如何演唱《牡丹亭》作过指点："《牡丹亭记》要依我原本！其吕家改的，切不可从！虽是增减一二字以便俗唱，却与我原作的意趣大不同了。往人家搬演，俱宜守分！……如今世事总难认真，而况戏乎？"（《与宜伶罗章二书》），这里当然多少夹有一点对吕天成等改他的原作的不平。更典型的人物，可以列举冯梦龙，他在《墨憨斋定本传奇》中，处处考虑如何有助于艺人的演出，从角色扮演到唱腔、服装、道具，于关键处作了极为细致的提示指点。在以卖国贼秦桧杀害民族英雄岳飞为题材的传奇《精忠旗》里，他对扮演情节、动作、表情都按剧中人物的思想性格、社会地位与特定环境作了简要的分析：

> 刻背是精忠大头脑，扮时作痛状或直作不痛状俱非，须要描写慷慨忘生光景。（第二折）

> 兀术偶用南曲，然说白仍宜用北音。（第四折）

> 十二号金牌全用，要描写当时一段愤激之气，不得厌其烦也。（第十五折）

在同剧三十一折《施全行刺》中又点出：

> 秦奸至此大损威重，不得不认做心凤汉矣。演者要怒中带奸方妙。

又如在另一部传奇《万事足》中，他发现原作以净扮科举场中多次失利的许龙头，向首次进京赶考的青年文十介绍京师景物风光，曲牌很长，不易演唱，就建议"不妨以快腔唱之，决不可草草"。但对某些艺人在演剧时马虎草率的不严肃的态度，也作了严厉的批评。例如他在《风流梦》（即改本《牡丹亭》）十五折《中秋泣夜》中谈到：

> 人到生死之际，自非容易，况以情死者乎？叮咛宛转，备写凄凉，令人惨恻。俗优草草演过，可恨！

他在谈到《浣纱记》《酒家佣》等传奇的时候，也一再叮嘱，扮演伯嚭、马融一类反面人物，不能简单化地使用小丑身段，要考虑到这些人物的身份，要着重于通过表演刻划人物的内心世界，取得艺术效果。这类对表演艺术的论述和指点，于明代艺人演剧的改进，是有积极作用的。许多士大夫，在把自己的剧作交给梨园子弟讨论舞台实践的时候，虽不一定做到像冯梦龙这样指点的细致，多少也对剧作的精神与筋节紧要处作了交代与诠释。

明代士大夫们对演剧的热情，更为集中地表现在相当普遍地备置家乐和指导与欣赏家乐的舞台表演上。关于家乐，目前虽欠缺足够的重视，但家乐对戏剧、特别是地方戏的发展与移植，是起过一定的影响的。例如像昆曲一类古老的剧种，分布到川、湘、闽、皖以及北方，有的渗透到其他剧种中，这种现象，和家乐也有一些关系。家乐的备置，原是汉唐的遗风，历来在社会上有一定地位的士大夫，总是自备了一套家乐的，不过那时仅限于乐器与歌舞罢了。从表演戏剧的家乐说来，宋元时代，固已有之。李日华《紫桃轩杂缀》记云：

> 张镃字功甫，循王之孙，豪侈有清尚，尝来吾郡海盐，作园亭自恣，令歌儿衍曲，务为新声，所谓"海盐腔"也。

元姚桐寿《乐郊私语》提到：

> 海盐少年多善歌乐府，其传多出澉川杨氏。当康惠公梓存时，节侠风流，善音律……今杂剧中有《豫让吞炭》《霍光鬼谏》《敬德不伏老》，皆康惠自制，以寓祖父之意……其后长公子国材、次公子少中，复与鲜于去矜交好，去矜亦乐府擅场，故杨氏家僮千指，无有不善歌南北歌调者。

明代爱好戏剧的许多士大夫，沿袭了这种风习。王九思与康海因刘瑾的问题废官以后，就"费重资购乐"，"挟声伎酣饮"；沈璟弃官后与顾大典"并蓄声伎"，"放情词曲"；汤显祖解职还乡，"自掐檀痕教小伶"；他如王锡爵、何良俊、李开先、谭公亮、阮大铖、祁止祥……莫不备置家乐。徐树丕《识小录》提到："吴中曲调，起魏氏良辅。……四方歌曲，必宗吴门，不惜千里重资致之，以教其伶妓，然终不及吴人远甚。"

家乐的备置，与戏剧形式的完善，以及交际场中戏剧待客礼节的风行，自然有密切的关系。有了自备的家乐，既便于随时招待客人，同时也能充当家庭与个人的娱乐工具。但更重要的是：备置家乐，可以及时上演自己的创作，检验剧本的演出效果，或显示自己的才学。而且，经过家乐排练的演出，由于有剧作者亲自解说与指导，必然更能贴近原作的精神。此外，家乐又是士大夫排场的装饰物与彼此间争奇斗胜的工具。一般说来，家乐总是因主人的精心培训而具有整齐的、较高的水平的。张岱《琅嬛文集》"祁奕远鲜云小伶歌"赞云：

> ……鲜云小侯真奇异，日日不同是其戏。揣摩已到骨节灵，场中解得主人意。主人赏鉴无一错，小侯唤来将手摸。无劳甄别费多词，小者必佳大者恶。昔日余曾教小伶，有其工致无其精。老腔既改白字换，谁能练熟更还生？出口字字能丢下，不配笙箫配弦索。曲中穿渡甚轻微，细心静气方领略。伯骈串戏噪江南，技艺精时惯作态。铜雀妙音今学得，这回真好

杀罗二。

何良俊得意地夸耀：

> 余家小鬟记五十余曲，而散套不过四五段，其余皆金元人杂剧词也。南京教坊人所不能知。（《四友斋丛说》）

既是教坊也比不上，更不用说民间的戏班了。张大复盛赞谭公亮家乐"皆极一时之选"，且能"考订音律，展玩书法"（《梅花草堂集》）。然而，明代士大夫家乐中最负盛名的要推阮大铖。张岱对此作过极详细的介绍：

> 阮圆海家优讲关目，讲情理，讲筋节，与他班孟浪不同。然其所打院本，又皆主人自制，笔笔勾勒，苦心尽出，与他班卤莽者又不同。故所搬演，本本出色，脚脚出色，齣齣出色，句句出色，字字出色。余在其家看《十错认》《摩尼珠》《燕子笺》三剧，其串架斗笋，插科打诨，意色眼目，主人细细与之讲明，知其义味，知其旨归，故咬嚼吞吐，寻味不尽。

这个评价，绝不会出于夸张。一方面，阮大铖人品虽很卑下，于戏剧的创作及表演却称得上公认的行家。另一方面，张岱对戏剧既所笃好，研究也很深刻，从父辈起就先后备置与培训过"可餐""武陵""梯仙""吴郡""苏小小""茂苑"六个家乐班子，张氏声伎，名传天下，造就过大量杰出的演员，受培训指导的伶人把在他家学艺的过程比之为"过剑门"，其眼界与造诣之高可知；但张岱却对阮大铖的家乐水平如此钦重，足见阮氏家乐确有根底。

家乐对于后世戏剧的发展，有不容忽视的积极影响。备置家乐的士大夫中，有不少对戏剧创作与表演艺术是有精深的研究的。他们对家乐班子的培训，不仅提高了演出者的艺术水平，同时也提高了演员的文化素养。一堂好的家乐，不仅要求角色配备整齐，同时也有赖于指导者付出大量的精力和心血。从这个角度来说，士大夫对明代演剧的进步是有功劳的。家乐的存在，不仅为士大夫提供了频繁演剧观赏的方便，而且还为那些知音律、讲筋节的士大夫提供了充分交流意见、研究改进剧本与演出的机缘。李开先在王九思家听出了《游春记》（王九思作）《赏花时》曲"四海讴歌万姓欢，谁家数去酒杯宽"注脚走入桓欢韵的错误，就应王之请即席代为改正（事见李开先《词谑》），对剧作者、对演员与演出都是提高。而且，由于家乐班中倛童小鬟走向广阔的社会，也就必然要在民间的舞台扮演中散播他们经过严格训练的影响，从而使民间的扮演从组织调度到唱做技术都有所获益。家乐的班子，往往随士大夫官职的升迁谪降在各地流动，甚或有因士大夫的死亡或拿问而流落异乡，与当地民间艺人相结合，形成声腔的流变与剧目的移植、剧种的发展……这些，在许多地方戏中是不难追溯它的影响痕迹的。

然而，必须看到：家乐的风习，是建立在地主阶级对广大劳动人民残酷剥削的经济基础之上的。培养一堂家乐，除购买倛童小鬟外，还要置备乐器、延聘伶工传授、添制各种行头、建制舞台、配备场面……这一切，都要耗费大量钱财；经常的排练、演出，也不是轻易措办的，倘非巨富豪门，绝对供养不起。在明代，置备家乐的不是显宦望族，必是盐商大贾。不论什么人，不论出于对艺术的爱好还是个人娱乐的需求，都摆脱不了这种依赖剥削制度的罪恶基础。家乐之于士大夫，不过是玉熙宫、钟鼓司、教坊之于帝王后妃的缩影。地主阶级不仅通过封建的生产关系，以强迫的手段剥夺了劳动人民辛勤种出的果实，而且还运用从人民那里榨取的金钱廉价攫取他们的子女，强迫那些年青的生灵充当他们茶余酒后的娱乐工具，正如《红楼梦》中的贾府，可以利用权势与金钱买一批幼女来充当大观园御用的戏子，剥夺她们的青春与自由。这在明代也是常见的。祁彪佳的哥哥祁止祥就置备了小优戏班，经常串演。范濂《云间据目钞》中也谈到：

近年上海潘方伯，从吴门购戏子颇雅丽，而华亭顾正心、陈大廷继之，松人又争尚苏州戏，故苏人鬻身学戏者甚众。

因此，家乐在实质上是奴隶制度与人身买卖的产物。在华丽的舞台装置与悠扬宛转的丝竹声中，处处潜藏着斑斑的血泪。尽管在舞台上打扮得珠光宝气、金碧辉煌，扮演着公侯将相、才子佳人的角色；而卸脱戏妆，却依然是一群被侮辱与被损害的奴隶。张大复《梅花草堂集》叙谭公亮家"故有家法，诸伶歌舞达旦，退则整衣肃立，无昏倚之容"，这种要求是多么苛刻啊！我们必须领会家乐的演员们在强颜欢笑下掩盖的悲楚,并且从家乐在舞台上昙花一现的魔术式的"荣华"里,看到艺术对那个不合理的黑暗社会的无情讽刺。

四、民间戏剧的广泛流传与迎神赛会演剧的风习

宫廷的演剧与士大夫的家乐扮演,倘若与民间演剧的盛况相比较,仍不免瞠乎其后。原因也很简单:戏剧本是源自民间的通俗文艺,有至为广泛的群众基础,它不可能整个儿被统治阶级所劫夺。从杂剧来看,永乐九年七月初一颁布的榜文中,起首就提出:

> 今后人民倡优装扮杂剧,除依律神仙道扮、义夫节妇、孝子顺孙、劝人为善及欢乐太平者不禁外,但有亵渎帝王圣贤之词曲驾头杂剧……

可见,在明初民间的舞台上,保留着元杂剧浓厚的遗风,民间艺人不仅演出杂剧,而且敢于演出为统治阶级所忌讳的"驾头杂剧"。所谓"赵女燕姬总擅场,齐唱宪王新乐府"之句,描绘的场景该是汴梁市内的瓦舍勾栏。这就说明杂剧在民间舞台上的活跃。其次,就南戏各支脉来看,民间的演出,无论就数量与质量而言,更占着明显的上风。风行明代的南戏四大声腔,在正德以前,可以说完全是属于民间的。据祝允明《猬谈》"歌曲"条云:

> 数十年来,所谓南戏盛行,更为无端。于是声音大乱。……盖已略无音律、腔调。愚人蠢工徇意更变,妄名余姚腔、海盐腔、弋阳腔、昆山腔之类,变易喉舌,趁逐抑扬,杜撰百端,真胡说也。若以被之管弦,必至失笑。

祝允明以北曲杂剧卫道者的姿态,对活跃在民间舞台上虽则粗糙,却拥有无限蓬勃生命力的南戏提出了指责,他已经看到崛起于民间的南戏即将压倒北曲杂剧的必然趋势。比他晚出的士大夫们似乎聪明一些,他们知道,民间戏剧的洪流不是几句空洞的咒骂所能抑止的;而且,他们自己对于杂剧也已经感到腻味了,于是便以稍见清柔的海盐腔作为改造的试验品与新的娱乐工具。这样,到嘉靖年间,士大夫的好尚转移到海盐南曲,"禀心房之精,从婉娈之习者,

风靡如一"（明杨慎《丹铅总录》卷十四）。《金瓶梅词话》三十六、四十七、六十三、六十四、七十四诸回叙西门庆宴请蔡、宋御史、安进士用海盐子弟演唱，是说明了那一时期士大夫劫持海盐腔的实际情况的。到魏良辅、梁辰鱼辈相继改革昆山腔，使之"较海盐又为清柔而婉折"，"流丽悠远，出乎三腔之上"以后，海盐腔受到了遗弃，而昆山腔又被士大夫们垄断、占有了。即使在这种情况下，以弋阳腔、青阳腔为主力的民间戏剧，依然在舞台上拥有压倒的优势，遍及大江南北。最能说明这个问题的，是王骥德在《曲律》卷二"论腔调"中说过的那一段话：

> 数十年来，又有弋阳、义乌、徽州、乐平诸腔之出。今则石台、太平梨园几遍天下，苏州不能与角什之二三。其声淫哇妖靡，不分调名，亦无板眼。

所谓"石台""太平"，其实就是青阳腔的别称，它分布的领域，遍及安徽、山东、山西、湖北、湖南、江西、四川、浙江、福建、广东，比之略早的弋阳腔流传江西、湖南、两京、闽广、云贵，有过之无不及，成为嘉靖末万历间剧坛的主宰，并且获得了"天下南北时尚徽池雅调"的光荣称号，无怪王骥德要哀叹"苏州不能与角什之二三"了。由此可见，严格地说来，明代的剧坛，主要是民间戏剧的天下。文人创作的昆曲传奇数量虽多，相当一部分只是雕词琢句的案头文学，放到舞台上，生命力就显得异常脆弱。

人民大众对演剧的爱好，一方面固然不排斥文化娱乐的要求，但也不单纯是为了娱乐。才子佳人的戏剧，在民间戏剧的舞台上并不那么受欢迎，倒是历史人物、国运兴衰与社会道德相关的诸项内容，出现得更多一些。民间艺人，来自社会的底层，他们既有受压迫与受剥削的苦难经历，同时也最能体会人民的痛苦处境与愿望。他们扮演的内容，常常是对现实的讽刺与鞭挞，也必然受到广大观众的热烈欢迎。而这种情况，总会招致统治阶级与道学家们的不满。天顺年间，锦衣卫门达奏请英宗逮问"以男装女，惑乱风俗"在京师演剧的南戏艺人；正统年间，皇帝严旨北京五城兵马司禁捕传唱《妻上夫坟》曲的百姓（见明徐充《暖姝由笔》）。如果说：这两则事例还不足以说明问

题本质的话,那么,叶盛在《水东日记》中所发的悻悻之言,总该有一点分量吧? 他在那里忿然叫嚣:

> 今书坊相传射利之徒,伪为小说杂书,南人喜读汉小王(光武)·蔡伯喈·杨六使(文广)……农工商贩,钞写绘画,家蓄而人有之……甚者,晋王休征,宋吕文穆、王龟龄诸名贤,至百态诬饰,作为戏剧。

出于不同的经济地位与政治处境,各阶级对戏剧的爱好,当然会有质的区别。与宫廷的扮演及士大夫家乐的声色自娱相比较,民间的演剧价值要高得多。它的隆盛,在于这样艺术植根于广大人民的生活土壤之中,与人民保持着血肉相关的联系。民间戏曲敢于根据人民的爱憎论古述今,于政治得失、世态人情皆无隐讳,或控诉社会的不平,或宣传个性的解放,因而受到人民群众的普遍支持。在民间演剧的过程中,舞台上下融为一体的热烈气氛,是拘于礼节的宫廷与士大夫府邸的演出中所看不到的。《陶庵梦忆》中记有两则这类的例子,一则是《冰山记》的演出。荼毒天下的魏忠贤问罪后,人们出于对魏阉、客氏的憎恨,立刻撰写出十几部揭露批判黑暗统治的戏剧,不免粗疏;张岱取之稍经修改为《冰山记》,在城隍庙演出时,"观者数万,台址鳞比,挤至大门外",情景极为炽烈:

> ……一人上白曰:"某,杨琏。"口口谇谣曰:"杨琏!杨琏!"声达外,如潮涌,人人皆如之。杖范之白,逼死裕妃,怒气忿涌,喋断嗜嚄。至颜佩韦击杀缇骑,嗓呼跳蹴,汹汹崩屋。沈青霞缚槀人射相嵩以为笑乐,不是过也。

看来,在明代真正继承了元杂剧战斗传统的,倒是流行于民间舞台的戏剧。另一则例子比较常见,那是《目连戏》的记述。目连戏自宋以来就在民间的舞台上长期流传,现在安徽、浙江、江西农村也还保留着它的余响,它在明代却是普遍流行的,也极受人民欢迎。

> 余蕴叔演武场搭一大台,撰"徽州旌阳戏子",剽轻精悍,能扑跌打者三四十人,搬演《目连》,凡三日三夜,四围女台百什座,戏子献技台上……凡

天地神祇,牛头马面,鬼母丧门,夜叉罗刹,锯磨鼎镬,刀山寒冰,剑树森罗,铁城血澥,一似吴道子"地狱变相"。……戏中套数,如招"五方恶鬼""刘氏逃棚"等剧,万余人齐声呐喊。熊太守谓是海寇卒至,惊起差衙官侦问,蕴叔自往复之,乃安。

这则记载,切不可当作笑话看待,在宫廷与士大夫府邸的演剧中,是断然看不到这种剧情、演员、观众融为一体的场面和气氛的。它与祁彪佳日记中的某些描绘完全相符。祁彪佳在崇祯九年(1636)五月初七的日记上注明:"午后里中举戏,观者如狂。予惟静坐或偃息已耳。"崇祯十二年(1639)五月三十日又记云:"是晚,何村又演目连戏,竟夜不能寐。"同是戏剧的笃好者,阶级的偏见使祁彪佳那样从不轻易放过看戏机会的开明士大夫,也仍然摆脱不了对民间演剧的歧视态度;然而,民间的演剧并不因士大夫的冷遇而萧条,因为舞台下面有更为广阔的观众。不过,也正是士大夫的矜持和傲慢,明代最得群众拥护的民间演剧,往往也就不见经传,这是十分可惜的事。

从现存的一点文字记载来看,明代的民间演剧,大体包括两类情况。一类是经常性的演出,这种情况,多是在城市中,有固定的剧场与相对稳定的职业艺人组成的班子,这是专为城市居民服务的。但观众的范围决不局限于平民,倘若上演的剧目属于经过改编的文人创作,士大夫们也就偶尔会驾临光顾,这就是祁彪佳日记中赴宴观赏家乐之外的"市上演戏""城中观戏"。另一类则是季节性的临时演出,地点多在农村集镇,往往与迎神庙会相结合。服务的对象大多是村镇居民。这种情况是很容易理解的,村镇居民要为生活终年劳累,比不得帝王与士大夫么悠闲,再则经济条件也受到极大的限制。演出的时间不是农闲季节,就是传统的节日,每每为筹划一次演剧,要经过长期的合资积累。一处演剧,方圆数十里内,莫不扶老携幼,乘兴而往;虽旅途劳累、连夜不眠也乐此不倦。这里就可以看出人民群众对艺术的热情与忠诚。正因为是难得的盛举,从筹备到演出,态度都是极其严肃的。演员有时是从城市或外地招致梨园,但也有经过严格挑选自行扮演的。《陶庵梦忆》

"杨神庙台阁"条云：

> 枫桥杨神庙,九月迎台阁……扮马上故事二三十骑,扮传奇一本,年年换,三日亦三换之。其人与传奇中人必酷肖方用。全在未扮时,一指点为某似某,非人人绝倒者不之用。迎后,如扮胡楂者直呼为胡楂,遂无不胡楂之,而此人反失其姓。人定,然后议扮法,必裂缯为之。果其人其袍铠须某缎某花样,虽匹锦数十全不惜也。……诸友中有能生造刻画者,一月前礼聘至,匠意为之,唯其使。装束备,先期扮演,非百口叫绝又不用。故一人一骑,其中思致文理,如玩古董名画,一勾一勒不得放过焉。

固然,从这则材料看来,所述不过是迎神赛会的模拟造型,不得目之为民间的演剧。但就明代的风习而言,迎神赛会往往与演剧联系在一起。包括祁彪佳日记中屡见的"谢关神""社戏""庙会社戏"均属此例。《陶庵梦忆》"严助庙"条不仅铺叙了赛会与演剧的先后程序,还记载了这类场合中群众对演剧至为严格的要求,不是草草应付可以了事的：

> 十三日,以大船二十艘载盘轮,以童崽扮故事,……城中及村落人,水逐陆奔,随路兜截转折,谓之"看灯头"。五夜,夜在庙演剧,梨园必倩越中上三班,或雇自武林者,缠头日数万钱,唱《伯喈》《荆钗》,一老者坐台下对院本,一字脱落,群起噪之,又开场重做。越中有全《伯喈》、全《荆钗》之名起此。

据此,我们不难看出,在以往的封建社会中,宫廷与士大夫们对民间戏剧的看法何等荒谬！他们曾经认为：民间戏剧粗俗,观众又缺乏艺术的鉴赏力,从而民间的演剧就是毫无价值可言的"下里巴人"。他们既不可能从群众对演剧所表现出来的罕见的热情作出正确的判断,更不能从民间艺人和观众的悲欢喜乐看出这种质朴的艺术强有力的生命与不朽的价值,所余下的就只有对民间演剧导致的强烈反响浅薄的哂笑。事实上,前面引证的许多材料都足以证明：无论是民间艺人还是观众,他们都是懂得尊重生活、尊重真实、尊重艺术的人。

在民间，与演剧密切相关的赛会，同样是值得注意的。赛会虽然并不等于演剧，所扮演的却是那一时代流行民间的戏剧故事，例如明末清初的剧作家李玉，他的《永团圆》一剧向来是被看作无足轻重的作品；但我们却很看重冯梦龙改本第五折《看会生嫌》（按，因原本"叙事俱乱"故采用改本）。可以大胆地认为，那里描写的赛会，为我们提供了晚明民间喜闻乐见的一份极为丰富的剧目。不妨把其中有关的部分摘录，以资证明。

【北朝天子】 战温侯，虎牢；饯云长，锦袍；惯征东，仁贵白袍罩；征西寡妇，扮将来恁乔；咬脐郎，真年少；走潼关，老曹；霸梁山，姓晁；火烧、火烧、猛火烧，黑旋风元宵夜闹，元宵夜闹元宵。

【南普天乐】 小红娘多波俏，法聪僧风魔了；红莲女，红莲女，五戒魂消；识英雄，红拂潜逃；呀，看采球星照，书生投破窑。

【北朝天子】 闹清明，小桃；锁铜台，二乔；美貂蝉，串就连环套；秦楼高耸，跨双鸾，品箫；〔合〕□和番，琵琶调；楚阳台，梦交；海神词，阴告；把橹摇，橹摇，快橹摇，载西施五湖去了五湖去了。（按，缺字疑为"听"字。）

【南普天乐】 远西天，唐僧到；广寒宫，明皇造；瑶池宴，瑶池宴，方朔偷桃；达摩师，一苇乘潮。呀，看函关，李老青牛紫气高。

除此以外，范濂在《云间据目钞》卷二"记风俗"条谈到巡按御史甘某禁迎神赛会搬演杂剧故事中，还提到万历间演出《曹大本收租》《小秦王跳涧》等民间喜闻乐见的戏剧，赛会中也扮《寡妇征西》《昭君出塞》，"郡中士庶，争挈家往观，游船马船，拥塞河道，正所谓举国若狂也。每镇或四日或五日乃止"（按，疑马船即快船）。

这里，我们所应当注意的是，为什么在赛会的场合要装扮舞台上的戏剧故事。应当说：这是顺应民间的风习好尚而来的。在汉代，欢娱的节日多扮鱼龙百戏；到宋代，代之以诸军杂剧如"硬鬼""舞判"一类略具情节的饰扮；而到明代，进而择取人物装戏剧故事，这正说明戏剧在当时有广泛的群众基础，人们平日有较多较触戏剧扮演的机会，对某些故事与人物相当熟谙。从扮演者说来，尽管缺乏职业艺人扮演的专长，此时能够得到一点模拟的机会，在乡里之间彼此争奇斗胜，未尝不是一番乐事；从观赏的群众说来，虽不能以之代替看戏的娱乐，却能从心底唤起对观剧的回忆与热情，那也是一种慰藉与满足。而如潮的观众，就可以说明演剧在民间具有多么奇妙的魔力。

这，就是演剧在明代各阶层风行的大致情况。至于明代演剧的剧本、唱腔、角色、舞台、化妆、砌末等问题，将另行撰文分别论述。

原载《戏剧艺术》1979 年第 4 期

百回本《西游记》是否吴承恩所作

章培恒

至迟在元末明初就已存在着一种名为《西游记》的小说。国内的研究者普遍认为：今天所见的百回本《西游记》就是吴承恩在这基础上写成的。但国外的研究者对于百回本《西游记》出于吴承恩之手这一点却还有持慎重态度甚或加以否定的。例如，日本研究中国文学的著名学者小川环树氏在《〈西游记〉的原本及其改作》[①]中就认为：必须确切地证明了百回本《西游记》中的方言是淮安方言，百回本《西游记》为吴承恩所作这一点才能获得有力的旁证。另一位对《西游记》作过系统研究的日本学者太田辰夫氏则干脆认为百回本《西游记》并非吴承恩所作[②]。本文拟就这个问题提出一些不成熟的看法，以就正于海内外的学者。

一

从现有的各种《西游记》版本来看，《西游记》的明刊本和清刊本或署朱鼎臣编辑，或只署华阳洞天主人校而不署作者姓名，或署丘处机撰，却没有一种是署

---

① 见小川环树著《中国小说史之研究》，日本岩波书店 1968 年版。
② 见太田辰夫作《西游记杂考》（载日本《神户外大论丛》21 卷第 1、2 号合刊）等文。

吴承恩作的。署明为吴承恩作,实始于二十世纪二十年代以后所出现的铅印本《西游记》。其所以这样署,乃是依据鲁迅先生和胡适的考证。但他们的考证并不是极其周密的。

他们用以证明百回本《西游记》为吴承恩所作的最有力的证据,是天启《淮安府志》卷十九《艺文志》一《淮贤文目》,在那里有着如下的著录:"吴承恩:《射阳集》四册□卷;《春秋列传序》;《西游记》。"需要注意的是:天启《淮安府志》既没有说明吴承恩的《西游记》是多少卷或多少回,又没有说明这是一种什么性质的著作,那又怎能断定吴承恩的《西游记》就是作为小说的百回本《西游记》而不是与之同名的另一种著作呢? 要知道,在我国的历史上,两种著作同名并不是极其罕见的现象,甚至在同一个时期里出现两种同名的著作的事也曾发生过,例如,清初就曾有过两部《东江集钞》,一部的作者是沈谦,另一部的作者是唐孙华。在小说中,两书同名的事也有。在明代有过一部秽亵小说《如意君传》,在清代另有一部《如意君传》,却非秽亵小说。总之,如果没有有力的旁证来证明《淮安府志》著录的吴承恩《西游记》乃是百回本小说,也就无法确切地断定百回本《西游记》为吴承恩所作。

尤其需要注意的是,在清初黄虞稷所撰的《千顷堂书目》卷八史部地理类中有如下的著录:

　　唐鹤征《南游记》三卷　吴承恩《西游记》　沈明臣《四明山游籍》一卷

倘若《千顷堂书目》的著录不误,那么,吴承恩的《西游记》乃是一部通常意义上的游记,与唐、沈二人的著作属于同一性质,换言之,它确是与小说《西游记》同名的另一部著作。

当然,在这里必须回答如下的几个问题。

第一,吴承恩是否有可能写一部名为《西游记》的游记? 回答是:有此可能。如所周知,吴承恩曾被任命为荆府纪善,也就是荆王的属官。荆王府在蕲州;吴承恩从其故乡淮安去荆王府赴任,乃是从东往西行。假如他写一游记性的作品,记述其赴任途中之所经历,而名之为《西游记》,那是毫无不合理之处的。同时，像吴承恩那样一位"为诗文下笔立成，清雅流丽"（天启《淮安府志》卷十六《人物志》二《吴承恩传》）的文人，在经过这样的长途跋涉之后，写些游记，更完全是情理中事。

第二，《千顷堂书目》的著录是否可靠？由于黄虞稷是一位很有学问的目录学家，如果他知道吴承恩的《西游记》是一部通俗小说，绝不会把它编入地理类去。那么，是否有这样的可能：他根本不知道吴承恩的《西游记》是一部什么性质的书，只是依据书名，就想当然地把它编入了地理类。这牵涉到《千顷堂书目》的性质。张钧衡为《千顷堂书目》写的《跋》说："……钱受之采明诗，从俞邰（虞稷的字。——引者）借书，得尽阅所未见，又为作《千顷斋藏书记》。是俞邰实有是书，并非悉据旧目。"这就是说，《千顷堂书目》所著录的，乃是黄虞稷所收藏的图书。汪辟疆先生的《目录学研究》也持同样看法。据此，黄虞稷自应藏有吴承恩的《西游记》，从而也就不会因没有看过此书而仅据书名胡乱分类。至于他之不注明《西游记》的卷数，也可能是该书并未分卷，或黄氏所得为残本，全书卷数不明，并不能据此而断言虞稷未见该书。

但是，由于《千顷堂书目》著录的书甚多，似乎不是私人之力所能有，而且，钱谦益的《千顷斋藏书记》也只说虞稷有藏书六万卷，《千顷堂书目》的著录显然超过此数，有些研究者就认为：该书著录的并不都是虞稷的藏书；虞稷的目的是要编《明史艺文志》，因而把他所知道的明人著作的目录全都列入了，其性质类似于焦竑的《国史经籍志》。我想，这种看法未必正确。黄虞稷生活于明清易代之际。在那种兵荒马乱的时期，书籍价格必然极其低廉，何况一般的明版在当时只能算普通书，因此，以私家之力而收集到这么多明人著作，并不是不可能的。当然，虞稷也许确有编《明史艺文志》的雄心，但这并不能证明《千顷堂书目》著录之书并非其所收藏。姚名达先生《中国目录学史》说："明史艺文志之撰集，凡经五变。焦竑创始于前，不分存佚，通记古今。黄虞稷搜藏于后，兼补前朝，殆尽目睹。"也就是说，虞稷虽意在编明史艺文志，但《千顷堂书目》著录的，乃是其藏书（所谓"搜藏于后"），殆皆黄氏所"目睹"。汪辟疆先生《目录学研究》

也说:"虞稷生际明季,时值南都倾覆,天府之宝藏,故家之秘笈,尽力搜罗,典籍大备。乃就有明一代之书,详加著录,为《千顷堂书目》三十二卷。"至于其著录数超过《千顷斋藏书记》的记录,当是在钱谦益写作此文后,虞稷仍在不断地增加收藏。尤其重要的是:从明人所撰的书目来看,像《千顷堂书目》这样的名称,当与《宝文堂书目》《世善堂书目》《红雨楼书目》等属于同一类型,为私人藏书目录;倘是《国史经籍志》那样的性质,似不应以私家之堂作为书名。所以,否定《千顷堂书目》为私家藏书目录,理由似乎并不充分。退一步说,即使它确是《国史经籍志》那样的性质,但既然黄虞稷是著名的藏书家,也就不能排除虞稷确实藏有吴承恩《西游记》的可能;纵或他确未藏有此书,但也不能就此断定他之把吴承恩《西游记》列入地理类乃是毫无根据的瞎编。

综上所述,我们若要肯定百回本《西游记》为吴承恩所作,除了必须有足够的旁证来证明《淮安府志》著录的《西游记》是小说外,还必须有充分的证据来证明《千顷堂书目》关于此书的分类是错误的。而鲁、胡二氏的考证皆未能达到这样的要求。

二

作为鲁、胡二氏上述考证的最重要佐证的,是清代吴玉搢的《山阳志遗》和阮葵生的《茶余客话》。现先引《山阳志遗》的记载于下:

> 天启旧志列先生(指吴承恩。——引者)为近代文苑之首,云"性敏而多慧,博极群书,为诗文下笔立成。复善谐谑,所著杂记几种,名震一时"。初不知杂记为何等书,及阅《淮贤文目》,载《西游记》为先生著。考《西游记》旧称为证道书,谓其合于金丹大旨,元虞道园有序,称此书系其国初邱长春真人所撰;而郡志谓出先生手。天启时去先生未远,其言必有所本。意长春初有此记,至先生乃为之通俗演义,如《三国志》本陈寿,而《演义》则称罗贯中也。书中多吾乡方言,其出淮人手无疑。或云:有《后西游记》,为

射阳先生撰。

由此可见，吴玉搢之所以断言百回本《西游记》为吴承恩作，其依据就是天启《淮安府志》（以下简称天启《志》）中的《淮贤文目》，但他并未举出任何证据来证明天启《志》所著录的《西游记》乃是通俗小说。当然，他注意到了《西游记》中的方言，但即使这确能证明此书"出淮人手"，又安见其必为吴承恩（因为"淮人"很多）？也就是说，吴承恩写的是游记性质的《西游记》，而通俗小说《西游记》则为另一"淮人"所写，这样的可能性也不是不存在的。何况书中的方言也并不能证明百回本《西游记》出于淮人之手，具体说明见后。

另一方面，只要仔细地读一读上引的文字，就可发现：吴玉搢并不是要拿书中的方言来证明天启《志》所著录的《西游记》乃是通俗小说，而是先肯定了见于天启《志》的《西游记》之为小说，然后再以小说《西游记》中的方言为依据，进而论述此书到底是吴承恩作抑丘处机作的问题。他也许根本就没有考虑到天启《志》所著录的《西游记》是否为小说尚有待于证明。而正因为对这个最根本的问题未作论证，他的论断也就缺乏坚实的基础。

现再引阮葵生《茶余客话》的有关记载于下：

> 按，旧《志》（指天启《志》。——引者）称射阳性敏多慧，为诗文下笔立成，复善谐谑，著杂记数种。惜未注杂记书名，惟《淮贤文目》载射阳撰《西游记》通俗演义。是书明季始大行，里巷细人乐道之，而前此未之有闻也。世乃称为证道之书，批评穿凿，谓胎合金丹大旨，前冠以虞道园一序，而尊为长春真人秘本，亦作伪可嗤者矣。按明郡志谓出自射阳手，射阳去修志未远，岂能以世俗通行之元人小说攘列己名？或长春初有此记，射阳因而演义，极诞幻诡变之观耳；亦如《左氏》之有《列国志》，《三国》之有《演义》。观其中方言俚语，皆淮上之乡音街谈，巷弄市井妇孺皆解，而他方人读之不尽然，是则出淮人之手无疑。

阮葵生跟吴玉搢一样，也是先断定天启《志》著录的吴承恩《西游记》为"通俗演义"（即百回本小说），然后再引书中方言作为旁证。而对于天启《志》著录的《西游记》到底是否小说的问题,他同样没有作任何论证。因此,阮葵生之说在这方面丝毫没能弥补吴玉搢之说的缺陷。其实,阮葵生恐怕连天启《志》都没有查,其引天启《志》乃是据吴玉搢之文转引的,所以,吴玉搢引天启《志》时,把原文"复善谐剧"误为"复善谑谐",而阮葵生的引文同样作"复善谑谐"。

其后,丁晏的《石亭记事续编》对百回本《西游记》的作者问题也有考证。他除了据书中的明代官制进一步证明此书不可能为丘处机所作外,其余均与吴、阮如出一辙,原文避繁不引。而鲁迅先生与胡适对这问题的考证,又均不出吴、阮、丁三人的范围。总之,他们都未能排除吴承恩所作的《西游记》乃是游记性质的作品的这种可能性。在这样的情况下就断定百回本《西游记》为吴承恩所作,实嫌证据不足。

三

吴玉搢所说的"书中多吾乡方言"这一点虽未能作为天启《志》著录的《西游记》为百回本小说的确证,但这问题仍应引起我们的重视。吴、阮、丁三人都未曾说明书中的哪些词语是淮安方言,但幸而人民文学出版社出版的《西游记》注释本在这方面做了很好的工作。我手头所有的是1980年5月的北京第二版。从该本的注释来看,明确提及淮安方言的共六处:在卷首《关于本书的整理情况》中提及的一处;另有若干条只注为"方言"而未明言"淮安方言",当是未能确定其为何地方言。现将其明确提及淮安方言的七条引录于下;所注页码,皆指该本。

(一)"骨冗"本是淮安方言,形容婴儿在母腹内蠕动。现代语写作"咕容"。(见《关于本书的整理情况》。按,这是对五十三回"不住的骨冗骨冗乱动"一语的说明。)

(二)犯头,是冒犯的由头。淮安方言:无意触怒对方而引起对方的误会,就对方说,叫做"认犯"或"认此犯头"。犯亦作泛,见后文第三十一回。

（见29页注一。按，这是对第三回"或有禽王、兽王认此犯头"一语的注释。）

（三）倒踏门——男人在女家就亲。今淮安方言叫倒站门。（96页注一）

（四）是——淮安方言，语尾词。如后文第三十一回"柳柳惊是"。（181页注三。按，这是对第十四回"倒也得些状告是"的注释。）

（五）榾户——淮安方言，烂糊的意思。（449页注一）

（六）畜——淮安方言：熏、呛。第六十七回又写作"旭"。（577页注一）

（七）山恶人善——淮安成语：地理环境虽然险恶，居民却很善良。（609页注二）

在这七条中，前四条显然是有问题的。

第一，认为"骨冗"就是现代汉语的"咕容"，是很正确的。《新华字典》即收有"咕容"，释为"象蛆那样地爬动"，并且没有把此词作为方言处理，足征"咕容"并非方言。在普通话中，"咕""骨"同音，"骨"字的有一种读法，连声调也跟"咕"相同（皆读为 gū）；"容"与"冗"也同音，唯声调略有区别，"容"为阳平，"冗"为上声。换言之，"骨冗"不过是"咕容"的另一种写法，从而也并非方言。把"咕容"写成"骨冗"，至多只能证明在作者的方言中"容""冗"属于同一声调。但"容""冗"属于同一声调并非淮安方言所特有的现象，所以也就不能把"骨冗"看作仅仅是淮安方言。可能注释者已经意识到了这一点，所以在正文的注释中仅仅把"骨冗"释为"方言"，而没有释为"淮安方言"，见681页注一。

第二，从关于"犯头"的注释中"犯亦作泛，见后文第三十一回"之语，可见注释者认为第三回的"认此犯头"就是第三十一回的"认了这个泛头"（见397页）。我也认为从上下文来看这两者应是同样的意思，而且在普通话中"犯"与"泛"同音、同声调，"泛头"当为"犯头"的另一种写法。但三十一回所写的情况是这样的：猪八戒和沙和尚把黄袍怪的两个儿子从云端里掼下去，并且叫道："那孩子是黄袍妖精的儿子，被老猪与沙弟拿将来也。"黄袍怪听后，心中暗想道："猪八戒便也罢了；沙和尚是我绑在家里，他怎么得出来？我的浑家怎么肯放他？我的孩儿怎么得到他手？这怕是猪八戒不得我出去与他交战,故将此计来羁我。我若认了这个泛头,就与他打啊,噫,我却还害酒哩!"由此可见,猪八戒是故意去激怒他的,并非如"犯头"注所说的"无意触怒对方而引起对方的误会"。换言之,若把《西游记》中的"犯头"视为淮安方言,那么,在第三回中虽还可通,在三十一回中就通不过了。

第三,"倒踏门"的"踏"与淮安方言"倒站门"的"站",字音、字义全都不同。"倒踏门"显然不能视为淮安方言。

第四,把"是"作为语尾词使用,并不只限于淮安方言。在长江以北其他地区的方言中也有这种现象,例如南通方言中就有(此条承陆树仑同志见示,谨此志谢;他是南通人)。

由此看来,在人民文学出版社本明言淮安方言的七个词语中,至少有四个不是淮安方言,或不能仅仅作为淮安方言。应该承认,《西游记》的注释者在这方面是花了相当大量的劳动,而且对淮安方言是相当了解的,但从《西游记》的注释来看,作品中真正能作为淮安方言的词语,至多只有三个,即"橱户"、"畜(旭)"和"山恶人善"。所以,作品中的真正淮安方言,不是很多,而是很少。而且,由于我们并未对长江以北的地区的方言作过普遍调查,上述的三个词语是否为淮安方言所独有,也还是问题。总之,吴玉搢的所谓"书中多吾乡方言",阮葵生的所谓"观其中方言俚语,皆淮上之乡音街谈",至少是并不确切的。

当然,在百回本《西游记》中,确有相当数量的长江以北地区的方言(包括上述淮安方言在内)。但与此同时,也有相当数量的吴语地区的方言。现举一些明显的例子:

一、"圆丢丢",见43页。按,此为吴语中形容圆形物体之词。

二、"掮",在书中多次出现,见778页、782页、835页、948页、949页等;有时也写作"搴",见412页、413页、776页、780页、859页等(按,776页写孙悟空把芭蕉扇"搴在肩上,找旧路而回",778页则说"牛魔王赶上孙大圣,只见他肩膊上掮着那柄芭蕉扇,怡颜悦色而行",足见"搴"为"掮"的另一种写法)。"掮"为吴语方言的常用词。

三、"抝",见326页:"把清油抝上一锅。"人民文学出版社本于此有一条注:"抝(yǎo)——用勺取水叫舀。抝,舀的同音字。"按,在普通话中,抝的注音为ǎo,而非yǎo。在古代字书中,抝有"於教切"、"於绞切"等读音,但作为反切上字的"於",是读作"乌"的,所以,抝与舀并非同音。换言之,把抝的读音注作yǎo,视为舀的同音字,似乎并不确切。而在吴语地区的方言中,确有称"用勺取水(或油)"为"抝(ǎo)"的。要装上一锅水(或油),在以前一般都要用勺。因此,"把清油抝上一锅"的"抝"当为吴语方言。又,若是用其他器具取水,在吴语方言中也不称为"抝"。而《西游记》339页写到用玉瓢、玉酒杯取水,就称为"舀"而不称为"抝"了。足见作者对吴语方言中的"舀""抝"的区别非常熟悉。

四、"替",见1172—73页:"行者道:'我解得(《多心经》),我解得。'……(八戒)说道:'嘴巴!替我一般的做妖精出身,又不是那里禅和子,听过讲经,……说甚么晓得、解得!'"又,1174—75页:"沙僧笑道:'二哥,你不晓的。天下多少斯文,若论起肚子里来,正替你我一般哩。'"这里的两个"替"字,都作"与"字解释。把"与"说成"替",乃是吴语方言中的现象。

五、"该",见216及217页:"活该三百多余岁","整整压该五百载。"按,在某些吴语方言中,"该"字接于动词之后,含有"在那里"之意。例如,我们听宁波人谈话,有时就会听到这样的对话:"某人还活该否?""活该。"或者:"咸菜上的石头压该否?""压该。""压该多少时光了?""压该半个月了。"《西游记》中的这两个"该"字,只有作为吴语方言,才解释得通。

六、"嚲",见493页:"只见廊庑下,横嚲着一个六尺长躯。……原来是个死皇帝,……直挺挺睡在那厢。"此一"嚲"字,显然为躺、睡之意。按,在一般的字书中,"嚲"字皆释为"垂下貌",也可作为"躲"字使用,无释为躺、睡者。唯在吴语方言中有这样的用法。《海上花列传》第二回:"(王阿二)便说:'榻床浪来嚲嚲哩。'朴斋巴不得一声,随向烟榻下手躺下……"可证。

七、"跄",见254页:"八戒调过头来,把耳朵摆了几摆,长嘴伸了一伸,吓得那些人东倒西歪,乱跄乱跌。"人民文学出版社本于此有注说:"跄——这里是形容行路歪斜的样子。"按,"踉跄"一词有行路不稳之意,单独一个"跄"字并无"行路歪斜"的意思。吴语方言中,"跄"为奔跑之意;此处"乱跄",实为吴语。盖"那些人"被八戒惊吓以后,胆小的已吓瘫了("东倒西歪"),胆大的则尚能奔跑,但因害怕之故,一面奔,一面跌。

八、挒,见 724 页:"呆子慌了,往山坡下筑了有三尺深,下面都是石脚石根,挒住钯齿。"人民文学出版社本注释说:"挒——同扛。挒住,顶住。"按,"挒"确是"扛"字的另一种写法;从上下文看,此处的"挒住"也确是顶住之意;但"扛"字在字书中并无"顶"的意思。唯在吴语方言中,有一与"挒"相近的音(其音大致相当于上海方言中"戆大"的"戆"),其义为两物相顶。此处的"挒"字,当即吴语方言。因吴语方言中的这个音,无法以方块字来准确表示,故只得用音读相近的"挒"字。

九、"等",见 1075 页:"三藏与沙僧忽地也醒了,道:'是甚人抬着我们哩?'行者道:'莫嚷,莫嚷!等他抬!'"按,当时三藏、行者等都已在被人抬着走,行者为什么还要说"等他抬"呢?根据"等"字的一般意义,此句显然是不通的。但在吴语方言中,"等"有"随""让"的意思,"让他去"可以说成"等他去"。所以,此处的"等他抬"实为吴语方言,即随他抬、让他抬之意。

十、"安",如 594 页:"将核儿安在里面。"600 页:"这行者双手爬开肚腹,拿出肠脏来,一条条理够多时,依然安在里面。"984 页:"不好蒸的,安在底下一格。"此等"安"皆"放置"之义。称"放置"为"安",也是吴语方言。

以上十例,仅是百回本《西游记》中所用吴语方言的一部分。我请教了好几位苏北地区的同志,包括三位六十岁左右的淮安同志,得知在淮安及其附近地区的方言中,都不这样使用。当然,由于我没有对苏北地区的方言作过广泛调查,上举的十例中,可能有少数也见于苏北乃至淮安地区的方言,只不过我所请教的这几位同志不知道罢了。但可以相信,它们的绝大多数都不是淮安方言;或者说,大多数都不是长江北部地区的方言。

由此可见，百回本《西游记》中，实是长江北部地区的方言与吴语方言并存。

四

因为在百回本《西游记》之前，至少已出现过一种题为《西游记》的比较简单的本子，百回本《西游记》即以此类本子为基础，加工而成，所以，造成百回本《西游记》中两种方言并存的现象的，实有三种可能性：一、百回本所据以加工的底本中，原有这两种方言；二、底本中原有一种方言，百回本的作者在加工时又增添了另一种方言；三、百回本的作者精通两种方言，它们全都出于他的手笔。

吴承恩是淮安人，又当过长兴县丞，自有精通这两种方言的可能性。但我们必须先肯定了百回本《西游记》出于吴承恩之手，然后才能以他精通两种方言为理由来肯定上述的第三种可能性。而如上所述，百回本《西游记》是否出于吴承恩尚是一个有待证明的问题；我们当然不能把一个有待证明的命题作为立论的出发点。所以，为了判断这三种可能性中的哪一种足以成立，我们必须将百回本跟它以前的本子加以对照。鲁迅先生曾把朱鼎臣本作为早于百回本的本子。这一说法被郑振铎先生否定后，鲁迅先生也接受了郑振铎先生的观点。但后来澳大利亚籍的柳存仁教授又为鲁迅先生早先的观点辩护，并且也有相当的理由①；看来这仍是一个尚未最后解决的问题。不过，既然对于朱鼎臣本的时代问题尚无一致的结论，我们也就不能拿它来跟百回本相对照，而只能把《永乐大典》所收的那一段《西游记·梦斩泾河龙》作为对照的依据。现将原文引录于后：

> 长安城西南上，有一条河，唤作泾河。贞观十三年，河边有两个渔翁，一个唤张梢，一个唤李定。张梢与李定道："长安西门里，有个卦铺，唤神言

---

① 见柳存仁作《〈西游记〉的明刻本》（载《新亚学报》5卷2期）及《跋〈唐三藏西游释厄传〉》（收入其所撰《伦敦所见中国小说书目提要》一书）。

> 抉精要以会通

山人。我每日与那先生鲤鱼一尾,他便指教下网方位。依随着,百下百着。"李定曰:"我来日也问先生则个。"这二人正说之间,怎想水里有个巡水夜叉,听得二人所言。"我报与龙王去。"龙王正唤做泾河龙。此时正在水晶宫正面而坐。忽然夜叉来到言曰:"岸边有二人,却是渔翁。说西门里有一卖卦先生,能知河中之事,若依着他算,打尽河中水族。"龙王闻之大怒。扮作白衣秀士,入城中。见一道布额,写道:"神翁袁守成于斯讲命。"老龙见之,就对先生坐了。乃作百端磨问,难道先生。问:"何日下雨?"先生曰:"来日辰时布云,午时升雷,未时下雨,申时雨足。"老龙问下多少,先生曰:"下三尺三寸四十八点。"龙笑道:"未必都由你说。"先生曰:"来日不下雨,刬了时,甘罚五十两银。"龙道:"好,如此来日却得厮见。"辞退,直回到水晶宫。须臾,一个黄巾力士言曰:"玉帝圣旨道:你是八河都总泾河龙,教来日辰时布云,午时升雷,未时下雨,申时雨足。"力士随去。老龙言:"不想都应着先生谬说。刬了时辰,少下些雨便是,问先生要了罚钱。"次日,申时布云,酉时降雨二尺。第三日,老龙又变为秀士,入长安卦铺。问先生道:"你卦不灵,快把五十两银来。"先生曰:"我本算术无差。却被你改了天条,错下了雨也。你本非人,自是夜来降雨的龙。瞒得众人,瞒不得我。"老龙当时大怒,对先生变出真相。霎时间,黄河摧两岸,华岳振三峰,威雄惊万里,风雨喷长空。那时走尽众人,唯有袁守成巍然不动。老龙欲向前伤先生,先生曰:"吾不惧死。你违了天条,刻减了甘雨,你命在须臾。剐龙台上难免一刀。"龙乃大惊悔过,复变为秀士,跪下告先生道:"果如此啊,却望先生明说与我因由。"守成曰:"来日你死,乃是当今唐丞相魏征来日午时断你。"龙曰:"先生救咱。"守成曰:"你若要不死,除是见得唐王,与魏征丞相行说劝救时节,或可免灾。"老龙感谢,拜辞先生回也。〔玉帝差魏征斩龙〕天色已晚,唐皇宫中睡思半酣,神魂出殿,步月闲行。只见西南上有一片黑云落地,降下一个老龙,当前跪拜。唐皇惊怖曰:"为何?"龙曰:"只因夜来错降甘雨,违了天条,臣该死也。我王是真龙,臣是假龙,真龙必可救假龙。"唐皇曰："吾怎救你？"龙曰："臣罪正该丞相魏征来日午时断罪。"唐皇曰："事若干魏征,须救你无事。"龙拜谢去了。天子觉来,却是一梦。次日设朝,宣尉迟敬德总管上殿曰："夜来朕得一梦,梦见泾河龙来告寡人道：'因错行了雨,违了天条,该丞相魏征断罪。'朕许救之。朕欲今日于后宫里宣丞相与朕下棋一日,须直到晚乃出,此龙必可免灾。"敬德曰："所言是矣。"乃宣魏征至。帝曰："召卿无事,朕欲与卿下棋一日。"唐王故迟延下着。将近午,忽然魏相闭目龙睛,寂然不动。至未时,却醒。帝曰："卿为何？"魏征曰："臣暗风疾发,陛下恕臣不敬之罪。"又对帝下棋。未至三着,听得长安市上百姓喧闹异常。帝问何为。近臣所奏："千步廊南,十字街头,云端吊下一只龙头来,因此百姓喧闹。"帝问魏征曰："怎生来？"魏征曰："陛下不问,臣不敢言。泾河龙违天获罪,奉玉帝圣旨,令臣斩之。臣若不从,臣罪与龙无异矣。臣适来合眼一霎,斩了此龙。"正唤作《魏征梦斩泾河龙》。唐皇曰："本欲救之,岂期有此？"遂罢棋。

我之所以不惮烦地把这一千二百字左右的原文全部引录,是希望读者跟我一起从头到尾地检查一下,看其中可有任何吴语方言的痕迹。应该说,在这一长段文字中并未夹杂吴语方言。但是,使用了长江北部地区的方言这一点却是明显的。"吊下一只龙头"的"吊下"无疑是"落下"之意。它是北方话,而非吴语方言。不过,在当时已有"官话",而"官话"是以北方话为基础的。因此,这段文字中的"吊下"一词,也可解释为南方的作者在使用"官话"。比较起来,"把五十两银来"一句中的"把"字更值得注意。由于这句中除"把"以外别无动词,它显然不是所谓"把字句"。在苏北方言中,"把"字可以作"给"解释；此句中的"把",也只有这样才解释得通。至于"来"字,显为句末语气词。把"来"字作句末的语气词用,在运用北方话的元杂剧中也常见,如《陈州粜米》的"这金鎚是谁与你来",《窦娥冤》的"都是为你孩儿来",皆是其例。

现在再看百回本中与此段文字相应的部分(见于第九回及第十回)。由于百回本中的这部分已经发展为好几千字,无法再全部引录原文；但在这几千字中,绝无任何长江北部地区方言的痕迹,读者可以覆按(其中曾出现过一个"俺"字,但此字早就成为书面语了)。尤其值得注意的是:《永乐大典》本中的北方话的痕迹也被删除了。"把五十两银来"一句的删去,乃是由于情节的变动,可不置论。"千步廊南,十字街头,云端吊下一只龙头来"被改成了"千步廊南,十字街头,云端里落下这颗龙头"(第十回),却特别值得深思。前八个字完全是照抄的,"一只"改成"这颗"是情节改动的需要(在百回本的这段文字中,唐太宗先看到龙头,然后再由其臣下向他报告"千步廊南"云云,故改"一只"为"这颗",以与上文呼应),加一"里"字是为了使语气更顺,但为什么要把"吊下"改成"落下"呢?这两者不完全是同样的意思吗?再说,在百回本中,比"吊下"生僻得多的方言(例如上文举出过的"榍户")有的是,为什么它们都保留着,却非把"吊下"改掉不可?看来,百回本作者之改"吊下"为"落下",并非出于故意。另一方面,由于"千步廊南"等八字是完全照抄的,"云端"句的因袭之迹也很明显,可以认为,百回本的作者在写这几句时,手边一定放着其所据以加工的底本,一边看,一边写。那么,底本既作"吊下",为什么会被他不经意地写成了"落下"呢?唯一的可能是:他对于使用"落下"一词比用"吊下"更为习惯。从这点来看,百回本作者为吴语方言区的人的可能性实较其为淮安人的可能性要大一些,因为吴语方言是用"落下"而不用"吊下"的,淮安方言则多用"吊下"。

百回本这一部分中由作者所增添、改写的文字不但毫无长江北部地区的方言,而且还有一处使用了吴语方言,这就进一步证实了上述的推断。此处见于第九回:

> ……行到那分路去处,躬身作别。张稍道:"李兄呵,途中保重!上山仔细看虎。假若有些凶险,正是明日街头少故人!"(117页)

从上下文义看,"看虎"之"看"绝不能释为"观看"、"看待"或"看管"、"看守",而当是提防之意。据《现代汉语词典》,"看"字在作为提防之意来使用时,乃是"用在表示动作或变化的词或词组前面,提醒对方注意可能发生或将要发生的某种不好的事情或情况";也就是说,其后面不会只接一个名词。《现代汉语词典》的这种解释，不但符合普通话中使用"看"字的习惯，也符合古代一般口语的情况。例如《红楼梦》二十八回："你倒是去罢，这里有老虎，看吃了你。"其使用"看"字，就是如此。但在吴语方言中，"看"字在作为提防、当心之意使用时，其下也可单接名词。我幼年住在家乡绍兴，当我玩弄小刀之类的物件时，长辈就会说："勿弄，看手（或'看手里'）！"在夏天要经过杂草丛生之处时，有时也会听到"小心，看蛇！"一类的叮嘱。此类"看"字，皆为提防、当心之意，但其下皆仅接名词。所以，百回本中的"看虎"，显然属于吴语方言（此句似宜标点作："上山仔细，看虎！"）。有人也许会说：吴承恩既在长兴做过几年官，在其作品中使用句把吴语方言，也属情理之常。但是，作为淮安人的吴承恩，仅仅于中年时期到长兴去生活过几年，即使由此而学会了吴语方言，而对他来说，淮安方言一定更为习惯。若百回本确系他的手笔，在由他所增添的这好几千字的长文中，竟然只有吴语方言而没有一处淮安方言，并且还把淮安方言习用的"吊下"改为吴语方言习用的"落下"，这却很难说是情理之常。

综上所述，我们若把《永乐大典》中的这一段《西游记》与百回本中的相应部分相比较，就可得出以下的结论：在百回本以前的《西游记》中，本存在着苏北地区的方言，却无吴语方言；经百回本的作者加工后，增添了吴语方言，但没有再增添苏北地区的方言。所以，本节开头部分对百回本中两种方言并存的原因所提出的三种假设，其第二种（两种方言分别出于两种本子）得到了证实，其他两种则无法证实。自然，由于保存下来的足资比较的资料太少，用以证实第二种假设的证据还不是很充分；但在目前的条件下，我们可以说：从现有的资料中，只能找到证实第二种假设的证据，而没有足以证实其他两种假设或否定第二种假设的证据。

换言之，《西游记》中的方言并不能证明百回本的作者为淮安人，倒是提供了若干相反的证据。既然如此，又凭什么来证明天启《淮安府志》著录的吴承恩《西游记》就是百回本小说？凭什么来否定《千顷堂书目》关于此书的分类？

五

为了证明百回本《西游记》为吴承恩所作,有的研究者还举出了另外几条旁证。这些旁证虽无多大说服力,但在这里也一并考察一下。

先看第一条旁证。

吴承恩著有《二郎搜山图歌》,从中可见他熟悉并喜爱二郎搜山的传说,而百回本《西游记》也写到二郎搜山。有人就把这作为百回本《西游记》系吴承恩所作的一条旁证。

现先录《二郎搜山图歌》原文于下:

李在惟闻书山水,不谓兼能貌神鬼。笔端变幻真骇人,意态如生狀奇诡。

少年都美清源公,指挥部众扬灵风。星飞电掣各奉命,搜罗要使山林空。

名鹰攫拏大腾啗,大剑长刀莹霜雪。猴老难延欲断魂,狐娘空洒娇啼血。

江翻海搅走六丁,纷纷水怪无留踪。青锋一下断狂虺,金锁交缠禽毒龙。

神兵猎妖犹猎兽,探穴捣巢无逸寇。平生气焰安在哉?爪牙虽存敢驰骤!

我闻古圣开鸿濛,命官绝地天之通。轩辕铸镜禹铸鼎,四方民物俱昭融。

后来群魔出空窍,白画搏人繁聚啸。终南进士老钟馗,空向宫闱嗃虚耗。

民灾翻出衣冠中,不为猿鹤为沙虫。坐观宋室用五鬼,不见虞廷诛四凶。

百回本《西游记》是否吴承恩所作

野夫有怀多感激,无事临风三叹息。胸中磨损斩邪刀,欲起平之恨无力。

救日有矢救月弓,世间岂谓无英雄?谁能为我致麐凤?长享万年保合清宁功!

据此,《二郎搜山图》为李在所绘。李在为明代宣德时的画家。他在当时将这故事绘为画卷,足见此一传说在明代前期就颇流行。换言之,在明代熟悉、喜爱此一传说的人当不在少数,绝不会只是吴承恩一位。既然如此,怎能把百回本《西游记》中写到二郎搜山这一点作为此书系吴承恩所作的旁证?此其一。其二,《二郎搜山图歌》称二郎神为"清源公",可见在二郎神的几个称号中,吴承恩最喜欢或最习惯于使用的,就是这一个。而在百回本《西游记》中,却称之为"显圣二郎真君"(68页)、"显圣真君"(69页)、"昭惠英灵圣"(70页)、"昭惠二郎神"(71页)等等,从未称为"清源公",这又可见百回本《西游记》的作者是不喜欢或不惯于使用(甚或根本不知道)"清源公"这一称号的,因此,很难说他跟吴承恩是一个人。第三,百回本《西游记》虽写了二郎神与孙悟空的战斗,但真正提及"搜山"二字,却是在第六回之末,二郎神捉住孙悟空之后。"真君道:'贤弟……我同天王等上界回旨。你们帅众在此搜山。搜净之后,仍回灌口。待我请了赏,讨了功,回来同乐。'四太尉、二将军依言领诺。"(76页)至于搜山的具体过程,并无一字交代。直到第二十八回,才对此一"搜山"的后果略加补叙:"那(花果)山上花草俱无,烟霞尽绝。峰岩倒塌,林树焦枯。你道怎么这等?只因他闹了天宫,拿上界去,此山被显圣二郎神率领那梅山七弟兄放火烧坏了。"(353页)而据《二郎搜山图歌》,《二郎搜山图》所绘的正是二郎率众搜山的具体经过;从该诗来看,吴承恩对图卷所绘的这一具体经过已留下了很深的印象,而且颇为赞赏。若百回本《西游记》确为他所作,揆以常情,他在写到二郎搜山时,对于印象很深刻的搜山过程不当一无描述,反而避开。而且,从"此山被显圣二郎神率领那梅山七弟兄放火烧坏了"之语,可见他于"搜山"之举所强调的是"放火烧坏",而这恰恰是《二郎搜山图歌》所根本未涉及的。因此,很难说《二郎搜山图歌》与百回本《西游记》出于同一人的手笔。换言之,我们即使不把《二郎搜山图歌》作为百回本《西游记》非吴承恩所作的旁证,但至少不能把它作为百回本《西游记》系吴承恩所作的旁证。

再看第二条旁证。

吴承恩的文集中有《〈禹鼎志〉序》,说明他从小喜爱野言稗史、唐人传奇,并作有志怪小说《禹鼎志》。有的研究者因此认为:他的这种情况跟百回本《西游记》作者的身份是很相应的。

按,这种情况虽跟百回本《西游记》作者的身份相应,但在明代,由于戏曲、小说的繁荣及其在文学上地位的提高,喜爱小说、作有志怪小说甚或通俗小说的人并不太少,也就是说,在这方面能够跟百回本《西游记》作者身份相应的人并不只是很少的几个。因此,以此作为吴承恩系百回本《西游记》作者的旁证,并不有力。而且,我们还必须注意《〈禹鼎志〉序》中的这一段话:

> 余幼年即好奇闻。在童子社学时,每偷市野言稗史。惧为父师诃夺,私求隐处读之。比长,好益甚,闻益奇。迨于既壮,旁求曲致,几贮满胸中矣。尝爱唐人如牛奇章、段柯古辈所著传记,善模写物情,每欲作一书对之,懒未暇也。转懒转忘,胸中之贮者消尽,独此十数事磊块尚存。日与懒战,幸而胜焉,于是吾书始成。

据此,《禹鼎志》所写仅"十数事",其篇幅必然不大。像这样一部篇幅较小的小说,尚且是"日与懒战,幸而胜焉"的结果,可见其疏懒的一斑,又怎会耗费无数的精力与时间去写百回本《西游记》这样的一部大书?此矛盾者一。其次,据其自述,在写《禹鼎志》时已只记得"十数"条奇闻,其他都忘记了。然则其写百回本《西游记》是在写《禹鼎志》之前还是之后?若在其前,那么,在写《禹鼎志》时难道连自己写过的百回本《西游记》中的许多神奇故事都已忘光?否则,为什么说自己在当时已只记得用于写《禹鼎志》的"十数事"?若在其后,那么,在写《禹鼎志》时已把原来"贮满胸中"的神怪故事忘得只剩了"十数事",并把这"十数事"写入了《禹鼎志》中,又哪有材料来写百回本《西游记》?第三,《〈禹鼎志〉序》

百回本《西游记》是否吴承恩所作

收入吴承恩文集。天启《淮安府志》十九《艺文》著录"吴承恩《射阳集》四册,□卷",可见天启《志》的编者是看到过吴承恩文集的(否则,怎能清楚地知道这一集子的册数,而且知道它没有明确的分卷),因此,他不当不知道吴承恩尚有《禹鼎志》之作。那么,天启《志》为什么不同时著录此书?又,天启《志》还著录了吴承恩的《春秋列传序》。考《千顷堂书目》有"刘节《春秋列传》五卷",并无吴承恩的《春秋列传序》。吴作当系为刘书所写的《序》,并非专著,故《千顷堂书目》不收。天启《志》既连《春秋列传序》这样的单篇文章都著录,为什么对单行的著作《禹鼎志》却不加著录?由此看来,天启《志》的编者当还存在轻视小说的传统观念,故对《禹鼎志》不屑著录。但根据传统观念,通俗小说的地位较《禹鼎志》一类的志怪小说还低。倘吴承恩《西游记》是通俗小说,天启《志》的编者又怎肯加以著录?也正因此,吴承恩作有《禹鼎志》一事及其所留下的《〈禹鼎志〉序》一文,不但不能作为百回本《西游记》系吴承恩所作的旁证,反倒提供了若干与此相反的证据。

现在看第三个旁证。

吴承恩的家乡淮安府有云台山,山上有水帘洞,而《西游记》中的孙悟空也正居住在水帘洞。有的研究者认为,这是《西游记》的作者把其家乡的这个洞名用到小说中去了;于是,这也被当作了百回本《西游记》系淮安人吴承恩所作的旁证。

按,《朴通事谚解》所引述的《西游记》,一般被认为是元末明初的小说,但其中已把孙悟空所住之洞名为水帘洞。所以,假如《西游记》中的水帘洞之命名确是受了云台山水帘洞的影响,那也只能用来证明元末明初的《西游记》的作者为那一带人,而不能用来证明百回本《西游记》的作者为淮安人。又,日本的青年学者矶部彰氏早已指出:明代何乔远编的《闽书》中,有许多地名可以使人想起《西游记》[①],例如:卷十五有水帘洞、铁板嶂(《西游记》的水帘洞有铁板桥),卷二

---

① 见矶部彰作《元本〈西游记〉中孙行者的形成》,载《集刊东洋学》第38号。

十有莲花洞,卷四及卷十五皆有玉华洞(《西游记》中有玉华县),卷二十一有八角井(《西游记》中乌鸡国王被推入"八角流璃井")等等。假如说《西游记》中的地名曾受到某些实有地名的影响,那么,与其说是受淮安的水帘洞的影响,实不如说其受福建的这一系列地名的影响。

因此,在我看来,这三条旁证也都难以成立。

现把我的看法概括如下:明清的各种《西游记》刊本没有一部署明此书是吴承恩所作;天启《淮安府志》虽有"吴承恩《西游记》"的著录,但并未说明《西游记》是通俗小说,而且,天启《淮安府志》的编者是否会著录一部通俗小说也是问题;复参以《千顷堂书目》,吴作《西游记》当是游记性质的作品,大概是记述其为荆府纪善时的游踪的;书中的方言,情况复杂,根据现有的材料,只能说长江北部地区的方言是百回本以前的本子就有的,百回本倒是增加了一些吴语方言,因此,它不但不能证明百回本的作者是淮安人吴承恩,倒反而显出百回本的作者可能是吴语方言区的人;至于其他几条欲以证明百回本《西游记》为吴承恩所作的旁证,似也都不能成立,有的甚至可作为非吴承恩作的旁证。

需要说明的是:我在论述百回本《西游记》中的吴语方言时,曾引用了宁波方言和绍兴方言,但我绝不是要说百回本《西游记》的作者系浙江人。我认为:见于《永乐大典》的《西游记》的作者当为江苏北部人;百回本的作者若是吴语方言区的人,也不无苏南人的可能。

还有一点:桂馥《晚学集》卷五《书圣教序后》的附记中,有"许白云《西游记》由此而作"之语。过去因肯定《西游记》为吴承恩作,对这一记载都不加以重视。但这一记载到底是怎么回事?似也值得研究。此"许白云"当非元代许谦,因其身份与《西游记》作者相违戾。

原载《社会科学战线》1983年第4期

关于《金瓶梅》词话本的几个问题

黄 霖

现存基本完整的《金瓶梅词话》有三部：一是 1931 年在山西发现，当时被北平图书馆购得，抗战时寄存于美国国会图书馆，1975 年归于台北"故宫博物院"（简称"台藏本"）；二是 1941 年日本发现日光山轮王寺慈眼堂藏有一部（简称"日光本"）；三是 1962 年发现日本江户时代德山藩主毛利氏家传藏一部，近归日本周南市美术博物馆（简称"毛利本"）。这三部书均非藏在图书馆，读者本来就难以借阅，更何况中土本于 1933 年由古佚小说刊行会加以影印（简称"古佚本"），日本两本于 1963 年由大安株式会社相互补配后也予以影印（简称"大安本"），读者都误以为这些影印本忠于原本，更无兴趣去借阅难以借阅的原刊本了。近两年，笔者有机会先后目验了毛利本与台藏本，觉得有必要对误传了数十年的一些似是而非的说法谈谈笔者的看法。

一、台藏本品相最佳

本来，三部《金瓶梅词话》，除了毛利本的第 5 回末叶与其他两本异版之外，其余一些具有特征性的地方，如断版、墨钉、鱼尾的变化等完全相同，其版式、文字等更是一致，这是毛利本的发现者、研究者与整理大安本的编辑们的共识，因而这三部词话本基本上可视为同版。当上世纪 60 年代日本发现毛利本并接着影印大安本的时候，一些学者在介绍其优点时，往往自觉或不自觉地将它们与中土台藏本的影印本——古佚本的缺点相比较,这样就很容易且事实上给学者们造成了某种错觉,认为毛利本、日光本及影印的大安本比较好,而藏于中土的本子较差。最有代表性的是大安本的"例言"说:

> 一、吾邦所传明刊本金瓶梅词话之完全者有两部。日光山轮王寺慈眼堂所藏本与德山毛利氏栖息堂所藏本者是也。

> 三、古佚小说刊行会影印本。以北京图书馆所藏本为据①。不但随处见墨改补整。而有缺叶。

这里突出了日本所藏"两部"均是"完全者",而中土台藏本则"有缺叶",还加上"随处可见墨改补整"。

与此相呼应,在专刊宣传大安本文章的1963年5月《大安》第9卷第5号上发表的饭田吉郎教授的《关于大安本〈金瓶梅词话〉的价值》中说:"北京图书馆本及其影印本都是缺少第52回第7、8两叶原文,这当然是件美中不足的憾事。然而,现在的大安本由于使用了与北京图书馆同版的日光慈眼堂藏本,所以理所当然地消除了这个缺陷。"同期所刊的鸟居久晴教授的《〈金瓶梅〉版本考再补》一文也说:"顺便说一下,在北京本中缺少的第52回第7、8叶在慈眼堂本中是完整的……这个版本(按,指日光本)就成了海内唯一完整无缺的版本,这实在是贵重的东西……"诸如此类,在学界造成了影响,往往误认为中土台藏本是缺了两叶,而日本两部都是完整的。直到前年台湾里仁书局翻印大安本时所写的《重印〈新刻金瓶梅词话〉大安本说明》,还在历数中土各印本的缺失之后强调大安本"为学术界与读书界所重"。

其实,日本两部都不"完全",且缺叶都比中土台藏本更多。台藏本缺2叶,而毛利本缺3叶:第26回第9叶、第86回第15叶,以及第94回第5叶。日光本我未能获见,而据当年翻过此书的长泽规矩也教授说"慈眼堂所藏本缺五叶"②,可

---

① 此本,即目前台北"故宫博物院"藏本。它于1932年在山西省介休县发现,被当时的北平图书馆购入,1933年由马廉发起以古佚小说刊行会的名义首次影印。抗战时寄存于美国国会图书馆,后还给中国,现藏于台北"故宫博物院"。

② 长泽规矩也《〈金瓶梅词话〉影印经过》,黄霖等编译《日本研究〈金瓶梅〉论文集》,齐鲁书社1989年版,第86页。

知缺叶更多。因此,大安本"例言"所说"吾邦所传明刊本金瓶梅词话"之"两部"是"完全者"的说法并不确切,更不能以此虚假的"完全"来与中土本的缺叶相对照,引导人们得出不正确的结论。

更重要的是,我目睹了毛利本与中土台藏本之后,深感到不论从当时刊印时所用的纸张、刷印的墨色、文字的清晰,以及后世的保存来看,毛利本的整体品相远不能与台藏本相比。

首先,看当时的用纸。毛利本当初刊印这部小说时,显然不太重视,所用纸张,竟有不少是修补过的。经修补后的地方,纸面不平,印刷后的字迹往往出现斑驳、模糊的状况,如第13回第2叶B面第1至第4行的上面5、6个字中有许多字是不完整的。原因是这地方的纸原来有许多漏洞,后经修补过再用的。而中土台藏本的这一叶是印得非常清楚的①:

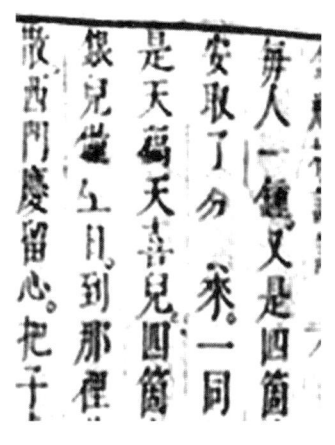

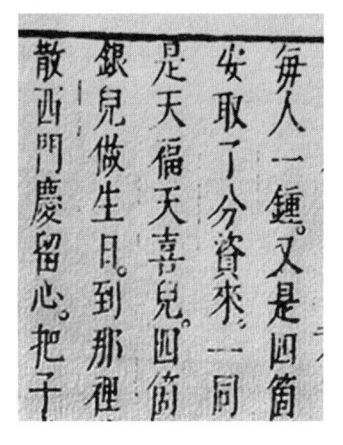

毛利本 13/2B　　　　　　联经本 13/2B

这样的情况还不止一处,据我匆忙中翻到的,至少还在第11回第2叶B面、第12回第6叶B面、第25回第1叶B面、第30回第6叶B面、第39回第1叶B面、第49回第1叶B面、第5叶B面、第67回第19叶B面、第68回第15

---

① 由于台北"故宫博物院"目前尚不让复制任何一叶,故本文只能用正文基本上能正确反映原本面貌的联经本的书影来进行比较。

抉精要以会通

叶A面、第71回第4叶A面、第75回第6叶A面、第75回第9叶B面、第80回第5叶B面、第81回第5叶A面、第87回第6叶B面等处都是用的修补过的纸张。这种情况在古籍刊印中还是不太多见的，足见其出版商对刊印此书不求质量而只图赚钱而已。不但如此，毛利本有时竟直接用了破损而未经修补的纸来印刷，如第16回第6叶A面、第55回第2叶B面、第69回第17叶B面、第73回第5叶A面、第74回第8叶B面、第79回第11叶B面等等，都留有一个大窟窿，这真是到了匪夷所思的地步。此外，还不时可见用纸泥印的存在，也或多或少地影响了个别文字的清晰。这些情况，在台藏本中都是没有的，两书品质的高下，自可立见。

毛利本55/2B有窟窿　　　　　毛利本34/11/8有泥印

其次，看当时的印刷。毛利本的印刷，明显可见比较马虎，或操作不良，因而同用一块板子（甚至可能还是先用），却常常可见好多地方没有刷到，特别是边框或近边框的文字，例如，第67回第14叶A面最后一行的第1个字"服"。毛利本与日光本（大安本）①都是模糊缺损，而联经本则清晰完整：

---

① 本文所用日光本的书影都是据大安本中所采用者，下文不再作注明。

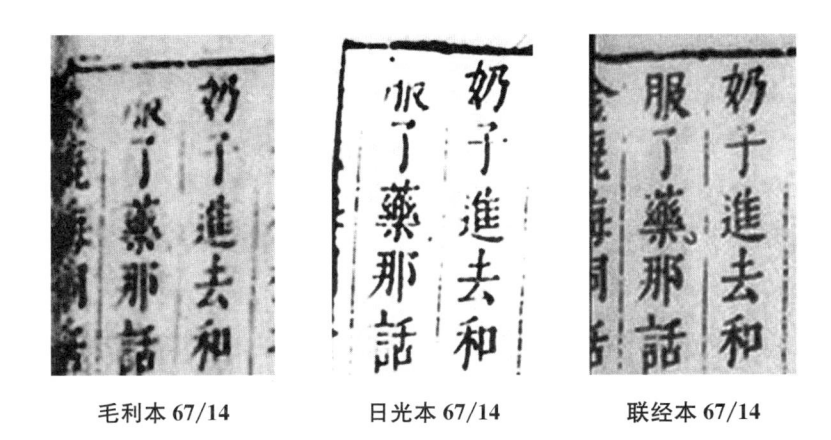

关于《金瓶梅》词话本的几个问题

毛利本 67/14　　日光本 67/14　　联经本 67/14

比缺字更多见的是边框的缺损，如第 76 回第 16 叶 B 面的左上框，毛利本与日光本都有缺失，而联经本完全无缺：

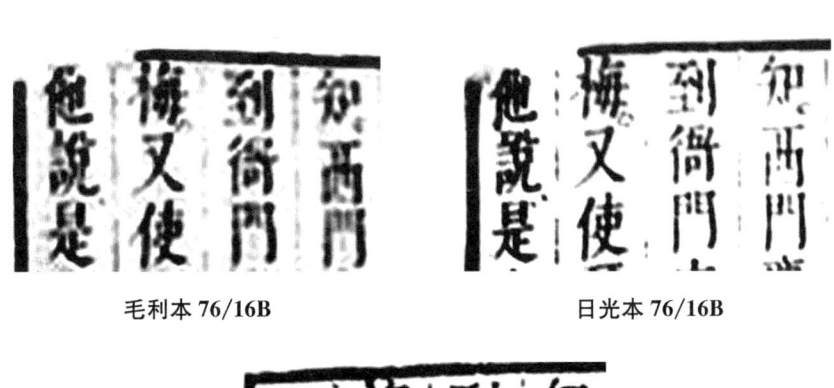

毛利本 76/16B　　日光本 76/16B

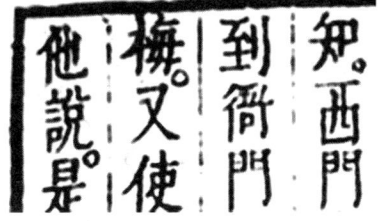

联经本 76/16B

另外从行线来看也比较能说明问题。本书每一行之间原来都有一条细线分隔，板子新雕或印刷认真，此线一般都比较清晰，反之，则往往或明或缺、断断

抉精要以会通

续续。今比较三本,台藏本的板子未必最新,但行线往往清楚,主要也在于刷印时比较认真或操作娴熟。今举一例:第 92 回第 12 叶 B 面,毛利本还稍留一点淡痕,日光本(大安本)已几乎全无,联经本则留有较多的黑线,三者相比,一目了然。

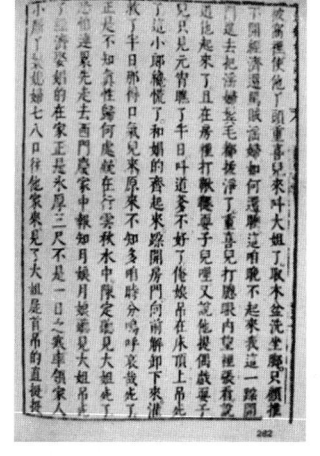

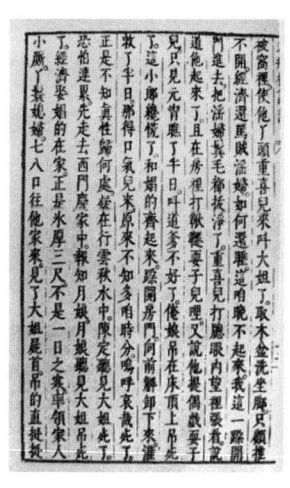

毛利本 92/12B　　日光本 92/12B　　联经本 92/12B

通过以上比较,清楚地说明了台藏本的印刷较之毛利本与日光本都比较完整与清晰。这里特别要说明的是,一、这些例子并不是个例,而是触处可见,故没有必要一一列举;二、由于目前台北"故宫博物院"不让复制原件,故只能用联经本来比较。联经本及其所祖之古佚本的正文都是比较真实地反映了原刊的面貌的,所以三本相校,明显的以台藏本为上乘。

再次,看后世的保存。这三部《金瓶梅》辗转流传至今已有几百年,虽然现在我所见的毛利本与台藏本都得到了很好的收藏,但就这两部书的品相而论,一看就知台藏本为佳,毛利本显得陈旧。不但如此,毛利本还有若干叶纸遭到过虫蛀,如第 60 回第 1 叶:

关于《金瓶梅》词话本的几个问题

毛利本 60/1B

至于日光本,当为更糟,据长泽规矩也教授说,此书曾遭鼠害。[1]受害到何种程度,他没有细说,但大安株式会社在影印大安本时,取毛利本作为底本,日光本仅选取若干可用之叶加以补配,其书之完好程度究竟如何,就可想而知了。

二、台藏本的朱墨批改利多弊少

台藏本上有朱墨批改,一直为人所诟病,如大安本的《例言》就指责其"随处见墨改补整"。所谓"墨改补整",即是在流传过程中有人或用朱笔,或用黑墨,将正文的文字进行批改。其批,有眉批,有旁批。其改,有正字在原文之旁,也有叠改在原字之上。其色有深浓与浅淡之别,也有陈旧与略新之异。总的看来,可肯定不是成于同一时间,也有可能不是出于一人之手。这些墨改文字,从强调原板的整洁性的版本学家看来,无疑是有碍观瞻的。但从笔者比较关注文学批评与实际校字效果的角度看来,这些"墨改"文字不但不全是病,而且自有它的价值所在,应该予以珍视。

---

[1] 长泽规矩也《〈金瓶梅词话〉影印经过》,第86页。

它的价值主要表现在两个方面：

一、就批来讲，全书留下134条批语，虽然文字不多，但有的也颇精彩，对于理解《金瓶梅》的艺术奥秘是有帮助的。且看以下数例：

1. 第38回第8叶B面，写潘金莲等西门庆不回，弹了回琵琶后"和衣强睡倒"，这时"猛听的房檐上铁马儿一片声响，只道西门庆来到，敲的门环儿响"，此处批道："模拟情境妙甚。"

2. 第38回第11叶B面，写潘金莲当着西门庆、李瓶儿叹苦说："……比不得你们心宽闲散，我这两日，只有口游气儿，黄汤淡水，谁尝着来，我成日睁着脸儿过日子哩！"此处有旁批道："说得苦，要打动其夫。"

3. 第62回第24叶B面，写李瓶儿死后，西门庆很伤心，吴月娘、李瓶儿、孟玉楼等从不同的角度劝说并流露了不满之意，此时潘金莲只是说了句："他没得过好日子，那个偏受用着甚么哩，都是一个跳板儿上人。"此处眉批曰："金莲当此快意之时，话头都少了。"

4. 第76回第4叶B面，写孟玉楼拉着潘金莲到吴月娘那里道歉，翻来覆去，八面玲珑，说了好多话，在第7行那里对吴月娘说："亲家，孩儿年幼不识好歹，冲撞亲家，高抬贵手，将就他罢，饶过这一遭儿，到明日再无礼，犯到亲家手里，随亲家打，我老身却不敢说了。"有眉批曰："大抵玉楼做事，处处可人。"

5. 第91回第4叶第7—8行写孟玉楼嫁李衙内，"先辞拜西门庆灵位，然后拜月娘"，"两个携手，哭了一场"，上有眉批曰："瓶儿死的好，玉楼走的好。"

诸如此类的一些批语，虽然比较简略，但多数是批者的会心所谈，有助于读者的阅读与欣赏。

二、就改来讲，不容讳言，也有一些地方改错了，但绝大部分是改得对，改得好，纠正了手民传抄与刊刻过程中的错误。特别是一些用朱笔圈改或改在旁边的文字，即使将原文圈掉了，甚至改错了，但仍能清楚地看到原文的真面目，让读者能判断孰是孰非。最不可取的无非是用黑色墨笔圈勾或直接涂改，因经此一涂或一改，原来的文字已不可辨认，这就有了"破坏"之嫌了。但好在这类直接用墨笔涂改的地方极少,所改之处多数是有道理的,比如第 81 回第 7 叶 B 面第 3 行将"陈经济"改成"来保",第 82 回第 1 叶倒数第 3 行将"有人根前"改成"有人跟前",第 9 叶 B 面第 2 行将"才本叫了你吃酒"改成"崔本叫了你吃酒",第 86 回第 11 叶 B 面第 8 行将"也长成一条大溪"改成了"也长成一条大汉",等等,这些校改都是有道理的。因此,我们对中土台藏本的"墨改补整"应该作实事求是的具体分析。或者说,这些"墨改补整"还是利大于弊的。

三、毛利本可能最先刷印

当年编印大安本时,发现毛利本第 5 回末叶与日光本(台藏本同)异版,于是就产生了"谁是兄长,谁是弟弟(即哪一本早些)"的问题。当时的倾向性意见是:日光本先印,毛利本后刷。在这里,长泽规矩也教授的意见恐怕起了决定性的影响。长泽教授于 1963 年初次将两本的照片相校的时候,得出的结论就是:"大概毛利所藏本是稍稍早些印的本子。"(《〈金瓶梅词话〉影印经过》)可是他后来受了大安本整理者发现第 5 回末叶异版的影响之后,又去日光匆匆地翻阅了一册六回,虽然承认未能作出真正的"解决谁是兄长,谁是弟弟"的问题,但仍然下了与以前完全相反的"结论":

> 作为结论是,慈眼堂所藏本第九叶框郭切去一角,而毛利所藏本完全没有。这是补刻的第一个证据。第二,如果考虑到回末的形式,因为其他回都整齐划一,修改得这样不整齐是不自然的。第三,在部分的不同方面,从详到略可以认为是自然的。或者,可以认为关于"何九"有一些考虑。就一个字的不同而言,考虑到容易懂,改成了"号";因为是死人的身体,改成了"尸",这也是自然的。如果这样考虑的话,日光山所藏大概是稍稍早印的版本吧。(《〈金瓶梅词话〉影印经过》)

另外,由于毛利本这一叶的文字与《水浒传》基本相同,所以也有论者认为"毛利本第五回里,第九叶(AB 两面全部)的内容因原版缺失而据《水浒传》补刻而成"[①],

---

① 饭田吉郎《关于大安本〈金瓶梅词话〉的价值》,《日本研究〈金瓶梅〉论文集》,第 100 页。

换言之,与《水浒传》文字相近的毛利本当为后来的补板。

对于这些意见笔者有不同的看法。首先,《金瓶梅》本来就是从《水浒传》而来,所以它与《水浒传》的文字相同是顺理成章的事,只有不同才是奇怪的,才当怀疑它是否是后来修改补刻的。比如,毛利本下面这句话本是十分通顺的:"只有一件事要紧。地方上团头何九叔。他是个精细的人。只怕他看出破绽不肯殓。"而日光本、台藏本是:"如今只有一件事要紧地方。天明就要入殓。只怕被忤作看出破绽来怎了。团头何九。他也是个精细的人。只怕他不肯殓。"它或许是为了说明"要紧",就加了一句"天明就要入殓,只怕被忤作看出破绽来怎了"。岂知如果说这里上半句话加得还有道理的话,下半句根本就是与下面的文字重复,且硬插在中间,将"地方"两字搁在前面,使整个句子读不通了。因此,日光本、台藏本的文字有后改补添的可疑。

其次,长泽教授后来的一些推理也是可以讨论的。第一,他所说的毛利本第 5 回末叶"完全没有"框郭,这似乎与事实不符。笔者目验毛利本时拍摄的照片与大安本所印的一样都是有框郭的,其左上角的框郭只是墨色稍淡而已,与日光本最后一叶的左下角完全没有是不同的。

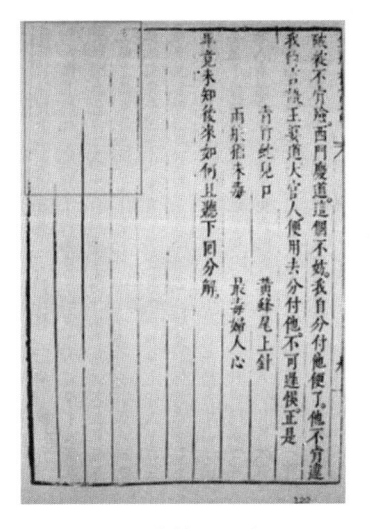

毛利本第 5 回末　　　　　　**日光本第 5 回末**

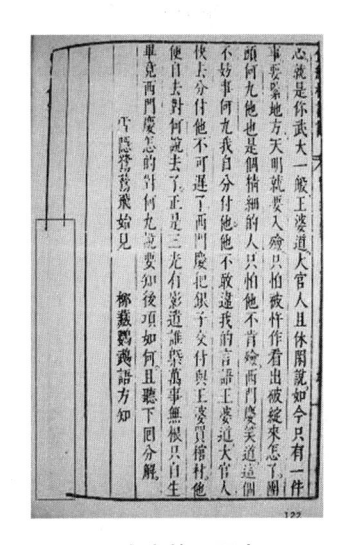

关于《金瓶梅》词话本的几个问题

退一步说，即使认为毛利本左上角缺框，也与日光本缺左下角框不同，两者之间的这种不同也不能作为判断板子先后的依据。这似乎都是刷印所造成的问题。第二，第 5 回结尾的形式不整齐的是日光本，而不是毛利本，毛利本的结尾形式与全书其他各回是一致的。第三，在考虑日光本与毛利本二本文字的详略不同等问题时，不能一般地认为"从详到略可以认为是自然的"，同时也有 50% 的可能是从略到详的。这一推理与上述第一个问题一样，即究竟是与《水浒传》相近的在先还是与《水浒传》相反的在先？其实两种可能都是存在的，可以相反逆推的。在这里有价值的问题是第二点：第 5 回最后结束的形式与全书相一致是先，还是与全书不一致在先？笔者觉得，毫无疑问的是与全书一致的毛利本在先，这一回单独与全书不一致的日光本、台藏本当在后。

最后，笔者想揭示的或许是最重要的一点是，从这一叶的个别文字来看，日光本与同回所刻的同一字是不同的，而毛利本与同回所刻的是相合的。且看一个"说"字。日光本第 5 回第 9 叶 A 面的第 5 行第 13 字"看官听说"中的"说"、第 8 行第 2 字"王婆说了"的"说"、第 9 行第 14 字"和西门庆说道"中的"说"、第 11 行第 3 字"何须你说"的"说"、同叶 B 面第 1 行第 18 字"且休闲说"的"说"、第 6 行第 6 字"对何说去了"的"说"、第 7 行第 11 字"怎的对何九说"的"说"，共 7 个"说"字，其右边上部都是刻成"八"字状。与此不同，毛利本在这两叶上所刻的"说"字共有 4 个：第 9 叶 A 面第 5 行第 13 字"看官听说"中的"说"、第 9 行第 2 字"王婆说了"的"说"、第 9 行第 14 字"和西门庆说道"中的"说"、第 11 行第 17 字"何须你说"中的"说"。这 4 个"说"字与日光本的不同，其右边上面不是"八"字状，而是倒过来的两点"丷"：

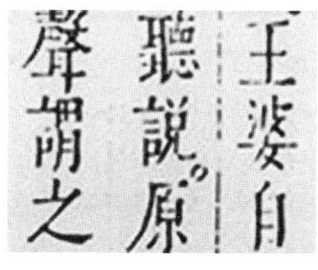

毛利本的"说" 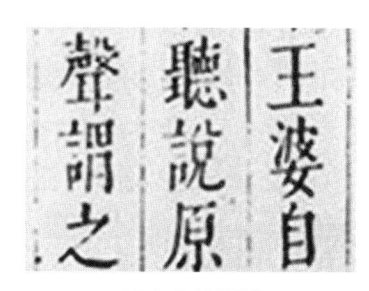　　　　　　　日光本的"说"

我们再将这一不同与第 5 回中的其他"说"字相比,可以发现:毛利本的是与第 5 回中的其他"说"字一致的,而日光本是与前文不一致的。

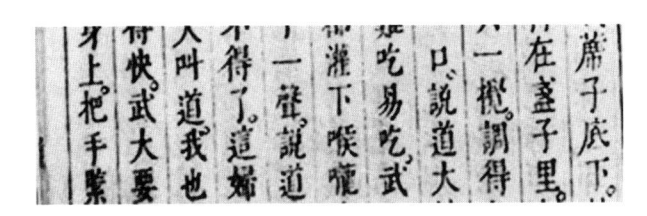

毛利本 5/8A 两个"说"

这就有理由说明毛利本第 5 回的末叶与前面所印是同板,而恰恰是日光本存在着"补刻"的嫌疑。

在这里,需要作补充说明的是,从《金瓶梅词话》的全书来看,"说"字共有三形,除上面所说的两种之外,另有一"说"右边中间部分不是"口",而是"厶"。由于全书是由不同的刻工分别刊刻的,所以会产生不同的"说"字,本来是十分正常的,但一般同一刻工连续刊刻数块板子时,当用的是统一的字形,不大可能一会儿这样写,一会儿又那样刻,只有不同的刻工雕板时,才会出现不同的写法,所以我们有理由说毛利本第 5 回的末叶与第 5 回的其他板子是同一刻工同时下刀的,而日光本是另一刻工所刻,其"补刻"的嫌疑显而易见。

另看一个"违"字:在第 5 回的末叶中,毛利本写作"違",而日光本的"违"字于"走"字里的部分的下面是一个"巾"字,两者明显不同。可惜第 5 回及其前后没有出现"违"字,无法与邻近的雕板联系起来加以考察。但在全书所用的"违"字中,绝大多数是同毛利本的,共有 18 处,另与日光本相同的只有 5 处。这一统计数字虽然不能作为判断第 5 回末叶孰为正版孰为补版的依据,但也可以作为一个参考。

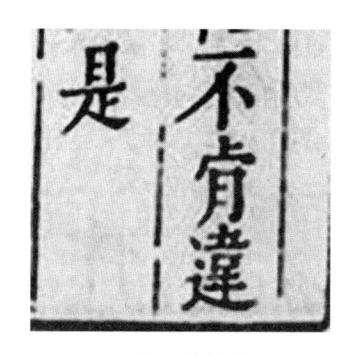

毛利本的"违" 　　　　　　日光本的"违"

四、三种主要影印本都有问题

数十年来,三种刊本是"藏在深闺人不识"①,在世间流传的只是一些影印本。影印本中最关键的是古佚本与大安本,另外联经本也有特殊的影响力。可惜的是,这三种影印本都存在着这样或那样的问题。

1933年,由马廉先生发起,用"古佚小说刊行会"的名义,集资影印了104部,自此使这部中土的词话本在社会上流传开来。可以说,在1963年日本大安本问世之前,世上所有的词话本,其源均出于此。平心而论,它对推动《金瓶梅》的研究是其功至伟。但令人从未想到的是,这一出于著名学者之手的影印本,却未恪守忠于原著的影印原则,而是在不声不响中动了手脚,从而蒙蔽了世人八十年!

古佚本最明显的手脚是刊落了大量的批点文字。今查原书上存有佚名批点者深浅不同、朱墨杂陈的旁批、眉批134条,而印在古佚本上的仅存45条,只占所有批语的33%而已。如第1回,原书本有2条批语,古佚本却是留1删1,被删去的一条是在第18叶B面第6行,写潘金莲勾引武松时筛了一盏酒,自呷了一口,剩下大半盏酒,看着武松道:"你若有心,吃我这半杯儿。"批者在"心"至"儿"旁批曰:"显出淫情,怕不得羞了。"点出了潘金莲的当时神情。第2回原有批语8条,

---

① 中土台藏本自1933年经古佚小说刊行会影印后,未见有人读过原本;同样,自1963年大安本问世后,也未见有人读过毛利本与日光本的原刊本。

留4删4,如该回第5叶第3行,写潘金莲的容貌"轻袅袅花朵身儿,玉纤纤葱枝手儿"等等时,上有眉批:"描写模样真是动人。"说明了批者很注意人物的外貌描写,实有一定的价值,却被一笔删去。接下去,原本从第3回到第13回共有11条的批语全部被刊落。与此相反,有的批语因年代久远,当初批时本身就笔墨较淡,当时的照相技术又有限,故显得很模糊,如第51回第12叶B面第2行"想起来一百年不理你"旁有批"做张致"三字,第56回第10叶B面第7行"埋头有年"旁批有"当泪下"三字,都已十分难认,却倒被影印者都仍然留下,所以不知道古佚本存删批语的标准是什么,看起来有很大的随意性。而这一动作的直接后果是,八十年来使人感到古佚本上的那些批语既少又多无价值,从而无人去问津词话本上留下的这些早期的有关《金瓶梅》的批评文字,不能不使人感到十分遗憾。

不但是批语有大量的刊落,古佚本还将一些校改文字,乃至批点符号也作删削。例如第16回第9叶B面第5行"悄悄说道:娘请爹早些去罢"句,在"娘"字旁用朱笔加了"花二"两字,以明此"娘"乃是李瓶儿而不是其他的"娘",很有必要。然在古佚本中,"娘"旁仅见数点痕迹而已,后来联经本翻印古佚本时,连这数点痕迹也没有了。至于删去批点符号的,如第3回第7行至第8行"哥的事儿就是我的事,我的事就如哥的事"中的两个"我"字与后一个"哥"字旁,原都有紫色撇点,而在古佚本中都删而不见了。

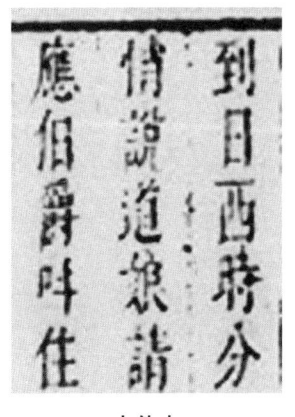

古佚本　　　　　　　　联经本

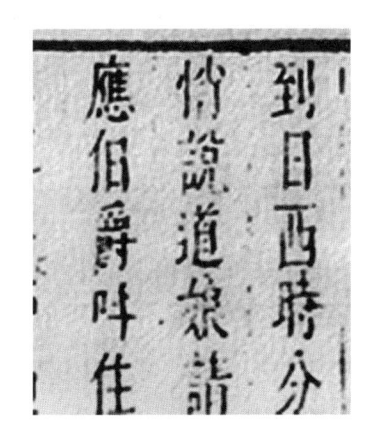

关于《金瓶梅》词话本的几个问题

　　古佚本的问题还有一些是由于当时条件的限制,未能将朱笔批改套印而留下了后患。原本上用朱笔校改的文字,特别是覆改的地方,读者本是可以清楚地看到原本被覆改的文字,而如今都用黑色来影印,就使读者看不清楚经涂抹的原字是什么了。如第3回第1叶第6行的"祸到头来撼不知"中的"撼"字,原本用朱笔改成"搥"字,下面的原字还是十分清楚的,而古佚本影印时,就显得模糊不清,使读者看不清楚究竟是何字了。

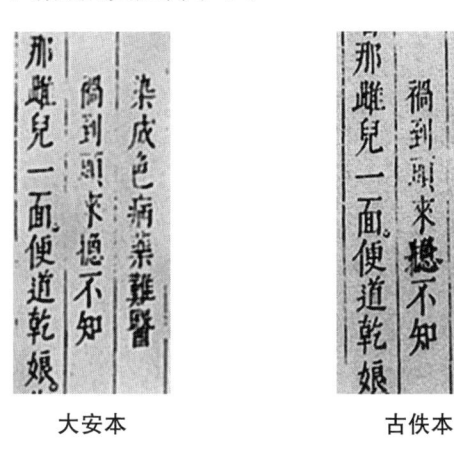

大安本　　　　　　　　　　古佚本

　　有的原用朱笔覆改,本也可以约略看清原本为何字,而古佚本改成墨色后,就不明原字是什么了。如第14回第6叶B面倒数第1行,原本将"浊不料"中的"不"字覆改成"坯"字,再用墨色一印,就完全看不清原本中的"不"字了。

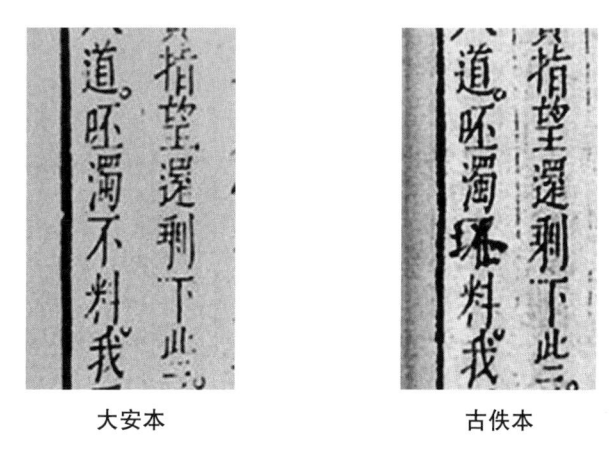

大安本　　　　　　　　　　古佚本

抉精要以会通

原本中用朱笔修改的地方经墨印后一般都能看清这里曾经修改过，但个别在某字中添加笔画的，就很难看出来已经修改的痕迹了。如第8回第9叶，在大安本中有这样一段话：

> 武松自从领了知县书礼，离了清河县，送礼物驮担到东京朱太尉处下了书礼，交割了箱驮，街上各处闭门了几日，讨了回书，领一行人，取路回山东大路而来。

记得1986年笔者在东京大学东洋文化研究所图书馆看书的时候，时任所长的尾上兼英教授正在指导研究生读《金瓶梅》。当他们用大安本读到这一段文字时，读不懂"各处闭门了几日"是什么意思，就叫我上去。我一看，也不懂其意。好在当时他们摊在台上有好几种版本的《金瓶梅》，我就拿起了一部香港覆印古佚本的词话本，一看这句话变成了"各处闲行了几日"，这就完全通了。这里的"行"字是用墨笔点掉了原来的"门"字，在旁边加了个"行"字，显然是改过的，然而"闲"字未见丝毫修改的痕迹。前年在日本看毛利本时，笔者注意了这个字，确实是个"闭"字。后来又看了台藏本，才解开了笔者心中所藏近三十年的谜底：原来在原本上是用朱笔在"闭"字内加了一点，变成了一个"闲"字。经古佚本影印后，红点变成了黑点，当然就不见任何痕迹了。假如没有大安本（毛利本）的存在，世上就永远不知原本是一个"闭"字了。

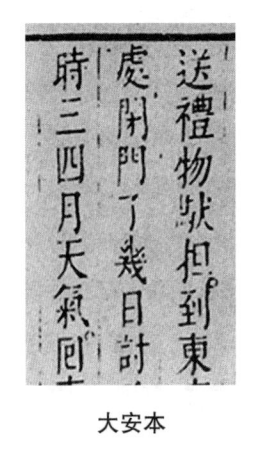

大安本　　　　　　古佚本

以上所说古佚本影印的一些问题,应该说,都并非是影印者有意造假,因为印者本无牟利的意图,只是当时没有充分重视忠于原本的原则,且在主观上并不认识那些批语与校改文字的重要性,制作的技术也存在着一些问题,这就在客观上造成了不良的后果,给后来的翻印者带来了严重的隐患。

自古佚本后,在词话本的影印本中,1978年由台湾联经出版事业公司影印的联经本曾受到人们的高度重视,因为它不同于过去所有影印的词话本那样都是缩印的,而是放大至原本一样大小,且将批校文字与一些符号用红色加以套印,制造了一种酷似原本的假象,甚至连笔者也一度怀疑它是直接用台北"故宫"藏本影印的。这次看了台北的原本之后,使笔者大失所望,确认联经本的影印是一种商业行为,其作伪是完全出于自觉的。请看其卷首"出版说明"是作了这样的宣传:

> 这一部联经版的《金瓶梅词话》就是依据傅斯年先生所藏古佚小说刊行会影印本,并比对"故宫博物院"珍藏的万历丁巳本,整理后影印。

这里的问题是,后一句"比对'故宫博物院'珍藏的万历丁巳本"云云全是谎话,实际上压根儿没有"比对"过台北"故宫"所藏原本的一处地方。假如真的"比对"了"故宫本",哪怕是走马看花式的浏览一下,怎么会遗漏了约67%的批语呢?就以开头不远的第2回来看,原本共有批语8条,而联经本只录了古佚本所留的4条。所以无法使人相信在整理影印时是真正"比对"了现藏"故宫"的原本。其余校改文字,也没有见到一例"比对"过原本的地方。看到的只是联经本中有的,在古佚本中都有;若是古佚本中没有的,联经本中也就没有;没有找到一条古佚本中遗漏的,而在联经本中出现的原本中的文字。这说明了联经本与台藏原本没有任何直接的关系,它完全是从古佚本而来。

再看联经本所用的颜色。原本的批校语所用的颜色是不一样的,除了朱墨两色之外,还有深红、淡红、紫色、淡墨与深墨等不同。今联经本只用朱墨两色,不加细别,这也罢了。问题是由于没有"比对"原本,所以究竟哪里当用朱色,哪里当用墨色,就完全处在瞎猜的状态中,往往是朱笔处却用了墨笔,该黑色的却成了红色,特别是将一些黑色的批评文字想当然地全部改成了红色。比如,第

69回有2处墨批、第76回有8处墨批,都想当然地改成了朱批。

至于校改文字,量更大,问题也更多。比如第1回第3叶A面第5行"这情色二字"中的"二字"旁原有朱点,现联经本因未见原本而照抄古佚本用了墨点。同回第11叶A面第3行原本中的"攘"字,用墨圈掉了"扌",再在下旁墨添"嚷"字,而联经本都想当然地改成了红色。

此外,不少批校文字是重新描摹而并非影印的,笔迹与原本、古佚本都明显不同。比如,第2回第8叶A面第6行"老身做了一世媒"处批有"牵合得好"四字,原批很淡,联经本则明显描摹加深,笔迹有所不同。第14回第9叶B面第4行"一来热孝在身,二者拙夫死了"处,原批"好做他小,那知热孝"数字是用紫色笔批的,今也改成红色,且笔迹也大异。

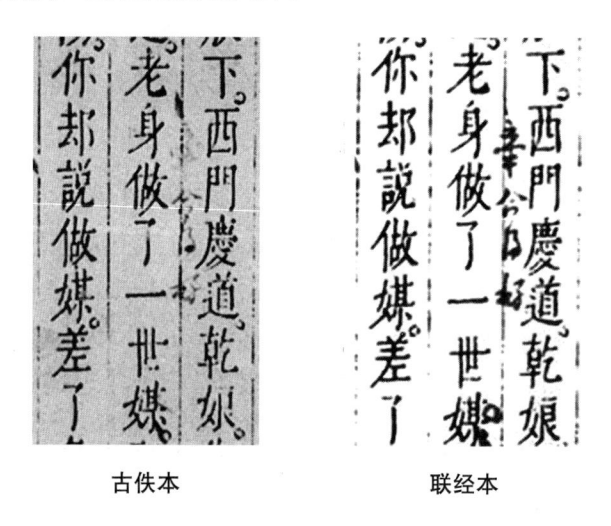

          古佚本   联经本

诸如此类,例不胜举,都说明了所谓"比对故宫博物院珍藏的万历丁巳本"云云完全是一句谎言。

再看联经本是否完全"依据傅斯年先生所藏古佚小说刊行会影印"呢?也没有。恰恰相反,它对古佚本作随意改动处比比皆是,如第1回第11叶A面第2行,据毛利本原文有"白日间只是打酊"一句,台藏本原用墨笔将"酉"覆改成了"目",将"屯"字加粗,在古佚本中就直接印成了一个"盹"字,而联经本不但改用了朱笔,而且没有覆改在原字上,只是将原字朱点了一下,然后用朱笔将"盹"字写在旁边,不但与"故宫"藏原本不一样,而且也有异于古佚本。

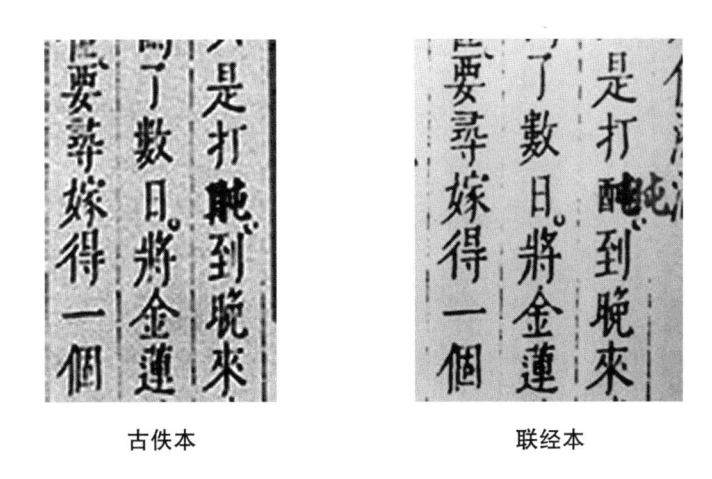

古佚本　　　　　　　　联经本

相同的情况再如第 4 回第 6 叶 A 面第 3 行,大安本原文是"等言战斗不开言","故宫"藏本将"言"字用墨笔直接覆改成"闲"字,联经本却用朱笔将"言"字点掉后,另在旁边添加一"闲"字,完全不同于古佚本了。

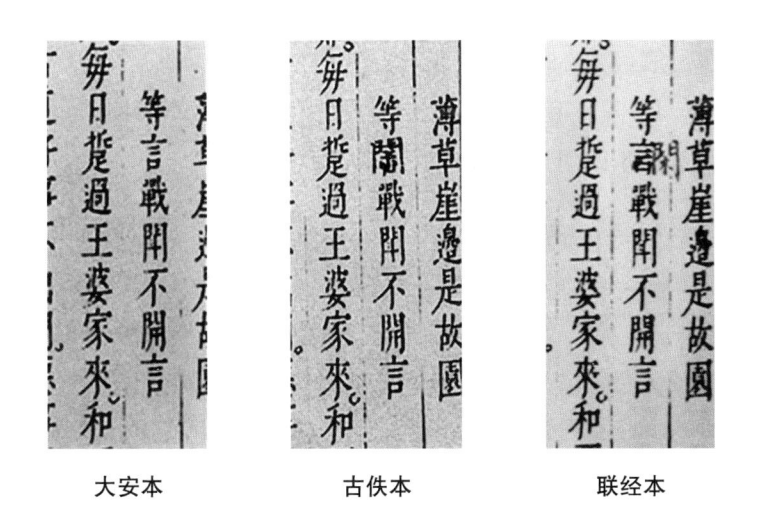

大安本　　　　古佚本　　　　联经本

再如第 12 回第 6 叶 B 面倒数第 1 行,大安本中原文有"颇露出去用"一句,

抉精要以会通

其中"去用"两字在台藏本中用墨笔覆改成"圭角",被改后就根本看不清原字是什么了。在古佚本上,当然也只是印下了"圭角"两字,然联经本没有依照古佚本影印,而是参照了大安本后,在正文中印上了"去用"两字,然后用朱笔点掉,再在旁边添加了一个"圭角"(因此我颇怀疑联经本在有的地方是将大安本作为底本,然后将古佚本上的批校文字复制上去的),完全有别于古佚本了。这样的例子触处皆是,这怎么能说是依照了古佚本来影印的呢?

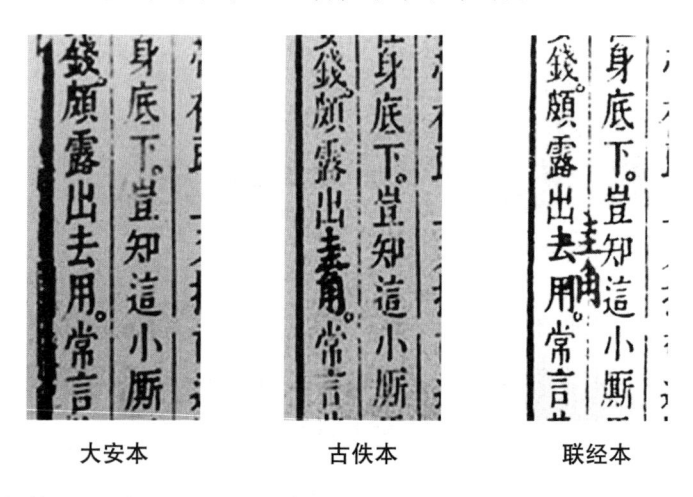

大安本　　　古佚本　　　联经本

除此之外,联经本在一些地方套印批语时,与古佚本的原有位置相较,也有出入。如第85回第10叶B面的"梯"字,古佚本按台藏本影印,将原"扌"旁墨改成"木"旁,联经本改用朱笔,改笔又远离了原来的"扌"字:

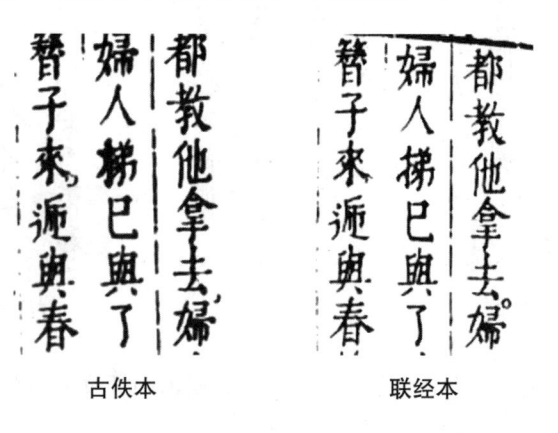

古佚本　　　联经本

关于《金瓶梅》词话本的几个问题

又如第 92 回第 14 叶 B 面第 3 行中的"打死"两字,联经本与古佚本明显不同,不但在上面少添了一个"逼"字,且一点与"死"字都偏向了左边,覆在了原字的上面了。当然,这类错误,或许是印刷过程中产生的,但也不能不算是有异于古佚本了吧。

古佚本　　　　　　　　　　　联经本

总之,声名很大的联经本既未"比对"过"故宫"藏原本,也未忠实于古佚本,是欺人不能查阅原本与较难读到古佚本而向世人撒下了一个弥天大谎。

大安本的工作在主观上是想忠于原刊的。它以毛利本为底本,尽力汰去其纸张与印刷中有问题的叶面,择取日光本中完整而清晰的叶面来补全,从而影印出一部最接近原刊的本子。编辑们的工作细致之处还在于卷末附有《日光本采用表》与《修正表》,分别交代了将毛利本作为底本的基础上采用日光本的叶码,以及一些个别修正的文字。今将毛利本与大安本相校,发现其用日光本来取代的叶面基本上是合理的。因而它得到了较高的声誉,也是理所当然的。但是,他们的工作看来还是比较匆忙,因而也存在着不少选择有误、处理不当的问题,以下就略举数例并稍作说明。

以次换好,补配不当。《日光本采用表》所列第一例就有问题。此例是大安本第一卷第 56 叶第 2 回第 8 叶 B 面。此叶的毛利本完整、清晰,大安本却莫名

抉精要以会通

其妙地弃之不用，选了于第 2 行缺了第 1 个字"便"的日光本，真是匪夷所思。这就造成了大安本于此叶缺了一个字。①

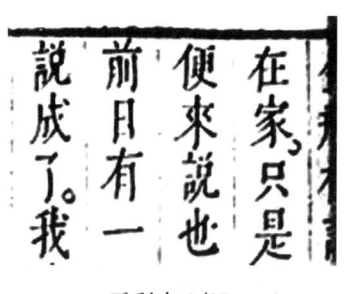

毛利本 2/8B 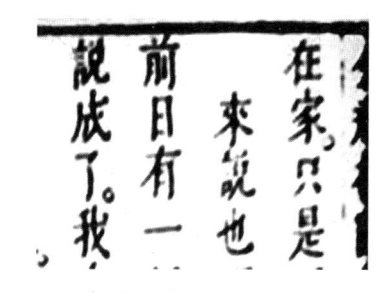　　　　　　　　　大安本 2/8B 缺字

《修正表》的第一例同样也存在问题。此例见第 1 卷第 5 叶第 1 回第 3 叶的 A 面。此叶第 1 行的第 23 字是"着"字，毛利本十分清楚，日光本此字残，大安本却选用了残缺此字的日光本，再作"修正"说明，真是多此一举。

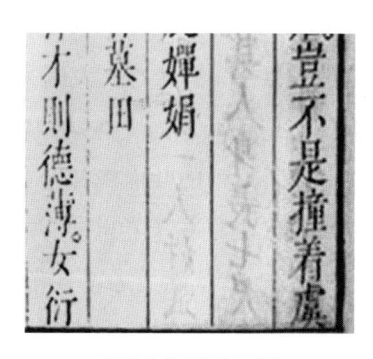

毛利本"着"字不缺 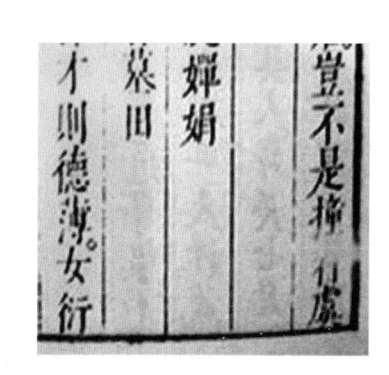　　　　　　大安本残"着"字

同一回第 7 叶正面第 1 行第 23 字，毛利本不缺字，而大安本则缺了一个

---

① 本文所据大安本，是 1963 年 8 月的初印本，后来的盗印或翻印本多有添补，已背离"一概据原刊本而不妄加臆改"的原则（"例言"）。

"中"字,当为错选了日光本,然后再作"修正"。此类"修正"与"说明"显然都无必要,而是自找麻烦,故作多情,且直接导致大安本的正文留下了一些缺字空白,降低了印本的质量。

再有一类补配不当的是,尽管日光本没有缺损漏字,但字迹不清,结果就选用了不清楚的替代了本来清楚的毛利本。如第 18 回第 1 叶 B 面,其第 10 行首两字为"瞿叔",毛利本很清楚,而大安本却模糊难辨,显然是误选了模糊不清的日光本所致。类似的如第 28 回第 8 叶 A 面第 3 行第 10 字"陞"、第 100 回第 8 叶第 2 行第 11 字"炕",也是毛利本清楚而大安本难以辨认。其他如第 8 回第 5 叶 B 面、第 31 回第 15 叶 B 面、第 49 回第 6 叶 A 面,都存在着类似的情况。

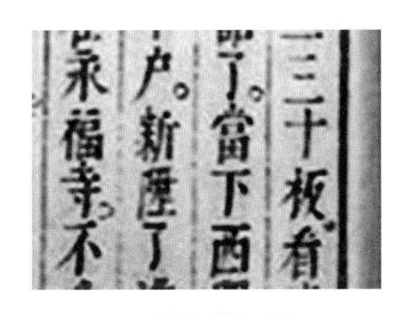

毛利本"陞"字清楚 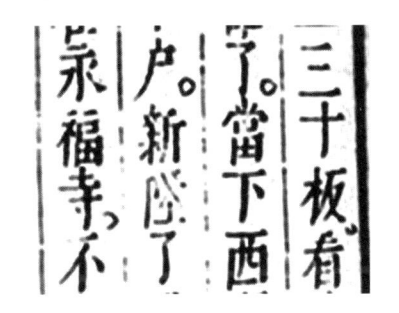　　　　　　　　大安本"陞"字模糊

工作粗疏,列表有误。大安本所附两表,对于读者了解本书采用两本叶面的具体情况是有帮助的,但其在制作过程中也有一些错误。如《修正表》第 5 叶最后一行到第 6 叶开头二行,连续三行分别记录了第 37 回第 7 行、第 8 行所修正的三个字,实际上这都不是在第 37 回,而是在第 39 回的。看来,这并非是排印时的误植,而是提供的底稿就已搞错了。

另有,实际上是采用了日光本,而在表上没有反映出来。如第 53 回第 11 叶 A 面最后二行,毛利本因用了补过的纸而有多字模糊不清,第 13 叶 A 面第

4、5、6行第一字毛利本也未印好,大安本实际用的是日光本,这些在表上都未说明。

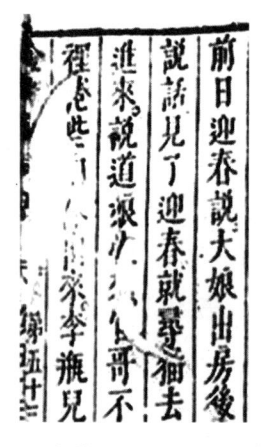

毛利本第53回实浸漶不清　　大安本实用清楚的日光本

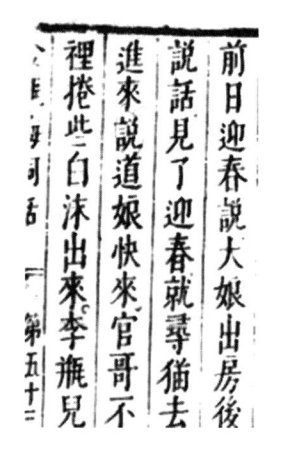

　　以上这些,都是在匆忙阅读之中发现的大安本的疏误、不善之处,假如有时间、有条件细细校读的话,或许会发现更多的问题。

　　今从大安本、古佚本、联经本三种影印本的问题来看,大安本是力图忠于原本的,所产生的一些问题主要是在拼凑两本的工作过程中的疏忽所致;古佚本的问题是忠于原本的意识不强,当时的技术条件也有限,在客观上留下了近一个世纪的隐患;而联经本的影印是一种商业行为,主要是为了牟利而故意造假。时至今日,明知现藏于台北"故宫"的词话本品相最佳,所批所校的文字也有价值,那么认真、忠实地将它影印面世而使"孤本不孤","以一化万",使《金瓶梅》的出版与研究跨上一个新的台阶,实为众人所盼。

　　[附记]　2012年,笔者于日本阅读了毛利本,曾写就《毛利本〈金瓶梅词话〉读后》一文,作为2013年台湾嘉义大学举办的"第五届中国小说与戏曲国际学术研讨会"的会议论文。会后,在台北"故宫博物院"读了台藏本《金瓶梅》,写了《台北"故宫博物院"藏〈金瓶梅词话〉读后》一文,作为"中国明代文

学学会(筹)第九届年会暨 2013 年明代文学国际学术研讨会"的会议论文。后于 11 月再赴台北阅读台藏本之后,又写成《关于中土词话本影印失真的问题》,作为 2014 年"第十届(兰陵)国际《金瓶梅》学术研讨会"的会议论文。本文即在以上会议论文的基础上重新思考、精简、修正而写成。详细可参阅以上会议论文。

原载《文学遗产》2015 年第 3 期

从《金瓶梅词话》与《水浒》版本的关系看其成书时间

谈蓓芳

众所周知,《金瓶梅词话》(以下简称《金瓶梅》)的部分故事是从《水浒传》生发出来的。《金瓶梅》的男主人公西门庆和作为女主人公之一的潘金莲都是《水浒》中原有的人物,他们两人发生私情并因而害死潘金莲的丈夫武大的情节,以及武大的弟弟武松这个人物也都是《水浒》中原来所有的。《金瓶梅》的开头五回所写的武松与潘金莲等人的故事,与《水浒传》第二十三至二十五回不但有不少类似的情节,文字也颇有相同或联系密切之处。但是,《水浒传》的版本很复杂,既有繁本和简本之别,繁本与繁本之间、简本与简本之间又不尽相同。那么,《金瓶梅》这些内容所依据的到底是《水浒传》的繁本还是简本?又是怎样的繁本或简本?对此,虽有学者曾加以注意,但似尚有进一步考辨的必要,因为这一问题不仅牵涉到《金瓶梅》与《水浒传》之间的版本关系,并进而影响到我们对《金瓶梅》成书时间的判断。故特撰此文略加论述,并以求正于方家。

一

据我所知,目前一般的研究者都认为《金瓶梅》所根据的是繁本《水浒

从《金瓶梅词话》与《水浒》版本的关系看其成书时间

传》①。作出这样的判断并非没有一定的道理,因为《金瓶梅》中与《水浒传》情节有关的文字尽管并不都与《水浒》一样,有些并很有差别,但其第五回写潘金莲毒杀武大的部分与天都外臣序本或容与堂本一类的繁本《水浒传》却多类似,有的段落甚至一字不差②,由此而认为《金瓶梅》作者(或其写定者,下同③)根据的是繁本《水浒传》,其与繁本《水浒传》相异之处则是该书作者在繁本《水浒传》的基础上有所删改,似乎合情合理。但是,假如我们对同样出自《水浒传》的《金瓶梅》第一回中武松打虎的文字细加考察的话,就会发现这样的判断尚可进一步推敲。

为了说明问题,现先引《金瓶梅》第一回中的一段文字如下:

> ……原来云生从龙,风生从虎。那一阵风过处,只听得乱树皆落黄叶,刷刷的响,扑地一声,跳出一只吊睛白额斑斓猛虎来,犹如牛来大。武松见了,叫声阿呀时,从青石上翻身下来,便提梢棒在手,闪在青石背后。那大虫又饥又渴,把两只爪在地下跑了一跑,打了个欢翅,将那条尾剪了又剪,半空中猛如一个焦霹雳,满山满岭,尽皆振响。这武松被那一惊,把肚中酒都变做冷汗出了。说时迟,那时快,武松见大虫扑来,只一闪,闪在大虫背后。原来猛虎项短,回头看人教难,便把前爪搭在地下,把腰胯一伸,掀将起来。武松只一躲,躲在侧边。大虫见掀他不着,吼了一声,把山岗也振

---

① 如日本上野惠司、大内田三郎教授均认为《金瓶梅》作者所据为天都外臣序本《水浒传》。见上野惠司:《「水滸伝」から「金瓶梅」へ——重複部分のことばの比較・付書き換え語句索引》(《関西大学中国文学会紀要》,1970 年 3 月第 3 号,第 119—140 页)、大内田三郎:《「水滸伝」と「金瓶梅」》(《天理大学学報》1973 年 3 月卷 24 第 5 期,第 90—107 页)。

② 如日本德山毛利氏栖息堂藏本《金瓶梅词话》卷五自第八页 B 面第四行"那武大当时哎了两声"起至第九页 A 面第五行"假哭起养家人来"一段 273 字,即同容与堂本《忠义水浒传》卷二十五第九页 A 面第三行至 B 面第四行相对应的文字全部一样。日本日光轮王寺慈眼堂藏本《金瓶梅词话》(原藏北京图书馆的《金瓶梅词话》本同)与容与堂本相比虽有两个字的异文,但其有异文的一页显系后刻(如该页中的"说"字皆刻作"說",与其前后诸页的刻作"説"有别,而毛利家藏本此页的"说"字均刻作"説",与其前后诸页一致)。

③ 《金瓶梅词话》是个人创作抑或由一人最后写定的世代累积型作品在学术界尚有不同意见,本文对此问题不拟涉及,故两说并存。

动。武松却又闪过一边。原来虎伤人，只是一扑、一掀、一剪，三般捉不着时，气力已自没了一半。武松见虎没力，翻身回来，双手轮起梢棒，尽平生气力只一棒。只听得一声响，簌簌地将那树枝带叶打将下来。原来不曾打着大虫，正打在树枝上，磕磕把那条棒折做两截，只拿一半在手里。这武松心中也有几分慌了。那虎便咆哮性发，剪尾弄风起来，向武松又只一扑，扑将来……①

再把此跟容与堂本《忠义水浒传》的相关文字比勘一下（一般认为天都外臣序本《水浒传》较容与堂本为早，但该本存在一些复杂情况，当于另文讨论；故本文引繁本《水浒传》均据容与堂本）：

原来但凡世上云生从龙，风生从虎，那一阵风过处，只听得乱树背后扑地一声响，跳出一只吊睛白额大虫来。武松见了，叫声"呵呀"，从青石上翻将下来，便拿那条梢棒右手里，闪在青石边。那个大虫又饥又渴，把两只爪在地下略按一按，和身往上一扑，从半空里窜将下来。武松被那一惊，酒都做冷汗出了，说时迟，那时快，武松见大虫扑来，只一闪，闪在大虫背后。那大虫背后看人最难，便把前爪搭在地下，把腰胯一掀，掀将起来。武松只一躲，躲在一边。大虫见掀他不着，吼一声，却似半天里起个霹雳，振得那山冈也动，把这铁棒也似虎尾倒竖起来只一剪。武松却又闪在一边。原来那大虫拿人，只是一扑、一掀、一剪，三般提不着时，气性先自没了一半。那大虫又剪不着，再吼了一声，一兜兜将回来。武松见那大虫复翻身回来，双手轮起梢棒，尽平生气力只一棒，从半空劈将下来。只听得一声响，簌簌地将那树连枝带叶劈脸打将下来，定睛看时，一棒劈不着大虫，原来慌了，正打在枯树上，把那条梢棒折做两截，只拿得一半在手里。那大虫咆哮性发起来，翻身又只一扑，扑将来……②

---

① 见《金瓶梅词话》第一回第五页A—B面。
② 见容与堂本《忠义水浒传》第二十三回第八页A面—第九页A面。

从《金瓶梅词话》与《水浒》版本的关系看其成书时间

两相比较就可以发现:老虎伤人"只是一扑、一掀、一剪"这句话是两本都有的,但容与堂本此句之前的"把这铁棒也似虎尾倒竖起来只一剪"这句话,在《金瓶梅》中是没有的。所以,在容与堂本中,老虎伤人的"一扑、一掀、一剪"的三个过程是清清楚楚的,但在《金瓶梅》中,"一剪"的过程却没有了,致使《金瓶梅》中的"原来虎伤人,只是一扑、一掀、一剪"这句话变得难以理解:读者不知道老虎伤人的三大手段中的"一剪"是怎么回事。当然,《金瓶梅》在写"大虫扑来"时,曾有"将那条尾剪了又剪"之语,在写老虎再次向武松扑来时,又有"剪尾弄风"四字(皆为容与堂本所无),但那样的"剪尾"都只是它在扑人之前的一个附带的动作,对人并无杀伤力(能杀伤人的是它的"扑"),显然不配成为老虎伤人的三大手段之一;何况那既是其扑人的先行动作,自应包括在"一扑"之中,不应成为与"一扑"并列的另一个"伤人"的主要手段——"一剪"。所以,《金瓶梅》尽管为老虎在扑人前加了这一类描写,但仍然不能阐明老虎伤人"只是一扑、一掀、一剪"的真实含义。

这就提出了一个严重的问题:如果《金瓶梅》作者所依据的是繁本《水浒传》,那么,他为什么要把繁本《水浒传》中写得如此清楚明白的"一扑、一掀、一剪"改得如此含糊不清,以致上下文缺乏应有的联系呢?从《金瓶梅》的整体艺术水平来看,其作者绝不会如此低能。而且,他这样改的动机是什么呢?如说是为求文字的简略,那么,删去了"把这铁棒也似虎尾倒竖起来只一剪"十五个字,却又加上了"将那条尾剪了又剪"和"剪尾弄风"十二个字,也不过只少了三个字,如将"把这铁棒也似虎尾倒竖起来只一剪"句中的"这铁棒也似"五个字删去,虽不如《水浒》原句的传神,但却比现在这种删改要多省掉两个字,又不致丧失"一剪"的原意;难道《金瓶梅》的作者竟然低能到连这也想不到?

为了对上述现象作出合理的解释,我们只能舍弃《金瓶梅》作者在写此段时是在繁本《水浒传》的基础上删改的假设,而寻找另外的前提。据马幼垣先生的《插增本简本水浒传存文辑校》[①],现存的保存着武松打虎一回的《京本全像插增

---

① 按,马幼垣先生此书分上、下两册,仅见香港岭南大学中文系2004年12月试行本。

田虎王庆忠义水浒全传》和《京本增补校正全像忠义水浒志传评林》写武松与老虎的搏斗过程,皆删去了老虎伤人的"一剪"动作,但又均有"大虫拿人,只是一扑、一望(按,当为"掀"字之误)、一剪"之语。所以,上述的现象只能解释为《金瓶梅》作者在写此回时所依据的也是一种简本《水浒》①,这种本子已经没有了老虎对武松的"一剪",但却还保留着"……只是一扑、一掀、一剪"之语,《金瓶梅》作者意识到了这样的描写中缺少了"一剪"的过程,但却不知道这"一剪"是怎么"剪"的,只好凭自己的想象来补充。但究竟只是凭想象,想不到这一剪乃是"把这铁棒也似虎尾倒竖起来只一剪",所以只好想些"将那条尾剪了又剪"一类的描写来凑合。

关于《金瓶梅》作者看到过插增本简本《水浒》的事有一个确切的证据,那就是该书第一回所说的"……那四大寇——山东宋江,淮西王庆,河北田虎,江南方腊——皆轰州劫县,放火杀人,僭称王号,惟有宋江,替天行道,专报不平,杀天下赃官污吏、豪恶刁民"②。因为在繁本《水浒传》(后出的袁无涯刊本《忠义水浒全传》除外)中,皆无田虎、王庆"僭称王号"之事,只有插增本简本才有(至于宋江,《金瓶梅》显然不把他包括在"轰州劫县,放火杀人,僭称王号"之列,所以在那以后紧接着就是"惟有宋江"云云)。

二

在《金瓶梅》的第一回中,除了此段文字以外,还有一段也很能显示出其出于简本《水浒》:

……(武松)在路上行了几日,来到阳谷县地方。那时山东界上有一座景阳岗,山中有一只吊睛白额虎,食得路绝人稀,官司杖限猎户擒捉此虎。

---

① 据马幼垣先生研究,在《京本全像插增田虎王庆忠义水浒全传》之前应该还有较此本删节少的简本(见其《两种插增本〈水浒传〉研究——兼据辑校插增本所获的新知去探讨〈水浒传〉的演化过程》,载《插增本简本水浒传存文辑校》上册,第40—44页),所说甚是。关于此点,我在下文还将论及。

② 见《金瓶梅词话》第一回第三页B面。

岗子路上，两边都有榜文，可教过往经商结伙成群，于巳、午、未三个时辰过岗，其馀不许过岗。这武松听了，呵呵大笑，就在路旁酒店内吃了几碗酒，壮着胆，横拖着防身稍棒，浪浪沧沧，大叔步走上岗来。①

从这一段中的"这武松听了，呵呵大笑"之语，可知在这之前一定是有人在对武松说话，以致引起了武松"呵呵大笑"的后果。但就这一段文字来看，在此句以前并没有人向武松说过什么话，那么，这两句没头没脑的话是怎么来的呢？

如与繁本《水浒传》相对照，就可以知道：《金瓶梅》此段中的"(武松)在路上行了几日，来到阳谷县地方"，在繁本《水浒传》中乃是"武松在路上行了几日，来到阳谷县地面"，至于上引"那时山东界上"直至"其馀不许过岗"的一段叙述，在繁本《水浒传》中是没有的。繁本《水浒传》于"来到阳谷县地面"后，即叙其到一酒店中喝酒，在临离开酒店时，酒家对他说："如今前面景阳冈上有只吊睛白额大虫，晚了出来伤人，坏了三二十条大汉性命，官司如今杖限打猎捕户擒捉发落。冈子路口两边人民都有榜文：可教往来客人结伙成队，于巳、午、未三个时辰过冈，其馀寅、卯、申、酉、戌、亥六个时辰不许过冈，更兼单身客人，不许白日过冈，务要等伴结伙而过。这早晚正是未末申初时分，我见你走，都不问人，枉送了自家性命，不如就我此间歇了，等明日慢慢凑的三二十人，一齐好过冈子。"紧接着就写："武松听了笑道：'我是清河县人氏，这条景阳冈上少也走过了一二十遭，几时见说有大虫？你休说这般鸟话来吓我。便有大虫，我也不怕！'……"②所以，《金瓶梅》中的"那时山东界上……"云云，乃是据繁本《水浒传》中酒家对武松所说的那段话改写而成，不过把酒家与武松的对话变成了作者的叙述；至于"这武松听了，呵呵大笑"则是据繁本中"武松听了笑道……"删改而成。但因为原先酒家对武松所说的话已被改成了作者的叙述，而"武松听了笑道……"中的"武松听了"四字却没有作相应的修改，以致这整段文字变成了前言不搭后语。

---

① 见《金瓶梅词话》第一回第四页 A—B 面。
② 见容与堂本《忠义水浒传》第二十三回第六页 A—B 面。

抉精要以会通

  假如把繁本《水浒传》中的上引叙述改成《金瓶梅》中的那种写法,是出于《金瓶梅》作者所为,那么,从《金瓶梅》的高度艺术水平来说,其作者实不应如此低能、拙劣。何况此段文字还留有出于简本的明显痕迹,那就是"浪浪沧沧,大拄步走上岗来"这一句。按,"浪浪沧沧",繁本作"浪浪跄跄",见于武松已经上冈以后、即将遇到老虎之前:"武松走了一直,酒力发作……浪浪跄跄,直奔过乱树林来。"把"浪浪跄跄"作为武松由山下上冈时的表现则出于简本系统,《京本全像插增田虎王庆忠义水浒全传》写武松从酒店出来,即有"武松正走,日色渐坠,沧沧浪浪,奔上来"之语①。故《金瓶梅》的"浪浪沧沧,大拄步走上岗来"之句显然源于简本;倘据繁本改写,则繁本这样的描写并无不妥之处,《金瓶梅》作者何以要将"浪浪沧沧"改为武松上冈时的表现,与上述简本相符,何况繁本的"跄跄"在《金瓶梅》和《水浒》简本中都误成了"沧沧"?

  既然《金瓶梅》的"浪浪沧沧,大拄步走上岗来"是源于简本《水浒》,那么,把"武松听了,呵呵大笑"这样前言不搭后语的叙述,理解为《金瓶梅》作者的低能、拙劣所导致,实不如视为也是因袭简本而来;因为正如马幼垣先生所指出的,"各种简本都是漏字盈篇,文意文法不断遭践踏的所谓作品。任谁也写不出那些乱七八糟,句不成句的句子。……那些糟透的所谓句子只会是盲目乱删一顿的产品……"②

三

  我的上述推论很可能会招致如下的质疑:假如《金瓶梅》第一回关于武松部分的描写,是以《水浒》简本为依据的,那么,作为其依据的这种简本在哪里呢?

---

① 按,繁本的"浪浪跄跄"本为"踉踉跄跄"之误("浪"与"踉"为校勘学上所说的以形近致误),"踉踉跄跄"为行路不稳的样子(参见《辞海》"踉跄"条),这是武松"酒力发作"所导致的;而把繁本的"跄跄"写成"沧沧"乃是进一步的错误。

② 马幼垣《两种插增本〈水浒传〉研究——兼据辑校插增本所获的新知去探讨〈水浒传〉的演化过程》,见《插增本简本水浒传存文辑校》上册,第60页。

从《金瓶梅词话》与《水浒》版本的关系看其成书时间

迄今所见的各种《水浒》简本没有一种是符合被《金瓶梅》作者作为其写作第一回依据的简本的条件的。例如,《金瓶梅》是写了老虎对武松"一掀"的动作的,但却根本没有武松与酒家在酒店中的对话。现存的简本有哪一种是同时符合这两个条件的呢?

对此,我的回答是:第一,当时的简本很多,光在万历十七年以前的简本就有好多种,但目前已发现的简本属于万历十七年以前的至多只有两种,也许一种都没有(说见下)。第二,如上所述,以《金瓶梅》作者的艺术才能,他在写第一回时如是以繁本《水浒传》为依据,绝不会出现上述那样的败笔。第三,在第一回中确有《金瓶梅》作者看到过插增本简本《水浒传》及其某种描写(即关于武松出了酒店后"浪浪沧沧,大拽步走上岗来"的那句话)出自简本的痕迹。那么,把《金瓶梅》第一回的上述毛病视为其所依据的简本原有的缺陷,作者一时没有发现(如"武松听了"之与上文不相衔接)或虽然发现了但却无法弥补得天衣无缝(如老虎的"一剪")的结果,岂不是更合理吗? 怎能因为至今尚未发现(或许已永远无法发现)其所依据的简本而否定此一推断呢?

现在,对于上述第一点略加阐释。

胡应麟《少室山房笔丛》卷四十一《庄岳委谈》下有一段记载:

> 余二十年前所见《水浒传》本,尚极足寻味。十数载来,为闽中坊贾刊落,止录事实,中间游词馀韵、神情寄寓处,一概删之,遂几不堪覆瓿。复数十年,无原本印证,此书将永废矣。余因叹是编初出之日,不知当更何如也。①

《庄岳委谈》作于万历十七年(据《庄岳委谈》卷首《小引》的自署),所以,从这段话里我们至少可以获知这样一些信息:第一,胡应麟在万历十七年(1589)的二十年前——即隆庆(1567—1572)年间——所见到的"《水浒传》本"就已经是经

---

① 见〔明〕胡应麟《少室山房笔丛》卷四十一辛部《庄岳委谈》下,中华书局1958年版,第572页。

过删节的本子了,因为文中有"余因叹是编初出之日,不知当更何如也"的话,这意味着《水浒》初出时比其当时所见到的此种本子要好得多,可惜他已无法看到(或无法完整地看到);只不过这种本子删节很少,所以"尚极足寻味"。第二,对《水浒》简本的删改经历了一个过程,这个过程至少持续了二十年(删节本至迟出现于隆庆时期);在这个过程中,《水浒》已经越删越简、越删越糟[1],成了"几不堪覆瓿"的本子。由此可知,从隆庆到万历十七年之间,闽中坊贾出过好些简本,并呈现出水平日益下降的趋势。

另一方面,目前虽还保存着为数不少的《水浒》简本,但据马幼垣先生考证,现存的极大多数简本都后于万历二十二年所出的《忠义水浒志传评林》[2],大致在《评林》之前的只有两种简本(即他的所谓"插增甲本"和"插增乙本"),而这两种本子只能断定其出于万历时期,也即从万历元年到万历二十二年之间[3]。

也正因此,现存的简本中出现于万历十七年之前的至多只有两种,也许连一种都没有。

四

在论证了《金瓶梅》第一回所依据的《水浒》乃是简本之后,就必须回答一个问题:《金瓶梅》第五回写潘金莲在王婆协助下毒杀武大的一段所依据的明明是繁本,那么,为什么《金瓶梅》作者写第一回时要以简本为依据呢?

对这个问题唯一合理的解释是:《金瓶梅》作者得到过《水浒》繁本的一种残本,这种残本中虽有潘金莲与西门庆偷情及毒杀武大等事,但却没有武松打虎这一回,所以他在写《金瓶梅》第一回时只能以简本为依据了。

---

[1] 这不仅从文中"尚极足寻味"到"几不堪覆瓿"到"将永废矣"这样的用词可以推知,在上举马幼垣先生的论文中也有大量例证可以说明这一点。
[2] 见《现存最早的简本〈水浒传〉》,载马幼垣《水浒论衡》,生活·读书·新知三联书店 2007 年版,第 86 页。
[3] 同上,第 87—88 页。

还应补充的是：《金瓶梅》作者所得到的繁本不仅是残本，而且中间还有缺页。例如，自潘金莲在收帘子时失手打了西门庆后，直到王婆说十条挨光计之前，《金瓶梅》所依据的都是繁本，只不过在这基础上有时又增加若干或略作修改①，但在写十条挨光计时，不但文字又颇有省略，而且有的明显不通。如以下一段，《水浒传》繁本是这样的：

> ……我便请他家来做，他若说"将来我家里做"，不肯过来，此事便休了。他若欢天喜地，说"我来做，就替你裁"，这光便有二分了。若是肯来我这里做时，却要安排些酒食点心请他；第一日你也不要来。第二日他若说不便当时，定要将家去做，此事便休了。他若依前肯过我家做时，这光便有三分了。这一日你也不要来。到第三日晌午前后，你整整齐齐打扮了来……②

但在《金瓶梅词话》中，这段却是如此：

> ……他若欢天喜地，说"我替你做"，不要我叫裁缝，这光便有一分了。我便请得他来做，就替我裁，这便二分了。他若来做时，午间我却安排些酒食点心请他吃，他若说不便当，定要将去家中做，此事便休了。他不言语吃了时，这光便有三分了。这一日你也莫来。直到第三日晌午前后，你整整齐齐打扮了来……③

两相对照，二者不但有繁简之别，而且《金瓶梅》由于省去了"第一日你也不要来，第二日"十一个字，上下文就联系不起来了。因为潘金莲第一日既然肯到王婆家来做了，在她家吃点点心乃是正常之事，而且第一日吃了点心，并不等于第二日她还肯继续来做，何以吃了点心就意味着"这光便有三分了"，以致西门庆第三日就可以到王婆家来会潘金莲？《金瓶梅》作者在从西门庆与潘金莲见面

---

① 请对照《金瓶梅词话》(香港太平书局影印"古佚小说刊行会"影原北京图书馆藏本)第二回第四页B面—第十一页B面与容与堂《忠义水浒传》第二十四回第十五页B面—第二十一页B面。因原文颇长，不予引录，以省篇幅。

② 见容与堂本《忠义水浒传》第二十四回第二十二页A—B面。

③ 见《金瓶梅词话》第三回第二页B面。

抉精要以会通

起到王婆说"挨光计"之前为止,不仅以繁本为依据,而且把繁本原有的描写润色得更精彩①;此处不应改得如此拙劣。故其所依据,当是简本。换言之,其所依据的残本繁本此处又有缺页,所以只能以简本来补。这也就意味着,他所得到的繁本不仅是残本,而且残缺得相当厉害。

学术界一般认为天都外臣序本刊行于万历十七年,如果此说可以信据,那么《金瓶梅词话》的写作若在万历十七年之后,则要找到一个完整的繁本并非难事,怎会以如此残损的繁本为依据,以致在好些地方只能依据简本?因此,《金瓶梅词话》的写作当在万历十七年之前,而其所依据的残缺的《水浒传》繁本必然是天都外臣序刊本以前的本子。如此说不尽可据,那么,《金瓶梅词话》的写作也必然在万历二十四年之前,因为袁宏道在这一年至少已看到过《金瓶梅》的上半②。

不过,胡应麟在隆庆年间所看的简本《水浒》还是"尚极足寻味"的,是在他写《庄岳委谈》的万历十七年以前开始的"十数载来",《水浒》简本才被越改越坏以致"几不堪覆瓿"的;而《金瓶梅词话》作者所据的《水浒》简本,在武松打虎的描写中已经把老虎"一剪"的动作也删去了,以致紧接着的"原来虎伤人,只是一扑、一掀、一剪……"之语没了着落,显然已远不是隆庆时的"尚极足寻味"之本,而当是万历时的越删越糟的本子。倘若《金瓶梅词话》写于隆庆时,大概还找不到这样的本子。由此言之,《金瓶梅词话》的写作也不可能早于隆庆时。

---

① 如西门庆在见到潘金莲后的第二天,又到王婆处来吃茶,容与堂本《水浒传》是:"西门庆道:'干娘相陪我吃个茶。'王婆哈哈笑道:'我又不是影射的。'西门庆也笑了一回,问道:'干娘,间壁卖甚么?'王婆道:'他家卖栟蒸河漏子,热汤温和大辣酥。'西门庆笑道:'你看这婆子,只是风。'王婆笑道:'我不风,他家自有亲老公。'"《金瓶梅词话》则作:"西门庆道:'干娘相陪我吃了茶。'王婆哈哈笑道:'我又不是你影射的,缘何陪着你吃茶?'西门庆也笑了一会,便问:'干娘,间壁卖的是么?'王婆笑道:'他家卖的,拖煎河漏子,干巴子肉翻包着菜肉匾食,饺窝窝蛤蜊面,热汤温和大辣酥。'西门庆笑道:'你看这风婆子,只是风。'王婆笑道:'我不是风,他家自有亲老公。'"相比之下,《金瓶梅词话》增了好些字句,并显然比原有的描写更生动传神。

② 见袁宏道《董思白》,《袁宏道集笺校》,上海古籍出版社1981年版,第289页。

最后，顺便说一说，胡应麟显然认为他在隆庆时看到的"尚极足寻味"之本已是简本而非原本，所以有"余因叹是编初出之日，不知当更何如也"之语。然而，他既没有看到过原本，而那些"尚极足寻味"的简本又绝不会自己标明为简本，胡应麟又怎么知道那些是简本而非原本的呢？想来，胡应麟大概也像《金瓶梅词话》作者那样看到过原本的残本，虽则分量很少，只能"窥豹一斑"，但却已使他明白那些"尚极足寻味"之本并非原本，并进而产生"余因叹是编初出之日，不知当更何如也"的感慨了。

原载《复旦学报（社会科学版）》2009年第3期

李梦阳与晚明文学新思潮

章培恒

中国的明王朝自万历年(1573—1619)起就进入了晚期。在晚明时期,有一种新的文学思潮令人注目。它的主要内容,是主张文学勇敢地、不受束缚地抒写个人的思想感情。那是跟以李贽(1527—1602)为代表的肯定人的欲望,要求个性自由的观点联系着的,说得更确切些,晚明文学的新思潮实以上述观点为基础。所以,推进这种新思潮的最优秀的选手如汤显祖(1550—1616)、袁宏道(1568—1610)等,都对李贽十分钦佩,甚或尊之为师。不过,这种新思潮并不是在晚明突然产生的,它至迟萌芽于明代正德年间(1506—1521)。作为此一萌芽的代表的,乃是前七子之首的李梦阳(1473—1530)。但在国内的研究著作中,往往仅把李梦阳视为晚明文学新思潮所反对、否定的对象,而忽略了二者之间的继承关系。拙作的目的,则在对这种继承关系加以探讨和阐明。

一

钱谦益说:"万历中年,王、李之学盛行,黄茅白苇,弥望皆是。文长(徐渭)、义仍(汤显祖),崒然有异,沉痼滋蔓,未克芟薙。中郎(袁宏道)……乃昌言击排,大放厥辞。""中郎之论出,王、李之云雾一扫,天下之文人才士始知疏瀹心灵,搜剔慧性,以荡涤摹拟涂泽之病,其功伟矣。"(《列朝诗集》丁集中《袁稽勋宏道》)他在这里显然把袁宏道与王、李——后七子中的王世贞、李攀龙——完全对立起来的。他在下文中又说:"譬之有病于此,邪气结辖,不得不用大承汤下之。……北地、济南,结辖之邪气也;公安泻下之,劫药也;……(同上)"北地、济南",指李梦阳、李攀龙。可见他又是把李梦阳与李攀龙等人等量齐观的。在他的心目中,他们都是被作为"劫药"的袁宏道所"泻下"的"邪气"。也许可以说,这是一种把李梦阳与晚明文学新思潮完全对立起来的很有代表性的观点,后来的研究著作中的许多类似的看法,常是受它的影响。

不过,袁宏道自己对李梦阳的态度却与对王世贞、李攀龙的不同,对王世贞的与对李攀龙的又有区别。

袁中道《吏部验封司郎中中郎先生行状》说:"先生既见龙湖,始知一向掇拾陈言,株守俗见,死于古人语下,一段精光不得披露。至是浩浩焉如鸿毛之遇顺风,巨鱼之纵大壑。能为心师,不师于心;能转古人,不为古转。发为语言,一一从胸襟流出,盖天盖地,如象截急流,雷开蛰户,浸浸乎其未有涯也。"(《珂雪斋文集》卷九)这清楚地说明:袁宏道是在其老师龙湖(即李贽)的指点下,形成其反对模拟、要求出自性灵的文学观的。毫无疑问,这种文学观与李贽在《童心说》(《焚书》卷三)中所提出的主张是一致的。但是,李贽却对李梦阳十分推崇。

> 如空同先生,与阳明先生同世同生,一为道德,一为文章,千万世后,两先生精光具在。……人之敬服空同先生者,岂减于阳明先生哉?(明顾大韶编《李温陵集》卷六《与管登之书》)

此文虽不见于现存明刻本《焚书》,但现存《焚书》已非李贽生前所刊的原本,未必原本也无此文。换言之,不能因此而把它作为后人伪作。又,明万历间周晖所撰《金陵琐事》卷一《五大部文章》说:

> 太守李载贽,字宏甫,号卓吾,闽人。……常云:"宇宙有五大部文章:汉有司马子长《史记》,唐有杜子美集,宋有苏子瞻集,元有施耐庵《水浒传》,明有李献吉集。"余谓:"《弇州山人四部稿》更较弘博。"卓吾曰:"不如献吉之古"。

李载贽即李贽。因李贽与周晖曾就此问题有所讨论,周晖在此条中所记李贽之语,显然并非从别人处间接听到的。所以,纵使《与管登之书》系后人伪作,但李贽对李梦阳极为推崇则是无疑的。由此可见,李贽的文学思想与李梦阳在文学方面的表现至少应基本合拍。那么,在李贽的指点下形成与李贽一致的文学观的袁宏道,实在也不会对李梦阳全盘否定,深恶痛绝。当然,肯定的程度有所不同,那是完全正常的。

袁宏道对李梦阳的评价,集中体现在以下的诗句中。

> 草昧推何李,闻知与见知。机轴虽不异,尔雅良足师。后来富文藻,诎理竟修辞。挥斤薄大匠,裹足戒旁歧。模拟成俭狭,莽荡取世讥。直欲凌苏柳,斯言无乃欺。当代无文字,闾卷有真诗。却沽一壶酒,携君听《竹枝》。(钱伯城氏笺校《袁宏道集笺校》卷二《答李子髯》其二)

"草昧"乃创始之意。《周易·屯》的象辞说:"天造草昧。"王弼注:"造物之始,始于冥昧,故曰草昧也。"孔颖达疏:"草谓草创,昧谓冥昧。"所以,此诗一开始就肯定了李梦阳及其同志何景明(1483—1521)在诗坛上的开创之功,把他们推崇为破明代诗歌创作之冥昧状态的最早的勇士。这跟被认为属于前、后七子系统的胡应麟在其所著《诗薮续编》卷一《国朝》(上)中的如下论述相近。

> 观察开创草昧,舍人继之……一时云合景从,名家不下数十。故明诗首称弘、正。

"观察""舍人",分别指李梦阳、何景明。所以,袁宏道用以赞美李梦阳之词与胡应麟是一致的,同时,袁诗中的"尔雅"一词也应该注意。《汉书·儒林传·序》:"文章尔雅。"颜师古注:"尔雅,近正也。"袁宏道是把李、何开创的道路视为近于正道的。正是在这一点上,他认为李梦阳、何景明实在值得师法。

当然,袁宏道在这首诗中没有对李、何全盘肯定。他不仅不像胡应麟那样地把弘治(1488—1505)、正德时期看成明诗的黄金时代,而且明确地指出了李、何的弱点:"机轴不异。""机轴"一词在袁宏道诗文中数见不鲜,例如:

> 吴川自出机轴,气隽语快……(《袁宏道集笺校》卷三十五《叙咼氏家

绳集》）

  手眼各出，机轴亦异……（同书卷四《诸大家时文序》）

故其所谓"机轴不异"，实际就是缺乏独创性。他在别的诗文中所表现的对李、何的不满，也都着眼于此。试举二例：

  宏于近代得一诗人，曰徐渭。其诗尽翻窠臼，自出手眼。……无论七子，即李、何当在下风。（《袁宏道集笺校》卷二十二《冯侍郎座主》）

  今代知诗者，徐渭稍不愧古人，空同才虽高，然未免为工部奴仆。北地而后，皆重台也。公然侈为大言，一唱百和，恬不知丑。（同书卷二十一《答梅客生开府》。按，"奴仆"下句号系我所改，原书为逗号。）

李梦阳之所以被他认为不如徐渭，"未免为工部奴仆"，显然就是因其不能如徐渭那样地"尽翻窠臼，自出手眼"，也即缺乏独创性。不过，从这类引文中也可看出：李梦阳跟后七子的王世贞、李攀龙等人虽都缺乏独创性，袁宏道对他们的态度却并不相同。所谓"无论七子，即李、何当在下风"，显然含有"李、何远胜七子（这里的七子当主要指王、李等人）"这样的潜台词。他在指出李梦阳"未免为工部奴仆"的同时，仍把他作为才高的"今代知诗者"，而对于李梦阳之后的王、李等人，却毫不容情地斥为"侈为大言"、"恬不知丑"的"重台"了。顺便提一下：他对李攀龙更为厌恶。如《叙姜陆二公同适稿》（《袁宏道集笺校》卷十八）说："然二公（指徐祯卿、王世贞。——引者）才亦高，学亦博，使昌谷不中道夭，元美不中于麟之毒，所就当不止此。"

  总之，在《答李子髯》其二中，袁宏道充分肯定了李梦阳在明代诗坛上的开创作用，他虽然也指出了李梦阳在创作中缺乏独创性的弱点，但却在整体上给与了"尔雅良足师"这样高度的评价。当然，他对于明代诗坛的模拟风气是不满的，但他把这种风气的形成归咎于后来那些自命为何、李继承者的人，诗中"后来富文藻"诸句对此说得很清楚。在对李梦阳的看法上，他跟李贽虽有差异，但并无根本分歧。

  需要补充说明的是：《答李子髯》作于万历二十二年（1594），而在其上一年，袁宏道业已师事李贽，从而形成了与李贽一致的文学观（参见袁中道为宏道所作《行状》及钱伯城氏于该诗及同卷《别龙湖师》后所附之笺）。所以，这已经是作为晚明文学新思潮在诗文领域的最突出的代表的袁宏道对李梦阳的评价了。

那么，袁宏道为什么要这样评价李梦阳呢？钱伯城氏于该诗后所附之笺，谓诗中"当代无文字，闾巷有真诗"两句，"为后来情真说、性灵说之滥觞"。我想这是很对的。不过，李梦阳的某些文章中间早已表达过这种思想。所以，实在也不妨说李梦阳的那些主张"为后来情真说、性灵说之滥觞"。袁宏道之提出"草昧推何李""尔雅良足师"，其原因恐怕就在于此罢。

二

《明史·文苑·李梦阳传》说梦阳"卓然以复古自命"，"倡言文必秦汉，诗必盛唐，非是者弗道"。这种说法对后世产生很大影响，至今仍为许多人所沿袭，但实际上是不确切的。首先，李梦阳于文学，力主抒写真情。但他认为诗文全都给宋儒搞糟了，所以鄙弃宋以来的文学而尊崇其以前的文学。如把这称为"复古"，那么，"复古"也只是手段，要求文学抒写真情才是目的。《明史》把李梦阳的文学思想概括为"以复古自命"，是丢掉了最主要的东西。第二，李梦阳并未"倡言文必秦汉，诗必盛唐，非是者弗道"。今根据李梦阳的文集，参以与梦阳时代相近的人的记载，概述其文学思想如下。

李梦阳的主张抒写真情的理论，主要见于《诗集自序》等文。他在《诗集自序》（《空同集》卷五十）中说：

> 李子云：曹县盖有王叔武云，其言曰：夫诗者，天地自然之音也。今途咢而巷讴，劳呻而康吟，一唱而群和者，其真也，斯之谓风也。孔子曰："礼失而求之野。"今真诗乃在民间。而文人学子顾往往为韵言，谓之诗。……出于情寡而工于词多也。

王叔武的意见很清楚：因为诗是"天地自然之音"，而虚假的、矫揉造作的东西当然是不自然的,所以诗必须是真情实感的自然流露。当时的文人学子之诗,由于缺乏真情(即所谓"出于情寡"),实在不能称为诗,不过是"韵言"而已。只有当时民间的谣讴歌曲,才是表达真情实感的真诗。

在听了王叔武的意见以后,李梦阳大为赞同。"李子闻之,矍然而兴曰:大哉!汉以来不复闻此矣。""李子于是怃然失,已洒然醒也。"(同上)因此,王叔武的意见也就成了李梦阳的主张。

那么,为什么当时"文人学子"的诗歌缺乏真情实感呢?李梦阳认为:其咎在于宋人。

> 夫诗,比兴错杂,假物以神变者也。……宋人主理,作理语,于是薄风云月露,一切铲去不为,又作诗话教人,人不复知诗矣。……今人有作性气诗辄自贤于"穿花蛱蝶"、"点水蜻蜓"等句,此何异痴人前说梦也?……孔子曰:"礼失而求之野。"予观江海山泽之民,顾往往知诗,不作秀才语。……(《空同集》卷五十一《缶音序》)

《诗集自序》曾经引述王叔武提出、李梦阳赞同的见解:"夫文人学子比兴寡而直率多,何也? 出于情寡而工于词多也。夫途巷蠢蠢之夫,固无文也。乃其讴也,咢也,呻也,吟也,行咕而坐歌,食啐而寤嗟,此唱而彼和,无不有比焉兴焉,无非其情也,斯足以观义矣。"在他看来,"比兴"基于真情,缺乏真情也就必然缺乏"比兴"。所以,他要求诗歌必须"比兴错杂",也就是要求诗歌必须出自真情。但是,由于宋人的"主理""作理语",而且把这一套写成诗话去教人,就弄得"人不复知诗",诗歌已不再是"比兴错杂,假物以神变"的东西了,仅仅在民间还存在着这样的作品。所以,《缶音序》的这段话跟《诗集自序》的基本内容是一样的,但进一步显示了其理论的矛头所向。

值得注意的是:他在论述"宋人主理"给诗歌创作造成的危害时,特地举出"今人"的"性气诗"为例。所谓"性气诗",也即讲理学的诗。程颢说:"性即气,气即性,生之谓也。"(《河南程氏遗书》卷一)性气之说为程朱理学的重要内容之一。从这里也就可以看出,他的不满诗歌创作中的"主理"倾向,实含有在文学领域中排斥程、朱理学之意。关于这一点,还可以从他的《论学》上篇(《空同集》卷六十一)得到印证。

> 宋儒兴而古之文废矣。非宋儒废之也,文者自废之也。古之文,文其人如其人便了,如画焉,似而已矣。是故贤者不讳过,愚者不窃美。而今之文,文其人无美恶皆欲合道,传志其甚矣,是故考实则无人,抽华则无文。故曰宋儒兴而古之文废。或问:何谓?空同子曰:嗟!宋人言理,不烂然欤?童雅能谈焉。渠尚知性行有不必合邪?

从表面上看,他在这里的论点和论据之间存在矛盾。他所要论证的是"古之文废",系就文的整体而言;但他所提出来的具体论据,乃是古、今在"文其人"方面的差异,仅是文的一部分。实际却并不如此。因为"文其人无美恶皆欲合道"的现象的形成,乃是由于宋人不知人的思想行为跟宋儒所谓性理是并不一致(即"性行有不必合")的,硬是要前者符合后者,结果就使人在写传记时不得不说假话,把人物身上的不"合道"的东西掩盖起来,甚或捏造出许多"合道"的东西来夸奖一通。所以,我们只要进一步想一想就可明白:既然在写别人传记时都不敢真实地加以描述,在抒写自己的思想感情时又怎敢真实地加以表达而使之不"合道"呢?因此,无论写人或自述,必然是"考实则无人";由于内容的虚假,在艺术性上也就"抽华则无文"。"今之文"是整个堕落了。

这样,我们也就可以理解:李梦阳于诗要求真情,于文要求真人——其实也还是真实的思想感情;而在他看来,宋人的理学乃是使诗文衰落的罪魁祸首。由此,他就进而提倡在创作中以情来战胜理。这在《结肠操谱序》(《空同集》卷五十)中表现得相当明显。李梦阳妻子死后,在烹煮准备用于祭奠的猪时,猪肠忽然自动结成球状,他以为是妻子阴灵悲痛所致,遂写《结肠篇》三首以寄哀伤。但写了以后,他"恒虑今之君子谓予好怪"。他的朋友陈鳌说:

> 天下有殊理之事,无非情之音。何也?理之言常也。或激之乖,则幻化勿测,《易》曰"游魂为变"是也。乃其为音也,则发之情而生之心者也。……感于肠而起音,周变是恤,固情之真也。

"罔变是恤"的"变",即上文"游魂为变"的"变",也即乖于理者。所以,末数句意为:受到感动以后,不恤乖理而发为声诗,乃是真情。李梦阳虽然没有对此直接加以赞美,但从全文语气来看,显然是同意这种观点的。这实际上是宣扬情和理的矛盾,并主张情可以和应该突破理的束缚。既然情已从根本上凌驾于理,则宋儒所鼓吹的"理"自然不能反而凌驾于情之上了。同时,传统的所谓"礼义"原都属于理的范畴,不承认理对于情的统辖,也就是背离了要求"发乎情,止乎礼义"的传统文学观。

这种把情置于理之上的思想,显然跟汤显祖在《牡丹亭》中的《题词》以及《寄达观》中的如下说法相通。

> 如丽娘者,乃可谓之有情人耳。情不知所起,一往而深,生者可以死,死可以生。……嗟夫!人世之事,非人世所可尽。自非道人,恒以理相格耳。第云理之所必无,安知情之所必有耶!(《牡丹亭题词》)

> "情有者理必无,理有者情必无"。真是一刀两断语。(徐朔方氏笺校《汤显祖诗文集》卷四十五《尺牍》二)

假如说,作为晚明文学新思潮的一个重要组成部分,汤显祖这种把情和理对立起来、推崇真情而反对"以理相格"的观点具有某种反封建礼教的意义,从而指导他写下了《牡丹亭》这样的杰作,那么,李梦阳敢于对《牡丹亭》的前驱、中国戏剧文学史上的另一部杰作《西厢记》作出很高的评价,当也跟其尊情抑理的思想有关。

> 空同子称董子崔、张剧当直继《离骚》,然则艳者固不妨于《骚》也。噫,此岂能人人尽道之哉?(徐渭《徐文长三集》卷十九《曲序》)

按,徐渭(1521—1593)的《题评阅北西厢》说:"世谓崔、张剧是王实甫撰,《辍耕录》乃曰董解元。陶宗仪元人也,宜信之。"(《徐文长佚草》卷二)故《曲序》所云"董子崔、张剧"实指《西厢记》杂剧。李梦阳竟然把《西厢记》与《离骚》相提并论,这在中国历史上真是破天荒的事,为后来李贽以《西厢》《水浒》为"古今至文"(《童心说》)的先声。但若没有尊情抑理——也即不承认封建礼教的绝对权威——的思想为武器,恐怕是难以办到的罢。这也就难怪徐渭对李梦阳的这一见解要赞叹为"此岂能人人尽道之哉"了。

其实,李梦阳之提倡"真诗乃在民间",也是跟尊情抑理联系在一起的。在这方面,李开先(1502—1568)《词谑》的一条记载很值得重视。

> 有学诗文于李崆峒者,自旁郡而之汴省。崆峒教以:"若似得传唱《锁南枝》,则诗文无以加矣。"请问其详。崆峒告以:"不能悉记也。只在街市上闲行,必有唱之者。"越数日,果闻之,喜跃如获重宝。即至崆峒处谢曰:"诚如尊教。"何大复继至汴省,亦酷爱之,曰:"时词中状元也,如十五《国风》出诸里巷妇女之口者,情词婉曲,有非后世诗人墨客操觚染翰、刻骨流血所能及者,以其真也"。……若以李、何所取时词为鄙俚淫亵,不知作词之法、诗文之妙者也。词录于后,以俟识者鉴裁。"傻酸角,我的哥,和块黄泥儿捏咱两个。捏一个儿你,捏一个儿我。捏得来一似活托,捏的来同床上歌卧。将泥人摔碎,着水儿重和过,再捏一个你,再捏一个我。哥哥身上也有妹妹,妹妹身上也有哥哥。"(《中国古典戏曲论著集成》本《词谑》一《词谑》二七)

李梦阳死时,李开先已经二十八岁。此条实可视为以当时人记当时事,自属可信。这条记载表明:第一,李梦阳的所谓民间真诗,本包括《锁南枝》这样的民间歌曲在内;第二,这类歌曲显然跟程朱理学、传统的封建道德之间存在着矛盾,所以,李梦阳的提倡"真诗乃在民间",在某种程度上含有引导文学摆脱程朱理学及传统道德的束缚的意义,与其推崇《西厢记》属于同一倾向;第三,李梦阳要诗文都向《锁南枝》学习,可见他认为文也应以真情为主,而且也应像《锁南枝》那样的清新生动;第四,何景明也以"以其真也"为理由,酷爱《锁南枝》这样的民间歌曲,足见其在力主真情这一点上也与李梦阳相同,他们在文学思想方面的基本共同点当在于此,第五,李、何生前已对民间歌曲作了如此高的评价,作为晚明文学新思潮的组成部分之一的,以冯梦龙为代表的提高民间歌曲地位的理论,实是李、何的观点的继续与发展。

总之，李梦阳于诗文要求真情、真人。这跟李贽"天下之至文，未有不出于童心焉者也"(《童心说》)的看法相近，因为李贽是把童心跟真情、真人联系起来的，所谓"若失却童心，便失却真心，失却真心，便失却真人"(同上)。同时，在李梦阳看来，当时的文人学子之诗乃是缺乏真情的"韵言"，"今之文"也是"考实则无人，抽华则无文"的没有生命力的东西，只有民间才有真诗。这又跟袁宏道《答李子髯》其二所说的"当代无文字，闾巷有真诗"，《叙小修诗》(《袁宏道集笺校》卷四)所说的"故吾谓今之诗文不传矣。其万一传者，或今闾阎妇人所唱《擘破玉》、《打草竿》之类，就是无闻无识真人所作，故多真声"，可以互参。加以其尊情抑理与汤显祖之说相通，其对戏曲、民间歌曲的态度为李贽、冯梦龙等人的先驱，故其与晚明文学新思潮之间的密切联系，实在十分明显。

三

当然，李梦阳的文学思想与晚明文学新思潮之间的差别也是明显的。这主要在于李梦阳在强调真情的同时，又主张学习古人的写作之法，而且把柔澹、沉着、含蓄、典厚作为创作的最高标准，这就使作家在写诗作文时，在形式和风格上加上了桎梏。

据李梦阳自述，其文学创作上的理想是"以我之情，述今之事，尺寸古法，罔袭其辞"(《空同集》卷六十二《驳何氏论文书》)。在这里成问题的是"尺寸古法"一句。他说："古人之作，其法虽多端，大抵前疏者后必密，半阔者半必细，一实者必一虚，叠景者意必二。"(同书同卷《再与何氏书》)又说：由于不"法式古人"，诗歌"如抟沙弄螭，涣无纪律，古之所云开阖照应、倒插顿挫者，一切废之矣"(同书同卷，《答周子书》)。可见其所谓"法"，实是作品结构方面的法则。他认为这类法则乃是文学本身的客观规律，是人人必须遵守的，只是在古人作品中得到充分体现，所以在这方面只要效法古人就够了，这也就是所谓"文必有法式……古人用之，非自作之，实天生之也。今人法式古人，非法式古人也，实物之自则也"(同上)。

抉精要以会通

李梦阳的这种认为情、事、辞不应拟古而结构必须法古的观点,实有削足适履之弊。文学作品结构必须与内容相应,既然作品的情、事、辞都与古代作品不同,结构又何能法古?如在结构上确有客观规律,那也只能随着文学的发展而逐渐被认识,而不能将古人作品中体现出来的某些准则作万应的灵丹。袁宏道于创作强调"不拘格套"(《叙小修诗》),可说是对李梦阳的这种主张的否定。

另一方面,李梦阳虽要求诗歌抒发真情,反对宋人的"主理",但又以为这种出自真情的作品必须是"其气柔厚,其声悠扬,其言切而不迫,故歌之必畅,而闻之者动也"(《缶音序》)的,从而提倡"柔澹沉着含蓄典厚","贬清俊响亮"(参见《何大复先生全集》卷三十二《与李空同论诗书》)。这就给感情的表现形式加上了限制,也是晚明文学新思潮所无法接受的。例如,袁宏道就说:"夫诗之气,一代减一代,故古也厚,今也薄。诗之奇之妙之工之无所不极,一代盛一代,故古有不尽之情,今无不写之景。然则古何必高,今何必卑哉?"(《袁宏道集笺校》卷六《尺牍·丘长孺》)这也就意味着气之厚薄之类不能作为评价作品的标准。

李梦阳文学思想与晚明文学新思潮的这两点相异之处,乃是李梦阳的历史局限。人不能脱离他所处的时代,不能不受其前人的影响,而当他要反对某些现存的事物时,也往往不能不从已有的思想库中寻找一些东西作为武器。在李梦阳的青年时期,李东阳(1447—1516)是文坛领袖。李东阳说:"章之为用……操纵开阖,惟所欲为,而必有一定之准。"(《怀麓堂集》文后卷三《春雨堂稿序》)这也就是以为文学作品在结构上(即所谓"操纵开阖")有自己的规律。至于写诗应学古人,在结构上也应向古人学习之类的意见,在李东阳的著作中也数见不鲜。例如:

> 方石自视才不过人,在翰林学诗时,自立程课,限一月为一体。如此月读古诗,则凡官课及应答诸作,皆古诗也。故其所就,沉着坚定,非口耳所到。(《历代诗话续编》本《麓堂诗话》)

> 予少时尝曰:"幽人不到处,茅屋自成村。"又曰:"欲往愁无路,山高溪水深。虽极力摹拟,恨不能万一耳。"(同上)

> 京师人造酒,类用灰,触鼻蜇舌……张汝弼谓之"燕京琥珀"。惟内法酒脱去此味,风致自别。……予尝譬今之为诗者,一等俗句俗字,类有"燕京琥珀"之味,而不能自脱,安得盛唐内法手为之点化哉?(同上)
>
> 长篇中须有节奏,有操,有纵,有正,有变。若平铺稳布,虽多无益。唐诗类有委曲可喜之处,惟杜子美顿挫起伏,变化不测,可骇可愕,盖其音响与格律正相称。回视诸作,皆在下风。然学者不先得唐调,未可遽为杜学也。(同上)

上引的末一条,实在是引导人去学杜甫的"顿挫起伏",不过认为在学习之前应"先得唐调"而已。所以,李梦阳之主张在结构上学习古人作品所体现的法则,可说是受到以文坛领袖李东阳的观点为代表的当时流行理论的影响。李梦阳的主张诗歌应"其气柔厚,其声悠扬",必须"柔澹沉着含蓄典厚",也与李东阳辈的理论有关。李东阳说:诗歌是"取其声之和者,以陶写情性"(同上)。"声之和者",自必悠扬而不迫切,其气也必然柔厚。李东阳又说:"苏子瞻才甚高……独其诗伤于快直,少委曲沉着之意,以此有不逮古人之诮。"(同上)"委曲沉着"而不"快直",自必"柔澹沉着含蓄典厚"。

另一方面,李梦阳由于反对"宋人主理"而批判宋诗。在当时已有的思想材料中,批判宋诗最有力的是严羽《沧浪诗话》,李梦阳显然受到此书很深的影响。如其《论学》下篇说:"古诗妙在形容之耳,所谓水月镜花,所谓人外之人,言外之言。宋以后,则直陈之矣,于是求工于字句,所谓心劳日拙者也。"(《空同集》卷六十一)显然来自严羽。而严羽也主张"以汉魏晋盛唐为师";又说,诗之"大概有二:曰优游不迫,曰沉着痛快"(《沧浪诗话·诗辨》);甚至说:"诗之是非不必争,试以己诗置之古人诗中,与识者观之而不能辨,则真古人矣。"(《沧浪诗话·诗法》)李梦阳在接受严羽的影响时,也很难完全摆脱这种见解的羁绊的罢。

因此,李梦阳的上述局限,其实只是说明他不能超越他的时代。他的文学思想中虽然出现了许多新的、跟晚明文学新思潮相通的东西,但仍然存在着不少前人和当时的风气在他的文学思想中所留下的痕迹。应该说,这是正常的现象。如果我们承认万事万物的发展都有一定的过程,在突变之前也必须经过长时期的渐变,那么,从台阁体和李东阳的理论是不能直接演变为晚明文学新思潮的,必须有李梦阳式的过渡阶段。

然而,在现有的研究著作中,李梦阳的这一局限似乎被过度地渲染了。这主要表现为以下两点。

第一,李梦阳的提倡在结构上法古的观点,主要见于《驳何氏论文书》《再与何氏论文书》《再与何氏书》《答周子书》等文。这些文章中的有些话容易引起误解。如他反对"文章家必自开一户牖自筑一堂室"之说(《答周子书》),提出"今人模临古帖,即太似不嫌,反曰能书。何独至于文,而欲自立一门户邪"的质问(《再与何氏书》),就常被解释为李梦阳主张写作只要亦步亦趋地模拟古人就够了,用不到也不应该有任何创造性。由此,就把李梦阳的整个文学思想概括为模拟复古而加以否定。不过,把这几篇文章联系起来考察,就可理解:李梦阳这些话是在要求"以我之情,述今之事,尺寸古法,罔袭其辞"的前提下说的,其所谓"法",又只是"前疏后密"之类的结构之法,所以,他其实只是在结构上要人们效法古人的这些准则,反对"自立一门户",并不是要人们在情、事、辞上也模拟古人。而且,他认为在掌握了这一套古人的结构立法以后,在风格上仍是各有特色的。"获所必同,寂可也,幽可也,侈以丽可也,峭可也,巨可也。"(《驳何氏论文书》)换言之,他在风格上也不主张模拟古人。因此,把李梦阳的文学思想仅仅归结为模拟复古,是不妥当的。至于作文临帖之喻,也必须参看下文才能明白。

> 故予尝曰:"作文如作字。欧、虞、颜、柳,字不同而同笔。笔不同,非字矣。不同者何也?肥也,瘦也,长也,短也,疏也,密也。故六者势也,字之体也,非笔之精也。精者何也?应诸心而本诸法者也。不窥其精,不足以为字,而矧文之能为?"(《驳何氏论文书》)

他认为临帖也不是临"字之体",而是学"笔之精",而"笔之精"也不仅是"法"的问题,还有"心"的问题,即字必须与人的思想感情相应。用现在的话来说,就是必须有写字者的个性。他本来就并不以为写字只要写得像古人就够了。

第二，在对《驳何氏论文书》等文作了上述的误解以后，有些研究著作意识到他们所谓的李梦阳的模拟复古的文学思想与李梦阳《诗集自序》中的"真诗乃在民间"等提法不能相容，于是就说《诗集自序》的观点是李梦阳的晚年才形成的。这也就意味着：李梦阳模拟复古了一辈子，到晚年才觉悟过来。我想，这也并非事实。从《诗集自序》来看，李梦阳在接受了王叔武"真诗乃在民间"等观点以后，"李子于是怃然失，已洒然醒也。于是废唐近诸篇，而为李、杜歌行。王子曰：'斯驰骋之技也。'李子于是为六朝诗。王子曰：'斯绮丽之余也。'于是诗为晋、魏。曰：'比辞而属义，斯谓有意。'于是为赋、骚。曰：'异其意而袭其言，斯谓有蹊。'于是为琴操、古歌诗。曰：'似矣，然糟粕也。'于是为四言，入风出雅。曰：'近之矣，然无所用之矣，子其休矣。'李子闻之，暗然无以难也。自录其诗，藏箧笥中，今二十年矣，乃有刻而布者……然又弘治、正德间诗耳，故自题曰《弘德集》"。《弘德集》所收仅弘治、正德间诗，其编刻当在嘉靖（1522—1566）初，此序当亦嘉靖初所作。序中说他在听了王叔武的议论后，"自录其诗，藏箧笥中，今二十年矣"，则其听到王叔武的议论至迟在弘治十五年（1502）左右。又，《空同集》卷十五古《述愤一十七首》题下原注："弘治乙丑年四月作，是时坐劾寿宁侯逮诏狱。"此《述愤》即属于"诗为晋、魏"者。可见李梦阳至迟在弘治十八年乙丑（1505）已听到王叔武对其所作六朝体诗的批评而写了晋体的古诗了。因此，其听到并接受"真诗乃在民间"等观点至迟在弘治十五年，其时李梦阳为二十九岁。岂能说这是李梦阳晚年形成的观点？

顺便在这里说一下，从上引《诗集自序》的自述来看，李梦阳于诗歌绝非只宗盛唐；其《论学》上篇也只说文自宋代起就不行了，对唐文并未否定。（王世贞《艺苑卮言》曾说："李献吉劝人勿读唐以后文，吾始甚狭之，今乃信其然耳。……自今而后，拟以纯灰三斛细涤其肠，日取《六经》、《周礼》、《孟子》、《老》、《庄》、《列》、《荀》、《国语》、《左传》、《战国策》、《韩非子》、《离骚》、《吕氏春秋》、《淮南子》、《史记》、班氏《汉书》，西京以还至六朝及韩、柳，便须铨择佳者，熟读涵咏之,令其渐渍汪洋。"此段文字之第一句常被征引,而在今天,"勿读唐以后文"之语很容易被误解为对唐代之文也一并否定。但在实际上,当时人所谓"唐以后文"并不包括唐代之文,如同今日所说"六十分以下为不及格"中的"六十分以下"并不包括六十分一样。正因如此,王世贞才在对于"勿读唐以后文"的主张表示赞同——"今乃信其然"——之后,又决心把韩、柳文之"佳者"与先秦、西汉的文章一起作为学习对象,"熟读涵咏之,令其渐渍汪洋";否则,绝不会自相矛盾如此。所以,这跟《论学》上篇所说并无二致。(至于王世贞在这里似乎认为东汉至唐代之文不如先秦、西汉之文,那是他自己的看法,并非李梦阳所提出。)在李梦阳的文集中,又找不到"文必秦汉,诗必盛唐"的原话。《明史·文苑·李梦阳传》说他"倡言文必秦汉,诗必盛唐,非是者弗道",实是想当然之词。

综上所述,我认为李梦阳的文学思想与晚明文学新思潮是有密切联系的,李贽对他的推崇,袁宏道的"草昧推何李"、"尔雅良足师"等评语绝非偶然。当然,李梦阳作品的艺术成就不高,所以遭到袁宏道等人的批评,但从作品的内容说,却也有不少与李贽思想相通之处,值得引起注意。

[附记] 本文原载于日本古田敬一教授退官纪念事业会编印、东方书店发行的《古田教授退官纪念中国文学语学论集》,在国内没有发表过。现应《安徽师范大学学报》编辑部之约,略加增订,以就正于国内的同行。

原载《安徽师范大学学报(哲学社会科学版)》1986年第3期

何景明批评论述评

朱东润

　　文学与文学批评，截然两事，其成就之先后，各有历史。在文学批评，当然不当脱离文学而独立，然两者之盛衰，初无连带之关系。中国批评时期，在梁代极盛，其时文学上之兴趣虽浓，而文学上之成绩，较之前代，未见超绝。初唐盛唐在唐代文学史上放一特采，而文学批评之成熟，反迟至中晚以后。两宋批评意趣更觉浓厚，除文学批评外，更及其他艺术，如书法画法等，在宋人题跋中，皆章章可考，而大胆的批评精神，直至明代始见卓越，在号称为复古的四子中尤甚。常人持论，对于明代每加菲薄，倘就文学批评之观点论之，不能不为之惊异也。

　　何景明，字仲默，号大复山人，与李梦阳、徐祯卿、边贡等称为明四子，在弘治（1488—1505）、正德（1506—1521）年间声名最盛。一般人所推重之者，不过在彼辈之复古。乔世宁论何景明云："国初时尚袭元习，宣正以来，骎骎如宋矣。至弘、正间，先生与诸君子一变趋古，起千载之衰，屹然为一代山斗。"杨慎论李梦阳云："空同（梦阳字献吉号空同）以复古鸣弘德间。观其乐府，幽秀古艳，有铙歌童谣之风；古诗缘情绮靡，有徐、庾、颜、谢之韵。"王世贞云："献吉天授既奇，师法复古，手辟草莱，为一代词人之冠。"王士祯总论诸人云："明弘治间，李何崛起中州，吴有昌谷祯卿为之羽翼，相与力追古作，一变宣正以来流易之习，明音之盛，遂与开元大历同风。"至于后人诋为食古不化，诋为假古董者，更不待举。总之无论毁誉何若,景明以及同时诸人之为复古,已成定谳,似更无待复论。

其实所谓复古者,与守旧不同,在动机方面,尤有天渊之别。守旧者,蹈常习故,保持一切传统的思想文字,综其步趋,非至澌灭殆尽不止。在此时期之中,有豪杰之士,不安于传统之束缚,出其死力,不顾一世之唾骂,打破当前之障碍,其狂者进取之精神,实足以唤起无限之同情。其人若生于欧西,当然成为文学革命家,若在中国,则往往成为复古之文人。何则？新起之时,神感——烟士披里纯——所兴,有所自来,独弦哀歌,必求同调,其势则然,无可讳也。吾国在文学上之孤立,除中间几度佛教经典翻译以外,盖数千年于此。欲求革新,神感不外于故籍,同调必求之先贤。自非西洋文学之上则远溯希腊罗马,旁则声气通于列国者可比。故以批评的目光论之,复古恒与革新相为表里,而与守旧格不相入。在中国文学史上,如陈子昂、李白之诗,韩愈、欧阳修之文,其精神皆如此。即在事业方面,可举之例证亦甚多。故以复古二字遽执为何、李诸人之罪状,其难平允,概可想见。至于彼等在文学上之成就何若,此为另一问题。今兹所述,仅在其批评论。

举何、李二人言之,何之革新的精神,尤在李上。梦阳晚岁,断断以摹古自诩,反见其意趣之薄弱。今先论李,然后更进而论何。

梦阳对于诗歌本体的认识,具见于其《诗集自序》一篇,其言得之曹县王叔武。首云:"夫诗者,天地自然之音也。今途咢而巷讴,劳呻而康吟,一唱而群和者,其真也,斯之谓风也。孔子曰:'礼失而求之野。'今真诗乃在民间,而文人学士顾往往为韵言,谓之诗。"即此段中,我等所见者:(一)诗为天地自然之音;(二)风为真诗,而真诗乃在民间;(三)文人学士之诗,虽强名为韵言,其实不能为诗。梦阳对于诗的认识,实有为一般人所不能梦见者。近人言一切新文学之来源出自民间,而李梦阳在四百年前,已有此论,其见解之卓绝,诚可惊叹。

序中又申论诗之所以为真诗,在情之为真情,而不在词语之雅俗。"真者音之发而情之原也,非雅俗之辨也。"此则探究诗之核心,推翻一切文人学士之壁垒。序中又更进一步而分析文人学士之所以不如途巷蠢蠢之夫者：

> 王子曰：诗有六义，比兴要焉。夫文人学士，比兴寡而直率多。何也？出于情寡而工于词多也。夫途巷蠢蠢之夫，固无文也，乃其讴也，号也，呻也，吟也，行咄而坐歌，食咄而寝嗟，比唱而比和，无不有比焉，兴焉，无非其情焉。斯足以观义矣。

情寡词多一语，直将文人学士之所以不能为真诗处道破。故最后梦阳自称其诗曰："李子闻之，惧且惭曰：予之诗非真也，王子所谓文人学士韵言耳，出之情寡，而工之词多者也。……每自欲改之以求其真。"读此序时，所当注意者，即梦阳所言，虽得之王叔武，其实处处为梦阳所欲言。故《空同集·缶音序》言："夫诗，比兴错杂，假物以神变者也。难言不测之妙，感触突发，流动情思。故其气柔厚，其声悠扬，其言切而不迫。故歌之心畅而闻之者动也。……孔子曰：'礼失而求之野。'予观江海山泽之民，顾往往知诗，不作秀才语，如《缶音》是矣。"此中江海山泽之民，即前者途巷蠢蠢之夫，而秀才乃当前者之文人学士，其论诗之流动情思，尤与前合。故推定李氏对于诗之认识如此。

景明少于梦阳九岁，交谊极笃，其所以推重梦阳者亦甚至。《六子诗》中《李户部梦阳》一首云："李子振大雅，超驾百世前。著书薄子云，作赋追屈原。新章益伟丽，一一鸾凤骞。华星错秋空，爝火难为然。摛文固无匹，扬义罕比肩。……"当正德三年中，梦阳因言事下狱，景明与康海等极力为之营救，乃得释。后李与何书云："仆交游遍四海，赤心朋友，惟世恩德涵与仲默耳。"二人交谊之深，概可想见。其后二人因论文龃龉，几至绝交，为当时批评界中之轩然大波。二人论辩见于集中往复诸书，不待详列。

景明天姿极高，乔世宁《何大复先生传》云："生有异质，颖纪殊绝。八岁时即能赋诗为文章，诸老先生见者，争传诵，称为神童。"其论诗诸文，着眼极高。《汉魏诗集序》："汉兴不尚文而诗有古风，岂非风气规模犹有朴略宏远者哉？继汉作者，于魏为盛，然其风斯衰矣。晋逮六朝，作者益盛而风益衰。"《王右丞诗集序》："自汉魏后而风雅浑厚之气，罕有存者。"景明在此等处，以朴略宏远风雅

抉精要以会通

浑厚推尊汉魏，此则犹多人云亦云之常谈，虽为至论，尚不足以抒其独到之见解。在《海叟集序》始大胆的举其学诗的程序言之：

> 景明学诗，自为举子历宦于今十年，日觉前所学者非是。盖诗虽盛于唐，其好古者自陈子昂后，莫如李、杜二家，然二家歌行近体，诚有可法，而古作尚有离去者，犹未尽可法之也。故景明学歌行近体有取于二家及唐初、盛唐诸人，而古作必从汉魏求之。

在此序中，景明对于李、杜二家，尚推其歌行近体，称为诚有可法，至《明月篇序》则更进一步而对于杜甫的歌行，加以明显的批判。

> 仆始读杜子七言诗歌，爱其陈事切实，布辞沉着，鄙心窃效之，以为长篇圣于子美矣。既而读汉魏以来诸诗，及唐初四子者之所为，而反复之，则知汉魏固承三百篇之后，流风犹可征焉，而四子者虽工，富丽去古远甚，至其音节，往往可歌。乃知子美辞固沉着而调失流转，虽成一家语，实则诗歌之变体也。夫诗本性情之发者也，其切而易见者，莫如夫妇之间，是以三百篇首乎雎鸠，六义首乎风，而汉魏作者，义关君臣朋友，辞必托诸夫妇，以宣郁而达情焉，其旨远矣。由是观之，子美之诗，博涉世故，出于夫妇者常少，致兼雅颂而风人之义或缺，此其调反在四子下焉。

在景明诸诗中，学步少陵之踪迹，可见者极多，然学诗为一事，评诗又为一事。其评少陵歌诗者：（一）调失流转，（二）风人之义或缺。此两项中，第一项为果，而第二项为因。故名为二者，实则一途。从文学史上论之，少陵之诗自成一宗，不特与初唐四子风气各异，即对于整个的唐诗，亦备具独有之风调。叶适《徐斯远文集序》论宋诗宗派："嘉祐以来，天下以杜甫为师，始黜唐人之学，而江西宗派章焉。"此处以唐人之学与杜甫对举，其分野已显然。惟景明认杜甫歌行为在四子之下，此则独抒己见，足以引起后人之惊猜。就其主张言之，诗必本诸性情而后为风，而后为上——即梦阳所谓真——此则何、李二人所见，如出一辙。

对于景明此论，王士禛《戏仿元遗山论诗绝句》云："接迹风人《明月篇》，何郎妙悟本从天，王杨卢骆当时体，莫逐刀圭误后贤！"又《七言凡例》："大复《明月篇序》，谓初唐四子之作，然遂以概七言之正变，则非也。二十年来，学诗者但取王杨卢骆数篇，转相仿效，肤词剩语，一唱百和，是岂何氏之旨哉！"此则一面恐其遗误后人，一面复为之出脱。《论诗绝句》又云："藐姑神人何大复，致兼南雅更王风。"则极力推崇矣。大抵渔洋论诗，阳夺而阴予，如此类者正多。赵执信《谈龙录》直攻其隐："阮翁酷不喜少陵，特不敢显攻之，或举杨大年村夫子之目以语客。"观此则士祯之于杜诗，其意见亦可想象。实则就诗论诗，景明在同辈中与徐祯卿最近，陈卧子已言之，而士祯之私淑于二人者，正自不少。其论祯卿及其所著《谈艺录》云："天马行空脱羁靮，更怜《谈艺》是吾师。"故刀圭贻误之评，非王氏定论也。

景明《与李空同论诗书》，发扬踔厉，为目空一切之论。二人之步趋乖离，至是遂以确定。其论古诗古文之法云：

> 仆尝谓诗文有不可易之法者，辞断而意属，连类而比物也。上考古圣立言，中征秦汉绪论，下采魏晋声诗，莫之有易也。夫文靡于隋，韩力振之，然古文之法亡于韩。诗溺于陶、谢力振之，然古诗之法亦亡于谢。比空同尝称陆、谢矣，仆参详其作：陆语俳，体不俳也；谢则体语俱俳矣，未可以其语似，遂得并例也。

景明论诗文必不可易之法，其见极隘，不足以当梦阳之一击。梦阳驳之曰："假令仆即今为文一通，能使辞不属，意不断，物联而类比矣，然于中情思涩促，语险而硬，音生节拗，质直而粗，浅谫陋骨，爱痴爱枯，则子取之乎？故辞断而意属者，其体也，文之势也。联而比之者，事也。"在此种反问之下，景明实无从置词。然梦阳对于景明之所以论韩愈、陶、谢者，置而勿论。其后黄省曾与梦阳书云："何大复号称名流，而乃为夸论曰，文靡于隋，其法亡于退之。诗溺于陶，其法亡于灵运。嗟夫！嗟夫！是何言者？隋不足论，至于陶谢，亦可稍宽宥矣。……前薪见凌，势固宜然；来彦无穷，不可欺也。"梦阳得书，欣然答曰："昔李白遇司马子微，谓可与神游八极，遂赋大鹏以见志。吾子固希有之鸟也，所惭仆非图南翼耳。"此中引为同调，踌躇满志之态，见于言表。

文靡于隋一语，久成为世人之通论。至于韩愈，举世方认为文章正宗，景明遽加贬词，诚足以骇人听闻。然后世如顾炎武，亦昌言文当为经术政理之大者而作，不当止为一人一家之事，韩愈如但作《原道》《原毁》《争臣论》《平淮西碑》《张中丞传书后》诸篇，而一切铭状概为谢绝，始足为近代之泰山北斗云云。其言盖亦不满于韩。近世论文，于韩更多贬削。时代既迁，毁誉迭见，过情之论，常在意内，欲求持平，固亦难矣。然谓韩愈之文，与前此之所谓古文者，体制不一，自韩愈出而文体为之一变，此则质之百世而不惑者。何氏虽放言高论，不为无所见也。

诗溺于陶，古诗之法亡于谢二语，实为何氏批评论中最易引起攻击之点。然李梦阳闻黄省曾之论虽为之称快，而不复引申其说者，则以李氏之于陶潜，亦不尽满故也。梦阳《刻陶谢诗》序："李子乃顾谓徐生曰，子亦知谢康乐之诗乎？是六朝之冠也。……夫五言不祖汉则祖魏，固也。乃其下者，即当效陆、谢矣。所谓刻鹄不成，尚类鹜者也。"言下盖已不知有陶。大抵国人受儒教影响至深，评论诗文，辄及其人之身世。陶潜之所以受人景仰者，在其人品之高，不尽在其诗也。《诗品》称为"笃意真古，辞兴婉惬，每观其文，想其人德"，然而列之中品，推崇犹有未尽。后世白居易《与元九书》："渊明高古，偏放于田园。"苏轼论陶诗："外枯而中膏，似淡而实美。"黄庭坚论为"巧于斧斤者多疑其拙，窘于检括者辄病其放。"此则皆在赞颂之中，隐隐有未尽善之意，呼之欲出。盖震于渊明之高名，不敢复有所贬斥耳。何氏之论，殆有所激而发也。

灵运之诗，惨淡经营，探幽钩深，性情渐隐，声色大开。沈归愚《说诗晬语》认为诗运一大转关。论其地位，固自卓然，然衡之古诗，变异实多。萧道成报武陵王晔书云："康乐放荡，作体不辨有首尾；安仁士衡，深可宗尚；颜延之抑其次也。"新旧二途，迹象顿殊，其于灵运，颇致讥贬。后世刘克庄云："诗至三谢，如玉人之攻玉，锦工之机锦，极天下之工巧组丽，而去建安、黄初远矣。"明陆时雍《诗镜总论》："谢康乐诗佳处有字句可见，不免硁硁以出之，所以古道渐亡。"清汪师韩《诗学纂闻》于谢诗尤多所牴牾,至于摘章寻句,索诘疵类,其言不无过苛,而终之以"何仲默谓古诗之法亡于谢,洵特识也,特不当谓诗先溺于陶耳"。故景明论谢,责以古法沦亡,言之有物,同调正多,而持语俳体俳之说分析陆、谢同异,其语尤为精到。

何、李二人同以趋古得名,何则进而求能变古,李则退而但知摹古,中道歧途,区以别矣。梦阳《驳何氏论文书》云:"守之不易,久而推移,顺势融溶而不自知。……故不泥法而法尝由,不求异而其言人人殊。"斯时犹有因势推移之说。至《再与何氏书》则更昌言:"夫文与字一也,今人模临古帖即太似不嫌,反曰能书,何独至于文而欲自立一门户邪?"此则因缘比附,敢为悠谬不经之谈者矣。临摹不嫌其似,固也。然自古宁有依人门下不立门户而能成为书家者?书犹如此,更何论于诗文?宜夫景明诋为古人影子也。朱熹《跋病翁先生诗》云:"余尝以为天下万事,皆有一定之法,学之者须循序而渐进。如学诗则且当以此等为法,庶几不失古人本分体制。向后如能成就,变化固未易量,然变亦大难事,果然变而不失其正,则纵横妙用何所不可,不幸一失其正,却反不若守古本旧法以终其身之为稳也。"此种笃守古本旧法处,皆所以为李梦阳一流人立言,其欲前又却之精神,实足以代表多数文人之见解。终身不敢立一门户,不敢踏出稳字一步,于是遂成为古人影子,为摇鞭击铎(何氏诋梦阳语),而犹悻悻然责人之放肆自欺,野狐外道,诚可叹也。

景明在批评论中,最足占一地步者,即在此脱空一切依傍,力求新生命之论调。《与空同论诗书》云:

> 空同子刻意古范,铸形宿镆,而独守尺寸。仆则欲富于材积,领会神情,临景结构,不仿形迹。

后此复推论古来诗文不必相同之故:

> 曹刘阮陆,下及李杜,异曲同工,各擅其时,并称能言。何也?辞有高下,皆能拟议以成其变化也。若必例其同曲,夫然后取,则既主曹刘阮陆矣,李杜即不得更登诗坛。何以谓千载独步也?……今为诗不推其极变,

开其未发,泯其拟议之迹,以成神圣之功,徒叙其已陈,修饰成文,稍离旧本,便自杌陧,如小儿倚物能行,独趋颠仆,虽由此即曹刘,即阮陆,即李杜,何以益于道化也?

景明本主学古,更进一步而求变古。"推极变,开未发",在在足以见其勇往直前之气。至云,成神圣之功,对于诗境之伟大,尤能认识真切。姜夔《白石道人诗集自序》:"学即病,顾不若无所学之为得。"又:"作者求与古人合,不若求与古人异。求与古人异,不若不求与古人合而不能不合,不求与古人异而不能不异。"其言似与景明之说默合。然姜夔之论,犹不免搬弄话头之习,不若景明之目无全牛,手搏猛虎也。

综景明批评论观之,在传统的环境中,敢为打破一切之议论,对于历来认为宗主之陶、谢、杜、韩诸公,皆不恤与之启衅,纵所言者未必尽为定论,其气势之壮阔,自非随声附和之辈,所能望其项背矣。至于由学古而更求变古,文学之所以能光景常新者,此本为进程中所应有之现象,虽有百千梦阳訾毁其后,固无伤也。明人承宋元之余,道学家左右文学批评之势力,既成弩末,而文风屡变,杂体并出,林林总总,蔚为大观,重以明代士气之盛,为中国有史以来所仅见,在此期中,有突起之批评论出,要皆为时势之当然,不足怪也。至于景明之诗,当时亦名动宇内,易代以后,声誉顿减。考其原因:一则景明殁时年仅三十九,未及成熟,遽就殂谢,天赋虽优,终为功力所限;次则景明误认属词比类为法,对于诗体,未能别开新路,局促辕下,不能竟其变古之功故也。若后世论者,撦拾其文字之短长,龂龂其持论之得失,此则终非恕道,适足以自见其不广耳。

原载《国立武汉大学文哲季刊》1930年第1卷第3期

阳明心学与文学复古运动

马美信

明代弘治、正德年间相继出现的前七子文学复古运动和阳明心学,在思想文化领域引发了重大的变革。董其昌《合刻罗文庄公集序》指出:"成、弘间师无异道,士无异学。程朱之书立于掌故,称大一统,而修词之家墨守欧、曾,平平尔。时文之变而师古也,自北地(李梦阳)始;理学之变而师心也,自东越(王守仁)始。"探讨阳明心学与文学复古运动的关系,可以勾勒出明代中期文学思潮变迁的轮廓。

一

以李梦阳为代表的前七子文学复古运动发轫于弘治十五年,鼎盛于弘治十八年至正德初年,李梦阳《朝廷倡和诗跋》将前七子文学复古运动的形成始末叙述得很清楚:

> 诗倡和莫盛于弘治,盖其时古学渐兴,士彬彬乎盛矣。此一运会也。余时承乏郎署,所与倡和则扬州储静夫、赵叔鸣,无锡钱世恩、陈嘉言、秦国声,太原乔希大,宜兴杭氏兄弟,郴州李贻教、何子元,慈溪杨名父,余姚王伯安,济南边廷实,其后又有丹阳殷文济,苏州都玄敬、徐昌谷,信阳何仲默。其在南都,则顾华玉、朱升之其尤也。诸在翰林者,以人众不叙。自正

德丁卯之变,缙绅罹惨毒之祸,于是士始皆以言为讳,重足屏息,而前诸倡和者亦各飘然萍梗散矣。

当时在李梦阳周围,聚集着一大批声气相投的年青官员,公余闲暇便在一起研讨古诗文创作,"酬倡讲评,遂成风致"(崔铣《空同李君墓志铭》),王守仁也是其中一个积极参与者。黄绾《阳明先生行状》云:"(弘治)己未登进士,观政工部,与太原乔宇,广信汪俊,河南李梦阳、何景明,姑苏顾璘、徐祯卿,山东边贡诸公以才名驰骋,学古诗文。"钱谦益《列朝诗集小传》也说:"王守仁在郎署,与李空同诸人游,刻意为辞章。"王守仁在弘治十二年考中进士,次年授刑部主事,后改兵部。他在京任职期间,热衷于诗文创作,与七子过从甚密,和李梦阳尤为志同道合,情交莫逆。他们都重气节,敢于讥弹时政,抨击权贵。弘治十八年,孝宗下诏求言,李梦阳起草了一篇万言书,详述朝政"二病""三害""六渐"之弊,并揭发了寿宁侯张鹤龄的种种不法行为。李梦阳在《秘录》一文中披露了他上疏的经过:

初诏下恳切,梦阳读既,退而感泣,已叹曰:真诏哉!于是密撰此奏,盖体统利害事。草具,袖而过边博士(边贡),会王主事守仁来。王遽目予袖而曰:"有物乎?有,必谏草耳。"予为此,即妻子未之知,不知王何从而疑之也。乃出其草示二子。王曰:"疏入必重祸。"又曰:"为若筮可乎?然晦翁行之矣。"于是出而上马,并行诣王氏筮。得田,获三狐;得黄矢,贞吉。王曰:"行哉,此忠直之由也。"

王守仁料知李梦阳会上疏进谏,提醒他"疏入必重祸",又借占卦坚定他的信心,表现出守仁对梦阳的关心和鼓励,可见他们相知之深和友情之笃。

正德元年,刘谨等宦官用事,朝政日非。李梦阳代户部尚书韩文起草《劾宦官状疏》,恳请武宗诛杀宦官以正朝纲。与此同时,王守仁也上《乞宥言官去权奸以章圣德疏》,对武宗滥用宦官、闭塞言路提出忠告。由于武宗昏愦不明,刘谨等权奸非但未受到惩处,反而向朝中忠正之士发动反扑,正直的官员受到严重的打击。李梦阳和王守仁同日遭贬出京,王廷相、何景明等人也相继被流放到外地。盛极一时的文学复古运动在政治势力的打击下日趋衰微。

正德二年之后,李梦阳不改初衷,穷毕生之精力从事文学创作,阐述他的文学主张,终于成为一代文坛宗师。王守仁则致力于哲学思想的研讨,创立了阳明心学,成为一派的开山教主。王守仁到处讲学传道,对以往积极参与的文学活动采取了批评排斥的态度。他在正德七年所作《别湛甘泉序》中说:

> 世之学者,章绘句琢以夸俗,诡心色取,相饰以伪,谓圣人之道劳苦无功,非复人之所可为,而徒取辩于言词之间。

> 某幼不问学,陷溺于邪僻者二十年,而始究心于老释,赖天之灵,因有所觉,始乃沿周程之说求之,而若有得焉。

王守仁认为词章之学妨碍人们对圣人之道的追求进取,对一度沉溺于古诗文创作而深感自责痛悔。在《朱子晚年定论序》中,他说得更加明白:"守仁早岁业举,溺志辞章之习,既乃稍知从事正学,而苦于众说之纷挠疲尔,茫无可入。"王守仁把词章之学视作与"正学"相对立的"旁门左道"而加以排斥。

由于文学观念的改变,他对李梦阳等人的态度也发生了变化。他虽未明确批评过专攻词章之学的"七子",但有时在文章中也含蓄地表示出对他们的不满。如《答南无善书》说:

> 关中自古多豪杰,其忠信沉毅之质、明达英传之器,四方之士吾见亦多矣,未有如关中之盛者也。自横渠之后,此学不讲,或亦与四方无异矣。自此关中之士,有所振发兴起,进其文艺于道德之归,变其气节为圣贤之学,将必自吾元善昆季始也。

南大吉字元善,陕西渭南人,正德辛未进士,授户部主事,以绍兴知府致仕。南大吉任绍兴知府时,王守仁正在东南讲学,南便求教于王,惟以不得闻道为恨。致仕家居,构湭西书院,以王学授徒。他写过一首示门人诗:"昔我在英灵,驾车词赋场。朝夕工步骤,追踪班与扬。中岁遇达人,授我大道方。归来三秦地,坠绪何茫茫。前访周公迹,后窃横渠芳。愿言偕数子,教学此相将。"(《明儒学案》卷二十九)南大吉在王守仁影响下,从词章之学转向道学,因此王守仁把振兴关中圣学的希望寄托在他身上。李梦阳等人以气节著称于世，崔铣《祭李献吉文》云："君郎署是参，而危言蒯主，敢于台谏；今人与居，而雄词追古，志于周秦。堂堂乎节，折而不挠；烨烨乎闻，幽而弗潜。可谓成章君子矣！"（《洹词》卷六）崔铣把李梦阳的文章与气节并称，可谓确论。王守仁却认为李梦阳等人专攻文艺而不归于道德，只讲气节而不懂圣贤之学。后来唐宋派批评李梦阳"节义，血气耳"，"李氏子惜不闻吾圣人之道而死"（朱日藩《跋空同先生集后》），正是继承了王守仁的衣钵。

王守仁对前七子的态度，也可以从他为徐祯卿撰写的墓志铭中窥见端倪。正德六年，徐祯卿卒于京师。李梦阳曾作《哭徐博士二十韵》，回忆他们结交为友，一起吟诗作文的情景。嗣后李梦阳刊刻《徐迪功集》，作序高度评价徐祯卿的诗文成就。王守仁遵祯卿遗命作墓志铭，没有具体介绍徐祯卿的文学成就，而是着重写他沉溺仙释，习养生之道的情形。文云：

> 昌谷与李梦阳、何景明数子友，相与砥砺，於辞章既殚力精思，杰然有立矣。一旦讽道书，若有所得，叹曰：弊精于无益而忘其躯之毙也，可谓知乎？巧辞以希俗，而捐其亲之遗也，可谓仁乎？于是习养生。有道士自西南来，昌谷与语，悦之，遂究心玄虚，益与世泊，自谓长生可必至。

王守仁充分肯定徐祯卿舍弃文学，"吾隳黜吾昔而游心高玄，塞兑敛华而灵株是固"的行为，对他未能及早领悟"心学"，来不及在"尽良知"上痛下功夫感到遗憾。他在此文的铭词中说：

> 惜也昌谷，吾见其进，未见其至。早攻声词，中乃谢弃。脱掉垢浊，修形炼气，守静致虚，恍若有际。道几朝闻，遐夕仙逝。

生活于现实社会中的每一个人都是复杂的，站在不同的立场，从不同的角度去观察同一个人，会得到绝然不同的印象。李梦阳作为改变一代风气的文坛宗师，王守仁作为开创"心学"的哲学巨匠，对徐祯卿作出不同的评价，本不足为奇，然由此可以看到两人立场观点的差异，足以证明王守仁对于文学的遗弃和对七子文学活动的不满。这在他后期发表的文学观点中表述得更为清楚。

二

前七子是以反对台阁体浮靡萎弱的文风为目标,提倡通过复古求得真诗的文学流派。明代自永乐"三杨"之后,台阁体把持文坛近百年。台阁体诗文多为颂扬帝德、歌颂盛世之作,在风格上以欧阳修为宗主,讲求平正典雅,纡余婉折,变化开阖皆须合乎矩度之正。成弘年间,社会风尚发生很大转变。沉睡已久的自我开始觉醒,长期遭压抑的个人情感和欲望迸发了出来。文人们惊喜地注视着变得浮嚣不安、五色缤纷的世界,纵情享受着生活的欢乐,情绪也变得更加亢奋激动。他们迫切需要通过诗文来表达对生活的真切感受,宣泄真实的感情。那些在内容上贫乏,感情上虚假,形式上四平八稳的台阁体诗文日益使文人们感到厌恶。以李梦阳为代表的前七子,顺应着时代的需要,掀起了一场影响深远的文学复古运动。

前七子从体制入手复古,企图从高格古调中追寻自然之音,使诗歌成为表达情志的真诗。李梦阳《诗集自序》云:

> 夫诗者,天地自然之音也。今途讴而巷讴,劳呻而康吟,一唱而群和者,其真也,斯之谓风也。孔子曰:"礼失而求之野。"今真诗乃在民间,而文人学子顾往往为韵言,谓之诗。

所谓"自然之音",即张口发声,直抒胸臆,不受格律声韵的束缚和限制。作为诗、词本源的民歌,原是"依字声而歌",即依据汉字(语言)的自然声音而成"歌"。汉语本来是音乐性很强的语言,每个字的发声有阳、阴、上、去、入的声调差异,一句话按各字天然的不同声调,结合长短不齐的词组肆口而唱,将"呼吸口吻之间"、"发之天籁"的五音、四声抑扬顿挫,便成为民歌,这也就是李梦阳在《诗集自序》中所说的自然之间"莫之所从来,而长短疾徐无弗谐焉"。民歌不受格律声韵的束缚和限制,能最充分地表达作者的喜怒哀乐。文人作诗,首先考虑诗歌的格律声韵,不能自由地表达情感,因此被李梦阳批评为"出于情寡而工于词多"的"韵言"。

抉精要以会通

搞清了李梦阳所说"自然之音"的含义，就能明白李梦阳为什么要通过复古去求真诗。中国古代诗歌的格律声韵，经过从疏到密，从宽到严的发展过程，至唐代近体诗最后定型，遂成为固有的模式，从而束缚了诗人感情的表达。明代王行《唐诗律诗选序》说："三百篇之诗，非有一定之律也。汉魏以来，始渐渐为之制度，其体已趋下矣。降及李唐，所谓律诗者出，诗之体遂大变。谓之律诗者，以一定之律律夫诗也。以一定之律律之，自然盖几希矣。"（《半轩集》卷六）。因此李梦阳认为"自然之音"只能从古诗中寻找。他追根溯源，从唐近体经李杜歌行、六朝魏晋诗、赋骚、琴操古歌，最终上溯到《诗经》四言体。他把摹仿《诗经》体作为最高的尝试，就是因为《诗经》没有一定之律，是肆口而歌的民谣。

李梦阳等人追寻自然之音，是要使文学能更充分地表现真情。他们所说的"情"，在某种程度上摆脱了"理"的拘缚，呈现出与传统不一致的新精神。李梦阳在《结肠操谱序》中提到了"情"和"理"的关系：

> 天下有殊理之事，无非情之音。何也？理之言常也，或激之乖，则幻化弗测，《易》曰游魂为变是也。乃其为音则发之情而生之心者也。……感于肠而起因，周变是恤，固情之真也。

李梦阳认为理只体现了事物的常态，而有些事物往往乖谬背理超出常态。程、朱理学认为"理"是包举一切的最高主宰，"理一分殊"，体现于万事万物之中。李梦阳却指出有超越"理"的事物存在，否定了"理"的绝对性。李梦阳还认为理主常，情主变，发自内心的声音都是真情，不一定与理相合。程、朱理学主张文学应该表现"理"之正，乖谬背理的事物是被排斥在文学之外的。李梦阳以真情为本，冲破了理学的局限，扩大了文学的表现内容。他在《论学》中，进一步批评了宋儒"皆欲合道"的观点：

> 宋儒兴而古之文废矣。非宋儒废之也，文者自废之也。古之文，文如其人便了，如画焉，似而已矣。是故贤者不讳过，愚者不窃美。而今之文，文其人无美恶皆欲合道，传志其甚矣。是故考实则无人，抽华则无文。

指出文学应当表现真实的人生，描写人物复杂的思想行为和性格。李梦阳虽然同意孟子的性善说,但又认为"性行有不必合",人的行为往往超越了理而与其本性不一致。只有如实地描写"美恶"并存的复杂人性,才能达到生活的真实和艺术的真实。宋儒以封建道德去规范人性,"文其人无美恶皆欲合道",只能产生没有真情的虚假文学,实际上是对文学的摧残和扼杀。

以李梦阳为代表的前七子在弘、正年间发动的文学复古运动,从真情出发,向传统的"文以载道"的观点发起了冲击,尽力使文学摆脱理学的束缚,恢复文学的独立地位和价值,体现了文学发展的正确方向。

王守仁作为一个哲学家,并没有建立起完整的文学理论,但他从心学出发,对文学发表了不少意见。在《答顾东桥书》中说:

> 三代之衰,王道熄而霸术倡;孔孟既没,圣学晦而邪说横。教者不复以此为教,而学者不复以此为学……于是乎有训诂之学而传之以为名,有记诵之学而言之以为博,有词章之学而侈之以为丽。若是者纷纷籍籍,群起角立于天下,又不知其几家。万径千蹊莫知所适,世之学者如入百戏之场,欢谑跳浪,骋奇斗巧,献笑争妍者四面而竞出,前瞻后盼应接不遑,而耳目眩瞀,精神恍惑,日夜遨游淹息,以病狂丧心之人,莫自知其家业之所归。

王守仁认为,三代之后圣学湮没,学问殊途,于是训诂、记诵、辞章之学纷纭而起,使天下学者莫知所归。他以恢复"古学",即三代圣学为己任,竭力排斥训诂、记诵、词章之学,引导人们潜心修道。他吸取佛教禅宗"顿悟"之说,主张直接用身心去体认天理,认为借助于语言文字求道已落入第二义。他声称"诵习经史若无助于求道,便是忘本逐末,玩物丧志",至于那些训诂、词章之学,更是眩人耳目,迷人心智,是圣学之大害。他还认为人们投情于诗酒山水技艺之乐,奋发于意气感激于愤悱,都是牵溺于嗜好,情随物移,未能坚守天理,摒弃私心欲念的缘故。王守仁的"道"是至高无上的,一切文化艺术活动都必须符合体认天理的准则。《罗履素诗集序》说:"今诗文之传则诚富矣,使有删述者而去取之,其合于道也能几。履素之作吾诚不足以知之,顾亦岂无一言之合于道乎?夫有一言之合于道,是其于世也亦有一言之训矣。"

阳明心学在本质上是排斥文学的。心学强调"灭人欲,存天理",要摒除一切情感活动,保持心境的绝对宁静澄明,认为"故凡慕富贵忧贫贱,欣戚得丧,爱憎取舍之类,皆足以蔽吾聪明睿知之体而窒吾渊泉时出之用"(《寄邹谦之》)。因此,他要求人们压制自己的感情:"凡人言语正到快意时,便截然能忍默得,意气正到发扬时,便翕然能收敛得,愤怒嗜欲正到沸腾时,便廓然能消化得。此非天下之大勇者不能也,然见得良知亲切时,其工夫又自不难。"文学创作离不开感情,假若要人们放弃一切感情活动,摒弃七情六欲,心如枯井死水,又怎么能从事文学创作呢?心学还提倡一切顺应自然,反对假借人力,对于文学创作也作如是要求:"若着意安排组织,未有不起于胜心者,先辈号为有志斯道,而亦复如是,亦只是习心未除耳。"(《与杨化鸣》)文学作为一种艺术创作,不是本能的毫无掩饰的发泄,而是作者自觉的行为,当然离不开构思和经营。王守仁认为文学创作皆出于人之"胜心",即沽名钓誉的好胜心。他还批评那些以诗文结社,借地势声望立派的人,是"徇名逐势,非吾所谓辅仁之友"(《答储柴墟》),这些人当然包括煊赫一时的前七子。

王守仁反对文学表现人情和追求辞章之工,从内容和形式两方面堵塞了文学发展的道路,他还通过排斥文学的审美功能来否定文学的价值。他认为一切声色之好都是人欲,人们追求感官享受是犯罪,文学的主要功能是要给人以美的享受,诵习经史尚有忘本逐末、玩物丧志之殆,沉湎于诗文就更是一件危险的事了。王守仁从心学出发排斥文学,反对人们自觉地从事文学创作活动,否定文学表现情感、满足人们审美要求的功能,与以李梦阳为代表的前七子尊重文学的独立性,强调文学表现真情的观点是相对立的。

三

前七子文学复古运动兴起于弘治年间,阳明心学则产生于正德二年,可以说两者之间并无直接的联系。王守仁从心学派生出的文学观点,在某种程度上是对文学复古运动的否定。然而阳明心学在正、嘉年间相当流行，对于当时的文学复古运动产生了很大的影响。

正、嘉年间，许多人在王守仁的影响下，脱离了文学复古运动，从文学创作转向研习心学。徐祯卿是七子中唯一皈依心学的，王守仁《徐昌国墓志铭》云：

> 正德庚午冬，阳明王守仁至京师，守仁故善数子，而亦尝设溺于仙释。昌国喜，驰往省，与论摄形化气之术。……守仁曰：夫盈虚消息皆命也，纤巨内外皆性也，隐微寂感皆心也。存心尽性，顺夫命而已矣！而奚所趋舍于其间乎？昌国数日复来谢曰：道果在是而奚以外求？吾不遇子，几亡人矣。

徐祯卿是弘治间复古运动的干将，后因体弱多病，感到诗文创作殚力精思，以无益之事损害健康，实为不智，遂转而习神仙养生之术以求长生。正德五年冬，王守仁见到徐祯卿，教导他养生之道不应外求，只须"存心尽性"，顺应天命而已。徐祯卿幡然醒悟，有志于王氏"心学"。然次年春徐祯卿即病逝，故于心学未能有所心得，也没有什么影响。

七子之外，在王守仁影响下从文学复古运动转向心学的典型例子是郑善夫和唐宋派的王慎中、唐顺之。郑善夫，字继之，号少谷，闽县人。弘治十八年进士，曾随何景明学诗，颇享盛名。李开先、邓原岳、张炜等人将他与李梦阳、何景明、徐祯卿并称为海内四俊。正德八年，他在武进与王守仁相遇，即倾心于阳明心学。他在《答姚元肖书》中说：

> 走童子时即好为文辞，每读《大人》《上林》诸赋，爱其穷高极眇，铿金戛玉，奋然希剽其余声。晚遇王伯安于毗陵，相语数日，始计之心曰：雕虫篆刻，壮夫不为也。乃始改念，捆摭群书而求其键，于今三年矣。

郑氏从阳明处闻道后，即束书不读，并认为诗文之事有害身心而多加辞退。《与城中诸友书》云："闻作古文会，固是美事，等作意为此亦害心。"郑氏《少谷集》中，正德后期诗作很少，即使有，也夹杂论学之语，带有性理诗色彩，与前期作品旨趣迥异。

郑善夫的理论和创作成就并不高，在当时尚未引起人们的注意。王慎中、唐顺之等人从文学复古运动中分离出来后另立唐宋派，与前七子分庭抗礼，且大有取代之势，更能显示出明代中期文学思潮的演变。

王慎中在嘉靖五年考中进士，先后任户部和礼部主事。在京任职期间，肆力于诗文创作，深受李梦阳、何景明等人的影响。嘉靖十一年，王守仁高足王畿中进士，在京师与王慎中、唐顺之、罗洪先等人讲谈阳明心学，慎中自此对心学发生兴趣。此后，王慎中尽取古圣贤经传和宋儒之书读之，遂追悔少年之作，欲尽焚之。王慎中《再上顾未斋》记述了他思想的变化：

> 某少无师承，师心自用，妄意于文艺之事。自十八岁谬通仕籍，即孳孳于觚翰方册之间，盖勤思竭精者十有余年，徒加掇撦割裂以为多闻，模效依仿以为近古，如饮酒方醉，叫呼喧呶，自以为乐，而不知醒者之笑于其侧而哀之也。溺而不止，已成弃物，天诱其衷，不即沦陷。二十八岁以来，始尽取古圣贤经传及有宋诸大儒之书，闭门扫几，伏而读之，论文绎义。积以岁月，忽然有得，追思往日之谬，其不见为大贤君子所弃，而终于小人之归者，诚幸矣。愧惧交集，如不欲生，乃尽弃前之所学，潜心钻研者又二年于此矣。

唐顺之早年也是复古派之成员，为文崇尚秦汉，尤其喜爱李梦阳的作品，以至篇篇成诵，并逐一仿效。他在《答顾东桥少宰》书中说："仆迂憨无能人也，过不自量，尝从诸友人学为古文诗歌，追琢刻镂，亦且数年，然材既不近，又牵于多病，遂不成而罢去。"唐顺之放弃古文诗歌的真正原因，是他在王畿的影响下倾心于阳明心学。《与田柜山提学书》说："吾辈年已长大，虽笼聚精神，早夜矻矻从事于圣贤之后，尚惧枉却此生，则虽诗文与记诵，便可一切罢去，况更有赘日剩力为此舔笔和墨之事乎？"唐顺之要在静修中体认天理，领悟真精神，视语言文字为修道的障碍，因而"捐书烧笔，于静坐中求之，稍稍见古人涂辙"（《答蔡可泉》）。

王慎中、唐顺之在阳明心学影响下脱离文学复古运动，打出遵唐依宋的旗号，他们的文学观念与王守仁一脉相承。唐宋派文学理论的核心是"文道合一"，把文学重新置于理学的控制之下。王慎中认为"诚有德矣，亦何事于言，未有有德而不能言者"（《薛文清公全集序》），并提出"见于言语文字以谕志意达性情，非汲汲期其言之行于远也，而义理载以行焉，虽欲不远不可得也"（《黄晓江文集序》），说明有德之言不求文工亦可流传。唐顺之更强调文章的载道功能，排斥文艺作品的艺术性。他在《与王遵岩参政书》中说："近来有一僻见，以为三代以下之文未有如南丰，三代以下之诗未有如康节者。"王慎中和唐顺之特别推崇曾巩的文，认为曾巩的文章"折衷诸子之同异，会通于圣人之旨，以反溺去蔽，而思出于道德"（王慎中《曾南丰文粹序》）。唐顺之最崇拜的诗是邵雍的《击壤集》，《四库全书总目提要》评论此集云："沿及北宋，鄙唐人之不知道，于是以论理为本，以修词为末，而诗格于是乎大变，此集其尤著者也。"唐顺之把曾巩文、邵雍诗作为典范，完全是抹杀文学艺术特性的理学家论调。

唐宋派主将茅坤从"文道合一"出发，提出古文从先秦散文到唐宋八大家的文统，并把王守仁作为明代唯一能承续古文正统的作家。《文钞论例》说："八大家而下，予于本朝独爱王文成公，论学诸书及记学记尊经阁等文，程朱所欲为而不能者。……嗟乎，公固百世殊绝人物，区区文章之工与否不暇论，予特附揭于此，以见我本朝一代之人豪，而后世之品文者当自有定议云。"他还批评李梦阳等人不合圣人之道，把他们排斥在文统之外，《文旨赠许海岳沈虹台二内翰先生》说："弘治、正德间，北地李梦阳攘袂而呼曰：文在是矣。倡者叱咤，听者辟易，于今学者犹剿而附焉。嗟呼，间以之按六艺之遗及西京以来作者之旨，然乎，否邪？得非向草莽而窃者耶？"唐宋派尊王抑李，反映出阳明心学对于文学的渗透。

前七子文学复古运动重视文学表达情志和审美功能，强调文学的独立性和艺术性。唐宋派重视文学的载道作用，强调文学必须符合圣贤之道而忽视文学的艺术性。唐宋派的文学理论在主体上沿袭了阳明心学的观念，因此唐宋派与前七子之间带有实质性的论争，客观上反映了阳明心学与文学复古运动的本质差异。嘉靖年间，唐宋派很有影响，钱谦益《列朝诗集小传》说："嘉靖初，王道思、唐应德倡论，尽洗一时剽拟之习，伯华与罗达夫、赵景仁诸人左提右挈，李、何文集几于遏而不行"，这也可视作阳明心学对于文学复古运动的冲击。

原载《复旦学报（社会科学版）》1993年第6期

试论冯梦龙的小说理论

陆树仑

冯梦龙是以编纂《三言》和增补《新平妖传》《新列国志》著称的。冯梦龙之所以重视通俗小说的编纂和增补工作,与他对小说的正确认识有关,可以说是他的小说理论的实践。

对小说尤其是通俗小说,封建正统文人是鄙视的,说是不登大雅之堂的道听途说,为君子所不齿。因此,小说理论的兴起,比诗论、文论、词论以及曲论都要晚。直至明代嘉靖以后,随着通俗小说日益繁荣,小说理论才以序跋和评点的形式出现。如蒋大器、张尚德、林瀚、余邵鱼、李贽、叶昼、欣欣子、陈眉公等人在小说理论方面都有所建树;尤其以李贽的影响最大,开一代小说评点之风。冯梦龙酷爱李氏之学,奉为蓍蔡,其小说理论也深受李氏影响。冯梦龙没有小说理论方面的专著,有关小说的论述则见诸序跋和批语。他用绿天馆主人、无碍居士和可一居士等化名写的《古今小说序》(即《喻世明言序》《警世通言序》和《醒世恒言序》),可以说是中国古代小说理论的重要文献资料。

一

冯梦龙在《太霞新奏序》和《步雪新声序》中阐述诗歌词曲产生、发展、变化情况时指出:"文之善达性情者,无如《诗》三百篇之可以兴人者,唯其发于中情自然而然故也。自唐人用以取士而诗入于套,六朝用以见才而诗入于艰,宋人用以讲学而诗入于腐。而从来性情之郁,不得不变而之词曲。……今日之曲,又将为昔日之诗。词肤调乱,而不足以达人之性情,势必再变而之《粉红莲》、《打枣杆》矣。"(《太霞新奏序》)"学者死于诗而乍活于词,一时丝之肉之,渐熟其抑扬之趣,于是增损而为曲,重叠而为套数,浸淫而为杂剧、传奇,固亦性情之所必至矣。"(《步雪新声序》)在这里,我们可以看到冯梦龙文艺思想的主要内容:文学是表达人的性情的,文学是在不断发展变化之中。冯梦龙的小说理论正是他的文艺思想的一种具体体现。

  史统散而小说兴。始乎周季,盛于唐,而浸淫于宋。韩非、列御寇诸人,小说之祖也。《吴越春秋》等书,虽出炎汉,然秦火之后,著述犹希。迨开元以降,而文人之笔横矣。若通俗演义,不知何昉?按南宋供奉局,有说话人,如今说书之流,其文必通俗,其作者莫可考。泥马倥偬,以太上享天下之养。仁寿清暇,喜阅话本,命内珰日进一帙,当意,则以金钱厚酬。于是内珰辈广求先代奇迹及间里新闻,倩人敷演进御,以怡天颜。然一览辄置,卒多浮沉内庭,其传布民间者,什不一二耳。如《玩江楼》《双鱼坠记》等类,又皆鄙俚浅薄,齿牙弗馨焉。暨施、罗两公,鼓吹胡元,而《三国志》《水浒》《平妖》诸传,遂成巨观。要以韫玉违时,销镕岁月,非龙见之日所暇也。

  皇明文治既郁,靡流不波。即演义一斑,往往有远过宋人者。而或以为恨乏唐人风致,谬矣。食桃者不费杏,绨縠毳锦,惟时所适。以唐说律宋,将有以汉说律唐,以春秋、战国说律汉,不至于尽扫羲圣之一画不止!可若何?大抵唐人选言,入于文心;宋人通俗,谐于里耳。天下之文心少而里耳多,则小说之资于选言者少,而资于通俗者多。

这是《古今小说序》的主要文字,内容非常丰富。

第一,指出小说兴起与史学的关系。据《汉书·艺文志》记载:"小说家者流,盖出于稗官,街谈巷语,道听途说者之所造也。"而冯梦龙提出"史统散而小说兴"的见解,并尊韩非、列御寇为小说之祖,把《吴越春秋》称为汉代小说。在冯梦龙看来,小说兴起于单单由史官按照事实,忠实地记录,已无法反映日益复杂的现实社会和表现对社会看法的时代,乃是社会发展的产物;《韩非子》、《列子》、《吴越春秋》里大量遗闻旧事、神话、寓言和民间传说,是小说兴起时期的作品。这无疑要比《汉书·艺文志》里的说法来得确切。因为"街谈巷语""道听途说",只是琐屑小语,还不成为小说。说是起源于神话、传说、寓言以及遗闻旧事,与我们今天对小说起源的看法是基本一致的。《汉书·艺文志》把小说看作"当尧狂夫之议",冯梦龙则认为小说能表现史籍所无法实录的种种社会现象和种种看法及愿望,小说可以弥补史籍反映社会现象的缺陷和不足之处,这就打破史家对小说的成见,廓清了小说与史籍的关系。

第二,把中国古代小说发展变化的情况,划分成五个时期:周代末年是小说萌芽兴起时期;盛唐是传奇勃兴时期;宋代是通俗的话本小说流行时期;元代是长篇巨制的创作时期;明代是各种小说都得到发展时期。这样划分,确是理出了中国古代小说发展的基本线索。不足之处是忽略了六朝志怪志人小说在小说发展史上的位置。

冯梦龙在分析小说发展过程时,还特地指出其发生、发展、繁荣的条件和原因。小说在周朝末年已经兴起了,可是汉代的小说却不见发展,著作稀少。究其原因,冯梦龙说与秦始皇焚书有关系。宋代通俗小说的流行,标志着小说有了新发展。但是,见于民间的,作者都是不可考的民间艺人,作品散佚了;那些"进御"的,又多半"浮沉内庭",传布民间,"什不一二",并又"鄙俚浅薄",没有呈现出高潮。故直到元代,施耐庵、罗贯中等小说大家出现,小说方形成"巨观"。各种类型的小说都得到发展,所谓"靡流不波",乃是明代才出现的,从而冯梦龙作出这样的结论:"要以韫玉违时,销镕岁月,非龙见之日所暇也。"简要地说,小说的繁荣决定于社会条件。在这里,冯梦龙强调了作者对于小说发展,繁荣的重要作用,给施耐庵、罗贯中以很高的评价。诚然,这样分析小说发生、发展和繁荣的条件和原因,还不全面和系统,但也看到冯梦龙已涉及到社会与小说的关系,小说盛行于内庭与传布于民间的关系,小说作者与小说繁荣的关系,这无疑是正确的。早在四百多年以前的晚明时代,能这样分析一种文体发生、发展、繁荣的条件和原因,应该说是了不起的。

第三,强调小说的时代性。一个时代的小说应有一个时代的特色。冯梦龙对唐代传奇的评价很高,但不同意用唐传奇来贬低宋以来的话本和演义等通俗小说。不能因为唐传奇好,就说宋以来的通俗小说不好。"食桃"而"费杏"的态度是不足取的。"缔縠毳锦,惟时所适",唐代盛行传奇,宋代以来流行通俗小说,乃是不同时代有着不同要求的缘故。如果用唐传奇要求宋代以来的小说,那就犯了不合时宜的错误。因此,冯梦龙明确地指出,认为宋以来的小说缺少唐人传奇"风致"的论调,乃是谬误的。"以唐说律宋,将有以汉说律唐,以春秋、战国说律汉,不至于尽扫羲圣之一画不止!可若何?"问题提得何等有理,批评得又何等尖锐!同时,我们都清楚,晚明文坛上,复古与反复古的斗争,还相当激烈和复杂。公安、竟陵批垮了后七子的复古主张。但由于公安的"俚俗""纤弱"和竟陵的"幽深""孤峭"等弊端,致启祯间又有人在续振复古之堕绪。冯梦龙从一个时代有一个时代文学的发展观点出发,反对以古律今,褒古贬今的倾向,又何尝不是在重扬公安、竟陵之余波,以去复古之堕绪呢?故冯梦龙强调小说的时代特点,其意义就不局限在小说范畴之内,对于扫除文坛上复古末流所泛滥的污泥浊水,也起有积极作用。

第四,大力提倡通俗小说,以适应"里耳"的需要。那些崇尚唐人传奇者,认为宋以来的通俗小说没有传奇的文采,实质上是个对通俗小说采取鄙视态度的问题。对此,冯梦龙针锋相对地指出:诚然,唐人传奇,风致斐然,但是,只有知书的文人才能领会欣赏,那些不识字,没有文化的市井百姓,是无法理解的,他们只能接受通俗小说。而天下知书的人少,不识字的人多,小说就应该少迎合"文心",而去适应"里耳"。不难看出,冯梦龙反对用唐人传奇贬低通俗小说,不单单是出于反复古,强调小说的时代性,究其宗旨,还在于使小说从单纯地供少数"文心"者阅读、思辨、消闲中解脱出来,去适应广大市井百姓的审美趣味,被他们所领悟、接受。他编纂《三言》，正是这种宗旨的具体表现。这是反映了晚明市井百姓对文化的要求。

二

冯梦龙深知文学的社会教育作用。他总是运用文学宣传自己的主张，鞭挞所憎恶的东西。他编纂《挂枝儿》《山歌》，便是"借男女之真情"，以"发名教之伪药"（见《山歌序》）；他编写和更定传奇，就在于给世人一面青铜镜子，"朝夕照自家面貌"，以发挥传奇的"兖钺"作用（见《酒家佣序》）；他汇编《智囊》，就是为了令人学智，"使下下人有上上智，同证入智果"（见卫泳《智囊序》评）；他编纂《古今笑》（即《古今谭概》），便出于"疗腐"，"破烦蠲忿，夷难解惑"（见韵社第五人《古今笑序》）。至于编辑《情史》，评纂《太平广记钞》，增补《新平妖传》《新列国志》和编纂《喻世明言》《警世通言》《醒世恒言》，更是为了运用小说的强烈的艺术感染力量，去改变现实社会中种种龌龊、丑恶和不合理的现象。冯梦龙认为：稗官野史，乃疗俗之圣药。这是冯梦龙在《太平广记钞小引》里说的话。在这篇《小引》里，冯梦龙曾摘引宋人的一句话："酒饭肠不用古今浇灌，则俗气熏蒸。"并由此指出："凡宇宙间龌龊不肖之事，皆一切俗肠所构也。"而小说正是浇灌俗肠的"圣药"，《太平广记》便是药笼中一付大剂量。冯梦龙把卷帙浩繁、内容博奥而流传不广的《太平广记》，芟繁就简，评纂刊行，就在于用这付大剂量浇灌酒饭肠，驱除俗气熏蒸。也就是运用小说的力量去改变现实社会里种种龌龊不肖之事。关于这一点，冯梦龙时时在评语中点明。如重才问题，便是一再提及的。

  往时天子爱才如此，故天亦往往产奇才以应之。吁，今亡矣夫！（《太平广记钞》卷五《仙部》"李泌"条眉批）

此指唐玄宗闻知李泌是"奇童"，便令人偷偷抱入内庭事。

  想见古时人情好才，若今日争认尊官高第耳！（《太平广记钞》卷二十五《才名部》"李邕"条眉批）

此指李邕入计京师,京洛阡陌聚看事。

> 陈少游何等人,而重才犹尔?(《太平广记钞》卷二十五《才名部》"李华"条眉批)

此指陈少游镇维扬时,见门吏报李华来,便大喜,"簪笏待之"事。

> 那得此怜才皇帝?(《太平广记钞》卷二十四《幼敏部》"苏颋"条眉批)

此指唐玄宗见苏颋醉呕殿下,乃亲自为之覆衾事。

> 重色而不怜才,真庸主也。(《太平广记钞》卷四十九《画部》"毛延寿"条眉批)

此指汉元帝因王嫱而杀戮京师著名画工事。

这些批语,诚然带有冯梦龙自己怀才不遇的感慨。但是他所处的时代,也确是世风衰败,重势利而轻人才。明代皇帝有几个不是重色不怜才的庸主?官场上又有多少是不争尊官高第而重才的人?所以,这些批语,就不是个别怀才不遇者的牢骚,而是具有普遍的社会性。应看作是冯梦龙在借古人古事,以浇灌现实社会中不重才的"俗肠",批判的矛头是针对好色不怜才的帝王和人情不好才的世风。冯梦龙这帖取自稗海的"圣药",下得是够重的。

通俗小说感人之敏捷和深刻,远非日诵《孝经》《论语》所能比及。关于这一点,冯梦龙曾在《古今小说序》里明确地谈到。

> 试令说话人当场描写,可喜可愕,可悲可涕,可歌可舞;再欲捉刀,再欲下拜,再欲决脰,再欲捐金;怯者勇,淫者贞,薄者敦,顽钝者汗下。虽日诵《孝经》《论语》,其感人未必如是之捷且深也。噫,不通俗而能之乎?

并又于《警世通言序》中举了里中小儿听说三国故事的例子,加以说明:

> 里中儿代庖而创其指,不呼痛,或怪之。曰:吾顷从玄妙观听说《三国志》来,关云长刮骨疗毒,且谈自若,我何痛为!

冯梦龙生活在《孝经》《论语》被奉为儒家"经典",不允许任何亵渎的尊儒时代。可是,在这里冯梦龙却明白指出,《孝经》《论语》对读者的感染力和教育作用,远远没有通俗小说来得强烈。把通俗小说的社会作用提高到《孝经》《论语》

之上,他主观上虽然没有否定儒家"经典"的意思,但在实际上已涉及这样一个重大问题:是只能用儒家"经典"去统治人的思想,一切以孔孟之是非为是非,还是应该用通俗小说去"喻世""警世""醒世",使人们"性通""情出"呢?冯梦龙的回答甚为肯定,即是后者而不是前者。诚然,冯梦龙这样说,是为了强调通俗小说的社会地位,应该受到重视,但也不能不说,这已在向他所生活的尊儒时代提出了大胆的挑战!

通俗小说,习之而不厌,传之而可久。冯梦龙把编纂的古今小说第三辑命名为《恒言》,就点明了这一点。在他的心目之中,通俗小说具有普遍性的意义,能永久地发挥作用,属于永恒之言。他在《醒世恒言序》中还运用恒为醒,非恒为醉的概念来阐述恒言的含意。冯梦龙指出,思想道德,以及言语行动,均可以用醒与醉来概括:"惕孺为醒,下石为醉;却嚤为醒,食嗟为醉;剖玉为醒,题石为醉"。"忠孝为醒,而悖逆为醉;节检为醒,而淫荡为醉;耳和目章、口顺心贞为醒,而即聋从昧、与顽用嚚为醉。"通俗小说既是恒言,那么所表现的内容和产生的影响,自然是醒世的。"时义大矣哉!"虽然冯梦龙"醒"的概念里还包含有属于封建伦理纲常的东西,但是通俗小说所表现的却有许多离经叛道的异端思想和情绪,既然通俗小说属于恒言,那么其中那些被封建卫道者视作洪水猛兽的"邪说",不是也成了醒世恒言了吗?

在《醒世恒言序》里,冯梦龙还指出:

> 自昔浊乱之世,谓之天醉。天不自醉人醉之,则天不自醒人醒之。以醒天之权与人,而以醒人之权与言。言恒而人恒,人恒而天亦得其恒。万世太平之福,其可量乎!

这就把"醒人""醒天"之权授与通俗小说了。通俗小说成了治世的恒言。可说作是"六经国史之辅",而列为经典。

冯梦龙是这样认识小说的社会教育作用的,也是这样提倡和付诸实践的。他评纂《太平广记钞》,就犹如李长庚在《太平广记钞序》中听说:《太平广记》"闳肆幽怪,无所不载,犹龙氏掇其蒜酪胾炙处,尤易入人,正欲引学者先入广大法门,以穷其见闻"。穷其见闻,或"以羊悟马",以尽天地民物性情之变;或"执方疗疾",以治现实社会的种种弊病。编辑《情史》,乃在于"令人慕义","令人知命"。"私爱以畅其悦,仇憾以伸其气,豪侠以大其胸,灵感以神其事,痴幻以开其悟,秽累以窒其淫,通化以达其类,芽非以诬圣贤而疑,亦不敢以诬鬼神。辟诸《诗》云,兴观群怨,多识种种。具足或亦有情者之朗鉴,而无情者之磁石乎?"(《情史序》)增补《新列国志》,是为了使"国家之兴废存亡,好事之是非成毁,人品之好丑贞淫,一一胪列,如指诸掌……往迹种种,开卷了然。披而览之,能令村夫俗子与缙绅学问相参;若引为法诚,其利益亦与《六经》诸史相埒。"(《新列国志序》)至于编纂《三言》,见其命题,便知是运用通俗小说来"喻世""警世""醒世"的。

不过,我们也必须看到冯梦龙所用的"疗俗""触性""导情""导愚""喻世""警世""醒世"等概念,含意是相当复杂的。既在说忠,说孝,说节义,也在广情,使"无情化有,私情化公,庶几乡国天下,蔼然以情相与,于浇俗冀有更焉"(《情史序》)。这说明冯梦龙在用什么改变恶薄的世风和势利的世途问题上,还有不少糊涂看法。他只看到被美化的封建伦理纲常与现实社会中种种龌龊不肖之事间的不同,而没有懂得其间的因果关系;他只知道"忠孝节烈之事,从道理去做者必勉强,从至情上出者必真切"(《情史》卷一总评),而没有看出这已是一种被封建礼教所扭歪的感情。这种理论上的局限,必然影响他对作品内容的要求。就以《三言》而论,这百二十篇,都应该是冯梦龙择取的"嘉惠里耳者"。其实思想内容并不一样,有体现市民思想感情、审美趣味和道德标准的,有歌颂高尚品德、真诚友谊的,也有描写神仙道化、渲染因果报应、宣扬封建伦理纲常的。总之,尚情讲理,好货寻愁,指奸斥佞,求仙访道,……凡是人所共和、共好、共言,好习之事,在《三言》都得到表现。也就是说,在歌颂资本主义萌芽时期的新思想的同时,又掺杂进消极、腐朽、庸俗的旧意识。不过,这种进步的和落后的,美的和丑的交错混杂在一起的文学现象,正是晚明这个特定历史时期市民文学基本特征的反映,不是冯梦龙脱离现实生活的主观编造。这说明冯梦龙编纂

抉精要以会通

《三言》是反映市民的要求,是把体现晚明市民文学基本特征的通俗小说看作"喻世""警世"和"醒世"的恒言的。

三

在小说表现艺术方面,冯梦龙也发表了不少精湛的见解。冯梦龙不反对文言小说,对唐传奇评价就很高,《情史》便收录了许多文言小说。不过,相形之下,他更偏重于通俗小说。《醒世恒言序》中说:

> 尚理或病于艰深,修词或伤于藻绘,则不足以触里耳而振恒心。

这也就是要求小说阐述道理要浅近明白,切忌艰深晦涩、玄奥莫测;修饰词句要平淡自然,宛如口语,不能堆砌华丽辞藻。不然,一般市井百姓就无法接受、理解和欣赏。这样理解小说的通俗,其理由见《警世通言序》。冯梦龙说,像六经、《语》、《孟》里那些"令人为忠臣,为孝子,为贤牧,为良友,为义夫,为节妇,为树德之士,为积善之家"的道理,只有为数不多的"切磋之彦""博雅之儒",才能理解和进行研究。而"村夫稚子,里妇估儿,以甲是乙非为喜怒,以前因后果为惩劝,以道听途说为学问";他们喜闻乐见的是"浅""俚"的通俗演义小说。这是把为什么要求通俗和怎样理解通俗的问题讲清楚了。

冯梦龙所谓的"浅""俚",不是指"浅薄""鄙俚"。而"鄙俚""浅薄"乃是冯梦龙所反对的。他之所以说《玩江楼》《双鱼坠记》等通俗小说不好,读了"齿牙弗馨",主要原因就是这类通俗小说流于"鄙俚浅薄"。他认为"浅"与"俚",不仅指浅近明白,平淡自然,而且是与思想感情的真实联系的。所以他说"最浅,最俚,亦最真"(《挂枝儿·送别》第三首评)。所谓"真",这里是指真情实感。董斯张说冯梦龙的作品(指散曲)"真是至情迫出,绝无一相思套语"(冯梦龙《怨离词》评)。冯梦龙也曾以此自诩:"子犹诸曲,绝无文采,然有一字过人,曰真。"(《有怀》评)所以冯梦龙对于小说也总是这样要求的。我们在他的有关小说的眉批里,常常可以看到这样的评语:"叙别致凄婉如真","描写炎凉世态极工","描写不贤妇口气如尽","话得真切动人","口气逼真","情至语","真真"。认为:只有说清楚事情的自然文学,才能收到"触性性通,导情情出"的艺术效果;如果雕章琢句,堆砌辞藻,如以胭脂涂牡丹,势必"貌而不情","文而表质",那就不真了。

冯梦龙所谓的"真",还是一种艺术真实的概念,不是要求小说的人和事一一按照生活实录,而排斥合乎情理的艺术虚构。他在《警世通言序》里指出:

> 野史尽真乎?曰:不必也。尽赝乎?曰:不必也。然则,去其赝而存其真乎?曰不必也。
>
> ……人不必有其事,事不必丽其人。其真者可以补金匮石室之遗,而赝者亦必有一番激扬劝诱、悲歌感慨之意。事真而理不赝,即事赝而理亦真,不害于风化,不谬于圣贤,不戾于诗书经史,若此者其可废乎!
>
> ……视彼切磋之彦,貌而不情;博雅之儒,文而丧质,所得而未知孰赝而孰真也!

在这里,冯梦龙把真的概念讲得很透彻。他认为,小说可以实录,也可以假托,不必完全实录,也不必完全假托,实录和假托可以并存。实录的,必须具有长久的价值和意义;假托的,必须具有激扬劝诱、悲歌感慨的内容。总之,不论是"真",是"赝",还是"真""赝"的结合,总要求"人""事""理"的统一,"貌"与"情"、"文"与"质"的统一。所以,他评论作品的"真""赝"问题时,总是这样考虑的。今列举数例于下:

> 《传》但云角哀至楚为上大夫,以卿礼葬伯桃,角哀自杀以殉,未闻有战荆轲之事。且角哀死在高渐离之前。

此是对羊角哀舍命全交的评论。尽管羊角哀死战荆轲的描写,不合乎历史事实,冯梦龙还是肯定的。因小说作者"盖愤荆轲误太子丹之事,而借角哀以愧之耳"。合情合理。故当小说里指责荆轲"不思良策以副重托",以致"丧身误国"时,冯梦龙大笔批道:"责指荆轲极是。"

> 此条与《玩江楼记》所载不同。《玩江楼记》谓柳县宰欲通月仙,使舟人

用计,殊伤雅致。当以此说为正。

评语见《众名姬春风吊柳七》。所谓"与《玩江楼记》所载不同",指由柳永欲通周月仙,使舟人用计先污辱之,以此要挟周月仙服从自己,改写成周月仙与贫穷的黄秀才热恋,钱二员外用计从中破坏,并占有了周月仙。柳永得知后,便替周月仙除去乐籍,令与黄秀才结为夫妇。《玩江楼记》写柳永欲通周月仙和《吊柳七》写柳永成全黄周好事,都属虚构。冯梦龙之所以以《吊柳七》所写的为正,在于他认为柳永是"风流首领"。自古"情人自怜情人",只有成全周黄的婚姻,才合乎情理。而柳永欲通周月仙,使舟人用计的描写,则有损于柳永风流才子的形象,故批评说:"鄙俚浅薄","殊伤雅致",不能依从。

> 按此诗乃欧阳公所作,以讥荆公者。小说家不过借以成书,原非□□实事也。

此诗指"秋花不比春花落,说与诗人仔细吟"。而在《王安石三难苏学士》里,却作为苏轼读王安石的诗,成为苏轼讥讽王安石了。冯梦龙并不以此失真。这说明冯梦龙主张小说作者出于创作上的需要,可以借用故事情节。

> 宋人小说□说赏劳□使费,动是若干两、若干贯,何其多也。盖小说是进御者,恐启官家裁省之端。是以务从。广大读者不可不知。

此评见《崔衙内白鹞招妖》,是对崔衙内给酒家三两银子作酒钱一事而发的。以这么多的银子作酒钱,不符合事实。而冯梦龙则认为出于某种特殊需要,允许夸张。读者不应以此为怪,以此为非。

> 大抵唐风多淫,自明河问渡,椒风不警。而桑中濮上,靡然成俗。一时文士游戏,皆借天上以喻人间。读小说者以意逆之,未可遽以秽太清也。

此评见《太平广记钞》"成公智琼"条。指出"玉卮惜别,太阴求偶,织女与婺须同尘,嫦娥与青童妒色"等故事,都是文人假托,借以表现世风。读者要度测其中的寓意,不应当真,说是亵渎神仙。

以上列举的事例,可以说明冯梦龙关于"真""赝"的看法。在冯梦龙看来,小说作者为了表现创作意图,只要合乎情理,可以不必斤斤计较历史事实和现实情况:情节安排要有利于表现人物形象;出于创作上的需要,可以假托、借用、夸张。不难看出,冯梦龙对于"真""赝"的概念,以及其间关系的理解,已涉及艺术真实与生活真实的关系。创作意图与创作方法的关系问题了。并且理解得相当精当,在今天对于从事创作和评论作品犹有一定参考价值。

或谓冯梦龙增补《新列国志》则过于拘泥于历史事实而忽略了小说的创造。其实不然。据《新列国志·凡例》,冯梦龙只是认为:"旧志事多疏漏,全书不贯串,兼以率意杜撰","旧志姓名,率多自造",以及叙事颠倒,详略失宜,典章制度失实,于是根据《左传》《国语》《史记》诸史传,予以增删、更改、重新编次。我认为这样要求历史演义小说还是对的。如像"奇奇怪怪,邈若河汉"的《新平妖传》,就不成其为历史演义小说了。冯梦龙之所以删去旧志中"秦哀临潼斗宝"故事,乃是因为秦哀公之世,"秦方式微",尚南附于楚,那能号召十七国之君并驾而赴临潼斗宝呢?如若保留不删,就得重写这段历史,不然,前后失去照应,互相牴牾,不合情理。如《三国演义》不写刘关张"落草"一样,不应厚非。同时,我们也应该看到,《新列国志》也不是完全没有创造。正如可观道人在《序》中所说:"敷演不无增添,形容不无润色",只是"大要不敢尽违其实"而已。所以,这与冯梦龙的"真","赝"说,无不相悖。当然,《新列国志》作为小说,则过于平铺直叙了,描写摹神处少了些。

在小说情节描写和结构方面,冯梦龙也发表过精彩的见解,但不够系统。

冯梦龙的小说理论在古代文学理论批评的发展史上有着闪光的地位。这里只是粗粗地理了一下,很不全面,权且抛砖引玉,请方家教正。

原载《复旦学报(社会科学版)》1984年第3期

汤显祖的诗文理论

邬国平

汤显祖留给后人的文学遗产是丰富的,不仅有绚丽多彩的戏曲、脍炙人口的诗文,而且还有带着真知灼见的文学理论。作为文学批评家的汤显祖,对戏曲、诗文、小说和词都提出了很多有价值的意见,而其中又以戏曲论和诗文论最为重要;在戏曲论和诗文论中,诗文论所涉及的范围又较为广泛。鉴于目前我国学术界对此很少问津,本文试图对汤显祖的诗文理论作一简要的论述。

一

在哲学和社会思想方面汤显祖有几个观点,与他的文学思想关系非常密切。

第一点是他的"因革观"。他在《江西按察司修正衙宇记》一文中说:"事固未有离因革者。因而莫可以革,革而莫有以因,则亦犹之乎因革而已。惟夫因而必不可以无革,革而幸可以无失其因,则一不为过劳,而永可以几逸;法易以维新,而众可与乐成。此其善物也。"事物的发展离不开"因"(继承)和"革"(创新)两个方面。文学的发展也表现为"因革"相对立统一的运动过程,在每一个时代的文学中无不存有从前文学的痕迹,也无不打上了新的时代烙印。因而不革,迁今人而就古人,此为复古派;革而不因,割断历史,以我作古,此为放诞派。

汤显祖从事文学活动的时代,正是复古主义相当盛行的时期,它产生的弊端给文学发展带来的很多危害,引起了不少有识之士的激烈反对;但在这些反对者中,也出现了一些轻视古代优秀的艺术传统的倾向。汤显祖本着因革相结合的认识,在主要反对复古主义文学思想的同时,对后一种倾向也提出了批评,表现出一位严肃的文学批评家的科学态度。

第二点是他对致知辨物的看法。他在《顾泾凡小辨轩记》一文中说:"学道者,因'至日闭关'之文,为主静之说。夫自然之道静,知止则静耳,安所得静而主之?《象》曰:'商贾不行,后不省方。'此非主静之言也。环天下之辨于物者,莫若商贾之行,与夫后之省方。何也?合其意识境界,与天下之物遇而后辨。夫遇而后辨,固有所不及辨者。若夫不行而行,不省而省,所谓自然之辨也与。"辨物,即对事物的认识,也就是获得知识。在汤显祖看来,存在着两种不同的辨物,一种为"遇而后辨",一种为"自然之辨"。"遇而后辨"指人的"意识境界与天下之物"相遇而获得对事物的认识,从他肯定"商贾之行"、"后(君主)之省(视)方(事)"来看,显然带有肯定实践是知识来源的含义,同时又指出它的局限在于不能认识所有的事物("固有所不及辨者")。他在这里主要认为通过个人有限的经历不可能穷尽对天下无限的事物的认识,所以还得依靠"自然之辨"。"自然之辨"即所谓"不行而行,不省而省",通过头脑思索和想象活动来获得知识。其实,这只是对来自于客观外界的感性材料的加工,并非是一种神秘的力量。汤显祖对此还没有正确的认识,他说的"自然"带有"先天"的因素。这在他的文学观点上也反映了出来。他一方面重视客观环境、作家的经历和后天的学习对创作的影响,重视作家的主观因素在写作中的作用;另一方面,他又把作家的"灵性"同先天的文学才能联系在一起。

第三点是他的情、理对立观点。他说:"事固有理至而势违,势合而情反,情在而理亡。"(《沈氏弋说序》)"情有者理必无,理有者情必无,真是一刀两断语。使我奉教以来,神气顿王。"(《寄达观》)"第云理之所必无,安知情之所必有邪!"(《牡丹亭记题词》)明代道学泛滥,道学家奉行的信条是"存天理,灭人欲",竭力想通过维护封建纲常的神圣地位、抑制人们追求自由和幸福的各种愿望来巩固其腐朽的统治。汤显祖尊尚人欲,反对以理格情,这反映了他反对封建礼教对人的严酷摧残,肯定个性自由的民主思想因素。据程允昌《南九宫十三调曲谱序》记载:"张洪阳谓汤若士曰:'君有此妙才,何不讲学?'若士答曰:'此正是讲学。公所讲者是性,我所讲者是情。盖离情而言性,一家之私言也;合情而言性,天下之公言也。'"汤显祖站在"天下之公言"一面,反对"一家之私言",这正是他的文学作品人民性的集中表现。反映在他的文学观上,十分强调情对创作的作用,而他所说的情具有反封建的进步思想内容,为中国传统的"缘情说"加添了新的时代内容。

二

汤显祖在晚年的时候,曾与别人谈及自己从事文学创作的发展过程和写作上的追求。他说:

> 吾少学为文,已知訾謷王、李。撏撏然骈枝俪叶,从事于六朝。久而厌之,是亦王、李之朋徒耳。泛滥词曲,荡涤放志者数年,始读乡先正之书,有志于曾、王之学。而吾年已往,学之而未就也。子归以吾文际受之,不蕲其知吾之所就,而蕲其知吾所未就也。知吾之所就,谓王、李之朋徒耳;知吾之所未就,精思而深造之,古文之道,其有兴乎!(钱谦益《初学集》卷三十一《汤义仍先生文集序》引)

这段话是汤显祖辞世前一年讲的,实是对他自己一生文学活动的最后鉴定。它的重要含义在于表明了作者从"少学为文"的时候起,一直到晚年,同复古主义作斗争是始终如一的,并属望后人在前、后七子的行径之外,探出一条正确的创作道路来。汤显祖曾这样说过:"文家虽小技,目中谁大手?何、李色枯薄,余子定安有?"(《答陆君启孝廉山阴》)"北地诸君,亦何足接逐也!"(《答费学卿》)这种同前、后七子作斗争的气概和斗争的坚决性是和"公安派"一样的。

汤显祖在谈到文学发展的时候,提出了"时势使然"的看法:

> 上自葛天,下至胡元,皆是歌曲。曲者,句字转声而已。葛天短而胡元长,时势使然。(《答凌初成》)

从时代变化的角度来解释文学现象,这是汤显祖的一个比较重要的观点。但由此还可以得出进化或退化二种截然相反的结论。一般来说,前、后七子也承认各朝文学的不同,但他们认为文以秦汉为最好,西汉以后的文不足观;诗以盛唐为顶峰,中唐以后的诗不必读。汤显祖的文学宗尚与前、后七子不同,六朝,初、中唐的诗和宋代的散文他都取为学习的对象,这本身就包含对复古主义者文学退化论的否定。他肯定宋代也有和汉代一样写得极好的文章,可以作为后人的范文。"汉、宋文章,各极其趣者,非可易而学也。学宋文不成,不失类鹜;学汉文不成,不止不成虎也。"(《答王儋生》)这更是直接对前、后七子鄙视宋文的反唇相讥。

汤显祖反对前、后七子"文必秦汉,诗必盛唐"的主张,还基于这样一个认识:诗歌(包括其他文学)的产生同环境有密切的关系,不同的环境决定诗歌不同的风貌,所以应该让不同风格的诗歌共同存在,而不能强求其同一。他在《金竺山房诗序》里说:"诗者,风而已矣。或曰,风者物所以相移,亦物所自足,有不可得而移者。十三国之风,采而为《诗》。舒促鄙秀,澹缛夷隘,各以所从。星气有直,水土有比。宫商之民,不得轻而徵羽。明条之地,不得垂而闻莫。此仪所以南操,而焉所以庄吟也。"所谓"物所自足,有不可得而移者",正是指一种文学区别于他种文学的不同特点,而这又恰好是它存在下去的内在根据,没有自己特点的文学是不会有生命力的。所以,从不同特点的文学中学习长处是应该的,以此厌彼大可不必。汤显祖说:"江以西有诗,而吴人厌其理致。吴有诗,江以西厌其风流。予谓此两者好而不可厌,亦各其风然,不可强而轻重也。"(同上)前、后七子文学主张的一个显著错误,就在于漠视古今条件的不同而强求今人同于古人,结果走上了句拟字模的歧路,丢失了自己的性情,成了古人的影子。汤显祖一针见血地指出他们写作的通病是"赝","李梦阳而下至琅琊,气力强弱巨细不同,等赝文尔"(《答张梦泽》)。这确实击中了复古主义文学的要害。

汤显祖"时势使然"和"物所自足,有不可得而移者"的文学观点到"公安派"那里就发展成为"代有升降,法不相沿"(袁宏道《叙小修诗》)的著名口号。二者都肯定了文学随时代而变化,都否定了文学退化论;所不同的是,袁宏道的提法较汤显祖更为鲜明和确定,论述也更为详尽和完整,而汤显祖较袁宏道又更注重对历史上优秀的文学遗产的学习和继承,这正反映了从汤显祖到"公安派"的一个发展和变化。

汤显祖反对前、后七子复古主义的理论,但高度重视学习古代的优秀文学遗产,据邹迪光《临川汤先生传》记载:"公于书无所不读,而尤攻汉、魏,《文选》一书,至掩卷而诵,不讹只字。"他自己也说过:"才情偏爱六朝诗。"(《初入秣陵不见帅生,有怀太学时作》)这显然是指他早期的学习情况。中年以后,他学习的范围变得更大,唐、宋以及本朝的文学作品他都取来学习。他把"无所不学,而学必深"作为作家取得成功的一个重要条件(《超然楼集后序》)。他高度赞赏作家化"十年之力,销熔万篇"的刻苦学习精神,(《义墨斋近稿序》)指出:"词虽小技,亦须多读书者方许之。"(《玉茗堂评花间集》评语)相反,对"资日薄而学日以浅"(《刘氏类山序》)则表示不满。汤显祖重视学习,但反对以借鉴代替自己的创作,作者"成言成书",必须"有得乎内而动乎外"(同上),有感而写,有为而作。要不断地追求新意,即要"文情不厌新"(《得吉水刘年侄同升喟然二首》之二)。所以,汤显祖同前、后七子相比,不仅学习的范围有宽阔与狭窄之分,更重要的是学习的目的也有拟古与创新之别,而同后来的"公安派"一度不够重视学习古代的文学传统相比,汤显祖的学习热情和认真态度又显得十分可贵。

三

汤显祖在我国文学批评史上所以引人注目,不只是因为他在反对前、后七子复古主义的斗争中发挥了重要作用,而成为"公安派"的先驱者,还在于他提出了一些精辟的文艺见解。主要包括下面三点：

(一) 以神为主，神貌兼胜

任何一篇文学作品无不是由内容和形式两个部分构成的整体，但是，有人重视内容，忽视形式；有人却注重形式，轻视内容。至于内容与形式的关系，持形式决定说的人也为数不鲜。当然这都是片面、错误的见解。在我国古代文学理论术语中，往往用神貌、神形、文质来表示内容和形式这一对概念，但文质一词在多数场合下指语言的文采和质朴，都是形式方面的特点，对此一定要作具体区分，不可混淆。

在神貌关系上，汤显祖强调以神为主，神貌兼胜。如他论诗词强调要以"语意"为主，"填词平仄断句皆定数，而词人语意所到，时有参差。古诗亦有此法，而词中尤多。即此词中字字(之)多少，句之长短，更换不一，岂专恃歌者上下纵横取协耶！"(《玉茗堂评花间集》评语)关于诗文则比较集中地反映在他《孙鹏初遂初堂集序》一文中。文章从神貌兼胜的要求出发，分析了李、何复古派文学的缺点，而重点则对于因反对七子而出现的一种轻视艺术性的错误倾向进行了鞭辟入里的批评。这是明代文学批评史上一篇很出色的文章。此文第一段中，作者指出，世上的事物无不可以用神和貌来加以概括。比如一棵树，"长润森好恢瑰曲折"这些外部特点是它的形貌，而薪木燃烧后能把火不断传下去则是它的神明[①]。又比如人，言语表达人的内心世界，所以为神明，而反映在人外表上的"明暗刚柔"等特征则为貌。文学作品也是如此，遣词用句、声调音节、绪构布局都是貌(形式)，而神则主要指作品的思想内容。它反映了汤显祖对文学作品神貌关系的基本看法：(一)神固然是重要的，貌同样也不可忽视。(二)文学形式有它自己的规定性和规范性，作家在写作的时候，一定要遵从这些艺术要求，不可任其一己之好恶，为所欲为，即"位局有所，不可以反置；脉理有隧，不可以臆属"之谓，否则，必然会反过来影响"神明"的表现。(三)强调神对貌的决定作

---

① 这最早的说法见于《庄子·养生主》："指穷于为薪，火传也，不知其尽也。"

用,"籍其神明,有至不至"。文学作品形式方面的优劣得失,毕竟是同作品的思想内容密不可分的。接着,汤显祖批评李梦阳、何景明"未有能兼""神明",这实际上是"赝文"的一种委婉说法;至于他又肯定了李、何的文章"瑰如曲如,亦可谓有其貌",那一是因为李、何在学习古人作品的形貌方面确实有一定的收获,艺术上也有一些长处,不应一概否定;二也因为汤显祖为之作序的人是李、何的赞同者,因此序文难免有些迁就其所好,从"轩然世所谓传者也"句意来看,汤显祖本人对此还是有所保留的。文中说:"间者文士以神明自擅,忽其貌而不修,驰趣险仄,驱使稗杂,以是为可传。视其中所谓反置而臆属者,尚多有之。乱而靡幅,尽而寡蕴。则之以李、何,其于所谓传者何如也。然而世有悦之者焉。"李、何的错误在于求貌而失却神明,这些"间者(近来)文士"的错误从一个极端走到了另一个极端,自擅神明,"忽其貌而不修",不重视艺术学习,破坏形式的规范,险仄稗杂,粗制滥造,还居然受到一些人的喜爱。在汤显祖以前,反对前七子并产生了较大影响的是"唐宋派",他们主张吸取古人神理,反对李、何等人句拟字模的做法。这固然比七子高明。此派的重要成员唐顺之还进一步提出:"但直据胸臆,信手写出,如写家书,虽或疏卤,然绝无烟火酸馅习气,便是宇宙间一样绝好文字。"(《答茅鹿门知县第二书》)这从肯定文学作品一定要有真情实感来说,是有相当价值的,但是作为一种文学主张,它却带有严重的局限,降低文学艺术标准的主张,成为一部分不想在艺术上花苦功夫的人替自己辩解的理论依据。这给诗文创作带来了不可低估的危害。汤显祖上面的批评该与这一情况有关。可惜的是,汤显祖这一意见并未引起后来的创新派足够重视,所以在他们的一些文学主张和作品中也发生了诸如此类的错误。

(二) 缘境起情,情生诗歌

自从陆机提出"诗缘情而绮靡"这一命题以后,经过后人不断地阐发和补充,它的内涵不断地丰富起来,形成了在我国文学批评史上发生深远影响的"缘情说"。汤显祖"情生诗歌"的理论在继承"缘情说"传统时,带有自己鲜明的时代特征,并不是旧命题的简单重复。他说:"缘境起情,因情作境。"(《临川县吉永安寺复寺田记》)"世总为情,情生诗歌,而行于神。天下之声音笑貌大小生死,不出乎是。因以憺荡人意,欢乐舞蹈,悲壮哀感鬼神风雨鸟兽,摇动草木,洞裂金石。其诗之传者,神情合至,或一至焉;一无所至,而必曰传者,亦世所不许也。"(《耳伯麻姑游诗序》)他特别重视情感在诗歌创作中的作用,"情来无竭笔。"(《答蓝翰卿莆中》)认为诗歌乃是世人感情的结晶,没有感情也就没有诗歌。当然,单单有感情还不等于就是诗或好诗,还须通过诗歌形式把它生动地表现出来,所以又离不开"神"①,"神情合至"才算达到诗歌最高的艺术境界,这样才能产生强烈的感染力,才能葆其不朽的艺术生命。

汤显祖敏锐地感到,明皇朝的残酷统治是对诗人才情的扼杀。他说:"世有有情之天下,有有法之天下。唐人受陈、隋风流,君臣游幸,率以才情自胜,则可以共浴华清,从阶升,娭广寒。令白也生今之世,滔荡零落,尚不能得一中县而治。彼诚遇有情之天下也。今天下大致灭才情而尊吏法,故季宣低眉而在此。假生白时,其才气凌厉一世,倒骑驴,就巾拭面,岂足道哉!"(《青莲阁记》)汤显祖不满"灭才情而尊吏法"的"今天下",向往"有情之天下",这反映了他同明代统治集团之间的矛盾。他同当时社会上比较进步的泰州学派和东林党人的观点比较接近,具有一定的新兴市民阶层的思想倾向,突出的表现就是他强调情、理对立,反对以理格情,肯定和要求满足人们追求自由、幸福的正当愿望,这样就使他的"情生说"带上了晚明时代的色彩。他在《牡丹亭记题词》中充分肯定情的力量,"情不知所起,一往而深,生者可以死,死者可以生"。杜丽娘这一艺术形象就是情的巨大力量的体现者。他的《哭娄江女子》诗:"何自为情死?悲伤必有神。一时文字业,天下有心人。"据此诗序载,娄江女子俞二娘酷爱《牡丹亭》,"未有所适","十七惋愤而终"。汤显祖对她的不幸深表同情。他在《溪上落花诗题词》中提到这样一位诗人:他"以学佛故,早断婚触,殆欲不知天壤间乃

---

① 这里提到的"神"和前面"神貌"的"神"内涵有所不同,神与貌对举,主要指作品的思想内容,其中包括作者的情;后一个神不包括情,主要指表现生动,如我们常说的"传神"的意思。

有妇人矣"。可是,正是这一位诗人,却在他自己的诗中描写了情事,"而诸诗长短中所为形写幽微,更极其致"。汤显祖例举了其诗集中的情语艳词。这不仅说明人欲之难断,还说明以诗道情之必然,所以汤显祖读了这些诗后,"有私喜焉",他说:"世云:'学佛人作绮语业,当入无间狱。'如此,喜二虞入地当在我先。"这似乎是一句戏谑语,其实里面所包含的内容是很严肃的,它表现了汤显祖对道学先生恫吓的藐视和反抗。

诗歌(其他文学作品也不例外)产生于情,这实际上是说,只有当诗人感情激荡,非陈诗不足以展其义,非长歌不足以骋其情的时候,写出来的作品才会有真情实感,才能打动人心。对此汤显祖在《调象庵集序》中有过这样的描述:"万物当气厚材猛之时,奇迫怪窘,不获急与时会,则必溃而有所出,遁而有所之。常务以快其愲结。过当而后止,久而徐以平。其势然也。是故冲孔动楗而有厉风,破隘蹈决而有潼河。已而其音泠泠,其流纡纡。气往而旋,才距而安,亦人情之大致也。情致所极,可以事道,可以忘言,而终有所不可忘者,存乎诗歌、序记、词辩之间。固圣贤之所不能违,而英雄之所不能晦也。"他称赞《调象庵集》里面的作品是作者"郁触喷迸而杂出于诗歌文记之间……盖其情也",这就在写作动因上否定了无病呻吟的"作品"。

汤显祖仕途经历的不幸使他对与自己命运相似的人抱着很深的同情,对他们抒发内心悲怨的作品很加赞赏,认为它们"怨而多思,其节婉以悲,殆与《骚》近。……子云之声,何其多怨也。语云,士不穷愁,不能善书。天亦穷子云以发其声。"(《王生借山斋诗帙序》)"牢骚于书疏,回翔乎咏歌。……其悲如唳焉。""恶知鹤唳之不为凤歌也乎!"(《赵仲一鹤唳草序》)汤显祖于晚年虽然对现实的热情逐渐减退,但在六十多岁的时候还说过:"吾亦世人耳。世之所喜,吾得不喜;世之所悲,吾得不悲!"并深深地为表现了"久瘁而不艳"身世的"悲伤文字"所感动(《张氏纪略序》)。

(三)强调灵性在创作中的作用

文章写得好与不好同作者有直接的关系,汤显祖认为,这关键要看作者是否为有灵性的"奇士"。他说:"天下文章所以有生气者,全在奇士。士奇则心灵,心灵则能飞动,能飞动则下上天地,来去古今,可以屈伸长短生灭如意,如意则可以无所不如。"(《序丘毛伯稿》)"奇士",就是杰出的文学人才。在汤显祖看来,这些"奇士"的灵性与他们优厚的先天条件是分不开的,他说过:"大致天之生才,虽不能众,亦不独绝。"(《王季重小题文字序》)又说:"天下大致,十人中三四有灵性。能为伎巧文章,竞伯什人乃至千人无名能为者。"(《张元长嘘云轩文字序》)在《超然楼集后序》一文中他把作者具备"殊绝秀卓伟厉"的天资作为写好文章的前提之一。这说明汤显祖的文学思想带有唯心主义的成分。他又指出,写作不能光靠作者的先天条件,还得依赖于作者后天的学习和丰富的生活经历。他说:"竞学然后其资庶以有所立于时而不废。""外阻山川间游之观,则不适。""无屈折顿挫之迹,亦不能有所愤会而成文。"(《超然楼集后序》)认为作者没有勤奋学习,广泛游览以及在仕途上"屈折顿挫"的遭遇这些因素,先天条件再优厚也不可能写出优秀的作品来。汤显祖说的"灵性","灵气"是指把作者的天资和获自后天的才能融合为一体的创作个性,而文章则为其自然的流露。他十分强调"灵气"的作用:"世间惟拘儒老生不可与言文。耳多未闻,目多未见,而出其鄙委牵拘之识,相天下文章,宁复有文章乎?予谓文章之妙,不在步趋形似之间。自然灵气恍惚而来,不思而至。怪怪奇奇,莫可名状,非物寻常得以合之。"(《合奇序》)汤显祖嘲讽"拘儒老生"少见寡闻,主要倒还不在于指他们书念得少,而是指他们把复杂的文学创作活动简单地理解为仅仅是几条文章规格程式的应用,完全忽视了作家创作个性的重要作用。但汤显祖说的"灵性"带有一种神秘色彩,这反映了他认识上的局限。

原载《复旦学报(社会科学版)》1985年第1期

试谈公安派的性灵说

吴兆路

公安派是明代后期以公安(今属湖北)人袁氏三兄弟为领袖的一个文学流派。袁宗道(1560—1600),字伯修,号石浦,万历十四年进士,曾任翰林院编修,官至右庶子,有《白苏斋集》;袁宏道(1568—1610),字中郎,号石公,万历二十年进士,做过吴县县令,官终稽勋郎中,有《袁中郎全集》;袁中道(1570—1623),字小修,万历四十四年进士,曾官南京吏部郎中,有《珂雪斋集》及《游居柿录》等。明嘉靖以后,中国的封建统治愈趋腐朽,而资本主义的萌芽则得到进一步的滋长,从而扩大了市民意识的传播和影响。于是,思想领域产生了一种反抗传统、追求个性解放的新思潮。这一新思潮的杰出代表,便是素以"异端"自居的温陵居士李贽。思想界对封建教义牢笼的突破,也相应引起了文学观念发生深刻的变化。在当时的文坛上,公安派的性灵说,正是晚明进步文学思潮在诗文方面颇具影响的一种代表性主张。

一

公安派文学思想的核心,就是"性灵说"。何谓性灵?林语堂先生在《写作的艺术》一文中曾作过比较具体的解释,他说:"三袁兄弟在十六世纪末叶,建立了所谓性灵派或公安派,这学派就是一个自我表现的学派。性,指一个人之个性,灵,指一人之灵魂或精神。"文学作品既然是一个人的个性灵魂的直接表现,那么在内容方面自然应是自由地抒写真情实感,不容许有丝毫的虚伪矫饰;而在形式方面当也是不受任何格套束缚的。所以,"独抒性灵,不拘格套"八字,几乎可以说就是文学之"真"的另一个诠释。这八个字见于中郎的《叙小修诗》中。他称赞小修的诗文是:

> 大都独抒性灵,不拘格套,非从自己胸臆流出,不肯下笔。有时情与境会,倾刻千言,如水东注,令人夺魄。其间有佳处,亦有疵处。佳处自不必言,即疵处亦多本色独造语。

这"从自己胸臆流出",即是"独抒性灵"了。因为抒发的是心中真实的情感,所以才会产生"令人夺魄"的力量。袁宏道在反驳拟古者的论调时还说:

> 诗何必唐,又何必初与盛?要以出自性灵者为真诗尔。①

在此,中郎又明白地表示:性灵即是心灵,或曰本心;表现性灵者,才称得上真诗。袁小修便曾说,宏道的诗文,"俱从灵源中溢出,别开手眼,了不与世匠相似"②。这不难看出公安派文学旨趣之所在。

三袁性灵说的提出,明显是基于对拟古思潮的不满,这其中有对前后七子一针见血的批评③,也有对反拟古前贤如唐宋派的推重和礼赞④,而尤为不容忽视的,则还是与当时思想界启蒙的联系。自明中叶以后,社会生产方式与生产关系中都明显地呈现出资本主义的萌芽。当时的苏州,便曾接连暴发过四次大规模的市民运动。⑤这一新兴阶层中的代表人物,都是强调实际利益,主张个性解放,以反传统姿态出现的,并大多与王学左派有关。袁中郎在《答梅客生》中

---

① 转引自江盈科《敝箧集叙》。
② 袁小修《中郎先生行状》。
③ 参见《袁中郎全集》中《叙小修诗》及《雪涛阁集序》等篇。本篇引文均据钱伯诚《袁宏道集笺校》本,上海古籍出版社出版。
④ 参见袁宏道《叙姜陆二公同适稿》。
⑤ 一是嘉靖二年(1523),二是万历二十九年(1601),三是万历三十年(1602),四是天启六年(1626)。这四次市民运动,《明史》有载,而且在明剧作中也有一线反映,如《清忠谱》及《万民安》等。

抉精要以会通

就曾说过:"仆谓当代可掩前古者,惟阳明一派良知学问而已。"人们已自觉由崇拜儒家经义和圣贤偶像而向崇拜良知和自我过渡,泰州学派以及后来的李贽,都鲜明体现了这种时代的新特点。所以,当袁宏道看到李贽的异端学说时,即刻变得欣喜若狂,曾接连几次前去拜访。①李贽也非常赏识他,说中郎"识力胆力皆迥绝于世,真英灵男子"②。袁宏道对李贽倾服之至,他盛称"李贽便为今李耳"③,并说李贽的著作:"愁可以破颜,病可以健脾,昏可以醒眼,甚得力。"④袁中郎受李贽思想的启迪,直接影响到他的文学创作。对此,小修曾有过这样的描述:"先生既见龙湖,始知一向掇拾陈言,株守俗见,死于古人语下,一段精光不得披露。至是浩浩焉如鸿毛之遇顺风,巨鱼之纵大壑。能为心师,不师于心;能转古人,不为古转。发为语言,一一从胸襟流出,盖天盖地,如象截激流,雷开蛰户,浸浸乎其未有涯也。"⑤影响袁宏道思想的,还有徐渭和焦竑。徐渭堪称一代进步文学思潮的先驱,可他当年却穷困潦倒,布衣终身,孤鸣于世,卓识异论,鲜为人知。在很大程度上是由于袁宏道"于乱文集中识出"而海内始知有文长先生。从此他把徐渭树为"我朝第一诗人"⑥。中郎对徐渭甚为推崇,他就曾把自己读书的地方"以徐文长所书'文漪堂'三字扁其上"⑦,而且说徐渭"诗文崛起,一扫近代芜秽之习"⑧,是当之无愧的"近代高手"⑨。焦竑笃信李贽之说,是李贽的知己。袁宏道中进士不久,便拜识了当时著名学者焦竑。袁宏道很满意能同时在两位大师门下执弟子礼。其《送焦弱侯(焦竑)老师使梁因之楚访李宏甫(李贽)先生》诗中便说道:"自笑两家为弟子,空于湖海望仙舟。"焦竑不满前

---

① 袁宏道认识李贽,最初是在万历十八年春天。当时李贽出游公安,住在柞林的野庙里,袁氏三兄弟去拜访他。万历二十年及次年,二袁又曾先后两次到麻城访问李卓吾。这在小修《中郎先生行状》及中郎一些诗文中都曾谈到。
②⑤ 袁小修《中郎先生行状》。
③ 袁宏道《余凡两度阻雨冲霄观,俱为访龙湖师,戏题壁上》诗。
④ 袁宏道《与李宏甫》。
⑥ 袁宏道《与吴敦之》,同时参见他的《徐文长传》及钱谦益《列朝诗集小传》。
⑦ 袁宏道《文漪堂记》。
⑧ 袁宏道《徐文长传》。
⑨ 袁宏道《答梅客生》。

后七子,于诗文特别推崇白居易和苏轼,白、苏同样是中郎兄弟所景仰的人物,而前后七子更是公安三袁所攻击的对象。焦竑的文学见解,尤其是"发乎自然"和诗道性灵的理论①,都是与中郎不谋而合的。作为公安派的发起者——中郎之兄袁宗道,于应世之迹虽与宏道有很大不同②,但他对焦竑和李贽的崇拜与其弟则是一致的。他在京为官期间,就曾因受到当时著名学者焦竑的启发濡染始研究性命之学。后又倾心李贽,认为"读他人文学,觉懑懑",而"读翁片言只语,辄精神百倍"。③中郎的弟弟袁小修,其为人、思想和学问,基本是受中郎影响,其本人也一向表示"与中郎意见相同",当然,事过境迁,他后来也做过一些修饰和补充的工作。④由上述足可看出,公安三袁的性灵说与当时思想界的启迪是紧密相联的。

二

视公安三袁、尤其是袁宏道思想发展的轨迹,我们又似可把他们的性灵说分为前后两期。

前期的性灵说

袁小修在《中郎先生行状》中曾讲到中郎自初次拜见李贽以后思想上所引起的变化,始知自己过去太株守俗见和拘泥古人,没能表现出自己的真精神。而今才认识到"能为心师"和"能转古人"的重要。至此,"发为语言,一一从胸襟流出,盖天盖地"。公安派的性灵说,正是在李贽这位思想家的启迪之下而形成的。自此以后,袁宏道开始真正注重抒写真情,驾驭己心,摆脱古人的牵绊。他的"独抒性灵"或"非从自己胸臆流出不肯下笔"等,实际就是李贽所谓"童心者,

---

① 参见郭绍虞《中国文学批评史》及焦竑《雅娱阁集序》。
②③ 袁小修《中郎先生行状》。
④ 参见袁小修《李温陵传》及《花云赋引》。

绝假纯真,最初一念之本心"和"天下之至文,未有不出于童心"①诸语的引申和扩展。

凡能"独抒性灵"之人,必定具有一种自由和独创的精神,而在运笔行文之际,受不住前人的格套。中郎在《答李元善》尺牍中对"不拘格套"有其独到的见解:

> 文章新奇,无定格式。只要发人所不能发,句法、字法、调法,一一从自己胸中流出,此真新奇也。

严格说来,文章的形式,是受内容决定的,而作品的内容,又是作者性灵的表现。所以,既定的格套,足以桎梏性灵,戕害生命。这种削足适履的痛苦,是要"作世间大自在人"②的中郎所无法忍受的,因此他提倡"信腕信口,皆成律度"的表达方式③,也就是中道在《中郎先生行状》中所说的"随其意之所欲言,以求自适,而毁誉是非一切不问"的创作态度,这确实需要一种超人的卓识和胆量。袁宏道一向认为:"大抵物真则贵,真则我面不能同君面,而况古人之面貌乎?"④由此可见,公安派的性灵说,从内容到形式,都是深植于个性化原则之中的。

公安派所谓性灵或真,他们又时常用趣来表示。何为趣?中郎在《叙陈正甫会心集》中解释说:

> 世人所难得者唯趣。趣,如山上之色,水中之味,花中之光,女中之态,虽善说者不能下一语,唯会心者应之。……夫趣,得之自然者深,得之学问者浅。当其为童子也,不知有趣,然无往而非趣也。面无端容,目无定睛,口喃喃而欲语,足跳跃而不定,人生之至乐,真无逾于此时者。

这种趣,是"趣之正等正觉,最上乘也",也就是所谓赤子、童子之趣,或者说是人的一种凌驾于社会之上的自然本性。它和李贽讲的"童心",精神是完全一致

---

① 李贽《焚书·童心说》。
② 袁宏道《与江进之》。
③ 袁宏道《雪涛阁集序》。
④ 袁宏道《与丘长孺》。

的。李贽在《童心说》中就曾说,"童心者,真心也",即为人的"最初一念之本心";"其长也,有道理从闻见而入",从此"主于其内而童心失",这时,人便成了"假人",言语、文章,自然也都是假的。而袁宏道亦云:"迨夫年渐长,官渐高,品渐大,有身如梏,有心如棘,毛孔骨节,俱为闻见知识所缚,入理愈深,然去趣愈远矣!"显而易见,袁宏道思想中具有强烈的反抗传统争取个性解放的意味。

袁宏道前期生活中的大量诗文创作,正是他这一性灵说的生动体现。现不妨稍作分析:

明显表现出一种以个人为本位的思想价值观。中国传统的价值观是集体主义的。也就是说,作为个人,经过多年的努力而获得了荣誉或地位,从表面看这是个体拼搏的结果,但其基础则是全体家族人员的苦心经营乃至社会的某些因素。因此,荣誉或地位的获得者,必须念念不忘对家庭以及社会负有的责任和义务,与之保持休戚与共的集体观念。而中郎则不然。他不愿履行这种责任和义务,而是一切从个人的自由意志出发,去追求自己的安适和享受。他中了进士,当了县令,不是如常规在任上安心为家庭和社会尽责,而是整天叫苦不迭,希望赶快离开。他在《与丘长孺》尺牍中便说:"弟作令备极丑态,不可名状。大约遇上官则奴,候过客则妓,治钱谷则仓老人,谕百姓则保山婆。一日之间,百暖百寒,乍阴乍阳,人间恶趣,令一身尝尽矣。苦哉,毒哉!"在《与龚惟长先生》信中他又讲道,人生如"电光泡影",十分短暂,所以应及时行乐。其中"真乐有五":

> 目极世间之色,耳极世间之声,身极世间之鲜,口极世间之谭,一快活也。堂前列鼎,堂后度曲,宾客满席,男女交舄,烛气薰天,珠翠委地,金钱不足,继以田土,二快活也。箧中藏万卷书,书皆珍异;宅畔置一馆,馆中约真正同心友十余人,人中立一识见极高,如司马迁、罗贯中、关汉卿者为主,分曹部署,各成一书,远文唐宋酸儒之陋,近完一代未竟之篇,三快活也。千金买一舟,舟中置鼓吹一部,妓妾数人,游闲数人,泛家浮宅,不知老之将至,四快活也。然人生受用至此,不及十年,家资田地荡尽矣。然后一身狼狈,朝不谋夕,托钵歌妓之院,分餐孤老之盘,往来乡亲,恬不知耻,五快活

也。士有此一者，生可无愧，死可不朽矣。

不难看出，这五条快乐原则都是自适尽性的，而且是对家庭和社会不负任何责任的，体现了一种以个人为本位的极端利己主义思想。生活在今天的人们，当然很难全部接受他这种价值观，但其意义在当时则是显而易见的：他在重新考虑生命的真谛，他不愿再把读书作官这条生活道路视为当然，也亟待摆脱由于血缘关系而产生的集体观念，他一心要创造一种自由独立的人格。这种思想在他的《家报》一信中就已露端倪：世上"趋利者如沙，趋名者如砾，趋性命者如夜光明月，千百人中，仅得一二人，一二人中，仅得一二分而已矣。"而中郎自己则是当仁不让的"趋性命者"了。《别石篑其七》曾直言相告："不即凡，不求圣，相依何？觅性命。"

再就是表现了对"好货好色"人之本能欲望的肯定。这一点，明显受到李贽的影响。李贽在《答邓明府》中就曾把人之"好货好色"的特性置于"真迩言"之首。袁宏道重视对人的本能欲望的表现，今天我们自然也不必效法他，但也不可过多指责他，而当时的袁宏道则寄寓了强烈的反传统意味，也就是要以此与充满封建理性的社会相对峙，尤其对程朱理学所倡导的"存天理，灭人欲"是一种有力地冲击。中郎在《与顾绍芾秀才》中便明确说道："人生愿欲，决无了时。"而文学则应无条件地承担其这一表现的任务。遗憾的是，正统的诗文雅章中则难以寻觅，倒是在一些民歌中发现了它的存在。试看"今闾阎妇人孺子所唱《擘破玉》《打草竿》之类，犹是无闻无识真人所作，……任性而发，尚能通于人之喜怒哀乐嗜好情欲，是可喜也"。① 在其散文《灵岩》中，袁宏道还讲到这样一件事情：诸僧陪同他游历灵岩，听到风吹松竹声，中郎戏对僧人说，这是美人环珮钗钏的声音，我们是否应回避一下，而"僧瞠目不知所谓"。据说，灵岩石上有西施履迹，袁宏道遂"命小奚以袖拂之，奚皆徘徊色动。碧缋缃钩，宛然石鬐中，虽复铁石作肝，能不魂消心死？色之于人甚矣哉！"针对由来已久的"佳人误国"论，中郎甚至公开提出质疑："亡国之罪，岂独在色？"其故事本身固属荒唐可笑，甚

---

① 袁宏道《叙小修诗》。

至有点庸俗和无聊,但它却印证了李贽称"好色"乃为人之本性的思想。更有甚者,袁宏道还曾把人的这一潜意识引入清净的佛门。在《金刚证果引》一文中他就说:"其求佛于声色之外,世盖无几也。"明代大量小说中对贪婪好色和尚的描写,便足以证明中郎所言的可信性。这是一种时代的文学思潮。

袁宏道在《兰亭记》中还曾讲到人生苦闷的问题。他认为,人生苦闷是由衰老和死亡造成的。世间任何功名富贵都不足以解除的这一忧愁,人们追逐它,反而证明"其贪生畏死之一也"。社会上只有两种人对死亡不担心:一是庸夫俗子,二是为道理所锢的腐儒。这两种人"皆庸下之极,无足言者"。中郎说,他自己是很怕死的:"怕死后黑漫漫,无半个熟识也。今黑夜独坐尚可怕,何况不怕死后无半个熟识乎?"①这里同样表现了重个人而轻统的思想,包含有对社会人生重新思考的意义。

公安派前期的性灵说,集中以袁宏道为代表,便是如此鲜明地体现了时代的新思潮,从而成为晚明社会的一面镜子。

后期的性灵说

据小修《中郎先生行状》说,自万历二十六年(1598)起,隐居了一段时间的袁宏道,又重新到京城去就选。"逾年(1599),先生之学复稍稍变,觉龙湖(李贽)等所见,尚欠稳实。以为悟、修犹两毂也。向者所见,偏重悟理,而尽废修持,遗弃伦物,俯背绳墨,纵解习气,亦是膏肓之病。"万历二十七年(1599),可以说是袁宏道思想转折的关键性的一年。前期的袁宏道,对传统的伦常和古人的绳墨等都是弃之不顾的,而是偏重于"悟理"。悟,本是佛学达到真理的方法,是纯粹的"唯心"的思考,偏重悟就可以不搞修持,不受传统观念和社会理性的束缚。他前期的思想和创作,都呈现出这一显著的特色。而今,中郎"遂一矫而主修,自律甚严,自检甚密,以淡守之,以静凝之"②,也就是用传统的思想和古人的

---

① 袁宏道《答陶石篑》。
② 袁小修《中郎先生行状》。

绳墨再次来束缚自己。这不能不说是袁宏道思想方面一次历史性的蜕变和倒退。对此,袁宏道自己似乎也是清楚的。他在《募修瑞云寺小引》中就曾言道:自己年少时,"其意气豪俊,殆出放翁上。今再入都,法筵灰冷",昔日的狂劲,"遂不可得"。所以,正是在这种"灰冷"的思想指导下,他对文学创作提出了与前期迥然有别的看法。他认为,创作少不了"学问","悟不如此也";"学问只要打成一片",就可写出好的作品①,也就是小修《论中郎遗著》中谓之"谨严"的作品。晚年的袁宏道,甚至都有点后悔年少时期的作品,周亮工《书影》就曾言及:"袁石公典试秦中后,颇自悔其少作,诗文皆粹然一出于正。"其《行素园存稿引》,便把"质"和"淡"作为文学创作的主要要求。而《叙咼氏家绳集》,也是把"淡"作为诗文的"真性灵"。他说:"唯淡也不可造;不可造,是文之真性灵也。"这种对"淡"和"质"的称道,与他偏重修持是联系在一起的。中郎晚期作品,确实体现了他的这一要求,诚如袁小修《中郎先生全集序》中所说,袁宏道是"学以年变,笔随岁老"。他前期的作品是感情浓烈,描写细腻,而后期则趋于抑制收敛,"如晴空鸟迹,如水面风痕"②。当然,他前期的作品也不是没有缺点,如其草率而多俚俗,但那是新探索过程中的缺点;而后期的作品自然也有它的优点,如其谨严且深厚,但那是丧失了时代特色的优点。对中郎后期思想及创作中的这一变化,其弟袁中道是已有所察觉、并试图修正过的,但这种修正是不可能触及到根本症结的,因为这里面有着更为深刻的社会基础和思想根源。事实上,袁中道的修正工作,主要还不是针对袁宏道的晚期,而是社会上对中郎前期的指责,所谓"予与中郎意见相同,而未免修饰以避世訾"③,意正在此。继之而起的竟陵派,从形式上看,钟惺、谭元春二人可谓公安派的继承者,他们也拾起公安派的家传——性灵说,讲什么要"冥心放怀",但他们实际所走的路子,不是袁宏

---

① 袁宏道《答小修》。
② 袁宏道《识雪照澄卷末》。
③ 参见袁小修《李温陵传》及《花云赋引》。

道前期的路子,而正是中郎后期所选定的路子,其接下去的"期在必厚"①,便一语破的。至此,晚明进步文学思潮已徐徐降下它的帷幕。

三

以袁宏道为中心的公安派,在晚明所掀起的进步文学浪潮中,他们以自己崭新的理论和创作实践,有力地打击和廓清了弥漫文坛已久的拟古风气,同时也给后人开辟了一个新的文学领域。

先说说他们在文学理论方面对后世的影响。公安派所以能在晚明文坛上异军突起,原因自然是多方面的,而最重要的一点,恐怕不能不归之于他们的性灵主张了。"独抒性灵,不拘格套",这是一个具有鲜明时代特色的理论口号,反映了那个时代一种强烈呼声和要求。正是由于三袁顺应了时代的这种新思潮,所以天下文人才士,始会云起而响应。因此可以说,晚明的性灵文学能在文坛上大放异彩,这是公安派的功劳,而袁中郎更具首创之功。明代末年,继三袁之后,公安派虽已是强弩之末,但他们的性灵说,仍不乏步武者。竟陵人钟惺、谭元春两位显然是学得走了样,而张岱应说还算没有太离谱。他在《琅嬛诗集序》中曾说:"余少喜文长,遂学文长诗。因中郎喜文长,而并学喜文长之中郎诗。"可见他与中郎、文长有声气相通之处。另外,与袁宏道一样,张岱也是主张要抒写性灵的。他的朋友张毅儒选明诗,他在信中劝诫道:"愿吾弟自出手眼,撇却钟(惺)、谭(元春),推开王(世贞)、李(攀龙)。"当时,还似曾有人说他的诗文似文长,他却不以为然:"我与我周旋","文长之后复有文长,则又何贵于宗子?"②明末清初的金圣叹,在某种程度上也受到公安派的影响。金圣叹对小说戏曲评价甚高,他就曾把《水浒传》和《西厢记》列入他的六大才子书之中,并逐个进行

---

① 谭元春《诗归序》。
② 见张岱《石匮书》及《柱铭抄自序》。

了评点,这与中郎把《水浒传》和《金瓶梅》称为"逸典"①,有异曲同工之妙。金圣叹对诗歌的看法,更与中郎接近。他认为,诗,实则就是存在于人们心胸的"一句真话",是那种欲忍不能而"不自觉冲口直吐出来"的强烈情感,所以,诗是不能勉强而作的。②在《唐才子诗》中他评点元稹的诗时又进而说:"从来文章一事,发由自己性灵,便听纵横鼓荡;一受前人欺压,终难走脱牢笼。"这和中郎反拟古的性灵说旨意是完全一致的。接着要说的便是清代性灵诗派的提倡者袁枚了。袁枚甚有中郎风致。其为人放诞风流,喜爱山水田园,三十三岁便辞官去过他的自由生活了。他作诗主性灵、反模拟等见解,也与中郎所见相同。他在《寄奇方伯》中就说:"赋诗作文,都是自写胸襟。"《随园诗话》卷五甚至说:"凡诗之传者,都是性灵。"卷七还说:"作诗不可以无我,无我则剿袭敷衍之弊大。"袁枚关于性灵的论说,具有某种追求个性解放的因素,它反映了晚明新思潮在清代中期的一度复兴,为当时沉闷的文坛注入了一股清泉。自乾隆年间以后,一方面,由于清政府大规模的禁书和焚书,使性灵文学受到致命的打击。据中郎五世从孙袁照《同治重刻梨云馆本跋》说,乾、嘉时期,复古的论调又死灰复燃,而中郎的文集倍受冷落,甚至还一度被列为禁书。另一方面,桐城派开始逐渐兴盛,其载道的文学理论,与崇尚性灵的公安派相比,在力求稳定封建秩序的历史条件下,自然容易为官方和时人所接受,所以,这对性灵文学又是一种极大的抑制。基于这两种原因,使得由袁宏道开创的性灵一说,便很快归于沉寂了。这种局面,直到龚自珍才得以打破。他曾提出"尊情"和"宥情"的理论③,开了近代文学思想的先河,从承传关系讲,与袁中郎具有相当的一致性。

再简单看一下他们的文学作品对后世的影响。公安派中创作最富且最具特色的自然非中郎莫属了。不论他的诗歌还是散文(主要指前期的),可以说都真正实践了其"独抒性灵,不拘格套"的创作理论原则。作品体制多变,内容丰

---

① 见袁宏道《答李子髯》等篇。
② 见《圣叹尺牍》,附于《唐才子诗》后。
③ 龚自珍《长恒言自序》。

富,情感突兀,文笔活泼,风格新奇,从而为中国文学别开洞天,影响了有明以来的不少作者。当然,平心而论,其诗歌的影响远没有散文那样大。中郎的诗,受苏轼、白居易影响比较大,同时又有浓厚的民歌风味,说起来这对后世也是有影响的。读过《述内》诗,一开头就会令我们想起《红楼梦》里的《好了歌》:

> 世人尽道乌纱好,君犹垂头思丰草。不能荣华岂大人,长伏蓬蒿终凡鸟。富贵欲来官已休,儿女成行田又少。……

这种俚俗畅达的语调,看似容易,但如缺乏自己的识见和性灵,也是难以写出的。中郎的诗,清初以后不复为人们所重视,当然这与清初偏重实学的学风和复古派时再度兴起有关。《四库全书总目》谓其"破律而坏度","七子犹根于学问,三袁则惟恃聪明",流弊甚大。这种看法在当时颇具代表性。不过,他的散文倒还是很受青睐的。晚明以来的不少小品文,无论作品的内容、形式,还是风格,都似能从中看到中郎的影子。从竟陵派到张岱,再由张岱至李笠翁、至张潮,再至二十世纪三十年代的林语堂等人,都可视为中郎散文的传人。性灵小品清初曾一度沉寂,待本世纪三十年代林语堂创办《人间世》杂志后,始再次兴盛。当时就曾有人将一九三四年誉为"小品年",其当时盛况可想而知。当然,这也曾因此而遭到过鲁迅等人的批评,认为不合时宜,而且把中郎"画歪了脸孔"[①]。不管怎样,林语堂等人为小品文寻根,最后直溯中郎,而中郎也因之名噪一时,他的作品被研究欣赏,他的全集被点刊发行,他们所做的这些工作,恐怕也是不能全然否定的。

由上述可见,晚明公安派所倡导的"独抒性灵"的主张,当时是有革新意义的,其影响,又是源远流长。当然它也存在着某些局限(将另文讨论),但作为一种时代的文学见解,无疑是发生过进步作用的。过去相当长一段时间内,人们对公安三袁毁誉不一,对其性灵说,更是否定者居多,我认为,今天该是实事求是评价的时候了。

原载《兰州大学学报(社会科学版)》1993年第1期

---

① 鲁迅《且介亭杂文二集·招贴即扯》。

论江盈科参与创立公安派的过程及其地位

黄仁生

关于公安派在晚明文学革新的运动中的功绩和意义,学术界已做了较为深入的探讨,但论者往往都以三袁作为公安派的领袖,而对曾为公安派的创立立下过汗马功劳的江盈科却少有论及,甚或因袭古人成见,视其为公安派之末流而被以恶名。究其原因,主要有二:一是江盈科的诗文集《雪涛阁集》自万历二十八年刊行以后,从未有人翻刻过,人们因难以读到《雪涛阁集》而不知其真实面目。二是竟陵派钟惺《与王稚恭兄弟》一文对江盈科的贬责流播甚广,而后人又多以耳代目,于是信以为真,人云亦云。其文曰:

> 江令贤者,其诗定是恶道,不堪再读,从此传响逐臭,方当误人不已。才不及中郎,而求与之同调,徒自取狼狈而已。国朝诗无真初、盛者,而有真中、晚,真中、晚实胜假初、盛,然不可多得。若今日要学江令一派诗,便是假中、晚,假宋、元,假陈公甫、庄孔阳耳。学袁、江二公,与学济南诸君子何异?恐学袁、江二公,其弊反有甚于学济南诸君子也。眼见今日牛鬼蛇神,打油定铰,遍满世界,何待异日?慧力人于此尤当紧着眼。大凡诗文,因袭有因袭之流弊,矫枉有矫枉之流弊。前之共趋,即今之偏废;今之独响,即后之同声。此中机捩,密移暗度,贤者不免,明者不知。袁仪部所以极喜进之者,缘其时历诋往哲,遍排时流,四顾无朋,寻伴不得,忽得一江进之,如空谷闻声,不必真有人迹,闻跫然之音而喜。今日空谷中已渐为轮蹄

之所,不止跫然之音,且不止真有人迹矣。此一时,彼一时,不可作矮子观场。(《隐秀轩集》卷二十八)

很明显,这实际上是一篇讨伐公安派的檄文,旨在为竟陵开宗立派而张目。但我们从反对派的批评中,却可以获得一个可靠的信息,即当时文坛以"袁、江二公"并称。笔者本文的写作也由此受到启迪,希望通过考察江盈科参与创立公安派的过程及其地位,能够有助于加深我们对公安派的认识。

江盈科(1553—1605),字进之,号渌萝。嘉靖三十二年二月出生于桃源县沅江边上距桃花源不远的一个农民家庭,与公安三袁同属湖广人,都是在楚风的薰陶下长大的。但他一生数奇,早年数困场屋,直到万历二十年四十岁时,才与比他小十五岁的袁宏道(1568—1610)同榜进士及第;而比他小七岁的袁宗道(1560—1600)却早在六年前就以会试第一、殿试二甲第一,授庶吉士,入翰林院授编修,位居清华之职;唯有比他小十七岁的袁中道(1570—1623)后来坎壈过之,直至万历四十四年,中道四十六岁时才中进士。

众所周知,袁宏道是公安派的主将,而江盈科始终只是一个配角而已;但在一个文学革新派的形成过程中,其主要配角的作用与意义也不可低估。现将公安派的形成与发展过程分为四个时期来加以考察。

一、酝酿准备时期(万历十四年至二十二年)

其时张居正变法失败不久,明朝政治已陷入内忧外患的深重危机之中:东南时刻面临着日本海盗的侵扰,西南有播州宣尉司使杨应龙于十八年叛乱;北方有宁夏致仕副总兵哱拜于二十年三月叛乱,总兵官李如松统兵剿之,至九月始平;同年五月倭犯朝鲜,陷王京,朝鲜王求救,七月明师援朝,败绩于平壤,十月再出师援朝。由于军费激增,统治者不断增加赋税,强行搜刮江南钱粮,人民处于水深火热之中。尤其"三吴赋税之重,甲于天下,一县可敌江北一大郡,破家亡身者往往有之"(谢肇淛《五杂俎》卷三)。江盈科与袁宏道虽于壬辰幸得一第,但实际上仕非其时。随后江盈科授长洲令,又选非其地。因为长洲与吴县这两个属于苏州府治的邻县,素有"东南最岩邑"之称,极为难治,而其中最为棘手的还是征税,仅长洲一县,国税近五十万,当"滇南一藩省"。尽管江盈科上任后日夜"黾勉从事",废寝忘餐,但不久即"以岁课不登见夺饩",于是用世之心日冷,归隐之志渐生,但因"家无负郭,未免藉五斗供堂上人馆粥"(《答顾靖甫》),只好"强自排遣,托于吏隐"(《与谢在杭》)。他于万历二十一年在官署中建小漆园,并作《小漆园记》一文和《小漆园即事》一诗,表明其吏隐心态已经形成。从此,他一方面不再计较政治得失,"要之尽吾心行吾事"而已;一方面开始更多地寄情于名山事业,认为"极吾才情,成一家言,亦足千古"(《答谢九紫》),实际已为即将兴起的文学革新运动做好了心理准备。而袁宏道似乎早有先见之明,及第后尚未授官,就与兄宗道上书告假回公安,待时而出。

当时文坛虽然仍为拟古云雾所笼罩,黄茅白苇,弥望皆是;但后七子领袖李攀龙早在隆庆四年就已陨落,王世贞也于万历十八年逝世,于是复古派阵营内部开始发生分化,或出而修正末流弊端,或试图改弦易辙;而徐渭、李贽、汤显祖等人则已开始明确批判复古派的模拟之风。袁宏道兄弟此前虽曾结文社于城南,"于举业外为声歌古文词",但尚未形成文学革新主张,自万历十八年至二十一年间三度访晤李贽并得读其《焚书》以后①,宏道"始知一向掇拾陈言,株守俗见,死于古人语下,一段精光不得披露。至是浩浩焉如鸿毛之遇顺风,巨鱼之纵大壑。能为心师,不师于心;能转古人,不为古转。发为语言,一一从胸襟流出,盖天盖地,如象截激流,雷开蛰户,浸浸乎其未有涯也"(袁中道《中郎先生行状》)。于是他在二十二年作《答李子髯》诗首次明确对当时"模拟成俭狭,莽荡取世讥"的诗风深致嫉恶,至谓"当代无文字,闾巷有真诗",实为后来情真论、性灵说之滥觞。又,袁宗道《白苏斋类集》有《论文》上、下篇,对王、李复古摹拟谬

---

① 按钱伯城《袁宏道集笺校》第七五页笺:"宏道兄弟曾三次访晤李贽,一在万历十八年,一在万历二十年,一即此年(二十一年),所受李贽思想影响甚深。"而沈维藩《袁宏道年谱》则认为宏道兄弟于十九年春访于麻城龙湖为一度,同年夏会于武昌为二度,二十一年五月访于麻城龙湖为三度。

论进行了有力抨击,当也是在受到李贽启示之后所作,论者多揭举此文以宗道为宏道之先驱,不过是因宗道年长官尊而想当然推测得来,实际上宗道在文学识见和创作上皆远不及中郎,据中道《书万平弟藏慎轩居士卷末》说:"伯修诗稳而清,慎轩(黄辉号)诗奇而藻,两人皆为中郎所转,稍稍失其故步"。倒是可见,宗道实际受过中郎的影响。

与三袁相比,江盈科不曾访晤李贽,实为憾事,但他早年为诸生时,庠师文莲山先生的文学观却曾使他受益匪浅,以致多年之后还烂熟于心。莲山先生"评骘文艺,以清虚解脱为宗,尽浣剽剥之陋",尝曰:"摛文必根诸心,不根诸心,文虽工,雕虫耳。"因而主张"因心为文"(《莲山文师去思碑记》)。这种"因心为文""尽浣剽剥之陋"的观点,实与他后来主张抒写性灵,反对模拟剽窃的思想相通。入仕前,曾与同里友人结社于桃花源,"名已隆隆起"。仕长洲令不久,他又与当地和过往的一些著名文人如王百谷、张凤翼、张献翼、屠隆、谢肇淛、潘之恒等诗酒唱和,初步形成了一种吴楚文风交融互补的氛围。

二、开宗立派时期(万历二十三年至二十八年)

其时内忧外患的危机加剧,历时七年的援朝抗倭战争至二十六年底方结束,历时十一年的西南播州杨应龙叛乱至二十八年六月才平定。神宗为解决财政危机,自二十四年七月起,陆续派宦官到各地充矿使税使,直接搜刮民财,骚扰地方,不断激起民变,导致朝野皆怨。然而,"国家不幸诗家幸",酝酿准备了数年的公安派终于在此时登上坛坫,袁、江二公大旗一挥,复古派末流纷纷倒戈,王、李云雾为之一扫。

在此稍前,宏道兄弟已于二十一年结识丘坦;二十二年秋,中道赴武昌应试结识潘之恒,宏道赴京谒选,十二月授吴县令,在京结识陶望龄、黄辉。此四人后来皆成为公安派成员,但此时不过以诗酒相交,尚无宗派意识。二十三年二月宏道赴任途中,与汤显祖同行,当互有激励和启迪。三月抵吴上任后与同年进士长洲县令江盈科相处甚惬。是年大计,盈科以征赋不能完额而失去升迁的机会,但又侥幸未被革职而得以连任,继续"托于吏隐",积极参与公安派的创立。据袁中道《江进之传》记载:"是时予中兄中郎,为吴县令。……公与中郎游,若兄弟。行则并舆,食则比豆。迎谒行役,以清言消之,都忘其惫,若江文通、袁淑明云。……公好作诗,政事之暇,与中郎大有唱和。"宏道后来在《哭江进之》诗序中也说:

> 犹记令吴之日,与兄商证此道,初犹不甚信。弟谓兄曰:"果若今人所著,万口一声,兄何以区别其高下也?且古人之诗,历千百年,读之如初出口;而今人一诗甫就,已若红朽之粟,何也?"进之跃然起曰:"是已!"后为余叙《敝箧》,遂述此意,盖实语也。

按进之所作《敝箧集叙》,主要阐发袁宏道的性灵之旨;那么,由此可知,袁宏道的性灵说最初是在同江盈科的讨论中提出,并通过二人"商证"才逐渐完善,而其源则出于李贽《焚书》卷二所载《童心说》而又有所发展。考宏道仕吴时身边带有《焚书》一部,而《雪涛阁集》和《雪涛诗评》中皆提及李贽,那么,江盈科很可能也从宏道那里借读过《焚书》,从而才能成为中郎同调并一起"商证此道"。是年四月,中道(时为诸生)应大同巡抚梅国桢之邀,往游塞上,于九月自大同来吴。稍后,陶望龄也以告归顺道来吴。江盈科始与二人结交,公安派在吴中文化的沃土上开始形成。二十四年初,中道南游,至三月始归公安。随后宏道为中道刻诗集,并作《叙小修诗》序文,正式发表他曾同江盈科"商证"过的"性灵说",公安一派鼎故革新之旗帜,实由此文而树立。大约与此同时或稍后,江盈科也作《白苏斋册子引》一文,提出"元神活泼说",与宏道所主"性灵说"相呼应。① 是年三月至明年正月,宏道因不能忍受吴令的剧务和官场的约束,而连上七牍求去。年底清理文稿,先刻旧作《敝箧集》,又将仕吴以来诗文编为《锦帆

---

① 详见拙作《江盈科论》,《文学评论》1998年第2期。

集》付梓,江盈科为之作《敝箧集叙》和《锦帆集序》。①前者阐发中郎性灵说的内涵,又有所补充,与《叙小修诗》《白苏斋册子引》一起,可称为公安派性灵说的三篇代表作。又,此时丘长孺有《北游稿》分寄袁氏兄弟,宗道为之作《北游稿小序》,宏道则作《丘长孺》一长书,皆赞其为真诗,有个性。宏道临行时,江盈科作《袁中郎移病南归》七首赠别,情辞悲苦,宏道有《答江进之别诗》曰:"密意臭兰旃,奇谈飞金屑。案牍与文史,一一相商决。"所谓"一一相商决",当然也包括创立公安派的主张、活动等。袁宏道仕吴二年,对于他的仕宦人生来说,并无多大意义;但对于一个试图开一代宗风的文坛领袖来说,能够在弥漫着拟古云雾的重灾区——吴中地区开宗立派,并且旗开得胜,的确是一个了不起的开端。

二十五年至二十六年,江盈科仍然镇守苏州,实际上是作为公安派创始人的代表,继续在吴中地区领导文学革新潮流。而袁宏道辞官后并未"移病南归",而是在东南一带游览名山胜水,达一年有余。如正月至五月浪游于无锡、杭州、会稽、天目山、黄山、齐云山、新安江等地,六月至明年正月,则往返于仪真、南京、扬州之间,几乎每至一地,无不赋诗作文,广交朋友,并以诗书相寄的方式和江盈科保持着密切的联系。五月,中郎自杭州返无锡,途经苏州时,江盈科与之会晤,索取其新作《解脱集》诗二卷付梓,并为之作《解脱集序》。六月,中郎侨寓仪真后,又寄来游记、尺牍二卷,盈科再作《解脱集序二》,与前二卷一起刊行。至此,中郎早期的三种著作,都是盈科作序,共有四篇。是年春夏,中郎曾与陶望龄、潘之恒、梅守箕等同游或相晤,并在陶宅发现徐渭诗集,遂推徐渭为有明第一诗人。秋有潘之恒、丘坦、袁中道(乡试落第后)在仪征或南京晤中郎。凡此间在仪真、南京、扬州等地所作诗文,后结集为《广陵集》。二十六年二

---

① 万历刻本《锦帆集》卷首所收《锦帆集序》,末署"万历丁酉嘉平月朔,桃源友弟江盈科进之撰"。万历丁酉为二十五年,嘉平月即十二月,但《锦帆集》卷四有《江进之》一书曰:"序文甚佳。锦帆若无西施当不名,若无中郎当不重。若无江文通之笔,则中郎又安得与西施千载为配,并垂不朽哉!"钱伯城先生定该书于二十五年初作于无锡,沈维藩《袁宏道年谱》"疑盈科所言丁酉当为丙申之误,序应作于去年(二十四年)十二月"。兹从沈说。

月,中郎由扬州出发,进京候补,与宗道相聚;四月,任顺天府教授。七月,中道也从仪征护送宏道家眷抵京,即入国学肄业。是冬又有黄辉自蜀入京,与三袁兄弟聚首甚密。中郎重申在吴文学主张,袁宗道、黄辉诗受到中郎的影响。此二年公安派的影响在不断扩大,袁宏道的东南之游,实际上是有传播公安派主张,拓展公安派领地的意义。当其在京补官之后,公安派的重心也开始向北京转移。而江盈科虽主要活动于作为公安派根据地的苏州一带,但其大名也随着袁宏道及其著作的走向,由吴中向东南各地再至北京并传。在理论上,袁、江等人继续发挥反拟古主张,并标举自然之趣。二十六年大计后,江盈科在吴中、真州一带待选,不久便发生了先报迁吏部主事、旋改大理寺正的事件①,他当时作《闻报改官》二首寄给袁宏道,宏道作《与江进之廷尉》一书,为北京"诗坛酒杜添一素心友"而大快,劝其"闻报便当北发",因为在朝宰官中有不少人"中时诗之毒"已久,"当与兄并力唤醒"。于是,又在仕与隐的矛盾中徘徊了很久的江盈科,终于在中郎的劝慰和激励下调整好心态,于万历二十七年正月从仪征出发,先向西行送家眷回桃源,然后北上。

二十七年至二十八年,公安派成员或趣味相近者云集北京,结葡萄社于崇国寺,论学赋诗,文事颇盛。一时社友,除进之与三袁兄弟外,著名者尚有黄辉、丘坦、谢肇淛、潘士藻、刘日升、吴用先、顾天埈、李腾芳、苏惟霖、王辂、方文僎、钟起凤、王衫等。二十七年初,中郎作《瓶史》,三月,升国子监助教。进之也于此后不久抵京,在大理寺正(正六品)任上仍以吏隐心态处之。此间,除参加葡萄社的活动和作诗以外,江盈科还写了一组政论文和数十篇寓言小品或议论小品,对现实政治和社会问题进行了思考;另外还上《法祖》《宦寺》《中兴》三疏,批评朝政,谏罢矿使税使。是冬,中郎辑《西方合论》。二十八年三月,宏道升礼部仪制司主事(正六品)。四月,宗道升右庶子(正五品)。江盈科《雪涛阁集》十四卷也于是时编成付梓,袁宏道为之作《雪涛阁集序》,再次申明反模拟剽袭主张,

---

① 参见拙作《江盈科生平著述考》,《中国文学研究》1997年第2期。

并对江盈科给予高度评价:"余与进之游吴以来,每会必以诗文相励,务矫当代蹈袭之风。进之才高识远,信腕信口,皆成律度,其言今人之所不能言与其所不敢言者",以致推为"一代才人"和"大家"。江集袁序的问世,实际已带有袁、江二公对北京"中时诗之毒"者"并力唤醒"的意义,如果再加上公安派其他成员的活动成果,那么,可以说,公安派在吴中地区创立以后,经东南向北方的拓展,至此已经获得了初步的成功。随后不久,在京的公安派成员骤减。七月,袁宏道差往河南;八月,宏道和中道离京南下回公安;九月,袁宗道卒于京。十月,潘士藻卒。而江盈科也于是年冬奉命赴滇、黔恤刑。

显而易见,自万历二十三年至二十八年,是公安派登坛树帜、鼎故革新、最富于生机的时期。袁宏道作为公安派主将的地位是无庸置疑的;而作为配角的江盈科,在辅助袁宏道开宗立派过程中所起的积极作用,是公安派成员中其他任何人都不可替代、不可比拟的。如果我们把公安派副将的称号授予江盈科,他是可以当之无愧的。

三、调整发展时期(万历二十九年至三十八年)

其时统治者加强了思想控制和专制统治,北京政治风波迭起:万历三十年三月,李贽被逮,自杀于狱中;三十一年十一月,妖书案起,达观被逮,株连甚众。这对公安派来说,是一个很大的打击:一方面李贽和达观在当时有"二大教主"之称[①],公安派成员多与之有思想上的联系,尤其是中郎兄弟曾几次向李贽问学;一方面首辅沈一贯得知中郎兄弟及黄辉、陶望龄等人在葡萄寺结社谈佛,早有不满,其憎黄辉尤切[②],因而先后逮李贽、达观入狱,实有杀鸡儆猴之意。随后黄辉被逐,在京同道友人也纷纷散去。袁宏道于二十八年八月离京南下,可能

---

① 参见沈德符《成历野获编》卷二十七。
② 参见《万历野获编》卷十《黄慎轩之逐》和卷二十《紫柏祸本》。

是早有预感而提前避祸。

从文学流派史的角度来看,公安派在这十年间仍处于发展之中,但由于受政治的影响,公安派的活动中心、活动方式、思想取向和艺术追求已有所转移或调整。

随着袁宏道离京回公安和江盈科赴云南、贵州,公安派的活动中心实际上已向南方(包括西南)转移。二十九年春夏,袁宏道建柳浪馆于城南,并以兄殁哀痛得病为由而上《告病疏》,随后隐居达五年多。柳浪馆既是他隐居学道、赋诗作文的场所,也是公安派友人往来联络的据点。当然,有兴致时,他也和友人一起去游览名山胜水,例如,三十二年九月,他与龙襄、龙膺等游桃花源,写过《望渌萝山,有怀江渌萝年兄》一诗,表达了对密友江盈科的怀念。但总的说来,袁宏道的思想已有所收敛,不再讲性灵同"闻见知识"的树立,论诗转而推崇杜甫、陶潜,求雅求淡,甚至对于自己以往诗文中"信腕直寄"之病,深致悔意①,开始用心为诗文。

而江盈科则因为赴云南、贵州审谳冤狱,基本上没有受到朝中政治斗争的冲击,所以能够继续阐发公安派的文学主张和从事著述活动。三十年秋还朝后,升户部员外郎(从五品)。三十二年七月,擢四川提学副使(正四品)。他的《皇明十六种小传》四卷写成于云南,其同年友、支南佥事邓原岳为之作序。此外,《雪涛谈丛》《谈言》《谐史》《雪涛诗评》《闺秀诗评》等,也当作于云贵旅舍和回京以后。他晚所作诗文,因未曾梓行已失传,但从笔者所辑的《雪涛诗文辑佚》二卷中②,仍可看到他晚年所作诗文一百四十余篇,其中包括给王百谷、龙膺、曾退如、邓原岳等作家的诗书。万历三十三年秋,江盈科卒于四川官所,袁宏道作《哭江进之》诗十首并序,袁中道作《江进之传》,对江盈科的为人和文学创作给予了高度评价。

---

① 参见《潇碧堂集》卷十五《黄平倩》、卷十一《叙曾太史集》。
② 《雪涛诗文辑佚》二卷已收入笔者点校的《江盈科集》,岳麓书社1997年版。

万历三十四年七月沈一贯致仕,袁宏道立即出山入京,补礼部主事。此后四年公安派活动中心都在北京,但袁宏道已自悔其早期诗作浅易,诗风转趋深厚蕴藉。三十五年十二月,改吏部主事;三十七年春,升吏部员外部(从五品);三十八年,升吏部郎中(正五品),是年九月卒。在他一生的最后几年,官运居然通达起来,这表明袁宏道为避祸而隐居数年之后,也把不羁性格做了修正。

显而易见,公安派在这十年间的战斗色彩和拓展精神已不如开宗立派时期,这固然与政治斗争的冲击和作家心态的调整有关,但也同如下因素相联系:1. 拟古剽窃之风已经有所扭转;2. 公安派的理论及其创作已经传播较广;3. 公安派的理论与创作也存在弊端,有矫枉之过,因而自身先做一些调整,不失为一种明智的举动;4. 社会上已开始对公安派的弊端进行批评。当公安派的活动中心向南方转移之后,江盈科实际独当一面,先在西南(云南、贵州)开拓领地,再在北京坚守阵营,最后在四川至死不辍。他的《雪涛诗评》,是公安派著述中少见的诗论专著,其主调仍然是反对拟古剽窃,提倡抒写性情,强调个人独创,可见其晚年思想并无大的转变。

四、矫弊救衰时期(万历三十九年至天启年间)

袁宏道英年夭逝后,文坛发生了新的变化:一方面随着公安派影响的扩大,学袁、江二公者蔚然成风,"于是狂瞽交扇,鄙俚公行"(钱谦益语),"打油定铰,遍满世界"(钟惺语),进入所谓的公安末流时代。一方面竟陵派乘时而起,"另立幽深孤峭之宗",以矫公安派浅率俚俗之弊。袁中道于万历三十一年八月举顺天乡试后,虽仍数困锁院,至四十四年才进士及第,但在文坛上已日趋活跃,宏道逝世后,中道责无旁贷地接过大旗,成为公安派主将,试图以矫弊来救衰。首先,他继续阐发公安派的文学观,反对拟古剽窃,主张抒发性灵;其次能公正评价公安派的功绩与弊病,批评"今人好中郎之诗者,忘其疵",只是取中郎"少时偶尔率易之语,效颦学步,其究为俚俗,为纤巧,为莽荡"(《中郎先生全集序》）；再次是对竟陵派僻涩之弊也给予了批评。尽管袁中道为救护公安派而付出了艰苦的努力，但其时文坛风气丕变，真正能响应光大者寥寥，至天启年间随着中道逝世，公安宗风遂坠。

既然袁中道在公安派后期居于盟主地位，那么，钟惺在批评公安派时为什么不将宏道、中道并称而以"袁、江二公"并称呢？其原因大致有二：一是钟惺写《与王稚恭兄弟》一书时，文坛上是以袁宏道、江盈科作为公安派的领袖而并称。二是后来钟惺、谭元春与袁中道对袁宏道的评价在某些方面已比较接近，他们都认为《敝箧集》《锦帆集》《解脱集》等早期作品多浅率俚俗之病，而后中郎知悔，文风变为深厚蕴藉，例如谭元春《袁中郎先生续集序》就主要称赞中郎"妙于悔"，"今察公续稿，其文章中卓大而坚实者，又似为古人人俱下一悔脚也"。而袁中道不仅在《袁中郎先生全集序》《中郎先生行状》等文中指出了中郎后来为学为文的转变，而且在给钱受之的信中说："弟转觉其冗滥，不欲流通，正思取一生诗文之精警者，合为一集。"实是对自己少年所作也有悔意。加之这时竟陵派已经登上坛坫，形成气候，钟、谭也不必再将袁宏道、袁中道并在一起来加以贬责了。

由上可知，在公安派的创立和发展过程中，江盈科实际上是作为这个革新派的副将而与主将袁宏道齐名。他的功绩与影响①，仅次于袁宏道而在公安派其他成员之上（尽管袁中道在袁宏道逝世后曾作为公安派后期的主将而矫弊救济和衷，但江盈科在生前乃至死后一段时间内的影响都在袁中道之上）。至于钟惺之所以在《与王稚恭兄弟》一文中对雪涛诗大加贬责，则除了钟与江的审美趣味大相径庭之外，显然还带有宗派意气；但他以"袁、江二公"并称，却是对当时公安派领袖地位的一种客观反映。

原载《复旦学报（社会科学版）》1998年第5期

---

① 关于江盈科的文学功绩与影响，是由他的文学思想和创作成就决定的，详见拙文《江盈科论》，《文学评论》1998年第2期。

竟 陵 诗 论

郭绍虞

　　近人每以公安与竟陵并称,而属之于小品文一类。实则公安与竟陵相同者,仅在反抗七子的一点。除此点外,公安、竟陵的作风正不相同。不仅作风不同,即其理论亦颇不一致。关于公安派之诗论,已见拙作《性灵说》一文,载《燕京学报》二十三期,兹不复述。至于竟陵派之诗论,自钱牧斋加以攻击之后,一般人以耳为目,都有贬视钟、谭之意。即近人之提倡小品文者,对于公安、竟陵之作风虽加表彰,而于竟陵派之论诗宗旨,似亦未见有何阐发之处。本文所述,即在阐说竟陵派之论诗主张,以明他在历史上的地位;既不是贬弹,也不同提倡,只因为诗论中间不妨有此一种主张,所以便有说明的需要。

　　竟陵派之领袖,是钟惺与谭元春。钟惺字伯敬,谭元春字友夏,皆竟陵人。二人以选《诗归》齐名,并称钟、谭,因此有竟陵派之目。《明史》二百八十八卷附《文苑·袁宏道传》。钟氏所著有《隐秀轩集》,谭氏所著有《谭友夏合集》。

　　钱牧斋之论钟、谭,谓"伯敬擢第之后,思别出手眼,另立深幽孤峭之宗,以驱驾古人之上",谓"当其创获之初,亦尝覃思苦心,寻味古人之微言奥旨,少有一知半见,掠影希光,以求绝出于时俗"(见《列朝诗集小传》丁中)。这些话尚说得公允。盖钟、谭于诗原不是无所知见;而本其知见,也确能另立一宗。谭友夏之《退谷先生墓志铭》,称钟氏"尝恨世人闻见汨没,守文难破,故潜思遐览,深入超出,缀古今之命脉,开人我之眼界"(《谭友夏合集》十二)。这也是实情,不为谀辞。不过钟、谭于诗虽有所见,但仍沾染明代文人习气,只在文中讨生活,所以觉其不学,只在文中开眼界,所以也多流弊。钱牧斋称其"见日益僻,胆日益粗","以俚率为清真,以僻涩为幽峭","识堕于魔而趣沉于鬼",也未尝不中其病痛。

不过平心而论,凡开创一种风气或矫正一种风气者,一方面为功首,一方面又为罪魁。这原是没法避免的事。即因此种偏胜的主张,固可以去旧疾,而亦容易致新疾。何况在时风众势之下,途径既成,无论何种主张,都不能无流弊。其罪不在开山的人,而在附和的人。后人惩其流弊,而集矢于开创风气的人,似未得事理之平。又即使开山的人已不能无流弊,然由文学批评史的惯例而言,作风容有偏至之失,批评每多无懈可击。盖批评是作者理想的标准,所以理论上每极圆满。至作者之失,只在不能达此境界而已。后人以议其作品之弊,而攻击其批评的主张,似也未得事理之平。

由前一点言,钟、谭不过不欲再循七子途径而已,不欲复蹈公安覆辙而已。他们于这两方面原看得很清楚。钟氏《诗归序》云:"今非无学古者,大要取古人之极肤、极狭、极熟便于口手者,以为古人在是。使捷者矫之,必于古人外自为一人之诗以为异,要其异又皆同乎古人之险且僻者,不则其俚者也,则何以服学古者之心。"(《隐秀轩文㝉集序》一)谭氏《诗归序》云:"古人大矣,往印之辄合,遍散之各足,人咸以其所爱之格,所便之调,所易就之字句,得其滞者、熟者、木者、陋者,曰我学之古人,自以为理长味深,而传习之久,反指为大家,为正宗。……而有才者至欲以纤与险厌之,则亦若人之过也。夫滞熟木陋,古人以此数者收浑沌之气,今人以此数者丧精神之原。古人不废此数者,为藏神奇、藏灵幻之区,今人专借此数者,为仇神奇、仇灵幻之物。"(《谭友夏合集》八)公安矫七子之肤熟,肤熟诚有弊,然而学古不能为七子之罪。竟陵又矫公安之俚僻,俚僻诚有弊,然而性灵又不能为公安之非。竟陵正因要学古而不欲堕于肤熟,所以以性灵救之;竟陵又正因主性灵而不欲陷于俚僻,所以又欲以学古矫之。他们正因这样双管齐下,二者兼顾,所以要于学古之中得古人之精神。这即是所谓求古人之真诗。求古人之真诗,则自然不会袭其面貌,而同时也不会陷于挽近。学古则与古人之精神相冥合,而自有性情;抒情则与一己之精神相映发,而自中法度。论诗到此,岂复更有剩义!

这是钟、谭所以要选《诗归》之旨,而也是钟、谭的论诗标准。钟氏《诗归序》又云:

> 诗文气运不能不代趋而下,而作诗者之意兴,虑无不代求其高。高者取异于途径耳。夫途径者,不能不异者也,然其变有穷也;精神者,不能不同者也,然其变无穷也。操其有穷者以求变,而欲以其异与气运争,吾以为能为异而终不能为高。其究途径穷,而异者与之俱穷,不亦愈劳而愈远乎?此不求古人真诗之过也。

后人以竟陵诗风近于深幽孤峭,遂以为竟陵欲别创深幽孤峭之宗,以取异于途径,这正误解了竟陵。后人之误解,只以竟陵也欲求其高,所以似乎有类"取异于途径"而已。然而钟、谭都知道取异于途径者,只能为异而终不能为高,所以他们并不欲取异于途径。钟、谭之病,只在因为欲求古人真诗之故,强欲于古人诗中看出其性灵而已。强于古人诗中求其性灵,于是不得不玩索于一字一句之间。玩索之久,觉得某句奇妙,某字鲜秾,某是苦语,某是狠语,某字深甚,某字远甚,到此地步,虽欲不走入魔道而不可能。这是钟、谭的病痛所在。谭氏《诗归序》云:"夫真有性灵之言,常浮出纸上,决不与众言伍;而自出眼光之人,专其力,壹其思,以达于古人,觉古人亦有炯炯双眸,从纸上还瞩人。"他这样疑神疑鬼,于是覃思苦心所得的一知半见,适足为其入魔之助。牧斋所谓"见日益僻,胆日益粗"者,其原因乃在此。不过我们所应辨析者乃是钟、谭本意,并不便要走上此僻见。而且他们自己也不觉此种看法为僻见。谭氏《序》中又云:"法不前定,以笔所至为法;趣不强括,以诣所安为趣;词不准古,以情所迫为词;才不由天,以念所冥为天。"这真是通达之论,何尝欲走入僻路!然而后人论定,总觉其走入僻路者,即因他们只在诗文中讨生活,所以也成为有意欲在诗文中开眼界。有意欲在诗文中开眼界,于是虽不欲取异于途径,而结果仍成为取异于途径。竟陵正欲矫公安之俚与僻,然而牧斋之议竟陵,反说其"以俚率为清真,以僻涩为幽峭"。知及之,学不能副之,作品不能应之,这即是竟陵失败的原因。而其症结所在,即因只在诗文中讨生活,强欲于古人诗中看出其性灵而已。不于古人诗中求性灵,是公安的流弊;强于古人诗中求性灵,是竟陵的流弊。公安与竟陵之异同,即在这一点。至于七子之流弊则又在徒知学古人之诗,规摹形似,结果埋没了自己之性灵,同时也不能了解古人之性灵。

后来公安的作风,逐渐转变,由性灵而趋向于学古,所以袁小修的见解转与牧斋为近。然而竟陵的成就,反由学古而局促于性灵,卒成为牧斋所说的鬼趣与兵象,这真是钟、谭所不及料。所以我总觉得如使仅在诗文中间讨生活,则其理论无论如何得最上乘,明第一义,而下劣诗魔,总会入其肺腑之间。钟氏《诗归序》云:"选古人诗而名曰《诗归》,非谓古人之诗以吾所选为归,庶几见吾所选者以古人为归也。引古人之精神,以接后人之心目,使其心目有所止焉,如是而已矣。"所选以古人为归,其学古原无可非议。然使后人之心目有所止焉,那便不能无流弊。可是,这真是没法避免的事。"何者?人归之也。选者之权力能使人归,又能使古诗之名与实俱徇之,吾其敢易言选哉!"钟氏原是知道这种关系的。不选,则古人之精神不显,而钟、谭之心目也无由表现。谭氏《古文澜编序》云:"选书者非后人选古人书,而后人自著书之道也。"(《谭友夏合集》八)他们正以选诗为著书,所以可以表现其心目,而同时也可使后人之心目有所止焉。然而,即此便不能无流弊了。

钱牧斋谓"《诗归》盛行于世,承学之士家置一编,奉之如尼丘之删定"(《列朝诗集小传》丁中)。一般人的附和推崇,这正是钟、谭的不幸。然而在明代文人的风气之下,欲使人不附和,不立门户,又势所难能。钟氏《周伯孔诗集序》称其"游金陵,欲袖夷门、博浪之椎,椎今名下士"(《隐秀轩文昃集序》二)。又《问山亭诗序》云:"今称诗不排击李于鳞,则人争异之;犹之嘉、隆间不步趋于鳞者,人争异之也。"(同上)排击是时风众势,步趋也是时风众势。"滔滔者天下皆是也",所以钟、谭一出,而天下又群趋于竟陵了。

竟陵何尝欲自成一派呢？何尝欲取异于途径呢？钟氏于《潘稺恭诗序》云："稺恭之友有戴孝廉元长者，序稺恭诗，忧近时诗道之衰，历举当代名硕，而曰近得竟陵一脉，情深宛至，力追正始。竟陵不知所指。或曰，钟子，竟陵人也。予始逡巡踧踖，舌挢而不能举。近相知中，有拟钟伯敬体者，予闻而省愆者至今。何则？物之有迹者必敝，有名者必穷。昔北地、信阳、历下、弇州、近之公安诸君子，所以不数传而遗议生者，以其有北地、信阳、历下、公安之目，而诸君子恋之不能舍也。"（《隐秀轩文昃集序》又二）自有北地、信阳、历下、弇州、公安之目，而李、何、李、王，三袁之诗以敝；自有竟陵之目，而钟、谭之诗也以敝。敝之者，非北地、信阳、历下、弇州、公安与竟陵，而是附和北地、信阳、历下、弇州、公安、竟陵的人。附和者众，其势必穷。"势有穷而必变，物有孤而为奇"，这是钟氏《问山亭诗序》中的话。明代文人所以出主入奴，互立坛坫，以相争胜者，全由此种关系。谭氏《万茂先诗序》云："吾辈论诗止有同志，原无同调。"（《谭友夏合集》九）却不料当时诗人，同志一定要变为同调。

由后一点言，钟、谭以求古人真诗之故，"察其幽情单绪，孤行静寄于喧杂之中，而仍以其虚怀定力，独往冥游于寥廓之外"（见钟氏《诗归序》）。于是不求深幽孤峭，而自然能立深幽孤峭之宗。他强于古人诗中求性灵，于是得其所谓"幽情单绪"者。得其所谓"幽情单绪"，于是觉得"诗，清物也，其体好逸，劳则否；其地喜净，秽则否；其境取幽，杂则否；其味宜淡，浓则否；其游止贵旷，拘则否"（见《隐秀轩文昃集序》二，《简远堂近诗序》）。既知诗为清物，好逸喜静，宜幽澹而旷，那么如何能不在其诗中表现此种境界！所以虽不求深幽孤峭，而自然能立深幽孤峭之宗。钟氏《答同年尹孔昭书》云："我辈文字到极无烟火处，便是机锋，自知之而无可奈何。"（《隐秀轩文往集》书牍一）又《与谭友夏书》云："曹能始言我辈诗清新而未免有痕，却是极深中微至之言，从此公慧根中出。有痕非他，觉其清新者是也。"（同上）诗到有机锋，到有痕可寻，又如何能不别立一宗。

所以钟、谭诗原只诗中一格而已，假使没有人附和，不成为风气，则天地间有此一种诗，孤芳自赏，原也未为不可。沈春泽之序《隐秀轩集》云："后进多有

抉精要以会通

学为钟先生语者,大江以南更甚,然而得其形貌,遗其神情,以寂寥言精炼,以寡约言清远,以俚浅言冲澹,以生涩言新裁,篇章字句之间,每多重复,稍下一二语,辄以号于人曰,吾诗空灵已极。余以为空则有之,灵则未也。"可知钟、谭诗之流弊,在当时已是如此了。盖深幽孤峭之宗既立,有机锋可执,有痕可寻,则学此种诗格者自然不能无此弊。不仅后进,即钟、谭之诗言之也不能无此病。钱牧斋之论钟氏诗谓"抉摘洗削,以凄声寒魄为致,此鬼趣也;尖新割剥,以噍音促节为能,此兵象也。……钟、谭之类岂亦五行志所谓诗妖者乎?"而其论谭氏诗,又谓:"友夏诗贫也,非寒也;薄也,非瘦也;僻也,非幽也;凡也,非近也;昧也,非深也;断也,非掉也;乱也,非变也。……要其才情不奇故失之纤,学问不厚故失之陋,性灵不贵故失之鬼,风雅不遒故失之鄙。"(均见《列朝诗集》)可知别立一宗的结果,往往走入魔道,能为异而不能为高。牧斋之论固不免稍涉苛刻,然在不了解钟、谭诗者原不妨有此论调。钟、谭求古人之幽情单绪,虽似稍僻,然而"人有孤怀,有孤诣"(见谭氏《诗归序》),诗人之所感,原不必即是一般人之所感;诗人一时之所触,原不必即是一般人习常之所触。谭氏《汪子戊己诗》序云:"诗随人皆现,才触情自生。"又云:"夫作诗者一情独往,万象俱开,口忽然吟,手忽然书。即手口原听我胸中之所流,手口不能测;即胸中原听我手口之所止,胸中不可强。"(《谭友夏合集》九)这些话很有些近于公安的口吻。然而由有孤怀孤诣的诗人看来,则所谓"一情独往,万象俱开"者,正有些近于现时象征派诗人的看法。钱牧斋举吴中朱槐批评钟、谭之语,谓"伯敬诗'桃花少人事',诋之者曰,李花独当终日忙乎?友夏诗'秋声半夜真',则甲夜、乙夜秋声尚假乎?"这种话真是不知象征诗人之所感。孤怀孤诣,原须"以其虚怀定力,独往冥游于寥廓之外",庶几"如访者之几于一逢,求者之幸于一获",那得便以这种不周延之语来相诘难!牧斋又说:"世之论者曰钟、谭一出,海内始知性灵二字,然则钟、谭未出,海内之文人才士皆石人木偶乎?"(《列朝诗集小传》丁中)我们假使以孤怀孤诣来解释钟、谭之所谓性灵,那么真所谓"钟、谭一出,海内始知性灵二字",盖钟、谭之所谓性灵原不同于一般人之所谓性灵。昔人之批评,往往有不得要领而妄加雌黄者,此类是也。

我们即使再退一步,说钟、谭之诗,以近象征诗派之故不易得人了解,不免落于鬼趣兵象,那么,无论如何,他在文学史上矫正一时风气,不使黄茅白苇,千篇一律,其功也不可泯没。钟氏《问山亭诗序》云:"石公恶世之群为于鳞者,使于鳞之精神光焰不复见于世。李氏功臣,孰有如石公者!"那么,在钟、谭之时,称诗者又一齐化而为石公,"是岂石公意哉!"(见《昃集序》二)又其《与王穉恭兄弟》论江进之诗,谓"才不及中郎而求与之同调,徒自取狼狈而已",又谓"国朝诗无真初盛者,而有真中晚。真中晚实胜假初盛,然不可多得",又谓"学袁、江二公与学济南诸君子何异,恐学袁、江二公,其弊反有甚于学济南诸君子也"。他看到当日"牛鬼蛇神打油定铰遍满世界",他知道"因袭有因袭之流弊,矫枉有矫枉之流弊。前之共趋,即今之偏废;今之独响,即后之同声"(《隐秀轩文往集》书牍一),所以宁愿矫异而遁入僻道,不欲逐流以济其恶滥。这真是钟氏于《再报蔡敬夫》书中自述选辑《诗归》之旨,所谓"一片老婆心,时下转语,欲以此手口作聋瞽人灯烛舆杖"(见《往集》书牍一)。我们即就此一点言之,钟、谭便不为无功。

我们即使更退一步,说钟、谭之诗虽能变七子公安之弊,然愈变愈下,其功不能掩其罪;那么,再看他们的批评是如何。谭氏《袁中郎先生续集序》云:"古今真文人何处不自信,亦何尝不自悔。当众波同洿,万家一习之时,而我独有所见,虽雄裁辨口摇之,不能夺其所信。至于众为我转,我更觉进,举世方竞写喧传,而真文人灵机自检,已遁之悔中矣。此不可与钝根浮器人言也。"(《谭友夏合集》八)钟、谭是否有所悔,固不敢言;然由其批评见解言之,却正不欲成派,不欲落痕。易言之,即不欲其中迹,不欲其有敝。

人家说钟、谭不学,而他们则正欲以学救其弊。钟氏《与谭友夏书》云:"轻诋今人诗不若细看古人诗;细看古人诗,便不暇诋今人也。"(《隐秀轩文往集》书牍一)他们何曾号呼叫嚣,心粗胆横,如牧斋之所言者。钟氏《孙鼎生诗序》云:"人之为诗,所入不同而其所成亦异。从名入、才入、兴入者,心躁而气浮;……

从学入者,心平而气实。"(《隐秀轩文昃集序》又二)从名入、才入、兴入者,则欲其心之由躁而平,气之由浮而实,必待年而成。年愈高,学愈进,则诗之所成也随以异。从学入者,便不须如此。钟氏论诗,正以从学入者为高,是则竟陵论诗又何尝废学!

人家说钟、谭诗贫而非寒,薄而非瘦,而他们正欲以厚救其弊。谭氏《诗归序》云:"春未壮时见缀缉为诗者,以为此浮瓜断梗耳,乌足好!然义类不深,口辄无以夺之。乃与钟子约为古学,冥心放怀,期在必厚。"钟氏《陪郎草序》云:"夫诗以静好柔厚为教者也。今以为气不豪,语不俊,不可以为诗。予虽勉为豪,学为俊,而性不可化,以故诗终不能工。"(《隐秀轩文昃集序》又二)他所谓豪,即指七子;他所谓俊,即指公安。"豪则喧,俊则薄,喧不如静,薄不如厚",所以他要以静好柔厚为教。钟、谭论诗均拈一"厚"字,何尝欲其薄,欲其僻呢!盖竟陵之学原出公安,所以偏重性灵而作风不免与公安一样均失之薄。然而竟陵之学虽出公安,而偏欲不同于公安,故又欲矫正公安之失,而批评主张,遂拈出一"厚"字以为对症良药。

因为厚,不仅对于公安是对症良药,即对于竟陵也仍是对症良药。钟氏《与弟恮书》云:"慧处勿纤,幻处勿离,清处勿薄。"(《隐秀轩文往集》书牍一)即因偏重性灵之作最易犯此病症。当时曹能始批评钟、谭诗,清新而未免有痕,钟氏极以为然,也以为除以"厚"救之之外,别无办法。故《与谭友夏书》云:"痕亦不可强融,惟起念起手时,厚之一字可以救之。如我辈数年前诗,同一妙语妙想,当其离心入手,离手入眼时,作者与读者有所落然于心目,而今反觉味长,有所跃然于心目,而今反觉易尽者,何故?落然者以其深厚,而跃然者以其新奇。深厚者易久,新奇者不易久也。此有痕无痕之原也。"(《隐秀轩文往集》书牍一)可知他们矫正公安,同时也矫正自己。

他们以为厚出于灵,所以学古而不落格调;他们又以为灵归于厚,所以论趣而不落于小慧。前者于七子不同,后者又于公安不同。这是他们所以双管齐下之故,然而欲到此境地,却是难得。

钟氏《与高孩之观察书》云：

> 诗至于厚而无余事矣；然从古未有无灵心而能为诗者。厚出于灵，而灵者不即能厚。尝谓古人诗有两派难入手处。有如元气大化，声臭已绝，此以平而厚者也，《古诗十九首》、苏、李是也；有如高岩浚壑，岸壁无阶，此以险而厚者也，汉《郊祀铙歌》、魏武帝乐府是也。非不灵也，厚之极，灵不足以言之也。然必保此灵心，方可读书养气以求其厚。（《隐秀轩文往集》书牍一）

此即厚出于灵之说。他不是不知诗中有厚的境界，乃是知而未蹈，期而未至。厚必出于灵心，所以不欲摹拟古人之诗。而古人诗中有此境界，他也未尝不知，只苦于无入手处耳，沧浪所谓无迹可求，殆即谓此。有迹便有痕矣，有痕便有入手处矣，钟、谭论古人之诗，到这些地方便觉言语道断。欲在一字一句上求其灵心，竟不可得，竟不可能，然而古人之诗又不是没有灵心的。"非不灵也，厚之极，灵不足以言之也"，所以只能以厚归之了。

钟氏于《东坡文选序》云：

> 今之选东坡文者多矣，不察其本末，漫然以趣之一字尽之。故读其序记论策奏议，则勉卒业而恐卧；及其小牍小文，则捐寝食徇之。以李温陵心眼，未免此累，况其下此者乎？夫文之于趣，无之而无之者也。譬之人，趣其所以生也；趣死则死。人之能知觉运动以生者，趣所为也。能知觉运动以生，而为圣贤、为豪杰者，非尽趣所为也。故趣者，止于其足以生而已。今取其止于足以生者，以尽东坡之文，可乎哉！（《隐秀轩文昃集序》一）

此又灵归于厚之说。有灵则有趣，然而趣止于其足以生而已！为圣贤，为豪杰，非尽趣之所为，所以察其本末，则学问胆识，便不是趣之一字足以尽之。若使仅仅以趣为主，便落于小智、小慧。为人不可以小聪明、小机趣自限，为诗又何可以性灵自限？此所以灵又必归于厚。灵归于厚则知竟陵作风，未可便以小品目之了。古人诗之所以难于入手，即难在这上面。钟、谭诗之所以

抉精要以会通

为人诟病,又因为不曾做到这一层。钟、谭之所能说明者,仅于一字一句上探求古人之性灵而已;钟、谭之所能做到者,又于一字一句上以表现自己之性灵而已。然而,即此便是机锋,便是痕。落了机锋,落了痕,便不会归于厚。他们尽管见得到,无奈他们不易做得到。这真是没有办法的事。"诗文气运不能不代趋而下,而作诗者之意兴,虑无不代求其高。"此种情形,钟氏原是深深知道的。我们现在论竟陵之诗与其诗论,也不可不注意这一点,否则便不易得到公允的论断。

原载《学林》第 5 辑,1941 年

苏轼诗文与晚明士人的精神归向及文学旨趣

郑利华

在晚明文坛,文士圈中阅读、评述、刊行苏轼诗文者层出。后七子领袖人物王世贞曾于万历年间编辑《苏长公外纪》,他在该书序文中表示,"今天下以四姓目文章大家,独苏公之作最为便爽,而其所撰论策之类,于时为最近,故操觚之士鲜不习苏公文者"①。此番褒扬苏轼文章之言,不啻为编者本人推尚苏氏的表白,如其自言"意似好其人与其事,聊为纂集"②,则又道出了当时文人学士嗜好苏氏之作以至"鲜不习苏公文者"的情状。焦竑在《刻苏长公外集序》中指述"顷学者崇尚苏学,梓行浸多",并且因为时人热衷于编刊苏轼诗文,甚至"或乱以他人之作",由是不免"纪次无伦,真赝相杂"③。陈梦槐《东坡集选》卷首所录《集选长公文诸家姓氏》中,除王世贞之外,尚有李贽、钱士鳌、陶望龄、袁宏道、王纳谏等晚明之士;又据万历至崇祯年间所刊苏轼诗文诸选本,以及相关序跋文所载,他如当时的徐长孺、凌濛初、钟惺、谭元春、焦竑、崔邦亮、郑圭、凌启康、闵尔容、吴京、朱之蕃、陈仁锡、陈绍英诸士,也曾参与苏氏诗文的选辑④,各类苏轼诗文

---

① 王世贞《弇州山人续稿》卷四二《苏长公外纪序》,明刻本,第13a页。
② 《弇州山人续稿》卷一八二《徐孟孺》,第21a页。
③ 焦竑《焦氏澹园续集》卷一《刻苏长公外集序》,《续修四库全书》,上海古籍出版社2002年版,第1364册,第539页。
④ 陈万益《晚明小品与明季文人生活》(台湾大安出版社1988年版)曾述及包括晚明之士的明代苏文诸选家。

选评本大量涌现①,这多少反映了苏轼诗文在晚明文坛的流行情势。本文所要探讨的主要问题是:在晚明文士圈中呈现的这一"崇尚苏学"的趋势,究竟是在何种文学境域下展开的,苏轼诗文和晚明士人的精神归向及文学旨趣之间,究竟构成怎样的一种关联?冀望对于深入认识晚明文坛的发展势态及精神内涵有所裨助。

一、"崇尚苏学"与宋代诗文的再审视

纵观有明一代不同时期诗文的宗尚统绪,特别是自弘治和嘉靖年间以来,随着以前后七子为代表的诗文复古流派的相继崛兴和扩张,诗主汉魏、盛唐,文主先秦、两汉的诗文宗尚系统得以确立。与之相对,尤其是基于反宋学的立场,宋代诗文则成为复古派成员及其追从者重点排击的目标,这已是明代文学史上众所周知的事实。时至晚明,伴随文学复古思潮的逐渐回落以及变革呼声的增强,由复古派及其追从者确立起来的诗文宗尚系统,乃更多受到质疑以至被突破。曾经为他们极力鄙薄的宋代诗文,则在此际相对开阔的文学境域中得到重新审视。

应该说,晚明文士对于宋代诗文的认知,尽管从总体上来看超离了此前确立于文坛的较为单一和偏狭的宗尚界域,而多出自相对开放、活跃的知识接受

---

① 仅据四川大学古籍整理研究所编《现存宋人别集版本目录》(巴蜀书社1990年版,第85—96页)载录,万历至崇祯年间刊行的各类苏轼诗文选评本主要有:谭元春《东坡诗选》十四卷、陈仁锡评《东坡先生诗集》三十二卷,茅坤等评《苏文》六卷,归有光编、倪元璐评《宋大家苏文忠公文选》九卷,李贽选《坡仙集》十六卷,钟惺选评《东坡文选》二十卷,陈仁锡选评《苏文奇赏》五十卷,陈绍英辑《苏长公文燧》,詹兆圣选评《苏长公密语》十六卷,王纳谏选评《苏长公小品》四卷,郑圭辑《苏长公合作》,王世贞辑《苏长公外纪》五卷,茅坤、钟惺评《苏文忠公策论选》十二卷、《东坡尺牍》五卷、《苏长公二妙集》二十二卷、《苏长公表启》五卷,冯梦桢批点、凌濛初辑《东坡禅喜集》十四卷,王如锡编《东坡养生集》十二卷,朱之蕃辑《新刻苏长公诗文选胜》六卷,陈于廷编《苏长公文脺》三十卷、《诗脺》八卷,袁宏道、钟惺辑《东坡诗文选》、《宋苏文忠公居儋录》五卷、《宋苏文忠公海外集》四卷、《寓惠录》四卷,王同轨编《苏公寓黄录》二卷,阎士选评释《苏文忠公胶西集》四卷,崔邦亮选《苏文忠公集选》三十卷,钱士鳌选《苏长公集选》二十二卷,陈梦槐选《东坡集选》五十卷等。

及精神诉求,然鉴于各自不同的阅读经验和审美趣尚,这种认知在诸文士那里又并非完全表现为不二的共识,而事实上呈现出不同程度的差异性。以公安派代表人物袁氏兄弟为例,如袁中道曾撰《宋元诗序》,述及作者关于宋诗乃至元诗的基本态度,提出:"文章关乎气运,如此等语,非谓才不如,学不如,直为气运所限,不能强同。故夫汉、魏之不《三百篇》也,唐之不汉、魏也,与宋、元之不唐也,岂人力也哉!然执此遂谓宋、元无诗焉,则过矣。"这无非是说,宋、元诗歌之所以不同于唐诗,主要受制于"气运"而非作者才学,故不可谓宋、元无诗。并且以为,宋、元诗歌"取裁肸臆,受法性灵,意动而鸣,意止而寂。即不得与唐争盛,而其精采不可磨灭之处,自当与唐并存于天地之间"①。凡此,又无疑在声张宋、元诗歌独特之风格,以及为其与唐诗相"并存"的合理性作辩护。在另一方面,袁中道并未因此忽略唐诗尤其是盛唐之作的典范意义,其《蔡不瑕诗序》指出:"诗以三唐为的,舍唐人而别学诗,皆外道也。"②在《寄曹大参尊生》书札中他又表示:"盖天下事,未有不贵蕴藉者,词意一时俱尽,虽工不贵也。近日始细读盛唐人诗,稍悟古人盐味胶青之妙。"③以故其教人习诗,曾主张:"但愿熟看六朝、初盛中唐诗,要令云烟花鸟,灿烂牙颊,乃为妙耳。"④即使是那篇多为宋、元诗之价值地位进行申辩的《宋元诗序》,其文开端也提出:"诗莫盛于唐,一出唐人之手,则览之有色,扣之有声,而嗅之若有香,相去千余年之久,常如发硎之刃,新披之萼",相比之下,宋、元诗歌则"不能无让"。⑤总之,在认肯宋诗乃至元诗特点及将其与唐诗比较的问题上,袁中道基本采取的是一种较为理性、平允的态度。

相较起来,袁宏道对于宋代诗文的评述,则明显表现出为矫革时俗而针锋

---

① 袁中道著、钱伯城点校《珂雪斋集》卷一一《宋元诗序》,上海古籍出版社1989年版,中册,第497—498页。
② 《珂雪斋集》卷一〇《蔡不瑕诗序》,上册,第458页。
③ 《珂雪斋集》卷二四《寄曹大参尊生》,下册,第1029页。
④ 《珂雪斋集》卷二四《答秦中罗解元》,下册,第1053页。
⑤ 《珂雪斋集》卷一一《宋元诗序》,中册,第497页。

相对的偏激之态，用他的话来说即所谓"多异时轨"①。如他于万历二十六年（1598）在答陶望龄的书札中谈及自己"遍阅宋人诗文"的心得，以为"宋人诗，长于格而短于韵，而其为文，密于持论而疏于用裁。然其中实有超秦、汉而绝盛唐者"，"夫诗文之道，至晚唐而益小，欧、苏矫之，不得不为巨涛大海。至其不为汉、唐人，盖有能之而不为者，未可以妾妇之恒态责丈夫也"②。在为江盈科《雪涛阁集》所作序文中，论及诗歌之法的变化问题，他又指出："有宋欧、苏辈出，大变晚习，于物无所不收，于法无所不有，于情无所不畅，于境无所不取，滔滔莽莽，有若江河。今之人徒见宋之不唐法，而不知宋因唐而有法者也。"这里，作者无论是申明宋代诗文乃有"超秦、汉而绝盛唐者"，抑或强调宋诗"因唐而有法"，其基本立场，还在于反逆倡为"复古之说"的"近代文人"③，刻意颠覆其说的意图显而易见，犹如袁宏道在致张献翼的一通书札中所云："世人喜唐，仆则曰唐无诗；世人喜秦、汉，仆则曰秦、汉无文；世人卑宋黜元，仆则曰诗文在宋、元诸大家。"④然如此眷顾宋代诗文，并不意味着袁宏道已专注于此，视之为宗尚目标之极致。在他看来，要写出"新奇"之作，关键还不在于以何者为法的问题，而在于如何突破前人固有的"格式"，如曰："文章新奇，无定格式，只要发人所不能发，句法字法调法，一一从自己胸中流出，此真新奇也。"⑤换言之，其无非落实在了他所主张的"信心而出，信口而谈"⑥的抒写原则。是以此处袁宏道对宋代诗文的标誉，与其说是为了重新确立可以循依的取法对象，还不如说是针对以复古派为代表的"近代文人"反其道而行之，意在破除为他们所建置的诗文复古的宗尚系统，或可以说，其"破"的企图大于其"立"的用意。

应该看到，对宋代诗文尤其是宋诗的重新审视，也不同程度地从复古派后

---

① 袁宏道著、钱伯城笺校《袁宏道集笺校》卷一八《叙梅子马王程稿》，上海古籍出版社1981年版，中册，第699页。
② 《袁宏道集笺校》卷二一《答陶石篑》，中册，第743页。
③ 《袁宏道集笺校》卷一八《雪涛阁集序》，中册，第710页。
④⑥ 《袁宏道集笺校》卷一一《张幼于》，上册，第501页。
⑤ 《袁宏道集笺校》卷二二《答李元善》，中册，第786页。

期的一些成员及其追从者那里反映出来。如王世贞在其晚年撰成的《读书后》中评欧阳修文:"欧阳之文雅浑不及韩,奇峻不及柳,而雅靓亦自胜之。记序之辞纡徐曲折,碑志之辞整暇流动,而间于过折处或少力,结束处或无归着,然如此十不一二也。"①此言欧阳之文较之韩、柳或有不及,然也有胜出之处,其记序碑志之辞特色尤为明显。而王世贞此前所撰《艺苑卮言》评述欧、苏之文,则以为"其流也使人畏难而好易"②,鄙薄之意居多,前后态度相比略有变化。至于他晚年为友人慎蒙所作而人所熟知的《宋诗选序》,涉及对宋诗的评说,尽管根本上未改变其早年确立的抑宋"惜格"的原则立场,认定何景明"宋人似苍老而实疏卤,元人似秀峻而实浅俗"的评语"的然",为"二季之定裁",然同时以为于宋诗"代不能废人,人不能废篇,篇不能废句"③,其抑宋的姿态不能不说有所缓和。

又如与后七子阵营关系密切并被纳入其羽翼群体之一"后五子"之列的汪道昆,万历十四年(1586)序冯惟讷《诗纪》云:"愿及崦嵫末光,操《诗纪》以从事,择其可为典要者,表而出之。孰近于风,则曰绪风;孰近于雅,则曰绪雅;孰近于颂,则曰绪颂。如其无当六义而美爱可传者,亦所不废,则曰绪余。降及晚近二代,不可谓虚无人。"④对于诗之"典要"择选,主张以风、雅、颂三体作为铨衡准则,同时不废"美爱可传者",包括"晚近二代"的宋、元诗歌也应在选取之列。如此,较之前后七子大多排斥宋、元两代之作的诗歌取法路数,已大为融通。胡应麟《与顾叔时论宋元二代诗十六通》书札之八,忆及汪道昆当初嘱其选"古今诗",所言亦可印证之:"汪司马伯玉尝属仆选古今诗,以《三百》为祖,分风、雅、颂三体隶之。凡题咏感触诸诗属之风,如太白《梦游》等作是也;纪述伦常诸诗属之雅,如少陵《北征》等作是也;赞扬功德诸诗属之颂,如退之《元和》等作是也。意亦甚新。仆时以肺病不获就绪。今司马公已不复作,言之慨然,以其旨

---

① 王世贞《读书后》卷三《书欧阳文后》,《景印文渊阁四库全书》,台湾商务印书馆股份有限公司1986年版,第1285册,第45页。
② 王世贞《弇州山人四部稿》卷一四七《艺苑卮言四》,明万历刻本,第21b页。
③ 《弇州山人续稿》卷四一《宋诗选序》,第20b—21a页。
④ 汪道昆《太函集》卷二四《诗纪序》,明万历刻本,第15b页。

不废宋、元。"①据上,汪道昆嘱咐胡应麟选诗的原则,与他在《诗纪序》中主张择取诗之"典要"的方法相合,也就是,因为重以《诗三百》风、雅、颂三体为衡量标准,自然淡化了从时代的角度分辨诗歌审美价值之差异的做法,意味着即使为复古派诸子所鄙薄的宋诗乃至元诗,凡合乎风、雅、颂之旨者,自应列入诗选以供祖法,也因此胡应麟以为汪氏所嘱,"其旨不废宋、元"。

在这方面,同样值得注意的还有李维桢,其生平和王世贞、汪道昆等人多有交往。万历十一年(1583)王世贞作《末五子篇》,将他列入其中;万历十年(1582)前后,汪道昆在徽州创建白榆社,后曾招之入社。特别从李维桢的诗学主张来看,其宗唐意识还十分明显,这或许正是他和王世贞等复古派人士相合调的重要原因之一。如其《青莲馆诗序》云:"诗于唐最盛,而声调气韵类不相远。"②即视有唐一代为诗歌鼎盛发展的重要历史阶段。其《唐诗纪序》也云:"汉、魏、六朝递变其体而为唐,而唐体迄于今自如。后唐而诗衰莫如宋,有出入中晚之下;后唐而诗盛莫如明,无加于初盛之上。譬之水,《三百篇》昆仑也,汉、魏、六朝龙门积石也,唐则溟渤、尾闾矣,将安所取益乎?"③这又是从诗歌发展递变的历史层面,明确以唐诗为标格,不仅指示其在诗歌史上犹如"溟渤""尾闾"之盛势,而且涉及唐、宋诗歌盛衰比较的问题,尤其所谓"后唐而诗衰莫如宋"的评判,显在唐人与宋人诗歌之间,划出了审美价值优劣相异的界线。然即便如此,李维桢在看待唐、宋诗歌审美价值之时代差异问题上并未趋向极端化,这一点,特别从他《宋元诗序》一文中可以明显看出。应该说,该篇序文论及宋、元诗歌,并未完全脱却作者以为继唐诗之后宋诗乃至元诗走向衰落的总体判断,如曰:"诗自《三百篇》至于唐而体无不备矣,宋、元人不能别为体,而所用体又止唐人,则其逊于唐也故宜。"又谓:"就诗而论,闻之诗家云,宋人调多舛,颇能纵横,

---

① 胡应麟《少室山房集》卷一一八《与顾叔时论宋元二代诗十六通》,《景印文渊阁四库全书》第1290册,第869页。
② 李维桢《大泌山房集》卷二四《青莲馆诗序》,明万历刻本,第14a页。
③ 《大泌山房集》卷九《唐诗纪序》,第20b页。

元人调差醇,觉伤局促;宋似苍老而实粗卤,元似秀峻而实浅俗;宋好创造而失之深,元善模拟而失之庸;宋专用意而废调,元专务华而离实。宋、元人何尝不学唐? 或合之,或倍之。"不过,他同时又认为于宋、元诗不可偏废,自言"比长而为诗,亦沿习尚,不以宋、元诗寓目,久之悟其非也"。在李维桢看来,"以宋、元人道宋、元事,即不敢望雅、颂,于十五国风者宁无一二合耶?"也就是说,"宋诗有宋风焉,元诗有元风焉,采风陈诗,而政事学术、好尚习俗、升降污隆具在目前。故行宋、元诗者,亦孔子录十五国风之指也"①。这无异于在分辨唐、宋诗歌审美价值之时代差异的同时,指述宋诗乃至元诗的价值涵义。

晚明以来凸显的对于宋代诗文的再审视倾向,它所展示的,不啻是在有宋一代诗文评断上出现的变化之势,从一定意义上看,也是当时文士圈在知识接受和精神诉求上要求突破原有畛域的价值观念的某种异动。可以说,晚明文坛"崇尚苏学"现象的发生,与此际反思、质疑甚至颠覆尤其自有明中叶以来为复古派成员及其追从者所主张的有关宋代诗文价值评判之动向,实相呼应,同时也透出崇尚者所执持的特定的价值取向。关于后者,我们在下文中还将展开讨论。正是在宋代诗文重新得到审视这种特殊的文学背景下,作为有宋文学大家的苏轼,成了文坛聚焦的重点目标,在人们广泛阅读与多重诠释中,其诗文的价值得到重新型塑,它们在古典诗文系统中不同凡常的典范意义也得到了空前的突出。焦竑在撰于万历二十八年(1600)的《刻坡仙集抄引》中云:

  古今之文,至东坡先生无余能矣。引物连类,千转万变,而不可方物,即不可摹之状与甚难显之情,无不随形立肖,跃然现前者,此千古一快也。②

作者在《答茅孝若》书札中也曾表示,"仆观唐、宋之文,莫盛于九家,绝非近代词人比也。韩、欧、曾之于法至矣,而中未有独见,是非议论未免依傍前人。子厚习之,介甫、子由乃有窥焉,于言又有所郁渤而未畅。独长公洞览流略,于濠上、

---

① 《大泌山房集》卷九《宋元诗序》第 29a—30b 页。
② 苏轼《坡仙集》卷首焦竑《刻坡仙集抄引》,明万历刻本,第 1a—1b 页。

竺乾之趣贯穿驰骋,而得其精微,所谓了于心与了于口与手者,善乎其能自道也","至子由直谓有文章以来无如子瞻者,真千古之笃论,但未易为俗人言耳"①。这意味着在作者眼里,苏轼之文不仅盖过唐、宋诸家文章,而且成为古今文章之冠。如此标置,自然将苏文推向极致,若非出于作者极度的推崇心理,决不至于此。然在晚明文士中间,有近似焦竑这种看法的绝非偶见,如"生平慕说苏子瞻"②的黄汝亨,其在《苏长公文选集注序》中云:"六经之文不可与才子文人论,而虚动之宗,冒道尽神,惟《易》为至。千载而下传其妙者,蒙庄、子瞻两人而已。子瞻之文,风行波属,秦汉以来作者第一。"③又陈继儒《苏长公小品叙》云:"古今文章大家以百数,语及长公,自学士大夫以至贩夫灶妇,天子太后以及重译百蛮之长,谁不知有东坡? 其人已往,而其神日新,其行日益远,则古今一人而已。"④所谓"秦汉以来作者第一""古今一人"云云,于苏文的评价同样不可谓不高。

值得指出的是,苏轼诗与文相比较,其文如其自言犹若"万斛泉源"、"常行于所当行,常止于不可不止"⑤,历来多为人所称道,至于诗则或受人訾议。早者如宋人张戒,他作出的自汉、魏以来"诗妙于子建,成于李、杜,而坏于苏、黄"的断言,显然将苏、黄视为诗风转劣的始作俑者,其理由是"子瞻以议论作诗,鲁直又专以补缀奇字","苏、黄用事押韵之工,至矣尽矣,然究其实,乃诗人中一害,使后生只知用事押韵之为诗,而不知咏物之为工,言志之为本也,风雅自此扫地矣"⑥。继后的严羽重以"盛唐诸人"相标格,不满"近代诸公""以文字为诗,以才学为诗,以议论为诗",尤对苏、黄诗风多有指责,认为"至东坡、山谷始自出己意

---

① 《焦氏澹园续集》卷五《答茅孝若》,《续修四库全书》第1364册,第610页。
② 黄汝亨《寓林集》卷首熊明遇《寓林集序》,《续修四库全书》第1368册,第591页。
③ 《寓林集》卷二《苏长公文选集注序》,《续修四库全书》第1368册,第632页。
④ 陈继儒《陈眉公先生全集》卷二《苏长公小品叙》,明崇祯刻本,第22a页。
⑤ 苏轼著、孔凡礼点校《苏轼文集》卷六六《自评文》,中华书局1986年版,第5册,第2069页。
⑥ 张戒《岁寒堂诗话》卷上,载丁福保《历代诗话续编》,中华书局1986年版,上册,第452、455页。

以为诗,唐人之风变矣",直斥苏轼诗风所导致的"殆以骂詈为诗"①的影响效应。在复古之士那里,基于反宋诗的诗学取向,其对包括苏轼在内的宋代诗人多加贬抑。王世贞《艺苑卮言》云:"诗格变自苏、黄,固也。黄意不满苏,直欲凌其上,然故不如苏也。何者?愈巧愈拙,愈新愈陈,愈近愈远。"其于苏、黄诗风的定位,基本延续了张戒、严羽等人的论调,比较苏、黄,其虽以为黄不及苏,但并不表示对苏诗的明确认可,如他又以为:"严又云诗不必太切,予初疑此言,及读子瞻诗,如'诗人老去''孟嘉醉酒'各二联,方知严语之当。"②严羽《沧浪诗话·诗法》论及诗"不必太著题,不必多使事"③,上处谓严氏言诗"不必太切"即指此,谓苏诗"太切",当就其好"议论""用事"这一点来说的。王世贞《苏长公外纪序》评苏轼诗文的一席话更耐人寻味,如果说其中"今天下以四姓目文章大家,独苏公之作最为便爽"的评语,表明他对苏文情有独钟,那么"即其诗最号为雅变杂糅者,虽不能为吾式,而亦足为吾用"④的说法,则于苏诗显有微词,无异乎暗示苏氏其诗不如其文。晚明时期随着宋诗更多进入文士的阅读视野,唤起他们的接受兴趣,对于苏诗的认知也出现明显的转向,邹迪光《王懋中先生诗集序》曰:

> 今上万历之初年,世人谭诗必曰李、何,又曰王、李,必李、何、王、李而后为诗,不李、何、王、李非诗也。又谓此四家者,其源出于青莲、少陵氏,则又曰李、杜,必李、杜而后为诗,不李、杜非诗也。自李、杜而上……无暇数十百家,悉置不问,而仅津津于少陵、青莲、献吉、仲默、元美、于鳞六人,此何说也?青莲、少陵笼挫百氏,包络众汇,以两家尽诗则可。李、何、王、李有专至而无全造,以四家尽诗可乎?三十年中,人持此说,謷然横议,如梦未醒。近稍稍觉悟矣,而又有为英雄欺人者,跳汉、唐而之宋曰苏子瞻,必子瞻而后为诗,不子瞻非诗也。夫长公言语妙天下,其为文章吾不敢轻訾,

---

① 郭绍虞《沧浪诗话校释》,人民文学出版社1961年版,第26页。
② 《弇州山人四部稿》卷一四七《艺苑卮言四》,第18b、22b页。
③ 《沧浪诗话校释》,第114页。
④ 《弇州山人续稿》卷四二《苏长公外纪序》,第14a页。

> 至于诗,全是宋人窠臼,而欲以子瞻尽诗可乎? 后进之士惑溺其说,狂趋乱走,动逾矩矱,以是求诗,诗乌得不日远?①

据上序,邹氏本人既不满于世人谈诗追从李、何、王、李诸子的风气,也不满于继后转向必以苏诗为是的变化迹象。除开这一点,他观察到,自万历之初以来三十年这一段时间,出现在诗坛从"必李、何、王、李而后为诗"转至"必子瞻而后为诗"的变易动向。另一方面,邹氏自言不敢"轻訾"苏文,然谓苏诗"全是宋人窠臼",这也传递出一种苏诗不及苏文的根深蒂固的观念。对此,谭元春则不以为然,他在《东坡诗选序》中指出,"人之言曰:'东坡诗不如文。文通而诗窒,文空而诗积,文净而诗芜,文千变不穷,而诗固一法,足以泥人。'夫如是,是其诗岂特不如其文而已也? 虽然,有东坡之文,亦可以不为诗,然有东坡之文而不得不见于诗者,势也。诗或以文为委,文或以诗为委,问其原何如耳。东坡之诗,则其文之委也。"并且认为:"唯东坡知诗文之所以异,唯东坡知其异而异之,而几于累其同。则文中所不用者,诗有时乎或用,文中所有余于味者,或有时不足于诗。亦似东坡之欲其如是,而后之人不必深求者也。"②这是说,比较苏轼诗与文,二者虽不相同,然各有特点,所以如此,乃苏氏"知诗文之所以异"而"异之",并非因为自身诗力不足。这既是在陈述苏诗值得编选的理由,也是在驳正苏轼"诗不如文"的成见。当然,相比起来,陶望龄说苏诗"贯穴万卷,妙有垆冶,用之盈牍,而韵致愈饶"③,又谓自己"初读苏诗,以为少陵之后一人而已;再读,更谓过之"④,袁宏道甚至以为"苏公诗无一字不佳者"⑤,其即使不能说全然言过其实,也难免偏颇之嫌,似乎非如此不足以形容苏诗"有天地来,一人而已"⑥的奇

---

① 邹迪光《调象庵稿》卷二七《王懋中先生诗集序》,明万历刻本,第29a—30b页。
② 谭元春著、陈杏珍标校《谭元春集》卷二二《东坡诗选序》,上海古籍出版社1998年版,下册,第596—597页。
③ 陶望龄《歇庵集》卷四《及幼草序》,明万历刻本,第30a页。
④ 《歇庵集》卷一一《与袁六休》,第39a页。
⑤ 《袁宏道集笺校》卷二一《答梅客生开府》,中册,第734页。
⑥ 《袁宏道集笺校》卷二一《与李龙湖》,中册,第750页。

特,这又不可不谓是在"崇尚苏学"心理驱使下走向的一个极端。

二、宏博、奇诡、率意:对苏轼诗文多面的审美观照

苏轼诗文在晚明时期的流行,尤其是因为"议论""用事"或受前人訾议的苏诗也间获推崇,无疑成为此际文坛令人瞩目的一道景观。由此引出的问题是,苏轼诗文何以在这一时期赢得文士圈如此的青睐,它们究竟在怎样的层面上应合了晚明士人的精神需求和文学趣尚?就苏文而言,有研究者指出,有明一代苏文选本的推出,包括晚明时期各种选本的涌现,与具有功利目的的举业取向关系密切,意在便于士人习得八股制艺文字的写作,为其提供进身之阶。①所谓"多采择以裨公车言"②的苏文与举业的密切关系固然存在,考察有明一代苏文选辑层出的现象,的确无法忽略这一客观情状。不过,苏轼在晚明时期备受推崇,他的诗文作品不断引发士人阅读、诠释的兴趣并得以大量刊行,这一特殊现象的发生,则绝不是苏文与举业之间构成的功利关系在起主导性的作用。

首先可以注意到一个基本事实,乃不少晚明之士出于慕尚苏轼的心理,或相比拟,或相引重,多从其品格文章中去发掘与体验彼此精神上的共通。如"公安三袁"的袁宗道,生平"酷爱白、苏二公,而嗜长公尤甚",以至"每下直,辄焚香静坐,命小奴伸纸,书二公闲适诗,或小文,或诗余一二幅,倦则手一编而卧,皆山林会心语,近懒近放者也"③。不啻如此,"而所居之室,必以'白苏'名","室虽易,而其名不改,其尚友乐天、子瞻之意,固有不能一刻忘者"④。又如袁中道,曾为撰次苏轼先后事,谈及个中意图,以为"子瞻本传所载者,皆其立朝大节。然观人者,其神情正在颦笑无心之际",于是"取其散见者,都为一本。使其老少行

---

① 《晚明小品与明季文人生活》,第5—7页。
② 《陈眉公先生全集》卷二《三苏全集叙》,第20a页。
③ 《袁宏道集笺校》卷三五《识伯修遗墨后》,中册,第1111页。
④ 《珂雪斋集》卷一二《白苏斋记》,中册,第533页。

踪,一览便尽云耳。片甲一毛,或犹见于他书者,今未必尽收",重于记述苏氏生平"潇洒之趣"①。他在《龙湖遗墨小序》中则将李贽比作"今之子瞻",谓贽"才与趣不及子瞻,而识力胆力,不啻过之。其性无忮害处,大约与子瞻等"②。其中对苏氏许重之意,也可见一斑。与"公安三袁"相友善的雷思霈,曾序袁宏道《潇碧堂集》,序中认为"石公胸中无尘土气,慷慨大略,以玩世涉世,以出世经世,骖节高标,超然物外。而泾渭分明,当机沉定,有香山、眉山之风"③。曾可前序袁宏道《瓶花斋集》,指出"眉山长公,嬉笑怒骂,无非文章。石公妙得此解,随所耳目,俱可书诵"④,则皆将袁氏为人之性行及为文之风格,更多地与苏轼联系起来。再如李贽,称"苏长公何如人,故其文章自然惊天动地",自己"时一披阅,心事宛然,如对长公披襟面语"⑤,或曰"心实爱此公,是以开卷便如与之面叙也"⑥,更像是视苏轼为可以交心的前代知己;其《书苏文忠公外纪后》又谓"余老且拙,自度无以表见于世,势必有长公者然后可托以不朽",于是将友人焦竑视为"今之长公",声言"天下士愿借弱侯以为重久矣"⑦,可说是借苏轼之品望来标表其友。凡此表明,在不少晚明之士的心目中,苏轼的品格文章俨然成为特立世间、延亘绵远的某种精神象征。他们从自我或他者身上,勉力去感知这位历史人物不同寻常的召唤力,体悟彼此心神相应的精神交汇点。从这个意义上来说,苏轼给晚明士人带来的,更多是切合他们心灵深处一种独一无二的精神资源。而这一点,也特别表现在他们对苏轼诗文不同层面的体味和解读上。

激发晚明文士圈对于苏轼诗文浓烈兴趣的,首先是在他们看来从苏氏之作

---

① 《珂雪斋集》卷二一《次苏子瞻先后事》,中册,第918—919页。
② 《珂雪斋集》卷一〇《龙湖遗墨小序》,上册,第474页。
③ 《袁宏道集笺校》附录三雷思霈《潇碧堂集序》,下册,第1696页。
④ 《袁宏道集笺校》附录三曾可前《瓶花斋集序》,下册,第1694页。
⑤ 李贽《焚书》卷二《复焦弱侯》,中华书局1975年版,第48页。
⑥ 李贽《续焚书》卷一《与焦弱侯》,中华书局1975年版,第34页。
⑦ 《续焚书》卷二《书苏文忠公外纪后》,第67页。

流溢出来的宏博和奇诡的抒写风格。还是引王世贞晚年在序《苏长公外纪》时所云：

> 今天下以四姓目文章大家，独苏公之作最为便爽。……苏公才甚高，蓄甚博，而出之甚达，而又甚易；凡三氏之奇尽于集，而苏公之奇不尽于集。故夫天下而有能尽苏公奇者，亿且不得一也。①

王世贞特别标示苏轼才识高超而凸显在苏文之中诸如"博"与"奇"的特点，自然表明其本人欣赏苏文的重要理由，同时也似乎在指示一种时代的阅读趣味。这种阅读趣味的滋生，不能不说和晚明时期相对开放、多元的文化氛围联系在一起。在根本上，它指向晚明士人在特定文化氛围之下趋向活跃、自在、丰富的精神世界，以及作为其重要表征而呈示在知识接受上更趋开博、益求奇颖的新特点。在这方面，苏氏诗文正可谓切合这种时代的阅读趣味、知识接受要求及满足其中的精神诉求。就此，如焦竑《刻苏长公集序》也指出，苏文"神奇出之浅易，纤秾寓于澹泊，读者人人以为己之所欲言而人之所不能言也。才美学识，方为吾用之不暇，微独不为病而已。盖其心游乎六通四辟之途，标的不立，而物无留镞焉。迨感有众至，文动形生，役使万景而靡所穷尽，非形生有异，使形者异也"②。其无非认为，苏文既有他人"所不能言"之奇拔，又有游心通途、"役使万景"之博敏。而焦氏《东坡二妙题词》针对苏轼文风的一番评述，同样透露着相关的信息，如他以为"坡公之妙"不尽在"论策序记之文"，"其流为骈语、佛偈、稗杂、谐谑，莫不矢口霏玉，动墨散珠"，"盖公天才飙发，学海渊泓，而机锋游戏，得之禅悦，凡不可摹之状与甚难显之情，一入坡手，无不跃如"，于是"模山范水，随物肖形，据案占辞，百封各意"，"嬉笑怒骂，无非文章，巷语街谈，尽成风雅矣"③。这不仅是说，苏轼才力不凡，学识渊深，善于描摹成文，也是说，苏文因此显得博洽而新奇，触处皆是，出手非凡，不拘于为文之常格。与此相关，赵用贤

---

① 《弇州山人续稿》卷四二《苏长公外纪序》，第13a—13b页。
② 焦竑《焦氏澹园集》卷一四《刻苏长公集序》，《续修四库全书》第1364册，第135页。
③ 苏轼《苏长公二妙集》卷首焦竑《东坡二妙题词》，明天启刻本，第1b—4b页。

抉精要以会通

《刻东坡先生志林小叙》品评苏氏"皆纪元祐、绍圣二十年中所身历事"之笔记文《志林》,则认为"其间或名宦勋业,或治朝政教,或地理方域,或梦幻幽怪,或神仙伎术,片语单词,谐谑纵浪,无不毕具,而其生平迁谪流离之苦,颠危困厄之状,亦既略备"①。以上评语显然还主要是就《志林》一书记述博杂、奇致纷出、情状毕具的特点来讲的。

其实不仅是苏文,此际一些文士涉及苏诗的论评,也特别注意显现其中的出奇善变的抒写风格。如声称"苏公诗无一字不佳者"的袁宏道,曾将苏诗和李白、杜甫诗作比较,在《与李龙湖》中提出"苏公诗高古不如老杜,而超脱变怪过之,有天地来,一人而已"②;在《答梅客生开府》中又对比李、杜诗歌,以为"苏公之诗,出世入世,粗言细语,总归玄奥,恍惚变怪,无非情实"③。有关苏诗与李、杜诗的联系,苏辙就曾以为,苏诗"本似李、杜"④,而于杜诗尤多习之。苏氏本人称"诗至于杜子美,文至于韩退之,书至于颜鲁公,画至于吴道子,而古今之变,天下之能事毕矣"⑤,可见其于杜诗之倾心。王世贞晚年所撰的《书苏诗后》,谈及苏诗和杜诗的问题,指出苏氏"见夫盛唐之诗格极高、调极美而不能,多有不足以酬物而尽变,故独于少陵氏而有合焉"。虽然王世贞也肯定苏诗于杜诗"当其所合作,亦自有斐然而不可掩",但由于重以杜甫乃至"盛唐之诗"格调相铨衡,因此他同时又直言,"所以弗获如少陵者,才有余而不能制其横,气有余而不能汰其浊;角韵则险而不求妥,斗事则逞而不避粗,所谓武库中器,利钝森然"⑥。这是说,苏诗虽习学杜诗而终究突破杜甫的诗格,流于逞才使气、粗豪诡异之弊,故不及杜诗。比较起来,袁宏道则认为苏诗对于杜甫乃至李白诗歌的变异,

---

① 赵用贤《松石斋集》卷八《刻东坡先生志林小叙》,《四库禁毁书丛刊》,北京出版社 2005 年版,集部第 41 册,第 104 页。
② 《袁宏道集笺校》卷二一《与李龙湖》,中册,第 750 页。
③ 《袁宏道集笺校》卷二一《答梅客生开府》,中册,第 734 页。
④ 《栾城后集》卷二二《亡兄子瞻端明墓志铭》,《景印文渊阁四库全书》第 1112 册,第 767 页。
⑤ 《苏轼文集》卷七〇《题吴道子画后》,第 5 册,第 2210 页。
⑥ 《读书后》卷四《书苏诗后》,第 48 页。

正是其突出之处。显然,对比杜诗之"高古",他更欣赏苏诗之"超脱变怪"。在其看来,苏诗这一善于奇变的风格特征,既超越了"唯一于虚,故目前每有遗景"①的李白,又胜过"唯一于实,故其诗能人而不能天,能大能化而不能神"的杜甫,甚至也因此立于自古以来独一无二的境地。

从另一方面来看,晚明士人接受苏轼诗文兴趣的激发,又多得之于苏氏文章中率意而出、灵动自如的抒写风格。毫无疑问,苏轼生平自评其文:"如万斛泉源,不择地皆可出,在平地滔滔汨汨,虽一日千里无难,及其与山石曲折,随物赋形,而不可知也。所可知者,常行于所当行,常止于不可不止。"②其既指涉关于文章抒写的一种理想的审美要求,也即近于评谢举廉之文所云,"大略如行云流水,初无定质,但常行于所当行,常止于所不可不止,文理自然,姿态横生"③;同时,又是对一己之文臻于这一理想之境所作的自我评价。无论如何,一种率意为之、行止自由、脱却定式的文章表现之道,显然是苏轼本人孜孜以求的。晚明文士圈对于苏文的表彰,多关涉于此。黄汝亨《苏长公文选集注序》云:

> 佛印师有言,子瞻胸中有万卷书,下笔无一点尘气。夫惟以万卷之贮,而行无一点尘气之笔,故无者可有,有者可无,多者能少,少者能多;随性效灵,驱役千古,如淮阴之将兵,邓林之伐材,恣其所取,而从横左右,无所不宜。故按于事而后知使事之妙,解于书而后知用书之妙。览天地知圜方,历山川知纡曲。学者诵习子瞻,而不知其学问所贮,神智所繇,益与搏虚蹑影何异?岂惟不解实事,并其所谓虚动之妙,亦未解也。④

据黄氏所见,苏文多有其"妙",甚至因是成"秦、汉以来作者第一",且为"异代同宝",离不开其本人"学问"的积贮与"神智"的驱使,故能"随性效灵,驱役千古",

---

① 《袁宏道集笺校》卷二一《答梅客生开府》,中册,第734页。
② 《苏轼文集》卷六六《自评文》,第5册,第2069页。
③ 《苏轼文集》卷四九《与谢民师推官书》,第4册,第1418页。
④ 《寓林集》卷二《苏长公文选集注序》,《续修四库全书》第1368册,第632—633页。

抉精要以会通

无所拘牵,一任己意出之,纵横自如。看得出来,序者企图解释苏文之能恣意为之所拥有的知识底蕴和个人才智,与此同时,也表达他对苏文这样一种超卓抒写风格的倾赏之心。再看袁宏道《识雪照澄卷末》所云:

> 坡公作文如舞女走竿,如市儿弄丸,横心所出,腕无不受者。公尝评道子画,谓如以灯取影,横见侧出,逆来顺往,各相乘除。余谓公文亦然。其至者如晴空鸟迹,如水面风痕,有天地来,一人而已。而其说禅说道理处,往往以作意失之,所谓吴兴小儿,语语便态出,他文无是也。①

袁氏在褒扬苏文之际,也一语道破其间或"说禅说道理"的"作意"之失,而这一点在他看来,实系苏文未能脱尽宋人习气所致,如他在《德山麈谭》中又云:"东坡诸作,圆活精妙,千古无匹。惟说道理,评人物,脱不得宋人气味。"②但认为除此,苏文尚不缺乏"横心所出"之作。至于苏文何为"作意",何为"横心",袁宏道乃分别举苏轼前后《赤壁赋》为例加以说明,他以为:"前赋为禅法道理所障,如老学究着深衣,通体是板。后赋直平叙去,有无量光景,只似人家小集,偶尔钉铛,欢笑自发,比特地排当者其乐十倍。至末一段,即子瞻亦不知其所以妙,语言道绝,默契而已。"③于二赋的取舍之意,显而易见。由袁宏道对苏文得失的指点不难见出,引发他对苏文另眼相看的,无外乎是凸显其中率意所成、无由造作、挥洒自如的抒写笔调,其犹如"晴空鸟迹"和"水面风痕",自然而作,灵动而出,这显然相对合乎袁宏道所强调的"信心而出,信口而谈"的抒写原则。可以想见,对于力主这一抒写原则的他来说,自然更愿意去体味苏文"横心所出"的独特意趣,更容易去演绎与之有着某种审美共识的表现风格。就此而言,袁中道在《答蔡观察元履》中为人熟知的一段陈述,可与袁宏道上述之言互相参照,其曰:"近阅陶周望祭酒集,选者以文家三尺绳之,皆其庄严整栗之撰,而尽去其有风韵者。不知率尔无意之作,更是神情

---

① 《袁宏道集笺校》卷四一《识雪照澄卷末》,下册,第1219页。
② 《袁宏道集笺校》卷四四《德山麈谭》,下册,第1290页。
③ 《袁宏道集笺校》卷四一《识雪照澄卷末》,下册,第1220页。

所寄,往往可传者托不必传者以传,以不必传者易于取姿,炙人口而快人目。""今东坡之可爱者,多其小文小说;其高文大册,人固不深爱也。使尽去之,而独存其高文大册,岂复有坡公哉!"①联系前后文意,其之所以将苏文区分为"小文小说"和"高文大册"而属意前者,主要还不是因为二者比较起来"小文小说"体制相对短小的缘故,而在于这些"小文小说"多为作者"率尔无意"所出,往往有"神情"寄寓其中,不同于刻意为之的"庄严整栗"之作,因而令人爱之。由是,袁中道对于苏氏"率尔无意"的"小文小说"的表彰,实近乎袁宏道重苏文"横心"而非"作意"所出之意。

可以说,无论是倾心苏轼诗文宏博和奇诡的风致,还是以"随性效灵"或"横心所出"来看待苏文中率意而出、灵动自如的情韵,从根性上究之,乃和晚明时期趋于相对开放、多元的文化氛围相联结,实从不同层面折射出这一时期在士人中间逐渐扩张开来的注重自我或个性表现的价值取向。在明代历史上,晚明社会以其思想文化的剧烈异动和裂变而为人所瞩目,这种异动和裂变在士人精神归向上具体之显著表现,即是极力标立适于自我的特立独行,专注一己之性情的表达。如李贽自言"其心狂痴,其行率易"②,袁宏道秉持以"率心而行"③"任性而发"④为尚的主观立场,自是典型之例。正是在这种重自我或个性表现的时代精神诉求主导下,苏轼诗文的审美价值为一些晚明之士重新发掘并不同程度加以放大,苏氏凸显在其诗文中的一己之学识、才智、性情,以及由此呈现出的宏博奇诡与率意自然的抒写风格,更与他们的主观需求相契合,也因此被目之为"横口所发,皆为文章;肆笔而书,无非道妙"⑤这样一种更能表现自我心智与性情的文学书写范式。

---

① 《珂雪斋集》卷二四《答蔡观察元履》,下册,第 1045 页。
② 《焚书》卷三《自赞》,第 130 页。
③ 《袁宏道集笺校》卷一〇《叙陈正甫会心集》,上册,第 463 页。
④ 《袁宏道集笺校》卷四《叙小修诗》,上册,第 188 页。
⑤ 《焦氏澹园集》卷一四《刻苏长公集序》,《续修四库全书》第 1364 册,第 135 页。

三、超旷闲适之致的抉发与苏轼诗文的另面品读

如前所述,晚明士人对待苏轼这位重要的历史人物,更多将其视作切合他们心灵的一种独特的精神资源。围绕苏轼诗文所展开的不同层面的体味和解读,也成为他们分享这份精神资源的具体表征。只是应该看到,基于不同的精神诉求及其相关的文学趣味,晚明士人对于苏轼诗文的接受,事实上也呈示出较为复杂的取向。

茅坤之子茅维,曾在作于万历三十四年(1606)的《宋苏文忠公全集叙》中评苏轼之文云:"若无意而意合,若无法而法随,其亢不迫,其隐无讳,澹而腴,浅而蓄,奇不诡于正,激不乖于和,虚者有实功,泛者有专诣,殆无位而摅隆中之抱,无史而毕龙门之长,至乃羁愁濒死之际,而居然乐香山之适,享黔娄之康,偕柴桑之隐也者,岂文士能乎哉!"①他在总述苏文为一般文士所不及的特点时,不忘说明苏轼虽曾处于"羁愁濒死"的境地,却在文中表现了"乐香山之适,享黔娄之康,偕柴桑之隐"的超旷与闲适,这似被认为是苏轼为人和为文中应该大书特书的一笔,也更是人所不及的卓异之处。的确,苏轼一生经历坎坷,几度起落,宋神宗元丰二年(1079)发生的文学史上闻名的"乌台诗案",成为他人生之旅的一个重大转捩点,相继贬居黄州、惠州、儋州的遭遇,使他陷入常人难以承受的困厄之境。但与其起落分明、屡遭贬黜的经历相比,人们更多注意到的,则是苏轼面对荣辱穷达而表现出的独异的人生态度。特别是其身陷困境,然曰"绝境天为破"、"澹然无忧乐"②,又曰"平生学道真实意,岂与穷达俱存亡"③,可谓身入绝境而心超出之,持守主观勉力化解人生苦难之立场。故被看作"超越或扬弃

---

① 《苏轼文集》附录茅维《宋苏文忠公全集叙》,第 6 册,第 2390—2391 页。
② 苏轼著、孔凡礼点校《苏轼诗集》卷二〇《迁居临皋亭》,中华书局 1982 年版,第 4 册,第 1054 页。
③ 《苏轼诗集》卷四一《吾谪海南,子由雷州,被命即行,了不相知,至梧乃闻其尚在藤也,旦夕当追及,作此诗示之》,第 7 册,第 2245 页。

个人的悲哀"①,也被看作在根本上,缘自于对儒家入世进取和达兼穷独、用行舍藏,以及佛家出世和道家遁世基本精神的融会贯通。②固然,苏轼秉持的这一立场,蕴含对于人生意义的自我判断,也体现了一种生存的智慧或策略,但显然,它同时又着眼于个人与现实世界之间矛盾的调和或消解,以超旷与闲适的姿态摆脱一切苦难的侵扰,以化解的睿思淡却抗争的意识。这也是苏轼诗文在历代流演而受到传统文士不断诠释的重要原因之一。

总观晚明士人对于苏轼诗文的接受取向,苏氏面向人生荣辱穷达而表现出的这种超然之心、顺适之态,也成为他们品论的一个重要主题。如张大复《苏长公编年集小序》曰:

> 自有宇宙而有三教圣人之书,学者各守其说,莫肯相下,然其究多有阳挤而阴用之者,于是乎五脏六腑之情争扰于门户,役役焉至老死而不得休息,曰吾师故常云尔。而眉山公独能以圆神方致之用,游戏翰墨,谈笑之间,玉堂瘴海,无不等观,生老病死,视如聚沫,盖古今一人而已矣。③

钱谦益为张氏所撰墓志,称"君之为古文,曲折倾写,有得于苏长公,而取法于同县归熙甫",又忆其曾谓"庄生、苏长公而后,书之可读可传者,罗贯中《水浒传》、汤若士《牡丹亭》也"④。张氏在上序中也说自己于苏轼"自幼好读其书,多所纂集,废视以来犹能忆其什九",又为次编年集,其慕苏之意可见一端。而据序言,苏轼以文谐戏,尤其是超然面对穷达甚至生死的态度,显然最为张氏所倾重,被许为"古今一人"。其著可与三教之书并存,这也是其编次苏集的缘起。故用他的话来说,主要的意图在于"与三教圣人之书并存不朽,俾后之知书者有以适其性命之情"⑤。

由张大复慕尚苏轼诗文的心向和编次苏集的旨意推求开去,则还可以特别

---

① 吉川幸次郎著、郑清茂译《宋诗概说》,台湾联经出版事业公司1977年版,第164页。
② 详参王水照《苏轼的人生思考和文化性格》,《文学遗产》1989年第5期。
③⑤ 张大复《梅花草堂集》卷一《苏长公编年集小序》,《续修四库全书》第1380册,第313页。
④ 钱谦益著、钱仲联标校《牧斋初学集》卷五四《张元长墓志铭》,上海古籍出版社1985年版,中册,第1359页。

注意这一时期编纂的《东坡禅喜集》和《东坡养生集》两部苏氏选本。

《东坡禅喜集》为华亭徐益孙所辑,"取苏轼谈禅之文,汇集成编",同邑唐文献序而刻之,继后凌濛初"以其未备,更为增订"。① 又据凌濛初天启元年(1621)所作跋文,万历三十一年(1603)冯梦桢有吴闾之游,招凌濛初同往,联舟以行,凌以是编相示,冯遂为"点阅"②。唐文献在《跋东坡禅喜集后》中述及苏轼和佛学的关联时表示:

> 子瞻平生熟于荀、孟、孙、吴,晚遇贬谪,落落穷乡,遂以内典为摈愁捐痛之物,浸淫久之,斐然有得。唐有香山,宋有子瞻,其风流往往相类,而其借禅以为文章,二公亦差去不远。香山云外以儒行修其身,内以释教汰其心,旁以琴酒、山水、诗歌乐其志,则分明一眉山之老人而已。子瞻于生死二字虽不能与维摩、庞蕴争一线,然其谭笑轻安,坦然而化,如其为文章,则铺禅之糟,而因茹其华者多也。③

苏轼生平于佛学显有浸染,苏辙所撰墓志记云,"既而谪居于黄,杜门深居,驰骋翰墨","后读释氏书,深悟实相,参之孔老,博辨无碍,浩然不见其涯也"④。苏轼《黄州安国寺记》也自述元丰三年(1080)谪至黄州后,"闭门却扫,收召魂魄,退伏思念,求所以自新之方",思想"归诚佛僧,求一洗之"。于是得城南安国寺,"间一二日辄往,焚香默坐,深自省察,则物我相忘,身心皆空,求罪垢所从生而不可得。一念清净,染污自落,表里翛然,无所附丽"⑤。尤自贬谪黄州之后,苏轼对佛学的兴趣逐渐浓厚,后谪居惠州、儋州,习染佛学愈益趋深。⑥ 如其作于贬谪惠州后的《虔州崇庆禅院新经藏记》,即慨叹年老而欲得"数年之暇,托于佛僧之宇,尽发其书,以无所思心会如来意,庶几于无所得故而得者","而州之僧舍无所谓经藏者,独榜

---

① 永瑢等《四库全书总目》卷一七四《东坡禅喜集》提要,中华书局1965年版,下册,第1537页。
② 苏轼《东坡禅喜集》卷末凌濛初跋,明天启刻本,第4a—4b页。
③ 《东坡禅喜集》卷末唐文献《跋东坡禅喜集后》,第1b—2a页。
④ 《栾城后集》卷二二《亡兄子瞻端明墓志铭》,《景印文渊阁四库全书》第1112册,第767页。
⑤ 《苏轼文集》卷一二《黄州安国寺记》,第2册,第391—392页。
⑥ 王水照《苏轼创作的发展阶段》,《社会科学战线》1984年第1期。

其所居室曰思无邪斋,而铭之致其志焉"①。《思无邪斋铭》叙曰:"东坡居士问法于子由,子由报以佛语,曰:'本觉必明,无明明觉。'居士欣然有得于孔子之言曰:'《诗》三百,一言以蔽之,曰思无邪。'""于是幅巾危坐,终日不言,明目直视,而无所见,摄心正念,而无所觉。"②数度贬黜而导致的人生逆折,显然是苏轼染佛渐深不可忽视的原因,在广阔的佛海之中寻求人生苦难的超脱、自我心灵的安顿,应是他委心于此的基本原因。上引唐氏跋文,认为苏轼自遭遇贬谪以来浸濡佛学,意在"摈愁捐痛",乃昭彰了苏氏转向习佛的主要因由。而更值得注意的是,其以"谭笑轻安,坦然而化"来形容苏氏超脱安闲的人生姿态,不仅是对他习佛所臻之境的高度评鉴,而且实际上也是对《东坡禅喜集》编辑及刊行意义的某种阐释。

与上书可以并置相论的则是《东坡养生集》,编者王如锡于苏集"广搜众刻,自诗文巨牍至简尺填词,以及小言别集,凡有关于养生者悉采焉"③,全书共分为饮食、方药、居止、游览、服御、翰墨、达观、妙理、调摄、利济、述古、志异十二门类。苏轼生平习佛之外,也濡染道家身心摄养之术,其《问养生》曰,"余问养生于吴子,得二言焉,曰和,曰安","安则物之感我者轻,和则我之应物者顺。外轻内顺,而生理备矣"④。其《养生诀》又言:"近年颇留意养生。读书、延问方士多矣,其法百数,择其简易可行者,间或为之,辄有奇验。今此闲放益究其妙,乃知神仙长生非虚语尔。"⑤从苏氏对养生之道的留意,实可见出超离尘俗、安养自全的一份旷适与淡漠,这又多和他数罹塞厄的特殊经历不无关联,可说是"大抵患难中有托而逃"⑥。晚明盛宾为《东坡养生集》所作序文,也谓"流离迁徙多方厄公(指苏轼)者,正公所以厚自养炼、借为证道之资者也"⑦,即将苏轼贬谪流迁的

---

① 《苏轼文集》卷一二《虔州崇庆禅院新经藏记》,第2册,第390页。
② 《苏轼文集》卷一九《思无邪斋铭》,第2册,第574—575页。
③ 《东坡养生集》卷首王如锡《东坡养生集序》,《四库全书存目丛书》,齐鲁书社1997年版,集部第13册,第92页。
④ 《苏轼文集》卷六四《问养生》,第5册,第1982—1983页。
⑤ 《苏轼文集》卷七三《养生诀》,第6册,第2335页。
⑥ 《四库全书总目》卷一七四《东坡养生集》提要,下册,第1537页。
⑦ 《东坡养生集》卷首盛宾《东坡养生集序》,第88页。

经历和他着意养炼的行为联系起来,明其厚自养生之缘起及参证悟道之资本。有关《东坡养生集》一书的纂辑本旨,编者王如锡在序中述之颇详,引人注意:

> 夫东坡之集,无所不有,读者亦无所不取焉,而余独概之以养生,不几诞与?夫拟之于纵横诸家,从其文章而为言者也;约之以养生之旨,从其性情而为言者也。是故肆出而为趣,旁溢而为韵;凝特而为胆识,挺持而为节义。傲侻踔绝,一无所回疲,莫不咨嗟叹赏,谓为不可及。而不知其所以不可及,要有翛然自得,超然境遇之中,飘然埃壒之外者,乃能历生死患难而不惊,杂谐谑嬉游而不乱。故尝捧其篇章而想其丰仪,揽其遗迹而标其兴寄,思其话言而窥其洞览流略之指、悬解默喻之神。至今坡老风流依然未散,而高颧深髯、戴笠蹑屐、把盏挥毫、嘻笑怒骂之态,犹栩栩焉,奕奕焉,往来于江山湖海之上。此中不有长生久驻者存耶?……则凡世所见穷通、得丧、妍媸、纤巨,东坡既已冥而一之矣,是养生之旨也。①

王序以为,苏轼于养生的投注,由其性情而显,故曰"约之以养生之旨,从其性情而为言者也",因为善自养炼,遂有一己性情"翛然自得"的调养之获,也鉴于此,人世间一切穷达得失、美丑巨细,被泯却了彼此间的客观区别,无不可等而视之。如此,正所谓是"超然境遇之中,飘然埃壒之外",纵使面向生死厄难,也能一以超而出之,不为所困。可以说,这番论议既是对苏轼养生所得的评述,也是对编辑此集以品赏和传扬苏氏诗文"养生之旨"之意愿的概括。在这方面,又可注意王季重针对苏轼"刻刻作生计"养生之道所作的解释,他在《东坡养生集序》中谓苏氏:"无论其参悟济度,功贯三才,解脱明通,道包万有,即最纤之事,饮有饮法,食有食法,睡有睡法,行游消遣有行游消遣之法,土宜调适,不燥不濡,火候守中,亦文亦武,尊其生而养之者,老髯亦无所不用其极矣。是故有嬉笑而无怒骂,有感慨而无哀伤,有疏旷而无逼窄,有把柄而无震荡,有顺受而无逆施,烧

---

① 《东坡养生集》卷首王如锡《东坡养生集序》,第90—92页。

猪熟烂,剔齿亦佳,柱杖随投,曳脚俱妙,所谓无入而不自得者也。此之谓能养生。"①在王季重看来,对于养生苏轼不仅无所不及,即使连日常行止起居"最纤之事",一本于养生之法,并且善于摄养,"无入而不自得"。唯其养炼之中无不自得,故能不以哀怒为怀,处之以疏旷,受之以顺应。要而言之,这还是由苏轼诗文表露出来的超然自适的心境,追究其和苏氏本人重于养生的内在联系。

应该说,对苏轼诗文中这样一种超旷与闲适之致的关注,反映了晚明文士圈中另一面的阅读趣味,以及与之相关联的另一面的精神归向。此际士人精神世界发生剧烈震荡,重视自我或个性表现这种激进的价值取向趋于扩张,此已是学人在晚明思想文化研究领域多所注意到的历史事实,无需赘言。然而,这一切并不代表传统的根性在士人文化性格中全然消去,特别在面向个人与社会、理想与现实关系的问题上。如果说,秉持重自我或个性表现之激进价值取向,难免突出二者之间的矛盾,那么,超离尘俗,逍遥容与,出入佛道,意在调和、消解二者之间的矛盾,也成为一些晚明士人所倾向的生存决策,其多少表明他们文化性格的两面性。试以在晚明士人中颇具典型意义的袁宏道为例,宏道早年受禅宗影响颇深,其自言"弱冠即留意禅宗"②,后致友人张献翼书札也言:"仆自知诗文一字不通,唯禅宗一事,不敢多让。"③万历二十五年(1597),其在《冯秀才其盛》书札中又表示:"割尘网,升仙毂,出宦牢,生佛家,此是尘沙第一佳趣。"④说明他早年已濡染佛学尤其是禅宗,以后又萌生超世离俗、修性戒行的心念。万历二十七年(1599),袁宏道"述古德要语,附以己见",勒成《西方合论》一书,此被袁宗道看成是"箴诸狂禅而作也"⑤,其自谓:"余十年学道,堕此狂病,后因触机,薄有省发。遂简尘劳,归心净土,礼诵之暇,取龙树、天台、智者、永明等

---

① 王思任《谑庵文饭小品》卷五《东坡养生集序》,《续修四库全书》第1368册,第240页。
② 《袁宏道集笺校》卷五《曹鲁川》,上册,第253页。
③ 《袁宏道集笺校》卷一一《张幼于》,上册,第503页。
④ 《袁宏道集笺校》卷一一《冯秀才其盛》,上册,第480页。
⑤ 袁宗道著、钱伯城标点《白苏斋类集》卷二二《杂说》,上海古籍出版社1989年版,第316页。

论,细心披读,忽尔疑豁。"①因而这一年也被认作是袁氏佛学态度发生显著变化的分界线,即由早先重于禅宗悟觉,归向重于修持的净土。这也如袁中道为宏道所撰行状所述,以为自此年起,"先生之学复稍稍变,觉龙湖等所见,尚欠稳实。以为悟修犹两毂也,向者所见,偏重悟理,而尽废修持,遗弃伦物,佹背绳墨,纵放习气,亦是膏肓之病","遂一矫而主修,自律甚严,自检甚密,以澹守之,以静凝之"②。虽然这主要就其佛学取向而言,然而从中也可看出袁宏道人生态度的明显转向,即由早年率性之"狂",趋主超俗之"澹"之"静",其严于律戒、顺适淡冷的退守意识,由是分明可见。这一点也多少从他的文学意趣中透露出来,最能说明问题的,还属其《叙呙氏家绳集》所言:"苏子瞻酷嗜陶令诗,贵其淡而适也。凡物酿之得甘,灸之得苦,唯淡也不可造;不可造,是文之真性灵也。浓者不复薄,甘者不复辛,唯淡也无不可造;无不可造,是文之真变态也。风值水而漪生,日薄山而岚出,虽有顾、吴,不能设色也,淡之至也。元亮以之。东野、长江欲以人力取淡,刻露之极,遂成寒瘦。香山之率也,玉局之放也,而一累于理,一累于学,故皆望岫焉而却,其才非不至也,非淡之本色也。"③是处所谓文之"淡",实具两重涵义,一是指自然之意,故谓其不可造作,与"人力"所为、"刻露"所示相对;一是指闲淡之意,故以陶诗比拟,又与"率""放"之作相区分。如果说,前者尚显出其与袁宏道原先"信心而出,信口而谈"这一重"性灵"发抒之论的联系,那么,后者则当是"以澹守之,以静凝之"意识主导下以闲适淡泊为尚文学意趣的流露。值得指出的是,叙言以苏轼偏嗜陶诗相标,也无非示意作者和苏氏诗趣之合调。

　　总之,苏轼诗文表现出的超然之心和顺适之态,在指向一种生存的智慧或策略的同时,也提示了作者面向人生困境而以调适乃至消释现实矛盾为指归的一种淡退心向。晚明文士圈在接受苏轼诗文之际,对于其中的超旷与闲适之致的品论和推重,反映出其文学趣味的另一极。在深层次上,苏轼诗文中的这种超豁而非

---

① 《袁宏道集笺校》附录一《西方合论》,下册,第1638页。
② 《珂雪斋集》卷一八《吏部验封司郎中郎中先生行状》,中册,第758页。
③ 《袁宏道集笺校》卷三五《叙呙氏家绳集》,中册,第1103页。

执固、淡宕而非激亢的人格特征及独特意致,正应合了一些晚明之士基于其文化根性的一种勉力协调个人与社会、理想与现实关系的生存取向,一种有异于重自我或个性表现之激进姿态的退守意识。其称道苏轼其人其作所谓"玉堂瘴海,无不等观,生老病死,视如聚沫"也好,所谓"翛然自得",以至"超然境遇之中,飘然埃壒之外"也罢,无不指示了这一特点。至于袁宏道拈出苏氏于陶诗"贵其淡而适"的偏嗜以及对于"淡"之本色的诠释,如结合其"遂简尘劳,归心净土"的佛学取向乃至人生态度的转向观之,则更成为可以说明此问题的一个典型案例。

结　　语

综观苏轼诗文在晚明文坛的流行趋势,其与这一时期宋代诗文受到重新审视的文学境域形成不可分割的联系,它反映了同晚明士人趋于相对开放、活跃的知识接受及精神诉求相应合的阅读视界的某种扩展。对于此际众多的文人学士而言,苏轼的文章,被他们视为与其心灵世界颇相契合的一份独一无二的精神资源,乃极力予以表彰。与此同时,借由人们的广泛阅读与多重诠释,苏轼诗文的文学审美价值得以重新型塑,尤其是对于向来多受到訾议的苏诗的认知,也出现明显的转向,是以它们在古典诗文系统的典范意义进一步凸显。从具体的接受态势观之,苏轼诗文以其独异的抒写风格,在一定意义上切合了晚明士人不同层面的精神诉求以及与之相关联的文学趣味。这主要表现在:一方面,他们推重苏氏之作流溢出的诸如宏博、奇诡及率意而出的风调;另一方面,又偏尚呈示其中的超旷与闲适的意致。这种多重的接受取向,归根结底,与晚明士人既重自我或个性表现而又未全然脱却传统文化根性的特定的精神归向相勾连。这从一个侧面,折射出晚明士人文化性格及其表现在价值取向上的激进与退守相交织的复杂性。有鉴于此,对于苏轼诗文的接受,在某种意义上也成为晚明时代精神和阅读趣味的一个缩影。

原载《文学遗产》2014 年第 4 期

述钱牧斋之文学批评

朱东润

一

明代文学,以弘治正德间为一大关键。自开国初以迄弘治正德间李东阳之时代止,文学界之议论,常定于一,虽时代有转移,主张有变迁,而纷呶喧争之习未起,一二有力者负其才略,一往直前,天下靡然从风矣。自李梦阳、何景明二人崛起以后,于时有前七子之论。何李二人以复古得名,高唱文必秦汉,诗必盛唐,相戒不读唐代以后书,于是一时风气大变,以鹰抟鹏击为长技,以仇枯拉朽为能事。梦阳《潜虬山人记》称宋无诗,唐无赋,汉无骚,此一例也。景明称文靡于隋,韩力振之而古文之法亡于韩,诗溺于陶,谢力振之而古诗之法亡于谢,此二例也。嘉靖初年山东李开先附和李何,攻击李东阳曰:"西涯为相,诗文取熟烂者,人才取软滑者,不惟诗文靡败而人才亦从之。"王九思为诗喜之曰:"进士山东李伯华,相逢亦笑李西涯",此三例也。至王廷相序梦阳《空同子集》,则直推空同出少陵之上曰:"杜子美虽云大家,要自成一格尔,元稹称其薄风雅,吞曹刘,固知其溢言矣。其视空同规尚古始,无所不极,当何以云?"此四例也。在此一时期中,李何之间,不无异同,往复辩难,具在专集,后人或斥为梦中人相对争论曲直,有两非而无一是,顾就当时文坛言之,虽小有差别,大体则一。李何之风,靡漫一国,姑无论其所持之说是非何若,居然已成为一代之正统。

李何既兴，旧论尽废，然当时议其后者亦已不免。李濂少时从梦阳游，名满河雒间，尝有句云："唐人无选宋无诗，后进轻狂肆贬词。真趣盎然流肺腑，底须摹拟失神奇！"又云："洪武诗人称数子，高杨袁凯及张徐。后来英俊峥嵘甚，兴趣温平似勿如。"意已不满于空同一派。嘉靖之初，陈束、王慎中、唐顺之之流，号称八子，更为六朝初唐，诗宗艳丽。既而王唐皆弃其旧说，一意为曾王之文，演迤详赡，而陈束亦自变其旧说，以为作非神解，传同耳食。八子之论，前后异辙，而终非李何之遗胤，固可知也。

嘉靖中叶，李攀龙、王世贞诸人出而李何之论复炽。攀龙字于鳞，才粗而气盛，足以奔走一代之人士。世贞字元美，才非于鳞所及，少与于鳞齐名，及于鳞没而元美独为天下文章宗主者数十年。李王一派七人，世称曰后七子，此则直接李何之遗绪而大播其论于国中者也。于鳞于文，自许秦汉，于诗则并唐人古诗而斥之曰，唐无古诗而自有其古诗。自负所作直绍前古，至曰"微吾竟长夜"，其放言高论，概可知矣。元美少时论评今古，具见于其所著之《艺苑卮言》，抨击所及，自《诗》三百篇秦汉文字以下，莫能幸免。

元美之在当时，鞭策天下，其地位几同于暴秦，于是弱者俯首以听，强者稍稍起而议其后。非难之来，争相响应：在言曲之方面，有臧懋循、王骥德；在言文之方面有归有光；在言诗言文之方面，有汤显祖，袁宏道、中道兄弟。此则所谓天下豪杰起而亡秦之时也。震川《项思尧文集序》曰："今世之所谓文者难言矣，未始为古人之学，而苟得一二妄庸人为之巨子，争附和之以诋排前人。"此处所谓妄庸巨子者，即指元美。元美闻之曰：妄则有之，庸则未也。震川曰：惟妄故庸！此震川之论也。显祖字义仍，官南京时，王元美艳其名，先往造门，义仍不与相见，元美视其案上所评《弇州集》，涂抹殆遍，信手翻阅，掩卷而去。《列朝诗集·汤显祖小传》又称义仍简括空同、于鳞、元美文赋，标其中用事出处，及增减汉史唐诗字面，流传白下，使元美知之。此义仍之论也。宏道字中郎，中道字小修，中郎有《雪涛阁集序》云："近代文人，始为复古之说。……夫复古是矣，至以剿袭为复古，句比字拟，务为牵合，弃目前之景，摭腐滥之词，有才者诎于法而不敢自伸,其才无之者,拾一二浮泛之语,帮凑成诗,智者牵于习而愚者乐其易,一唱亿和,优人驺从,共谈雅道。吁,可畏哉!"中郎直斥七子之说为优人驺从,为苏州投靠家人,倚势欺良。此公安袁氏之论也。

要之自弘正以后,始则有前七子,中间数十年而后七子兴。其论发于李何,狂于于鳞而大昌于元美,此则明代正统之论也。钱谦益之说,得之于震川之门人,得之于汤义仍,得之于袁小修,而融会贯通,大振力出,则又有其自己之见解在,大抵以攻击前后七子之论为骨干,以诗外有诗之说为精神,盖集当时反正统论之成者也。明乎谦益之说,而明人一代之论争,可以了如指掌矣。

二

谦益字受之,号牧斋,常熟人,生于穆宗隆庆四年,万历进士,官至礼部侍郎,坐事削籍归。福王建号南京,召为礼部尚书,时牧斋已七十六矣,多铎南下后,牧斋迎降,坐是为后人所不满。牧斋有《与族弟君鸿书》云:"少窃虚誉,长尘华贯,荣进败名,艰危苟免,无一事可及生人,无一言可书册府,濒死不死,偷生得生,绛县之吏不记其年,杏坛之杖久悬其胫,此天地之不祥人,雄虺之所蜇遗,鵂鹠之所接席者也。"度牧斋当时,定有难言之隐,自疚之痛,此梅村所以有沉吟不断,草间偷活之悲也。牧斋有《初学集》百卷,刊于明代,《有学集》五十卷,则亡国后之作。至于《列朝诗集》则仿元遗山之《中州集》而作,以诗存史,以小传存其人之行事者也,牧斋之文学批评论大部见于此。《读杜小笺二笺》则成于《初学集》未刊以前,《杜工部集注》则于易篑以前,始以授遵王,其后季沧苇为之刊于泰兴,就唐代史迹,窥老杜心事,其间不免穿凿之处,要为读杜者所不可废之书也。

牧斋祖居常熟,与太仓近,家世与王元美为夙好,见《有学集》《宋玉叔安雅堂集序》及《题徐季白诗卷后》。少时习诵元美之文,《题后》云:"余发覆额时,读前后《四部稿》皆能成诵,暗记其行墨。"答《山阴徐伯调书》亦云:"仆年十六七时,已好凌猎为古文,空同、弇州二集,澜翻背诵,暗中摸索,能了知某纸,摇笔自喜,欲与驱驾,以为莫己若也。"据此知牧斋之学为古文,盖出于前后七子之门者。及牧斋为举子,与李流芳长蘅偕,李见其所作,笑曰,子他日当为李王辈。牧斋骇曰,李王以外,尚有文章乎?长蘅因为言唐宋大家与李王迥别,而略举其所以然之故。居数年,益与嘉定四君子游,始得闻归震川之绪言。四君子者,唐时升字叔达,娄坚字子柔,与长蘅皆嘉定人,程嘉燧字孟阳,则休宁人而寄籍嘉定者也。时升之父为归震川执友,而嘉定之老生宿儒,皆出震川之门,故归氏之流风余韵,四人皆能传道之以有闻于世。牧斋与四人游而与孟阳之交尤契,《列朝诗集》中所称为松圆诗老者也;牧斋为之小传云:"其诗以唐人为宗,熟精李杜二家,深悟剽劫比拟之谬。"此则牧斋由李王之说而一反于震川之所由来也。

据《安雅堂集序》,牧斋与汤义仍游,在四十以后。《答徐伯达书》云:"临川汤若士寄语相商曰,本朝勿漫视宋景濂,于是始覃精研思,刻意学唐宋古文,因以及金元元裕之、虞伯生诸家,少得知古学所从来,与为文之阡陌。"义仍之文,早岁从事于六朝,泛滥于词曲,其后悔其所作,一切舍去,而为曾王之学,自悔其年已往,学之而未就,乙卯托吴人许洽生以文集示牧斋曰:"子归以吾文视受之,不蕲其知吾之所就,而蕲其知吾所未就也。知吾之所就,所谓李王之朋徒耳;知吾之所未就,精思而深造之,古文之道其有兴乎!"乙卯为万历四十三年,时牧斋四十六岁矣。牧斋有句云:"峥嵘汤义出临川,小赋新词许并传。何事后生饶笔舌,偏将诗律讥前贤?"此则申论义仍之诗赋者也。

公安袁氏兄弟间,牧斋与小修游,屡见于《初学集》《有学集》,不及中郎,盖牧斋与临川游,在四十后,其时已万历三十七年,其与小修游又略后,而中郎下世于万历三十八年,意者二人未及一晤也。牧斋于三袁兄弟最推小修,论诗绝句所谓"楚国三袁季绝尘"者是也。公安派之后竟陵钟惺伯敬、谭元春友夏代兴,而竟陵派之说弥天下。小修尝谓牧斋曰:楚人何知,妄加评骘,吾与子当昌言排击,点出手眼,无令后生堕彼云雾。此则牧斋与公安一派接近可知矣。《列朝诗集·袁宏道小传》云:"中郎之论出,王李之云雾一扫,天下之文人才士,始知疏瀹性灵,搜剔慧性,以荡涤摹拟涂泽之病,其功伟矣!机锋侧出,矫枉过正,于是狂瞽交扇,鄙俚公行,雅故灭裂,风华扫地。"其论亦颇持平。中郎《与张幼于书》痛骂李王一派之诗,以为"粪里嚼查,顺口接屁";又云:"不肖恶之深,所以立言亦自有矫枉之过。"盖鄙俚为公安派所不忌,而矫枉过正,亦公安所不能讳也。《安雅堂集序》自称强仕以后,受教于乡先生长者之流,闻临川公安之绪言,诗之源流利病,知之不为不正。盖牧斋师友学问渊源如此,知此而其文学批评论之背景可知矣。今述其批评论于次。

牧斋对于唐人之诗,其着眼处认定为一整个的唐诗,而对于后代之划分时代,中间截断者,最不满。分代之说,至严羽、高棅而最著。严羽《沧浪诗话》划唐诗为唐初体、盛唐体、大历体、元和体、晚唐体,此则名为三唐而实则五唐也。高棅《唐诗品汇》则称初唐、盛唐、中唐、晚唐,此则并元和于晚唐而分为四唐者也。牧斋有《古诗一首赠王贻上》云:"有唐盛词赋,贞符汇元包。百灵听驱使,万象穷锼雕。千灯咸一光,异曲皆同调。彼哉诐诐者,穿穴纷科调,初盛别中晚,画地坐陛牢。妙悟掠影响,指注窥厘豪。"此言即为沧浪而发,而妙悟一说,更直取其批评论之要点而攻之。牧斋《唐诗英华序》又云:"夫所谓初盛中晚者,论其世也,论其人也。以人论世,张燕公曲江世所称初唐宗匠也,燕公自岳州以后,诗章凄惋,似得江山之助,则燕公亦初亦盛。曲江自荆州以后,同调讽咏,尤多暮年之作,则曲江亦初亦盛。以燕公系初唐也,溯岳阳唱和之作,则孟浩然应亦盛亦初。以王右丞系盛唐也,酬春夜竹亭之赠,同左掖黎花之咏,则钱起、皇甫冉应亦中亦盛。一人之身,更历二时,将诗以人次耶?抑人以诗降耶?"牧斋此问最为得力,使沧浪复生,度亦无辞以对。或者又谓时代升降,不无参差,取其大体,则唐诗可以断限。此言是也,而其所以为说,则非也。划初盛中晚之界者,动称学盛唐者不得一句阑入中唐,学中唐者不得一句阑入晚唐。今既确认其中不无参差,则本来唐人即有阑入,后来学者何必悬为厉禁,大本不立,枝节安附?牧斋此论,直取后人之树篱种棘者,一概抉去,其言谅矣。

元美之后数十年,陈子龙、夏允彝等结几社于松江,其论大抵远尊秦汉,近推李王,而尤集矢于宋代之作者,于时一切反李王者皆不期而尊宋。震川之尊欧阳无论矣,义仍则为曾王之学,中郎则为眉山之学,艾南英《与沈崑铜书》至云:"古文一道,其传于今者,贵传古人之神耳。即以史迁论之,昌黎碑志,非不子长也,而史迁之蹊径皮肉,尚未浑然,至欧公碑志,则传史迁之神矣,然天下皆慕韩之奇而不知欧之化。"此则更推欧阳于昌黎之上矣。牧斋于文亦推重宋人之作,而于欧阳修之《五代史》尤甚。《答徐伯调书》自言少学古文即好欧阳公《五代史记》,以为真得太史公血脉。《答杜苍略书》云:"欧阳子有宋之韩愈也,其文章崛起五代之后,表章韩子,为斯文之耳目,其功不下于韩,《五代史记》之文,直欲桃班而祢马,唐《六臣伶人》《宦者》诸传,淋漓感叹,绰有太史公之风。自弘正以后,剽贼之学盛行,而知此者或罕矣。"其次则推曾巩,《读南丰集》云:"临川李涂曰,曾子固文学刘向。余每读子固之文,浩汗演迤,不知其所自来,因涂之言而深思之,乃知西汉文章,刘向自为一宗,以向封事及《列女传》观之,信涂之知言也。"此言直举子固之根本言出,与论欧阳之出于《史记》同。《读苏长公文》曰:"吾读子瞻《司马温公行状》《富郑公神道碑》之类,平铺直叙,如万斛水银,随地涌出,以为古今未有此体,茫然莫得其涯涘也。晚读《华严经》,称性而谈,浩如烟海,无所不有,无所不尽,乃喟然而叹曰,子瞻之文,其有得于此乎。文而有得于《华严》,则事理法界,开遮涌现,无门庭,无墙壁,无差择,无拟议,世谛文字固已荡无纤尘,又何自而窥其浅深,议其工拙乎?"

按子由为东坡行状亦云,后读释氏书,深悟实相,参之孔老,博辩无碍。因知子瞻之文词理精当,如万斛泉源,不择地而行者,盖有得于此也,牧斋之言不谬矣。大抵明人之言古文者有两大派:前后七子好高而骛远,则称诵秦汉,自遵严、荆川、震川以下,直及牧斋,好精实而尚条达,则称诵宋人,此其大较也。

对于明代之作家,则牧斋死力争执之点,为李东阳。平心论之,东阳为人及其诗文,不免流于甜熟,论诗之作,如《怀麓堂诗话》所见甚小,实不及后人之深远。相逢亦笑李西涯,前七子之持论,非无故也。牧斋、孟阳起于百年之后,更取西涯之说而张之,张西涯所以遏空同于鳞、元美一派之论也。孟阳有《怀麓堂诗钞》，牧斋题之以为孟阳于恶疾沉痼之后，出西涯之诗以疗之，诚为引年之药物，攻毒之箴砭。《书李文正公手书东祀录略卷后》云："西涯之文，有伦有脊，不失台阁之体，诗则原本少陵、随州、香山，以迨宋之眉山，元之道园，兼综而互出之，弘正之作者，未能或之先也。李空同后起，力排西涯以劫持当世，而争黄池之长。试取空同之集，汰去其吞剥掊扯、呀牙龃齿者，而空同之面目，犹有存焉者乎？西涯之诗有少陵，有随州，有香山，有眉山、道园，要其自为西涯者完然在也。"后牧斋选《列朝诗集》，复取西涯弟子石宝、罗玘等六人之诗，列为一卷，以上配苏门之六君子，实则其诗皆远逊，较之宋代，固非黄、陈、晁、张之敌，较之当世，亦不足与李、何、边、徐并论也。王士禛《居易录》云："虞山訾謷李何，则并李何之友而俱贬之；推戴李宾之，则并宾之门生而俱褒之。"渔洋于牧斋有知己之感，于此等处概为指出，亦是非之不可尽掩也。

牧斋于古人之诗最恶黄鲁直，于昔人之论诗者，最恶刘辰翁、严羽、高棅。论严羽、高棅者别见。《注杜诗略例》曰："自宋以后，学杜诗者莫不善于黄鲁直，评杜诗者，莫不善于刘辰翁。鲁直之学杜也，不知杜之真脉络，所谓前辈飞腾、余波绮丽者，而拟议其横空排奡、奇句硬语，以为得杜衣钵，此所谓旁门小径也。辰翁之评杜也，不识杜之大家数，所谓铺陈终始、排比声韵者，而点缀其尖新僻冷、单词只句，以为得杜神髓，此所谓一知半解也。"牧斋此说至其弟子冯班、冯舒兄弟衍之，始以攻击西江派为能事。然牧斋当时致力抨击，则在前后七子，而于空同、于鳞为尤甚。

空同等一派所持以号召者曰：文必秦汉，诗必盛唐。牧斋则于诗文二者分别攻击之。《郑孔肩文集序》曰："近代之伪为古文者，其病有三：曰偞，曰剽，曰奴。窭人子赁居廊庑，主人翁之广厦华屋，皆若其所有，问其所托处，求一茅盖头，曾不可得，故曰偞也。椎埋之党，铢两之奸，夜动而昼伏，忘衣食之源而昧生理，韩子谓降而不能者类是，故曰剽也。佣其耳目，因其心志，呻呼喑呓，一不自主，仰他人之鼻息而承其余气，纵其有成，亦千古之隶人而已，故曰奴也。"三者皆深中空同等之病。义仍之简括诸人文字，逐一标其出处，其意与此同趣。后此学唐宋八家之文者,其病亦往往中此,有如章实斋《文史通义》古文十弊所指,乃知笨伯之技,前后一辙不问其主人翁之为秦汉为唐宋也。

牧斋于空同等一派之诗则曰,学诗之法莫善于古人,莫不善于今人,语见《曾房仲诗叙》。其中历数唐之韩、白、郊、岛,皆得杜之一枝,而求所以为杜者无有也。以佛乘譬之,杜则果位,而诸家则其分身也。继之则谓明人之学杜者以李空同为巨子,空同以学杜自命,聋瞽海内,生吞活剥,本不知杜而曰必如是乃为杜,此其所以不善也。平心论之,空同之学杜,惟其太似,所以不似,故何大复即嘲为古人影子。降及于鳞之拟汉铙歌,后十九首,乃至并其字句而拟之,窜易数字,便称新作,虽颐指气使,可以奔走一代,而身亡道丧,其不足以折服后人,无足怪矣。

《列朝诗集·李梦阳小传》对于空同指摘尤甚,如云:"献吉以复古自命,曰古诗必汉魏,必三谢,今体必初盛唐,必杜,舍是无诗焉。牵率模拟,剽贼于声句字之间,如婴儿之学语,如童子之洛诵,字则字,句则句,篇则篇,毫不能吐其心之所有。古之人固如是乎?……国家当日中月满,盛极孽衰,粗材笨伯,乘运而起,雄霸词盟,流传讹种,二百年以来,正始沦亡,榛芜塞路,先辈读书种子,从此斩绝,岂细故哉?"集中除入选五十二首以外,附录五首,皆所谓大篇长律,举世诵习,而牧斋为之汰去者,如《功德寺》《乙丑除夕追往愤五百字》《石将军战场歌》《奉送大司马刘公归东山草堂歌》《鄱阳湖十六韵》。牧斋一一指其瑕疵,吹毛索斑,不遗余力,颇为后人所讥。又牧斋于诸人诗,往往没其所长,不独于空同为然,于大复等皆如是,亦其气量之褊也。

牧斋作《李攀龙小传》云:"易云,拟议以成其变化,不云拟议以成其臭腐也。易五字而为《翁离》,易数句而为《东门行》。《战城南》盗《思悲翁》之句,而云乌子五,乌母六。《陌上桑》窃《孔雀东南飞》之句,而云西邻焦仲卿,兰芝对道隅。影响剽贼,文义违反,拟议乎?变化乎?……十九首继国风而有作,钟嵘以为惊心动魄,一字千金,今也句撦字捔,行数墨寻,兴会索然,神明不属,被断蒉以文绣,刻凡铜为追蠡,目曰后十九,欲上掩平原之十四,不亦愚乎?"综空同、大复、于鳞、元美等诸人言之,于鳞之才最下而其气最横,尝高踞层楼目王元美为左丘明,而自比孔子,及王元美两目瞠视,则又引过而以老聃目之。数百载下,想像其事,不禁为之失笑。狂易成风,叫呶日甚,牧斋薄之,固有宜矣。

惟其憎恶前后七子太甚,故牧斋持论往往有不能得其平者。高棅撰《唐诗品汇》,远绍严羽之说,有初盛中晚之分,近宗杨士宏之作,有正始接武之别,李东阳之说正与高氏同出于沧浪一系,皆与后来之空同等无涉也。然以高棅之推重盛唐也,《列朝诗集·高棅小传》则以弘正之衣冠老杜,嘉隆之嚬笑盛唐,追本溯源,于棅多微词,此则殃及池鱼,非持平之论也。

徐昌谷祯卿少在吴中,与唐寅、祝允明、文璧齐名,号四才子。登第之后,与李献吉游,悔其少作,改趋汉魏盛唐,吴中名士,至有邯郸学步之诮;然祯卿之学大进,虽盛时早没,所著《谈艺录》一书,实有源有本之论,为一般诗话中不可多得之品,其诗与空同、大复齐名而自有其不可埋没者在。王敬美《艺圃撷余》称祯卿与高子业之诗曰,更千百年,李何尚有废兴,徐高必无绝响,其言是矣。回视祯卿早年吴中所作,"文章江左家家玉,烟月扬州树树花"之句真伧俗满面,全无骨力;而牧斋反谓沉酣六朝,散华流艳,文章烟月之句,至今令人口吻犹香,非嗜好独具,酸咸异味,盖空华着眼,苍素失真耳。祯卿尝尽删少作,止留《迪功》一集,《列朝诗集》必欲尽取《昌谷伍集》参伍录之,谬矣。渔洋嘲为正如元美所云,舞阳绛灌既贵后,称其屠狗吹箫,以为佳事,宁不泚颡?语见《居易录》。

当李王之论弥漫海内之时,震川伏处荒江,与之支拄其间,识力不可谓不伟。相传熙甫北上应试,赁骡车以行,震川中坐,门弟子左右执书以侍,或以李空同《于肃愍碑》进,震川读毕挥之曰,文理那得通。偶拈一帙,得曾子固《书魏郑公传后》,挟册朗诵,至五十余过,听者皆欠伸欲卧,震川沉吟讽咏,犹有余味。牧斋《题归太仆文集》备记其事而论震川之文曰:"如熙甫之李罗村行状,赵汝渊墓志,虽韩、欧复生,何以过此。以熙甫追配唐宋八大家,其于介甫、子由,殆有过之,无不及也。士生于斯世,尚能知宋元大家之文,何以与两汉同流,不为俗学所渐灭,熙甫之功,岂不伟哉?"《震川先生文集序》亦谓震川"少年应举,笔放墨饱，一洗俗烂，人惊其颉颃眉山，不知汪洋跌荡，得之庄周者为多。壮而其学大成，每为文章，一以古人为绳尺，盖柳子厚之论所谓旁推交通以为之文者，其他可知也。参之孟荀以畅其支，参之谷梁以厉其气，参之太史以著其洁，其畅也，其厉也，其洁也，学者举不能知，而先生独深知而自得之，钩摘搜袎，与古人参会于毫芒杪忽之间"。按震川少年应举文，今不知何若，子瞻少时读《庄子》叹息曰，吾昔有见于中，口不能言，今见《庄子》，得吾心矣，乃出《中庸论》，皆古人所未喻，语见《栾城先生遗言》。准是以论，或许震川少作为颉颃眉山，殊非背谬，今科以不知得之庄周，误矣。至于推许震川过于介甫、子由，亦为过甚，牧斋与震川之徒游，其时震川下世未久，论犹未定，其有所蔽，固矣。

牧斋早岁服膺元美，前已论及，迨中岁以后，议论一变。《答唐汝谔论文书》谓弇州之诗，无体不具，求其名章秀句，可讽可传者，一卷之中，不得一二，其于文，卑靡冗杂，无一篇不偭背古人规矩，其规摹《左》《史》不出字句，而字句之讹谬者，累累盈帙。此言贬斥元美至矣。元美论文论诗之说，见《艺苑卮言》。牧斋更发其晚年之说，认为晚年定论，每一言及，辄忻然有得色，语见《列朝诗集·王世贞小传》及《答唐汝谔论文书》《安雅堂集序》等。《艺苑卮言》诋李西涯《新乐府》为太涉议论；诋归震川文如秋潦在地，有时汪洋，不则一泻而已。迨其后《书李西涯古乐府后》云："余响者于李宾之先生拟古乐府，病其太涉议论，过尔剪抑，以为十不得一，自今观之，奇旨创造，名语叠出，纵未可被之管弦，自是天地间一种文字，若使字字求谐于《房中铙吹》之调，取其字句之断烂者而摹仿之，如是则岂非西子之颦、邯郸之步哉？余作《艺苑卮言》时，年未四十，方与于鳞辈是古非今，此长彼短，至于戏学《世说》，比拟形似，既不切当，又伤狷薄。行世已久，不能复秘，姑随事改正，勿令多误后人而已。"此言足见元美暮年之悔恨，不独于西涯有怨词，于于鳞亦深致不满，所谓西子之颦、邯郸之步，隐隐即指于鳞。又震川下世以后，元美为《归太仆赞》，序曰："先生于古文词，虽出之自史汉，而大较折衷于昌黎、庐陵，当其所得意，沛如也，不事雕琢而自有风味，超然当名家矣。"赞曰："千载有公，继韩、欧阳，余岂异趣，久而自伤。"皆一反其平日对于震

抉精要以会通

川之议论。又元美平时卑视宋人，自叙《弇州续集》，谦为犹胜东坡，及病革，刘子威往视，方手东坡诗不置。牧斋于此等处，一一揭出，认为定论，直使李王一派，无反喙之余地。持论若此，极见匠心。

李王以后继之而起者为公安派，牧斋与袁小修游，故自称得闻公安之绪论。迨钟伯敬、谭友夏出，而竟陵之说攘公安之席而代之，故小修有楚人何知之言。伯敬之叙《诗归》，论古人真诗所在曰："真者，精神所为也。察其幽情单绪，孤行静寄于喧杂之中，而乃以其虚怀定力，独往冥游于寥廓之外。"元春之言则曰："夫人有孤怀孤诣，其名必孤行于古今之间，不肯遍满寥廓，而世有一二赏心之人，独为之咨嗟旁徨者，此诗品也。"钟、谭之言，非无所见也，而一意以深幽孤渺为宗，则其见解之诡僻，固不待论。牧斋四十一岁，万历三十八年举进士，与伯敬为同年，语见《渔洋集序》，其后伯敬复介友夏于牧斋，故二人皆与牧斋相善也。迄《诗归》一出而钟、谭之说靡天下，于古人之铺陈终始排比声韵者，皆訾謷抹杀，以为陈言腐词，而风气又大变。友夏之诗更出伯敬下，《拟读曲歌》《夏夜古意》诸作，淫哇卑贱，令人不能卒读。故牧斋起而昌言排击。程孟阳曰："诗之学自何、李而变，务于模拟声调，所谓以矜气作之者也。自钟、谭而晦，竞于僻涩蒙昧，所谓以昏气作之者也。"此言允矣。牧斋《刘司空诗集序》云："使世之山川，有诡特而无平远，不复成其为造物。使人之居室，有突奥而无堂寝，不复成其为人世。又使世之览山水造居室者，舍名山大川不游，而必于诡特，则必将梯神山，航海市，终之于鬼国而已；舍高堂邃室勿居，而必于突奥，则必将巢木杪，营窟室，终之于鼠穴而已。今之为诗者举若是，余有忧之而愧未有以易也。"其后于《曾房仲诗叙》中亦言之，二篇皆见《初学集》，于钟、谭之指摘已详尽。《列朝诗集》成于牧斋八十后，其时钟、谭下世久矣，《钟惺小传》云："当其创获之初，亦尝覃思苦心，寻味古人之微言奥旨，少有一知半见，掠影希光，以求绝出于时俗。久之见日益僻，胆日益粗，举古人之高文大篇铺陈排比者，以为繁芜熟烂，胥欲扫而刊之，而惟其僻见之是师。其所谓深幽孤峭，如木客之清吟，如幽独君之冥语，如梦而入鼠穴，如幻而之鬼国，浸淫三十余年，风俗移易，滔滔不反。"牧斋此语,慨乎其言之矣。其于谭友夏之诗则斥为贫而非寒,薄而非瘦,僻而非幽,凡而非近,昧而非深,断而非掉,乱而非变。《谭元春小传》云:"以俚率为清真,以僻涩为幽峭。作似了不了之语,以为意表之言,不知求深而弥浅。写可解不解之景,以为物外之象,不知求新而转陈。无字不哑,无句不谜,无一篇章不破碎断落。一言之内意义违反,如隔吴越;数行之中词旨蒙晦,莫辨阡陌。"钟、谭之说,久成绝响,然在当时,则蔡复一等倡之于闽,张泽华淑倡之于吴,牧斋极力诋排,非得已也。

右述牧斋于唐宋以来诸家评论,大致已尽。《列朝诗集·程嘉燧小传》谓孟阳"老眼无花,炤见古人心髓,于汗青漫漶丹粉凋残之后,为之抉择其所由来,于是乎王李之云雾尽扫,后生之心眼一开"。论者或谓其过誉,盖交谊既笃,称赏不免逾分,亦自然之理也,今不更赘。至牧斋于文学批评之原理,颇有见地,略述于次。

三

牧斋之论,大抵论诗者较多于论文,而其言亦较精。论文之作,以论史家著作为多,盖牧斋慨然以史事自任,所著《高祖实录辨证》于龙凤纪年及韩宋朱明之间言之斤斤,文如《孙承宗行状》《李邦华神道碑》皆曲尽当时情实,至于《列朝诗集》之作,本意以庀史材,后人言之详矣。牧斋论史之语,见于《再答杜苍略书》。其言云:"读班马之书,辩论其同异,当知其大关键,来龙何处,结局何处,手中有手,眼中有眼,一字一句,龙脉历然。又当知太史公所以上下五千年,纵横独绝者在何处,班孟坚所以整齐《史记》之文而瞠乎其后,不可几及者,又在何处。《尚书》《左氏》《国策》,太史公之粉本,舍此而求之,见太史公之面目焉,此真《史记》也。天汉以前之史,孟坚之粉本也,后此而求之,见孟坚之面目焉,此真《汉书》也。由二史而求之,千古之史法在焉,千古之文法在焉。"牧斋此论,来龙结穴之喻,正为后世章实斋所讥,然其言大抵本诸震川,非创见也。其论诗文

抉精要以会通

之祖,见于《袁祈年字田祖说》。其言云:"《三百篇》诗之祖也,屈子继别之宗也,汉、魏、三唐以迄宋、元绪家,继祢之小宗也。六经文之祖也,左氏、司马氏继别之宗也。韩、柳、欧阳、苏氏以迄胜国诸家,继祢之小宗也。古之人所以驰骋于文章,枝分流别,殊途而同归者,亦曰各本其祖而已矣。"

牧斋论文之语,殊嫌凡庸,然其论诗,则精悍之气,见于眉宇。论诗者以评量格律,讲求声病为事,牧斋则认为"不于此中截断众流,斩关夺命,摄古人之精魂而搜讨其窟穴,虽雕章断句,缛绣满眼,终为土龙象物而已。"(《再与严武伯论诗》)又曰:"今之论诗者亦知评量格律,讲求声病,捐捐焉以为能事,由古人观之,所谓口耳之间兼寸耳。人以两轮卷叶为耳,亦知有大人之耳,张两耳以为市,人以时会其上乎?人以一尺口齿为面,亦知有无首之民,乳为目,脐为口,操干戚而舞乎?今之论诗循声响尺尺而寸寸者,两轮之耳,一尺之面也。古人之诗海涵地负,条风凯风,出纳于寸管之中,大人之耳市,刑天之脐口也。今人穷老于诗,欧丝泣珠,沾沾焉以为有得而自喜,知尽能索,终不出两轮尺面之间,不已辽乎?"牧斋此论,揭出诗之外更有诗在,此其论之可取者一也。

既知此理,则进而求诗外之诗,究竟何在。为严沧浪之言者必曰:"大抵禅道惟在妙悟,诗道亦在妙悟,且孟襄阳学力下韩退之远甚,而其诗独出退之之上者,一味妙悟而已。"此则以悟求诗。然牧斋之说与沧浪大异。《唐诗英华序》斥之曰:"今任其一知半见,指为妙悟,如炤萤光,如窥隙日,以为诗之妙解尽在是。学者沿途觅迹,摇手侧目,吹求形影,摘抉字句曰此第一、第二义也,曰此大乘、小乘也,曰是将夷而为中、为晚;盛唐之牛迹免径危乎其唯恐折而入也。目翳者别见空华,热伤者旁指鬼物,严氏之论诗,其亦翳热之病耳。"按《沧浪诗话》谓汉魏晋与盛唐之诗为第一义,大历以还之诗,则小乘禅也,已落第二义,故牧斋辟之如此。悟入之说始见于范元实之《诗眼》云:"识文章者当如禅家有悟门。夫法门百千差别,大都自一转语悟入,如古人文章,有须先悟得一处,乃可通其他妙处。"韩子苍亦云:"诗道如佛法,分大乘小乘邪魔外道,惟知者可以语此。"见《陵阳室中语》。沧浪之言,盖有得于江西派,至于操矛攻盾,则又为江西派所不及料。然江西派教人悟入，尚有途辙可寻，沧浪教人，则处处踏空，一味妙悟，所悟何物？牧斋比之空华鬼物，有所见也。悟而无所得，则本无所谓诗。悟而有所得，充其量学者可以上希王孟而不能远追李杜，可以为兰苕翡翠而不可以为鲸鱼碧海，若退之所谓巨刃摩天之作，此固不能从世尊拈花，迦叶微笑诸谛得之。渔洋早年虽从牧斋游而持论往往显违其说，为严沧浪张目，今严王二家诗集具在，即而求之，其所谓悟入处固可见矣。

牧斋《范玺卿诗集序》曰："今之谭诗者必曰某杜某李某沈某宋某元白，其甚者则曰兼诸人而有之。此非知诗者也。诗者，志之所之也，陶冶性灵，流连景物，各言其所欲言者而已。如人之有眉焉，或清而扬，或深而秀，分寸之间而标致各异，岂可以比而同之也哉？沈不必似宋也，元不必似白也，有沈宋又有陈杜也，有李杜又有高岑有王孟也，有元白又有刘韩也，各不相似，各不相兼也。"明人之诗，或自许古人，或遂欲尽兼其所长，其人皆历历可指。牧斋此序直指有唐诗人之不必相似，而归于各言其所欲言，其言是矣，而于所欲言者为何物，尚未切实指明，此意在《周元亮赖古堂合刻序》见之。其言曰："古之为诗者有本焉，国风之好色，小雅之怨诽，离骚之疾痛叫呼，结辖于君臣夫妇朋友之间，而发作于身世逼侧，时命连蹇之会，梦而嚚，病而吟，春歌而溺笑，皆是物也，故曰有本。唐之李杜光焰万丈，人皆知之，放而为昌黎，达而为乐天，丽而为义山，谲而为长吉，穷而为昭谏，诡诙兀傲而为卢仝、刘义，莫不有物焉，魁垒耿介，槎枒于肺腑，击撞于胸臆，故其言之也不惭，而其流传也至于历劫而不朽。今之为诗，本之则无，徒以词章声病，比量于尺幅之间，如春花之烂发，如秋水之时至，风怒霜杀，索然不见其所有，而举世咸以此相夸相命，岂不末哉？"牧斋之言，认为诗外有诗，此即所谓本，所谓梦而嚚，病而吟，春歌而溺笑，其发于外者如是，槎枒于肺腑，击撞于胸臆，其蕴于内者又如彼。一言以蔽之，曰各言其所欲言；一字以蔽之，曰真而已矣。

明代人论诗文，时时有一真字之憧憬往来于胸中。惟其知真之可贵，故不忌常俗而一味求之于俚歌野语之中。李空同复古派之领袖也，而自序诗集，称

抉精要以会通

王叔武之言谓诗为天地自然之音,途咢而巷讴劳呻而康吟,一唱而群和者为真诗,因自慊其诗之非真。牧斋《王元昌北游集序》曰:"昔有学文于熊南沙者,南沙教以读《水浒传》,有学诗于李空同者,空同教以唱《琐南枝》。"空同之意可见矣。至袁中郎而后其言益显著,《答李子髯诗》曰:"当代无文字,闾巷有真诗,却沽一壶酒,携君听竹枝!"其议论可见。钟伯敬之论流入孤僻,然序《诗归》则谓当求古人真诗所在,而认真者精神所为,其语不谬。牧斋之言梦嚘病吟春歌溺笑,与空同之说合。故自此诗文贵真一点以论,非独牧斋不误,空同、中郎、伯敬皆不误也。自其相同者而言之,此种求真之精神,实弥漫于明代之文坛。空同求真而不得,则赝为古体以求之;中郎求真而不得,则貌为俚俗以求之;伯敬求真而不得,则探幽历险以求之;其求之之道不必正,而其所求之物无可议也。此犹昏夜独行,仰视苍穹,大熊煌煌,北极在上,而跬步所指,横污行潦,断汊绝港,杂出其左右,虽一步不可复前,其方向固不谬。明人或以赝求真,其举措诚可笑,然其所见论真诗,论诗本,论各言其所欲言,不误也。自明而后,迄于清代,论者言及明人,辄加指摘,几欲置之于不问不闻之列而后快,此三百年来覆盆之冤,不可不为一雪者也。

原载《武大文哲季刊》二卷二期,1931年7月

《列朝诗集》闰集"香奁"撰集考

陈广宏

一、前　言

女性诗歌选本及其经典化问题,已成为明清女性文学研究的一个热点,不少中晚明以来编纂的女性诗歌总集因此获得关注与探讨。相形之下,对于钱谦益《列朝诗集》闰集"香奁"的研究则颇显沉寂。其中的原因当然很复杂,然就明代女性诗歌的编选而言,该集无疑是一个值得重视的文本。这不仅因为相较诸明人选本,有晚出而集大成之实,更因为其编选者钱谦益,乃当时一流的学者文人,既确然以史家职志自命,背后又有柳如是这样出众的女诗人襄助,选诗论人皆非凡俗手眼,代表了其时主流的史家观念与女性文学批评趣尚。[1]虽然,因为钱氏个人政治上的原因,其著述之命运亦随之波荡,但实际影响仍不可小觑。仅就"香奁"之编来看,所撰传记,为修明史者采纳沿袭,可举谈迁《枣林杂俎》为例证[2];至若曾充明

---

[1] 同时如屈大均,在其《东莞诗集序》中,对《列朝诗集》即有如下总体评价:"今天下录诗之家,亡虑数十,惟牧斋《列朝诗集》所载,自帝王将相、卿大夫士庶以及妇女缁黄,人各为传,美恶无隐,绝似一朝人物之志。盖借诗以存其人。其人存,则其行事大小可考镜,是亦诗之史云尔。"(《翁山文外》卷二,康熙刻本)

[2] 《枣林杂俎》义集"彤管"所录,与钱氏同者在31家,体例亦大抵以宫闱、命妇、节烈、女士、文侍、义妓、难妇等类分,末有"彤管志馀"。朱彝尊《曝书亭集》卷四四《南京太常寺志跋》曰:"襄海宁谈迁孺木馆于胶州高阁老宏图邸舍,借册府书纵观,因成《国榷》一部,掇其遗为《枣林杂俎》。"(四部丛刊本)该著仅有钞本流传,据吴骞《愚谷文存》卷六《枣林杂俎跋》,所得为陈氏潄六阁旧钞本,首列崇祯甲申九月高宏图于白门公署序。又据谈迁跋,"谓旧稿二帙高相国序之,后岁有增定",推测"则此当属后来增定之本"(嘉庆十二年刻本)。按:据高宏图序之题署日期,知所谓"旧稿二帙"早于钱氏《列朝诗集》之重新编纂,然谈迁《北游录》"纪邮上"记曰:"乙巳,候吴太史(按:吴伟业)。其乡人周子俶(肇)至,兼访之。太史强起,语移时,因借其钱牧斋所选明诗。"(清钞本)则其后岁增订当利用钱氏该著。

史修纂官的朱彝尊,其《明诗综》小传,专以正钱氏之谬为务①,恰可反观《列朝诗集》的地位与作用;其他采其说者不胜枚举。所选诗歌,从康熙间翰苑奉敕纂《历朝闺雅》乃至《御选四朝诗》②,到诸多明诗总集,亦皆有所沾溉。鉴于该编相关基础研究尚未充分展开,本文拟就其成书过程、材源、体例及标准等事实略作考述,亦借此清理与之前诸女性诗歌总集的关系。

二、《列朝诗集》撰集始末及"香奁"编校相关问题

关于《列朝诗集》之撰集经过,事实大端较为清楚。据钱谦益《历朝诗集序》,起始于程嘉燧读《中州集》将"仿而为之"的动议,所谓"吾以采诗,子以庀史",而钱氏已有行动:"山居多暇,撰次国朝诗集几三十家,未几罢去,此天启初年事也。"③按,此初次撰次之《国朝诗集》,稿本尚存,现藏北京大学图书馆,计录高启以下诗人三十七家。④唯其言"此天启初年事也",记忆或有误差。有学者据稿本高启《宫女图》诗末注"及观国初昭示诸录"与"高帝手诏"之相关叙述,证以钱谦益《皇明开国功臣事略序》提到的"天启甲子,分纂《神宗显皇帝实录》,翻阅文渊阁秘书,获见高皇帝手诏数千言及奸党逆臣四录,皆高皇帝申命镂版垂示

---

① 《静志居诗话》卷首曾燠序曰:"《静志居诗话》,朱竹垞先生缀于《明诗综》中,所以正钱牧斋之谬也。"(人民文学出版社1990年版,第2页)又参见《四库全书总目》卷一百九集部四三"总集类"五"《明诗综》一百卷"条。

② 《历朝闺雅》十二卷,翰林院掌院学士兼礼部侍郎揆叙辑;《御选四朝诗》三〇四卷,右春坊右庶子兼翰林院修撰张豫章等纂选。二著虽未言及钱氏《列朝诗集》,然所选明代闺秀诗可比较。又,《历朝闺雅》卷首"凡例"有关"诗句流传,不无伪谬"条所记:"明则权贤妃之《宫词》,乃宁王权作;钱氏长女诗乃范昌期作;章节妇见志诗乃高启作;陈少卿寄外诗乃释道原作;甄节妇歌乃罗伦作;小青本无其人,其传与诗皆常熟谭生作。"(康熙刻本)实皆据钱氏之说,可分别参看《列朝诗集》闰集"香奁上"之"王司彩"《宫词》注、"香奁中"之"铁氏二女"小传、"香奁下"之"女郎羽素兰"小传。

③ 《列朝诗集》卷首,第1页上,上海三联书店1988年据汲古阁刊本缩版影印,下引同。

④ 稿本末页有赵万里先生题记,曰:"博山兄(按:潘承厚)于沪肆得此册,断为虞山钱宗伯《历朝诗集》手稿本。余以宋椠《酒经》跋及《通鉴》校语牧斋手迹证之,其说不可易,洵可宝也。"所录三十七家诗人,尚可据笔迹辨初录、增补之先后,详参孟飞《〈列朝诗集〉稿本考略》,《文献》2012年第1期。

后昆者",推断稿本纂写确切时间,当在天启五年(1625)后,因该年五月,钱氏奉诏削籍南归,至崇祯元年(1628)方始起复,理据俱切,可从。①

钱氏《历朝诗集序》续述"越二十馀年","复有事于斯集,托始于丙戌,彻简于己丑",知顺治三年(1646)重兴此业,顺治六年(1649)初成。按,钱氏于顺治二年(1645)五月降清,是秋随例北行,次年六月引疾归。而顺治四年(1647)三月晦日被逮,"银铛拖曳,命在漏刻"②,至顺治六年春始"释南囚归里"③,此即《历朝诗集序》所谓"濒死颂系"④。据陈寅恪先生推考,"牧斋于顺治四五两年,因黄(毓祺)案牵累,来往于南京、苏州之间"⑤。则其"复有事于斯集",当始于顺治三年六月引疾归⑥,而颂系期间往来南京、苏州,适成其采诗之役。在南京自不必说,如钱氏《黄氏千顷斋藏书记》曰:"戊子之秋,余颂系金陵,方有采诗之役,从人借书。林古度曰:'晋江黄明立先生之仲子守其父书甚富,贤而有文,盍假诸?'余于是从仲子借书,得尽阅本朝诗文之未见者。"⑦《列朝诗集》丁集卷七"金陵社集诗"曰:"戊子中秋,余以银铛隙日,采诗旧京,得《金陵社集诗》一编,盖曹氏门客所撰集也。"⑧苏州方面,据其《与周安期》,述鼎革之后欲选定明朝一代之诗,嘱周永年兄弟、徐波、黄圣翼等共搜访。⑨诗集之编定,大部分当在顺治

---

① 详见上引孟飞之文。另,《牧斋初学集》卷三《归田诗集》上《天启乙丑五月奉诏削籍南归自潞河登舟两月方达京口途中衔恩感事杂然成咏凡得十首》其七,恰有"耦耕旧有高人约,带月相看并荷锄"句(上海古籍出版社1985年版,第99页)。卷四《归田诗集》下《孟阳载酒就余同饮韵余方失子叠前韵志感》,亦可证天启丁卯(1627)二人之过从(第144页)。
② 《和东坡西台诗六首序》,《牧斋有学集》卷一,上海古籍出版社1996年版,第8页。
③ 《赖古堂文选序》,《牧斋有学集》卷十七,第768页。
④ 有关钱氏降清以来行迹,尤其"颂系"一事,记载颇多,说法不一,陈寅恪先生《柳如是别传》第五章"复明运动"中有详考,可参看(上海古籍出版社1980年版,第864—924页)。周法高《读〈柳如是别传〉》认为钱氏于顺治四年三月、顺治五年四月二度被捕,而前次乃牵连淄川谢陛案。参见范景中、周书田《柳如是事辑》附录,中国美术学院出版社2002年版,第517—529页。
⑤ 《柳如是别传》,第920页。
⑥ 陈寅恪先生据钱氏《丙戌初秋燕市别惠房二老》,推断"其离京之时间,至早亦在是年七月初旬以后。到达苏州时,当在八月间"(《柳如是别传》,第877页)。
⑦ 《牧斋有学集》卷二六,第994页。
⑧ 《列朝诗集》,第467页中。
⑨ 《钱牧斋先生尺牍》卷一,《牧斋杂著》,钱仲联标校,上海古籍出版社2007年版,第236页。

抉精要以会通

六年春归里后近一年的时间完成。

  钱氏《与毛子晋》诸书简中,有若干《列朝诗集》诸集编写之消息,容庚先生《论〈列朝诗集〉与〈明诗综〉》已摘列,并作案语曰:"观此可知各集编成即付刻,而无先后次序者。故闰集虽在末而早刻也。"①然或尚有可作进一步解读者。其中"狱事牵连,实为家兄所困"一通,当写于顺治五年(1648)仲冬,陈寅恪先生已据其中"归期不远,嘉平初,定可握手"等语,释钱氏本以为是年十二月"能被释还常熟度岁"②。书中一言及"羁栖半载,采诗之役,所得不赀,大率万历间名流。篇什可传,而人不知其氏名者,不下二十余人,可谓富矣",当指在南京采诗之所得,实多为《列朝诗集》丁集之资源;一言及此集初名"国朝"改为"列朝"之议,谓"板心各欲改一字","幸早图之"③,则诗集中应已有缮写定者。联系"诗集之役,得暇日校定付去"一通,谓"丁集已可缮写",而其中又提到"《铁崖乐府》,当自为一集,未应入之选中,亦置之矣"④,似至少甲集前编早于丁集而成。此通书中引苏轼"因病得闲浑不恶"云云,宜为顺治六年(1649)春归里后作,在南京、苏州所采诗,编成亦需时日。此又可证之"德操家藏诗卷,幸为致之"一通,其中述及"甲集前编方参政行小传后,又考得数行,即附入之","《铁崖乐府》稿仍付一阅,杨无补在此,殊为寂寞"⑤,或可据以认为发此书时丁集尚未完成(王人鉴诗即在丁集),而甲集前编已成而有所补订。查证《列朝诗集》甲集前编卷十"方参政行","余之初考如此"以下当即附入补考内容⑥;卷七"铁崖先生杨维桢"一百二十四首后,复有卷七之下,补诗一百七十首⑦,解决了上一通所谓"《铁崖乐府》,当自为一集"的问题。而之所以甲集前编先成,当缘于钱氏天启四五年间在史

---

① 《岭南学报》第十一卷第一期,1950年12月,第138—139页。
② 《柳如是别传》,第923页。
③ 以上均见《钱牧斋先生尺牍》卷二,《牧斋杂著》,第313页。
④ 《牧斋杂著》,第301页。
⑤ 同上,第304页。
⑥ 《列朝诗集》,第77页中。
⑦ 同上,第47页上。

馆修史,得见太祖手诏等史料,历三年编成《皇明开国功臣事略》①;崇祯十六年,又于所编《国初事略》《群雄事略》,"取其文略成章段者,为《太祖实录辩证》一编"②,刊入《初学集》中,于元末国初事,有其撰史之基础。③钱氏《与周安期》所述,应为鼎革后"复有事于斯集"之初的设想,其中"而国初人为尤要"④一语,或亦可视为先编甲集前编乃或作为前编定位坐标的甲集的佐证。至于"诸样本昨已送上,想在记室矣"一通,当亦顺治六年春归里后作,以同在常熟,相距不甚远,钱氏谓"顷又附去闰集五册、乙集三卷。闰集颇费搜访,早刻之,可以供一时谈资也"⑤,可据以推知闰集继而校定,并促其早刻,而乙集仅三卷,或仍在编纂中。"八行复伯玉"一通,据其所述《夏五集》有抄本,可属小史录一小册致伯玉(按:萧士玮,卒顺治八年四月),俾少知吾近况耳",知此通书当作于顺治七年(1650)五月后、孟冬绛云楼焚毁前,因钱氏《夏五集》成于此间⑥,其中谓"乾集阅过附去,本朝诗无此集,不成模样。……不妨即付剞劂,少待而出之也"⑦。可知乾集之校定,至早亦在是年五月后。另《列朝诗集》丙集卷五末附论长沙门人,有"庚寅十月初二日乙夜蒙叟谦益书于绛云楼下"⑧之题署,或可据以推断丙集编定的大致时间,当在顺治七年孟冬绛云楼焚毁前不久。据钱氏《历朝诗集序》,全部诗集校定交付毛晋刊刻,即在绛云楼焚毁前,故得以幸免于难;而"集之告成"在顺治九年(1652),序作于九月十三日。⑨钱氏《耦耕堂诗序》又谓"岁在

---

① 参见《皇明开国功臣事略序》,《牧斋初学集》卷二八,第844—845页。
② 《与吴江潘力田书》,《牧斋有学集》卷三八,第1319页。
③ 上引《与吴江潘力田书》曰:"今《列朝诗集》载刘鹗、刘三吾及朝鲜陪臣诸事,皆出于《辩证》初稿之后……"可证其编纂《列朝诗集》曾利用《太祖实录辩证》之基础。参见《列朝诗集》甲集卷一"小诚意鹗"、卷十三"镏学士三吾"、闰集卷六"守门下侍中郑梦周"小传中相关辨证,分见第91页下、第158页中、第680页上。
④ 《牧斋杂著》,第236页。
⑤⑦ 同上,第305页。
⑥ 钱氏《庚寅夏五集》小叙曰:"岁庚寅之五月,访伏波将军于婺州。以初一日渡罗刹江。自睦之婺,憩于杭,往返将匝月。漫兴口占,得七言长句三十馀首,题之曰《夏五集》。"(《牧斋有学集》卷三,第83页)而《牧斋有学集》卷首"目录"第三卷《夏五诗集》题名下注则曰:"起庚寅五月,尽一年。"(第3页)
⑧ 《列朝诗集》,第307页下。
⑨ 同上,卷首,第1页下—第2页上。

甲午，余所辑《列朝诗集》始出"①，则该集行世始于顺治十一年(1654)。

再来看闰集"香奁"编选的相关情况。该项工作有柳如是的参与，应已无疑问。《列朝诗集》闰集"许妹氏"小传记柳如是评语，末有"承夫子之命，雠校《香奁》诸什，偶有管窥，辄加絮记"②，是为铁证。故如顾苓《河东君小传》记曰："宗伯选《列朝诗》，君为勘定闺秀一集。"③自有其依据。陈寅恪先生对此亦作过考察，以上引"许妹氏"条证之《牧斋遗事》所记河东君小照跋语，而以王沄所谓钱氏"托为姬评"之说"殊不近情理"④。事实上，钱、柳共同关注闺秀之诗，在《列朝诗集》重新启动编纂前已开始，钱氏崇祯十六年(1643)九月作《士女黄皆令集序》，已言"余尝与河东君评近日闺秀之诗"，而以"草衣（王微）之诗近于侠"，柳氏则谓"皆令（黄媛介）之诗近于僧"⑤，斯为二人琴瑟燕好之乐事。钱氏"复有事于斯集"后，无论是陈寅恪先生推考的，顺治四五两年，往来于南京、苏州，其在苏州，寓拙政园，而南京颂系之所，当为丁家河房⑥；还是周法高先生纠察的，顺治四年三月被逮北行，是年秋由北京返里，是冬及次年春僦居吴苑，顺治五年四月第二次被捕，系狱南京⑦，柳氏皆得随行，故采诗、评选并可随时商榷。《牧斋遗事》所记柳氏小照，由其婿赵管携至，所画河东君"坐一榻，一手倚几，一手执编。牙签缥轴，浮积几榻"，又据幅端自跋，谓"知写照时，适牧翁选列朝诗，其中闺秀一集，柳为勘定，故即景为图也"⑧，似亦非无稽之谈。这让人很自然联想到沈虬《河东君记》所载柳氏在绛云楼校雠文史事："牧斋临文有所检勘，河东君寻阅，虽牙签万轴，而某册某卷，立时翻点，百不一失。所用事或有误舛，河东君从

---

① 《牧斋有学集》卷十八，第 781 页。
② 《列朝诗集》，第 684 页中。
③ 《柳如是集》附录，辽宁教育出版社 2001 年版，第 118 页。
④ 《柳如是别传》，第 982—984 页。
⑤ 《牧斋初学集》卷三三，第 967 页。
⑥ 《柳如是别传》，第 918—919 页。
⑦ 范景中、周书田《柳如是事辑》附录，第 517—529 页。
⑧ 参详《柳如是别传》第 983 页所引。

旁颇为辨证。"① 绛云楼虽成于崇祯十六年(1643)冬,然据钱氏《赠别胡静夫序》,谓"余自丧乱以来,旧学荒落,己丑之岁,讼系放还,网罗古文逸典,藏弆所谓绛云楼者。经岁排缵,摩挲盈箱插架之间,未遑于雒诵讲复也"②,虽属自谦之词,仍可证钮琇所谓"益购善本""与柳日夕相对",当在钱氏顺治六年春复得归里后。其时钱氏尽发所藏书,有修撰明史之任,而编纂《列朝诗集》,亦是其相关的一项工作,绛云楼便也成了他与柳氏编校"香奁"诗的工作场所。不过,柳氏的参与,在采诗阶段,会有商较去取之事,在最后编定阶段,如其自述,主要是校雠,所谓"偶有管窥,辄加椠记",可以是文字、史实校订方面的辨证,当然也可以是诗学成就得失评论之商兑,如其于许景樊之评语,然其作用亦不可任意夸大。胡文楷《历代妇女著作考》著录柳氏《古今名媛诗词选》一书,中西书局1937年据传抄本排印,有柳氏自跋,录入刊书序中③。鉴于该著不见公私书目著录,在对其来历及真实性未作进一步考察前,似不宜先就其与钱氏《列朝诗集》闰集"香奁"的关系作出某种推论。④

三、闰集"香奁"撰集之取资

据上引钱氏《黄氏千顷斋藏书记》,知其在南京采诗时,黄氏千顷斋藏书是撰集《列朝诗集》的一大资源。盖其所搜集,大抵为有明一代之书,与绛云楼藏

---

① 《牧斋杂著》附录,第966页。吴江钮琇《觚賸》卷三《吴觚》下"河东君"条,亦记钱氏为柳构绛云楼后:"于是益购善本,加以汲古雕镂,庋致其上,牙签宝轴,参差充牣。其下黼帏琼寝,与柳日夕相对。……宗伯吟披之好,晚龄益笃,图史较雠,惟柳是问。每于画眉余暇,临文有所讨论,柳辄上楼翻阅,虽缥缃浮栋,而某书某卷,拈示尖纤,百不失一。或用事微有舛讹,随亦辨正。"
② 《牧斋有学集》卷二二,第898页。
③ 见氏著《历代妇女著作考》(增订本),张宏生等增订,上海古籍出版社2008年版,第434页。胡氏录柳氏自跋曰:"山庄无事,辄亲笔砚,间录古今名媛诗词以遣兴。虽以朝代为标则,而随忆随录,年代之先后,知所不免矣!惟此乃自遣之事,本未欲如彼选家之妄冀传后也。积久得诗一千馀首,词四百馀阕,历代名媛,聚于一帙。披诵把玩,不啻坐对古人也。"
④ 如孙康宜《陈子龙柳如是诗词情缘》,推测这部诗选合刊在钱谦益所编的《列朝诗集》里。(陕西师范大学出版社1998年版,第42页。)

书不同。时黄虞稷自述，其父黄居中"藏书千顷斋中，约六万余卷"，"余小子哀聚而附益之，又不下数千卷"①；至其康熙中入明史馆，已编成《千顷堂书目》以备艺文志采用，又经进一步哀集，至八万卷②，而其规模在钱氏借书时大体已具，故钱氏谓"得尽阅本朝诗文之未见者"，殆非虚语。作为其中"香奁"一部，自亦不例外。《千顷堂书目》卷二八"别集类"之"妇人"所著录，在75家③，当然，或未必在顺治四五年间即俱备，钱氏本身亦未必悉数编入，况据丁丙《善本书室藏书志》卷十四"千顷堂书目"条，该书目有参取朱廷佐书目者。④据笔者统计，《列朝诗集》闰集"香奁"所收诸家，《千顷堂书目》已著录者，有47家（另有朝鲜许景樊未计入，钱氏《绛云楼书目》亦自藏有《朝鲜诗选》），比例可谓不少。当然，作为一代诗歌总集，其材源无疑是广泛而多方面的，因此，这个数字仅具参考意义。然从理论上说，无论如何，别集应为曾为史官又立志以诗存史的钱氏撰集最为主要的资源，至少可提供准确的文本依据，在这方面黄氏千顷堂当是起过巨大作用的。据阎若璩记载："尝闻前辈撰《列朝诗集》，先采诗于白下，从亡友黄俞邰及丁菡生辈借书。每借，辄荷数担至。前辈以人之书也，不著笔，又不用签帖其上，但以指甲掐其欲选者，令小胥钞。胥奉命惟谨，于掐痕侵他幅者亦并钞，后遂不复省视……而前辈指掐本，余犹就俞邰家见之。"⑤可证其利用之实。此处尚提及丁菡生，为金陵另一藏书名家，富于著述，尝与黄虞稷互抄所无之书。⑥

---

① 《黄氏千顷斋藏书记》，《牧斋有学集》卷二六，第994页。
② 参详《清史列传》卷七一"黄虞稷传"、吴骞《重校千顷堂书目跋》（《愚谷文存》卷四），《千顷堂书目》附录，上海古籍出版社1990年版，第795、799页。
③ 其中"孟淑卿《荆山居士集》一卷""左掖小娥言氏《乙丑宫掖杂诗》一卷"，系卢氏校补。
④ 《千顷堂书目》附录，第801页。
⑤ 《跋初刻唐百家诗选》，《潜邱札记》卷五，文渊阁四库全书本。
⑥ 黄虞稷《千顷堂书目》著录丁氏著述多种，其中卷二六著录"丁雄飞《诗删》"等，下注曰："字菡生，上元人。衢州知府明登子。"（第653页下—654页上）又杨钟羲《雪桥诗话续集》卷一载："菡生，名鸿飞，江浦人。与黄俞邰以收藏名。积书数万卷，多秘本。每出必簏囊载以归。"（民国求恕斋丛书本）"鸿飞"当为"雄飞"之误。

其与钱氏为友,亦可以钱氏《与毛子晋》"蓉庄南望"一通证之。①

除此之外,其撰集所取资,未必有那么集中的材库,尤于那些稿多不存或未有其集者,无论采辑作品或征诸文献,皆需费力搜访。即就千顷斋藏书言,除女性诗歌别集,其他利用的书类亦难以辨清。故再试从以下数端分别考述,窥其一斑而已:

1. 总集类。此类文献当是其实际操作的重要来源,至少可提供甄选家数的线索。首先是田艺蘅《诗女史》,编刊于嘉靖三十六年(1557),为目前我们所知明代最早刊行的通代女性诗歌总集之一,十四卷,末二卷收录明代女性诗人26家,又有4家未录诗。虽然钱氏自己并未言及对此书的利用,然该集见收于《绛云楼书目》,是一个值得重视的事实。作为中晚明女性诗歌总集商业化出版高潮的发端,该书实为明代女性诗选所形成的公共资源中极为重要的一种,几为之后刊行的各种女性诗歌总集所利用。检《列朝诗集》闰集"香奁",已见于《诗女史》卷十三、十四的有13家(其中1家有目无诗),另"香奁中"有"叶正甫妻刘氏",《诗女史》录于卷十二,盖田氏系入元代,钱氏作明初。这当然也不能用来说明钱氏即直接从《诗女史》录入,但如下事例或可作为钱氏利用的内证:(1)"香奁上"之"濮孺人邹氏"仅选其《鹭鸶小景》1首,盖依钱氏体例,"香奁上"以宫闱命妇为主体,重在存人述行,诗则举要而已。之前女性诗歌总集如《诗女史》、《淑秀总集》乃至《古今名媛汇诗》《名媛诗归》等,于邹氏选诗皆不少,分别为15首、4首、10首、14首,唯《诗女史》卷十四以《鹭鸶》居首,《古今名媛汇诗》与《名媛诗归》并未录此首。故钱氏或即从《诗女史》录其第一首以为代表。这样的情况又见"李夫人陈氏",选其《春草》1首,系《诗女史》卷十三"陈德懿"所选23首

---

① 《牧斋杂著》,第304页。又,据陆心源《皕宋楼藏书志》"《九灵山房集》三十卷(明洪武刊正统修本)"条录"壬戌上元前二日锄菜翁记"〔按:锄菜翁,曹溶所自号;壬戌,当为康熙二十一年(1682)〕,谓"我里蒋之翘,字楚雅(按:"雅",当为"稚"之误),隐尘市间,有藏书之癖,虞山钱牧斋宗伯编《国朝诗集》,尝就其家借书。此卷首甲乙题字,宗伯迹也"(《皕宋楼藏书志》卷一百八"集部"别集类四十二,光绪万卷楼藏本),知钱氏编撰《列朝诗集》,尚利用秀水藏书家蒋之翘所蓄书。

抉精要以会通

的第一首,《淑秀总集》"陈氏"选 15 首,于《诗女史》有所增删而次序同,《春草》亦为第一首。(2)"香奁上"之"孙夫人杨氏",所选《折杨柳》等 3 首,其中《折杨柳》仅见于《诗女史》卷十四"杨文俪",《淑秀总集》及《古今名媛汇诗》《名媛诗归》虽各选其诗 44 首、8 首、18 首,然未录此首。(3)"香奁上"之"储氏",录其《戏赠小姑》1 首。该人未有集,此诗仅见于《诗女史》卷十四、《名媛诗归》卷二七(《淑秀总集》《古今名媛汇诗》未选其人),然《名媛诗归》诗题作《雨后咏桃》,文字亦有出入;或钱氏此题,即据田氏所撰小传"其小姑嫁时,储戏赠诗曰"①而拟定,其所录诗文字亦同《诗女史》。(4)"香奁中"之"江西妇女",录其《一叶芭蕉》1 首,其人亦无集,仅《诗女史》卷十三录其人其诗,《淑秀总集》及《古今名媛汇诗》《名媛诗归》等皆未录。

其次是俞宪《淑秀总集》,列《盛明百家诗前编》末,录明 17 家女诗人。《前编》成于嘉靖丙寅(1566);隆庆辛未(1571),俞氏又辑成《后编》,末有《杨状元妻集》《马氏芷居集》《孙夫人集》《潘氏集》为女性诗,除潘氏属再辑,合计 20 家。钱氏撰集"香奁",虽亦未言及取资于《淑秀总集》,然于闰集卷五"青衣三人"之"李英"小传,引"无锡俞宪曰:计有功《唐诗纪事》,三百余年,诗人千一百五十家,而末卷有仆二人:一为咸阳郭氏捧剑之僮,一为池阳刺史戟门门子朱元。余辑《盛明百家诗》,仅得李英一人,可以为难矣"②一段,系据《盛明百家诗后编》最末《李生集》卷首俞氏题识隐括而成③,钱氏选李英诗 8 首,当亦从《李生集》出,可证其于《盛明百家诗》有所利用。作为无锡前贤,俞氏所编《盛明百家诗》乃嘉隆以往卷帙最巨之明诗总集,虽被认为"其学沿七子之余波,未免好收摹仿古调、填缀肤词之作。又务以标榜声气为宗,不以鉴别篇章为事"④,然多存吴中诗

---

① 《诗女史》卷十四"储氏",嘉靖三十六年刻本。
② 《列朝诗集》,第 673 页下。
③ 参见《盛明百家诗后编》之《李生集》,嘉靖至万历刻本,《四库全书存目丛书》308 册,第 808 页下。
④ 《四库全书总目》卷一九二集部"总集类存目二"《盛明百家诗》条,中华书局 1965 年影印本,第 1749 页上。

亦是其特色,钱氏欲撰集明诗总集,不能无视其存在。俞氏编纂《盛明百家诗》,"盖尽平生所藏",又得好文之世士"集刻见投,或缮所传示",且"益加搜访"①,然就前编《淑秀总集》而言,当主要参考《诗女史》末二卷增删取舍而成②,原因如其《明诗凡例》所言:"女妇诗自当别论,数且不多,故但汇集以附诸家之后,明非所重,亦只以异耳。"③钱氏《列朝诗集》闰集"香奁"所录家数,见于《盛明百家诗》前后编所选女性诗者,有 12 家。由其选诗观之,下例或可作为钱氏利用俞氏该集之内证者:(1)"香奁中"之"孟氏淑卿",共录诗 9 首,依次为《悼亡》《长信宫》《香奁冬词》《春日偶成》《春归》《秋夜》《登楼》《秋日书怀》《过惠日庵访尼题亭子上》,除末首为《淑秀总集》所无外,次第皆同《淑秀总集》"孟淑卿"(共 10 首),另《题画》《席上赠妓》未选。而《诗女史》卷十三"孟氏"仅选《悼亡》《春归》《长信秋词》三诗,次第亦不同。其中《长信秋词》所录仅二句,系《长信宫》后半首,且诗题有异。(2)"香奁中"之"朱氏静庵",共录诗 21 首。检《诗女史》卷十三"朱氏",录诗 22 首,《双鹤赋》1 篇;《淑秀总集》"朱静庵"先录此赋,再录诗 20 首,依其录诗次第,当据《诗女史》增删而成。其中《诗女史》选录而俞氏未选者,为《雨中写怀》《暮春即事》《春蚕词》其二、《答李都宪》;其较《诗女史》增入者,为《虞姬》《吴山怀古》。由钱氏选录《虞姬》《吴山怀古》二诗,未选《雨中写怀》《暮春即事》《春蚕词》其二、《答李都宪》四诗来看,或即参酌《淑秀总集》甄录,当然,他自己又有增删。(3)"香奁上"之"陈宜人马氏",共录诗 5 首,并在小传中说明:"有诗十四篇,名《芷居集》。"④《诗女史》未录其人,而《盛明百家诗后编》录《马氏芷居集》即 14 首,其卷首题识曰:"世传金陵马孺人诗十四篇,名《芷居稿》。"⑤钱氏

---

① 过庭训《本朝分省人物考》卷二八"俞宪"引俞氏自序,天启刻本。
② 其较《诗女史》所增,为刘方、陈氏(少卿妻)、潘氏、俞节妇(俞宪母)四家。中如录陈氏《寄夫》1 首("野鸡毛羽好"),钱谦益在"香奁中"之"铁氏二女"小传已辨其实为释道原乐府,见《列朝诗集》第 656 页上。
③ 《盛明百家诗前编》卷首,嘉靖至万历刻本,《四库全书存目丛书》304 册,第 403 页上。
④ 《列朝诗集》,第 652 页中。
⑤ 《盛明百家诗后编》,《四库全书存目丛书》308 册,第 800 页上。

所选 5 首或即从此出，其中除《苦雨》一诗所列次第不同外，余皆同。

再次是方维仪《古今宫闺诗史》，钱氏在所撰小传中有三处提及，当有利用。一在"香奁上"之"王司彩"《宫词》附注辨正，谓"近刻《宫闺诗史》遂载'天外玉箫'一首为权妃之作，今削而正之"①。一在"香奁上"之"姚贞妇方氏"小传，记其"删《古今宫闺诗史》，主刊落淫哇，区明风烈，君子尚其志焉"②。一在"香奁中"之"范允临妻徐氏"小传，录"桐城方夫人评之曰：'偶尔识字，堆积龌龊，信手成篇，天下原无才人，遂从而称之。始知吴人好名而无学，不独男子然也。'"③方氏《古今宫闺诗史》，《千顷堂书目》有著录，卷数缺项。王士禄《然脂集》载其《宫闺诗史》《宫闺文史》《宫闺诗评》一卷等八种著作，今皆未见。④有学者推测《宫闺诗评》或即将《宫闺诗史》中评论部分析出单行⑤，颇有理据。朱彝尊《明诗综》尚录存方氏另三则评语，一为"朱妙端"《白苎词》下，"方维仪云：虽乏新奇，而句句铿锵"；一为"黄安人"《寄夫》下，"方维仪云：不纤不庸，格老气逸"。一为"董少玉"小传下，"方维仪云：夫人诗词皆有韵致"⑥。略可窥其眉目。王士禄《然脂集例》曰："方夫人仲贤《宫闺诗史》，持论颇驳《诗归》，实以《诗归》为底本。以云'区明风烈'则有之，辨正舛伪，功尤疏焉。"⑦所论自可以上述钱氏辨正等相证。谓其"持论颇驳《诗归》，实以《诗归》为底本"，是一条十分重要的信息。此《诗归》即承上所论之《名媛诗归》，若其说属实，则《宫闺诗史》卷帙不小。如果说，《诗女史》《淑秀总集》仅为钱氏选隆庆前女诗人提供某种参考的话，那么，《宫闺诗史》及其背后的《名媛诗归》，其明诗部分则延展至万历以来至明末。谓其"持论颇

---

① 《列朝诗集》，第 651 页上。
② 同上，第 654 页下。
③ 同上，第 660 页上。
④ 参见胡文楷《历代妇女著作考》卷五"方仲贤"相关著述著录，第 81 页。有关《然脂集》卷帙及存佚情况，见胡著附录二"总集"《然脂集》条，第 906—911 页。
⑤ 连文萍《诗史可有女性的位置——方维仪与〈宫闺诗评〉的撰著》，《汉学研究》第 17 卷第 1 期，1999 年 6 月。
⑥ 以上均见《明诗综》卷八四，康熙四十四年六峰阁刻本。
⑦ 《昭代丛书》乙集卷二八，世楷堂藏板。

驳《诗归》"是可信的,二书编撰宗旨不同:《名媛诗归》带有明显的商业化出版色彩,王士禄所谓"虽略备古今,似出坊贾射利所为"(同上),持论又以钟惺"诗,清物也"相标榜;而方氏则有强烈的正统道德观念,志在"刊落淫哇,区明风烈"。如《然脂集例》"区叙"注记曰:"方夫人《宫闺诗史》《文史》二书,并有《正集》《邪集》之分。"(同上)在这一天秤上,钱氏显然会倾向方氏而非《名媛诗归》的立场,从其将方氏置于"香奁上"亦可看出,所重不仅在文艺,更在德行。

这里顺便对明末流行的《名媛汇诗》《名媛诗归》两种通代女性诗歌总集与钱氏之关系稍作讨论。有学者已注意到嘉、隆以来愈盛之女性诗编选出版,至泰昌间郑文昂《古今名媛汇诗》、明末题名钟惺《名媛诗归》出,就明代部分而言,不仅家数剧增(据其统计,《名媛汇诗》为54人,《名媛诗归》更高达110人),而且自《名媛汇诗》开始,已收入像陆卿子、徐媛这样当时刚出版诗集不久的名媛之作,像薛素素、景翩翩这样有完整署名的当代名妓之作,以及由作为序作者的朱之蕃自朝鲜携归并付梓的女诗人许景樊的作品。① 那么,像这样最新形成的公共资源是否为钱谦益撰集"香奁"所摄取(包括其以此为对象的相关辨正),是我们所应关注的。在钱氏各种著述中,目前未发现有任何相关的叙论,这并不意外,毕竟就钱氏在士林的地位以及以诗存史的自负而言,其眼界会在此类总集之上。不过,以钱氏之博识多闻,对当时的流行出版物又不大可能无所知晓,就其撰集"香奁"等女性诗的规模来看,也很难说不受到这一新增公共资源的影响。郑文昂,字季卿,古田人。太学生,为泸州判。能诗,善书画。移家秣陵,客死②。《古今名媛汇诗》即刊于南京,从该著所列"同校姓氏"来看③,是以闽籍寓居南都诗人为主的一个群体,同时亦可以说,是竟陵钟惺、谭元春万历中晚在南京的交游

---

① 参详方秀洁《性别与经典的缺失:论晚明女性诗歌选本》,原载 *Chinese Literature: Essays, Articles, Reviews (CLEAR)* Vol.26,(Dec., 2004),pp.129-149,译文载《南阳师范学院学报》2010年第2期。

② 《闽中书画录》卷四"郑文昂"小传(据《古田县志》著录),民国三十二年合众图书馆丛书本。

③ 兹据该著卷首迻录如下:程汉,字孺文,歙县人;胡宗仁,字彭举,上元人;毕良晋,字康侯,歙县人;洪宽,字仲禹,莆田人;刘潢,字师藩,莆田人;王龙起,字震孟,龙溪人;张士昌,字隆父,莆田人;林㭴,字子丘,福清人;林古度,字茂之,福清人;吴鼎芳,字凝甫,洞庭人;茅元仪,字止生,归安人;鲍山,字元则,歙县人;张正岳,字士贞,南平人;郑文星,字明卿,古田人(泰昌刻本)。

抉精要以会通

圈所在①,郑氏本人与钟、谭即有往来②。而中如参与其事的林古度,恰恰在顺治四五年间的南京与钱氏交往甚密,不仅多有唱酬,而且热心为钱氏采诗介绍黄虞稷家藏书,故不能排除这一钱氏可能获知《名媛汇诗》的渠道。至于《名媛诗归》,据笔者初步比对,无论选诗或作者小传,实多有因袭《名媛汇诗》处,确有在该著基础上扩大收录范围,并施以评点,以迎合时好的商业化操作之嫌,王士禛谓其"乃吴下人伪托钟谭名字,非真出二公之手"③,或即援据专门从事历代女性诗汇辑的其兄王士禄的考察,作为尚能直接闻知明清之际旧事的一代,恐亦非无稽之谈。④若其说属实,则刊刻当即在吴中坊间,钱氏亦无理由视而不见。然钱氏还是有意回避了,原因当即在此集属钱氏在为王端淑《名媛诗纬》所作《题辞》中所批判的:"明朝闺秀篇章,每多撰集。繁苛采撷,昔由章句竖儒;孟浪品题,近出屠沽俗子。"⑤更何况其标举的是钱氏所恶的竟陵派之论。

可视作总集类的其他著作尚有冒愈昌《秦淮四美人诗》(万历四十六年刻本),钱氏在"香奁下"之"赵今燕"小传引述冒氏序⑥,"郑如英"小传亦述及冒氏该著⑦,当为钱氏"香奁下"选录马湘兰、赵今燕、朱无瑕、郑如英四姬诗的参考。作为志北里之作,重要的尚有《青泥莲花记》等,下面再作讨论。又,"香奁中"吴江叶氏一门及相关闺友诗,钱氏在"沈氏宛君"小传中述及叶绍袁集

---

① 参详拙著《竟陵派研究》的相关考论,复旦大学出版社 2006 年版,第 169—172 页,第 271—275 页。
② 如钟惺有《送郑季卿之金陵兼寄南中所知》,《隐秀轩集》诗玄集;《郑季卿采木行引》,《隐秀轩集》文馀集,天启二年沈春泽刻本。谭元春有《郑季卿移家至题其春草斋》,《谭友夏合集》卷二二,崇祯六年刻本。
③ 《池北偶谈》卷十八,文渊阁四库全书本。
④ 据笔者撰作《钟惺年谱》(复旦大学出版社 1993 年版)及《竟陵派研究》时的考察,确无钟惺编纂《名媛诗归》的证据。
⑤ 《明媛诗纬题辞》,《牧斋有学集》卷四七,第 1556 页。
⑥ 《列朝诗集》,第 665 页下。
⑦ 同上,第 666 页上。

妻女诗及哀挽伤悼之什,都为一集,总曰《午梦堂十集》,盛行于世①,当即据此而录(《千顷堂书目》卷二八著录为"《午梦堂集》十卷")。"张倩倩"小传述沈宜修"悼其女,追怀倩倩,为倩倩作传,并录琼章所记诗,附传中"②,亦可作为证据,传见《鹂吹》卷二《表妹张倩倩传》(崇祯间刊本)。另如钱氏在"香奁上"据高播《明诗粹选》选入正统间"钱氏女"③,该著《千顷堂书目》亦著录;"香奁中"之"铁氏二女",引张士瀹《国朝文纂》录范昌期诗,证铁氏长女诗实为范氏题老妓卷作④。

2. 别集类。这里检察本人诗文以外之取资。传记如"香奁上"之"夏氏云英"小传,引述周宪王朱有燉撰夏氏墓志⑤,见《诚斋录》卷四《故宫人夏氏墓志铭》(嘉靖十二年周藩刻本);"陈恭人董氏"小传,谓事详陈束传中⑥,陈传见张时彻《芝园集》卷二五《陈约之传》(嘉靖二十三年鄞县张氏原刊本)。"莆阳徐氏黄氏"小传,全引自宋珏《莆阳二妇传》⑦,《元明事类钞》卷二五"吉凶门"之"指砚属句"条录莆阳徐氏事,标出"明宋珏集"(文渊阁四库全书本)。按:宋氏有《遗稿》刊于金陵,《列朝诗集》丁集卷十三"宋秀才珏"谓"其里人所掇拾,非比玉意也"⑧。该集今未见,疑已不传(所传仅有1964年钞本《古香斋诗辑》一册)。序跋如"香奁上"之"韩安人屈氏"小传,引康海序称其女⑨。按,康海《对山集》中,仅见《韩汝庆集序》(卷二八,万历十年潘允哲刻本)。《千顷堂书目》卷二八著录

---

① 《列朝诗集》,第660页下。
② 同上,第662页上。
③ 同上,第652页上。据高儒《百川书志》卷十九"集"著录:"《明诗粹选》十卷。皇朝山阴高播居获,布衣人也。所选公卿、名士、异人、闺秀,参拔诸选,得二百四十六人。"(观古堂书目丛刊本)
④ 同上,第656页上。《国朝文纂》卷首有张氏嘉靖四十三年自序,谓"自癸丑(1553)冬迄甲子(1564)之秋,十一年间,得诗文总若干卷,缮写成帙,以备观风考政者之一助云。"(隆庆六年铜活字本)《千顷堂书目》卷三一著录为"五十卷"。
⑤ 同上,第651页中。
⑥ 同上,第652页下。
⑦ 同上,第655页上。
⑧ 同上,第556页上。
⑨ 同上,第652页中。

"韩安人屈氏诗集",下注"武功康海序",或据屈集卷首引①。"香奁中"之"朱桂英"小传,引田艺蘅《闺阁穷玄叙》②,《叙》见《历代妇女著作考》"《闺阁穷玄集》"条所录。③该叙未收入嘉靖刊田氏《香宇初集续集》三十四卷,然田氏《留青日札》卷五"杭妇朱桂英"亦记曰:"所著有《闺阁穷玄》,余为之叙。"(万历重刻本)或据朱集卷首引。"董少玉"小传,述周弘禴为求序于王世贞事④,王序见《弇州四部稿》卷五五《西陵董媛少玉诗序》(万历刻本)。"屠氏瑶瑟 沈氏天孙"小传,记"两家兄弟汇刻其诗曰《留香草》,而长卿与虞长孺为之序"⑤。屠隆序见《历代妇女著作考》"《留香草》一卷"条所录,"原本不可见",系据乾隆四十五年庚子(1787)刊《留香诗选》录存⑥。虞淳熙序见《虞德园先生集》文集卷四《留香草序》(明末刻本)。"香奁下"之"马湘兰"小传,著录马氏"有诗二卷",下引王稚登万历辛卯序,检明刻本《王百谷集十九种》,未收该序,钱氏或即据其集卷首录入⑦。

3. 诗文评类或文史类,主要即诗话。如"香奁中"之"朱氏静庵"小传,引顾起纶评语,出《国雅品·闺品》"朱静庵"条⑧。顾氏为锡山人,著《国雅》二十卷、《续》四卷、《国雅品》一卷。"闺品"录"洪武迄嘉靖凡十九人",又有"闺品目",录"自嘉中迄今凡三人",钱氏"香奁"所录家数与之同者凡17人⑨,值得重视。他如"香奁上"之"王庄妃"小传,引郭子章《豫章诗话》,指出其将庄妃诗误记为宫

---

① 胡文楷《历代妇女著作考》卷五"明代一"之"《韩安人遗诗》一卷"条,著录"万历四十年壬子(1612)刊本,附于其夫韩邦靖集后。前有康海序,后有屈受善跋"(第127页)。又,潘之恒《亘史钞》内篇卷二"韩安人屈氏"亦录入,并录己序。
② 《列朝诗集》,第657页中。
③ 卷五"明代一",第97页。
④ 《列朝诗集》,第657页中。
⑤ 同上,第658页下。《千顷堂书目》卷二八著录"屠瑶瑟《留香草》一卷",注曰"两家兄弟汇刻,懋学及隆为之序",未言及虞序。
⑥ 卷五"明代一",第173页。
⑦ 姚旅《露书》卷四"马守真"条记曰:"旧有稿二册,今散落,仅见冒伯麐所选四美人数首耳。"(天启刻本)
⑧ 丁福保《历代诗话续编》,中华书局1983年版,第1125页。
⑨ 其中"闺品目"之"王文卿",疑为"王儒卿"之误,《青泥莲花记》选其《寄吴郎》一诗,即从《国雅》出。

人张氏①(该著《绛云楼书目》亦有著录)。"宫人媚兰诗",最早当见于游潜《梦蕉诗话》"南宁伯毛公舜臣"条,作为亲闻所记②。此人无集,亦不见于《诗女史》《淑秀总集》《名媛汇诗》《名媛诗归》诸集,钱氏或即据《梦蕉诗话》录,以备典故。《千顷堂书目》卷三二著录"游潜《梦蕉诗话》二卷"。"杨安人黄氏"小传,引王世贞之评③,见《弇州四部稿》卷一五二说部《艺苑卮言》附录一(万历刻本)。"香奁下"之"正德间妓",引《艺苑卮言》,见《新刻增补艺苑卮言》附录卷八(万历十七年武林樵云书舍刻本)。

4. 小说类与杂史传记类。"香奁下"之"朱斗儿"小传曾提及梅鼎祚《青泥莲花记》,以其误载朱氏《题柳》诗为角妓杨氏而正之④。鉴于上述《诗女史》《淑秀总集》等集所录多以良家为主,该集于钱氏选录妓女诗当有重要参考价值。《千顷堂书目》著录入"小说类",然因其录诸家诗,故实可作总集看,胡文楷《历代妇女著作考》即如是。梅氏此《记》录女诗人计30家,钱氏闰集"香奁"所录与之同者有10家,其中如朔朝霞、姜舜玉、王儒卿等,无论小传、选诗,多少似可看出参酌痕迹。钱氏于"朱斗儿"小传尚引周晖《金陵琐事》载成化间林奴儿从良后题画柳诗,辨其采谢天香联句诗而削之⑤;《列朝诗集》丙集卷十四"景中旸"小传亦录《金陵琐事》所载其佳句⑥,可证其曾利用该著。

又,"香奁下"之"马如玉"小传引潘之恒《亘史》所论⑦,《列朝诗集》丁集卷五"谢山人榛"亦引《亘史》记"赵王雅爱茂秦诗"⑧,则钱氏尝利用此著亦无疑问。该著为集录女性传及诗的重要文本,《千顷堂书目》卷八著录"《亘史钞》九十一卷"。粗检今存明刻本《亘史钞》(存一一六卷),其中可与钱氏"香奁"所录参看

---

① 《列朝诗集》,第651页中。
② 该著不分卷,明刻本。朱彝尊《静志居诗话》卷七"王佐",据曹学佺《十二代诗选》所录辨其出于王佐《宫怨》,亦引游用之《梦蕉诗话》(人民文学出版社1990年版,第199页)。
③ 《列朝诗集》,第652页中。
④⑤ 同上,第664页中。
⑥ 同上,第380页中。
⑦ 同上,第666页中。
⑧ 同上,第439页中、下。

者,如《内篇》"闺懿"卷一"濮太夫人邹氏"(录《士斋集》诗并铅山费宏序),卷二"韩安人屈氏"(录其诗并康海序与己叙),卷三"刘文贞"(录其诗并麻城丘坦序),"贞节"卷三"刘文贞毛氏"(录周弘禴序),《外纪》卷一"杨玉香"、"徐姬"(徐祯卿所记,未言出处),卷四"马姬传"(王稚登撰)、"张楚屿传"(即马如玉)、"记王庄妃遗事",卷五"崔嫣然传"、"妥十二传"(即郑如英)、"郝文姝传",卷六"朱无瑕传",卷十四"马文玉传",卷三四下《遥集编》(录楚人丘谦之序并其与呼文如诗)①,《杂篇》"詹言"卷七"鼙语"(录马文玉《春日泛湖忆旧》四首及词客属和之作,并缙云郑士弘序②)等。尤其钱氏所录不见于前举总集如《诗女史》《淑秀总集》《名媛汇诗》《名媛诗归》及《青泥莲花记》等,而《千顷堂书目》亦未著录者,如"香奁上"之"刘文贞毛氏","香奁中"之"呼文如","香奁下"之"马文玉"等,很有可能即据潘著录入。

他如"香奁中"之"女秀李氏"小传,引杨循吉《吴中往哲记》③,《绛云楼书目》亦著录该著。"田娟娟"小传,记"虞山杨仪传其事"④,杨仪《娟娟传》见其《高坡异纂》,《绛云楼书目》著录该著。"孟氏淑卿"小传,在《诗女史》小传基础上加引徐祯卿评语⑤,系出《异林》;"香奁下"之"金陵妓徐氏"小传,录徐氏《春阴》诗末二句(又见《列朝诗集》丙集卷九"徐博士祯卿"所选《徐姬诗》小序⑥,该和诗当收录于昌谷《叹叹集》),虽引其出处为"徐昌谷五集"⑦,然据《青泥莲花记》卷十二所录,实亦见载于徐祯卿《异林》(《绛云楼书目》著录该著)。"香奁中"之"云间女子斗娘"小传,引吴人沈津《吏隐录》⑧,《绛云楼书目》亦有著录。"顾氏妹"引

---

① 该集为丘氏录与江夏营妓呼文如往来酬赠之诗。梅鼎祚《鹿裘石室集》卷十八有《送泰符入楚吊丘潮州往谦之寄余书及遥集编》,天启三年玄白堂刻本。
② 按:郑士弘,名孟仁,郑汝璧孙。
③ 《列朝诗集》,第655页中。
④ 同上,第656页上。
⑤ 同上,第656页中。
⑥ 同上,第340页中。
⑦ 同上,第664页中。
⑧ 同上,第657页中。

何良俊评语①,见《四友斋丛说》卷二六(万历七年张仲颐刻本);其下"嘉定妇"引殷无美语②,亦见《四友斋丛说》卷二六。此二人无集,亦不见于《诗女史》《淑秀总集》及《名媛汇诗》《名媛诗归》等集,当据何著录入(《绛云楼书目》著录该著)。"孙瑶华"附见"汪宗孝",《有学集》卷二有《新安汪氏收藏目录歌》,注曰:"王同轨《耳谭》载其诗"③,故小传谓"景纯,天下大侠也。人不知其能诗,于瑶华后附见一首"④,或即据《耳谭》录入。

值得一提的,还有闽人徐㶿《榕阴新检》。钱氏闺集"香奁"虽未提及该著,然据《列朝诗集》丁集卷十五"徐举人熥、布衣㶿"小传,记㶿"嗜古学,家多藏书,著《笔精》《榕阴新检》等书,以博洽称于时。崇祯己卯,偕其子访余山中,约以暇日互搜所藏书,讨求放失,复尤遂初、叶与中两家书目之旧……林茂之云:劫灰之后,兴公鳌峰藏书尚无恙也"⑤,则已知其所著,且可见二人之交往。《列朝诗集》丁集卷十"郑布衣琰"小传尝引"徐兴公《榕阴诗话》"于郑诗之述论⑥,而该《诗话》即刊于《榕阴新检》之卷十六(论郑诗一段见该卷"边塞风景"),则意味着钱氏实已利用该著。经初步比对,钱氏集中诸多闽中相关女性诗人小传乃至诗作,如"香奁上"之"郑高行邓氏","香奁中"之"张红桥""王女郎","香奁下"之"杨玉香""张璧娘",以及闺集"神鬼"之"瑶华洞仙女""王秋英""花神诗"等,或即出自《榕阴新检》一书,依次见卷三"贞烈"之"截耳表贞",卷十五"幽期"之"红桥唱和",卷十六"诗话"之"春闺罢绣",卷十五"幽期"之"玉香清妓"、"乌山幽会"、"秋英冥孕",卷八"神仙"之"仙女怜才",卷十"灵异"之"花神托梦"(万历三十四年刻本)。

对于钱氏《列朝诗集》所撰小传之取资,在清初尚有一说,为宋征舆所持论,

---

①② 《列朝诗集》,第657页中。
③ 《牧斋有学集》,第58页。
④ 《列朝诗集》,第663页上。至于孙瑶华本人诗,乃"景纯子骏声,以手迹示余"(同上)。
⑤ 同上,第594页下。
⑥ 同上,第511页上。

抉精要以会通

谓王世贞长子士骐家有一部编辑先朝名公卿碑志表传之书,类焦竑《献征录》,而益以野史,搜讨精备,卷帙颇富。其后人不肖,家藏图籍次第流散,钱氏即令人以微赀购得此著,更益以新稗及闻见所记,傅会其中。尤喜述名贤隐过,每得一事,必为旁引曲证,以是捃摭十馀年。书未就,漫题卷上曰《讳史》,俟成,择令名名之。庚寅岁(1650),钱寿七十,欲于悬弧日成书,不能如期。后数日乃告成。书成之夕,其所居绛云楼灾,于是所谓《讳史》者遂不可复见。钱意犹未已,乃取程孟阳所撰《列朝诗集》一书,于人名爵里下各立小传,就其烬馀所有及其记忆所得,差次成之。宋氏并谓乃其丙申(1656)在京师,吴梅村祭酒言如是①。鉴于宋氏与柳如是、钱谦益之间的微妙关系,其说之可信程度值得怀疑,由前面《列朝诗集》撰集始末的相关考述印证,一些重要关节颇有出入,至少稿本的存在,可破该集原为程嘉燧所撰之说。至于所谓"王氏旧本",很有可能据万历甲寅(1614)董复表编刊的《弇州史料》穿凿附会而成。②周亮工的说法稍有不同,尽管其亦有引据宋氏者,然径谓"闻牧斋先生手撰前人遗事,高至数尺许。后毁于绛云楼,先生复以胸中记存者追录之,亦高至尺许",未提王氏旧本事;并记曰:"闻此书尚藏其犹子家,若得借钞,则先生之书不一载成矣。"③或即指钱氏裒辑《明史稿》之部分底稿而言。若此,则此钱氏"手撰前人遗事",与《列朝诗集》小传无直接关系。附记于此。

---

① 参详《书钱牧斋列朝诗选后》,《林屋诗文稿》文稿卷十五,康熙九龠楼刻本。
② 该著内容详见《郑堂读书记》卷二三"史部"九《弇州史料》条,吴兴丛书本。《澹生堂书目》(宋氏漫堂钞本)、《千顷堂书目》卷五皆有著录。李清《三垣笔记》记钱氏作《开国功臣事略》时,尝自言读《王弇州史料》事,求清核实所载相关史料(卷下"钱宗伯谦益博览群书,尤苦心史学"条,嘉业堂丛书本)。谈迁《枣林杂俎》圣集"王元美《读书后》《毁论》"条尚有一说:"王元美所著《读书后》四本,捐馆后,公子吏部士骐于货郎担中重价得,今行世。又《毁论》十本,系先生手书,无副刻,常熟钱牧斋乞于吏部者,秘不示人。辛卯九月书室灾,不存。惜哉!"(清钞本)又,《绛云楼书目》附《静惕堂书目》卷首曹溶《题词》,记绛云楼焚毁后,"余闻骇甚,特过唁之。谓予曰:'古书不存矣。尚有割成明臣志传数百本,俱厚四寸馀,在楼外。我昔年志在国史,聚此。今已灰冷,子便可取去。'予心艳之,长者前未敢议值,则应曰,诺诺。别宗伯,急访叶圣野,托其转请。圣野以稍迟,越旬日,已为松陵潘氏购去,叹息而已。今年从友人得其书目,手钞一过,见不列明人集,偏于琐碎杂说,收录无遗。方知云厚四寸者,即割文集为之,非虚语也。"(康熙休宁汪氏摛藻堂抄本)亦备一说。
③ 《与张瑶星》之六,《赖古堂集》卷二十,康熙十四年周在浚刻本。

四、闰集"香奁"编选体例与标准

作为一部大型断代诗歌总集,《列朝诗集》的体制与明代中晚流行的女性诗歌总集不同,后者多为通代女性诗歌选编专集,倒是俞宪的《盛明百家诗》与之性质相类。从编撰宗旨上说,应该也有实际的差异。如果说,那些女性诗歌总集更多面向现时的广大读者之文化消费需求,那么,在钱谦益,其史官职志的意识更为自觉,况且时值鼎革之后,以《中州集》为范例,本身更具有目标决定体制的理由。不过,《中州集》并未录女性诗,故《列朝诗集》专设闰集,将女性诗与僧道及宗室、外国等置于其中,亦为变通《中州集》体例之一端。所谓"闰"者,馀也;又与"正"相对,有偏、副之义。此亦承之前总集编纂之例,如高棅《唐诗品汇》之"傍流"①,固然是正统观念的反映,然仅此未必即意味着于女性文学的轻视。由其编纂的规模来看,应该说,还是能正视中晚明女性诗歌发展之事实。钱氏在《历朝诗集序》中自陈曰:"然则何以言集而不言选?曰:备典故,采风谣,汰冗长,访幽仄,铺陈皇明,发挥才调,愚窃有志焉。"②此可看作是其撰集宗旨之总述,闰集"香奁"部分当然亦在此宗旨之下。

所编女性诗以"香奁"命名,窃以为有其考虑。自南北朝有女性文字结集以来,一般皆以"妇人"而名。《世说新语》"贤媛"第十九,始有"贤媛"、"闺房之秀"之指称③,故其后如宋有《闺秀集》,诗话著作亦多有"闺秀"类。然"闺秀"这一名称,在明代人编女性诗歌总集的题名中反而不常见,唯俞宪作《淑秀总集》,所收自然以良家为主。该词在钱氏的著述中出现过两次,一在《士女黄皆令集序》,作"闺秀之诗"④,一在《明媛诗纬题辞》,作"闺秀篇章"⑤,皆用作女性诗的泛称。

---

① 可参看《唐诗品汇》之诸体《叙目》,上海古籍出版社1982年影印本。
② 《列朝诗集》卷首,第1页下。
③ 《世说新语》卷下之上,四部丛刊本。
④ 《牧斋初学集》卷三三,第967页。
⑤ 《牧斋有学集》卷四七,第1556页。

抉精要以会通

不过,他并没有以之题署闺集中的女性诗。从正名的角度考虑,或以"闺秀"偏指良家之故。至明代中晚,"名媛"一词在文人士夫著述中忽而流行,以至多有以之命名女性诗歌总集者①,然钱氏亦未采用。检钱氏诸集,未曾出现过"名媛"一词,即为王端淑《名媛诗纬》题辞,亦作"明媛",这令我们颇费揣测。盖"名媛"一词的出现,很可能由"名士"孳生。自东汉、魏晋以来,"名士"的义项已由古来指称隐居不在位而有德行道术之人,逐渐向才名之士扩展。在中晚明,名士是一道亮丽的风景线,而"名媛"之指称,亦因而具有某种广告效应,尤其当它与商业出版联系在一起时,更是如此。或许这是钱氏有意避忌的原因。其特标出"香奁",一方面或即为显示溯至《玉台新咏》的传统,《玉台新咏序》即有"猗与彤管,丽以香奁"之句②,当然还有晚唐之流波。明人也有以"彤管"命其集者,然细辨其义,虽亦以物件指代女性文墨之事,却因乃古代女史记事所用,而仍涉及身份问题。如郦琥《彤管遗编》,在录诗范围与标准上实已表现出新的观念,却仍以"孽妾、文妓别为一集"③;《诗女史》所收,亦以良家为主。故在另一方面,"香奁"作为一种指代,应该仅与性别有关,那意味着可广包并蓄各种身份的女性。假若这样的推测不算无稽,那么,钱氏用此名目,应该还有为了适应中晚明女性诗歌作者阶层或身份明显扩展的目的。

  闺集"香奁"共分上、中、下三部分,应该意味着一种品第,体现其价值观念。至于品第的标准,首先当然是身份。如列入"香奁上"36人,以宫闱命妇为主体(宫

---

  ① 如《名媛汇诗》《名媛诗归》以及池上客《名媛玑囊》、不详撰人《名媛新诗》等。至于其时文人士夫著述中使用"名媛"一词,不胜枚举。如艾穆《贺太学李玉斋暨配黄孺人七十双寿序》:"其有名媛淑懿之助。"(《艾熙亭先生文集》卷二,万历刻本)陈懿典《书法雅言序》:"贞玄少负不羁,顷刻千言。所至,词人名媛,倾动奔走。"(《陈学士先生初集》卷二,万历刻本)范凤翼《兰社诗(有小引)》:"予友郑超宗孝廉,……犹得稍以余闲,物色眉生诸名媛之为丹青妙手。"(《范勋卿诗文集》诗集卷十四,崇祯刻本)范允临《络纬吟小引》:"细君曰:……深慕古贤姬名媛,英敏明慧。"(《输寥馆集》卷三,清初刻本)费元禄《名媛杂咏七十首有序》:"暇日取名媛有致者,人加题咏。"(《甲秀园集》卷十八,万历刻本)沈德符《禾城道中逢李澹生女史和眉公韵》:"集将名媛分身艳,补尽凡男未有奇。"(《清权堂集》卷七《铁砚堂草》,明刻本)各种身份皆有。
  ② 《玉台新咏》卷首,嘉靖十九年郑玄抚刻本。
  ③ 《姑苏新刻彤管遗编》卷首《凡例》,隆庆元年刻本。

闱中尚按帝妃、郡主、藩王妃等分列);"香奁中"57人,以良家为主体;"香奁下"30人,以妓女为主体;反映的是以家庭体系为中心的社会性别秩序。这也是由史例所决定的,而与之前诸多力图表现某种观念突破的女性诗歌总集不同。其次是德行。列入"香奁上"之宫闱命妇自不必说,宫闱如"王庄妃""夏氏云英",前者述"性恭俭,戒子姓毋效戚畹骄侈"①,以记谥号之来历;后者引周宪王为作《墓志》"国有大事,多与裁决。明白道理,有贤明妇人之风"②以为表彰。命妇如"濮孺人邹氏""孙夫人杨氏",述其"四德浑圆,五福咸备,近代妇人所稀有",两大家之诗"俨然笄帏中道学宿儒,不当以词章取之也"③。至于"郭氏真顺"献诗而"一寨得全"④;"武定桥烈妇"为保贞节,"题诗于衣带间,赴武定桥河而死"⑤;"郑高行邓氏"于夫郑坦卒后"刲双耳自誓"⑥;"女郎周玉箫"以"一弱女子,好谭古今节义事"⑦等,虽非命妇,然事皆关贞烈风教,故亦置于"香奁上"。同理,列入"香奁下"之"谢五娘""嫏嬛女子梁氏""季贞一""女郎羽素兰"诸人,虽为良家,然谢氏"风怀放诞"⑧,梁氏诗"语风怀,陈秘戏,流丹吐齐,备极淫靡"⑨,季氏"以放诞致死"⑩,羽氏亦"风流放诞,卒以杀身"⑪,故皆入"香奁下"。再次则是文艺。其"香奁中"所录,多为有诗名者,如"黄恭人沈氏",虽为四品命妇,却似以"文优于行"且一门风雅而置于"香奁中"。"张红桥",与林鸿相好,不仅自己"聪敏善属文",而且"欲得才如李青莲者事之"⑫,钱氏并未如《诗女史》《淑秀总集》仅录林鸿妻朱氏诗,而反将朱氏附于张红桥后。"孟氏淑卿",引徐祯卿《异林》语,谓"其佳句传者,真欲与文姬、羽仙辈争

---

①② 《列朝诗集》,第651页中。
③ 同上,第652页上。
④⑤ 同上,第651页下。
⑥ 同上,第653页上。
⑦ 同上,第655页上。
⑧ 同上,第667页中。
⑨ 同上,第667页下。
⑩⑪ 同上,第668页上。
⑫ 同上,第655页中。

长"①;"朱氏静庵",谓其"幼聪颖,博极群书",又引顾起纶《国雅品》:"刘长卿谓李季兰为女中诗豪,余于静庵亦云。"②虽与陈德懿诗相往还,然一置于"香奁上",一置于"香奁中"。田艺蘅撰"陈德懿"小传,还为陈氏抱不平,谓闻故长老言,"与夫人同时者,有海宁朱氏,往来倡酬,庶几力敌。而朱氏之作,传播已藉,夫人顾阙然久湮。岂妇人之名,亦有幸不幸哉!"③

三类品第之下,则按时代排列。当分别如甲集之洪武、建文,乙集之永乐至天顺,丙集之成化至正德,丁集之嘉靖至崇祯,分时段依次而列。嘉靖以降作者日繁,其间又大抵注意地域,如"香奁中"之"顾氏妹""嘉定妇",属苏州府④;"西陵董氏少玉""呼文如"属楚⑤;"屠氏瑶瑟 沈氏天孙"至"朱氏德琏",皆与鄞县相关⑥。且一门风雅及相属者,依其关系系于一处,如"香奁上"之"王氏凤娴"母女⑦,"林姪"母女⑧,"张秉文妻方氏"等姑嫂姊妹⑨;"香奁中"之"黄恭人沈氏"至"项氏兰贞"⑩,"沈氏宛君"至"张倩倩"⑪等。

值得注意的是,上述品第的三个标准须互参共贯:身份决定大的格局,这是依据修撰史志的传统。在此基础上,以德行优先,可决定其品第的升降,在这一点上,也是当时较为普遍的价值观念。如郦琥《彤管遗编》自序记曰:"学行并茂,置诸首选;文优于行,取次列后;学府行秽,续为一集;别以孽妾文妓终焉,先德行而后文艺也。"《凡例》曰:"孽妾文妓别为一集,然中有贤者升附于前后集之末,以为后世修行者

---

① ② 《列朝诗集》,第 656 页中。
③ 《诗女史》卷十三,嘉靖三十六年刻本。
④ 《列朝诗集》,第 657 页中。
⑤ 同上,第 657 页中、下。
⑥ 同上,第 658 页下—659 页中。
⑦ 同上,第 653 页上。
⑧ 同上,第 653 页中。
⑨ 同上,第 654 页中、下。
⑩ 同上,第 660 页中。
⑪ 同上,第 660 页下—第 662 页上。

劝。"①故如钱氏"香奁上"宫闱 7 人中,"女学士沈氏"显然以其学行并茂②,受到相当的重视。在《诗女史》《淑秀总集》中,皆仅选其《送弟溥试春官》(《淑秀总集》作《送弟就试春官》)一首,而钱氏则增选《寄兄》、《宫词》十首,这在"香奁上"诸家中算是特例。"香奁中"之"呼文如""诗妓齐景云""孙瑶华""草衣道人王微",皆属妓女。然呼氏于诗才之外,表现出"以意气相倾"之执着③;齐氏亦有专情于士人傅春之种种义行④;孙氏于汪景纯"期毁家以纾国难"之举,"多有傃助",诗又"怨而不怒",可谓"《小雅》之遗"⑤;王氏既以其"才情殊众",又以其助颍川君谏诤并"誓死相殉"⑥;故升入"香奁中"。至于文艺,并非不重要,毋宁说,钱氏编纂女性诗,实际关注的重心即落实于此。我们看到,凡列于"香奁上"者,选诗大抵"备典故"而已,重在传其人,所谓"不当以词章取之也"。故即便有其集者,不随其本集之多寡,亦仅选其一二首,如"李夫人陈氏""濮孺人邹氏""孙夫人杨氏",《诗女史》分别选录 23 首、15 首、12 首,《淑秀总集》分别选录 15 首、4 首、44 首,他如《名媛汇诗》分别为 23 首、10 首、8 首,《名媛诗归》为 23 首、14 首、18 首,而钱氏则分别选录 1 首、1 首、3 首。凡列于"香奁中"者,情况则有很大不同。如"孟氏淑卿",《诗女史》《淑秀总集》《名媛汇诗》《名媛诗归》分别选录 3 首、10 首、11 首、13 首,钱选 9 首。"朱氏静庵",前四集分别选录 22 首、20 首、22 首、24 首,钱选 21 首。"西陵董少玉",因时代关系,《诗女史》《淑秀总集》无,《名媛汇诗》《名媛诗归》各选 8 首、10 首,而钱选 17 首。至如钱、柳皆欣赏的"草衣道人王微",《名媛汇诗》仅选 3 首,而《名媛诗归》以标榜竟陵手眼录为一卷(王氏与钟、谭交好),计 98 首⑦,钱氏所录亦在 57 首(其与钟、谭交游诗则大抵被刊落)。"香奁下"之"杨宛",尽管其为人与"皎洁如青莲花,亭亭出尘"的王微恰

---

① 以上见《姑苏新刻彤管遗编》卷首。
② 《列朝诗集》,第 651 页上。
③ 同上,第 658 页上。
④ 同上,第 658 页中。
⑤ 同上,第 662 页下。
⑥ 同上,第 663 页上。
⑦ 见《名媛诗归》卷三六,明末刻本。

成对比,被钱氏评为"终堕落淤泥"①,却仍录其诗 19 首,以其"能诗,有丽句"(同上),而《名媛汇诗》《名媛诗归》皆仅选 1 首。从绝对数字来看,上举钱氏选诗,或仍有不及他本女性诗歌总集者,但依其自身的比例,亦已可说明问题。

  这种看似存在矛盾的标准,归根结底,还是由该总集的性质所决定的。作为真正旨在存一代之史的著作,当然有其历史编纂原则与成例,何况虽属私撰,立场却在馆阁。然而这毕竟是一部文学总集,同时具有文学批评的目标。尽管钱氏并没有像俞宪编纂《淑秀总集》那样声明:"是编所取在诗,不系人品。"②更不像郑文昂说得那么赤裸裸:"集以'汇'称者,谓汇集其诗也。但凭文辞之佳丽,不论德行之贞淫。"③而是标榜"铺陈皇明,发挥才调"(见上),前者为政治立意,后者为艺术裁断,二者合成其文学批评的标准,却显然已经显示其自命担当重心之所在④。不仅如此,在这样一部申明乃"集"而非"选"(见上)的大型文献汇编著作中,其实隐含了不少有魄力的裁断。譬如,王士禄《宫闺氏籍艺文考略》引《玉镜阳秋》曰:"《文皇后诗》一卷,目见焦《志》(《国史经籍志》),是副在秘府矣。虞山宗伯身居馆阁,网罗旧闻,撰为《列朝诗集》,可谓详且备矣。乃于后诗不录一篇,何哉?"⑤按:《千顷堂书目》卷十七亦有著录,作"《仁孝皇后诗集》一卷"。不管这种质问是否属苛责,至少钱氏并未为了史著之赅备,而一定要费心录入后诗。又如,对于在士人中风行一时的吴中二大家陆卿子、徐媛之诗,钱、柳所表现的"别裁伪体",或许与方维仪侧重的道德批判尚有差异。然无论如何,相比较《名媛汇诗》于陆、徐,分别选录 29 首、24 首;《名媛诗归》各录为一卷(卷三二、三三),分别为 65 首、89 首,钱氏各选 8 首、2 首(钱氏于陆、徐二人评

---

 ① 《列朝诗集》,第 668 页中。
 ② 《淑秀总集》卷首《明诗凡例》。《四库全书存目丛书》308 册,第 403 页上。
 ③ 《古今名媛汇诗》卷首《凡例》。
 ④ 由其下续言"讨论风雅,别裁伪体,有孟阳之绪言在,非吾所敢任也,请以俟世之作者"(《列朝诗集》卷首,第 1 页下),那样一种颇显叙述策略的说法,益可见其自负。
 ⑤ 参详《历代妇女著作考》卷六"明代二"之"徐皇后"条,第 138 页。徐皇后,即仁孝文皇后,明成祖后,中山王徐达女,所著有《内训》一卷,《劝善书》二十卷等。

价尚有轩轾),是很可显示其自出手眼的(可作为其"汰冗长"之一例)。同样,为其所重之女诗人,如"香奁中"之"呼文如"(此或可作为其"访幽仄"之一例),钱氏录其诗21首,反而认为与之情辞酬赠的丘氏诗"多伧夫面目,殊不敢唐突"①;被钱氏评为"诗近于侠"的王微,如前已述,所录在57首;而如列入"香奁下"之"景翩翩",王稚登所谓"闽中有女最能诗"②,所录诗亦在52首(《名媛汇诗》、《名媛诗归》分别为5首、18首)。这在钱氏该编中,皆已属巨大篇幅,虽身份皆为妓女,贤行之升降亦不等,却不惜取与之丰,以副"发挥才调"之旨。

五、结　　语

上述对钱氏编辑《列朝诗集》闰集"香奁"相关环节的考察,虽属局部,我们还是可以从中看到,这一以"庀史"、"采诗"为目标的大型断代诗歌总集,在重视文献征存与史实考辨,具备相对谨严的体例与衡鉴标准,讲求"知人论世"而又具鲜明的诗歌批评个性等方面的特点。陈寅恪先生以为,就其所见诸家评《列朝诗集》之言,唯金堡之论最能得其款要,即牧斋编《列朝诗集》,其主旨在修史,并暗寓复明之意,而论诗乃属次要者。③这固然是不争之事实,然而,它毕竟不是一般的历史汇纂文献,而可以说是一部具有系统诗学与诗史观念的断代诗歌批评著作,恰恰在这一面向上,最为人聚讼不已。这让我们思考,站在文学的立场,究竟应该如何给予恰切的评价。作为文学历史的一种编纂形式,总集的编纂亦寓历史与批评两大要素,除了存史的效用,毕竟还有编者自身独特的文学经验与价值判断,如何从历史意识与主观批评的对立融贯,去体察编者的意图及其生成语境,仍是我们必须细加考量的一项课题。

原载韩国中国语文学会《中国语文學誌》第三十九辑(2012年6月),收入陈广宏:《文本、史案与实证:明代文学文献考论》,台湾学生书局2013年版

---

① 《列朝诗集》,第658页上。
② 同上,第664页下。
③ 《柳如是别传》引金堡《遍行堂集》卷八《列朝诗传序》一节后所下案语,第987—988页。

彭士望的诗集、诗论与诗作

周兴陆

彭士望(1610—1683),字达生,号躬庵,又号树庐,江西南昌人。明崇祯甲申之难后,曾依袁继咸、史可法、杨廷麟参加反清复明斗争,后避难宁都,依魏禧兄弟,居翠微峰,以遗民自居,为"易堂九子"之一。"易堂九子"以魏禧为中心,以古文名于世,然未尝不能诗,其中彭士望就尤有诗名。目前学界对于"易堂九子"的研究,多集中于魏禧兄弟,研究彭士望则仅关注其文章①,尚未涉及其诗歌。

一、《耻躬堂诗钞》的抄本与刻本

彭士望避兵隐居后,曾自颜其堂曰耻躬堂,"知所以耻以励无耻也",他的诗文集名为《耻躬堂集》,或题作《彭躬庵集》。据彭士望《与陈元孝书》《复张一衡书》《复高学使书》等,他的诗文已成帙四十卷,约二千页,以贫无赀,刻仅十一,主要以抄本形式传世。然至乾隆年间,他的集子被列入《军机处奏准全毁书目》,遭到禁毁。至晚清咸丰二年,由他的七世孙彭玉雯刊刻了《耻躬堂文抄》十

---

① 相关学术论文仅秦良《彭士望的文论和散文批评》《论彭士望的散文》,分别载《江西教育学院学报》2001年第5期、2002年第4期。

卷、《诗抄》十六卷①。卷首有彭玉雯咸丰元年(1851)的按语说：

> 先躬庵《耻躬堂诗集》，中年自订者十卷，晚年续订者六卷，与《文集》四十卷并行于世。历年久远，版多残废，并印本亦无存者。道光甲申，玉雯谋诸从祖父昆季辈，辑刊《文钞》十二卷；丁酉复汇入《易堂九子文钞》中，公诸海内。十余年来，操觚家争先快睹，固已不胫而走矣。独《诗集》终不可得见。戊申，从叔凤书令山西夏县，寄回诗集一部，系就原刻抄录者。敬读一过，如见先人馨欬。但其中脱略舛错，不可枚数。因穷二年之力，遍考国初诸名人集中酬赠唱和并名山大川题咏之什及朱竹垞《明诗综》所选诸篇，翻校三次，粗成完本，刊附《文钞》之后，合为《耻躬堂全集》。其有篇章不全，索解不得，语近疑似者，存之以俟参考，示不敢妄尔。咸丰元年辛亥冬月，七世孙玉雯识于吴门寓斋，时年七十有一。

从这则按语可知，彭士望中年自订其诗集十卷，晚年续订六卷。然年代久远，原版和印本均已不存。现在流传下来的十六卷本，是彭玉雯根据道光二十八年(戊申，1848)的一部抄本，遍考清初文献"翻校三次"而编定刊刻的一部"完本"。

然而，到底彭玉雯做了怎样的"遍考""翻校"工作？这咸丰二年刻本是不是"粗成完本"呢？这是需要我们覆核的。查彭玉雯提到的朱彝尊《明诗综》，第七十九卷选彭士望诗三首，均见于刻本《耻躬堂诗钞》卷一，但文字均有差异：第一首《小姑山》，刻本《耻躬堂诗钞》题作《小姑》；末句"独立本无党"作"独立又何党"。第二首《湖上独眺》，《明诗综》为五言绝句二十字："湖水尚如昨，楼台望已稀。可怜相识燕，犹向旧家飞。"而刻本《耻躬堂诗钞》是一首五言律诗，后尚有二十字："树尽供樵牧，垣颓接鼓鼙。西山青百里，郭内见崔嵬。"第三首《雨眺寄山中人》，刻本《耻躬堂诗钞》题作《雨中寄山中人》。既然存在这些明显的文字差异，可见，刻本《耻躬堂诗钞》这三首诗既不是彭玉雯据《明诗综》辑补进去的，

---

① 彭士望《耻躬堂文抄》十卷、《诗抄》十六卷，清咸丰二年刻本，《清代诗文集汇编》第32册影印；《四库禁毁书丛刊》集部第52册影印山东图书馆藏咸丰二年刻本，《诗抄》仅六卷，应为残本。

抉精要以会通

彭又没有据《明诗综》作文字上的校订,那么彭玉雯《按语》所谓"遍考……及朱竹垞《明诗综》所选诸篇,翻校三次",从何说起呢?再看清人的明诗总集,如卓尔堪的《明遗民诗》选彭士望诗十四首,其中《晚眺》和《雨涨》二诗,不见于刻本《耻躬堂诗钞》。

刻本《耻躬堂诗钞》卷首有彭士望署"康熙三年仲冬月"的自序,作者自称"此予年谱,亦交谱、游谱也",比较详细地介绍诗人的行迹。其中说:"戊子正月,宁都友人多难,复返会城,值兵起。偏究人情,为《画龙》《江水送春》三绝句。"然刻本《耻躬堂诗钞》卷二只有《画龙》二首绝句,无《江水送春》绝句。《自序》又说:"辛卯夏五月,游广陵,同三茅山道士(张仲符)、钱塘卓子(姚名志卓)、班荆野寺(主福缘庵僧德宗)归山作《庑下吟》十首。"此《庑下吟》十首,亦不见于刻本。此外,彭士望在《与方素北书》里提到"为《冬心诗》三十首"。而事实上,刻本《耻躬堂诗集》卷一一收入"《冬心诗三十首》(存二十七首)",又"补遗二首",凡二十九首,佚失一首。可见,彭玉雯整理的咸丰二年刻本《耻躬堂诗钞》决不是他自称的"完本",彭士望相当数量的诗篇还遗佚于此刻本之外。

笔者在上海图书馆查阅到彭士望诗集的两种清抄本,一题《耻躬堂集》,八卷,四册;一题《耻躬堂诗》,十二卷,三册。两者书名略异,然都是彭士望的诗集。八卷本曾为近人于右任收藏,钤有"于氏世家"、"半哭半笑楼主"、"关中于氏"等印。第七卷卷首有于右任1931年的题词:"'崛强余生老更坚',先生之诗真如其人。于右任,廿年四月。"十二卷本无印章题识。两书均每半页八行,行二十二字,前之彭士望自序均同。

先且不看具体诗篇的多寡,八卷、十二卷抄本与咸丰二年的十六卷刻本,存在一些显著的文字差异。第一,卷首的《耻躬堂诗集自序》有一句,刻本作"辛卯夏五月,游广陵,同三茅山道士(张仲符)、钱塘卓子(姚名志卓)、班荆野寺(主福缘庵僧德宗)归山作《庑下吟》十首",两抄本均作"辛卯夏五月,游广陵,同虞山蒙叟(钱名谦益)、三茅山道士(张仲符)、钱塘卓子(姚名志卓)、班荆野寺(主福缘庵僧德宗)归山作《庑下吟》十首"。"虞山蒙叟(钱名谦益)"八字,在咸丰二年刻本里被芟除了。第二，《序》末两抄本均署"旃蒙大荒落仲冬月南州遗民彭士望撰"，刻本则改为"康熙三年仲冬月南州彭士望撰"。旃蒙大荒落，是乙巳年。仅署甲子而不署清室年号，显然是明遗民彭士望的真实口吻，而咸丰二年刻本改为"康熙三年"（实应为四年），并删去"遗民"二字。第三，两抄本文字都不避清朝皇帝的讳，如"玄""弘"等都不缺笔，不改字。刻本中凡遇"玄"均改为元，"弘"均改为宏。第四，两抄本每遇指称明朝皇帝的"君""主上""天王""三后""先皇""先帝""孝陵"（朱元璋陵墓）、"烈皇"（崇祯帝谥）等都于其上空一格；而这种现象未出现在刻本里。据以上几点可知，抄本还保持着作为明朝遗民的彭士望手稿的原初形态。而刻本对这些有可能会招致政治灾难的地方都加以修改。

接下来比较刻本、抄本收录诗篇的差异。彭士望诗集都是按编年纂辑的，八卷本起于明崇祯十三年（1640，庚辰），止于康熙二年（1663，癸卯）；十二卷本起于同一年，止于康熙十年（1671，辛亥）。据彭士望《复邹讦士书》（《文钞》卷四），他的诗文稿多是由儿子缮录的。此二抄本应该是彭士望不同时期的两种自编诗稿的传抄本，八卷本其实就是十二卷本的前八卷。因此，本文主要以十二卷本《耻躬堂诗》抄本与咸丰二年的十六卷刻本相对照。通过对照发现，十二卷抄本与十六卷刻本的前十二卷，编年、诗篇次序完全相同，但是抄本中大量的诗篇，为刻本所漏收，或说删削了；而刻本前十二卷所录诗篇，均见于抄本。

卷　次	编　　年	抄本诗数（题/首）	刻本诗数（题/首）	刻本删诗数（题/首）
卷　一	1640—1647	81/108	37/45	44/63
卷　二	1648—1649	23/134	13/25	10/109
卷　三	1650—1652	53/102	26/43	27/59
卷　四	1653—1655	43/69	15/29	28/40
卷　五	1656—1659	85/112	46/57	39/55
卷　六	1660	55/77	32/49	23/28

抉精要以会通

续表

卷 次	编 年	抄本诗数（题/首）	刻本诗数（题/首）	刻本删诗数（题/首）
卷 七	1661	56/70	34/45	22/25
卷 八	1662—1663	69/89	31/41	38/48
卷 九	1664—1665	79/123	43/87	36/36
卷一〇	1666—1667	58/82	27/41	31/41
卷一一	1668	29/59	24/52	5/7
卷一二	1669—1671	43/53	27/36	16/17
合 计	32 年	674/1078	355/550	319/528

从这个表格的统计可以看出，早期传抄本《耻躬堂诗》十二卷的诗篇总计674题1078首，而到了刊刻《耻躬堂诗钞》时，被大量删削，删去了319题528首，十六卷刻本前十二卷诗集实际收诗355题550首，几乎芟除了一半。上面提到刻本失收的《江水送春》绝句、《虎下吟》十首，均见于抄本中。《冬心诗三十首》，刻本少一首，抄本凡三十首，不缺。因此，咸丰二年的刻本绝非"完本"。

那么，十二卷抄本的诗篇怎么会被大量删削、刊刻呢？这有两种可能：

一是彭士望晚年请友人删润诗稿或者自己删削诗稿，而抄本则是早年流传出去的未删稿。彭士望以编年的方式编定自己的诗集，视之为"年谱，亦交谱、游谱也"（《自序》）。他于康熙二十二年（1683）去世，十六卷刻本的最后一卷编至这一年，是彭士望病终前自订的。而十二卷抄本终止于康熙十年（1671），八卷抄本终止于康熙二年（1663）。在康熙二年和十年或此后不久，八卷本和十二卷本分别传抄出去了，而至彭士望晚年编订自己的诗集时，做了大量删削，因此出现了抄本收诗多，刻本收诗少的现象。这不是凭空推测。魏禧在《与彭躬庵》信里就说：

> 吾兄（按指彭士望）富于学问，游历名山大川，交士大夫，诗固不得不多。然古人以诗多名后世，自杜少陵外，所传无几。弟今于尊诗体未裁净

者,概欲芟除;事关名义,不妨稍存一二,见意而已。①

魏禧不认为诗歌以多为贵,拟将彭士望诗集里"体未裁净者"芟除。所谓"事关名义",是指彭士望在明清易代之际入杨廷麟、史可法幕,参与抵抗清军及其后所写的诗篇,对于这些诗篇,魏禧也主张作删削,"不妨稍存一二,见意而已"。

二是晚清道光末,彭玉雯得到了时为山西夏县县令的从叔彭凤书寄回的诗集,"其中脱略舛错,不可枚数",彭玉雯删去了脱略严重、不可辨认的诗篇,那些最具有政治性、现实性的诗篇也被删削了。如彭士望自己多次提及的《冬心诗三十首》,在当时交游中流传,影响甚大,彭士望不可能自己删去它。但在咸丰二年的刻本里,题《冬心诗三十首》,题下注"存二十七首",后又有《补遗二首》,然尚少一首,不足三十之数。现从两抄本里,补上这缺佚的一首诗,曰:

举世皆妇人,送国直儿戏。创守三尺孤,万国尽披剃。节义能一死,诗书容何济?可怜赵氏土,血食竟无地。古今奇耻辱,山川愤灾异。倏已二周纪,谁为一吐气。但思骨灰飚,肝胆碎磨砺。而我妄衣食,滔天蒙恩泪。终期革裹尸,死则鬼为厉。(抄本卷一一)

《冬心诗三十首》咏叹历史,议论古今的治乱兴废。其他诗篇不大直接触及现实政治,唯独此首不同,如"可怜赵氏土,血食竟无地"等句,显然是在感慨朱明的灭亡。《冬心诗》编在第十一卷,作于1668年,上距明亡的1644年正好二纪。此诗说"倏已二周纪,谁为一吐气",也是悲叹明朝为异族所灭,而无人吐气复国。特别是最后一句"死则鬼为厉",抒发了诗人忠于故国、立志报仇的情怀,这是触犯清廷的忌讳的,所以彭玉雯在编入刻本时便删去了此一首。

咸丰二年的刻本,将抄本中这类具有政治性、现实性而又可能触及清廷忌讳的诗篇芟除的,不在少数。而事实上,对于身处易代之际、亲自参加反清复明斗争的彭士望来说,这些被芟除的诗歌是更有价值的,更有利于后人对这位遗民诗人遭际和情怀的理解。如顺治二年(1645),彭士望赴广陵,入史可法幕,参

---

① 魏禧《与彭躬庵》,胡守仁等校点《魏叔子文集》,中华书局2003年版,第304页。

与抗清斗争。临发前有诗《送王乾维归江西,有怀欧阳宪万从督师河上,时余将报聘之维扬》:"君又南归我北行,伊人河上正从征。三山已觉春将晓,八表空令恨未平。可有人能收朔漠,何须身自立勋名。时平但乞茅茨老,共拥图书当百城。"(抄本卷一)其时史可法督师扬州,阻挡清兵渡江,所以诗中意气还甚为激越,有"功成不受赏,长揖归田庐"的气概。至扬州后,作有《奉送楚藩宗臣华堞使命宣谕》诗,曰:"原自高皇得此身,维城板荡见宗臣。麻衣长带冰天雪(崇阳为先皇持服,不去衰绖),翰墨能生僻徼春。汉有一侯终去吕,楚虽三户定亡秦。何时为报收京阙,莫待汾阳异姓人。"(抄本卷一)颈联坚贞慷慨,可谓是志士之诗。彭士望在扬州,向史可法建议用高杰、左良玉,以清君侧,未被采纳,不久史可法牺牲,南明小朝廷内相互倾轧,事已不可为,彭士望于是辞归。六月经过江西的盱江,作《盱江漫述》云:"何处山川不画成,却怜芳草渐闻兵。麻姑有药难医世,緱史无家莫听笙。得此可能兴一旅,问谁先自坏长城。茫茫行道空相感,未必梁园聚客星。"(抄本卷一)如画般美丽的山河被铁骑所践踏,诗人有大势已去的悲感,其中"问谁先自坏长城",是对大明朝臣党争误国的斥责。此外如《庑下吟》"请观今日谁天下,深耻斯民为倒悬"(抄本卷三);《停舟五首》之一"村城百万血为泥,在昔长平此倍之。掠妇军前充塞北,童奴天下半江西"(抄本卷三)等等具有较高社会内涵和思想意义的诗篇,刻本都删去不收。同时刻本也删去了大量写景咏物、怀人悼亡、应答酬赠的诗篇。特别是一些歌咏农村山野俗物俗事的诗篇,也多被删削,如抄本中的《憎蚊》《驱牛行》《跛婢》《绝蔬》,均不见于刻本。《犬德诗》凡六首,赞美老狗之德,分列于抄本卷五、卷九、卷一〇,全不见于刻本。目前若要整理出完整的彭士望诗集,就不能仅仅依据咸丰二年彭玉雯刊刻本,而应该参考清抄本,将前十二卷被芟除的319题528首诗篇补入进去,以恢复其原貌。

二、彭士望的诗歌理论与创作

彭士望论文章,重视实用,以"实"和"真"矫正晚明以来士人文化"虚"和

"伪"的弊害。在《与方素北书》中他说:"隆(庆)、万(历)以来,则道学伪;(天)启、(崇)祯以来,则文章、气节、操守伪。独事功不可伪耳。其有不伪者,则虚美相高,徒慕曾参孝己之行,而无益于天下安危之大计,辇上倒施,用者不实,实者不用。"(《文钞》卷一)八股帖括之学,导致士人埋首故典,死读书,做人和为学相分裂,朝廷"无一真实可用之人",最终无救于君国之存亡。因此当意识到大明国祚不可恢复后,彭士望僻居山间,读书讲学,旨在对症下药,"反伪而救之实",造就人才,以同归于实用。在《与谢约斋书》里,他提出"以实药医虚证,洗万古之奇辱,白一代之酷冤,拔举世人膏肓之锢疾"(《文钞》卷一)。这是面对异族入侵、亡国篡统局面,彭士望开出的一剂文化药方,他自己,甚至包括魏禧等其他易堂诸子,都是基于此来思考问题的。

所谓的"实",表现在文章学上,是重视文章的经世实用功能;表现在诗学上,则是强调诗歌背后之诗人的人格、胸襟和识力。在《与黄复仲书》里,他说:"顾古今人为文章,万径千溪,莫可殚诘,吾惟取其真实有用者,以求益身与世之不逮。"(《文钞》卷三)他《与魏冰叔书》说:"吾辈今日立言,明悉理事,指陈利弊,将救世觉民之为急。"(《文钞》卷二)这虽然主要是论文,与诗歌也相通。彭士望在《与胡致果书》里提出:"文者虚器,诗者感兴之端倪,中无以实之,则必不适于用。"(《文钞》卷三)并在此信里从人格标准来评论李白和杜甫:

> 太白惟《嘲鲁儒》,游下邳(按指《经下邳圯桥怀张子房》)、祢衡鹦鹉洲(按指《望鹦鹉洲悲祢衡》)诸诗,心眼杰出。求其可实用者,自不得不推少陵。而少陵尝高比稷、契,夫以布衣流离,主上一旦拔置为谏官,侍从左右,肃宗兵兴时,李辅国、鱼朝恩辈谗构两宫,逼挟诸大帅,俾不得用其方略,以致败绩。此当立殿陛,以死争之,而喋不一言,独于房琯之谪,则殚力申救。琯画策分建诸王诚善;乃用车战败陈陶,死义军四万人;纵琴工董庭兰出入门下,颇以贿闻,区区薄谪,岂足云过,而甫以私旧故廷争之,安在其为稷、契也!

彭士望论文学是将"文"与"人"打并为一。这里不只是论杜诗,不是仅仅将杜甫作为一个诗人来对待,而是视之为朝臣,衡鉴其立朝建言的是与非。其实杜诗是彭士望心中的一座高标,他"老惟屈、杜是知心"(卷一五《读骚有感》)。但是,他从一种更高的文学理想出发,对杜甫也略有遗憾。《读杜诗》云:

> 杜甫晚年诗渐弱,皆因穷迫损天真。丈夫不肯下颜色,自然万古宜长贫。既不能强又不弱,得失悲喜徒纷纷。公忘自赋《丹青引》,终日坎壈缠其身。(刻本、抄本卷五)

杜甫《丹青引》末二句"但看古来盛名下,终日坎壈缠其身",似乎已经看透了"高才无贵仕"的人生宿命,但他晚年的诗歌叹老嗟卑,也不免颓唐。宋大儒朱熹《跋杜工部同谷七歌》就曾批评说:"其卒章叹老嗟卑,则志亦陋矣。人可以不闻道哉!"彭士望也是从诗人胸襟人格、闻道识理的高度来苛责杜甫的。同样的意思,还出现在彭士望的《独漉堂诗序》里:

> 古人诗之集大成者,必推杜陵,其大者无间然矣,而集中丐求得失,喜而奉谀,怒而讥诮,如是者时亦有之。(《文钞》卷六)

彭士望《与李梅公少司马书》还对于韩愈迫于穷饿,在文章中哀号过情表示遗憾。他如此苛刻地批评杜甫、韩愈,显然是有现实用意的。在这篇序里,他说:"诗者,性情之物,世徒以色泽声调为之,此伪体日浸淫乎天下,而其真者累千百人不一遇也。"(《文钞》卷六)伪体和虚症盛行,导致朝廷士人"官日益尊,识日益卑,胆日益薄,才日益愚,身日益孤"(《文钞》卷一《与方素北书》)。而熏陶、成就天下人才,薪火相传以兴大业,是彭士望等"易堂"诸子授徒讲学的基本意旨。因此他论诗,偏重于诗人不为外物和境遇所左右的内在器识人格,将宋人标举的人格"不俗"论和经世致用相结合。也是从这一角度出发,他菲薄当时颇富盛名的吴伟业。他在《独漉堂诗序》中说:"今人诗,吾甚闵吴梅村。梅村抚今伤昔,俯仰留连,其忧惭悼悔之意,时时逗露,欲览者知其由来,而华美太尽,终不及杜。"(《文钞》卷六)又《读虞山梅村诗集有叹》云:

> 党人倾国论难平,吾少犹曾漫识荆。早贵名高嗟晚节,风流江左误柔情。诗篇老去空垂涕,史策书来未忍听。珍重役人哀役死,鱼熊儿诵要分

明。(刻本卷一五)

吴伟业身为贰臣,晚年虽有悔恨之意,然患得患失,不能明于取舍,于大义有亏,故其诗品也有缺欠,正应了彭士望所谓"其人之本不立,而文章所以终归无用也"(《文钞》卷四《复邹讦士书》)。彭士望曾入杨廷麟幕,杨牺牲后,彭士望倾资赎救并抚养其子;寄居易堂时,虽贫困之极,然开口笑言,若无忧戚,晚年好与僧道隐士交游,而绝迹于权贵之门。这是身体力行,诠释了他所标尚的诗人品格。

如果说"实"是强调诗歌的人格根基的话,"真"则是要求诗歌做到内、外呼应,文、人一致。明代中期的复古"格调"派,存在着刻意范古,字拟句模的毛病,以丧失"真我"为代价;万历时期"性灵"派则摆脱格套,独标性灵,其弊端是尚俗尚艳,也会产生不良的影响。彭士望强调诗歌之"真",则是折中于二者之间。《客湖上与范小范论诗》曰:"牡丹莫尚胭脂假,画史谁知槃礴真。秋水秋风今古尽,庄生新哑不能云。"《意不尽又成四绝句》之一曰:"折腰龋齿妆成好,妖态惟迷冀与宫,千载孟光真国色,自将椎髻奉梁鸿。"之二曰:"实学虚心让古人,古人佳处在能真。文章变化同山水,要领无多且细论。"(刻本、抄本卷七)这三首绝句的意旨都是说作诗的要领在于称心而言,自然而然,不矫揉造作,是诗人的人格境界、心灵状态的真实显现。另外在《叶文庄公集序》里他说:"盖自然而文者,文之宗;无意于文之工者,工之至。"(《文钞》卷五)也是同样的意思。这就与模拟古人、拘于陈腐格套的格调派划开界限;但也不同于性灵派的主张,因为彭士望处处强调诗文创作应"本于至性正学,以真气高识出之"(《文钞》卷六《顾耕石先生诗集序》)。这种对于诗人品性、学识的重视,是性灵派所缺乏的。在明清易代那样特殊的环境里,诗文要做到"真",是多么的不容易!彭士望则认识到"其真者"多出于"不幸志与时违,才为命敌"的"穷士"(《文钞》卷四《复张一衡书》)。在乱世中惟有不求闻达的这些穷而在下者,才做到"人、文如一",以真气贯之。

明末清初江右诗文风气,还存在复古的余绪,如艾南英、陈弘绪、徐世溥都未能走出格调拟古的藩篱,彭士望对他们都有批评(见《复邹讦士书》)。面对现实困局,彭士望重视经济实用,故能脱离模拟复古的牢笼,《冬心诗》之一云:"儒生不识时,诵读不论世。如医守成方,如匠执古制。世界一死局,岂复知活意。"(刻本、抄本卷一一)讽刺的是拘执于古而不知新变的俗儒。明代学者,他称赞王阳明、顾宪成、唐顺之的文章摆脱依傍,行云流水,而自然合度。针对李攀龙的"视古修辞,宁失诸理",他反其言而提出:"视理修辞,宁失诸古。"因为"文与诗,固未有舍理与识与法,而可以传后而行远者也"(《文钞》卷四《复友人书》)。在《叶文庄公集序》里又说:"盖自成其文章者也,诗不必其似杜,而无不可为杜;文不必似欧,无不可以为欧。"杜甫、欧阳修之所以能成为诗文大家,在于他们用诗文真实表达各自的性情识见,自然成文,后世诗文作家总有古人影子在,必然低人一头。彭士望这里所论是有现实针对性的。在《萧氏世集序》里他就说:"今世人为诗必称杜,文必称韩、欧,嘉(靖)、隆(庆)名人更驰骛秦、汉,虽本朝职官郡县名,亦以《史》《汉》更之;诗禁用唐以下故实,必求肖初盛,薄中晚,语宋辄以为笑。悲夫!尽弃己之身,而效窃他人之形似,得为其子孙仆隶,欣欣有荣幸焉,是其人已无志识,顾安得有文章乎!"(《文钞》卷五)当然,彭士望并没有将古人一概打倒的意思,他也并非废法度而不用,而是要在"理识"和"法度"之间摆正孰轻孰重、孰先孰后的关系。至于学习古人的法度,应该平日含咀《三百篇》、汉魏名家,熟读精思,以求其用意与法之所在,初学作诗时,务必肖其体格、意法及一字句之微,如立古人于前,无謦欬影响之弗似;既似之后,应该出我之所自得,与古人争胜,久之纯熟,则不见古人,但用我法,纵横变化,惟意所从。这种学古而能化,从"求似"而生新的诗学观,也是清代桐城派如姚鼐等的基本态度,鉴于"易堂"诸子与清代"桐城派"的密切关系,或许其间存在相承相通的一脉。

彭士望对于自己的诗文理论是非常自信的,多次在与友人、后辈书信里称道自己《冬心诗》里论诗的一首。诗中有曰:"文畏言班马,诗畏言汉唐。直自露心膈,不欲为闭藏。亦必求实用,不欲为虚张。"(刻本、抄本卷一一)这六句凝练而贴切地概括出他自己的诗文主张。彭士望晚年足迹限于南方,加上其诗文集在乾隆年间遭到禁毁,他的诗文理论在清代的影响是有限的。但平情而言,在诗歌理论相对沉寂的清代前期,彭士望的诗论是有特点的。

彭士望一生创作了一千余首诗,是"易堂九子"中作诗最多的一位。套用他《与魏冰叔书》里对"文人之文"与"志士之文"的区别,可以说他的诗大多数属于"志士之诗",特别是他亲身参与抗清斗争时期的诗篇,如 1646 年春,彭士望刚依魏禧于宁都不久,抗清名将杨廷麟邀请他赴赣州,受命湖东,彭士望作《丙戌五月之官湖东留别山中诸子》曰:"长揖别君去,登车怀古人。东征劳士马,西顾蹇王臣。试问今何世,谁能更有身。行藏吾道在,莫自负千春。"(抄本卷一)颇有壮士一去无回,视死如归的气概。彭士望耳闻目睹清兵屠杀赣州城和在江西福建一带的肆掠,他以"诗史"般的笔触描绘了当时的凄惨景象,如《以事上督府宿雩都道中》前四句曰:"兵火村余一二家,驱车向暝见篱花。青茅塞道人无迹,白骨填郊鬼欲哗。"(抄本卷一)又《春祀日有感》曰:"四海嗷嗷痛哭频,堂高万里几曾闻。今朝亲听孤嫠泣,多少新亡尚未收。"(抄本卷三)这样的诗篇发扬了汉乐府和杜诗的真精神。《赋得梨园留万代衣冠》秉承杜甫《观公孙大娘舞剑器行》和高启《陈芳卿弟子陈氏歌》的笔法,叙写经历亡国变故的梨园乐人流散街头的凄惨,抒发诗人的亡国之恨,其中曰:"似幻似真一戏场,斯人千载镜兴亡。""帝京天乐重开齐,触目何勘易损神。""中原文献今安在,反藉俳优抵掌传。"(抄本卷三)具有沉重的时代悲剧感。这种悲剧美感、悲凉氛围,笼罩其诗歌,构成彭士望诗歌的基调,但是这种悲剧性,不是个人的叹老嗟卑,不是寒蛩哀鸣,而是家国兴废、黎庶哀苦在诗人心头的折射。魏禧对彭士望的诗歌就颇为称道。魏禧《与彭躬庵》说:

> 吾兄诗于古人题无不备,而至性昌言,随处喷薄,则自成一家。至于君国之际,哀伤流涟,虽饮食游戏,绘写虫鸟,亦自有不平之气,痛刻之情,满于言里。此宋郑亿翁之情也。然而文采规矩,过之十舍。①

魏禧把彭士望比为宋末的郑思肖,说他有"不平之气",就是黄宗羲所谓的"厄运危时,天地闭塞,元气鼓荡而出"(《谢皋羽年谱游录注序》)。彭士望在"世变"中

---

① 魏禧《与彭躬庵》,胡守仁等校点《魏叔子文集》,第 303 页。

的诗歌,不论是写景咏物、怀友悼亡,还是抒情写意之作,无不有兀傲迈俗的"不平之气"充塞其间。如顺治十二年(1655)农历五月十八日,彭士望客文水,作《雨中放歌》,诗曰:

> 于嘻哉,天穿地坼双足蹋,一隙风檐拥书读。读书得意与谁论,古人履我慰幽独。为言世坏五十年,猴冠虎冠气相续。庙堂糟粕称经纶,草野何从问风俗。千秋富贵亦驹影,不满百年徒逐逐。党人穽械在封强,既快私仇同覆餗。为我谓庄周不必辨,屈原不必哭,颜夭不必身,孙刖不必足。大易之言准天地,无平不陂往不复。截蛟断虎须其人,鱼沫鸟喝何刺促。我闻顿醒沉酣中,一洗尘污十年目。倏忽罢云开日光,已照千村万村屋。(抄本卷四)

诗中发大议论,既抨击晚明朝政之窳败、党人之纷争,导致世坏五十年,同时诗人相信天地的准则是无平不陂,无往不复,终将拨云雾开日光,迎来新世界。如此在诗中发议论,具理识,是彭士望诗歌的一个特点。《冬心诗》三十首,就是一组对历代政治、文化进行议论和反思的诗歌,陈田谓"皆中当时之症结"①。如其中一首前数句曰:"秦俗弃诗书,宋朝繁议论。明廷谨资格,以此俱不振。尧舜治天下,文具示宽畀。明人非科目,孔孟不能进。"(刻本、抄本卷一一)这就是彭士望在《自序》里所谓"诗好言事"特点,是在摆脱复古格调框框后,秉承杜甫、韩愈以降和宋诗重视理识的特征。此外,彭士望的诗歌多用虚词,以古文之气游走其中,也是与宋诗相近。彭士望《魏叔子诗集序》说:"吾易堂诗,独尚理识,每用古文法,自写性情,以发抒其怀抱,不汲汲求肖于汉、魏、三唐。"用这几句来概括他自己诗歌的特征,也是准确的。

原载《文学遗产》2013年第4期

---

① 陈田《明诗纪事》,上海古籍出版社2002年版,第3209页。

我怎样写作《张居正大传》的

朱东润

《张居正大传》的写作是从一九四二年开始，次年完成的。但是要追溯这本书的写作动机，便得从一九三八年的秋天说起。

由于日本军国主义者的策划，一九三七年八月初，日本军队在中国的全面侵略开始了。淞沪战役、平津战役，经过几度艰苦的战斗，中国军队在给敌军以严重的杀伤以后，向后方撤退。接下去是首都南京沦陷。这时已经迁都重庆，但是总指挥部还在武汉。从皖北到汉口这一大段是一个空白点。

那时我正在华中的一所国立大学教书，可是十月以后，书是无法教了。学校方面一天到晚是在那里砰砰硼、砰砰硼地把图书仪器装箱，可是装了以后究竟到那里去，谁也说不清楚。下课钟响了，上课钟响了，可是学生没有来，教师来了三五次，扑了几度空以后也不再来了。再以后上课和下课钟声也不再响了。学校的前途完全是和国家的前途联系的，在国家的前途还没有明确以前，学校的前途是没有着落的。

教师的前途怎样呢？教师是和学校联系的，带着家眷的教师当然随学校为进退，没有带家眷的教师只有在假期中暂行回家，等待学校的召唤。在这个情况之下，我在一九三七年底，匆匆地由华中回到苏北。

一九三八年的秋后，我还留在家乡。十一月的一个下午我正在书斋里，太阳照到窗槛上，室内室外的菊花，经过阳光的烘暖，放着一种似香非香的温馨。

莲舫来了，抱着不足两月的季季。这孩子还很小，但是很茁壮，有时让他站着，当然他还不能直立，可是在妈妈的抚养之下，挺起两条小腿，居然想立起来，莲舫笑了，我也笑了。

可是这时邮递员来了，是上海转来的一封电报。那时后方的电报，经常是由无线电打到上海邮局，由上海转来的。电报是由大学来的，学校已经迁到四川，希望我立即入川，在次年一月十五日以前报到，共同努力，办好学校等等。

我的责任是很清楚的，我没有任何游移的理由。但是我的决心怎样下呢？敌人为了确保江阴要塞起见，占领了靖江，离泰兴县城六十里。我家住在城内，县城虽然还没有沦陷，但是城内没有驻兵，只要敌人一动，就得随时沦陷。我这一家，莲舫和她的孩子将会得到什么结果，这是不堪想象，同时也不能想象的。我看着孩子，看着莲舫，没有说话。

但是我还得和莲舫核计一下。我的估计是我离开家乡以后，地方一有动乱，她立刻陷于孤立无援的地位。她的估计是万一发生动乱，我在家乡未必能给她多大的帮助，而且由于曾在高等学校工作多年，敌人未必肯轻易放过，即使没有生命危险，也难于逃出敌人的网罗。我们最后的决定是由我先去上海看看形势。决定是这样决定了，我的理解是一到上海以后，唯一的道路是只有响应祖国的号召，直赴四川，参加后方的工作。

当时的上海是一个纸醉金迷的地方。黄浦江上看不到一面国旗，除了稀稀朗朗的几面西方国家的旗帜以外，其余的尽是船头船尾的膏药旗，偶而也有太极图旗，据说这是上海市区的伪组织"大道政府"的旗帜。"大道"也罢，大盗也罢，好在上海的绝大多数的人民是永远向往自己的祖国的。

从上海到四川，由于武汉已经沦陷，经常是乘轮到香港，再行换船，取道越南，通过滇越铁路先到云南。幸而当时还没有出国签证的规定，时间尽管长一些，手续并不难办。正在我买好船票，待船起港的当中，莲舫的信来了，她要我再考虑一下。已经离开家乡了，我还考虑什么呢？

船到汕头，停泊了一天，这地方我到过，是一个中等城市，街道整齐，市容也还热闹，可是这一次我上岸的时候，只看到那处是残砖碎瓦，坑坑洼洼的，人民也是鸠形鹄面，有些还带着伤痕。原来这里新近经过敌机的轰炸，地方还没有苏醒过来。在香港停留了两天，我乘船到海防，以后再取道河内乘火车到老街。从老街过河便是河口，重新回到祖国的怀抱。在过河的时候，我伫视每一根桥柱，更亲切地感到祖国的温暖。

我到达昆明是一九三八年的除夕，本来想在昆明看看朋友，因为只有元旦那一天的汽车票好买，当然不能耽搁，因此搭了滇贵公路的汽车，先到贵阳。耽搁两天以后，乘车直放海棠溪，当晚渡江。我到达重庆市区的时候是一月七日。在停顿中，乘便去看了一下王世杰，他做过武汉大学校长，这时担任着参政院秘书长。为了使他理解大后方如何拼命工作，准备击破敌人，收复失地的情况，我想去看他一下也好。

参政院就在市区，王世杰也见到，可是从他的谈吐中，我理解到王世杰还是当日的王世杰，说他怎样地泄泄沓沓，那可不能保，说他怎样地积极奋发，也并不见得。他办学的目标就是当官，当官以后只是准备当一个更大的官。当官不一定是不好，可是当了官不准备为人民做好工作而只是把当官作为一个向上爬的阶梯，那就一定不好，何况那时中国的一半土地正在受着敌人的蹂躏，千千万万的人民正在睁大充满血泪的双眼，盼望着收复失地的大军呢！

王世杰之上还有一个大大的官，是国民党的党官汪精卫。这是以共赴国难的名义从欧洲匆匆回国的。他在重庆的地位是够高的了。但是由于和蒋介石合作不了，在一九三八年的年底从重庆出走越南。在我到达重庆的时候，他的动向还不够清楚，可是不久以后，事实证明一般猜测的不错，他的踪迹发现了，他在敌国的首相近卫文麿的客厅内。从精诚团结，共赴国难起一直走到叛国投敌，在南京搞伪组织为止，这是怎样的一个变化！

但是重庆的上空还有各式各样的流言蜚语，最离奇的是一种猜测，称为"右手拉着东方，左手拉着西方，面向北方。"什么是西方？那很清楚。东方是什么？北方更是什么？当然这只是流言蜚语，什么人也负不了责任。但是对一个从二

抉精要以会通

千里以外的家乡,抛妻弃子,准备千辛万苦,投身祖国复兴事业的知识分子,这是多么沉重的打击!

向后转是没有出路的,我只有向前进。我买了一月十一日由重庆去乐山的飞机票。可是那一日大雾,第二日还是大雾,直到了十三日才乘机到达乐山。工学院的一位丁西昆教授问我那一天到达的,我据实说了,他深沉地说了两句:"十三日,星期五!"由于不懂得那些洋规矩,当时我不清楚他的意思,后来才理解到这里也有他的看法。

对于大局的失望不能成为自己对于工作不负责任的理由。我们只有在条件许可的下面做好自己的工作;即使条件还有一定的困难,我们完全有责任克复可能克复的困难,才能完成这些工作。我们对于当时的大局确实感到沮丧,但是这不是我们可以放弃自己责任的理由。那时我们感到在进行教学工作的当中,由于大学新生语文程度和作文成绩的偏低,造成大学生不能好好完成学业的要求,因此提议把一年生中语文偏低的学生提出来,编成两班,在教学制度许可的条件下,进行适当的训练。这个提议通过了,问题在于由谁来担负这个工作。新来的叶圣陶只提议担任一班,当然还有一班由我担任。工作是沉重的,但是圣陶和我都愉快地接受了这个工作,也努力地完成这个工作。

但是在大局波动的当中,小地方是不可能安定的。在武汉的时候,这所大学的负责人是抱成一团,想把学校办好的。虽然他们的努力还不够,认识也有偏差,但是大体上是向上的,因此从一九二八年开办起到一九三七年,这短短不足十年之中,学校还是不断发展的。抗战开始的第二年,学校西迁,在乐山重行办起,少数教师有留在家乡不能回校的,但是绝大多数都来到四川,同时也吸收了部分的新教师,凭着大家的努力,应当是不难恢复原状,甚至加以发展的。事实并非如此。我发现的一条原则,是艰苦的环境,有时也可能成为内部分裂的原因。一九三九年以后,这样的情况是尽多的。

为了逃避学校内部的纷争,我只有埋头书斋,有时竟是足不出户,从早到晚,一直钻进故纸堆。故纸堆有什么可钻的?我想从历史陈迹里,看出是不是

我怎样写作《张居正大传》的

可以从国家衰亡的边境找到一条重新振作的道路。我反复思考,终于想到明代的张居正,这是我写作《张居正大传》的动机。

对于明朝一代的评价,经常是有很大差别的。清朝初期,照例是把明朝诋毁得很不像样的,政治不行,学术不行,一切都不行。这种议论,清初的统治者,甚至当时的学术界也是这样想的。这个风气一直沿袭到清朝的末年。辛亥革命的前夕,对于明代的评论放宽了一些,特别是明末的学者和思想家,如顾炎武、黄宗羲、王夫之都得到推崇。当然这几位是应当推崇的,但是他们的后半生已经在一六四四年满洲人入关以后,对于他们的推崇,并不等于对明代的推崇。因此对于明代的评价还有必须重新估计的一面。

平心而论,明代的统治者没有许多可以推崇的。太祖朱元璋从最底层的人民中出来,终于领导人民推翻奇渥温族的统治,他的功绩是不可埋没的;但是由于他的素养不够,不知道在封建社会里,领导阶层应当有的节制,政治领导的措施失去了平衡,把大权集中于一身,把强兵重镇集中于北边的诸王,把人民压迫到喘不过气来。从人民中出身的领导者终于转变为人民的敌人。我们仔细读过明代的历史以后,会看到明代的政治,主要是对于人民的嘲弄。太祖以后直到孝宗,中间总算还有几个有头脑的统治者,他们的统治当然是专制帝王的作风,但是总算是在那里统治着。孝宗以后,出现了武宗、世宗、穆宗这三位,那可更别致了,武宗朱厚照是一位恶作剧的顽童,世宗朱厚熜是一位昏愦的老道士,再下是穆宗朱载垕,这更是特别了,他做了六年皇帝,但是上朝的时候,始终没有开过一句口。君主的威权,在他简直是一种痛苦的经营,但是他还得做皇帝,一切统治的大权,逐步向内阁大臣移转。

穆宗在位的时候,张居正已经是内阁大臣了;穆宗去世以后,神宗朱翊钧即位,这是一位十岁的孩子,当然谈不上统治,明代没有摄政或皇太后执政的惯例,因此统治大权落到内阁大学士的手里。大学士的人数没有规定,少至二人,多至七八人;隆武时期,一度多至三四十人,那是笼络名臣,为了抗清的需要,不在此例。在这几位大学士之中,领班的称为首辅大学士。这位首辅大学士,由

抉精要以会通

于直接掌握政权,其余的几位,有时称为"随同元辅入阁办事",几于成为他的属员,因此他的地位超越现代民主国家的首相。在张居正入阁之初,他是一位阁员,不久由于政治的动荡,取得了首辅大学士的地位。从隆庆六年(一五七二年)到万历十年(一五八二),他是中国的实际的统治者。他对于整个国家担负全部的责任,直到万历十年身死为止。

这是怎样的一个国家?嘉靖二十九年(一五五〇)六月,鞑靼族的俺答进攻大同,八月入蓟州,攻古北口,再从古北口取道直扑北京。俺答当然有他的要求,正和清朝中叶英国侵略者东来的故事一样,称为要求"入贡"。明世宗没有办法,只有下诏,号召各路勤王。各路的兵士来了七八万,加上北京原有的五六万,是可以抵抗一下的,可是给养没有办法,饿死的兵士,正是日常习见的事。世宗问首辅严嵩有什么办法,严嵩说:"这是一群饿贼,皇上用不到操心。"还好,当时的礼部尚书徐阶在场,他说:"敌人的军队一直驻到北京城外,杀人和切草一样,不再是饿贼了。"最后由他建议一边和俺答谈判,一边召集外援把战争的气焰拖下来。待到援兵大部北上,敌人退却,北京总算免去了一场横祸。中间兵部尚书丁汝夔曾经下定决心和敌人一拼,可是首辅严嵩极力阻止,他说:"在边疆打败仗,不妨报功;在北京近郊打败了,皇上没有不知道的,那时怎么办?"可是在敌人退出以后,世宗要整饬纲纪,丁汝夔还是被杀,他被严嵩出卖了。在世宗这一代,严嵩担任过多年的首辅,他留下的是一份大贪污犯的纪录,在他开创纪录的当中,国家和人民受到很大的灾害。

世宗死了,接下便是那坐朝六年,不发一言的穆宗。这时的内阁中有徐阶、高拱、张居正和李春芳、赵贞吉这一批比较好些的大臣,可是正由于皇帝的不发一言,终于造成内阁的明争暗斗,国家大事并没有坏下去,可是也始终好不起来。人多不干事,成为历史上的一条定理。

穆宗死了,神宗即位,高拱在内阁里痛哭,他说:"十岁太子,事情怎样办呢?"可是这话传到宫里,"十岁太子"成为"十岁孩子"。不但后妃感到骇然,连太子也骇然了。特别是掌权的秉笔太监冯保,更感到骇然,把"太子"说成"孩子",以后怎样处理国事呢！最后由宫廷作出决定,高拱罢免,当日逐出北京,由张居正继任。在这次夺权的运动中,高拱一直到死,认定是张居正的阴谋,张居正指天誓日,说他在作出决定的那一天,本人正在昌平,奉勘皇陵。关于这一点,可能两个人的提示,都有一定的根据。

居正是一位负责的首辅,但是他不是没有他那一套应付的办法。他要把责任负起来,他不能没有一套应付人事的办法。第一位是神宗的母亲李贵妃——京剧《二进宫》的李艳妃。这是一位泥水工人的女儿,由"宫人"进封的。第二位是秉笔太监冯保,没有冯保的传达,他就无法和李贵妃取得联系。居正的第一套办法是把贵妃尊为慈圣皇太后,和尊为仁圣皇太后的陈皇后平行,这是中国自古以来所没有的。但是居正却做了。第二套办法是把冯保捧得高高的,这个当然不是正当的办法,但是居正也做了,不然他就不能完成自己的任务。这一切是为什么？这是为的维持自己的政权,没有政权,他什么事也干不成。但是在应付神宗这方面,他却失败了,失败在他始终把神宗当成一个固定的形象,可是神宗是在不断成长的。十岁的小皇帝会在生身的慈圣皇太后的指示下,把居正看成自己的老师,是一位忠心耿耿的大臣,但是经过十年的成长,他是一个有个性,并且认清自己是有权威的人物。什么为了国家的大局？从他的伯祖父起,祖父、父亲,那一个是为了国家的大局？为什么要当皇帝？当皇帝就可以不顾一切,为所欲为！在这一点上,居正和万历十年(一五八二)的神宗是势不两立的。幸亏居正死得及时,保全了自己的尸体,否则查封家产,逼死他的长子张敬修,他都可以亲眼见到的。

但是一个真正的爱国者是不应当考虑这些的。居正曾经在给吴尧山的信上说过:"二十年前曾有一宏愿,愿以其身为蓐荐,使人寝处其上,溲溺之,垢秽之,吾无间焉。此亦吴子所知。有欲割取吾耳鼻,我亦欢喜施与,况诋毁而已乎？"这封信是万历元年(一五七三)写的,上溯二十年为嘉靖三十二年(一五五三),居正为翰林院编修。没有这样的精神,是担负不了国家重任的。为什么我要写张居正？因为在一九三九年到达重庆以后,我看到当日的国家大势,没有

抉精要以会通

张居正这样的精神是担负不了的。我抛弃了我所眷恋的一切，就是为了寻找这样的人物，但是我失望了。我只能从过去的历史追求。张居正不是十全十美的，我没有放过他的缺点，但是我也没有执着在这一点。人是不可能没有缺点的。但是我并没有因为他有了这些缺点，就否定他对于国家的忠忱。

我们都曾经过一个"尊法反儒"的时期。那时曾经把中国历代的政治家、思想家分为两大类——法家和儒家，认定法家是进步的、爱国的，儒家是反动的、卖国的，张居正荣列二十六个大法家之一，这本《张居正大传》也荣幸地作为重要的参考书。我是久已被批判了，这时忽然"废物利用"，要我为这位大法家宣传，后来又因为宣传不得力而重新搁置起来。"白云苍狗"，一切都可作如是观。

居正当权的时候，北边的形势已经基本上稳定下来了，因此他把精力集中到整顿内政方面。但是他对于北边始终没有忽视。北京是以蓟辽和宣大为左右两翼的，他继承了他和高拱同掌政权时候的布置，由蓟辽总督和宣大总督作为中央倚靠的力量，在兵部尚书的位置上，由两地的人才轮流掌握军权。特别他对于戚继光尤为倚重，这是由对倭作战中涌出的大将，居正把他安排在蓟镇，在北边九镇中树立一个威重的标兵，在当时起了积极的作用。

但是居正的精力，主要集中在中央政权的领导上。从明代开国以来，到这时已经二百年了。无论在中央和在地方，泄泄沓沓，久已成为风气。这个风气不但把政治搞坏了，而且可以亡国。居正当权的第二年就提出他的考成法。什么叫考成法？在他的《请清查章奏随事考成以修实政疏》里可以看到。事情真是简单异常。他只要各衙门分置三本账簿。一本记载一切发文、收文的章程、计划，这是底册。在这许多项目之中，把例行公事无须查考的，概行剔除以外，再同样造成两本账簿，一本送各科备注，实行一件注销一件，如有积久尚未实行，即由该科具奏候旨；一本送内阁查考。居正的综核名实，完成万历初年之治，最得力的还是这三本账簿。

在这里我们也得谈一下明代的政治制度。当时的中央行政部门，分为吏、户、礼、兵、刑、工六个部。部有尚书、左侍郎、右侍郎，是当时的行政首长。六部都有科，有吏科、户科……等等。科有都给事中、左给事中、右给事中、给事中等，都给事中称为科长，其余称为科员。各科是管监察的。科长的官阶不高，但是掌握着监察权，在科长没有盖印以前，各部长官是无权下达命令的。明代的法制，大官固然可以督察小官，可是小官也可以箝制大官。

我曾想过，政治只是民族精神的表现。十六世纪的中国民族的血液里，已经渗入因循的成分，"置邮而传之四方"，成为一切政令的归宿。法令、章程，一切的一切，只是纸笔的浪费。几个脑满肠肥的人督率着一群面黄肌瘦的人，成日办公，其实只是办纸！纸从北京南纸店里出来，送进衙门，办过以后，再出衙门，经过长短不等的公文旅行以后，另进一个衙门归档，便从此匿迹销声，不见天日。这是十六世纪的中国，也是二十世纪前期的中国。我当时曾说："三百七十年了，想到已往的政治情况，真是不胜警惕。"

居正是一个现实的政治家。他知道政务的办不通，不是机构的缺乏，所以他不主张增加政治机构。他也知道公文政治不能打倒公文政治，所以他不主张提出新的法令、章程，增加纸笔的浪费。他只要清清白白的一个交代。办法在纸上说过了，究竟办到没有？他要在各科的账簿上切实注明。在内阁里，他也有一本账簿，可以随时稽考。他以六科控制六部，再以内阁控制六科。这是居正的政治系统。

在居正的一生中，他有不小的成就，当然也有不少的失败，总之，成功是主要的，没有张居正，明朝的覆灭可能不会迟到十七世纪的中叶。那么他的主要的功业在那里？我看还是在他的考成法。古人有时也称为"循名核实"，不过没有考成法这样提得具体。

我在一九四一年重庆出版的《星期评论》写过一篇"唯名主义"。唯名主义是西方哲学上的一个枝派，这和我写的毫不相关，我讲的只是那时重庆的一种作风，他们只提出若干为国为民的言论，至于如何实现，是否实现，那就完全不管了。我在这篇文字中说："因为人类社会的生活，一切都和政治联系，所以要想补救唯名主义的偏弊，我们便不能不对政治发生更大的期望。我们希望把各

抉精要以会通

级机关的一切宣言布告、良法美意，汇订成册，随时稽考，遇有一项名实双辉、功德圆满的时候，便在其下盖上'兑讫'的图记。这样不但可使所有的国家计划，不但止于字里行间凝固了无边的功业，而且在这民穷财尽之际，或许免除一些'架桥拆桥'式的无谓浪费。"

当然，我的建议在那时是不可能起到任何作用的。我只有下定决心，把张居正的事业用传记文学的方式写出来。这个方式在我写作的时候，还没有看到同样的作品。我提供一个方式，认为必须把这样的为国为民的人写出来，作为一个范本，要想真正做到为国为民，从当时我的政治认识看，止有如此。

古代中国是有过不少政治人才的，他们在那时的环境里，都曾做出伟大的贡献，在二十四史和历代文人所作的神道碑、墓志铭、行状等等里都有很好的叙述。是不是可以在这些作品以外，吸收国外传记文学的成就，作出一种新的尝试？我想是可以的。我认为道路是永远敞开的。我们探索自己的道路，成功的是成功，失败了也可以给后人指出此路不通，对人也是有用的。因此成功是成功，失败也是成功。在这个思想指导之下，我下决心写《张居正大传》。实际上在我决定写张居正的时候，吴晗也在写他的《朱元璋传》，在出版的时候，他的时间比我早一二年。无论是他是我，我们的意图是接近的，写法也大体上类似。由于他是研究历史的，因此他在历史方面的成就比较显著，这是很自然的。

题目既经决定了，就得考虑怎样写法的问题。我认为要写张居正，就得交代一个恰如其分的人物，是怎样的人物就得交代一本怎样的传，不夸大也不缩小。他有伟大的成就，也有无可讳饰的缺点。历史上有不少的伟大人物，值得我们学习，我们必须向他学习，可是倘使把他写成一个完人，我们怎样向他学习呢？完人不妨存在"创世纪"和赞美歌里，在一本写实的传记里是不曾有过的。唯有愚昧的传记文学家才会在自己的作品里写出这样的人物，他存心欺骗读者，首先欺骗自己，以为这样的作品，竟会有为群众所接受的一日。这只是一种妄想。

张居正不是一位十全十美的人物。在他作为荆州小秀才的时候，他只是希望向上爬。他的父亲张文明只是荆州辽王府的一名护卫,居正的眼光看不到那么远。他在十二岁侥幸成了秀才,十三岁到武昌去应乡试,在一首《题竹》的诗中,他说:"凤毛丛劲节,只上尽头竿。"他的目光只是向上,一直向上。还好,这一年没有录取,到十六岁他还是录取了,就是举人。中了举就得进京会试,经过一二次的挣扎,最后在二十三岁中二甲进士,选庶吉士。这是一条通向内阁大臣的道路,明代的政权为居正开路了。

但是就在这个时候,政治通道上还有严嵩和徐阶这两条隐隐对立的路线。从严嵩这座门进去,有权有势,可是也很可能走上误国误民的深渊;从徐阶这座门进去,清清白白,未必真能福国济民,至少还不至于造成很大的危害。这位二十三岁的青年走那一条路呢?最初他只能两面拉拢,严嵩要他作诗作文,他从来没有拒绝过,可是他也知道严嵩贪污狼藉,这是于国家有害的,但是最初他并没有下定决心,和他一刀两断。从另一面看,徐阶是比严嵩好多了,可是徐阶也没有和严嵩决绝,正如居正自己所说的,徐阶是"内抱不群,外欲浑迹"。在这个情况之下,怎么办?待到三十岁那一年,他在这两条路线之中,还不能作出决定,最后留下一封充满郁塞的一千几百字的长信给徐阶,他告病还乡了。从这里我们可以看到无论居正后来怎样决心为国家作出一番事业,在三十岁那一年,他在两条路线之间,作不出决定,最后只有抽身还乡,想找一个世外的桃源。

在这里居正是错了。世界之中,没有桃源,要在现实世界之中,找一个世外的桃源,正同一个人拉着头发要想脱离地球一样,是不可能实现的。幸亏他在三十三岁那一年,回到北京。一年以后,他看到严嵩、徐阶的斗争具体化了。最后是严嵩倒台,徐阶升为首辅,居正入阁。可是徐阶也不是一位拨乱反正的大臣,以后再经过几度的斗争,直到隆庆六年,居正进为首辅才得到初步的安定。

居正当国以后,经过一年,他提出他的考成法,以后他的一切政治措置都从这个考成法的颁布开始。是不是这个考成法的规定完全合法呢?也不一定。以六科控制六部,这是完全符合规定的;可是他要以内阁控制六科,这是没有任何法律根据的。明代的内阁,从制度讲,只是皇帝的秘书厅,内阁大臣是皇帝的

抉精要以会通

秘书，首辅是秘书长，内阁没有行政权，更谈不到控制什么，指挥什么。一切大权集中在皇帝手里，各部尚书是他手下各个部门的行政长官。所以内阁大臣最初是没有任何实际任务的，所以谈不上什么"以内阁控制六科"的。但是经过长时期的政治演变，内阁确确实实走上了"控制六科"的地位。从实际运用讲，居正并没有错；可是从明文规定讲，后来刘台对他的反击也没有错。

但是居正毕竟按照他的要求办了。刘台攻击他，刘台失败了。在居正执行考成法的十年之中，明代终于从混乱的局势中，争得了一个复兴的局面。万历的最初十年，毕竟是一个辉煌的十年。万历十年，居正死了，神宗亲政，从此以后，国势混乱，一年不如一年，到了天启（一六二一——一六二七）年间，完全造成一面倒的局势，国家的前途是没有希望了。崇祯十七年间（一六二七——一六四四），即使有一个励精图治的君主已经是无法挽回，可是思宗只是一个十七岁的孩子，在他即位的时候，没有一位张居正这样精明强干、为国为民的大臣，国势的衰颓、人民的痛苦是无法挽回了。

是不是我们可以说国家只是皇帝的国家，大臣的国家，与人民无关呢？当然不能。皇帝死了，大臣死的死了，逃的逃了，叛国投敌的叛国投敌了，但是最后的灾难还是落到人民大众的头上。皇帝、大臣只是极少数当中的极少数，而人民大众是无穷无尽的。由于极少数人的昏聩胡涂，以致造成人民大众的无穷无尽的痛苦，这是历史上的悲剧，到了这样的时候，唯有人民大众挺身而出，从死亡的边缘打开一条奋发图强的道路。是不是这样就能一定成功呢？不见得，历史上有无穷无尽的记载，记着无数次人民起义终于失败的厄运，但是在无数次的失败之后，终于有一次的成功，这就成为人民的胜利。没有无数次的失败就没有这一次的成功。所以成功是成功，失败也是成功，因为失败正是为了成功铺平了前进的道路。我自己一向认为成功是成功，失败也是成功，道理就在这里。

张居正的事业是成功了，可是在他身后，经过六十二年，全中国又遭到了覆亡的命运。我在《张居正大传》的最后曾说：

> 整个的中国，不是一家一姓的事，任何人追溯到自己的祖先的时候，总会发现许多可歌可泣的事实；有的显焕一些，也许有的黯淡一些，但是当我们想到自己的祖先，曾经为民族自由而奋斗，为民族发展而努力，乃至为民族生存而流血，我们对于过去，固然看到无穷的光辉，对于将来，也必然抱着更大的期待。前进啊，每一个中国民族的儿女。

这是我在四十年代初期的写作。在那时代，我们正和敌人作着生死的搏斗。一切的写作，包括传记文学的创作在内，都是为着当前的人民而写作的。写张居正的传记当然必须交代一个生动、完整的张居正，但决不是为了张居正而创作，我们的目光必须落到当前的时代，我们的工作毕竟是为现代服务的。

原载《社会科学战线》1983年第3期

编 后 记

根据"复旦中文学科建设丛书"的编辑要求,我们编选了这部明代文学研究论集,旨在梳理明代文学研究的学术成果,总结明代文学的研治经验,为学人提供一部可资借鉴的研究论集。选入本书的论文共计二十一篇,其研究内容涵盖明代诗文、小说、戏曲,作者均为曾在或现在复旦大学中文系从事科研和教学工作的教师,包括已故赵景深、朱东润、郭绍虞、章培恒、陆树仑等老一辈著名学者。在我们看来,尽管这些论文撰写于上世纪至本世纪的不同时段,论述的角度或方法也各有差异,但可以说,它们在明代文学的研究领域都具有一定的代表性,其中不少文章发表之后曾在学界产生重要影响,甚或已成为明代文学研究的经典之作。尤其是老一辈学者那些论述严谨、见解精辟的典范文章,无疑为本书增加了相当的学术分量。为了便于读者的阅读和了解,全书的编排顺序,大体按照研究的主题进行归类。当然,迄今为止,有关明代文学研究的成果非常丰富,值得选入的论文远远不止这些,但因丛书篇幅有限,本书所选只是其中的一小部分,无法完整反映自上世纪以来明代文学研究的全貌,难免挂一漏万。若有不当之处,诚望大方之家批评指正。

编选者

2017 年 2 月